FREDERIC HECKER

Rachekult

Frederic Hecker

Rachekult

Thriller

blanvalet

Das Zitat von Hans Christian Andersen auf Seite 7
stammt aus »Das Märchen meines Lebens«, 1847.

MIX
Papier | Fördert gute Waldnutzung
FSC® C014496
www.fsc.org

Klimaneutral*
Druckprodukt
ClimatePartner.com/14044-1912-1001

Penguin Random House Verlagsgruppe FSC® N001967

2. Auflage

Redaktion: Ivana Marinovic
Umschlaggestaltung: www.buerosued.de
Umschlagmotiv: plainpicture/Anja Weber-Decker
JB · Herstellung: sam
Satz: Buch-Werkstatt GmbH, Bad Aibling
Druck und Bindung: GGP Media GmbH, Pößneck
Printed in Germany
ISBN 978-3-7341-0928-7

www.blanvalet.de

Für meine Familie

Es gibt keinen anderen Teufel als den,
den wir in unserem eigenen Herzen haben.

Hans Christian Andersen, dänischer Dichter

Prolog

Kurz bevor Linda in einer Blutlache zusammensackte, hatte sie auf bessere Zeiten gehofft. Dabei war sie nicht so naiv gewesen, dies der Hoffnung zu überlassen, denn die war der Wille der Schwachen. Das Leben aber glich einer Pokerpartie. Ein Teil war Glück, der andere Strategie. Egal wie mies die Hände, die man erhielt, waren, man hatte immer die Wahl, welche man spielte. Ob man sie spielte. Nur Aussteigen war nicht so leicht wie am Pokertisch. So oft ihr der Gedanke daran in letzter Zeit auch gekommen war – sie hatte es einfach nicht fertiggebracht. Immer schien es einen Grund zu geben, warum man am Leben festhalten sollte. Selbst, wenn man ihn kaum erkennen konnte. Doch seit Kurzem gab es ihn wieder. Spürbar, sichtbar und hoffnungsgeladen.

Es war an der Zeit für eine Veränderung.

»Schneid sie ab«, sagte Linda schon zum zweiten Mal.

Die Frau im Spiegel legte die Stirn in Falten. Ihre Schere blitzte im Deckenlicht auf.

»Nun mach schon«, bekräftigte Linda.

Angelika ließ die Schere sinken und sah sich hilfesuchend im Raum um. Dann schnellte ihr Arm hoch. Ein manikürter Nagel deutete auf die Zeitschrift in der Hand der benachbarten Kundin. »So?«

Linda betrachtete das Cover, erkannte Cameron Diaz mit

einem modischen Bob an der Seite ihres neuen Lovers. Matt Dillon hieß er doch. Ja, die Welt drehte sich weiter. Bei ihr selbst zwar in einer Abwärtsspirale, aber bei Cameron schien wie immer alles in bester Ordnung zu sein. Dieses Lächeln. Kleiner Breitmaulfrosch. Trotzdem bezaubernd. Und die Augen. Strahlend wie blaue Topase. Als sie zwei Jahre zuvor an der Seite von Jim Carry in *Die Maske* gespielt hatte, war sie für Linda die schönste Frau auf Erden gewesen. Und jetzt? Selbst dieser dämliche Bob stand ihr. Natürlich, was sonst? Leider war die Haarfarbe das Einzige, was Cameron mit ihr teilte.

Lindas Blick streifte den der anderen Kundin. Die Silberfolie auf ihrem Kopf erinnerte an einen Alu-Hut, als sollte er die Frau vor Gedankenklau schützen. Dabei waren ihre Gedanken ebenso leicht zu lesen wie die von Angelika. Sie standen beiden mit riesigen Lettern in ihre dummen Gesichter geschrieben.

Bist du noch ganz bei Trost?

Wieso um Himmels willen willst du dir dein schönes Haar abschneiden, Kind?

Linda betrachtete sich im Spiegel. Seit Jahren kam sie in diesen Salon. Stets zum Quartalsende, fast immer samstags. Immer derselbe Stuhl, immer dieselbe Friseurin. Immer derselbe Schnitt. Nur, dass eben nichts mehr so war wie die Jahre zuvor. Alles hatte sich verändert. Die Blicke der Menschen sowie ihr eigener Blick auf die Menschen. Selbst die Frisur von Cameron Diaz. Ihr war, als hätte sich mit dem Vorfall vor einigen Wochen ein Schleier gehoben, der bis dahin die wahre Sicht auf die Welt verhängt hatte. Auf einmal schien sie imstande, hinter die Masken der Leute zu schauen.

»Nein«, sagte Linda, »ab.«

»Okay …«, kam es gedehnt von Angelika, »… wir können uns ja rantasten. Ich fange mal hiermit an.« Mit Zeige- und Mittelfinger umklammerte sie zehn Zentimeter von den Spitzen entfernt eine Strähne.

»Was genau an *ab* hast du nicht verstanden?«, fragte Linda.

Angelika sah sie erst überrascht an und legte dann eine Mitleidsmiene auf. »Ich weiß nicht … Du hast so schönes Haar. Ich bringe das einfach nicht übers Herz.«

Linda stand auf, riss sich den Umhang vom Hals und warf ihn über die Stuhllehne. »Dann vergiss es.« Sie schnappte sich ihre Tasche von der Ablage und verließ den Salon.

Draußen auf dem Bordstein blieb sie kurz stehen, um zu verschnaufen, ging aber weiter, als ihr der Schweiß ausbrach. Sie sah in den Himmel. Keine einzige Wolke. Die Sonne erschien ihr wie die Öffnung eines riesigen Schneidbrenners. Sie trat in den Schatten unter dem Vordach einer Konditorei. In der Auslage drängten sich quietschbunte Fruchttörtchen unter glibbrigem Tortenguss, die mit schokoglasierten Krapfen, Baiserhäubchen und sahnegefüllten Windbeuteln um die Kundschaft wetteiferten. Linda watschelte weiter, denn unter dem Vordach war es kaum kühler. Zudem wurde ihr beim Anblick des Süßkrams bloß schlecht.

Zu Beginn, als sie nicht gewusst hatte, woher die Übelkeit kam, hatte sie morgens nicht mal die Zahnbürste im Mund ertragen. Vom Löffel fürs Müsli ganz abgesehen. Also hatte sie eine Weile aufs Frühstück verzichtet. Dann waren die beiden Striche auf dem Teststäbchen erschienen, und nach dem ersten Schock hatte zaghafte Freude ihr Leid verdrängt. Bis das ständige Erbrechen folgte. Kaum etwas war dringeblieben, sodass sich bald Ängste hinzugesellt hatten. Eine allumfassende

Sorge um das, was da in ihr heranreifte. Ein Kind, das sie im Grunde ebenso wenig kannte wie all die Fremden, die in diesem Moment an ihr vorübergingen. Trotzdem spürte sie diese unglaubliche Verbundenheit. Das also war das sagenumwobene Band zwischen Mutter und Kind. Ein Geniestreich für den Artenerhalt, gefertigt in der göttlichen Schmiede, aus der auch der Überlebenstrieb stammt.

Wie als Antwort auf ihre Gedanken nahm sie ein Ziehen im Unterleib wahr. Einmal. Zweimal. Großer Gott! Sie blieb stehen, krümmte sich, vergaß zu atmen. Waren das Tritte, oder hatte der Kleine sich inzwischen bewaffnet? Es fühlte sich an, als wäre er mit einem Messer in ihr zugange. Doch ebenso schnell, wie die Schmerzen gekommen waren, verschwanden sie wieder.

Linda richtete sich auf, blies Luft durch die Lippen. Was war das? Hatte er sie gekratzt? War das überhaupt möglich? Konnten Fuß- oder Fingernägel von Föten so lang werden, dass sie die Gebärmutter verletzten? Sie versuchte, sich an den Nachwuchs ihrer Freundinnen zu erinnern, an deren winzige Fäustchen, wenn die sich mit beachtlicher Kraft um ihren Zeigefinger geballt hatten. Die waren doch immer kurz und absolut sauber gewesen. Wie frisch getrimmt. Ab wann musste man Babys die Nägel schneiden? Darüber hatte sie noch gar nichts gelesen. Bestimmt gab es auch zu diesem Thema etwas in einem der Ratgeber, die sich in ihrer Wohnung stapelten. Sie war mit der Lektüre bloß nicht so weit gekommen. Doch sie hatte ja noch etwas Zeit. Wenn die Ärztin mit ihrer Berechnung richtiglag, gute vier Monate. Genauer gesagt, einhundertsiebenundzwanzig Tage. Einhundertsiebenundzwanzig Tage inmitten von Menschen, die ihr zwar das Gefühl gaben, nicht alleine zu sein, aber dennoch nichts gegen die Einsamkeit in ihrem Innern ausrichten konnten.

Sie kam an der Blumenhandlung der Wittigs vorbei, in der ihre Mutter über zwanzig Jahre lang Kundin gewesen war. Vermutlich die beste, die das Geschäft bisher erlebt hatte. Deko, Sträuße, Gestecke, Kränze … Ihre Mutter war wirklich für jeden Anlass in diesen Laden gerannt, und wäre sie nicht letztes Jahr im Urlaub bei einem Erdbeben gestorben, hätte sie ihn wohl auch vor acht Wochen aufgesucht, um die Liegesträuße und Trauergestecke zu holen. Doch wenigstens Mama war dieser Tag erspart geblieben, dachte Linda und erkannte durch die Glasfront, wie Frau Wittig einer alten Dame ein Gesteck überreichte. Wahrscheinlich würde die Alte es gleich zum Friedhof tragen und auf das Grab eines geliebten Menschen legen. Was sonst.

Frau Wittig geleitete ihre Kundin zum Ausgang, hielt ihr die Tür auf und winkte ihr nach. Lange hat die Oma nicht mehr, dachte Linda, und bemerkte dann, wie sehr auch die Floristin in die Jahre gekommen war. Der Zahn der Zeit hatte ihr tiefe Furchen ins Gesicht genagt. Sie kannte Frau Wittig schon seit ihrer Kindheit, aus einem Alter, als sie gerade so über die Ladentheke hatte schauen können. Nun trafen sich ihre Blicke wieder. Linda hob eine Hand zum Gruß. Etwas geschah mit dem Lächeln auf dem Gesicht der Floristin. Als erstürbe die Herzlichkeit, um einer Mischung aus Mitleid und Skepsis zu weichen. Inzwischen erkannte Linda so etwas. Es folgte ein förmliches Nicken. Dann wandte Frau Wittig sich wieder ab und verschwand hinter Blumenampeln mit Grünzeug und Hängebegonien im Laden.

Linda ging weiter. Die Blumenfrau konnte ihr mal am Arsch

vorbeigehen. So wie der Rest dieser einfältigen Dorfbewohner. Der Rest der verdammten Menschheit!

Sie steuerte auf das Parkhaus zu, wo ihr Wagen stand. Zwischendurch blieb sie einige Male stehen, um zu verschnaufen. Wie sollte das erst in den kommenden Monaten werden, wenn sie sich jetzt schon so anstellte? Bei der letzten Voruntersuchung hatte das Baby gerade einmal zehn Zentimeter gemessen und laut Schätzung der Ärztin höchstens einhundert Gramm auf die Waage gebracht. Daran konnte es also kaum liegen. War heute vielleicht einfach nicht ihr Tag? Genauso wenig wie der gestrige. Und der davor. Was würde wohl morgen sein? Daran wollte sie gar nicht erst denken.

Linda wischte sich den Schweiß von der Stirn. Die Hitze hatte sich zwischen den Häuserreihen gestaut, sodass selbst das zarte Lüftchen, das wehte, null Erleichterung brachte. Sie fühlte sich wie in einem riesigen Ofen, die Regler auf zweihundert Grad und Umluft gestellt. Als sie den Durchgang zum Parkhaus betrat, legte sich eine erfrischende Kühle auf ihre Haut, und der typische Geruch nach Abgasen schlug ihr entgegen. Doch was war das? Sie schnüffelte, sah sich um und bemerkte den feuchten Fleck an der Wand. Hatte doch tatsächlich jemand hier in die Ecke gepisst, obwohl überall Kameras hingen. Hinter ihr fiel die Tür ins Schloss, und fast in derselben Sekunde stach ihr Sohn wieder zu. Nur dass er scheinbar auf ein größeres, grobzackiges Messer umgestiegen war. Linda krümmte sich erneut unter Schmerzen, spürte, wie etwas Warmes ihre Schenkel hinablief. Fiel auf die Knie, hob ihr Kleid, erblickte das Blut. Vor ihrem inneren Auge sah sie den Fötus, der seine Klauen in ihre Gebärmutter schlug wie ein wild gewordenes Tier. Aus Lindas Kehle drang ein erstickter Laut. Was um Himmels willen passierte mit ihr? Wieder und wieder stach ihr Sohn zu. Linda kippte zur Seite, spürte den kalten Beton an ihrer Wange, roch den Gestank der Urinlache keine Armlänge von ihr entfernt. Mit letzter Kraft rollte sie sich zusammen, lag nun selbst da wie ein Embryo. In ihrem Kopf eine einzige Frage: *Fühlt es sich so an zu sterben?*

1

»Sie sind von der Kripo, nehme ich an?« Der Polizist stand breitbeinig vor dem Gebäude und erinnerte Hauptkommissar Fuchs an einen Türsteher, der erklärte, dass Einlass nur für geladene Gäste war.

Er nickte, hob eine Hand. »Joachim Fuchs.«

»Jens Arnold. Sind Sie allein?«

Fuchs sah sich um. »Meine Kollegin kommt mit dem Rad. Sie hat es nicht weit. Ich dachte, sie wäre schon da.«

Arnold schüttelte den Kopf. »Nein, hier sind nur wir drei.« Fuchs grüßte den zweiten Beamten, der trotz der warmen Sommernacht nervös von einem Bein aufs andere trat, als würde er frieren. »Der Notarzt ist schon wieder weg. Da war nicht mehr viel zu machen. Zeugen gibt's keine. Wenn man die Leiche sieht, erübrigt sich die Frage nach der Todesart. Also haben wir Sie verständigt. Dennoch wollte ich Ihnen mit den weiteren Schritten nicht vorweggreifen. Manche Ihrer Kollegen hassen es ja, wenn die Spurensicherung schon herumwuselt. Die wollen sich lieber erst mal selbst ein Bild machen.« Er wies mit dem Daumen über die Schulter. »So was haben Sie noch nicht gesehen. Garantiert.«

Fuchs folgte dem Fingerzeig zu einer hellblauen Tür. Lack blätterte davon ab, als würde sich das Metall häuten. Auf Höhe der Klinke war das Türblatt verbogen. Vermutlich war dort mal ein Brecheisen angesetzt worden. Da die Stelle verrostet war, musste der Einbruch aber länger zurückliegen.

»Der Schließzylinder fehlt«, bemerkte Fuchs.

»Ja, wurde wohl schon vor geraumer Zeit ausgeschlagen. Seither ist das Gebäude für jeden frei zugänglich. Richtig widerlich da drin. Scheint ein Platz für Mittellose oder Menschen mit besonderen Vorlieben zu sein. Penner, Sprayer, Junkies oder Lost-Place-Touristen. Ist ja mittlerweile ein richtiger Hype geworden, solche verlassenen Orte auszukundschaften. Dabei hat dieser hier eigentlich nicht viel zu bieten. Wenn man mal von der Leiche da drin absieht.« Er lachte. Tatorthumor.

Fuchs sah auf die Uhr. Viertel nach neun. Wo zum Teufel blieb Lara? Er ließ seinen Blick über die angrenzenden Gebäude schweifen, den von Laternen in schwefelgelbes Licht getauchten Platz bis vor zur Straße jenseits des Stacheldrahtzauns, der das Grundstück umschloss wie ein Gefängnis.

Er wandte sich wieder um, legte den Kopf in den Nacken und sah an der Fassade empor. Versuchte, den geschwungenen Schriftzug daran zu entziffern.

»BonTex«, beantwortete Arnold die stumme Frage. »Früher wurden hier Leder und Textilien verarbeitet. Taschen, Portemonnaies, Möbelbezüge. Liegt aber schon ewig brach. Sind irgendwann pleite gegangen.«

»Wer hat Sie informiert?«

»Anonymer Anrufer. Schätze mal, einer der Meth-Männer, die hier abhängen. Aber wir waren schon drin, Sie brauchen sich also keine Sorgen zu machen. Momentan ist da niemand, bis auf … na ja, Sie werden es ja gleich sehen.«

Fuchs schaute sich noch einmal auf dem beleuchteten Platz

um. Als er Lara immer noch nicht entdeckte, nickte er Arnold zu. »Na gut, gehen wir rein.«

»Und Ihre Kollegin?«

»Wird schon kommen.«

»Okay, dann los.« Er wandte sich dem Beamten neben ihm zu. »Du bleibst hier, Thomas. Ich will da drin keine Überraschung erleben, verstanden? Wenn seine Kollegin gleich kommt, bringst du sie rein.«

Der junge Polizist nickte wortlos, tippte sich an den Schirm seiner Mütze.

Militärischer Gehorsam par excellence, dachte Fuchs, während Arnold unter kreischenden Angeln die Tür aufzog.

Das Erste, was er wahrnahm, waren eine undurchdringliche Schwärze sowie ein modriger Geruch, der ihm entgegenströmte. »Ich hoffe, Sie haben eine Lampe dabei?«

Arnold zog eine Maglite von seinem Gürtel. »Klar. Da drin ist es dunkel wie in einem Bärenarsch.« Er knipste die Lampe an und ging mit großen Schritten voraus. »Folgen Sie mir.«

Fuchs hängte sich hinter ihn. Bei jedem Schritt knackte und knirschte es unter seinen Sohlen. Zudem stieg ihm ein beißender Gestank in die Nase. Der Strahl der Lampe schnitt wie ein Lichtschwert durch den Raum, huschte hektisch über den Boden und ließ zerbrochene Flaschen, Dosen sowie Einwegspritzen aufleuchten. Arnold hatte nicht zu viel versprochen. *Widerlich* war noch wohlwollend ausgedrückt. An einer der mit Graffitis verunzierten Wände lehnte eine schimmlige Matratze. Daneben stand ein Einkaufswagen, für eine Münze zur ewigen Leihgabe gemacht.

»Passen Sie auf, dass Sie nirgends reintreten!«, rief Arnold, der schon ein Stück weitergegangen war. Seine Stimme hallte von den Wänden wider wie in einer Kathedrale. »Vor allem vor den Pfützen sollten Sie sich in Acht nehmen. Aber Sie haben es sicher schon gerochen.«

»Allerdings«, brummte Fuchs und schloss zu ihm auf. Bei dem schmatzenden Geräusch seiner Sohlen verfluchte er sich, nur Turnschuhe angezogen zu haben. Auch eine eigene Lampe wäre von Vorteil gewesen. Doch als ihn die Meldung eine halbe Stunde zuvor erreicht hatte, war er aus seinem Fernsehsessel gesprungen, in Jeans und Hemd geschlüpft und aus dem Haus gestürzt, als hätte er nur auf diesen Anruf gewartet.

Seitdem Sophia vor zwei Wochen nach Afrika aufgebrochen war, um als Ärztin am Einsatz einer Hilfsorganisation teilzunehmen, schien eine Lethargie von ihm Besitz ergriffen zu haben, wie er sie seit der Trennung von seiner Ex-Frau nicht mehr erlebt hatte. Es machte den Anschein, als wäre er plötzlich nicht mehr imstande, allein etwas Sinnvolles mit seiner Zeit anzufangen. Als sei sämtliche Farbe aus seinem Leben gewichen. Trotzdem hätte ein bisschen weniger Eifer, dafür etwas mehr Vorbereitung nicht geschadet. Denn nun hechtete er wie ein Hündchen dem Lichtkreis von Arnolds Maglite hinterher und wünschte sich mit jedem Schritt mehr in seinen geliebten Chesterfield-Sessel zurück. Falls sich hier etwas in seine Fußsohle bohrte, würde er sicher binnen weniger Stunden an einer Sepsis krepieren.

»Ein paar Tretminen gibt es übrigens auch«, warnte ihn Arnold, als hätte er seine Gedanken gelesen. »Zum Glück liegen die in den Ecken. Ich frage mich immer, was Menschen zu solchem Verhalten antreibt.« Er leuchtete nacheinander einige Haufen an wie ein Lichttechniker die Darsteller auf einer Bühne. »Nicht mal Hunde scheißen freiwillig in ihr Zuhause.

Bin jedenfalls heilfroh, dass Thomas Wache hält, damit uns nicht hinterrücks eine dieser Kreaturen überrascht. Haben Sie mal so ein Meth-Opfer gesehen? Dagegen sehen die Zombies aus *The Walking Dead* wie Wellnessurlauber aus.« Er verlangsamte seine Schritte, wartete, bis Fuchs zu ihm aufgeschlossen hatte, und schien ihm dann mit der Maglite ins Gesicht. »Was ich Sie draußen schon fragen wollte – *Joachim Fuchs* sagten Sie? Dann ist Ihre Kollegin diese Profilerin, oder?«

Fuchs nickte. Er ahnte, was nun kommen würde. Diese Unterhaltung hatte er schon einige Male geführt und war immer wieder erstaunt darüber, wie wacker sich die offizielle Version der damaligen Ereignisse um die Ergreifung des Aderlass-Mörders selbst in den eigenen Reihen hielt. Die Medien hatten ihre Arbeit getan. Dabei war Fuchs nicht so naiv zu glauben, sie hätten bloß als argloses Sprachrohr fungiert. Die Story mit Lara als Heldin hatte sich schlicht besser verkauft. Doch die Sache war eine tickende Zeitbombe, die irgendwann hochgehen würde, da war er sich sicher.

»Ist nicht mal dreißig, Ihre Kollegin, oder?«, fragte Arnold.

»Doch, gerade geworden.«

»Und dann schon einen Serienmörder auf dem Kerbholz …« Arnold grunzte anerkennend. »Hut ab.«

»Ein Tipp«, bremste ihn Fuchs. »Sprechen Sie Frau Schuhmann lieber nicht darauf an. Sie ist diesbezüglich etwas eigen, empfindet Komplimente schnell als Lobhudelei und stößt den Leuten dann nur unnötig vor den Kopf. Und den Begriff *Profilerin* mag sie auch nicht besonders. Fallanalystin ist ihr lieber.«

»Klingt ja nach einer richtigen Zicke.« Abrupt blieb Arnold stehen. »Da vorne ist es.« Der Lichtkreis seiner Lampe glitt über den Boden, bis er auf einen reglosen Körper traf. Langsam ließ er den Schein von den Füßen der Leiche an aufwärts wandern. Sie lag auf dem Rücken, die Beine lang ausgestreckt. Bevor Arnold das Gesicht beleuchtete, hielt er inne wie für ein großes Finale. »Bereit?«

Fuchs spielte mit. »Bereit.«

Obwohl er vorgewarnt worden war, schreckte er bei dem Anblick zurück.

»Und? Was sagen Sie?«

»So was ist mir in der Tat noch nicht untergekommen. Das sieht ja aus wie …«, Fuchs trat einen Schritt näher, »… *Der Schrei.*«

»Wie *was*?«

»Das Gemälde von Edvard Munch.«

Arnold grunzte erneut, wobei Fuchs diesmal nicht wusste, wie er den Laut deuten sollte. Abfällig? Beeindruckt? Oder hatte Arnold schlicht keine Ahnung, wovon er sprach? War auch egal. Er ging in die Hocke und streckte den Arm nach hinten aus. »Geben Sie mir mal die Lampe.«

Arnold schlurfte heran und überreichte Joachim die Maglite, die er sogleich auf das Gesicht des Toten richtete. Die Züge des Mannes waren zu einer grotesken Grimasse verzerrt, als wären sie im Moment des größten Schmerzes erstarrt. Durch den weit aufgerissenen Mund waren die Lippen ganz schmal, sodass sie ihn an vertrocknete Würmer erinnerten. Doch nicht nur der Mund des Toten, auch seine Augen schienen zu schreien. Stumm schrien sie dem Betrachter das Grauen entgegen, das sie kurz vor dem Tod hatten mit ansehen müssen. Dieser Eindruck wurde durch die Hände verstärkt, die seitlich am Kopf anlagen. Fuchs kam es vor, als hielten sie das Entsetzen des Opfers selbst noch im Tode fest.

Er variierte den Einfallswinkel des Lichts. Unter diesen Umständen war es schwer zu sagen, aber der Mann durfte in seinem Alter gewesen sein. Vielleicht hatte er die fünfzig aber auch schon geknackt. Fuchs neigte den Kopf, stockte …

Was war das?

Der Lichtstrahl der Lampe fiel durch zwei Reihen gepflegter Zähne und wurde von etwas Glänzendem reflektiert. Auf den ersten Blick wirkte es wie ein metallischer Gegenstand, doch dann erkannte er, dass diese spiegelnde Oberfläche den Mundraum vollständig ausfüllte. Selbst ringsherum war nicht der kleinste Spalt zur Schleimhaut zu erkennen. Handelte es sich um einen Flüssigkeitsspiegel?

»Mir war gleich klar, dass das hier kein gewöhnlicher Todesfall ist«, hörte er Arnolds Stimme hinter sich.

»Es sieht auch nicht nach einem gewöhnlichen Mord aus«, entgegnete Fuchs. »Haben Sie das hier gesehen?«

»Was meinen Sie?«

»Das in seinem Mund.«

Arnold schaute ihm über die Schulter. »Was ist das?«

»Ich habe da so eine Vermutung …« Fuchs wich ein Stückchen zurück, denn er erinnerte sich, wie ihm als Kind ein Fieberthermometer zerbrochen war. Das Quecksilber hatte sich auf dem Boden verteilt und wie von Geisterhand zu dicken Tropfen zusammengerottet. Durch Anpusten waren sie über den Teppich geflitzt wie winzige Hockeypucks auf dem Eis. Zum Glück hatte sein Vater dem ein Ende bereitet und ihm eine so detailreiche Standpauke über die giftigen Dämpfe dieses Schwermetalls gehalten, dass Joachim selbst heute noch einen Heidenrespekt davor hatte.

Er zog ein Paar Latexhandschuhe aus seiner Hosentasche,

streifte sie über und schob einen Finger in den Mund des Toten. »Falsch gedacht«, sagte er mehr zu sich selbst.

»Was war Ihre Vermutung?«

»Quecksilber.«

»Woher wissen Sie, dass es keins ist?«

»Die Oberfläche ist fest. Quecksilber aber ist bei Raumtemperatur flüssig.«

»Okay. Was könnte es dann sein?«

»Blei. Silber. Arsen. Cadmium. Wobei ich glaube, dass nur Silber und Cadmium so glänzen.«

»Ist Cadmium nicht giftig?«

»Doch, ziemlich.«

Arnold trat einen Schritt zurück. »Sollten wir dann nicht besser auf die Kriminaltechniker warten?«

Fuchs sah zu ihm auf. »Ich habe kein Problem damit, wenn Sie draußen warten wollen – solange Sie mir Ihre Lampe dalassen.«

»Nein, nein, schon gut.«

Fuchs führte ein Auge an die Mundhöhle heran und entdeckte einen Saum aus verkrusteter Schleimhaut, die sich entlang der Metalloberfläche erstreckte.

Auf einmal waren andere Stimmen zu hören, die lauter wurden. Ein zweiter Lichtstrahl schnitt durch die Dunkelheit.

»Ich bringe Ihre Kollegin«, hallte die Stimme des anderen Polizisten durch den Raum.

»Falls Sie es noch nicht getan haben …«, rief Fuchs ihm entgegen, »… Sie könnten die Spurensicherung rufen! Die Staatsanwaltschaft werde ich informieren.«

»Wird erledigt«, gab der Beamte zurück, lieferte Lara bei ihnen ab und ging wieder nach draußen auf seinen Posten.

»Hübsch hier«, sagte Lara leicht außer Puste.

Joachim warf ihr einen vorwurfsvollen Blick zu. »Wann kaufst du dir endlich ein Auto?«

»Ich weiß … Entschuldige.« Schuldbewusst kräuselte sie ihre etwas zu spitz geratene Nase. »Falls es dich beruhigt – ich habe mir neulich eins angesehen. Das wird es vielleicht.«

»Na, dann …« Fuchs stellte seine Kollegin Arnold vor, der ihre Hand einen Moment länger drückte als nötig.

»Übrigens – herzlichen Glückwunsch nachträglich«, sagte er.

Verdutzt sah Lara ihn an.

»Zum Geburtstag«, erklärte Arnold und schob sogleich hinterher: »Hat mir Ihr Kollege verraten. Er hat mich zwar auch gewarnt, Sie lieber nicht auf Ihren Job anzusprechen, aber man bekommt ja nicht jeden Tag die Gelegenheit, einer Fallanalystin über die Schulter zu schauen.«

Lara schielte ratlos zu Fuchs hinüber, doch der zuckte nur mit den Schultern.

»Dann will ich mal hoffen«, sagte sie zu Arnold, »dass ich Sie mit meiner Performance nicht enttäusche, denn so mystisch ist meine Arbeit nicht.«

Fuchs schmunzelte. Lara Schuhmann war keine Zicke, wie Arnold gemutmaßt hatte. Sie hasste nur den Umstand, dass sie wegen des spektakulären Aderlass-Falls immer wieder zum Lügen gezwungen wurde, und es die letzten Monate schon öfter zu ähnlichen Situationen gekommen war. Sie fühlte sich dabei jedes Mal schlecht. Geradezu schäbig.

»So, was haben wir hier?« Sie wandte sich von Arnold ab. Ein klares Signal, dass dieses leidige Thema beendet war.

Als Joachim das Gesicht des Opfers erhellte, entfuhr Lara ein verblüffter Laut. »Das … erinnert mich an etwas.«

»Vielleicht an Munchs *Schrei*?«

»Ja, könnte sein.«

»Hatten wir auch dran gedacht. Schau mal in seinen Mund.«

»Moment …« Lara, die das Haus nach dem Anruf offenbar ebenfalls überstürzt verlassen hatte, zog ein Haargummi aus ihrem Blouson und band sich rasch das glatte braune Haar zusammen, bevor sie sich tiefer über das erstarrte Gesicht des Toten beugte. »Was ist das?«

»Metall, schätze ich. Siehst du den geröteten Rand?«

»Ja. Eine Verbrennung?«

»Nehme ich an. Bei welcher Temperatur schmilzt Metall? Sechs-, siebenhundert Grad? Oder mehr?« Fuchs schluckte, da er sich vorzustellen versuchte, welche Schmerzen der Mann wohl hatte ertragen müssen.

»Hast du mal Handschuhe für mich?«, fragte Lara.

Fuchs zog wortlos ein weiteres Paar aus der Tasche. Ein Glück für Lara, dass er die Dinger ständig in seinem Handschuhfach hatte und seine Kollegin zudem so gut kannte.

Lara schlüpfte hinein, umfasste den Arm des Toten und zog daran. Die Leichenstarre schien zwar gelöst zu sein, doch die Hand entfernte sich kein bisschen vom Kopf. Stattdessen folgte der Kopf der Bewegung, genau wie der andere Arm. »Die wurden festgeklebt!«

»Scheiße«, entfuhr es Arnold, »was soll der Mist?«

»Gib mir mal die Lampe«, sagte Lara.

Nachdem Fuchs ihr die Maglite gereicht hatte, richtete Lara sich auf, um sich einen Überblick zu verschaffen. Einige Male ließ sie den Strahl über den Körper wandern, zog dann ein Diktiergerät aus der Tasche und begann zu sprechen.

»Es ist der 13. Juli«, sie warf einen Blick auf ihre Armbanduhr, »21:36 Uhr. Wir befinden uns auf einem stillgelegten Firmengelände am Rande von Bornheim, nahe der 661. Um diese Zeit eine ruhige Gegend. Innerhalb des Gebäudes ist es stockdunkel. Offenbar gibt es kein elektrisches Licht.« Sie hielt die Aufzeichnung an, sah mit der stummen Frage auf den Lippen zu Arnold hinüber.

Der schüttelte den Kopf. »Nein, kein Strom. Muss irgendwann abgestellt worden sein.«

Sie ging in die Hocke. »Das Opfer ist männlich und schätzungsweise um die fünfzig. Er sieht nicht aus wie jemand, der sich für gewöhnlich an einem solchen Ort aufhalten würde. Er trägt auffallend gute Kleidung und wirkt insgesamt sehr gepflegt. Segelschuhe, Bundfaltenhose, Poloshirt von Lacoste. Guter Zahnstatus. Kurz geschnittene, saubere Nägel. Auch wenn die Handflächen selbst nicht beurteilbar sind, macht es nicht den Anschein, als hätte das Opfer zu Lebzeiten schwere Arbeit mit den Händen verrichten müssen. Ich würde auf einen Akademiker oder zumindest jemanden in einer gehobenen Position tippen. Die Auffindesituation zeigt eine außergewöhnliche Inszenierung. So wurden die Hände des Opfers seitlich am Kopf festgeklebt und die Mundhöhle vermutlich mit erhitztem Metall ausgegossen. Der Mund ist weit geöffnet. Das sich hieraus ergebende Bild erinnert an das Gemälde *Der Schrei.* Ob diese Parallele beabsichtigt war oder nicht, bleibt zunächst offen. Der Fundort entspricht mutmaßlich nicht dem Tatort, es sei denn, der Täter hat all seine Utensilien hierher mitgenommen. Diverse Hinterlassenschaften von Leuten in dem Gebäude lassen aber vermuten, dass der Ort zur Ausübung einer solchen Tat wenig geeignet ist. Dann würde jedoch das Abladen der Leiche hier bereits eine gewisse

Risikobereitschaft des Täters verraten.« Sie stoppte die Aufnahme.

»Lass uns mal nachsehen, ob er was bei sich hat, das uns bei seiner Identifizierung hilft«, nutzte Fuchs die Lücke in Laras Monolog und betastete bereits die vorderen Hosentaschen des Opfers. »Hier ist schon mal nichts. Sehen wir hinten nach.« Er packte die Leiche am Gürtel und rollte das Becken zur Seite.

Nachdem Lara das Diktaphon eingesteckt hatte, klopfte sie die Gesäßtaschen ab. »Hier!« Sie förderte ein braunes Lederportemonnaie zutage. »Das wird ja leichter als gedacht.« Sie klappte es auf. »Dann wollen wir doch mal sehen, wer …«

»Was ist?«, fragte Fuchs.

Kommentarlos hielt sie ihm die Geldbörse entgegen, sodass er den Ausweis darin sehen konnte.

Joachims Mund blieb offen stehen, wenn auch nicht so weit wie der des Mannes, der hier zu ihren Füßen lag.

2

Bis zu dem Moment, als ihr Mann brannte, war es ein herrlicher Julimorgen gewesen. Irene Kröll war vom Schein des Lichtweckers langsam aus ihren Träumen gehoben worden, bis sie das um sieben Uhr einsetzende Vogelduett geweckt hatte. Seitdem sie diesen Wecker besaß, fiel ihr das Aufstehen leichter. Nur bei Konrad brauchte es mehr als einen simulierten Sonnenaufgang. Selbst der Vogelgesang, der nach einer Weile in solch penetrantem Gezwitscher gipfelte, dass man eine Invasion durch die Vögel aus Hitchcocks gleichnamigem Film fürchten könnte, ließ ihn selig weiterschlummern. Da ihre Kinder für einige Tage außer Haus waren, hatte Irene sich spontan überlegt, Konrad mit einer Runde Morgensex zu überraschen.

Anschließend war sie ins Bad getaumelt, um sich frisch zu machen, und dann in die Küche gegangen, wo sie Kaffee gekocht und Müsli mit Beeren zubereitet hatte. Als Konrad rasiert und in seinem blauen Anzug dazugestoßen war, hatte ihn der hinreißende Duft ihres Parfums umweht. Wie schon so oft dachte Irene auch jetzt, was für ein Glück sie mit ihrem Mann gehabt hatte. Egal wohin sie sah – überall um sie herum Scheidungen oder in Trümmern liegende Ehen, die des äußeren Anscheins oder der Kinder wegen aufrechterhalten wurden. Doch sie war offenbar ein Glückskind.

»Gibst du mir mal den Zucker, Schatz?« Konrad streckte die Hand aus.

»Es ist schon genug drin.«

Er lächelte. »Bitte. Nur noch ein bisschen.«

Sie schob ihm die Dose über den Tisch. »Wenn du das immer so überzuckerst, kann ich auch gleich den Fertigkram aus dem Supermarkt holen und muss keine teuren Gojibeeren reinmachen.«

Konrad stand auf und trat hinter Irene, vergrub sein Gesicht an ihrem Hals. »Du weißt doch, wie sehr ich auf Süßes stehe.«

Kichernd zog sie die Schulter zum Kinn, ließ ihn ihre Brüste massieren, schob seine Hände dann aber weg. »Guck mal auf die Uhr, du kommst noch zu spät.«

Er sah zum Ofen. Sie hatte recht. Es war schon kurz nach acht. Andererseits war er der Chef.

»Meinst du nicht auch, ich könnte es mir erlauben, wenigstens einmal zu spät zu kommen? Einige meiner Mitarbeiter sehen das mit der Pünktlichkeit jedenfalls nicht so eng.«

»Aber nicht heute.«

Siedend heiß fiel ihm der Termin wieder ein. Er küsste sie auf den Scheitel, ging zu seinem Platz zurück, klappte die Krawatte über die Schulter und schaufelte das Müsli in sich hinein.

»Wann kommen die Kinder wieder?«, fragte er, bevor er den Kaffee hinunterkippte.

»Morgen.«

»Okay, dann machen wir heute Abend da weiter, wo wir eben aufgehört haben.« Er zwinkerte ihr über den Rand seiner Tasse hinweg zu.

Sie lächelte.

Er stand auf, wollte sein Geschirr abräumen, aber Irene nahm es ihm ab.

»Geh schon. Ich mach das. Du musst los.«

Vor dem Spiegel in der Diele prüfte er den Sitz seiner Krawatte und verließ anschließend das Haus.

Während Irene die Müslischale unter dem laufenden Hahn abspülte, sah sie aus dem Fenster. Konrad war in der Einfahrt stehen geblieben, bückte sich und hob etwas vom Boden auf. Sie ahnte schon, um was es sich dabei handelte. Bestimmt wieder eine Schnecke, die zum Beet strebte, um sich über ihr Gemüse herzumachen. Sie klopfte an die Scheibe und drohte ihm spielerisch mit dem Finger. Konrad gab sich ertappt.

Schmunzelnd prüfte Irene die Schale im Licht der Morgensonne und sah sich nach einem Geschirrtuch um. Da sie keines entdeckte, war jetzt wohl der Moment für Konrads Mikrofasertücher gekommen, die er ihr neulich von einer seiner berühmten Einkaufstouren mitgebracht hatte. Für gewöhnlich vergaß er dabei die Hälfte von dem, was er eigentlich besorgen sollte, brachte dafür aber allerhand Krempel mit, den kein Mensch brauchte. Süßkram für die Kinder, magische Küchenhelfer für sie. Vermutlich waren die Teile bloß überteuert und konnten auch nicht mehr als die alten Lappen.

Nachdem sie den Schrank geöffnet hatte, fand sie die Tücher unter einem Berg zerknüllter Einkaufstüten. Sie riss das Zellophan runter und stopfte es in den gelben Sack. Als sie sich wieder aufrichtete, nahm sie im Augenwinkel etwas wahr. Sie richtete den Blick nach draußen und traute ihren Augen nicht. Gütiger Gott! Was war denn das? Eine Lichtspiegelung auf der Scheibe? Mit einer Hand schirmte sie das Sonnenlicht ab, das sich in Glasschlieren zu brechen schien und sie blendete.

Es musste eine Spiegelung sein. Eine Art Fata Morgana. Anders war das nicht zu erklären. Sie näherte sich dem Fenster, schnappte nach Luft. Wünschte, sie würde träumen.

Doch dort in der Einfahrt stand eine Gestalt und wedelte mit den Armen. Flammen züngelten an ihr empor wie bei einer mystischen Erscheinung. Die Kreatur lief blindlings los, stieß gegen den Zaun der Nachbarn, fiel um, rappelte sich wieder auf …

Als Irene sich die Hand vor den Mund schlug, sank die Gestalt draußen auf die Knie und begann zu schreien. Ein animalischer Schrei, so gellend, dass er Irene selbst hinter der Dreifachverglasung des Fensters bis ins Mark fuhr. Und obwohl dieser Laut nichts Menschliches mehr hatte, wusste sie, dass es Konrad war, der sich dort in der Einfahrt krümmte, weil er lichterloh brannte.

3

»Es ist doch ganz einfach«, Dezernatsleiter Hermann Kreiling fuhr sich mit den Fingern durchs Haar, »die Leiche lag auf Frankfurter Boden, also gehört der Fall uns. Alles aus dem Kreis Offenbach bekommt Kleiber. Fertig.«

Mit der beigefarbenen Tolle erinnerte sein Chef Fuchs immer an Trump, wobei er sich weitere Parallelen zum US-Präsidenten aus Fairness verkniff.

»Wäre es umgekehrt, Chef, wäre das Opfer ein Kollege aus unserem Team, würden Sie sicher auch um den Fall bitten, oder?«

»Herr Fuchs, wir können doch auf solche Befindlichkeiten keine Rücksicht nehmen. Falls der Tatort tatsächlich nicht dem Fundort entspricht, wir ihn trotzdem finden und er dann noch im Zuständigkeitsbereich der Kollegen liegt, können wir gerne noch mal darüber sprechen. Aber bis dahin ist der Gerichtsstand hier.« Er sah zur Staatsanwältin Annika Mills hinüber, die nickte, aber zugleich mit den Schultern zuckte.

Fuchs wertete ihre Reaktion als Zeichen, dass Mills solche Dinge nicht allzu eng sah. Im vergangenen Jahr hatte er sie einmal zum Schauplatz eines Verbrechens gerufen. In jener regnerischen Novembernacht hatte er bei der jungen Frau mit den dunkel geschminkten Lippen, dem schwarzen Pagenschnitt und dem glänzenden Ledermantel an eine Domina denken müssen.

Aber heute früh, im Neonlicht des Präsidiums, wirkte sie auf ihn wie ein anderer Mensch. Der Long Bob mit Pony und die weiße, hochgeschlossene Bluse ließen sie geradezu unschuldig wirken. Nur ihr Schmollmund wie auch die funkelnden Augen bildeten einen starken Kontrast dazu und sprudelten nur so vor Sexappeal.

Kreiling hatte Mills Geste offenbar anders interpretiert, wie sein schulmeisterliches Gebaren verriet.

Fuchs hob kapitulierend die Hände. Dabei begegnete sein Blick dem von Annika Mills.

Ihre Augen waren der Knaller. Diese Farben!

Im Geiste ging er die Tuben in seinem Hobby-Atelier zu Hause durch. Vielleicht Lichtgrün? Nein, Jade. Der äußere Ring ihrer Iris war braun. Siena? Zimt? Oder doch lieber Karamell?

»Wenn es Ihnen aber so wichtig ist«, riss ihn Kreiling aus seinen Gedanken, »können wir die Offenbacher ja im Rahmen einer Sonderkommission einbinden. Sie bekämen die Leitung.«

Fuchs brummte. Der Gedanke an eine Zusammenarbeit mit den Offenbachern klang nicht gerade verlockend, denn weder Kleiber noch sein Gefolge waren für kollegiales Verhalten bekannt.

Zum Glück vertiefte Kreiling das Thema nicht weiter, sondern bat Fuchs, vom gestrigen Abend zu berichten.

Der nickte und löste die Klebelasche eines Umschlags. »Das Opfer wurde in einem abbruchreifen Fabrikgebäude bei Bornheim gefunden. Früher war dort eine Firma namens BonTex ansässig gewesen, wo Lederwaren und Möbelbezüge hergestellt wurden. Das Anwesen liegt aber schon geraume Zeit brach. Es gehört einer gewissen Tamara Mannschuk, eine alleinstehende Dame in fortgeschrittenem Alter, die nach einem schweren Schlaganfall in einem Pflegeheim lebt und nicht mehr geschäftsfähig ist. Deshalb ist das Gelände noch nicht unter den Hammer gekommen oder neu bewirtschaftet worden. Ein übler Ort. Alles voller Müll, und es stinkt nach Urin und Fäkalien.«

Inzwischen hatte er das Kuvert geöffnet und zog einige Bildabzüge heraus, wovon er einen in die Tischmitte schob. Er zeigte das verzerrte Gesicht des Opfers, den der Blick in dessen Portemonnaie als Polizisten entlarvt hatte. »Axel Jacobs«, fuhr Fuchs fort, »dreiundfünfzig Jahre, Leiter der Stabsstelle für Prävention im Präsidium Südosthessen. Wie die bisherigen, wenn auch noch nicht sonderlich umfangreichen Befragungen ergeben haben, war er wohl ein äußerst beliebter Mitarbeiter. Keine offenkundigen Feinde. So zumindest der Tenor in seinem Kollegium.« Er legte das nächste Foto auf den Tisch. »So sah er vor seinem Martyrium aus.«

Das zweite Bild zeigte einen sympathisch in die Kamera lachenden Mann, dem das Posieren offenbar leichtgefallen war. Wie Fuchs hatte auch Jacobs gräuliche Schläfen, nur die Geheimratsecken des Kollegen waren wesentlich weiter fortgeschritten.

»Kannte ihn zufällig jemand?«, fragte Kreiling in die Runde, erhielt aber nur ein kollektives Kopfschütteln zur Antwort. »Dann fahren Sie bitte fort.«

»Das Besondere an der Auffindesituation war zum einen der Fundort in dieser heruntergekommenen Halle sowie die Tatsache, dass ihm flüssiges Metall in den Schlund gegossen wurde. Laut vorläufigem Befund der Kriminaltechnik handelt es sich dabei um Silber. Das schmilzt übrigens erst ab neunhundertzweiundsechzig Grad. Es ist anzunehmen, dass Jacobs zum Tatzeitpunkt noch lebte.« Er deutete auf das Bild. Das schmerzverzerrte Gesicht schien seine Aussage zu untermauern. Fuchs trank einen Schluck Wasser, da seine Kehle plötzlich wie ausgedörrt war.

»Dann haben wir es offenbar mit einem wohlhabenden Täter zu tun«, mutmaßte Kreiling.

»Wieso?« Olaf Kern schien belustigt. »Wegen des Silbers?«

Im Gegensatz zum Dezernatsleiter machte sich der gerade mal einen Meter siebenundsechzig große Kern nicht viel aus seiner Frisur. Strubbelig standen die Haare von seinem Kopf ab, als hätten sie nie eine Bürste gesehen. Mit seiner überaus lebhaften Art hätte man Kern heutzutage als Kind sicher Ritalin in die Brotdose gepackt. Sein neben ihm sitzender Partner, Martin Huber, der ihn um eineinhalb Köpfe überragte, sorgte mit seiner ruhigen Art für den nötigen Ausgleich. Die Spitznamen Ernie und Bert hatte man den beiden aber vor allem des Aussehens wegen verpasst.

»Natürlich wegen des Silbers, Sie Schlaumeier«, motzte Kreiling. Selbst nach dreißig Jahren in Deutschland war ihm die Wiener Abstammung anzuhören, am deutlichsten, wenn er sich echauffierte.

»Was ich sagen wollte …«, setzte Kern etwas devot zu einem Erklärungsversuch an, »… Silber ist längst nicht so teuer, wie man denkt.«

Kreiling schien noch nicht überzeugt. »Das hängt doch wohl vom Reinheitsgrad ab, oder nicht?«

»Ja, doch … schon. Und von der Menge natürlich.«

»Na, dann los!« Kreiling klatschte in die Hände. »Jetzt will ich aber auch Fakten.«

»Wir müssen erst die Obduktion abwarten«, eilte Fuchs Kern

zur Hilfe. »Davor wissen wir nicht sicher, ob vielleicht ein Teil des Silbers die Kehle hinuntergelaufen ist, bevor es erstarrte. Aktuell haben wir aber glatt zweihundertfünfzig Gramm.«

Kern, wieder ganz der Alte, winkte ab. »Sag ich ja. Selbst wenn es 999er Silber war, sind das vielleicht einhundert Euro, mehr nicht.«

»Damit hat er recht«, sagte Fuchs.

»Klar hab ich recht.« Kern grinste. »Ich hab mal das Silberbesteck meiner Oma versetzt. Selbst heute kommen mir noch die Tränen, wenn ich an die magere Ausbeute denke.«

Auf Kreilings Stirn entstand eine Falte. »Woher haben Sie denn das aktuelle Gewicht? Sie sagten doch, die Mundhöhle des Opfers sei damit ausgegossen gewesen. Hat sich das Silber dann nicht regelrecht eingebrannt?«

»Doch«, Fuchs nickte, »aber nachdem uns Frau Mills die Freigabe erteilt hatte, hat sich der Rechtsmediziner noch gestern Abend erbarmt, das Silber zu bergen, damit wir parallel schon ermitteln können. Er hat übrigens auch einen Abdruck an der Stirn des Opfers entdeckt. Offenbar wurde der Kopf mit einem Gurt oder Riemen fixiert. Die eigentliche Obduktion soll aber erst heute Nachmittag stattfinden.«

»Nun gut, warten wir die Ergebnisse ab.« Kreiling schürzte die Lippen. »Wo waren wir stehen geblieben?«

»Beim Silberpreis«, griff Fuchs das Thema wieder auf. »Er liegt aktuell bei siebenundvierzig Cent pro Gramm. Wenn wir also nichts mehr in der Speiseröhre oder dem Magen des Opfers finden – wovon der Rechtsmediziner ausgeht –, musste der Täter gerade mal einhundertsiebzehn Euro berappen.«

»Warum erwartet er, nichts im Magen zu finden?«, wollte Kreiling wissen.

»Weil flüssiges Silber beim Kontakt mit Wasser sofort erstarrt. Und da auch wir zu zwei Dritteln aus Wasser bestehen ...«

»Hilft uns die Frage nach dem Gewicht denn bei den Ermittlungen?«, wollte Kreiling wissen.

Fuchs zuckte die Schultern. »Ich habe mal etwas recherchiert. Wenn es bei den zweihundertfünfzig Gramm bleibt, könnte das Silber von einem Barren stammen. Die gibt es zu einhundert, zweihundertfünfzig, fünfhundert oder eintausend Gramm. Allerdings werden die von unzähligen Internetshops verkauft. Zudem ist es genauso gut möglich, dass etwas anderes aus Silber eingeschmolzen wurde, das zufällig dieses Gewicht hatte. Zum Beispiel eine Handvoll Besteckteile von Olafs Oma.«

Gelächter. Selbst an den sonst immer nach unten gebogenen Mundwinkeln Kreilings zupfte ein Lächeln.

»Aber warten wir mal die Analyse ab, vielleicht wissen wir dann mehr.«

Kreiling lockerte seine Krawatte. »Dann sollten wir mal überlegen, was hinter der Tat stecken könnte.« Er sah zu Lara hinüber. »Frau Schuhmann?«

Lara nickte und griff nach ihren Aufzeichnungen. Inzwischen war sie darauf vorbereitet, dass Kreiling ihr unvermittelt das Wort erteilte und plötzlich alle Augen auf sie gerichtet waren. Vor etwas mehr als einem halben Jahr, als sie noch die Neue gewesen war, hatte sie das jedes Mal ziemlich aus dem Konzept gebracht. Doch mit jeder Teamsitzung, in der ihre Expertise gefragt war, hatte sie – trotz gelegentlicher Rückschläge – mehr Selbstvertrauen gewonnen.

»Betrachten wir zunächst einmal das Offensichtliche«, begann sie. »Warum hat der Täter gerade Silber gewählt? Es hätte ja auch jedes andere schmelzbare Metall sein können. Vielleicht ein Hinweis auf die bekannte Redewendung *Reden ist Silber, Schweigen ist Gold*? Möglicherweise hat das Opfer ja etwas ausgeplaudert, das es besser für sich behalten hätte. Oder umgekehrt. Er hat geschwiegen, obwohl er besser geredet hätte.«

»Naheliegend«, sagte Kreiling. »Vielleicht zu naheliegend. Da kommt mir gleich wieder unser früherer Fall in den Sinn, als uns die vermeintliche Symbolik mächtig auf den Holzweg geführt hat. Aber machen Sie mal weiter.«

»Das kann natürlich auch ein Ablenkungsmanöver sein«, räumte Lara ein. »Ted Bundy hat in einem Interview auch mal gestanden, absichtlich falsche Spuren gelegt zu haben, nur um die Polizei zu verwirren. Aber abseits einer etwaigen Symbolik steht eins wohl außer Frage: Die Schmerzen, die das Opfer ertragen musste, dürften jenseits jeder Vorstellungskraft liegen. Hätte der Täter nur eine Botschaft übermitteln wollen, hätte es genauso gut eine Silbermünze auf der Zunge getan. Doch er hat sich für diesen grausamen und zudem umständlichen Weg entschieden. Da Silber erst bei über neunhundert Grad schmilzt, lässt sich das auch nicht mal eben schnell mit einem Feuerzeug bewerkstelligen. Man braucht zudem ein spezielles Gefäß, beispielsweise einen Schmelztiegel aus Schamotte. Und dann muss man solche Temperaturen auch erst mal erzeugen, was selbst ein Bunsenbrenner gerade so schafft. Allerdings haben wir gesehen, dass es für dreihundert Euro kleine Schmelzöfen zu kaufen gibt, die sich bis auf elfhundert Grad erhitzen lassen. Wie auch immer der Täter es getan hat – sein Vorgehen legt nahe, dass er Zugang zu gewissem Equipment und sicherlich auch einem Rückzugsort hat, wo er ungestört agieren kann.

Er verfügt über bestimmte technische wie auch handwerkliche Fähigkeiten. Die können, müssen aber keine beruflichen Wurzeln haben, da sich auch Laien detailreiches Wissen sowie Fertigkeiten bis auf Expertenniveau aneignen können. Wichtig für die Profilerstellung ist in meinen Augen die Tatsache, dass er das Opfer leiden lassen wollte. Neben den Infos bezüglich des Modus operandi haben wir mit dem flüssigen Metall möglicherweise auch seine Signatur, wobei wir bei einer Einzeltat korrekterweise nicht von Signatur, sondern von *Personifizierung* sprechen.«

»Ich muss zugeben, dass ich diese Begriffe immer wieder verwechsle«, sagte Huber.

»Geht vielen so.« Lara nickte. »Die Handschrift ist eine meist konstante Handlung, die Ausdruck des Motivs, der Begierden oder Fantasien des Täters ist. In der Praxis hilft dir folgende Frage: Was hat der Täter getan, das er nicht hätte tun müssen? Die Antwort führt dich zur Signatur. Klar könnte man sagen, unser Täter hätte Jacobs nicht an diesem Ort ablegen müssen. Dennoch könnte es hierfür einen ganz logischen und nachvollziehbaren Grund geben, den wir bloß noch nicht kennen. Das Ausgießen des Mundes ist für die Ausübung eines Mordes dagegen nicht erforderlich und spräche somit für die Signatur. Dieser Begriff ist aber für Mordserien reserviert. Bei Einzelfällen nennt man es Personifizierung.«

»Personifizierung schön und gut, aber warum Silber?«, fragte Kreiling, dem die Frage nach dem Metall offenbar keine Ruhe ließ. »Wenn es ihm nur um die Qualen des Opfers gegangen wäre, hätte es doch auch geschmolzenes Blei getan und dabei sicher nur einen Bruchteil gekostet.«

Fuchs' Finger glitt über seine Notizen und blieb abrupt stehen. »Stimmt. Der Kilopreis liegt bei einem Euro und zehn. Die Schmelztemperatur bei dreihundertsiebenundzwanzig Grad.«

»Da hätte dann auch schon ein Feuerzeug zum Erhitzen gereicht«, pflichtete Huber bei.

»Aus den zuvor erwähnten Gründen«, nahm Lara den Faden wieder auf, »gehe ich mit einiger Sicherheit davon aus, dass Fundort und Tatort verschieden sind. Zu klären bliebe also die Frage, was es mit diesem Fundort auf sich hat. Gestern Abend drängte sich mir die offensichtliche Diskrepanz zwischen dem gepflegten, gut gekleideten Opfer und diesem heruntergekommenen Schauplatz auf. Als wollte der Täter das Opfer noch nach dem Tod denunzieren. Natürlich kann auch das eine sekundäre Tarnhandlung sein, mit welcher der Täter von sich ablenken will.«

»Spräche so eine Entwürdigung nicht für einen persönlichen Bezug zwischen Täter und Opfer?«, fragte Kern.

»Absolut«, gab Lara ihm recht.

Huber runzelte seine buschigen Brauen. »Vielleicht war unser Opfer ja doch nicht so ein Saubermann, wie seine Kollegen behaupten. Mal sehen, was bei den weiteren Befragungen noch so herauskommt.«

Die Tür ging auf, Kreilings Sekretärin lugte ums Eck. »Herr Fuchs, kann ich Sie bitte kurz sprechen?«

Ihr ernster Ton jagte ihm unwillkürlich einen Schauder über den Rücken. Auch die anderen horchten auf. Sein erster Gedanke galt Sophia, die sich in einer politisch instabilen Region herumtrieb, wo oppositionelle Milizen ganze Dörfer auslöschten. Genauso konnte sie mit Malaria im Krankenhaus liegen. Raubtierattacke, Schlangenbiss, Skorpione … Dieses Land hatte viele Gefahren zu bieten. Oder ging es um seine Kinder? Seine Eltern? War seinem dementen Vater etwas passiert? Er beschleunigte seine Schritte, schloss die Tür hinter sich. »Was gibt es?«

»Ich habe eben einen Anruf von einer Frau Kröll bekommen. Sie sagt, sie sei eine Freundin.«

»Irene?«

»Ja, so hieß sie.«

»Was wollte sie?«

Frau Möller suchte nach den richtigen Worten. »Ihr Ehemann«, brachte sie schließlich hervor, »ist heute Morgen verstorben.«

»Was?« Die Nachricht erwischte Joachim eiskalt. Mit einem Schlag war ihm schlecht. *Konrad ist tot?* Er wandte den Blick ab. Das konnte nicht sein! Wie ferngelenkt zog er sein Telefon aus der Tasche. Wieso hatte Irene ihn nicht auf dem Handy angerufen? Dann fiel ihm ein, dass er ja seit Kurzem Besitzer eines Smartphones mit neuem Handyvertrag war, das ihm Sophia geschenkt hatte, damit er endlich mal mit der Zeit ging. Demnach hatte Irene seine neue Nummer noch nicht gehabt.

Er wandte sich wieder Frau Möller zu und fragte mit heiserer Stimme: »Hat sie gesagt, wie er gestorben ist?«

Die Sekretärin zögerte. »Sie war ziemlich aufgebracht, aber wenn ich sie richtig verstanden habe, ist er verbrannt.«

»Verbrannt?« Fuchs war wie vom Donner gerührt.

»Das hat sie gesagt. Vor ihrem Haus. Aber mehr weiß ich nicht. Nur, dass sie explizit nach Ihnen verlangt hat.« Sie berührte ihn sachte am Arm. »Mein Beileid, Herr Fuchs. Wenn ich irgendwas für Sie tun kann, lassen Sie es mich wissen.« Ihre Stimme klang dumpf. Sein Körper war wie betäubt.

»Ja«, brachte er schließlich hervor, »teilen Sie dem Chef bitte mit, dass ich dringend wegmusste.«

4

Als Fuchs das am Waldrand gelegene Buchschlag erreichte, rebellierte sein Magen. So stark, als hätte er den Entschluss gefasst, nicht nur sich selbst, sondern auch seine Nachbarorgane zu verdauen. Wie erwartet, war die Bahnschranke geschlossen, und während Fuchs dabei zusah, wie ein Waggon nach dem anderen vorbeiratterte, wuchs seine Anspannung mit jeder Sekunde. Seine Finger trommelten nervös auf das Lenkrad, und immer wieder geisterten ihm die Worte der Sekretärin durch den Kopf. *Verbrannt. Vor ihrem Haus. Sie hat explizit nach Ihnen verlangt.* So unglaublich, so unfassbar diese Nachricht auch war – Irene hätte nie blinden Alarm geschlagen. Blöderweise hatte er sie während der Fahrt nicht erreicht. Was war nur passiert? Ein Unfall? War einer von Konrads Garagenversuchen schiefgelaufen? Erst kürzlich hatte er an dieser neuen Einbrecherabwehr herumgetüftelt, einer Anlage, die Räume binnen Sekunden einnebelte, sodass Diebe nicht mehr sehen konnten, was es zu klauen gab. Hatten sich hierbei vielleicht Chemikalien entzündet? Ein Benzinkanister? Oder der Tank von Konrads Rasentraktor?

Endlich hob sich die Schranke. Fuchs fuhr los, bog die vierte Straße links ab und folgte ihrem Verlauf. Während er die Siedlung durchquerte, hatte er dieses Mal kein Auge für die Villen, die noch aus den Anfängen des letzten Jahrhunderts stammten.

Stattdessen hatte er den Blick stur auf die Straße gerichtet und rauchte schon die dritte Zigarette in Folge.

Als er nach rechts in die Straße der Krölls abgebogen war, erkannte er sofort, dass er falschgelegen hatte. Das Polizeiaufgebot mit dem Bus der Spurensicherung sprach eine eindeutige Sprache. Er parkte den Wagen am Fahrbahnrand und näherte sich auf weichen Knien der Hofeinfahrt, wo ein dunkler Passat mit Blaulicht den Bordstein blockierte.

»Ach nee, der Kollege aus Frankfurt!«

Fuchs kannte die Stimme. Dann sah er Constantin Rupp, der sich vor dem Hoftor breitmachte. Der bullige Hauptkommissar aus dem Präsidium Offenbach und sein Partner wollten offenbar gerade gehen. »Was verschafft uns denn die Ehre?«

Fuchs nickte den beiden zu. »Frau Kröll hat bei uns im Präsidium angerufen und darum gebeten, dass ich vorbeikomme. Was ist denn passiert?«

»Das ist noch unklar«, sagte Rupp. »Aber Ihnen ist hoffentlich klar, dass *dieser* Fall in *unseren* Zuständigkeitsbereich fällt?«

Fuchs nickte. »Ich bin als Privatperson hier.«

Rupp sah auf die Uhr. »Als Privatperson? Um diese Zeit?« Er sah zu seinem Partner hinüber, einem hageren Kerl mit hervorstehendem Adamsapfel, dem die Situation sichtlich unangenehm war. »Was meinst du, Maisel? Wenn das *so* ist, dürfen wir ihm ja erst recht nichts sagen, oder?«

Maisel blieb ihm eine Antwort schuldig.

»Würden Sie mir wenigstens sagen, warum *Sie* hier sind?«, fragte Fuchs.

Rupp breitete die Arme aus. »Nicht natürlicher Tod im Kreis Offenbach. Sollte als Antwort genügen.«

Fuchs dämmerte, dass Rupps abwehrende Haltung nicht

aus der uralten Fehde zwischen Frankfurt und Offenbach herrührte. Vermutlich war er verärgert, dass Kreiling ihr Gesuch, den Fall Jacobs zu übernehmen, abgelehnt hatte, bloß, weil man die Leiche auf Frankfurter Boden entdeckt hatte.

Fuchs versuchte sich an einem Lächeln. »Lassen Sie gerade an *mir* aus, dass *mein Chef* – überkorrekt und stur, wie er manchmal ist – seinen Revieranspruch geltend macht? Das ist doch albern.«

Rupp hob die Arme. »Ich halte mich nur an die Vorgaben.«

Fuchs seufzte. »Sie können natürlich nicht wissen, dass die Zuständigkeit im Fall Jacobs heute Morgen schon Thema in unserem Meeting war«, startete er einen Rettungsversuch. »Wie viele meiner Kollegen, habe auch ich die Halsstarrigkeit meines Chefs moniert.«

Rupp schnaubte. *»Moniert.«*

»Kennen Sie das Wort nicht?«, fragte Fuchs. »Es stammt jedenfalls nicht von Manieren, die Ihnen ja auch fremd zu sein scheinen.«

Rupp sah erneut zu Maisel. »Witzig ist er auch noch.«

Doch sein Partner reagierte nicht, sondern schien hochkonzentriert damit befasst zu sein, ein Kabel um ein schwarzes Kästchen in seiner Hand zu wickeln.

Langsam hatte Joachim die Faxen dicke. »Ich werde da jetzt reingehen«, sagte er und machte Anstalten, sich an den beiden vorbeizudrängeln, doch Rupps Arm fuhr herunter wie eine Schranke. Fuchs musste an sich halten, den Arm nicht einfach wegzuschlagen.

»Sie haben mich aber schon verstanden?«, fragte Rupp. »Wie es aussieht, ist das hier ein Tatort. Unbefugte haben da keinen Zutritt.«

Fuchs hielt dem Blick des Offenbacher Hauptkommissars stand. Sah ihm in seine Schweinsäuglein in dem aufgedunsenen Gesicht. Er war hier, um Irene beizustehen, und das würde ihm dieser Arsch nicht verbieten.

»Ich wiederhole«, sagte Fuchs betont ruhig, »ich bin als Privatperson hier, und wenn es nach mir ginge, könnten wir den Fall Jacobs an Sie übergeben. Genau das habe ich heute früh auch angeregt, aber mein Chef wollte das nicht. Immerhin hat er eingeräumt, dass Ihre Abteilung im Rahmen einer Sonderkommission eingebunden werden könnte. Aber wenn ich mir Ihren Auftritt hier so ansehe, habe ich darauf eigentlich keine Lust mehr.«

Rupps Zunge befeuchtete seine Lippen, so als bereitete er sich auf einen Gegenstoß vor, doch dann trat er überraschenderweise beiseite. »Aber keine Ermittlungen hier, verstanden?«

Fuchs nickte bloß, dachte sich seinen Teil und betrat das Grundstück. Als er den Blick nach vorne richtete, wurde ihm mit einem Schlag wieder der Grund für sein Kommen bewusst. Die Auseinandersetzung mit Rupp hatte ihn kurzzeitig abgelenkt. Retrospektiv betrachtet, fast eine Wohltat.

5

Auch wenn es noch früh war, konnte man erahnen, dass es ein heißer Tag werden würde. Die Thermik flirrte schon jetzt über dem Pflaster der Einfahrt. Ein Spurensicherungsbeamter tauchte hinter dem Sichtschutz, einer mit Stoff bespannten Faltwand aus Zeltstangen, auf. Als er Joachim bemerkte, beschrieb er mit der Hand einen Bogen.

»Außen rum, bitte!«

Während Fuchs die Stelle passierte, sah er zwei weitere Beamte in weißen Tyvek-Anzügen, die neben Rußspuren auf dem Boden knieten. Mit der Aussparung in der Mitte, welche die Umrisse von Körperteilen erkennen ließ, drängten sich bei Joachim Erinnerungen an die mysteriösen Schatten Hiroshimas auf, wo die Atombombenexplosion menschliche Schemen in Stein gebrannt hatte. Sofort rumorte es wieder in seinem Bauch. War Konrad an dieser Stelle gestorben? Auch der Gedanke, gleich Irene gegenüberzutreten, die nicht wie sonst fröhliche Gastgeberin, sondern am Boden zerstörte Witwe sein würde, war unbegreiflich. So lange er Irene kannte, hatte er sie noch nie schlecht gelaunt oder traurig erlebt.

Er folgte dem beschriebenen Bogen und ging Richtung Haus. Die Einfahrt führte rechts am Gebäude vorbei zur Garage, die, soweit Fuchs wusste, nie dem Abstellen von Autos, sondern nur Konrad als Erfinderwerkstatt gedient hatte. Die

Haustür stand offen. Dennoch trat er nicht ein; es widerstrebte ihm, einfach ins Haus zu marschieren, obwohl es die Tatortgruppe vermutlich schon den ganzen Morgen lang tat. Also entschied er sich, zu klingeln und zu warten. Nach einer Weile tauchte Irene im Flur auf. Verheultes Gesicht, der Rücken gebeugt. Wie um Jahre gealtert. Als sie Fuchs sah, lief sie los und fiel ihm wortlos um den Hals. Weinte. Er drückte sie an sich, hielt sie ganz fest und spürte das Beben ihres Körpers, wobei er selbst gegen die Tränen ankämpfen musste. Vorsichtig streichelte er ihr über den Kopf. Er war nie gut im Kondolieren gewesen. Beileidsbekundungen wirkten auf ihn häufig floskelhaft. Irene wusste auch so, dass es ihm leidtat. Sie lösten sich aus der Umklammerung, sahen einander an.

Er kannte Irene, seitdem sie vor elf Jahren in Konrads Leben getreten war, etwa ein Jahr nach dem verfrühten Krebstod seiner Frau Hanna. Irene und Konrad hatten ein paar Anläufe gebraucht, bis sie zusammengekommen waren, da Konrad erst Hannas Tod hatte verkraften müssen, bevor er sich auf eine andere Frau einlassen konnte. Ihr gemeinsamer Kinderwunsch war aufgrund einer Eileitererkrankung Irenes lange Zeit ausgeblieben, was die beiden aber nur fester zusammengeschweißt hatte. Zwei Jahre später hatten sie ein Kind adoptiert. Drei Jahre später das zweite. Sören stammte aus Indien, Lina aus Vietnam. Irene wiederum hatte russische Wurzeln. Selbst unter Patchworkfamilien stachen die Krölls heraus, und doch schienen sie wie füreinander geschaffen.

Er folgte Irene ins Innere, vorbei an der Familiengalerie, die in geordnetem Chaos die Wand beherrschte. Ein bunt zusammengewürfelter Haufen aus Rahmen, die alle auf unterschiedlichen Höhen hingen und doch in ihrer Gesamtheit ein stimmiges Bild ergaben. Als repräsentierten sie die Familie selbst, dachte Fuchs und betrachtete Konrad, der ihn mit seinem gewinnenden Lachen von einer der Aufnahmen anstrahlte. Die Kinder waren auf den meisten Fotos noch klein, hatten aber seither einen gewaltigen Schuss gemacht. Mit ihren sechs und neun Jahren waren sie in einem Alter, in dem sie der Tod ihres Vaters hart treffen würde. Fuchs wurde schwer ums Herz.

Als sie das Wohnzimmer betraten, saß dort ein grauhaariger Mann. Fuchs schätzte ihn auf Mitte fünfzig. Die lila Weste mit dem rot-gelben Logo, die sich über seinem Bauch spannte, verriet, dass er von der Notfallseelsorge kam. Das Auffälligste an ihm war jedoch seine Brille. Sechseckige Gläser in einer knallbunten Fassung. Unweigerlich fragte Fuchs sich, ob der Mann die Traumatisierten damit aufheitern wollte oder sie Ausdruck des verzweifelten Versuchs waren, um jeden Preis flippig zu wirken. Zwar wäre es Fuchs lieber gewesen, mit Irene unter vier Augen zu sprechen, aber da sie nichts gegen die Anwesenheit des Seelsorgers zu haben schien, ließ er es dabei bewenden. Er nahm neben ihr auf der Couch Platz, sah sie an. Bisher hatten sie noch kein Wort miteinander gewechselt, und er ahnte, wie belegt seine Stimme gleich klingen würde.

Er räusperte sich. »Wissen es die Kinder schon?«

Irene schüttelte den Kopf, begann wieder zu weinen.

Fuchs streichelte ihre Hand.

»Die sind diese Woche bei meinem Vater«, antwortete sie, nachdem sie sich etwas beruhigt hatte. »Zum Glück! Wenn ich mir vorstelle, sie hätten das mit angesehen …«

»Was ist denn passiert?«, fragte Fuchs.

»Ich weiß es nicht. Ich habe keine Erklärung dafür.«

»Für *was* hast du keine Erklärung? Was hast du gesehen?«

Sie starrte in den erloschenen Kamin, als spiegelten sich ihre Erinnerungen in den Flammen eines imaginären Feuers. »Er hat gebrannt. Einfach so.«

»Hast du gesehen, wie es dazu gekommen ist? Kam er aus der Garage? Hat er an irgendwas herumexperimentiert?«

Irene schüttelte den Kopf. »Nein. Er war auf dem Weg zur Arbeit. Wir hatten gefrühstückt. Er war spät dran. Als er das Haus verlassen hat, habe ich aus dem Küchenfenster gesehen, und dann stand er plötzlich in Flammen.«

Fuchs sah zum Seelsorger hinüber, der aber nur die Schultern zuckte.

»Ich weiß, wie das klingt. Aber genau so war es.«

Fuchs ließ die Luft aus seinen Lungen entweichen. »Okay, ich weiß, dass es nicht leicht für dich ist, aber am besten, du fängst noch mal ganz von vorne an. Ihr seid aufgewacht – Was war dann?«

»Wir sind aufgestanden. Konny war im Bad, ich habe Frühstück gemacht. Er kam in die Küche, hat sein Müsli gegessen, seinen Kaffee getrunken und wir haben uns kurz unterhalten. Er wollte noch seine Schüssel abspülen, weil er weiß, wie sehr ich es hasse, wenn die Haferflocken daran festkleben. Die gehen dann immer so schwer ab, weißt du? Aber ich habe ihn aus dem Haus gescheucht, damit er nicht zu spät kommt. Er kommt nie zu spät.« Sie riss die Augen auf. Offenbar war sie zu einer Erkenntnis gelangt. »Was, wenn ich ihn nicht gedrängt hätte? Wäre das dann vielleicht gar nicht …?«

»Nein, nein, nein«, unterbrach Fuchs sie. »So darfst du gar nicht erst anfangen. Sieh mich an.« Er wartete, bis sie seinem Blick begegnete. »*Du* trägst hieran keine Schuld, okay?«

Ein Schniefen. Ein Nicken.

»Gut. Was geschah, nachdem er aus dem Haus gegangen war?«

»Ich stand am Waschbecken, um die Schale abzuwaschen. Als ich nach draußen sah …« Sie hielt inne, ihre Augen füllten sich wieder mit Tränen.

Fuchs drückte ihre Hand. »Ist gut, lass es raus.«

Doch statt eines Heulkrampfs fing sich Irene. »Als ich nach draußen sah, stand er in Flammen.«

Fuchs wusste nicht, was er mit dieser Aussage anfangen sollte. Was Irene ihm da erzählte, klang völlig absurd. »War das wirklich das Erste, was du gesehen hast? Versuch, dich genau zu erinnern.«

Sie dachte nach. »Er … blieb in der Einfahrt stehen, um etwas aufzuheben. Ich glaube, es war eine Schnecke, die er ins Beet gesetzt hat. Ich habe an die Scheibe geklopft und geschimpft, weil die Viecher nur meinen Salat zerfressen.« Eine Träne lief ihr über die Wange. Sie wischte sie mit dem Handrücken weg.

»Und was hat Konrad gemacht?«

»Er hat gelacht.«

»Was war dann?«

»Dann … habe ich ein Geschirrtuch aus dem Schrank unter der Spüle geholt.«

»Das heißt also, es gab einen Moment, in dem du ihn nicht beobachtet hast?«

»Ja.«

»Wie lange war das etwa?«

Sie zuckte die Schultern. »Vielleicht dreißig Sekunden.« Joachims Blick veranlasste sie zu einer Erklärung. »Konny hat mir mal so spezielle Putztücher mitgebracht. Die lagen unter allerhand Krempel im Schrank. Bis ich sie gefunden und ausgepackt hatte, war vielleicht eine halbe Minute vergangen. Und als ich mich dann wieder aufgerichtet und nach draußen geschaut habe, brannte er schon.«

Sichtlich betreten beäugte der Seelsorger die Szene. Entweder fühlte er sich seiner Aufgabe beraubt, oder auch er war mit der Situation überfordert. Wahrscheinlich war selbst ihm eine solche Geschichte noch nicht untergekommen.

»Gab es jemanden, der Konrad Böses gewollt haben könnte?«, fragte Fuchs.

»Konrad?« Sie sah ihn an, als hätte er gefragt, ob der Papst Mitglied in einer satanistischen Sekte sei. »Das haben mich schon diese anderen Polizisten gefragt. Aber die kannten ihn nicht. Du solltest wissen, was für ein gütiger Mensch er war. Er hatte keine Feinde.«

Fuchs nickte. »Ich weiß. Trotzdem muss man diese Fragen stellen, Irene. Deshalb denk bitte noch mal darüber nach. Jemand aus der Firma? Ein Geschäftspartner? Ein Nachbar? Es gibt doch immer irgendwen, der nicht gut auf einen zu sprechen ist.«

»Nein, nicht bei Konny.«

»Gab es sonst irgendwelche Besonderheiten in letzter Zeit? Beruflich oder privat?«

»Nein.« Sie schüttelte den Kopf und blickte auf ihre verschränkten Hände. »Was wird denn jetzt aus der Firma?«

»Dafür wird sich schon eine Lösung finden.« Fuchs sah wieder zum Flur. Seitdem sie im Wohnzimmer saßen, hatte er niemanden mehr von der Tatortgruppe gesehen. Vielleicht wäre jetzt eine gute Gelegenheit, sich umzuschauen. »Ich hole dir mal ein Glas Wasser, okay?«

Irene nickte.

In der Küche angekommen, atmete Fuchs ein paarmal tief durch. Unterdrückte die Tränen, die nach draußen drängten. Das hier ging ihm echt an die Nieren. Konrad tot? Warum? Und dann auch noch auf diese grausame Art. Das hatte er nicht verdient. Wie sollte ein Mensch überhaupt einfach so in Flammen aufgehen? Das war schlichtweg unmöglich! Bevor sich der nächste Gedanke einstellen konnte, war es da. Dieses sonderbare und zugleich wohlbekannte Gefühl. Seine innere Dechiffriermaschine war zum Leben erwacht. Er war geködert, hatte Blut geleckt. Er musste dieses Rätsel lösen. Vorher würde das Ding in seinem Innern keine Ruhe geben.

Er sah sich um. Die Sitzbank und die Stühle um den Ecktisch hatten neue Bezüge bekommen. Ansonsten schien alles noch wie vor zwanzig Jahren, als die Küche oft Mittelpunkt wilder Partys gewesen war. Die Schrankblenden aus Kirschholz. Der wuchtige Herd von La Cornue, auf dem Konrad regelrechte Sterne-Menüs gezaubert hatte. Nun war sein Freund tot. Einfach weg. Hatte nur seinen verbrannten Körper als leere Hülle zurückgelassen. Fuchs hatte lange genug als Ermittler gearbeitet, um den Tod als schlichten Fakt zu begreifen, dennoch schwang in dem Wissen, dass er Konrad nie wieder sehen würde, eine beunruhigende Absurdität mit.

Mit aller Macht schob er den Gedanken beiseite. Er musste fokussiert bleiben. Er öffnete einen der Schränke, nahm ein Glas für Irene heraus, und während er es mit Leitungswasser befüllte, schaute er aus dem Fenster. Stellte sich vor, wie Irene hier gestanden und Müslischalen abgespült hatte, während sie Konrad dabei beobachtete, wie er eine Schnecke ins Beet setzte. Die Spurensicherer unterhielten sich. Der eine deutete zum Nachbargrundstück, der andere nickte. Offenbar stellten sie Theorien über die Geschehnisse auf. Fuchs hörte kein Wort, vermutlich aufgrund der Mehrfachverglasung der Fenster, die im Gegensatz zu den Schrankblenden in der Küche recht neu wirkten. Wahrscheinlich hatte Konrad die alten durch seine Firma ersetzen lassen.

Joachim bewegte den Kopf, um seine Perspektive zu ändern. Prüfte, wie viel er von seinem Standpunkt aus einsehen konnte. Geradeaus führte die Einfahrt zur Straße. Links bildete ein etwa hüfthoher Bohlenzaun die Grenze zum Nachbargrundstück, hinter dem, auf halber Strecke zum Tor, ein gebeugter Rücken im Overall auftauchte. Also suchten sie auch jenseits des Zauns nach Spuren. Wenigstens arbeiteten sie gründlich. Ob sie schon was entdeckt hatten? Kurz dachte er daran, sie zu fragen, verwarf den Gedanken aber wieder. Wenn sich jemand hinter dem Zaun versteckt und Konrad aufgelauert hätte, wäre er vor Irenes Blicken geschützt gewesen. Er hätte Konrad durch Spalten im Holzzaun beobachten und den richtigen Moment abpassen können. Doch was dann? Hatte er seinen Freund mit Brandbeschleuniger übergossen und angezündet? Das wäre in den von Irene geschätzten dreißig Sekunden möglich gewesen. Aber wo hatte Konrad sich zum Zeitpunkt der Entzündung befunden? Vom Zaun bis zum Beet, wo er gekniet haben soll, waren es circa drei Meter. Die erforderliche Flüssigkeitsmenge aus dieser Distanz treffsicher zu platzieren, wäre schon ein Kunststück gewesen. Außer, es wäre eine Art Molotow-Cocktail benutzt worden, bei dem sich der Brandbeschleuniger nicht in einer Flasche, sondern in einem Beutel oder Ballon befunden hätte. Dieser wäre beim Aufprall geplatzt und im Anschluss womöglich verbrannt. Dann würden sie im schlechtesten Fall nicht mal mehr Überreste davon finden. Doch würde es für den Täter nicht ein unnötig hohes Risiko bedeuten, sich auf dem Nachbargrundstück zu verstecken? Es sei denn, er wusste, dass niemand zu Hause war. Oder der Nachbar selbst steckte dahinter. Es wäre immerhin nicht der erste Mord, der aus einem Nachbarschaftsstreit resultierte. Auch wenn Joachim auf Anhieb keiner einfallen wollte, bei dem man mit vergleichbarer Brutalität zur Sache gegangen war. Außerdem hätte Irene von einem solch bösartigen Streit sicher gewusst.

Er richtete seinen Blick wieder geradeaus, auf das Grundstück auf der gegenüberliegenden Straßenseite. Es wurde von einer weißen Mauer umfasst, hinter der sich buschige Fichten drängten. Das Haus dahinter war somit kaum zu erkennen. Als Versteck sicher ein besserer Ort, aber um von dort aus zu treffen, hätte der Täter schon Pitcher in einem Baseballteam sein müssen. Für Joachim schied diese Option aus.

Er neigte sich weit nach links und sah nun den rechts an das Beet grenzenden Teil des Vorgartens. Den Rest davon konnte er von hier aus nicht einsehen. Auch dort hätte sich jemand verstecken können.

Nun ging Fuchs in die Hocke und warf einen Blick in den Schrank unter der Spüle. Ein Mülleimer. Zerknüllte Einkaufstüten. Müllbeutel. Ein Ceranfeldschaber, Schwämme, Reinigungsmittel und graue Geschirrtücher. Nichts von Interesse. Er schielte über den Rand der Anrichte hinweg durchs Fenster auf den Ausläufer des Dachs. Da es sich um ein tief hängendes Satteldach handelte, sah er nur einen Streifen vom Himmel. Die Regenrinne aus angelaufenem Kupfer verdeckte ebenfalls einen Teil seiner Sicht. Vereinzelt trieben Wolken am Himmel.

Könnte der Täter auf dem Dach gehockt haben? Möglich. Wenn auch nicht sehr wahrscheinlich.

Dann fehlte nur noch der Vorgarten. Er ging zurück ins Wohnzimmer, reichte Irene das Wasser und behauptete, sich mal draußen mit den Kollegen unterhalten zu wollen.

Als er das Haus verließ, standen zwei der Spurensicherer am Zaun. Der dritte schoss Fotos vom Boden. Fuchs schlich am abgesteckten Bereich vorbei um die Ecke, bis er im Vorgarten stand. Dort sah er sich um. Zwar bot die Hecke zur Straße hin ausreichend Schutz, aber ein gutes Versteck gab es hier nicht. Er wollte schon wieder zurück ins Haus, da fiel ihm siedend heiß etwas ein. Es wäre doch geradezu lachhaft, wenn sich auf dem Grundstück des Inhabers einer Firma für Sicherheitstechnik keine Kameras finden ließen. Er spähte zu dem Dachüberstand hoch und entdeckte an einem Paneel eine dunkle Kunststoffkuppel, welche die Größe eines Tischtennisballs hatte und ihn an eine Miniaturversion der Überwachungskameras erinnerte, die oft in Geschäften an der Decke hingen. Er ging weiter, entdeckte direkt über dem Küchenfenster die nächste. Ebenso an der Ecke. Vermutlich gab es auf diesem Grundstück keinen einzigen Winkel, der nicht überwacht wurde. Die Frage war nur, warum Irene nichts davon erwähnt hatte.

Zurück im Haus fand er die beiden noch immer im Wohnzimmer vor. Der Seelsorger redete mit ruhiger Stimme auf sie ein. Irene weinte leise.

»Irene?«, fragte Fuchs.

Sie hob den Kopf.

»Kann ich dich bitte kurz unter vier Augen sprechen?«

Sie nickte, stand auf und folgte ihm in den Flur.

»Was ist mit den ganzen Kameras vorne am Haus? Waren die heute früh eingeschaltet?«

»Ich weiß nicht, ob und wann die aktiv sind. Das waren Konnys Spielereien. Ich habe mit Technik nichts am Hut, das weißt du doch.«

»Wäre es denn möglich, dass sie etwas aufgezeichnet haben?«

»Vielleicht. Aber die anderen Polizisten haben die Festplatte mitgenommen.«

Jetzt fiel es Fuchs wieder ein: Die schwarze Box, um die Maisel das Kabel gewickelt hatte.

»Joachim?« Irene sah ihn flehend an. »Versprichst du mir, dass ihr ihn findet?«

»Irene …«, Fuchs holte Luft, »… das ist nicht unser Fall.«

»Aber ich mag diesen anderen Typ nicht. Er ist ein … ein Neandertaler.«

Fuchs strich ihr mit einem Finger über die bleiche Wange. »Er ist womöglich nicht sehr sympathisch, aber vielleicht ist er ein guter Ermittler. Und darauf kommt es jetzt an.«

»*Vielleicht* reicht mir nicht.« Sie packte ihn am Arm. »Bitte, versprich es mir!« In ihrem Blick erkannte er nun einen Hoffnungsschimmer und wusste, dass er verloren hatte. Dass er selbst diesen Fall ebenso brauchte wie Irene die Hoffnung. Er musste nur noch Kreiling davon überzeugen, den Offenbachern im Austausch den Fall Jacobs zu übergeben. So wären beide Seiten zufrieden. Nicht nur das. Es käme sogar der Ermittlungsarbeit zugute, da die Motivationslage gleich eine ganz andere wäre. Legte man sich nicht automatisch mehr ins Zeug, wenn man persönlich betroffen war? Vielleicht würde Kreiling das einsehen.

Er nahm Irene in den Arm und drückte sie fest. »Ich kann nichts versprechen, aber ich gebe mein Bestes.«

6

»Das geht nicht.« Hermann Kreiling saß kerzengerade in seinem schwarzen Ledersessel, die Unterarme parallel auf dem Tisch.

»Wieso nicht?« Fuchs hob die Brauen. Hätte sein Chef ihm Befangenheit oder mangelnde Distanz in dem Fall unterstellt, wäre Fuchs davon ausgegangen, dass sein Vorgesetzter nur mal wieder den Korinthenkacker raushängen ließ. Doch bei dessen knapper, nüchterner Aussage fürchtete er, dass ein Austausch der Fälle tatsächlich unmöglich war. Dabei hatte Joachim sich vorab eingelesen, und soweit er informiert war, gab es kein Gesetz, das ein solches Vorgehen verbot. Er würde nicht so leicht lockerlassen. »Also geht es Ihnen mal wieder nur ums Prinzip?«, bohrte er weiter.

Der Dezernatsleiter neigte den Kopf und beäugte ihn mit einem stechenden Blick, sodass er Joachim mit dem gelblichen Schopf an einen Goldfasan erinnerte, der sich gerade bereit machte, einen Wurm aufzupicken. Doch Kreiling blieb ruhig.

»Die Zuständigkeiten sind klar geregelt, Herr Fuchs. Außerdem hatten wir dieses Thema doch heute Morgen schon.«

»Also reine Prinzipienreiterei«, beharrte Fuchs. Bevor Kreiling etwas erwidern konnte, fuhr er fort: »Wir haben einen toten Polizisten aus Offenbach, dessen Leiche auf Frankfurter Boden entdeckt wurde. Auf der anderen Seite einen Bekannten von mir, der im Zuständigkeitsbereich der Kollegen verstarb. Beide Ermittlungen sind brandaktuell, die Datenlage demnach sehr überschaubar. Wo also bitte ist das Problem?«

»Es gibt Regeln, Herr Fuchs. Aber wofür, wenn sowieso jeder macht, was er will?«

Regeln, immer diese Scheißregeln, dachte Fuchs. Wieder so eins von Kreilings Totschlagargumenten. Doch diesmal würde er ihn damit nicht mundtot bekommen.

»Es gibt aber kein Gesetz, das eine Fallübertragung verbietet. Und die Vorteile lägen doch auf der Hand.«

»Sie sind ein ewiger Querulant, Herr Fuchs. Das sind Mordermittlungen, keine Panini-Karten, die Sie tauschen können, wie es Ihnen beliebt.«

Fuchs merkte, dass seinem Chef die Argumente ausgingen, da er von der sachlichen auf die persönliche Ebene gewechselt war. »Chef, ich bitte Sie. Ich habe Frau Kröll mein Wort gegeben.«

Kreiling sah ihn entgeistert an. »Ist es mein Problem, wenn Sie solche Versprechungen machen?«

Jetzt stieg Wut in Fuchs auf und er wusste, dass er Gefahr lief, ebenfalls persönlich zu werden. Doch er wollte sich partout nicht mehr bremsen. »Sie scheuen bloß einen Rückzieher, weil Sie Kleiber schon eine vor den Latz geknallt haben, stimmt's?«

In diesem Moment klopfte es an die Tür. Der Kopf von Frau Möller lugte ums Eck. Aber bevor sie etwas sagen konnte, hatte Kreiling sie mit einer Geste zum Schweigen gebracht. Ebenso schnell, wie ihr Gesicht erschienen war, verschwand es wieder. Das Klicken des Türschnappers schien einen unnatürlich langen Moment in der Stille des Raums nachzuhallen.

»Ich bitte Sie, Chef«, setzte Fuchs zu einem weiteren Versuch an. »Sie würden bei Kleiber und seiner Truppe sicher hoch im Kurs stehen, wenn Sie über Ihren Schatten springen.«

»Was ist mit Befangenheit?«, fragte Kreiling.

Da war sie, wie erwartet, diese elende Befangenheit. »Ist in diesem Fall kein Problem, Chef.«

»Ach nein? Da bin ich jetzt aber gespannt.«

»Ja, ich habe mich schlau gemacht. Dazu muss man sagen, dass das in Ihrem Heimatland tatsächlich strenger gehandhabt wird als hier.« Er deutete auf ein Buch im Regal hinter Kreiling. »Wären Sie bitte so freundlich?«

Kreiling vollführte eine lustlose Drehung im Stuhl, folgte Fuchs' Fingerzeig und zog dann einen blauen Wälzer heraus, den er vor ihnen auf den Tisch knallte.

Fuchs blätterte zu der entsprechenden Stelle. »Hier.«

Kreiling las den Abschnitt mit.

»Sehen Sie? Lediglich wenn es um eine strafrechtliche Ermittlung *gegen* einen Polizeibeamten geht, sind Beamte einer anderen, wenn möglich übergeordneten Polizeidienststelle damit zu betrauen.«

Kreiling wedelte mit der Hand. »Schon gut, ich habe den Text verstanden.«

»Das bedeutet auch«, sagte Fuchs, »dass Sie mich damals gar nicht vom Aderlass-Fall hätten abziehen müssen.« Er lächelte spitzbübisch. »Aber so wie die Sache letztendlich ausgegangen ist, will ich mal nicht nachtragend sein.«

Kreiling schüttelte den Kopf, konnte sich ein Lächeln aber nun nicht mehr verkneifen. »Sie sind unmöglich, Fuchs.«

»Was genau soll das heißen?«

Der Dezernatsleiter seufzte. »Ich rede mit Kleiber. Und Sie gehen jetzt besser, bevor ich es mir anders überlege.«

7

Mit eingezogenen Köpfen stiegen Joachim und Lara die schmale Treppe im Institut für Rechtsmedizin hinab. Obwohl ihnen beim Öffnen der Tür zum Kellerabgang diesmal nicht der übliche Verwesungsgestank entgegengeschlagen war, hatte Fuchs sich nie zuvor derart überwinden müssen, diese Stufen zu nehmen.

Nachdem sie einen Moment vor der Metalltür zum Obduktionsraum gestanden hatten, ohne dass Fuchs es über sich gebracht hatte zu klopfen, hob Lara die Hand und übernahm das. Eine Weile hörte man nur das Rauschen der Rohrleitungen über ihren Köpfen, dann öffnete sich die Tür. Durch den Spalt sahen sie, wie Professor Lehnhardt sich mit dem Ellenbogen an der Klinke abmühte. Lara kam ihm zur Hilfe.

Fuchs entschuldigte sich für die Verspätung, da er wusste, wie sehr Lehnhardt Unpünktlichkeit hasste, doch statt Verärgerung erkannte er nur Überraschung in dessen Gesicht. Im Licht des Sektionsraums wirkten die Falten des Rechtsmediziners immer besonders tief, vor allem die beiden Furchen, die sich von der Nase zu den Mundwinkeln zogen. Sein Haarschnitt sowie sein ganzes Auftreten ließen ihn stets wie einen Oberbefehlshaber erscheinen, dabei war er ein wirklich umgänglicher Mensch.

»Herr Fuchs, Frau Schuhmann. Mit Ihnen hatte ich gar nicht gerechnet.« Seine grauen Augen starrten sie durch die eckigen

Gläser seiner rahmenlosen Brille an. »Stammt der Tote nicht aus dem Kreis Offenbach?«

Fuchs nickte. »Hat dennoch seine Richtigkeit, keine Sorge.«

Lehnhardt zuckte die Schultern. »Mir solls recht sein. Sie sind mir ohnehin lieber.« Er lächelte und bat die beiden herein. »Entschuldigen Sie meine informelle Begrüßung.« Zur Erklärung hob er die Hände. Nun war klar, warum er die Klinke nicht hatte anfassen wollen. Die Handschuhe waren so schmutzig, dass man den weißen Latex nur noch erahnte.

Joachim mochte sich lieber nicht vorstellen, was alles daran klebte.

»Sie haben bisher nicht viel verpasst«, sagte Lehnhardt und ging zu einem der Tische voraus.

Zum ersten Mal im Keller der Rechtsmedizin zögerte Fuchs, ihm zu folgen. Doch jetzt gab es kein Zurück mehr. Nicht, nachdem er Kreiling zur Fallübertragung überredet hatte. Und erst recht nicht nach seinem Telefonat mit Irene, in dem er ihr von seinem Erfolg erzählt hatte. So betrachtet, hatte er sich das selbst eingebrockt. Da musste er jetzt durch.

Nachdem er sich gesammelt und zu Lehnhardt an den Sektionstisch gestellt hatte, zwang er seinen Blick zu der Leiche. Sein Magen zog sich fast schmerzhaft zusammen. Egal wie schrecklich er sich die Situation zuvor ausgemalt hatte – es war schlimmer. Die Realität überwältigte ihn mit erschreckender Wucht und schlug ihm die Klauen ins Fleisch. Dort auf dem gebürsteten Edelstahltisch lag sein Freund. Konrad. Sein FREUND! Kein Fremder, den er bloß *Opfer* nennen brauchte, um für Distanz zu sorgen. Dieser billige Trick würde heute nicht funktionieren. Er schluckte, doch der Kloß in seinem Hals rührte sich keinen Millimeter.

»Sind Sie schon zu einem vorläufigen Ergebnis gelangt?«, erkundigte sich Lara.

Joachim war froh, dass seine Kollegin das Reden übernahm. Sicher ahnte sie, wie schwer ihm das heute fiel. Auf der Fahrt hatte sie ihn gefragt, warum er so scharf auf den Fall war, und ihm war nichts anderes übrig geblieben, als sie einzuweihen, dass es sich bei dem Toten um einen guten Freund von ihm handelte. Zum Glück hatte Lara auf mitleidige Bemerkungen verzichtet, da sie wusste, wie unwohl er sich mit überzogener Anteilnahme fühlte.

»Na, na«, sagte Lehnhardt, »so schnell bin ich auch wieder nicht. Wenn Sie es aber so eilig haben, gebe ich gerne schon mal einen Tipp ab.« Er kniff ein Auge zu, so als dachte er intensiv über ihre Frage nach. In der Pause, die folgte, kam es Fuchs vor, als wartete Lehnhardt auf einen Trommelwirbel. Doch dann sagte er nüchtern: »Der Mann ist verbrannt.« Lächelnd sah er zu Lara. »Sie wirken enttäuscht.«

»Sagen wir, ich bin nicht überrascht.«

»Ach, nein? Dann wollen wir doch mal sehen, was ich für Sie tun kann. Sehen Sie diese Farben und Oberflächenstrukturen?« Er wies auf verschiedene Stellen am Rumpf. »Es handelt sich hierbei um ein Mischbild von oberflächlichen und tiefen Verbrennungen. Hier, an den rosafarbenen Stellen ist die Oberhaut abgelöst, die Lederhaut aber intakt. Man spricht von einer IIa-gradigen Verbrennung – die lösen mitunter die heftigsten Schmerzen aus, die man sich vorstellen kann. Ab Grad IIb oder höher, wenn die Lederhaut weißlich oder verkohlt ist, sind die Nervenendigungen zerstört und damit das Schmerzempfinden vermindert. Aufgrund der hier immensen Fläche an IIa-gradigen Verbrennungen ist jedenfalls klar: Dieser Mann hat schrecklich gelitten.«

Fuchs drehte sich der Magen um. Der Gestank nach verbranntem Fleisch war plötzlich unerträglich, und er bezweifelte, ob er je wieder am Grill stehen und Steaks braten könnte, ohne an diesen Tag in der Rechtsmedizin denken zu müssen. Er hatte zwar schon einige Brandleichen gesehen, doch bei denen waren die menschlichen Züge von den Flammen weitestgehend verzehrt worden, sodass sie eher wie verkohlte Schaufensterpuppen ausgesehen hatten. Schwarze Körper, leere Augenhöhlen, Arme oder Beine in den verschiedensten Winkeln fixiert. Konrads Haut war dagegen stellenweise intakt. Am Rumpf war sie schwartig verdickt wie ein Panzer, von Händen und Teilen des Gesichts blätterte sie ab wie angekokeltes Papier.

Er schluckte erneut, doch der Kloß in seinem Hals wollte einfach nicht rutschen. Du reißt dich jetzt zusammen, herrschte er sich in Gedanken an. Sonst hättest du den Fall nicht übernehmen dürfen. *Wechsle die Perspektive. Raus aus der Beteiligten-, rein in eine Betrachterrolle. Blende den Kontext aus, richte den Fokus auf die Details.*

Es schien zu klappen, denn nun fielen ihm zwei tiefe Schnitte auf, die entlang beider Seiten von den Schultern zur Hüfte verliefen. Das von den Flammen geschwärzte Gewebe klaffte dort einen Zentimeter weit auseinander und entblößte rosafarbenes Fleisch. Unwillkürlich musste er an einen Krustenbraten denken, der zu lange im Ofen gewesen war, und verstand allmählich, warum Mediziner so gerne auf Lebensmittelvergleiche zurückgriffen. Identische Wunden fanden sich an den Armen.

Auch Lara hatte diese bemerkt, denn sie beugte sich neugierig vor. »Was ist das?«

»Das sind Escharotomien«, erklärte Lehnhardt. »Die stammen vom Notarzt. Man schneidet tief in die Haut, damit sie aufplatzt. Dadurch wird das starre Korsett des geschrumpften Hautmantels gesprengt. Unterlässt man diese Maßnahme, kann sich der Brustkorb nicht mehr dehnen, wodurch man selbst mit einem Beatmungsgerät keine Luft mehr in die Lunge bekommt.«

»Und warum wurde das an den Armen gemacht?«

»Zur Vorbeugung eines Kompartmentsyndroms.« Als er Laras verständnislosen Blick bemerkte, winkte er ab. »Würde jetzt zu weit führen und ist für Ihren Fall irrelevant.«

»Laut Aussage der Ehefrau«, sagte Lara, »stand ihr Mann urplötzlich in Flammen. Was sagen Sie aus rechtsmedizinischer Sicht dazu?«

»Nun ja«, Lehnhardt schmunzelte, »ich habe zwar selbst noch nie eine beobachtet, aber die spontane menschliche Selbstentzündung ist ja ein bis heute noch nicht vollständig geklärtes Phänomen.«

Lara hob eine Braue. »Das werden Sie ja wohl kaum in Ihren Bericht schreiben.«

»Wieso nicht?«

»Bitte, Professor«, schaltete Fuchs sich nun ein, »wenn Sie uns einfach die Fakten mitteilen würden.«

Lehnhardt sah überrascht zu ihm auf. »Da ist wohl heute jemand mit dem falschen Fuß aufgestanden.«

Fuchs ließ die Bemerkung unkommentiert. Er hätte den Professor zwar einweihen können, dass es sich bei dem Opfer um einen Freund handelte, hatte dies jedoch aus gutem Grund unterlassen. Der Rechtsmediziner sollte seiner Arbeit nachgehen, und das in möglichst gewohnter Weise. Eine künstlich erzwungene Pietät wäre dabei kaum hilfreich.

»Das sind Fakten«, sagte Lehnhardt pikiert.

»Sie meinen wohl ein Mythos.«

»Von mir aus nennen Sie es Mythos. Doch lassen Sie mich kurz erklären, weshalb es ihn gibt.«

Fuchs kapitulierte. »Bitte.«

»Man hat schon etliche Leichen gefunden, die vollständig verbrannt waren, obwohl alles in ihrer Umgebung, inklusive dem Boden, völlig unversehrt geblieben war.«

Fuchs versuchte, sich seine Ungeduld nicht anmerken zu lassen. »Dann war sicher die Kleidung der Opfer mit Brandbeschleuniger übergossen worden, und sie haben auf einem feuerfesten Untergrund gelegen. Was weiß ich. Sicher gibt es viele plausible Erklärungsansätze.«

»Der Wahrscheinlichste ist aber der Dochteffekt«, dozierte Lehnhardt. »Wird nämlich das Fett unter der Haut nur lange und stark genug erhitzt, verflüssigt es sich und kann die Flamme nähren wie geschmolzenes Wachs eine Kerze. Es gibt zwar noch weitere Hypothesen, aber die erspare ich Ihnen. Ich habe irgendwie das dumpfe Gefühl, dass Sie heute nicht in der Stimmung für Vorträge sind. Weder über Selbstentzündung durch erhöhten Blutalkoholspiegel noch durch Kugelblitze.«

Fuchs schüttelte den Kopf.

»Dachte ich mir. Gut, machen wir weiter.« Lehnhardt griff sich ein Messer und drückte die Klinge in das verbrannte Gewebe. Sie versank nur widerwillig und unter Knirschen darin. Er seufzte. »Das ist bei dieser Kruste gar nicht so leicht. Leider ist meine Sektionsassistentin im Urlaub, da muss ich die ganze Arbeit selbst machen.« Er legte das Messer beiseite und wechselte auf eine Geflügelschere.

Unwillkürlich wandte Joachim den Blick ab, zwang ihn dann

aber entschieden zurück. »Was, denken Sie, könnte den Brand ausgelöst haben?«

Lehnhardt unterbrach seine Tätigkeit und fuhr mit der Spitze der Schere über die Schulter, wobei ein schabendes Geräusch entstand. »Das hier ist das Acromion, das knöcherne Schulterdach. Wie Sie sehen, liegt es teilweise blank. Dasselbe gilt für diesen Teil der Kalotte.« Als er mit dem Metall gegen den Schädel klopfte, erklang ein hohler Ton. »Auch einige Dornfortsätze liegen frei. Das sind die knöchernen Vorsprünge, die man bei sich selbst entlang der Mitte des Rückens ertastet. Wenn Sie mir beim Drehen helfen, zeige ich es Ihnen.«

Fuchs hob abwehrend die Hände. »Machen Sie ruhig erst mal weiter.«

»Gut, wie Sie wollen. Diese Beobachtung lässt für mich zwei Schlüsse zu: Entweder kam ein Mittel zum Einsatz, mit dem binnen kürzester Zeit immense Verbrennungstemperaturen erreicht werden können, oder die Flammen hatten lange genug Zeit, auf das Gewebe einzuwirken.«

»Also ein Brandbeschleuniger?«, resümierte Fuchs.

»Ja, aber kein gewöhnlicher, denn die sind in der Regel flüchtig und verbrennen schnell.«

»An was denken Sie?«

»Spontan fallen mir nur zwei Stoffe ein, die so etwas anstellen könnten. Einer wäre Thermit, eine Mischung aus Eisenoxidpulver und Aluminiumgrieß. Das Problem hierbei ist, dass es eine hohe Aktivierungsenergie braucht, damit die Reaktion erst mal in Gang kommt. Ähnlich wie bei einer Wunderkerze.«

»Als es geschah«, erklärte Fuchs, »befand er sich in der Einfahrt seines Hauses. Er war auf dem Weg zu seinem Wagen und ist nur kurz stehen geblieben. Seine Frau, die ihn durchs

Küchenfenster beobachtet hatte, ließ ihn nur für etwa dreißig Sekunden aus den Augen. Als sie dann wieder nach draußen sah, stand er bereits in Flammen. An Ihrer Aussage gibt es für mich keinen Zweifel. Ich halte es daher für unwahrscheinlich, dass ihn jemand mit einem Pulvergemisch bestreut und dann angesteckt hat.«

Lehnhardt nickte. »Gut, dann wären wir bei Möglichkeit Nummer zwei. Eine zähe, brennbare Masse, die lange genug am Objekt haftet.«

»Als da wäre?«

»Napalm.«

»Napalm …«, wiederholte Fuchs nachdenklich. Sofort kam ihm das berühmte Foto des vietnamesischen Mädchens, das nackt vor einer Feuersbrunst flieht, in den Sinn. Ein Bild, das um die Welt gegangen war und auch heute noch für die Schrecken des Vietnamkriegs stand.

»Ist das nicht verboten?«, fragte Lara.

»Doch«, Lehnhardt nickte. Er hatte die Arbeit wieder aufgenommen und machte sich gerade an das Ausweiden der Bauchhöhle. »Zumindest zählt es laut Haager Landkriegsordnung zu den geächteten Waffen, eben weil es so schmerzhafte und schlecht heilende Wunden hervorruft. Übermäßiges Leid wird im Krieg nämlich nicht toleriert. Ist das nicht beruhigend?«

»Woraus besteht Napalm?«, fragte Fuchs.

»Die Hauptzutat ist Benzin. Aber man kann es im Grunde auch selbst herstellen, indem man den Sprit verdickt.«

»Wissen Sie zufällig, welche Mittel dafür geeignet sind?«

»Beim klassischen Napalm hat man Aluminiumseifen aus Naphthen- oder Palmitinsäure benutzt, deren Anfangssilben übrigens den Namen ergeben. Na-Palm. Beim moderneren Napalm-B verwendet man Polymere, die das Gemisch, je nach Beimengung, noch dickflüssiger machen. Grundsätzlich kann man sagen: Je dickflüssiger die Masse ist, umso schwerer entzündlich wird sie, dafür aber umso zerstörerischer in ihrer Wirkung. Falls so etwas hier eingesetzt wurde, sollten sich Rückstände an der Leiche finden lassen. Die genaue Zusammensetzung werden Sie dann nach der Massenspektroskopie von der Kriminaltechnik erhalten.«

»Wo bekommt man solche Verdickungsmittel her?«, fragte Lara, die das Thema offenbar faszinierte. »Vielleicht wäre das ja ein Ansatz?«

Lehnhardt verzog das Gesicht. »Palmitinsäure steckt in gewöhnlichem Palmöl, das ja bekanntlich zuhauf in der Lebensmittelindustrie verwendet wird. Sie erinnern sich – dieses Zeug, wegen dem der Regenwald abgeholzt wird. Naphthensäure finden Sie zum Beispiel in Lacken. Beide Substanzen sind nicht schwer zu beschaffen. Wahrscheinlich würde es sogar mit Gelatine oder einfacherer Stärke klappen. Neulich habe ich eine Bratensauce mit Pfeilwurzelmehl gebunden. Wenn Sie wollen, versuche ich mal, ob sich damit auch Napalm herstellen lässt. Sollte ich aber lieber machen, wenn meine Frau nicht zu Hause ist.«

Fuchs hatte Mitleid mit der Frau des Professors. Bei ihrem letzten großen Fall hatte Lehnhardt in der heimischen Garage einen Schweinebauch mit einem Hochdruckreiniger malträtiert, um die Wunden der Opfer erklären zu können. Zum Schrecken seiner Gattin wollte er diesen im Anschluss als Rippchen servieren. »Bevor Sie ihr Haus abfackeln«, sagte Fuchs daher rasch, »überlassen wir das lieber der KTU.«

Lehnhardt nickte, setzte das Messer hinter einem Ohr an und zog die Klinge in einer geschmeidigen Bewegung quer über den Kopf. Dann klappte er die beiden Hautlappen auseinander, sodass der Schädelknochen freilag wie eine geschälte Frucht. Er trat näher heran, um die Oberfläche zu inspizieren, kniff die Augen zusammen und murmelte vor sich hin.

»Was suchen Sie da?«, wollte Lara wissen, die nun ebenfalls näher kam. Zwar reagierte sie nach wie vor etwas empfindlich auf den Anblick sezierter Leichen, aber inzwischen überwog ihre Neugier.

»Berstungsfrakturen. Hier sind aber keine.«

»Aha.«

Lehnhardt fühlte sich zu einer Erklärung veranlasst. »Wenn ein Kopf längere Zeit großer Hitze ausgesetzt wird, fängt irgendwann das Hirn an zu kochen und dann … PENG! …« Er schlug sich mit der Faust in die Handfläche.

Fuchs zuckte zusammen.

»… tauchen feine Frakturlinien auf, die den Knochen wie ein Spinnennetz überziehen.« Lehnhardt nahm die oszillierende Säge vom Tisch und führte sie einmal rings um den Schädel. Während ein ohrenbetäubendes Kreischen den Raum erfüllte, wirbelte Knochenmehl durch die Luft. Fuchs trat einen Schritt zurück, verstört von dem Gedanken, die Partikel zu inhalieren.

Mit wenigen Handgriffen befreite der Rechtsmediziner das Gehirn, das er auf einem Holzbrett in Scheiben schnitt wie ein Sternekoch eine Pastete. Nachdem er jedes einzelne Stück gemustert und für unauffällig befunden hatte, kippte er das zerstückelte Hirn in die geöffnete Bauchhöhle.

Lara schnitt eine Grimasse. »Wieso schütten Sie das in den Bauch?«

Lehnhardt sah sie verwundert an. »Haben Sie das noch nie gesehen?«

»Nein. Muss mir bei den letzten Malen wohl entgangen sein. Und ich muss zugeben, dass ich das nicht gerade bedaure. Das ist irgendwie … schräg.«

»Wieso? Das ist Pragmatismus. Es wird doch eh alles in den Kreislauf der Natur rücküberführt, und den Würmern ist es egal, wo sie ihr Essen serviert bekommen. Aber falls Sie der Gedanke an die leere Schädelgrube verstört …« Er ging zu einem Wandspender, aus dem er einige Lagen Zellstoff zog, die er zu einem Klumpen formte und anstelle des Hirns in die Schädelhöhle stopfte. Anschließend legte er den Knochendeckel wieder auf und klappte das Gesicht samt Kopfhaut darüber. Dann lächelte er Lara zu. »Sehen Sie – wie neu.«

»Um beim Pragmatismus zu bleiben«, klinkte Joachim sich ein, der definitiv genug hatte für heute, »wir sollten uns auch mal wieder an die Arbeit machen. Wann können wir mit Ihrem Bericht rechnen?«

Lehnhardt sah ihn erstaunt an. »Sie wollen schon gehen? Jetzt kommt doch noch die Sektion der Organe.«

»Ich denke, wir haben genug gesehen. Sie haben uns sehr geholfen. Aber Sie wissen ja, was man über die ersten achtundvierzig Stunden einer Ermittlung sagt.«

»Ja, dass die Chancen, den Fall zu lösen, um mehr als die Hälfte sinken, wenn in dieser Zeit keine Anhaltspunkte gefunden werden.«

»Sie sagen es.« In der Tür drehte Fuchs sich noch einmal um. »Und Professor – ich hoffe, beim nächsten Mal bin ich wieder der Alte.«

8

Das wird ein Fest!

Ich drehe die Gasflasche auf, Argon strömt durch den Schlauch. Mit meiner Linken klappe ich das Visier herunter und beobachte durch das verdunkelte Sichtfenster, wie meine Rechte nach dem Brenner greift. Ich stelle Amperezahl und Drahtvorschub ein. Die Düse aufs Testblech gedrückt, löse ich aus. Ein elektrisches Prasseln ertönt. Kurz darauf stoppe ich, um den Schweißpunkt zu untersuchen. Er ist zu erhaben, weshalb ich die Leistung hochstelle. Zweiter Versuch: Knopfdrücken, Lichtbogen, Drahtschmelze. Check. Nun ist der Testpunkt schön flach.

Ich platziere die magnetischen Winkel auf der Arbeitsfläche, damit meine Werkstücke in Position gehalten werden. Dann setze ich die erste Schweißnaht. Das Schutzglas des Helms tönt das gleißende Licht blau. Rauchfäden kräuseln sich in der Luft, und winzige Funken fliegen in alle Richtungen wie ein Schwarm aufgescheuchter Mücken.

Schweißen ist eine Kunst. Metalle schmelzen im Lichtbogen, um sich genau dort zu vereinigen, wo ich es will. Als wäre ich Herr über die Elemente. Es ist ein berauschender Gedanke, dass sich diese harten Materialien allein durch meine Hand miteinander verbinden. Dass ich es bin, der sie verschmelzen lässt, unlösbar wie ineinandergerührte Farben. Teilchenfusion auf

Knopfdruck. Ich wünschte, so leicht wäre es auch bei uns Menschen. Doch da braucht es die großen Gefühle. Die lassen sich zwar ebenfalls provozieren, wenn man die richtigen Knöpfe drückt, aber es ist längst nicht so leicht, wie es klingt. Mich hat es zwanzig Jahre gekostet, bevor ich die richtigen Knöpfe fand und zu drücken verstand. Erst dadurch geriet ich in die Lage, mein vermeintliches Schicksal abzuwenden und dieser endlosen Achterbahnfahrt aus Attraktion und Abstoßung, Wertschätzung und Missachtung ein Ende zu bereiten.

Als die Spitze auf dem Bolzen fixiert ist, schiebe ich diesen in das Rohr, in dem unten die kräftige Gasfeder sitzt. Anschließend stecke ich das gesamte Konstrukt in das Loch in der Mitte des Fußkreuzes. Nun sieht es aus wie ein fünffüßiger Christbaumständer – nur dass darin kein Stamm, sondern ein überdimensionierter Jagdpfeil steckt. Zu schade, dass ich nicht dabei sein werde, wenn das Gerät zum Einsatz kommt. Aber ich kann mir gut vorstellen, wie es sich abspielen wird. Doch dafür muss das Teil erst mal in das Gebäude gelangen.

Ich sehe mich auf den Eingang zugehen, den großen Karton mit einer Sackkarre schiebend. Der Transporter parkt direkt vor der Tür. Bei all den Paketdiensten, die es inzwischen gibt, schöpft doch kein Mensch mehr Verdacht, wenn wieder ein neues Gesicht auftaucht. Eine entsprechende Verkleidung sorgt dafür, dass mich später niemand erkennt. Und falls sie am Eingang doch einen Blick in den Karton werfen, werden sie nichts Verdächtiges darin finden.

Ich weiß auch, wann der beste Zeitpunkt ist, mein Geschenk zu überbringen, denn jeden Mittag um Punkt zwölf sind die Herren bei Tisch. Ein Ereignis, das ähnlich vorhersehbar ist wie die Gezeiten oder das Glockenläuten der Kirchen. Falls ich falschliege und ihn doch an seinem Arbeitsplatz antreffe, stelle ich die Lieferung im Umkarton ab und mache mich aus dem Staub. Bis er das Geschenk ausgepackt und probegesessen hat, bin ich längst über alle Berge.

Wenn er aber, wie erwartet, beim Essen ist, packe ich das Präsent eigenhändig für ihn aus. Ich nehme sogar den Karton wieder mit. Man soll mir ja keinen schlechten Service nachsagen.

Mit dem Finger fahre ich über die Klingen, die sich oben an der Spitze vereinen, und beschließe, sie noch etwas zu schärfen. Dafür hole ich den Winkelschleifer aus dem Regal. Als ich fertig bin, trete ich ein paar Schritte zurück und betrachte mein Werk aus der Distanz.

Ja, denke ich, ein Fest!

9

Am nächsten Morgen betrat Fuchs das Präsidium. Die Flure waren menschenleer, nur das dumpfe Gemurmel, das durch die Bürotüren drang, bezeugte, dass er nicht allein im Gebäude war. Obwohl er am Vorabend todmüde ins Bett gefallen war, hatte er den Großteil der Nacht wachgelegen und an die Decke gestarrt. Die Erinnerungen an die Obduktion seines Freundes waren wie eine Dauerschleife vor seinem inneren Auge abgelaufen, sodass er sich wie die Hauptfigur aus *Clockwork Orange* gefühlt hatte; gefesselt und mit Augenklammern den grausamsten Bildern willenlos ausgesetzt. In den wenigen Schlafphasen, die ihm vergönnt gewesen waren, hatten ihn verstörende Träume traktiert. Auch an Sophia hatte er immer wieder denken müssen, da er schon seit Tagen nichts mehr von ihr gehört hatte, und allmählich machte er sich Sorgen. Er zog sein Handy aus der Tasche und warf einen Blick auf das Display. Vielleicht hatte sie ihm eine Nachricht geschickt, während er auf dem Weg ins Präsidium gewesen war. Aber nein. Kein verpasster Anruf, keine WhatsApp, keine SMS. Sicher hatte sie keinen Empfang, was im Busch ja kein Wunder war. Doch gerade jetzt hätte er gern ihre Stimme gehört. Enttäuscht steckte er das Gerät wieder ein.

Zuerst sah er bei Lara vorbei. Da sie jedoch nicht an ihrem Platz war, ging er zum Büro von Huber und Kern, die sich seit jeher einen Raum teilten. Als er den Kopf durch die Tür streckte, sah er nur Kern, der, die Füße auf dem Tisch, in einer Zeitung las.

»Morgen, Chef.« Und schon waren die Füße unten.

»Morgen, Olaf. Wo sind denn alle?«

»Anscheinend noch nicht da.«

Joachim trat ein, schloss die Tür und nickte in Richtung der Zeitung. »Und? Was gibt's Neues?«

Olaf blätterte zwei Seiten zurück. »In der großen weiten Welt nichts Besonderes. Aber das hier ist krass. Er las die Schlagzeile vor: T*ödliches Geschoss – Drohnenabsturz über Waldkindergarten.«*

»Was für eine Drohne?«

»Na, so ein ferngesteuertes Teil. Schau hier.« Er legte die Zeitung ab.

Fuchs kam um den Schreibtisch herum und merkte, dass ihn diese seichte Berichterstattung förmlich anzog. Offenbar wünschte sein Hirn sich leichtere Kost als die Gräueltaten, die auf ihrer Agenda standen. Unter der Schlagzeile entdeckte er das Bild eines Polizisten, der eine große Flugdrohne in die Luft hielt wie ein Angler einen prächtigen Lachs. Zwei der Rotoren waren zerbrochen, ansonsten schien das Gerät den Absturz unbeschadet überstanden zu haben. Er überflog die Bildunterschrift.

»Sind ja schon cool, diese Dinger«, schwärmte Olaf.

»Aber solange sich jeder Idiot so ein Teil kaufen kann, auch scheißgefährlich«, entgegnete Joachim.

»Stimmt, gab ja auch schon tödliche Zusammenstöße mit Menschen, was nicht weiter verwunderlich ist, wenn man bedenkt, dass es Drohnen gibt, die über zweihundert km/h schnell fliegen und dabei auch noch einige Kilos auf die Waage bringen.«

»Die hier sieht auch nicht gerade leicht aus«, bemerkte Joachim. »Wenn das Teil auf eins der Kinder gefallen wäre …«

»Ist es aber nicht«, beruhigte ihn Olaf. »Hier steht, dass niemand verletzt wurde, da beim Absturz alle innerhalb des Gebäudes beim Frühstück waren.«

»Glück gehabt.« Joachim seufzte. »Na gut, dann lass uns mal wieder um unseren Kram kümmern. Immerhin haben wir einen Mord aufzuklären.« Er sah auf die Uhr. »Mensch, wo bleiben die denn?«

Sein Kollege gähnte. »Die kommen sicher jeden Moment. Ist ja noch keine neun Stunden her, dass wir beisammengehockt haben.«

»Jetzt tu mal nicht so, als müsstet ihr ständig Nachtschichten einlegen.«

»Nein, nein.« Kern hob abwehrend die Hände. »Ich sage doch nur, dass es gestern Abend spät war.«

Fuchs verkniff sich eine Erwiderung. Immerhin gingen die Überstunden auf seine Kappe, weil er den Fall mit aller Macht an sich gerissen hatte. Seinen Mitarbeitern nun Faulheit vorzuwerfen wäre nicht fair. Zumal sie ohne Murren bis Mitternacht im Präsidium ausgeharrt hatten, bis der Datentransfer mit den Offenbachern abgeschlossen sowie alle Unterlagen gesichtet und für den nächsten Morgen vorbereitet gewesen waren. Nur die Aufzeichnungen der Überwachungskameras an Konrads Haus fehlten, da man ihnen die Festplatte am nächsten Morgen per Kurier schicken wollte.

Es vibrierte in seiner Tasche. In der Hoffnung, dass es ein Anruf von Sophia war, zog er das Handy heraus und staunte nicht schlecht, als er den Namen seiner Ex-Frau auf dem Display las. Was zum Henker wollte sie denn um diese Zeit? Er nahm den Anruf entgegen. Sogleich gellte Claudines Stimme aus dem Hörer. »Joachim! Sitzt du?«

»Nein. Sollte ich?«

»Ich habe eben einen Anruf von Frau Jäger erhalten.«

»Das ist noch mal wer?«

»Frau Jäger?«

»Ja.«

»Benjamins Lehrerin«, erwiderte sie mit hörbarer Ungeduld.

»Aha. Und was wollte sie?«

»Fragen, ob es ihm gut geht.«

»Und?«

»Wie *und*?«

»Wie geht es ihm?«

»Soweit *ich* das beurteilen kann, ging es ihm heute Morgen, als er zur Tür raus ist, blendend.«

»Und warum ruft dich dann seine Lehrerin an?« Fuchs ahnte bereits, was gleich kommen würde.

»Weil *dein* Sohn jeden Morgen artig das Haus verlässt, aber offenbar seit vier Wochen nicht in der Schule war.«

Fuchs schwieg. Er gab Kern ein Zeichen und verließ das Büro.

»Vier Wochen!«, wiederholte Claudine.

Joachim schloss die Tür hinter sich.

»Willst du nichts dazu sagen?«

»Ich denke nach«, knurrte er.

»Was gibt es da denn zu denken? Vielleicht unternimmst du mal was, sprichst mal ein Machtwort.«

Joachim prustete. »Du tust ja gerade so, als wäre er noch ein Kleinkind, dem ich bloß mal die Leviten lesen müsste.«

»Aber du bist sein Vater. Und du bist Polizist.«

»Jetzt mach dich bitte nicht lächerlich. Soll ich ihn vielleicht verhaften?«

»Ich weiß es nicht. Tu einfach nur deine Pflicht als Vater.«

»Willst du mich eigentlich verarschen?« Joachims Kopfhaut kribbelte vor Zorn. Er dämpfte die Stimme, sah sich um. »Wie oft habe ich dir gesagt, dass ich glaube, dass er kifft, vielleicht sogar andere Drogen nimmt? Du wolltest doch nichts davon hören und hast ihn ständig in Schutz genommen. Jetzt alles mir in die Schuhe zu schieben, weil ich angeblich meine väterlichen Pflichten vernachlässigt habe, ist eine bodenlose Frechheit.« Er atmete durch. »Aber ich kümmere mich darum, okay? Und übrigens: Er ist *unser* Sohn.« Dann legte er auf. Sein Blick verlor sich auf dem Gang, während die erste Zorneswelle verebbte. Claudine konnte ihn mit ihrer Naivität wirklich zur Weißglut treiben. Aber wenn er ehrlich zu sich war, hatte er tatsächlich nichts unternommen. Doch was sollte er auch tun? Immerhin lebte sein Sohn bei Claudine, war volljährig und ein richtiger Trotzkopf.

Joachim beschloss, ihn anzurufen, um ein Treffen auf neutralem Boden zu arrangieren. Aber wo? In einer Bar? Auf ein Bier? Pädagogisch nicht sonderlich wertvoll. Dann doch lieber in einem Café auf einen Kakao. Eigentlich war es egal, wo das Treffen stattfand, Hauptsache, es kam zustande, denn er konnte sich nicht erinnern, wann er zuletzt ein tiefgründiges Vater-Sohn-Gespräch geführt hatte. Offenbar war dies längst überfällig. Vielleicht drang er ja irgendwie zu ihm durch.

Er schaltete die Rufnummernübermittlung aus und wählte Benjamins Nummer. Es dauerte eine Weile, bis der Anruf entgegengenommen wurde.

»Ja?« Im Hintergrund dröhnte Musik.

»Ich bin es«, sagte Joachim.

»Ey, frag ihn, wo er bleibt!«, erklang eine Stimme im Hintergrund.

»Wo bleibt wer?«, fragte Joachim, das *Wo* und *Wer* betonend. »Wer ist denn da?«

»Dein Vater.«

»Was?«

»Dein Vater!«, rief Joachim im Flur gegen den Lärm in der Leitung an. Glücklicherweise waren noch keine Kollegen da. »Vielleicht gehst du mal irgendwohin, wo du mich verstehen kannst.«

»Oh, shit. Ja. Warte …« Die Musik wurde leiser, verebbte zu einem Basswummern. »Besser?«

»Ja, besser.«

»Wieso rufst du mit unterdrückter Nummer an?«, fragte Benjamin misstrauisch.

»Aus ermittlungstaktischen Gründen.«

»Hä?«

»Schon gut, vergiss es. Wo steckst du überhaupt, wo man um diese Zeit so laut Musik hören kann?«

»Bei einem Freund.«

»Und die Eltern stört dieses Gehämmer nicht?«

»Die sind nicht da.«

»Müsstest du nicht in der Schule sein?«

»Doch, aber Deutsch ist ausgefallen. Doppelstunde bei der Hopf. Also sind wir zu Luka gefahren. Bisschen Musik machen.«

»So, so«, sagte Fuchs und lehnte sich gegen die Wand. »Was hältst du davon, wenn wir beide uns mal auf ein Bier treffen?« Also doch das Bier. Egal. Man musste ja nicht päpstlicher sein als der Papst.

»Auf ein Bier?«, fragte Benjamin, als hätte sein Vater vorgeschlagen, sie könnten sich in einer Tabledance-Bar treffen.

»Ja, dieses gelbe Getränk mit der Schaumkrone. Wie sieht's aus?«

»Ähm … wann denn?«

»Wann passt es dir?«

»Ich weiß nicht.«

»Wie wäre es denn heute Abend?«

»Ne, geht nicht. Da bin ich schon verabredet.«

»Dann vielleicht morgen?«

Joachim hörte förmlich, wie es im Kopf seines Sohns ratterte. Entweder hatte er schlichtweg keine Lust, mit seinem Vater ein Bierchen zu trinken, oder er ahnte längst, was hinter dem Treffen steckte. Doch Joachim würde nicht lockerlassen, bis Benjamin sich mit ihm verabredet hatte.

»Du, ich check mal ab, wann es passt«, kam der ihm zuvor. »Ich melde mich dann wieder, okay?«

»Was gibt es da denn *abzuchecken*? Dein Terminkalender sollte doch wohl ein Treffen mit deinem Vater erlauben.«

»Denkst du, nur weil ich noch zur Schule gehe, habe ich keine Verpflichtungen?«

»Die hast du bestimmt. Aber wie ich gehört habe, nimmst du es damit nicht allzu ernst.«

»Was soll das denn heißen?«

»Ich denke, das weißt du. Und darüber möchte ich mit dir reden. Wenn möglich, lieber gestern als heute.«

»Nee, komm … dafür hab ich echt keinen Nerv.«

»Keinen Nerv? Jetzt pass mal auf, Freundchen …«

Fuchs brach ab, da ihm jemand auf die Schulter tippte. Er drehte sich um. Olaf Kern war aus seinem Büro getreten und bedeutete ihm, sich zu beeilen, wobei er in Richtung Besprechungsraum deutete. Fuchs nickte und folgte ihm.

»Du hörst mir jetzt ganz genau zu …«, zischte er in den Hörer, »… in einer Stunde rufe ich bei Frau Jäger an, und wenn du dann nicht auf deinem Platz hockst …«

»Falls du es noch nicht mitbekommen hast«, fuhr Benjamin dazwischen, »ich bin achtzehn. Du kannst mir also gar nichts mehr vorschreiben.«

»Solange du bei einem von uns unter dem Dach wohnst, hast du dich an gewisse Regeln zu halten!« Noch während ihm die Ironie seiner Worte auffiel, dass gerade er auf Regeln pochte, hörte er einen Ton. »Hallo?« Er starrte aufs Display. Vier Balken, doch die Verbindung war weg. Wutentbrannt drückte er die Wahlwiederholung, lauschte dem Freizeichen. Viermal. Fünfmal. Sechsmal. Als sie den Besprechungsraum erreichten, legte er wieder auf.

»Alles okay?«, fragte Olaf, bevor sie eintraten.

»Kinder …«, sagte Joachim abwiegelnd, spürte aber den Stich der Enttäuschung. Dann nickte er Richtung Tür. »Komm, lass uns reingehen.«

10

Lara sah, wie sich die Tür des Besprechungsraums öffnete. Joachim und Olaf traten ein und steuerten auf freie Stühle an der gegenüberliegenden Tischseite zu. Links von ihr, am Kopfende thronte Kreiling in einem viel zu weit geschnittenen Anzug mit Schulterpolstern. Der Platz neben ihm war leer, da erster Hauptkommissar Christian Röhm immer noch krankgeschrieben war. Direkt neben ihr hockte die Staatsanwältin, Annika Mills, die mal wieder unverschämt gut aussah. Lara fragte sich, wo sie selbst in diesem unausgesprochenen Duell stand. Weit hinter Mills? Oder richtig weit? Martin Huber hatte seinen kräftigen Leib in ein Sakko gezwängt, das entweder noch von seiner Konfirmation stammte oder zu heiß gewaschen worden war. Sie konnte sich nicht erinnern, ihn je im Jackett gesehen zu haben.

Fuchs nahm mit mürrischer Miene Platz. »Wäre nett gewesen, wenn uns jemand Bescheid gegeben hätte.«

»Haben wir doch«, entgegnete Lara. »Ich habe bei Olaf angerufen.«

Fuchs sah auf die Uhr. »Ja, vor zwei Minuten. Es ist aber gleich neun.«

Lara drehte die Handteller zur Decke. »Ich meine, dass *du* es warst, der gestern Abend gesagt hat, dass wir uns um halb neun hier treffen.«

Fuchs sah zu Olaf hinüber, der aber nur mit den Achseln zuckte. »Dann weiß ich offenbar nicht mehr, was ich so von mir gebe.«

»Ist doch egal«, säuselte Martin, erhob sich und legte Fuchs und Kern eine Hand auf den Rücken. »Jetzt trinkt doch erst mal einen Schluck Kaffee.«

Lara musterte ihn. Mit seinem Gebaren erinnerte Martin sie an eine Glucke, die ihre Flügel über dem Nachwuchs ausbreitet. Ja, der Vergleich passte, sogar in doppelter Hinsicht. Martin wirkte beflügelt.

»Wir sind bisher mit Fräulein Mills nur den Obduktionsbericht durchgegangen«, erklärte Huber, während er beiden Kaffee eingoss. »Der lag nämlich heute früh schon im Fax. Da du sowieso live dabei warst, hast du also nichts verpasst.«

Lara beobachtete, wie Huber die Kanne wieder abstellte und mit einem Lächeln zurück auf den Freischwinger sank. Wie zuckersüß ihm dieses altbackene *Fräulein* über die Lippen gegangen war. Hier war doch etwas im Busch.

»Wie einige von euch vielleicht wissen, waren wir nicht bis zum Schluss da«, sagte Fuchs. »Lehnhardts Resümee würde mich also schon interessieren.«

Martin nahm den Bericht zur Hand. »Das lese ich besser mal ab. *Combustio mit akutem respiratorischem Versagen durch ein Inhalationstrauma.* Sinngemäß schreibt er, dass die Flammen die größten Schäden an Kopf und Rumpf hinterlassen haben. Die Hitze, die dabei auf die Atemwege eingewirkt hat, muss diese dabei förmlich gargekocht haben, sodass letztlich kein Gasaustausch mehr stattfinden konnte. Gestorben ist er also an äußerem Ersticken. Die alleinige Verbrennung der Haut hätte er aber, wenn ich es richtig verstanden habe, durchaus überleben können.«

»Was ist mit der Festplatte der Überwachungskameras?«, wollte Fuchs wissen.

»Damit haben wir auf euch gewartet.«

»Das heißt, sie ist hier?«

»Ja. Kam eben an.« Er deutete auf die Wandnische, in der ein großer Flachbildfernseher hing. Auf dem Regalbrett darunter befand sich eine Computermaus samt Tastatur. Daneben stand die schwarze Box, die kurz zuvor per Kurier abgegeben worden war.

Fuchs hob die Hände. »Na, dann los! Worauf wartet ihr?«

Martin stand auf und erweckte den Bildschirm zum Leben, indem er die Computermaus auf dem Regalbrett bewegte. Der Cursor wanderte über den Desktop. Mit einem Doppelklick wählte er die Festplatte aus, woraufhin Hunderte nach Datum sortierte Ordner erschienen. Er klickte den obersten an. Darin befanden sich sieben nummerierte Dateien, wovon er die erste öffnete.

Ein gräuliches Bild der Einfahrt erschien. Die Kamera befand sich im Nachtsichtmodus. Die Zeit am oberen Bildrand zeigte 00:00 Uhr an. Man erkannte die Form von Pflastersteinen in einer Einfahrt sowie einen Abschnitt des Beets neben dem Haus. Die Peripherie war dunkel wie bei einem Foto mit Vignettierung.

»Das ist die Richtige«, sagte Fuchs. »Spul mal vor auf etwa acht Uhr morgens.«

Während Martin den Schieberegler langsam nach rechts bewegte, flogen die Minuten in der Anzeige nur so dahin. Plötzlich kam Farbe ins Bild, die Kamera hatte in den Tageslichtmodus gewechselt. Schatten zogen sich aus der Einfahrt zurück wie schwarzes Wasser bei Ebbe.

»Stopp!«, rief Fuchs, »was war das?«

»Was denn?« Martin spulte ein Stückchen zurück und ließ die Aufzeichnung in normaler Geschwindigkeit laufen. Nach einer Weile zischte etwas durchs Bild. »Ah, nur ein Vogel«, stellte er fest und zwinkerte Joachim zu. »Gutes Auge, mein Lieber.« Bei 08:01:32 Uhr drückte er wieder auf Play.

Während die nächsten Sekunden verstrichen, hatte Lara das Gefühl, dass Joachim sich immer mehr verspannte. Kein Wunder, denn falls die Kamera auch die Stelle eingefangen hatte, wo sein Freund gestorben war, würde er gleich Augenzeuge seines Todeskampfs werden. Welch grausame Vorstellung.

»Da!«, rief Martin, als eine Gestalt in den Bildausschnitt trat. Der Rücken war der Kamera zugewandt.

»Ist das Herr Kröll?«, fragte Kreiling.

Fuchs nickte. Es war nicht zu übersehen, welche Überwindung es ihn kostete, weiter auf den Bildschirm zu sehen. Doch der Wunsch, das Geheimnis um den Tod seines Freundes zu lüften und den Verantwortlichen zu finden, zwang ihn regelrecht, sich diesem Martyrium auszusetzen. So wie Lara ihren Partner einschätzte, trieb ihn aber auch schlichtes Jagdfieber an. Über all dem stand jedoch mit Sicherheit das Versprechen, das er der Ehefrau des Opfers gegeben hatte. Dieses zu brechen, wäre für ihn einem Sakrileg gleichgekommen.

Nach wenigen Schritten blieb Konrad Kröll stehen, hielt inne und ging in die Hocke. Man konnte erkennen, dass er etwas vom Boden auflas und dann ins Beet setzte.

»Was macht er da?«, fragte Kern.

»Er … bringt eine Schnecke … in Sicherheit«, antwortete Fuchs mit brechender Stimme.

Kröll warf einen Blick über seine Schulter – laut Akte an

seine Frau gerichtet, die zu der Zeit in der Küche am Fenster gestanden hatte – und sah dabei fast in die Kamera, sodass man sein jungenhaftes Lachen erkennen konnte. Vermutlich das letzte Lachen in seinem Leben, dachte Lara. Dann richtete Kröll sich wieder auf und hob in gespielter Ergebung die Hände. Er winkte und wandte sich ab, um die Einfahrt hinunterzugehen. Wegen des Kamerawinkels und des eingeschränkten Sichtfelds verschwand er allmählich aus dem oberen Bildrand, bis nur noch seine untere Körperpartie zu sehen war. Unvermittelt blieb er stehen.

08:11:56

08:11:57

08:11:58

Lara registrierte, dass sie die Luft angehalten hatte. Auch sonst schien niemand im Raum zu atmen. Die Anspannung war fast mit Händen zu greifen.

08:11:59

08:12:00

Kröll rührte sich noch immer nicht. Für einen Moment glaubte Lara, die Aufzeichnung hätte gestoppt, so als wollte etwas sie alle davor bewahren, sich das bevorstehende Grauen anzuschauen, doch ein Blick in die obere Ecke zeigte ihr, dass die Zeit weiterlief.

08:12:01

08:12:02

In dieser Sekunde kam Bewegung ins Bild. Krölls Knie beugten sich wie unter einer schweren Last, bevor er loslief und links aus dem Bild verschwand. Im nächsten Moment war er wieder da, landete hart auf dem Steiß, und für ein oder zwei Sekunden war sein ganzer Körper zu sehen. Genau wie die

Flammen, die an seinem Hals und Kopf emporschlugen. Nachdem er wieder auf die Beine gekommen war, lief er in Richtung der Kamera und versuchte verzweifelt, das Feuer zu löschen, indem er wie wild darauf einschlug, was es aber nur noch mehr zu entfachen schien. Irgendwann sank er wie in Zeitlupe auf die Knie, fiel vornüber und landete in einer Art Unterarmstütz. Kurze Zeit später stürzte die Ehefrau ins Bild. Die Hände seitlich am Kopf, stand sie einen Augenblick lang nur da. Unweigerlich musste Lara an den Anblick von Axel Jacobs Leiche denken. *Der Schrei.* Auch Frau Kröll schrie vermutlich gerade. Im nächsten Moment verschwand sie wieder aus dem Bild, um kurz darauf mit einer Decke wiederzukehren, die sie über ihrem inzwischen reglos am Boden liegenden Mann ausbreitete.

Lara sah, wie Joachim seinen Blick auf den Bildschirm zwang. Offenbar wollte er kein Detail übersehen, das ihnen womöglich weiterhelfen konnte. Obwohl sicher auch er nicht die leiseste Ahnung besaß, wie das, was sie gerade gesehen hatten, möglich war.

Schweigend sah das Team dabei zu, wie Frau Kröll sich um die eigene Achse drehte. Der Ausdruck blanken Entsetzens und Hilflosigkeit auf ihrem Gesicht ließ wahrscheinlich nur im Ansatz erahnen, was sie in diesem Augenblick fühlte.

Als sieben Minuten später der Rettungsdienst eintraf, brach Kreiling schließlich das Schweigen. »Halten Sie das bitte an.«

Das Bild gefror, als Sanitäter und Notarzt das Opfer umringten.

»Bevor wir noch das andere Material sichten …«, Kreiling sah verstört in die Runde, sein Finger deutete auf das Standbild, »… hat jemand eine Erklärung dafür?«

Niemand reagierte.

Schließlich ergriff Huber das Wort. »Man erkennt nicht, aus welcher Richtung der Angriff kommt. Geht man aber mal logisch an die Sache heran, kann es ja nur eine sehr begrenzte Anzahl an Möglichkeiten geben. Da man sonst niemanden im Bildausschnitt sieht, muss sich der Täter ja in einer gewissen Distanz zum Opfer aufgehalten haben. Joachim hat uns gestern Abend schon gesagt, wie das Feuer entfacht worden und welche Art von Brandbeschleuniger vermutlich zum Einsatz gekommen ist.«

»Könnten Sie diese Überlegungen für mich bitte noch mal wiederholen?«, bat Kreiling, da er der Runde am Vorabend nicht beigewohnt hatte.

Martin wies in Joachims Richtung. »Möchtest du?«

Fuchs nickte, räusperte sich. »Aufgrund der Verbrennungsgrade sagte Lehnhardt, dass die Flammen entweder ausreichend Zeit brauchten, um auf das Gewebe einzuwirken oder eine sehr hohe Verbrennungstemperatur erreicht haben müssen. Er nannte uns zwei Stoffe, die seiner Meinung nach in Frage kämen. Zum einen Thermit, das zwar extrem heiß verbrennt, aber ein Pulver oder Granulat ist und somit für diesen Anschlag eher ungeeignet wäre. Das andere ist Napalm. Ein nicht flüchtiger, dennoch leicht entflammbarer Stoff, der durch seine gelartige Konsistenz auch lange genug haften bliebe, um die vorgefundenen Verletzungsmuster zu erklären. Zudem ist es sehr leicht herzustellen. Man muss bloß Benzin mit Geliermittel mischen.«

»Gibt es schon eine chemische Analyse der Rückstände?«, erkundigte sich Kreiling.

»Nein«, antwortete Kern. »Die Offenbacher haben die Proben zwar schon an unser Labor übermittelt, aber die Ergebnisse stehen noch aus.«

»Wenn wir mal von einem Brandbeschleuniger ausgehen«, nahm Fuchs den Faden wieder auf, »frage ich mich, wie dieser aus der Distanz so treffsicher platziert werden konnte. Nach Sichtung der Aufzeichnung scheidet eine Flüssigkeit wohl aus, denn man sieht keine Spritzer, die danebengehen.«

»Was ist mit einem Flammenwerfer?«, fragte Kern. »Jemand hätte ihn doch vom Nachbargrundstück oder von der Straße aus unter Beschuss nehmen können. Das wäre dem Kamerafokus entgangen.«

»Daran habe ich auch schon gedacht«, sagte Fuchs. »Deshalb habe ich heute Nacht noch etwas recherchiert. Mit Flammenwerfern kann man wohl ziemlich präzise zielen und mit den ganz großen Geräten sogar bis zu einhundert Meter weit schießen. Transportable Tornistergeräte, die man sich auf den Rücken schnallen kann, schaffen immerhin noch bis zu dreißig Meter. Dafür braucht es aber ganz flüssige Munition. Mit Napalm verringert sich zwar die Reichweite, zugleich vergrößert sich aber die Zerstörungskraft des Feuers. Auf dem amerikanischen Markt gibt es auch Fertigmischungen zu kaufen. Wofür auch immer die das brauchen.«

»Die spinnen, die Amis«, sagte Olaf, den Finger auf Höhe der Schläfe kreisend.

»Geben Sie das mal an die Computer-Spezis weiter«, sagte Kreiling, »vielleicht stoßen die ja auf eine Bestellung, die in jüngster Zeit nach Deutschland versandt wurde.«

»Vom Hoftor bis zu der Stelle, an der das Opfer zum Zeitpunkt der Entzündung stand«, fuhr Joachim fort, »sind es ziemlich genau sechs Meter zwanzig. Eine Distanz, die locker mit Napalm zu schaffen wäre.«

»Was ist mit Zeugen?«, fragte Kreiling. »Wäre es nicht jemandem aufgefallen, wenn da einer mit einem Flammenwerfer in der Straße herummarschiert wäre?«

»Keine Augenzeugen«, antwortete Kern. »Zumindest konnten die Offenbacher keine auftreiben. Die Nachbarn waren bereits bei der Arbeit, und eine Frau von schräg gegenüber kam erst aus dem Haus gerannt, als sie die Schreie hörte. Sie hat auch den Rettungsdienst alarmiert. Wie es aussieht, hat außer der Ehefrau keiner den Vorfall beobachtet, und leider fehlt auch ihr der relevante Teil des Geschehens. Sogar der Spürhund habe nur hektisch Kreise in der Einfahrt gezogen.«

»Wurden denn schon alle Nachbarn befragt?«, schaltete sich Annika Mills dazwischen.

»Laut Liste«, kam es wie aus der Pistole geschossen von Martin, »haben die Offenbacher bei fast allen Bewohnern der unmittelbaren Nachbarschaft angeklopft. Den Rest nehmen wir uns noch vor.«

»Nun gut«, Kreiling verschränkte die Arme, »dann bleibt uns vorerst nichts anderes übrig, als auch die Aufzeichnungen der anderen Kameras durchzusehen. Vielleicht hat ja eine davon etwas eingefangen.«

Martin klickte die nächste Datei an, wählte den Vorlauf und hielt immer wieder an, wenn etwas durchs Bild huschte. Aber bis auf einen Igel, der mit leuchtenden Augen einen nächtlichen Ausflug machte, sowie eine Katze, die elegant durch den Garten hinter dem Haus stolzierte, sahen sie nichts.

»Von wo aus hätte der Täter angreifen können?«, startete Kreiling einen Versuch, den eingetretenen Zustand der Ernüchterung zu durchbrechen. »Könnte ich mal die Fotos vom Tatort sehen?«

Martin öffnete den entsprechenden Ordner und zog alle

Dateien in ein Ansichtsprogramm. Dann gingen sie nacheinander die Fotos durch, welche die Spurensicherer am Vortag geschossen hatten. Sie sahen den makabren Rußfleck sowie fragliche Hinweise samt Spurentafeln. Doch nichts davon schien auch nur ansatzweise eine Erklärung zu liefern. Andere Bilder zeigten die unmittelbare Umgebung aus der Perspektive des Opfers. Das Haus. Die Einfahrt. Den Vorgarten.

»Könnten Sie mal ein Luftbild der Gegend aufrufen?«, bat Kreiling.

Martin öffnete Google Maps, gab den Ortsnamen ein und sah dann zu Joachim hinüber. »Wie hieß noch mal die Straße?«

Fuchs nannte sie ihm. Martin gab die Adresse ein und wechselte dann in die Satellitenansicht.

»Gehen Sie mal näher heran«, bat Kreiling, »ich möchte nur das Haus und die umliegenden Grundstücke sehen.«

Während der Bildausschnitt auf die Erde zuraste, schwirrte Lara von all den Bildern und Informationen der Kopf. Aus dem Augenwinkel merkte sie, wie Joachim sich abrupt aufrichtete. Auch Kreiling schien dies wahrgenommen zu haben, denn er sah nun ebenfalls zu Joachim hinüber.

Fuchs begegnete ihren Blicken, sah sie im Wechsel an, während es in seinem Kopf sichtlich ratterte. Dann schien er zu einer Erkenntnis zu gelangen.

»Mit etwas Glück«, sagte er, »gibt es doch einen Zeugen.«

11

Den Telefonhörer umklammernd, die Stimme der Frau noch im Ohr, starrte Hauptkommissar Fuchs mit pochendem Herzen auf den Computerbildschirm in seinem Büro. Eine blau gepunktete Linie verband die beiden Orte. Laut Karte lagen sie gerade mal vierhundert Meter voneinander entfernt. Stimmte der Zeitpunkt, den ihm die Frau eben am Telefon genannt hatte, könnten sie Glück haben. So abwegig seine Idee auch sein mochte.

Er wählte eine andere Nummer, wartete, bis abgenommen wurde, und trug sein Anliegen vor.

»Ja, die ist hier«, sagte eine Stimme, die Fuchs einem Mann in den Dreißigern zuordnete.

»Befindet sich daran eine Kamera?«, fragte er.

»Soweit ich weiß schon.«

»Ja!« Fuchs ballte die Faust. »Stellen Sie bitte alle Untersuchungen ein. Ich komme gleich, um sie abzuholen.«

»Dürfte ich fragen, wieso?«

»Eventuell kann sie uns bei einem aktuellen Fall helfen.«

»Wie das?«

»Mehr kann ich Ihnen im Moment leider nicht sagen.«

»Na gut. Aber dann bringen Sie bitte auch einen offiziellen Beschluss mit, sonst kann ich Ihnen das Gerät nicht aushändigen.«

»Selbstverständlich.« Fuchs legte auf, stöhnte. Was hatte er erwartet? Natürlich brauchte er einen Beschluss. Es wäre sonst ja zu einfach gewesen. Da er keinesfalls den nächsten Revierkampf vom Zaun brechen wollte, musste er diesen Wisch besorgen. Wenigstens war dafür kein Kniefall vor Rupp erforderlich, selbst wenn die Direktion von Dreieich in dessen Zuständigkeitsbereich lag.

Er ging zurück zum Besprechungsraum, bat Kreiling um ein Gespräch unter vier Augen und verließ kurze Zeit später mit dem unterzeichneten Wisch das Präsidium.

Der Polizist um die dreißig, mit dem Fuchs telefoniert zu haben glaubte, entpuppte sich als burschikose Frau um die fünfzig. Obwohl Joachims Miene sowie sein überraschtes »Ach so«, als sie ihn nach dem Beschluss fragte, das Missverständnis offen zutage brachten, ließ sich die Beamtin nichts anmerken. Während sie den Schrieb studierte, fuhr sie sich mit der Hand übers Haar, das am Ansatz einen Wirbel formte, der Fuchs an ein Rosettenmeerschwein erinnerte. Es folgte ein nachdenkliches Nicken, bevor sie ihn in eine Art Rumpelkammer führte, wo auf einem Schwerlastregal ein großer Pappkarton ruhte.

Sie pochte mit dem Finger dagegen. »Ist da drin.«

»Vielen Dank«, sagte Fuchs. »Dann bräuchte ich für einen Abgleich bitte noch die Namen aller Kollegen, die Fingerabdrücke darauf hinterlassen haben.«

Die Frau sah ihn verständnislos an. »Sie glauben, wir haben das Gerät ohne Handschuhe angefasst?«

»Ich weiß es«, entgegnete Fuchs lächelnd. »Wie jeder andere, der die Zeitung gelesen hat. Darin ist sogar ein Beweisfoto abgedruckt.« Er imitierte die Pose des Polizisten, der die Drohne in die Kamera gehalten hatte.

Die Frau öffnete den Mund, schloss ihn aber wieder und begnügte sich mit einem Nicken.

»Wurde auch überprüft, ob irgendjemand aus dem Kindergarten die Drohne berührt hat?«, hakte er nach.

Jetzt brach sich doch ein Seufzer bei der Beamtin Bahn, als hätte dieser schon die ganze Zeit unter der Oberfläche gelauert. »Von mir aus nehmen wir auch noch die Abdrücke von den ganzen Blagen.«

»Wissen Sie was?« Er winkte ab. »Ich kümmere mich darum. Vielleicht können mir ja die Erzieherinnen diese Frage beantworten. Dann erübrigt sich dieser unzumutbare Arbeitsaufwand für Sie.« Dem sarkastischen Unterton ließ er dabei freien Lauf, denn für solche faulen Vertreter seines Berufsstandes hatte er kein Verständnis. Nur dass seine Spitze ihre Wirkung verfehlte.

Die Polizistin quittierte den Vorschlag mit einem zufriedenen Grunzen, bevor sie ihm ein Formular unter die Nase hielt. »Dann müssen Sie nur noch hier unterschreiben.«

Fuchs unterzeichnete das Dokument, bedankte sich und hob den Karton aus dem Regal.

Zurück am Wagen schob er den Beifahrersitz ganz nach vorne, damit die sperrige Kiste auf die Rückbank passte. Nachdem er selbst eingestiegen war, beäugte er die Fracht über den Rückspiegel. Letztlich gab er dem Drang nach und verrenkte sich, sodass er einen Blick in den Karton werfen konnte. Er klappte die Pappdeckel hoch und sah hinein. Wie schon auf dem Zeitungsfoto zu erkennen war, war die Drohne ein richtiger Brummer. Zwei der Rotoren waren kaputt. Ein leichter

Treibstoffgeruch stieg ihm in die Nase. Fuchs hatte keine Ahnung von Drohnen, aber offenbar wurden große Geräte wie dieses mit Ottomotoren betrieben. Vermutlich verschaffte ihnen das einen Gewichtsvorteil, denn Akkus waren bekanntlich schwer. Stärker waren Benziner dagegen nicht, wie er kürzlich erleben musste, als ihn an der Ampel ein E-Auto stehen gelassen hatte, das dermaßen davongeschossen war, dass er sich in seinem BMW wie Fred Feuerstein in seinem Steinzeitmobil gefühlt hatte.

An der Unterseite der Drohne entdeckte er einen kleinen Kasten, den er als Kamera identifizierte. Nachdem er ein Stoßgebet zum Himmel geschickt hatte, in dem er den lieben Gott um ein Herz für Ermittler mit verrückten Ideen bat, klappte er den Karton wieder zu. Dann startete er den Motor und brauste davon.

12

»Dann zeig mal her das Teil«, sagte Boris Toschkin mit leicht russischem Akzent. Seine in blauen Vinylhandschuhen steckenden Hände klatschten vor ihm auf den Tisch.

Fuchs, der vor dem Eingang der Kriminaltechnik in Schutzkleidung aus Overall, Mundschutz und Haube geschlüpft war, stellte den Karton ab und bemerkte dabei das nervöse Flattern in seiner Brust. Falls er mit dieser Schnapsidee recht hatte, könnte das den Ermittlungsstand in neue Sphären katapultieren.

Toschkin öffnete den Karton und warf einen Blick hinein. »Du sagst, es geht dir um die Kamera?«

»Ja, um das, was sie hoffentlich aufgenommen hat.«

»Und das wäre?«

»Einen Anschlag.«

Toschkin hob eine Braue. »Ich habe nichts von einem Anschlag gehört.« Er deutete auf ein Radio an der Wand, auf dem ein Nachrichtensender lief. »Und eigentlich bekomme ich mit, was außerhalb meines Käfigs passiert.«

Käfig fand Fuchs irgendwie passend, während er sich in dem fensterlosen Raum umsah. Toschkin, in seinem schneeweißen Overall, erschien ihm in der ebenfalls farblosen Umgebung wie ein Eisbär, dem man versucht hatte, ein möglichst natürliches Habitat zu verschaffen.

»Ein Anschlag auf eine Einzelperson«, erklärte er dem Kriminaltechniker. »Wahrscheinlich haben sie deshalb noch nichts gebracht.« Selbst wenn es hieß, dass häufiges Reden half, wollte Joachim nicht mehr zum Tod seines Freundes sagen. Erinnerungen waren ja nicht bloß Dreck, und Worte kein Lappen, mit dem man nur immer wieder über die schmutzige Stelle wischen musste, um sich besser zu fühlen. Manchmal, so glaubte er, hatte dieses ständige Verbalisieren von Problemen sogar den gegenteiligen Effekt. Zumindest bei ihm. Als würde er den Dreck dadurch einreiben.

»Und ich soll nun die Daten von der Kamera auslesen, nehme ich an?«

Fuchs nickte. »Wenn das geht.«

»Wir werden sehen.« Vorsichtig hob er das Fluggerät aus dem Karton und stellte es kopfüber auf den Rotoren ab. Dann schnappte er sich eine Spiegelreflexkamera, mit der er aus jedem erdenklichen Winkel Bilder schoss. »Bevor ich Veränderungen an dem Beweisstück vornehme, möchte ich den Ursprungszustand dokumentieren«, erklärte Toschkin, der Joachims Ungeduld registriert hatte. Als er fertig war, wandte er sich dem Kästchen an der Unterseite der Drohne zu und musterte es mit zusammengekniffenen Augen. »Abdrücke wurden noch nicht genommen, oder? Ich sehe nämlich keine Rußspuren.«

»Nicht, dass ich wüsste.«

»Gut, dann fangen wir damit an. Schauen wir mal, ob sich welche auf dem Gehäuse befinden. Immerhin ist und bleibt das ein Beweisstück. Von dem Absturz haben sie übrigens im Radio berichtet.«

Joachim sah dabei zu, wie Boris den Marabu-Pinsel aus einem Etui nahm, dessen flauschige Federn in Rußpulver tauchte und in kreisenden Bewegungen über das Kameragehäuse führte.

Fuchs wusste, dass hinter den müden Augen seines Kollegen ein hellwacher Verstand hauste. Wie sein Namensvetter, Tennislegende Boris Becker, hatte auch Toschkin naturrotes Haar, das er blondierte. Doch damit endeten die Parallelen auch schon, denn der Kriminaltechniker war vom Hals bis zu den Waden tätowiert, und in seinen Ohrlöchern steckten Tunnels, durch die man problemlos einen Finger hindurchschieben konnte.

Toschkin drehte die Kamera, um sie von allen Seiten zu mustern. Dann rieb er sich nachdenklich die Wange an seiner Schulter, wobei sein Stoppelbart knisterte. »Sieht schlecht aus, mein Freund.«

»Keine Abdrücke?«

»Das auch. Aber ich fürchte, diese Kamera hat keinen Speicher.«

»Wie meinst du das?«

»So wie ich es sage. Oder siehst du irgendwo einen SD-Kartenschlitz oder dergleichen, worüber man die Daten ziehen könnte? Es gibt nur diese Buchse hier für einen Niedervoltstecker. Doch der dient nur zum Aufladen des Akkus.«

»Bist du sicher?« Fuchs trat näher heran und musterte das Gehäuse, als wollte er Toschkins Aussage auf ihren Wahrheitsgehalt prüfen.

»Ich fürchte schon.«

»Dann sag mir doch mal bitte, wofür so eine Kamera gut sein soll?«

»Na ja …«, Toschkin nahm eine gespielte Denkerpose ein, »… zum Filmen?«

»Eine Kamera ohne Speichermöglichkeit? Was soll das bringen?«

»Vielleicht liegt das Speichermedium extern.«

»Wieso das denn?« Fuchs war lauter geworden als beabsichtigt, aber sein Ausbruch schien an Boris abzuprallen wie Kugeln an Supermans Cape.

Entschuldigend hob der die Hände. »Ich bin kein Drohnenexperte, aber soweit ich weiß, gibt es Modelle, die das Bild auf VR-Brillen übertragen. Dadurch sieht man alles aus der Perspektive der Drohne. Das muss ziemlich cool sein. Fast wie in einem Egoshooter. Wieder andere haben einen Monitor in der Fernbedienung. Es erleichtert das Steuern, wenn man sieht, wo man hinfliegt.«

»Aber warum sollte man die Daten dann nicht gleich auf der Kamera speichern?«

»Denk mal anders herum. Wenn die Bilder eh schon auf ein anderes Gerät übertragen werden, kann man doch auch gleich dort das Speichermedium unterbringen.«

»Aus Gewichtsgründen oder was?« Joachim war klar, dass er sich nur gegen Toschkins Argumente sträubte, weil der gerade sein Luftschloss demolierte. Doch seine sinnlosen Einwände strebten nach draußen wie panische Tiere, die man in einen Käfig sperren wollte. Am liebsten hätte Fuchs sich einen Hammer geschnappt und diese verfluchte Drohne in Stücke geschlagen. Genau, wie Boris es gerade mit seiner Hoffnung getan hatte.

»Wohl kaum«, entgegnete der Kriminaltechniker geduldig. »So eine SD-Karte wiegt ja höchstens ein paar Gramm. Hast du dich eigentlich mal gefragt, ob eine Speicherkarte schwerer wird, wenn man sie mit Daten belädt?«

»Was?« Fuchs sah ihn irritiert an.

»Eine Speicherkarte … Ob Daten ein messbares Gewicht haben?«

»Nein.«

»Dann denk mal darüber nach.« Er tippte sich an die Schläfe.

Fuchs blähte die Backen. »Ich muss über ganz andere Sachen nachdenken.«

»Verzeih, wenn ich das so sage, aber du wirkst auf mich etwas angespannt, mein Freund. Kann ich dir irgendwie helfen?«

»Offensichtlich ja nicht.« Fuchs sah sich um, als suchte er im Raum nach einer Eingebung. Schließlich blieb sein Blick am Radio haften, das vor sich hin plapperte, ohne dass er den Worten des Sprechers folgte.

»Dann werde ich mal am Rest des Gerätes die Abdrücke sichern«, schlug Boris vor.

»Warte mal!« hielt Fuchs ihn zurück. »Wenn die Kamera die Bilder an ein externes Gerät schickt, bräuchte sie doch eine Art Sender, korrekt?«

»Korrekt.«

»Denkst du, man könnte darüber die Fernbedienung orten?«

Toschkin schürzte die Lippen. »Sender und Empfänger vertauschen, meinst du? Hm … Also wenn die Kamera nur Bilder sendet, dürfte der Datenfluss nur in eine Richtung gehen. Lässt sich die Kamera aber fernsteuern, zum Beispiel an- und ausschalten, zoomen oder dergleichen, wäre das vielleicht möglich.«

»Könntest du das herausfinden?«

»Ob sie einen optischen Zoom hat vielleicht, aber für den Rest solltest du dich an die IT-Nerds wenden.«

»Gut. Könntest du dann bitte nachschauen?«

»Nach dem Zoom?«

»Ja.«

»Klar.«

Fuchs deutete auf die Drohne. »Jetzt, meine ich.«

»Junge, Junge … du stehst aber auf dem Gas.« Toschkin betrachtete das Kameragehäuse aus der Nähe, bevor er einen winzigen Inbusschlüssel aus seiner Werkzeugkiste holte, mit dem er vier Schrauben löste. Anschließend zog er die Kamera vom Gestänge ab und wendete sie ein paarmal, um sie von allen Seiten zu inspizieren. »Dann werde ich sie jetzt öffnen, okay?«

Fuchs nickte. »Ja, nur zu.«

Der Kriminaltechniker setzte einen Schraubenzieher an, um das Gehäuse aufzuhebeln. Offenbar war dieses nicht dafür konstruiert worden, eine solche Prozedur unbeschadet zu überstehen. Ein klassisches Wegwerfprodukt unserer Zeit. Mit einem lauten Knacken platzte die Plastikverschalung auf, zersplitterte in etliche Teile und legte das Innenleben frei.

»Ups.« Toschkin grinste. Er nahm sich eine Monokellupe vom Tisch, durch die er die Kleinstteile der Kamera untersuchte wie ein Schmuckhändler einen Diamanten auf seinen Reinheitsgrad. Nach einer Weile sah er Fuchs mit einer Miene aufrichtigen Bedauerns an. »Tut mir leid, mein Freund. Ich kann dir nicht helfen. Mag sein, dass da ein digitaler Zoom drinsteckt. Frag mal jemanden, der sich wirklich mit so etwas auskennt.«

Mit einem überwältigenden Gefühl der Trauer wurde Joachim bewusst, wer ihm bei dieser Frage hätte behilflich sein können. Doch der lag im Kühlraum der Rechtsmedizin und wartete auf sein Begräbnis. »Okay«, seine Stimme klang mit einem Mal mutlos, »dann tüte mir das Teil bitte ein. Ich probiere mein Glück woanders.«

Fuchs traf seinen Freund Andreas Bosch vor dessen Büro an, als der, eine Brötchentüte in der Hand und Akten unter dem Arm, gerade die Tür aufsperrte.

»Na, Ausflug in die Kantine gemacht?«

Bosch fuhr herum. »Was machst du denn hier? Ja, hab mir 'ne Schrippe mit lecker Hackepeter geholt.«

»Oh Mann … Wie lange lebst du schon in Frankfurt?«, fragte Fuchs.

»Lange genug, wieso?«

»Weil hier kein Mensch Schrippe oder Hackepeter sagt. Wenn die Hessen dich endlich akzeptieren sollen, sag einfach Mettbrötchen.«

»Du bist doch bestimmt nicht gekommen, um mir Sprachunterricht zu geben oder weil du dich um meine Integration sorgst?«

Fuchs hielt die Kunststofftüte hoch. »Nein, deswegen.«

»Was ist das?«

»Eine Kamera, die leider weder über Speicherplatz noch eine Buchse für ein Datenkabel verfügt.«

»Und was soll ich damit?«

»Ich hatte da so eine Idee mit Sender und Empfänger.«

»Geht das auch weniger kryptisch?«

»Das Teil hing an einer Drohne, und ich hege die Hoffnung, dass sie zufällig einen Mordanschlag aufgezeichnet hat.«

»Was?«

»Ja, sie war etwa zum Tatzeitpunkt in der Nähe des Tatorts unterwegs. Zumindest ist sie ganz in der Nähe abgestürzt. Meine Hoffnung war, dass sie vielleicht aus der Vogelperspektive etwas eingefangen hat. Leider hat Boris mir einen Strich durch die Rechnung gemacht. Also möchte ich mein Glück jetzt bei dir versuchen.«

Statt einer Antwort reckte Andreas ihm das Kinn entgegen.

»Wenn die Kamera hier drin die Bilder an ein externes Speichergerät schickt«, fuhr Fuchs fort, »muss sie ja über eine Art Sender verfügen. Und falls sich bestimmte Kamerafunktionen fernsteuern ließen, müsste der Datenfluss doch in beide Richtungen gehen, oder? Daher habe ich mich gefragt, ob es eine Möglichkeit gibt, das Steuergerät zu orten. Boris konnte mir da nicht helfen.« Er stockte, als er hinter sich ein Räuspern vernahm. Erst jetzt verstand er, dass Andreas ihn mit seiner Geste auf etwas hatte aufmerksam machen wollen. Er drehte den Kopf und sah die Aushilfe Astrid, die mit ihrem Bürowagen die Post im Haus verteilte.

»Dürfte ich bitte mal durch?«

»Sicher.« Fuchs trat beiseite.

Sie wollte Andreas einen Stapel Briefe reichen, doch da der die Hände voll hatte, hielt er ihr mit seinem Fuß die Bürotür auf.

»Leg sie einfach auf meinen Schreibtisch. Danke.« Er wandte sich wieder Fuchs zu.

»Du willst also eine Kamera als Ortungsgerät benutzen … Klingt interessant. Das könnte klappen. Aber wenn, nur über Umwege. Komm erst mal rein, dann schauen wir weiter.«

Als sie das kleine Büro betraten, zwängte Astrid sich an den Männern vorbei. »Schönen Tag«, murmelte sie.

Fuchs sah ihr nach, wobei sein Blick auf ihrem Handy kleben blieb, das auf dem Postwagen lag. Die Hülle wurde von einem kunstvoll gezeichneten Elefanten geziert, dessen schwarze Haut mit goldenen Ornamenten übersät war, die an ägyptische Kunst erinnerten. Unwillkürlich musste er an Afrika und somit an Sophia denken und spürte sofort wieder dieses ätzende Ziehen im Magen. Gab es so etwas wie göttliche Zeichen, fragte er sich, oder waren solche Momente bloß Ausdruck selektiver Wahrnehmung?

Andreas gab der Tür einen Tritt, die mit einem Knall ins Schloss flog. Dabei musterte er Fuchs von der Seite. »Alter – hast du der auf den Arsch geglotzt?«

»Was?« Fuchs sah ihn irritiert an.

»Na, ich hab doch Augen im Kopf. Stehst da wie angewurzelt und verdrehst den Hals wie 'ne Eule.«

»Quatsch.«

Andreas ließ sich auf seinen Bürostuhl fallen, legte den Kopf in den Nacken und lachte.

»Was soll denn das jetzt?«, fragte Fuchs.

»Schon gut, reg dich ab. Wird wohl einfach Zeit, dass Sophia wiederkommt. Da können die Hormone schon mal mit einem durchgehen.« Er legte Schlüsselbund, Akten und Lunchpaket auf den Tisch.

»Was du wieder denkst«, empörte sich Fuchs und wunderte sich selbst über seine ungewohnte Humorlosigkeit.

»Doch, doch, wirst sehen …«, zog ihn Andreas, unbeeindruckt von Joachims Laune, weiter auf, »… ein Schäferstündchen und schon siehst du wieder klar. Und jetzt hock dich hin und gib mir mal diese Tüte.«

Während Andreas das Gerät herausholte und von allen Seiten betrachtete, sah Fuchs sich um. Bei diesem Schummerlicht, den blinkenden Displays sowie dem Sirren der Lüfter fühlte er sich stets wie in einer anderen Welt. Nur eins war ihm hier wirklich vertraut: der Bewohner selbst. Denn Andreas zählte zu seinen engsten Freunden.

»Und das Ding hing an einer Drohne?«, fragte Andreas. »Was soll das denn für eine gewesen sein?«

»Frag mich was Leichteres. Groß. Stammt laut Zeitungsbericht wohl aus China. Schwarzes Gestänge, sechs rote Rotoren, Ottomotor. Mehr weiß ich nicht.«

»Sicher?«

Fuchs zuckte die Schultern. »Ja.«

»Und was für ’n Mord soll die gefilmt haben?«

»Einen Brandanschlag.« Fuchs schluckte. »An Konrad Kröll.«

Andreas sah ihn an, überlegte. »Der Name sagt mir was.«

»Ja. Ihr seid euch vor ein paar Jahren schon mal begegnet. Vielleicht erinnerst du dich. Mein Vierzigster.«

Bosch wurde noch eine Spur blasser. »Was? Dann … war er ein Freund von dir?«

Fuchs schlug den Blick nieder, spürte das Brennen in seinen Augen, nickte.

»Ach du Scheiße. Das tut mir leid, Joachim. Ehrlich. Was ist denn passiert?«

Fuchs sah seinen Freund an und erkannte echte Betroffenheit in dessen Gesicht. Andreas war ein exzellenter Gesprächspartner, der Probleme nicht übermäßig sentimental aufblähte. Trotzdem wollte Joachim jetzt nicht auf persönlicher Ebene über das Thema reden. Das hätte bloß wieder emotionalen Schlick aufgewirbelt, der sich durch seine Fokussierung auf die Ermittlung gerade erst ein wenig gesetzt hatte. »Ich erzähle es dir bei Gelegenheit, okay?« Er rang sich ein tapferes Lächeln ab. »Aber lass uns jetzt bitte mal hierum kümmern. Wenn wir den Schuldigen haben, können wir uns gerne meiner Psychohygiene widmen.«

»Ähm … ja, klar.« Andreas machte ein paar fahrige Bewegungen. »Wenn ich was für dich tun kann, sag bitte Bescheid.«

Fuchs nickte. »Danke.«

Bosch sammelte sich kurz. »Gut, noch mal zu dieser Drohne. Du sagtest, sie habe sechs Rotoren und einen Ottomotor?«

»Ja.«

»Du musst dich irren.«

»Wieso?«

»Soweit ich weiß, gibt es diese Kombination nicht.«

»Dann geh runter zu Toschkin und überzeug dich selbst.«

»Wir sprechen von einem Hexacopter«, er formte mit den Armen einen Ring, »etwa in der Größe?«

Fuchs wiegte den Kopf. »Eher noch etwas größer.«

»Da musst du dich vertan haben«, beharrte Bosch.

»Ich habe das Ding doch mit eigenen Augen gesehen. Bist du jetzt plötzlich Drohnenexperte, oder was?«

»Zwar nur hobbymäßig, aber ich denke, ich kenne mich ganz gut aus.«

So wie Fuchs seinen Freund kannte, ahnte er, dass es sich bei dieser Aussage um Tiefstapelei handelte. Wenn Andreas sich so ausdrückte, war er vermutlich ziemlich bewandert auf dem Gebiet. »Weshalb bist du dir so sicher?«, fragte er daher nach.

»Weil es keine Drohne mit reinem Verbrennungsmotor gibt. Nur eine mit Hybrid. Das ist aber ein erst kürzlich von Deutschen entwickelter Quadrocopter, also einer mit vier Rotoren. Es würde mich sehr wundern, wenn der schon durch die Lande fliegt.«

Fuchs wies auf den Computerbildschirm. »Boris hat Fotos gemacht. Vielleicht hat er sie schon auf den Server geladen.«

Andreas griff zur Maus, hatte mit wenigen Klicks den Ordner gefunden und öffnete eines der Bilder. »Und wie kommst du darauf, dass das ein Ottomotor ist?«

»Na, weil …« Fuchs stockte. Wie ein Zug, der aus weiter Ferne heranfuhr, näherte sich ein Gedanke. Zunächst konnte er ihn nicht sehen, doch allmählich materialisierte er sich und rauschte plötzlich mit rasender Geschwindigkeit auf ihn zu. Dann war er da und traf ihn mit unglaublicher Wucht.

Fuchs sprang auf. »Los, schnapp dir dein German Sushi und komm mit! Ich brauche dich unten.«

»Ich bin schon ein gutes Stück weitergekommen und habe ein paar interessante Sachen entdeckt«, verkündete Toschkin und zog eine schienengeführte Box mit rotem Schraubverschluss unter der Drohne hervor. »Das hier ist der Tank.« Zur Verdeutlichung schraubte er den Deckel ab, woraufhin ihnen Benzingeruch in die Nasen stach.

»Für mich sieht das aus wie ein Nachbau der Hornet«, sagte Andreas so selbstverständlich, als hätte er gerade eine Automarke am Emblem erkannt.

Fuchs und Toschkin sahen ihn an, warteten auf eine Erklärung.

»Das ist ein Aufsatz für größere Drohnen«, reagierte er prompt. »Gibt's in Amerika.«

»Und wofür in aller Herrgottsnamen ist dieser Aufsatz gedacht?« Mühsam hielt Fuchs seine Ungeduld im Zaum.

»Das ist ein Flammenwerfer«, kam die nüchterne Antwort.

Fuchs prallte zurück. Er hatte das Gefühl, sein Blut hätte sich in Eiswasser verwandelt.

Toschkin gab ein gedehntes Stöhnen von sich. »Jetzt verstehe ich …« Nacheinander deutete er auf verschiedene Bauteile. »Dann ist das hier eine Pumpe, die den Sprit aus dem Tank saugt und über dieses Rohr hier ausstößt.«

»Normalerweise zeigt die Mündung des Flammenwerfers nach vorne«, erklärte Andreas, »nicht wie hier senkrecht nach unten. Das finde ich etwas seltsam. Jedenfalls erzeugt die original Hornet einen Feuerstrahl von acht oder zehn Metern.«

»Die Amis …«, bemerkte Boris kopfschüttelnd. »Wofür braucht man das? Just for fun?«

»Bestimmt auch«, antwortete Andreas, »aber ursprünglich wurde sie für nützliche Zwecke entwickelt. Zum Beispiel zur Schädlingsbekämpfung. Damit kann man Wespen- oder Hornissennester an schwer zugänglichen Stellen wie Baumkronen ausrotten. In Amerika stehen diese Plagegeister nämlich nicht unter Naturschutz.« Er unterstrich seine Worte, indem er mit einem Fauchen ein imaginäres Gewehr schwenkte. »Außerdem kann man damit Gegenstände abfackeln, die sich in Hochspannungsleitungen verheddert haben. So muss weder das Stromnetz gekappt werden noch irgendein armer Teufel in luftiger Höhe an der Freileitung herumturnen.«

Während Bosch und Toschkin sich ihrer infantilen Begeisterung hingaben wie zwei Jungs mit einem ferngesteuerten Auto, wich Fuchs sämtliche Farbe aus dem Gesicht. Denn ihm war als Einzigem klar, wofür dieses Gerät hier tatsächlich benutzt worden war.

»Weißt du auch, wofür das hier ist?«, fragte Toschkin Andreas und wies auf eine Vorrichtung an der Unterseite der Drohne, wo an einer schwarzen Plastikbox, die etwa die Größe einer Streichholzschachtel hatte, eine Art winzige Greifzange montiert war.

Der schüttelte entschieden den Kopf. »Ne, das sagt mir nichts.«

»Diese Fingerchen hier«, erläuterte Toschkin und machte sich daran, den Deckel der Box zu öffnen, »sind über Drähte mit diesem kleinen Motor verbunden. Schaut mal, wie klein der ist. Trotzdem ist es ein richtiger Getriebemotor, wie man an den Zahnrädern erkennen kann. Wahrscheinlich lässt er sich auch über eine Fernbedienung steuern.«

»Hm. Keine Ahnung, wofür das gut sein könnte«, sagte Bosch. Er zog an der Greifzange, als spielte er damit eine Partie Fingerhakeln. »Ist ziemlich stabil.«

Fuchs fand seine Stimme wieder. »Könnte man dort vielleicht etwas drangehängt haben, das auf Knopfdruck fallen gelassen wurde?«

Andreas sah ihn erstaunt an. »Du hast recht.«

»Was meint ihr, wie viel Last das Teil tragen könnte?«

Erneut zog Bosch an der Vorrichtung. »Das hier hält sicher ein paar Kilo aus.«

Toschkin tat es ihm nach. »Würde ich auch sagen.«

»Und die Drohne?«, fragte Fuchs und sah zu Andreas.

»Dieses deutsche Hybridmodell, von dem ich dir erzählt habe, wuchtet ihr Eigengewicht plus fünf Kilo in die Luft. Die hier schafft sicher auch drei oder vier. Aber das könnte man rausfinden. Man muss sie nur wieder flugtauglich machen. Zwei neue Rotoren, eine programmierbare Funkfernbedienung mit der richtigen Sendefrequenz und ab geht's.«

Mit leuchtenden Augen sah er zu Toschkin hinüber, während der nächste Eiswasserschwall durch Fuchs' Adern jagte.

»Wie laut ist so ein Gerät?«, fragte er.

»Die hier verfügt über Low-Noise-Rotoren, wie man an der Form erkennt«, antwortete Bosch. »Die reduzieren den Schallpegel um sicher sechs bis acht Dezibel. In Summe dürfte sie damit sechzig Dezibel unterschreiten, was einem Fernsehgerät bei Zimmerlautstärke entspricht.«

Ein weiteres Puzzleteil fiel an seinen Platz. Fuchs registrierte, wie seine Finger sich in die Schutzhaube auf seinem Kopf gruben, wodurch diese verrutschte. Wahrscheinlich war seine Hand auf dem Weg zu den Haaren gewesen – haltsuchend oder um sie zu raufen. Er zupfte den dünnen Stoff wieder zurecht und hoffte, dass er kein Haar verloren hatte, das Toschkin hier im Reinraum noch bei der Spurensicherung stören würde. Vor seinem inneren Auge tauchten die Bilder der Überwachungskamera auf. Konrad, der auf dem Weg zum Tor noch mal stehen geblieben war. In Gedanken ergänzte Joachim nun den Teil des Bildes, den die Kamera nicht eingefangen hatte. Konrad, der nach oben sah, weil er ein Geräusch hörte: ein Schwirren wie von einem Rieseninsekt. Zu seiner Verwunderung entdeckte er dort eine Drohne, die sich bis auf wenige Meter näherte. Fuchs stellte sich vor, wie der Täter durch das Kameraauge geblickt und die kindliche Neugier auf Konrads Gesicht erkannt hatte. Denn hierbei war Joachim sich sicher – dieses Schauspiel hatte Konrad begeistert. Zumindest bis zu dem Moment, als sich etwas von dem Fluggerät löste, auf ihn hinabfiel und sich in einen Feuerball verwandelte.

So muss es passiert sein, dachte er. Der Täter hätte dem herabfallenden Beutel ja bloß einen Feuerstrahl aus dem Flammenwerfer hinterherschicken müssen. Der Angriff mittels Drohne erklärte auch, warum nichts davon auf dem Video zu sehen gewesen war. Alles ergab plötzlich Sinn. Auch, dass Irene nichts davon mitbekommen hatte, denn die tief hängende Dachtraufe hatte ihr die Sicht versperrt. Wegen der Low-Noise-Rotoren sowie der dicken Fenster des Hauses hatte sie das Gerät auch nicht gehört. Wäre sie nicht auf der Suche nach einem Lappen unter die Spüle gekrochen, hätte sie höchstens den Strahl sehen können, der vom Himmel nach unten schoss wie aus dem Maul eines feuerspeienden Drachens.

Fuchs glaubte zu schwanken. Er machte einen Schritt nach vorne, hielt sich an der Tischkante fest, sammelte sich. Sagte dann mit betont fester Stimme: »Versucht bitte noch rauszufinden, ob das mit der Rückwärtssuche klappt.« Er wandte sich ab, ließ die beiden stehen und verschwand durch die Tür.

Während er im Vorraum der Kriminaltechnik die Schutzkleidung abstreifte und anschließend den langgezogenen Korridor zum Treppenhaus entlangging, überlegte er sich die nächsten Schritte. Sie brauchten mehr Leute. Am besten, sie gründeten gleich eine Soko. Und falls sich die Ortung der Fernbedienung oder der Weg, einen Käufer der Drohne ausfindig zu machen, als Sackgassen erweisen sollten, hätten sie zumindest noch wertvollen Input für ein Täterprofil. Denn eins war klar: Zu solch einer perfiden Tat, mit einer umgebauten Drohne als Mordwaffe, waren nur wenige Menschen überhaupt in der Lage. Und hier kam Lara ins Spiel. Er musste sie schleunigst ins Bild setzen.

13

Nachdem Kreiling von Fuchs über die neuesten Erkenntnisse informiert worden war, hatte er keine Sekunde gezögert, eine interne Soko für den Fall des Drohnenmörders einzurichten. Mit der Zusammenstellung des Teams hatte Fuchs dann den Rest des Tages verbracht. Ein bürokratischer Akt, in den sich erster Hauptkommissar Röhm sicher mit Wonne gestürzt hätte. Doch da der noch zu Hause das Bett gehütet hatte, war es an Fuchs hängen geblieben. Der hätte zwar lieber Spuren analysiert oder mit Lara die Psyche des Täters zerpflückt, doch letztlich war es ihm leichter gefallen als gedacht. Am Ende hatte er sich fast wie ein Fußballtrainer gefühlt, der sich die Top-Mannschaft für ein wichtiges Spiel zusammenstellen durfte. Einen Querdenker hier, einen sachlichen Analysten dort. Einen Draufgänger wie Björn Wansor, zwei alte Hasen wie Stieglitz und Krämer sowie die üblichen Komparsen für den Papierkram.

Als er am nächsten Morgen den Besprechungsraum betrat, saß der Großteil des achtzehnköpfigen Teams zur ersten Lagebesprechung beisammen. Sah man einmal von der fehlenden Deko und dem niederschmetternden Anlass der Zusammenkunft ab, erinnerte ihn das Rechteck aus Tischen, das eigens dafür zusammengeschoben worden war, an eine Festtafel. Vier Stühle waren noch frei. Auch wenn Joachim sich insgeheim wünschte, dass Röhms Stuhl es auch noch ein Weilchen bleiben würde, war ihm sehr wohl bewusst, dass sie in dieser Situation jeden Mann brauchten. Selbst, wenn es sich um einen Bürohengst wie Röhm handelte. So betrachtet war es also vielleicht glückliche Fügung, dass sein Vorgesetzter am Vorabend angerufen hatte, um zu verkünden, dass er am nächsten Morgen wiederkommen würde. Natürlich nur, sofern sich sein Genesungsprozess weiterhin so erfreulich entwickelte. Sobald er also wieder da wäre, um sich dem Papierkram zu widmen, hätte Fuchs wieder Zeit für andere Dinge. Das war doch ein Lichtblick.

Lara trat ein, nahm neben Fuchs Platz und sah ihn erwartungsvoll an, während sie wie beiläufig einen Autoschlüssel auf den Tisch legte.

»Ich fasse es ja nicht.« Seine Verblüffung war echt.

Sie grinste. »Da staunst du, was?«

»Allerdings. Das ist wirklich ein großer Tag. Was ist es für einer?«

»Ein Mazda. Ein richtiger Flitzer mit so stylischen Klappscheinwerfern.«

»Schlafaugen? Oh je – weißt du, wie anfällig die sind?«

»Hey, jetzt mach mir den Wagen nicht gleich wieder madig.«

»Sorry, war nicht meine Absicht. Aber du bist dir schon bewusst, dass du jetzt nie mehr die Bahn verantwortlich machen kannst, wenn du zu spät kommst?«

Lara stieß ihm in die Seite.

»Morgen«, kam es heiser von der Tür. Christian Röhm sah in die Runde, hielt kurz inne und nahm dann seinen angestammten Platz am Kopfende der Tafel ein.

Obwohl er wusste, dass Fuchs die Ermittlungsleitung übertragen bekommen hatte, würde ihn das nicht davon abhalten, alle glauben zu machen, er selbst hätte diese Position inne. Dafür kannte Joachim ihn lange genug.

Ohne eine Miene zu verziehen sah Röhm sich um und eröffnete dann wie erwartet die Runde. »Ich denke, wir sind vollzählig.« Sein glasiger Blick hinter der rahmenlosen Brille verriet, dass er noch nicht ganz genesen war. Vermutlich hatte ihn der Gedanke aus dem Bett getrieben, dass ihm sein größter Konkurrent noch den Platz streitig machen könnte, falls er dem Dienst weiterhin fernblieb.

»Eisinger fehlt noch!«, rief einer der jüngeren Beamten.

»Wir fangen trotzdem an«, sagte Röhm ungerührt. »Zunächst möchte ich euch alle begrüßen. Unser lieber Chef lässt sich vorerst entschuldigen. Er führt gerade noch ein wichtiges Telefonat und wird dazustoßen, sobald es seine Zeit erlaubt. Ich nehme an, jeder hat das gestrige Rundschreiben erhalten und ist über den Fall informiert?« Er wartete die Bestätigung aller Anwesenden ab. »Gut, dann verlese ich jetzt die Agenda, damit jeder weiß, wer sein Partner ist und was die Aufgabe der einzelnen Teams sind.«

Kerzengerade wie er dasaß, in seinem weißen, frisch gestärkten und sicher zwei Nummern zu großen Hemd, und Punkt für Punkt den Zettel in seinen Händen durchging, erinnerte er Fuchs an einen Messdiener, der ein Kirchenlied vom Notenblatt ablas. Fehlte nur noch der rote Kragen, die Kette mit dem goldenen Kreuz und etwas Weihrauchgeruch. Den passenden Scheitel hatte Röhm sich bereits sorgsam frisiert.

Unwillkürlich blendete Fuchs die angeschlagene Stimme seines Vorgesetzten aus und sah in die Runde. Neben Lara, Huber und Kern war auch Annika Mills wieder zugegen, die ihm von der gegenüberliegenden Seite zulächelte. Fuchs spürte ein

Kribbeln im Bauch, beließ es aber bei einem unverbindlichen Nicken. Vielleicht hatte Andreas doch recht und die Hormone gingen allmählich mit ihm durch.

Links von Mills hockte Bernhard Stieglitz, daneben sein Partner Gustav Krämer, die Röhms Worten mit gelangweilten Mienen lauschten. Obwohl die beiden im Kollegenkreis wegen ihrer phlegmatischen Art scherzhaft *Flash* und *Turbo* genannt wurden, hatten sie keine schlechte Aufklärungsquote vorzuweisen. Stieglitz war zudem einer jener Kollegen, die Joachim mit am längsten kannte. Denn vor über zwanzig Jahren waren sie beide Teil eines Einsatzteams gewesen, das man zur Ergreifung von RAF-Terroristen aus dem Boden gestampft hatte. Fuchs, damals noch Mitglied des SEK, war auf dem Bahnsteig postiert worden, während Stieglitz mit der Schutzpolizei den Parkplatz vor dem Bahnhof überwacht hatte. Sie waren sich an jenem Tag daher nicht mal begegnet. Dennoch verband sie dieses Ereignis auf merkwürdige Weise. Aber es war weniger diese Überschneidung in ihrer Vita, weshalb Fuchs seinen Kollegen so schätzte, sondern vielmehr die Tatsache, dass Bernhard sich immer treu geblieben war, egal, was andere über ihn sagten. Sie hatten auch nur ein einziges Mal über den Einsatz gesprochen. Vor allem, da Joachim das Thema mied wie der Teufel das Weihwasser. Doch er hatte damals das Gefühl gehabt, dass Bernhard genauso ungern an diesen Tag zurückdachte. Immerhin hatte auch er seine Gründe dafür, und Joachim war einer der wenigen, die sie kannten. Nur getroffen hatte es Fuchs an jenem Tag ungleich härter – und zwar im wahrsten Sinne des Wortes. Denn ihm hatte sich die Kugel einer ungarischen Fegyver in die Brust gebohrt – dieser hässlichen Knarre mit dem gerillten Holzgriff. Jener Tag hatte das dunkelste Kapitel seines

Lebens eingeläutet und ihn um einen Teil seiner Lunge, seiner Selbstsicherheit sowie den Glauben an die Unerschütterlichkeit des Korpsgeistes der Polizei gebracht. Nein, daran wollte er sich nicht erinnern.

Fuchs horchte auf, als er seinen Namen hörte. Offenbar hatte Röhm ihm das Wort erteilt. Rasch sortierte er sich, griff nach der Maus und rief die Diashow auf, die er zur Einweisung der Neuzugänge vorbereitet hatte. Während die Bilder über die Leinwand liefen, schilderte er, wie sich der Anschlag auf Kröll mutmaßlich abgespielt hatte. Beim Anblick der Obduktionsbilder sowie der Aufnahmen von der Drohne waren selbst Flash und Turbo hellwach.

Dann ließ er einen Werbespot der Firma laufen, die den Drohnenaufsatz namens Hornet vertrieb. Als das Fluggerät einen meterlangen Feuerstrahl ausspie, durch den binnen Sekunden eine Baumkrone in Flammen stand, ging ein Raunen durch den Raum.

»Hat unsere Soko eigentlich schon einen Namen?«, fragte Björn Wansor, ein stiernackiger Polizist Ende dreißig, der aber gut zehn Jahre älter aussah. Fuchs hatte ihn ausgewählt, um einer Kopflastigkeit des Teams vorzubeugen, da es ab und zu einfach Leute brauchte, die die Dinge beim Namen nannten und zupackten, anstatt lange Reden zu schwingen.

Fragend sah Röhm zu Fuchs hinüber.

Der schüttelte nur den Kopf. Der Name war ihm reichlich egal, er wollte lediglich den Dreckskerl schnappen, der seinen Freund auf dem Gewissen hatte.

»Dann hätte ich einen Vorschlag«, sagte Wansor.

Röhm streckte eine Hand aus. »Bitte.«

»Siegfried«, verkündete Björn mit einer Spur von Stolz.

»Siegfried? So wie … Siegfried & Roy oder was?« Röhm schob seinen Unterkiefer vor, eine Eigenart, wegen der Fuchs ihn hinter vorgehaltener Hand *Barracuda* nannte.

»Ich dachte eher an den Drachentöter aus der Nibelungensage«, entgegnete Björn Wansor.

»Passt«, stellte Kern nüchtern fest.

»Finde ich auch«, sagte Huber.

Auch Fuchs nickte zustimmend.

»Gut, meinetwegen«, meinte Röhm blasiert.

Kern nahm ein Blatt vom Tisch. »Ich habe hier übrigens das Ergebnis der Brandschuttanalyse.« Er sah zu Fuchs hinüber. »Du hattest recht. Es ist eine Mischung aus Benzin mit einem Bindemittel. Dadurch erhält es eine sirupartige Konsistenz. Hier wurde ein sogenanntes Polymer benutzt. Blöderweise findet das Zeug eine derart breite Anwendung, dass es uns als Spur kaum weiterhelfen wird.«

»Zum Beispiel?«, fragte Fuchs.

»Alles Mögliche. Zur Herstellung von Reinigungsmitteln, Textilien, Zahnfüllungen, in der Papierproduktion und und und …«

»Okay, erstell bitte trotzdem mal eine Liste sämtlicher Bereiche. Man kann ja nie wissen, welche Information letztlich zum Ziel führt.«

Die Tür ging auf, Kreiling trat ein. Statt sich zu setzen, blieb er vor seinem Platz stehen und bat um Aufmerksamkeit. »Ich muss Ihnen leider eine bedauerliche Mitteilung machen.«

Gespanntes Schweigen.

»Walter Polzin, unser ehemaliger Polizeipräsident, ist verstorben.«

Fuchs hielt die Luft an und hoffte, dass Polzin einem natürlichen Tod zum Opfer gefallen war. Eine Ermittlung in seinem Fall hätte sonst sicher sofortige Priorität genossen.

»Ein Nachbar hat ihn gefunden«, fuhr Kreiling fort, nachdem sich das Gemurmel im Raum gelegt hatte. »Polzin saß vor seinem Haus im Auto, das am Straßenrand parkte. Der Nachbar hat sich zunächst noch gewundert, warum Polzin ihn nicht grüßte, aber als er vom Einkaufen zurückkam und Walter noch immer reglos am Steuer saß, dämmerte es ihm. Doch da konnte nur noch sein Tod festgestellt werden. Der arme Nachbar hat daraufhin einen Schock erlitten und liegt seither in der Klinik.«

Bernhard Stieglitz, selbst kurz vor dem Ruhestand, machte ein erschrockenes Gesicht. »Weiß man, woran er gestorben ist?«

Kreiling klopfte sich auf die Brust. »Man vermutet, das Herz.«

Fuchs, der eben noch gedanklich über die weit verbreitete, wenn auch falsche Verwendung des Begriffs *Schock* gestolpert war, der Polzins Nachbar ins Krankenhaus gebracht haben soll, atmete auf. Dem Himmel sei Dank – kein weiterer Fall.

»Er war aber noch nicht so alt, oder?«, hakte Stieglitz nach, dem das Entsetzen nicht aus dem Gesicht weichen wollte.

Fuchs nahm an, dass Bernhards Bestürzung daher rührte, dass er in seinem Alter jeden näher kommenden Einschlag als Bedrohung empfand.

»Zweiundsiebzig«, antwortete Kreiling, »was aber für Walter kein Alter ist, wenn Sie mich fragen. Er war eine richtige Sportskanone und ging mehrmals die Woche in der Frühe zum Squash.«

»Das ist aber auch nicht gerade der ideale Koronarsport«, meldete sich nun Krämer zu Wort. Der dicke Ermittler mit dem schütteren Haar hatte einen Arm über seinen mächtigen Bauch gelegt, der in den letzten Jahren unaufhörlich an Umfang gewann. »Und es ist schlecht für die Gelenke.«

Fuchs überlegte, wie Krämer wohl zu dieser Erkenntnis gelangt war. Aus persönlicher Erfahrung wohl kaum. Wahrscheinlich hatte er mal darüber gelesen.

Jetzt hob Kern einen Finger. »Squash ist eine Sportart, die gerne von Typ-A-Persönlichkeiten gespielt wird. Diese Managertypen haben schon von Haus aus ein erhöhtes Herzinfarktrisiko.«

»Ach ja?« Stieglitz wirkte erleichtert.

Fuchs schätzte, dass Bernhard sich nun außer Gefahr sah, denn von einem Managertyp war er Lichtjahre entfernt. Darauf, Kerns überholte Behauptung zu korrigieren, verzichtete er. Es war längst bekannt, dass eher introvertierte Persönlichkeitstypen an Herzleiden verstarben, was aber wiederum kein bisschen auf Polzin zutraf, der ein richtiges Alpha-Tier gewesen war. Und, wie Fuchs fand, eines vom unangenehmen Schlag.

»Bitte lassen Sie uns jetzt rasch eine Schweigeminute einlegen«, sagte Kreiling. Er verschränkte die Arme hinter dem Rücken und heftete seinen Blick an die gegenüberliegende Wand.

Fuchs fragte sich, wie lang wohl eine *rasche Minute* dauern würde und ob Kreiling die Wand anstarrte, um die Uhr im Blick zu behalten, damit die Polzin geschenkte Minute nicht länger ausfiel als unbedingt nötig. Denn soweit ihm bekannt war, hatten Kreiling und der Ex-Präsident sich nicht gerade gemocht. Er blickte zur Seite und sah aus dem Augenwinkel, wie Lara auf dem Platz neben ihm unbehaglich ihr Gewicht verlagerte. Ob sie wohl daran dachte, dass sie vor einigen Monaten um ein Haar selbst eine Schweigeminute von ihrem Chef zugesprochen bekommen hatte?

»Die Beerdigung ist am Donnerstag«, beendete Kreiling das Schweigen nach exakt sechzig Sekunden. Dann nahm er Platz. »Wer hinmöchte, stellt bitte ein Gesuch. Natürlich können nicht alle gehen. Nicht bei unserem aktuellen Ermittlungsstand; bei all dem, was in den letzten Tagen herausgekommen ist. Mein besonderer Dank gilt an dieser Stelle Hauptkommissar Fuchs. Durch ihn sind wir erst auf die Spur mit dieser Drohne gekommen.« Er nickte ihm anerkennend zu und sah dann wieder in die Runde. »Wer hat sich mit den gesetzlichen Bestimmungen zu diesen Fluggeräten befasst?«

Kern hob die Hand.

»Wären Sie dann so freundlich?«

»Klar.« Papierrascheln. Dann hatte er den richtigen Zettel gefunden. »Also … parallel zur wachsenden Anzahl von Drohnen in Privathaushalten hat man auch eine steigende Zahl an Unfällen beobachtet. Deshalb trat 2017 die sogenannte Drohnenverordnung in Kraft. Darin ist vieles ganz klar geregelt. So müssen zum Beispiel alle Drohnen mit einem Gewicht von mehr als zweihundertfünfzig Gramm mit dem Namen und der Adresse des Besitzers gekennzeichnet sein, die gut sichtbar, dauerhaft und feuerfest am Gerät anzubringen sind. Ab einem Gewicht von zwei Kilogramm braucht man zusätzlich einen Flugkundenachweis, den man auch Drohnenführerschein nennt. Die Prüfung kann beim Luftfahrt-Bundesamt oder einem Luftsportverband abgelegt werden. Bei einem Gewicht über fünf Kilo benötigt man darüber hinaus eine Aufstiegserlaubnis, die von den Luftfahrtbehörden der Länder erteilt wird.«

»Wie viel wiegt unsere Drohne?«, fragte Huber.

»Da viele der Bauteile aus Karbonfaser sind«, antwortete

Fuchs, »wiegt sie nur knapp drei Kilo. In den Tank passt ein guter Liter.«

Röhm strich sich eine dünne Haarsträhne aus der Stirn. »Ist denn davon auszugehen, dass unser Täter einen solchen Flugkundenachweis erbracht hat? Oder anders gefragt: Ist das Steuern einer solchen Drohne so schwierig, dass man dafür Unterrichtsstunden braucht?«

Kern schüttelte den Kopf. »Jeder, der ein ferngesteuertes Auto lenken kann, kommt auch mit so einer Drohne zurecht. Die sind technisch so ausgetüftelt, dass sie sich perfekt in der Luft austarieren. Viele halten sogar per GPS exakt ihre Position.«

»Dennoch sollten wir diesen Ansatz verfolgen«, sagte Röhm.

»Lasst uns dafür aber bitte nicht so viel Zeit aufwenden«, fuhr Fuchs dazwischen. »Ein Täter, der sich so einen Plan ausdenkt, ist wohl kaum so dämlich, einen Drohnenführerschein zu machen oder sich eine Aufstiegserlaubnis bei der Behörde einzuholen. Genauso wenig wie er seine persönlichen Daten auf einer Plakette hinterlassen hat.«

»Aber du weißt auch«, wandte Röhm ein, »dass über neunzig Prozent aller Morde mit registrierten Schusswaffen erfolgen. Insofern wäre es doch möglich.«

»Ja. Natürlich sollten wir dem nachgehen, Christian. Ich bezweifle nur, dass dabei etwas rumkommt.«

»Es gibt derzeit etwa fünfhunderttausend Drohnen in Deutschland«, sagte Kern mit einem Blick auf seine Aufzeichnungen. »Fünfundneunzig Prozent sind in privater Nutzung. Allerdings sind die meisten kleine Geräte der Kategorie 1. Wenn wir uns also auf die größeren Drohnen konzentrieren, sind es nicht mehr so viele.«

Röhm deutete sich einen der Neuzugänge heraus. »Das übernehmen Sie.«

Der Jüngling nickte.

»Unser Hexacopter stammt aus China«, sagte Fuchs. »Es handelt sich um ein bei uns nicht zugelassenes Gerät. Vielleicht ist das ein Ansatz, denn irgendwie muss das Teil ja nach Deutschland gekommen sein. Dem wird aber schon nachgegangen. Das Aufspüren der Fernbedienung über den Kamerasender, wie von mir erhofft, war übrigens vergeblich. Doch bevor wir uns zu sehr in Details der Drohnenverordnung verlieren, sollten wir mal überlegen, wer zu einer solchen Tat überhaupt imstande ist. Wer denkt sich so etwas aus und nimmt diesen Aufwand auf sich? Warum die Zielperson nicht einfach erschießen? Oder war Kröll bloß das zufällige Opfer eines technisch versierten Irren?«

»Möchten Sie etwas dazu sagen, Frau Schuhmann?«, fragte Kreiling an Lara gerichtet. »Soweit ich informiert bin, haben Sie gestern bereits an einem Profil gearbeitet.«

Lara räusperte sich. »Na ja … ich habe angefangen. Sonderlich weit gekommen bin ich aber noch nicht.«

»Erzählen Sie einfach, was Sie haben«, ermutigte Kreiling sie.

Sie nickte. »Gut. Nehmen wir mal die Frage, wer zu einer solchen Tat imstande sein könnte. Der Modus mit diesem fast schon spielerischen Aspekt mit der Drohne spricht in meinen Augen für einen männlichen Täter. Für die Umbauten am Gerät muss er, wie Joachim sagte, technisch versiert sein. Ich unterstelle ihm zudem eine gewisse Intelligenz.« Sie wies auf das Bild, das noch immer an die Leinwand projiziert wurde. »Zudem muss er über Kanäle verfügen, über die er die Drohne ins Land bekommen hat. Klar, übers Darknet wäre das kein

Problem, da kriegt man noch ganz andere Sachen, aber falls das tatsächlich seine Bezugsquelle gewesen sein sollte, haben wir ohnehin schlechte Karten. Dennoch gehen die Kollegen der Cybercrime dem bereits nach. Das Alter des Täters würde ich vorerst nur grob im Bereich zwischen zwanzig und fünfzig ansiedeln.«

»Das ist aber ziemlich weit gefasst«, ätzte Röhm.

»Tut mir leid, Christian, aber auf eine engere Eingrenzung möchte ich mich aktuell nicht festlegen. Wenn du erlaubst, mache ich erst mal mit meinen anderen Überlegungen weiter.« Sie lächelte Röhm selbstsicher an.

Fuchs erkannte, dass es bei Röhm unter der Oberfläche brodelte. So wie er seinen Vorgesetzten kannte, würde der gleich den nächsten Versuch starten, Laras Aussagen abzuwerten.

»Also gut«, fuhr Lara fort, »die Tat wurde zu einer Zeit ausgeführt, wenn die meisten Leute auf dem Weg oder schon bei der Arbeit sind. Da der Großteil der Bevölkerung in der vermuteten Altersgruppe einem geregelten Job nachgeht, könnte unser Täter arbeitslos sein. Das würde ihm die Zeit geben, solche Pläne auszuhecken und die ganzen Umbauten an der Drohne vorzunehmen.«

»Oder er hatte Urlaub, war krankgeschrieben, arbeitet Schicht, hatte am besagten Tag Spätdienst, oder, oder, oder …«, ergänzte Röhm ihre Ausführungen.

»Krankgeschrieben …«, parierte Lara mit einer gespielten Denkerpose. »Da sagst du was … Dann hätte ich schon den ersten Verdächtigen.« Sie zwinkerte ihm zu. »Du kannst mich aber auch ausreden lassen, dann streiche ich dich vielleicht wieder von meiner Liste.«

Das Gelächter der Kollegen zauberte Röhm rote Flecken

auf den Hals. Er wollte etwas entgegnen, doch die Worte blieben ihm im Hals stecken und gingen in einen Hustenanfall über.

»Lassen Sie diesen Quatsch, Frau Schuhmann«, fuhr Kreiling dazwischen. Er wandte sich Röhm zu, der inzwischen reglos dasaß, das Kinn zur Brust gezogen, als hätte er einen Krampf im Hals.

»Geht's wieder?«, fragte Kreiling.

Röhm rang sich ein Nicken ab. Sein Kopf war puterrot angelaufen.

Fuchs genoss diese Show. Am liebsten hätte er laut gelacht. Fehlte bloß noch, dass Kreiling seinem Schützling auf den Rücken klopfte, damit der besser abhusten konnte.

»Ich würde dann weitermachen?«, fragte Lara, als klar war, dass Röhm nicht ersticken würde.

»Bitte.« Kreiling nickte.

»Natürlich könnte auch eine der von Christian genannten Möglichkeiten zutreffen. Doch so oder so grenzt es den Kreis potenzieller Täter zumindest ein. Wir suchen mit großer Sicherheit eine Person mit sadistischer Neigung, denn einen anderen Menschen anzuzünden setzt für mich den absoluten Willen voraus, dieser Person schweres Leid zuzufügen. Der Einsatz der Drohne zeigt, dass der Täter sich nur über Umwege in den Nahbereich seines Opfers begeben will. Falls die Spuren zum Käufer der Drohne kalt bleiben sollten – zum Beispiel, weil er hier gewissenhafte Vorkehrungen getroffen hat –, würde das seine begrenzte Risikobereitschaft bezeugen oder, anders ausgedrückt, sein erhöhtes Maß an Vorsicht. Er hätte die Drohne von allen möglichen Verstecken aus fernsteuern können. Da diese Geräte selbst bei Einsatz von Spezialrotoren, wie das hier der Fall war, einen gewissen Geräuschpegel erreichen, gehe ich davon aus, dass er sie ein gutes Stück abseits der Siedlung starten ließ. Aufgrund der Größe wird er sie sicher in einem Fahrzeug transportiert haben. Bei dem Absturz im Wald wird es sich höchstwahrscheinlich um einen Unfall gehandelt haben. Vermutlich wollte er die Flughöhe verringern, um das Gerät zu landen, flog aber dann in einen Baumwipfel, worauf sie abstürzte. Demnach könnte er sich in der Nähe des Kindergartens aufgehalten haben. Ich tippe auf eine Lichtung, nicht auf das freie Feld, denn dort wäre er zu exponiert gewesen.«

»Wie ist eigentlich die Reichweite solcher Fernsteuerungen?«, fragte Huber.

»Es gibt welche, die halten die Verbindung über mehrere Kilometer«, antwortete Fuchs. »Wenn wir davon ausgehen, dass er sich tatsächlich in der Nähe der Absturzstelle aufgehalten hat, musste sie das Signal nur rund vierhundert Meter überbrücken. Das schaffen fast alle.«

»Rufen Sie noch mal das Satellitenbild auf«, bat Kreiling.

Fuchs stand auf und folgte der Anweisung.

Kreiling trat neben ihn und deutete auf den Bildschirm. »Hier liegt der Tatort, dort ist das Fluggerät abgestürzt. Gehen wir mal davon aus, dass sein Plan vorsah, sich nach dem Anschlag so schnell wie möglich aus dem Staub zu machen – dann dürfte er das Gerät ohne Umwege zu sich zurückgelenkt haben. Wenn Frau Schuhmann mit ihrer Vermutung recht hat, dass er auf einer Lichtung in der Nähe des Kindergartens stand, was für mich total einleuchtend klingt, kämen wohl am ehesten diese Stellen hier als Versteck in Betracht. Eins, zwei, drei, vier. Die sollten wir also mal unter die Lupe nehmen. Vielleicht finden wir Reifenspuren, Fußabdrücke oder, mit etwas Glück, einen ausgespuckten Kaugummi mit seiner DNA. Und wenn man eh schon in der Nähe ist, kann man auch gleich noch mal die Erzieherinnen und die Kinder befragen. Vielleicht hat ja doch jemand etwas gesehen.«

Kern stand auf und trat zu ihnen an den Bildschirm. »Könnte unser Täter nicht auch irgendwo hier in einem dieser abgelegenen Häuser wohnen?« Er umkreiste ein Gebiet mit lichtem Wald, der den Blick auf ein Dutzend Villen und Gutshäuser mit großen Grundstücken freigab.

»Da wir das nicht ohne Weiteres ausschließen können«, überlegte Kreiling, »müssen wir wohl auch dort an die Türen klopfen.«

»Können wir nicht von einer gewissen Ortskenntnis des Täters ausgehen?«, fragte Kern. »Wenn Kröll nämlich kein Zufallsopfer war, musste unser Täter gewusst haben, welches Grundstück er anzufliegen hatte.«

»Wobei Kampfpiloten es auch schaffen, ihre Bomben zielgenau über unbekanntem Feindesland abzuwerfen«, sagte Röhm. »Dank GPS ist das heutzutage alles kein Thema mehr.«

»Krölls Tagesablauf müsste er bei einem geplanten Anschlag auch gekannt haben«, ergänzte Kern.

»Stimmt«, pflichtete Fuchs ihm bei, »allerdings dürfte das bei ihm nicht allzu schwer gewesen sein, denn er funktionierte wie ein Schweizer Uhrwerk. Konrad Kröll hatte streng geregelte Zeiten, und er war immer pünktlich. Dennoch gebe ich Olaf recht. Im Falle eines geplanten Mordanschlags auf genau diese eine Person muss es bestimmte Vorbereitungen gegeben haben.«

»Dann sollten wir demnächst auch die Presse einbinden«, schlug Kreiling vor. »Vielleicht erhalten wir ja einen wichtigen Hinweis aus der Bevölkerung.« Er klatschte in die Hände.

»Dann bitte ich jetzt nacheinander die jeweiligen Teams zu mir nach vorne. Ich möchte noch die eben hinzugekommenen Aufgaben verteilen.«

Nachdem Kreiling seine Ankündigung in die Tat umgesetzt und damit bei einigen für lange Gesichter gesorgt hatte, leerte sich der Raum. Bevor auch Lara durch die Tür war, hielt Kreiling sie auf. »Frau Schuhmann, ich hätte noch eine Bitte an Sie. Da die Offenbacher ja keinen eigenen Fallanalysten haben und der Profiler des LKA schon anderweitig eingesetzt ist, fragte mich Kleiber, ob Sie sich auch ein paar Gedanken über deren Täterprofil machen könnten. Ich sagte ihm, das sei sicher kein Problem, da Sie eingangs ja auch mit dem Fall betraut und sogar am Fundort waren.«

Lara schürzte die Lippen, nickte. »Okay. Wie ausführlich soll das denn sein?«

Kreiling wedelte mit der Hand. »Bereiten Sie einfach ein paar mundgerechte Happen vor, damit Kleiber zufrieden ist.«

»Ja, gut, mach ich.«

Kreiling wartete, dass Lara abtrat, doch sie blieb wie angewurzelt im Türrahmen stehen.

»Ist noch was?«, fragte er.

Sie drehte sich auf dem Absatz um. »Ähm … ja, vielleicht.«

»Bitte.«

»Ich muss zugeben, dass ich bisher noch nicht daran gedacht habe, aber jetzt, da Sie mich um ein zweites Profil bitten, kommt mir das so … Was, wenn wir es mit ein und demselben Täter zu tun haben?«

Kreilings Brauen machten einen Satz auf die Stirn. »Haben Sie Anlass, das zu glauben?«

Lara dachte nach, bevor sie antwortete: »Wir haben es zumindest in beiden Fällen mit wirklich ungewöhnlichen Taten zu tun, die beide einen sadistischen Typus erkennen lassen.«

»Aber die beiden Modi operandi sind doch völlig verschieden«, gab Kreiling zu bedenken.

»Ja, das stimmt.« Sie winkte ab. »War nur so ein Gedanke, der mich gerade überkam.«

Kreiling schmunzelte. »Außerdem wären Kleibers Leute sicher wenig begeistert, wenn wir ihnen den Fall doch wieder wegschnappen. Erstellen Sie erst mal zwei Profile. Sollten sich dabei starke Ähnlichkeiten ergeben, können wir immer noch umschwenken und unseren Ermittlungsstand mit dem der Kollegen abgleichen. Doch wir sollten jetzt nicht unsere ganze Strategie über Bord werfen, ohne zu wissen, ob das zielführend ist. Am Ende verpasst uns das nur Scheuklappen, was kontraproduktiv wäre. Solange an jedem der beiden Fälle ein kompetentes Team arbeitet, geht es schließlich an beiden Baustellen voran.«

14

Unter ihm zogen Felder und Wiesen vorbei, bis er die Betonwüste des Flughafens streifte. Davor lag der Bürokomplex namens *Squaire* wie ein hypermodernes Kreuzfahrtschiff auf dem Trockendock. Er flog Richtung Osten, ließ das Kreuz der A3 hinter sich und folgte der vom Verkehr pulsierenden Ader. Ein Stück vor Neu-Isenburg trennte er sich von der Autobahn, überflog einen Weiher, einen Friedhof und die riesige Photovoltaikanlage, die Tausende Haushalte mit Strom versorgte. Dann rückte das Wohngebiet näher. Von hier oben betrachtet, schien der aus zehn großen Parzellen bestehende Keil wie ein Reißzahn in der Gemeinde zu stecken. Rote, schwarze und graue Dächer standen in Reih und Glied. Als er näher herankam, stach ein Haus zunehmend hervor. Durch das schräg einfallende Sonnenlicht hatte das Satteldach eine helle und eine dunkle Seite. Daneben führte ein Weg vor zur Straße. Jetzt sah er, dass sich darauf etwas bewegte. Ein bräunlicher Punkt, der verharrte und dann seine Farbe änderte, heller wurde. Da erkannte er, dass es ein Mensch war, der den Kopf in den Nacken gelegt hatte, um zu ihm aufzusehen. Er fühlte sich unangenehm ertappt, und dennoch war ihm der Anblick vertraut. Von irgendwoher drang ein Alarm herauf. Ein rauer, mahnender Ton. Da tauchte eine andere Emotion auf. Fluchtinstinkt.

Er wollte hier weg!

Doch als ihm das bewusst wurde, schien die Gravitation zuzunehmen. Es war, als hinge er an einem Seil, das nun durch die Hände des Haltenden glitt. Je mehr er dagegen ankämpfte, umso stärker zog es seinen zappelnden Körper zu Boden.

Allmählich dämmerte ihm, was hier geschah. Er musste weg! Den Mann warnen! Doch er rauschte nur weiter der Erde entgegen. Jetzt erkannte er das Gesicht des Mannes, der lächelte, den Arm hob und winkte. Der Alarm krächzte lauter, doch Konrad schien das gar nicht zu hören.

Ebenso wenig wie seine Rufe. »Lauf! Verschwinde!«

Was war das? Diese Flocken auf seiner Haut. Schneite es? Wieso schmolz der Schnee nicht? Er rieb sich über den Arm und hinterließ gräuliche Spuren. War das … Asche? Es regnete Asche vom Himmel.

Als er wieder unter sich sah, war das Lächeln in Konrads Gesicht erstarrt. Unvermittelt ging er zum Angriff über, packte Joachim am Arm und drückte zu wie ein Schraubstock. Mit unmenschlicher Kraft versuchte er, ihn zu sich hinabzureißen, doch Joachim hing in der Luft und drehte sich um die eigene Achse. Der Druck auf seinen Arm wurde stärker.

»Hör auf, Konrad, mein Arm!«

Fuchs schlug die Augen auf und brauchte einen Moment, um zu verstehen, dass dieses furchtbare Gefühl, das in ihm nachklang, einem Albtraum entstammte. Doch der Alarmton war echt. Verstört sah er sich um. Kam der aus seinem Handy? Er wälzte sich auf den Rücken. Ein schlaffes, lebloses Anhängsel landete neben ihm. Fuchs stöhnte. So ein Mist! Er musste auf seinem Arm gelegen und die Blutzufuhr abgeklemmt haben. Allmählich kehrte Leben in die Gliedmaßen zurück. Erst eine erlösende Wärme, dann ein stärker werdendes Kribbeln, als steckte sein Arm in einem Brausebad. Langsam konnte er auch wieder die Finger bewegen.

Herrgott – dieser Ton war ja nicht auszuhalten!

Er sah zum Nachtschrank. Hatte er versehentlich den Weckton verstellt? Mit seiner vitalen Rechten tastete er nach dem Gerät und wischte über das Display.

»Liegst du etwa noch im Bett?«, tönte eine ersehnte Stimme aus dem Gerät.

Joachim hob den Kopf. »Schatz?« Offenbar hatte er den Anruf im Lautsprechermodus entgegengenommen.

»Live und in Farbe«, erwiderte Sophia. »Ich dachte, du wärst längst auf.«

»Wie kommst du denn darauf, dass ich das nicht bin?«

»Tja … sagen wir einfach, auch ich kann gut kombinieren.«

»Aha.« Fuchs ließ seinen Kopf wieder ins Kissen sinken und massierte sich seinen kribbelnden Arm. »Erzählst du mir, was mich verraten hat?«

»Erstens, höre ich es an deiner Stimme. Die klingt, als wärst du gerade erst aufgewacht. Und zweitens sehe ich den Schirm dieser schrecklichen Tiffany Lampe von deiner Mutter, womit klar ist, dass dein Telefon auf deinem Nachtschränkchen liegt.«

»Hä?« Fuchs rappelte sich auf, sah aufs Display und lachte, als er Sophia erkannte, die ihm zuwinkte.

»Hallo aus Afrika!«

»Ist ja geil! Mein erstes Videotelefonat.« Er nahm das Gerät vom Nachtschrank.

»Und jetzt sag du noch mal was gegen Smartphones.«

»Ich freunde mich ja allmählich damit an. Aber kann man diesen Anrufton umstellen?«

Sophia lachte. »Gefällt er dir nicht? Dabei habe ich dir den extra für meine Videoanrufe eingestellt. Damit du immer sofort weißt, dass ich es bin und du deine Geliebte besser schnell im Schrank versteckst, bevor du rangehst.«

Jetzt musste er ebenfalls lachen. »Die ist bei dem Ton vor Schreck aus dem Haus gerannt.«

»Noch besser.«

»Erzähl mal, wie geht's dir im Busch?«

»Hier ist so weit alles okay. Wir sind seit gestern Abend in der Stadt. Eigentlich ist es mehr ein Dorf, aber es gibt zumindest wieder ein Handynetz und – wie du siehst – sogar Internet.«

Fuchs spürte ein Ziehen in seinem Magen. Dass Sophia sich erst heute meldete, obwohl sie offenbar schon am Vorabend die Gelegenheit dazu gehabt hätte, kränkte ihn. In dem Versuch, dieses Gefühl nicht zuzulassen, konzentrierte er sich auf Sophias Anblick und ihre Umgebung. Obwohl sie nicht zurechtgemacht war und sich gerade im tiefsten Afrika auf Rettungsmission befand, sah sie hinreißend aus. Nur in ihren dunklen Augen schien eine Spur von Traurigkeit zu liegen. Sie stand auf einem sandigen Weg, ein leichter Wind spielte mit ihrem braunen Haar. Hinter ihr reihten sich Zelte aneinander, und ein blechernes Glockenläuten drang zu ihm durch. Dunkle Männerstimmen in einer fremden Sprache. Joachim stellte sich vor, dass Einheimische in langen Gewändern mit Ledersandalen und einer Ziege am Strick hinter der Kamera vorbeiliefen. Passenderweise zog in diesem Moment eine Staubwolke durchs Bild.

»Ja, die Verbindung ist wirklich gut«, sagte er.

»Was umso frappierender ist, wenn man sich die übrigen Verhältnisse hier ansieht.«

»Kann ich mir vorstellen.«

Sie schüttelte den Kopf. »Kannst du nicht. Meine Vorstellungen, als ich noch im wohlbehüteten Deutschland war, haben die Realität jedenfalls weit verfehlt. Diese Armut … Die Verstümmelungen, die sich Menschen hier antun … Egal ob die Beschneidungen junger Mädchen oder die Gräueltaten aus Bürgerkriegen – das ist unvorstellbar.«

Fuchs schluckte. Der nächste Stich. Auch wenn das sicher nicht ihre Absicht gewesen war, hatte Sophia ihm schon den zweiten Dämpfer verpasst. So unreif er diese Gefühlsregung auch fand – er fühlte sich ausgegrenzt. Wie der Weichling im sicheren Deutschland, der keine Ahnung hatte, was in der großen weiten Welt vor sich ging. Dabei lag er hier weiß Gott nicht auf Samtkissen gebettet und ließ sich mit Weintrauben und gebratenem Täubchen füttern. Kurz drängte sich ihm der Wunsch auf, ihr von seinen letzten Tagen zu berichten. Von Konrads Ermordung, der Obduktion oder dem Albtraum nur Minuten zuvor. Aber weder wollte er mit ihr wetteifern noch seinen Ballast bei ihr abladen, wo sie doch offenbar gerade selbst viel zu verarbeiten hatte. Wie sollte sie ihm von Afrika aus auch helfen? Zudem hatte sie Konrad gar nicht gekannt.

»Jetzt hast du mir aber immer noch nicht gesagt«, wechselte sie das Thema, »wieso du noch im Bett …« Sie stockte. »Mist! Was für ein Wochentag ist heute?«

»Donnerstag. Keine Sorge, ich wäre ohnehin gleich aufgestanden. Heute kann ich später zur Arbeit.« Die Beerdigung erwähnte er nicht.

»Ich habe gar kein Zeitgefühl mehr«, stöhnte Sophia. »Wir haben ja weder Wochenenden noch Feiertage, und schlafen kann ich hier auch nicht so gut. Hin und wieder muss ich mir schon den guten Zweck unserer Mission ins Gedächtnis rufen, damit ich nicht den Mut verliere. Aber weißt du was?« Sie lächelte. »Wenn du in die lachenden Gesichter der Kinder guckst, sind alle Unannehmlichkeiten vergessen. Dann weißt du wieder, wofür du das tust.«

Fuchs schwieg. War das wieder eine dieser neuen Anspielungen? Seit Kurzem tauchte das Thema Kinder recht oft bei ihr auf. Obwohl Sophia deutlich jünger war als er, sprach sie von der biologischen Uhr der Frauen. Von dem Wunsch aller Menschen, etwas Bedeutsames im Leben hinterlassen zu wollen. Er war diesem Thema meist ausgewichen, denn er hatte ja schon zwei Kinder. Und so sehr er Sophia auch liebte – weitere hatte er definitiv nicht geplant.

»Das sind übrigens unsere Behausungen.« Sie schwenkte die Kamera, sodass das sandfarbene Zelt hinter ihr in den Fokus geriet. »Wasser gibt es unten am Fluss oder am Brunnen, wobei das eine ganz schön trübe Brühe ist.«

Obwohl Fuchs sich ausmalen konnte, wie ärmlich die Gegend in Wirklichkeit war, wirkte die Szene in diesem Bildausschnitt fast beschaulich.

Die Kamera drehte sich weiter, bis sie den Verlauf des Pfades einfing, an dessen Ende eine weiße Stoffkuppel im Wind zitterte. »Da hinten, in dem großen Zelt befindet sich die Krankenstation«, erklärte sie. »Da ist sogar ein richtiger OP drin. Nicht gerade nach europäischem Standard, aber man kann dort einiges machen. Schadet auch nicht, mal zu sehen, dass man selbst mit begrenzten Mitteln viel erreichen kann.«

»Wo seid ihr eigentlich genau?«, fragte er, froh, das Gespräch wieder in sicherem Fahrwasser vorzufinden.

Sophias Gesicht erschien wieder im Bild. »Gestern haben wir die Staatsgrenze passiert und sind jetzt in Burundi.«

Fuchs überlegte, ob er je davon gehört hatte.

»Punkt für mich?«, fragte Sophia.

Er lächelte. »Punkt für dich.«

Dieses Spiel hatten sie an einem verregneten Sonntag gespielt, als er mit ihr auf der Couch gelegen und sie über Reiseziele gesprochen hatten. Nachdem sie die Orte bei Google-Maps aufgesucht hatten, waren sie schließlich bei Ländern gelandet, von denen sie angenommen hatten, dass der andere sie garantiert nicht kannte. Fuchs war damals aufgefallen, wie viele weiße Flecken es noch auf seiner inneren Karte gab, obwohl er immer gerne gereist war. Doch mit Claudine und den Kindern war es früher maximal nach Spanien oder Italien gegangen. Wenn er sich denn mal länger Urlaub gegönnt hatte.

»Liegt zwischen Ruanda, Tansania und der Republik Kongo«, füllte Sophia jetzt einen dieser Flecken mit Farbe. »Es ist einer der kleinsten Staaten des Kontinents und nur etwa halb so groß wie die Schweiz, führt die Rangliste der reichsten Länder aber von ganz hinten an. Soweit ich weiß, haben die Menschen hier das niedrigste Pro-Kopf-Einkommen auf der Welt. Auch sonst ist das hier echt ein Kulturschock.«

»Ach, wo du gerade von Schock sprichst …«, fiel es Fuchs wieder ein, »… du hast mir doch mal die medizinische Definition eines Schocks erläutert, erinnerst du dich?«

»Ja, kann sein. Wieso?«

»Ist mir gestern in einem anderen Zusammenhang gekommen. Aber ich konnte mich nicht mehr erinnern.«

»Also wenn Ärzte von einem Schock sprechen, meinen sie damit eine lebensbedrohliche Kreislaufstörung, die zur Minderversorgung des Gewebes mit Sauerstoff führt. Ein Zustand, der, sofern er länger anhält, einen fortschreitenden Zelltod zur Folge hat.«

»Okay, das hat also nichts mit dem Schock zu tun, den ein Patient durch eine Krebsdiagnose erfährt, oder ein Busfahrer, der ein Kind überrollt hat?«

»Nein. Das meint wohl eher einen Nervenzusammenbruch. Aber auch dabei handelt es sich ja bloß um einen Sammelbegriff für diverse Reaktionen auf ein psychisches Trauma.«

»Gibt es Symptome, die bei beiden Schockformen identisch sind?«

»Ja, einige schon. Der Körper verfügt ja nur über eine begrenzte Anzahl an Möglichkeiten, wie er auf Stress reagieren kann. Unabhängig von der Ursache werden in solchen Situationen immer Stresshormone wie Adrenalin ausgeschüttet, was wiederum bestimmte Prozesse im Körper anstößt. Der Blutdruck und die Herzfrequenz steigen, man fängt an zu schwitzen und so weiter.«

»Hm.« Fuchs dachte nach. »Könnte ein Arzt so was verwechseln, sprich von einem lebensbedrohlichen Schock ausgehen, obwohl es sich in Wahrheit bloß um einen Nervenzusammenbruch handelt?«

»Eher nicht. Außer die Person hat vor lauter Schreck einen Herzinfarkt bekommen, woraus sich dann wiederum ein echter, sogenannter kardiogener Schock entwickeln könnte. Wieso fragst du?«

In diesem Moment nahm Fuchs eine Bewegung hinter Sophia wahr. Zuerst sah er nur eine Hand, die sich durch den Spalt im Stoff der Zeltplane schob. Dann folgte ein braungebrannter, durchtrainierter Arm. Ein Körper. Und einen Augenblick lang glaubte Joachim, sein eigenes Herz hätte zu schlagen aufgehört. Den Mann, der hinter Sophia aus dem Zelt gekrochen kam, schätzte er auf Ende dreißig. Er trug eine schneeweiße Weste mit dem Logo der Hilfsorganisation, und um seinen Hals baumelte ein mintfarbenes Stethoskop. Nach wenigen Schritten war er bei ihr angekommen, berührte sie sanft am Arm. Da sie ihn nicht bemerkt hatte, zuckte sie bei der Berührung zusammen.

»Kommst du?«, fragte er sie auf Deutsch und lugte ihr im Vorbeigehen über die Schulter. Er taxierte das Display lange genug, damit Fuchs den goldenen Teint, das markante Kinn und die wie aus Granit gemeißelte Kieferlinie erkennen konnte. Auf Fuchs wirkte er wie ein Raubtier, das die Stärke eines Rivalen abzuschätzen versucht.

Wer zum Geier war dieser Kerl? Joachims Magen zog sich auf die Größe einer Backpflaume zusammen.

»Komme gleich!«, rief Sophia und blickte ihm nach. Dann sah sie wieder in die Kamera, strich sich eine Haarsträhne aus dem Gesicht, lächelte. »Also, ich muss dann mal.«

»Ja«, sagte er in so neutralem Ton wie möglich, »das musst du wohl.«

Sie beendeten das Gespräch. Obwohl er Sophia seit fast zwei Wochen zum ersten Mal wiedergesehen hatte, fühlte er sich weiter von ihr entfernt als jemals zuvor. Selbst an den Tagen mit totaler Funkstille hatte das beklemmende Gefühl in seiner Brust nicht solche Ausmaße angenommen.

Achtlos warf er das Handy aufs Bett.

Scheiße! Alles eine riesengroße Scheiße! Jetzt durfte er sich zu allem Überfluss wohl die nächste Zeit auch noch mit sinnlosen Gedankenschleifen über Sophia und diesen Adonis herumschlagen. Dabei hatte er doch schon genug um die Ohren. Er sah auf die Uhr, seufzte, stand auf. Es war an der Zeit, sich fertig zu machen. Denn heute würde er einem Freund die letzte Ehre erweisen.

15

Eigentlich hätte es sich gehört hinzugehen. Aber ließ man *Anstand* und *letzte Ehre* mal außen vor – wann hatten sie sich zuletzt gesehen? Rainer Quast überlegte. Es war Jahre her und zudem kein geplantes Treffen gewesen, sondern bloß eine zufällige Begegnung im Supermarkt. Rainer hatte sogar den Blick gesenkt, als er ihn an der Kasse entdeckt hatte. So getan, als prüfe er seine Einkäufe im Wagen.

Rainer schob die Gedanken beiseite. Den Blick auf sein Handy gerichtet, schlenderte er an Hishams Büro vorbei. Aus dem Augenwinkel sah er, dass dessen Arbeitsplatz leer stand. Wie erwartet, denn sein Kollege hockte gerade beim Chef und kassierte vermutlich einen Anpfiff. Daher war es vielleicht ein klein wenig unfair, sein Dorf gerade jetzt zu überfallen. Aber Rainer konnte nicht anders, er musste diese Gelegenheit nutzen. Am Ende war es schließlich nur ein Spiel. Selbst wenn Hisham es ziemlich ernst nahm. Zu ernst. Das Problem war nicht, dass er es in jeder freien Minute spielte, sondern auch in jeder nicht freien. Vielleicht war das auch der Grund für die Unterredung beim Chef. Falls dem nämlich jemand geflüstert hatte, dass Hisham auch mal den Telefonhörer neben die Gabel legte oder ein *Bitte nicht stören*-Schild an die Tür hängte, nur um in Ruhe zocken zu können, wollte Rainer gerade lieber nicht in Hishams Haut stecken. Auch wenn das Spiel über einen gewaltigen Suchtfaktor verfügte, dem auch Rainer sich nur schwer entziehen konnte, so dreist wie sein Kollege wäre er nicht. Aber ein paar Minuten über das Ende der Pause hinweg spielen, so wie jetzt, war schon okay.

Also blies er zum Angriff und sah dabei zu, wie das Gewimmel auf dem Schlachtfeld losbrach. Die Spielfiguren schleuderten Blitze und Feuerbälle oder ließen ihre Umgebung zu Eis erstarren. Hishams Festung war wirklich beachtlich. Er hatte sie mit solcher Akribie aufgebaut, dass es Rainer nicht wunderte, wie gut die Mauern dem Angriff standhielten.

»Nein, nein, nein …«, entfuhr es ihm, als einer von Hishams Drachen seinen Magier mit einem Feuerball röstete. Er wollte gerade ein zweites Heer mobilisieren, da hörte er hinter sich seinen Namen wie eine lang gezogene Frage.

»Reeeemo?«

Wie angewurzelt blieb er stehen, drückte den Pauseknopf auf dem Display und schloss für einen Moment die Augen, bevor er sich mit einem aufgesetzten Lächeln umdrehte. »Ja, Schatzi?«

»Da ist was für dich gekommen.«

Die dralle Rosi deutete den Flur hinunter. Aufreizend, wie sie im Türrahmen lehnte, erinnerte sie Rainer an eine aus der Form geratene Laufhausbewohnerin.

»Ein neuer Berg Akten, nehme ich an?«

»Nein.« Rosi spitzte die pink geschminkten Lippen, so als erhoffte sie sich einen Kuss. »Sieht aus wie eine Überraschung.«

Rainer runzelte die Brauen. »Was denn für eine Überraschung?«

»Weiß ich nicht. Zur Geburt deines Enkels? Jedenfalls dürfte es dir gefallen. Falls nicht, nehme ich ihn.«

»Aha. Na, dann will ich doch mal nachsehen.« Bevor Rosi noch auf die Idee kam, ihn zu begleiten, fügte er mit einem Blick auf die Uhr rasch hinzu: »Ich muss eh mal loslegen. Habe ja noch die Anträge wegen der neuen Dienstwaffen auf dem Tisch.«

»Ja, mach du mal. Und viel Spaß mit deinem Geschenk.« Rosi lachte.

Ein dreckiges, irgendwie vielversprechendes Lachen, dachte er, während er auf sein Büro am Ende des Gangs zusteuerte. Das Lachen war eine der wenigen Sachen, die ihm wirklich an ihr gefielen. Trotzdem hatte es mal eine Zeit gegeben, da hätte er sie womöglich vernascht. Zwar nur mit entsprechendem Pegel, aber trotzdem … er hätte es getan. Ein unverbindlicher Fick in der Personalküche vielleicht. Sie vornübergebeugt, die Unterarme auf die Arbeitsplatte gestützt. Oder ein Quickie auf dem Kopierer, wobei das Gerät einen Schwarz-Weiß-Abzug nach dem anderen von ihren Arschbacken machte. Bei dem Gedanken musste er grinsen. Er entschied sich insgeheim für das Küchenszenario, da er ihr dabei nicht ins Gesicht blicken musste. Denn ein Hingucker war Rosi nicht. Auch wenn er sich keine Illusionen machte, selbst einer zu sein. Er hatte einmal gehört, die meisten Menschen wussten ganz intuitiv um ihren Marktwert und suchten sich daher einen Partner, der in ihrer eigenen Liga spielte. Daraufhin war er die Frauen durchgegangen, die er in seinen fünfzig Jahren erobert hatte, und konnte diese Theorie zumindest für sich selbst bestätigen. Wahrscheinlich kam Rosi deshalb ständig aus ihrem Büro, wenn er daran vorbeilief. Die Spinne Thekla, die Willi in ihr Netz locken wollte. Sie hatte ihren Marktwert erkannt. Und seinen.

Zurück im Büro schloss Rainer die Tür. Jetzt war er platt.

Das war wirklich mal eine Überraschung. Anstelle seines Bürostuhls, der in eine Ecke geschoben worden war, stand da ein neuer. Und was für einer. Ein richtiger Chefsessel aus schwarzem Kunstleder mit ergonomischer Lehne, auf deren Rückseite eine Grußkette aus bunten Buchstaben hing.

HERZLICHENGLÜCKWUNSCH

»Ha!« Rainer stieß ein ungläubiges Lachen aus. Wem hatte er das denn zu verdanken? Seinen Kollegen? Natürlich, wem sonst? Dennoch schien Rosi nichts von dem Geschenk gewusst zu haben. War es tatsächlich für die Geburt seines Enkels, wie sie vermutet hatte? Wahrscheinlich. Sein Geburtstag, den er trotz der runden Zahl nicht zelebriert hatte, lag ja schon eine Weile zurück, und seine Kollegen hatten sicher erwartet, dass er zum Fünfzigsten einen ausgab. Doch wie schon die Jahre zuvor hatte Rainer sich die Kohle gespart. Nein, für seinen Geburtstag war das sicher nicht. Hatte er etwa schon Dienstjubiläum? Er rechnete nach. Nein, auch nicht. Dann musste es wegen des Enkels sein.

Er legte sein Handy ab und klappte den Buchstabenbanner um, doch die Rückseite war leer, schwieg sich ebenfalls über die Gönner aus. Rainer drehte den Stuhl und ließ sich aufs Polster sinken, verzog anerkennend den Mund. Auf wessen Geheiß dieser Stuhl auch gekauft worden war – er oder sie hatten sich nicht lumpen lassen. Superbequem. Fast wie einer dieser Gaming-Sessel. Aus Sicht des Arbeitgebers wohl eher ein Eigentor, denn ob er darauf produktiver sein würde, war fraglich. Da wäre einer dieser Gymnastikbälle sicher die bessere Wahl gewesen, da man darauf gezwungen war, gerade zu sitzen wie ein Erdmännchen, das aus dem Bau lugt. Dieses Prachtstück hier konnte er sich aber wahrscheinlich einstellen wie den Flugzeugsitz in der First Class. Nicht, dass er je in einem solchen gesessen hatte; dafür war er schlichtweg zu geizig.

Er tastete nach dem Hebel für die Rückenlehne, bekam ihn zu fassen und zog daran. Lehnte sich weit nach hinten, rollte ein paarmal vor und zurück, drehte sich etwas nach links, dann nach rechts und setzte sich wieder auf. Super. Klasse Teil. Nun suchte er nach dem anderen Hebel, fand ihn ein Stück weiter hinten. Als er daran zog, ging ein Ruck durch den Stuhl. So stark, dass er glaubte, sich die Sitzbeinhöcker geprellt zu haben. Vor Schreck ließ er den Hebel los. Verflixt und zugenäht! Was war das gewesen? Das hatte ja richtig wehgetan. Auch dieses Geräusch … Wie bei Trockenschießübungen mit einer Harpune. Rainer sah nach unten. Die Sitzhöhe war unverändert. Er zog nochmals am Hebel, doch selbst als er versuchte, die Sitzfläche zu entlasten, rührte sich nichts. Diesmal kein Rucken. Auch kein Geräusch. Aber wieso fehlte ihm plötzlich die Kraft aufzustehen?

Was um alles in der Welt …?

Seine Gedanken gerieten ins Stocken, während sich eine frostige Kälte in ihm einnistete. Ein eisiger Punkt hinter dem Solarplexus. Dann ein Unbehagen, fast schon ein Brennen im Unterleib. Ein Bohren.

Zum Henker! Das waren unerträgliche Schmerzen!

Automatisch hielt er sich eine Hand auf den Bauch. Mein Gott! Das war ja nicht auszuhalten. Seine Gedärme schienen zu reißen. Er stöhnte. Die Kälte strahlte nun aus und schien jeden Winkel seines Körpers zu erfassen. Seine Stirn … eiskalt.

War das etwa das Gleiche, das Mutter dahingerafft hatte? Ein Blutgerinnsel in einer Darmarterie? Auch sie hatte sich urplötzlich, fast pünktlich zum Gong der Tagesschau unter Schmerzen gekrümmt, später gewunden, während Vater und er davon ausgegangen waren, sie hätte bloß Blähungen. Selbst die Ärzte im Krankenhaus waren anfangs nur von Nieren- oder Gallensteinen ausgegangen. Doch als es ihr immer schlechter gegangen war, hatte sich ein kühner Chirurg entschieden, sie zu operieren. Doch da kam bereits jede Hilfe zu spät. Wie ihnen der Arzt später erklärt hatte, war Mutters Darm da zum Großteil schon abgestorben gewesen.

So etwas durfte ihm nicht passieren, dachte Rainer. Er musste die Ärzte frühzeitig warnen, ihnen von Mutters Geschichte erzählen, denn vielleicht war so etwas ja erblich. Zeit verlieren sollten sie dieses Mal nicht.

Er streckte die Hand nach dem Handy aus, doch er kam nicht heran. Holte tief Luft, sammelte seine Kräfte und stemmte die Füße gegen den Boden. Als er dann seine Knie durchdrückte, bemerkte er, wie auch die Rollen des Stuhls vom Boden abhoben. Gleichzeitig steigerte sich der Schmerz ins Unermessliche. Ein Reißen, ein Pulsieren. Kraftlos und ächzend ließ er sich zurückfallen, wobei der Schmerz förmlich explodierte. Eisige Schockwellen fuhren ihm in die Glieder, und kalter Schweiß trat aus jeder Pore seiner Haut. Während dünne Hilferufe aus seiner Kehle drangen, dachte er an seine verstorbene Mutter, die sie nicht hatten retten können. Er dachte an seinen Enkel, den er womöglich nie aufwachsen sehen würde. An Rosis pfundigen Leib, den er nie angerührt hatte. Und daran, dass er doch lieber auf die Beerdigung gegangen wäre, anstatt nun selbst zu sterben.

16

Fuchs trat aus der kühlen Trauerhalle und blickte zum Himmel. An diesem Hochsommertag war das Wetter seines Freundes Konrad nicht würdig. Dicke Quellwolken schoben sich im Schulterschluss über den Friedhof, als hätten sie sich gegen die Sonne verschworen. Darunter staute sich die heiße Luft wie in einem Gewächshaus, sodass ihm das Hemd unter dem schwarzen Sakko sicher binnen Minuten am Leib kleben würde.

Die Trauergemeinde ergoss sich auf den Platz und formte einen schweigenden Strom. Der Pfarrer ging voraus, die Sargträger, den blumengeschmückten Sarg auf einem Bahrwagen schiebend, folgten. Mit ihren Schirmmützen erschienen sie Fuchs wie Chauffeure, die Konrad ins Reich der Toten kutschierten. Dass seine sterblichen Überreste traditionell beerdigt wurden, hielt er in Anbetracht von Konrads Todesumständen für angemessener als eine Urnenbeisetzung. Der bloße Gedanke, seinen verkohlten Leib den Flammen des Krematoriums zu übergeben, fühlte sich von Grund auf falsch an. Als würde man ihn ein zweites Mal den Torturen seiner Verbrennung aussetzen. Abgesehen davon löste bei Fuchs die Vorstellung, für die Ewigkeit in ein Gefäß eingesperrt zu sein, Beklemmungen aus. So unsinnig dies auch sein mochte. Dann doch lieber wieder in den Kreislauf der Natur überführt werden, selbst wenn dies anfänglich Zerfall und Verwesung bedeutete.

Joachim fädelte sich im vorderen Drittel des Trauermarschs ein und folgte mit andächtigen Schritten. Wie schon des Öfteren fragte er sich, was für ein Mensch einfach so ein anderes Leben auslöschen konnte. Erst recht auf solch eine brutale Weise. Die Mörder, die ihm bisher untergekommen waren, hatten sich stets als gewöhnliche Menschen entpuppt, denen äußerlich nichts Teuflisches anhaftete. Doch tief in ihrem Innern musste etwas Elementares kaputt sein, da war er sich sicher.

Falls Konrad bloß zufälliges Opfer eines Menschen mit Tötungsgelüsten gewesen sein sollte, würde es umso schwieriger werden, den Mistkerl zu fassen, da dann jede nachvollziehbare Verbindung zwischen ihnen fehlte. Wenn er es aber gezielt auf Konrad abgesehen hatte, musste er verdammt wütend auf ihn gewesen sein. Nur, wie sollte der Konrad, den er während einer Schulung im Präsidium kennengelernt hatte, einen Menschen in derartige Raserei versetzt haben? Im Grunde undenkbar. Fuchs erinnerte sich an diese Begegnung. Es war ein knappes Jahr nach seinem Wechsel zur Kriminalpolizei gewesen. Man hatte im Präsidium einen Sicherheitsexperten geladen, der ein Seminar über die Tricks von Einbrechern abhalten sollte. Als Joachim an jenem Tag, entgegen seiner Befürchtung, sich verspätet zu haben, sogar vierzig Minuten zu früh aufgeschlagen war, hatte der Kursleiter namens Konrad gerade eine mit Schlössern gespickte Tür im Raum aufgestellt. Während Fuchs ihm beim Aufbau geholfen hatte, waren sie ins Gespräch gekommen. Später hatte Konrad die Teilnehmer überrascht, indem er mit einfachsten Mitteln verriegelte Türen aufbrach. Selbst einen stabilen Tresor konnte er in weniger als sieben Minuten knacken. Wobei er sich dafür dann doch schwerer Geräte bedient hatte. Als das Seminar im darauffolgenden Jahr wiederholt worden war – bevor die Polizei eigene Leute dafür abgestellt hatte –, waren sie sich erneut begegnet. Diesmal war Fuchs absichtlich früher gekommen, um Konrad beim Aufbau zu helfen. Daraus war schließlich eine Freundschaft entstanden, die fast ein Vierteljahrhundert überdauert hatte.

Bis zu dem Moment, als ein kranker Sadist Konrads Leben dieses schreckliche Ende bereitet hatte.

Fuchs hob den Blick und merkte, dass die wankenden Silhouetten der Gäste hinter einem Tränenschleier verschwammen.

Sie passierten die Gruftenhalle mit ihren zahlreichen Arkaden und bogen dann auf einen gekiesten Weg ab. Fuchs fand, dass der Frankfurter Hauptfriedhof mit seiner üppigen Vegetation, den gepflegten Gräbern und Mausoleen ein schöner Ort war – nicht nur für die Toten. An sonnigen Tagen flanierten hier daher gerne Spaziergänger im Schatten der Buchen. Er dachte daran, wie oft er selbst schon diese Pfade beschritten hatte, jedoch um Mitmenschen das letzte Geleit zu geben. Neben Freunden, Schulkameraden oder Arbeitskollegen waren auch Menschen darunter gewesen, die er zu Lebzeiten nie kennengelernt hatte. Personen, mit denen er von Berufs wegen erst nach deren Tod eine Verbindung eingegangen war. Meist Opfer von Mordfällen, bei denen man davon ausgegangen war, dass sich der Täter womöglich bei der Beisetzung zeigen könnte. Doch soweit er wusste, war das nie geschehen. Trotzdem musste man diese Möglichkeit stets in Betracht ziehen, wie ihm Lara mit ihrem Hintergrundwissen als Fallanalystin auch bei diesem Fall eingebläut hatte. Was solche Dinge anging, hatte er vollstes Vertrauen in sie. Schließlich hatte sie sich in ihrer Ausbildung auf das Generieren von Täterprofilen spezialisiert und als Schmuckstück im Lebenslauf ein Praktikum beim FBI in Quantico vorzuweisen. Sie hatte natürlich angeboten, mitzukommen und die Augen offen zu halten, doch Fuchs hatte abgelehnt, da er wusste, wie sehr ihm die Beisetzung seines Freundes an die Substanz gehen würde. Dabei konnte er keine Zuschauer gebrauchen. Und so war er heute nicht nur als Trauergast hier, sondern würde sich die Gesichter der Anwesenden genauer ansehen müssen.

Das Reifenknirschen des Bahrwagens stoppte. Der Pfarrer nahm seine Position neben dem Grab ein, das mit den am Rand ausgelegten Metallrosten eher den Charme einer Werkstattgrube versprühte. Neben dem Loch war die Erde zu einem hüfthohen Hügel aufgeschüttet worden, in dem eine Schaufel steckte. Die Trauergemeinde verteilte sich in einem Halbkreis ums Grab. Fuchs suchte sich einen Platz am Rand und ließ seinen Blick über die Ansammlung schweifen.

Greise, Kinder und die meisten Frauen übersprang er geflissentlich. Trotzdem blieben rund vierzig Personen übrig, von denen er viele nicht kannte. So wie den Kerl neben ihm. Ein stämmiger Mann Mitte vierzig vielleicht. Blasse Haut, lichter Bart, Sonnenbrille. Ein wenig erinnerte er ihn an den Dicken der Blues Brothers. Auch die zwei Männer rechts von ihm kannte er nicht. Einer groß, einer klein, beide schlank. Ebenfalls Sonnenbrillen. Ein Umstand, der Fuchs heute störte. Zum einen verdeckten sie den für eine Wiedererkennung wichtigsten Teil der Gesichter – zum anderen fand er dieses Accessoire auf Beerdigungen einfach affig. Besonders, wenn wie heute nicht mal die Sonne schien. Aber Männer schämten sich eben ihrer Tränen. Auch er hatte in der Trauerhalle versucht, die seinen zu unterdrücken. Allerdings war ihm das nur bis zu dem Punkt gelungen, als er zwei Reihen vor sich Konrads Kinder erblickt hatte, deren kleine Körper von Weinkrämpfen geschüttelt wurden. Irene dagegen schien all ihre Kraft aufgebracht zu haben, ihnen die starke Schulter zu bieten, die sie in diesem Moment so dringend gebraucht hatten.

Der Pfarrer richtete seine Stola, bevor er mit seiner Grabrede begann. Zu Fuchs' Überraschung fiel sie sehr weltlich aus, auch wenn die obligatorischen Bibelzitate nicht fehlten. Doch der Geistliche gab sich Mühe, Konrads Leben in persönlichen Worten zu umreißen. Nachdem er geschlossen hatte, trat ein Mann um die fünfzig aus dem Halbkreis, den Joachim schon mal gesehen zu haben glaubte. Vielleicht auf einer von Konrads Partys?

Der Mann blickte auf seine Schuhe, sah dann mit zusammengepressten Lippen in die Runde, bevor auch er mit einer Rede begann.

»Konrad und ich kannten uns seit der Schulzeit«, begann er, sichtlich mit den Tränen ringend. »Als meine Klasse aufgelöst und die Schüler auf unsere Parallelklassen verteilt wurden, landete ich direkt auf dem Platz neben ihm. Wer Konrad kannte, ahnt sicher, dass es nicht lange dauerte, bis meine Schulnoten sanken, während die Häufigkeit der Ermahnungen durch die Lehrer proportional dazu anstieg. Er hatte so viel Quatsch im Kopf …« Die Erinnerung entlockte ihm ein Lächeln. »Manche ahnen aber auch sicher, dass es nicht lange gedauert hat, bis er mich das erste Mal so richtig beeindruckte. Was viele von euch aber vielleicht nicht wissen – Konrad war schon damals sehr erfinderisch und ein wahrer Meister des Spickens. Sein Einfallsreichtum war unglaublich. Ich weiß nicht, ob er auch ohne diese ganzen Hilfsmittel so ein gutes Abitur geschrieben hätte, aber zweifelsfrei hätte man ihm einen Innovationspreis für seine Ideen verleihen müssen. Später kreuzten sich dann unsere Berufswege. Konrad galt zu dieser Zeit als *hervorragender Zuhörer.*«

Fuchs, der dahinter einen Insider-Witz vermutete, registrierte das Lächeln, das der Redner mit Konrads Vater tauschte, einem alten Mann mit schlohweißem Haar, der sich mit zittriger Hand auf einen Gehstock stützte. Auch bei diesem Anblick wurde ihm schwer ums Herz. Eltern sollten einfach nicht am Grab ihrer Kinder stehen müssen. Das war wider die Natur. Schmerzlich wurde ihm zugleich bewusst, dass er Konrad vielleicht doch nicht so gut gekannt hatte, wie er dachte. Denn weder konnte er etwas mit der letzten Aussage des Redners anfangen noch diesen selbst zuordnen.

Fuchs verlor sich in seinen Gedanken, bis der Sarg in die Erde hinabgelassen wurde. Als der Pfarrer mit einem Aspergill Weihwasser darüber verspritzte, brach die Sonne durch die Wolken und erzeugte einen derart beeindruckenden Strahlenkranz, dass Joachim Fuchs einen Moment lang glaubte, es handele sich um ein göttliches Zeichen.

17

Am nächsten Tag befanden sich viele Mitglieder der Soko bei der Beerdigung von Walter Polzin. Auf Wunsch seiner Frau sollte der ehemalige Präsident zum frühestmöglichen Zeitpunkt, den das Bestattungsgesetz zuließ, nämlich achtundvierzig Stunden nach dem Tod, beigesetzt werden. Fuchs hatte keine Lust gehabt hinzugehen. Erstens war er schon am Vortag auf einem Friedhof gewesen, und zweitens hatte er sich Polzin nie sonderlich nahe gefühlt. Drittens, und das war der wesentliche Grund, wollte er Konrads Mörder finden. Also war er zusammen mit Lara und dem Rest im Präsidium geblieben. Während die anderen in ihren Büros hockten und To-do-Listen abarbeiteten oder die Umgebung der Drohnenabsturzstelle absuchten, tigerte Fuchs vor dem Flipchart auf und ab. Doch statt eines erhofften Geistesblitzes drehte er sich gedanklich im Kreis wie ein Goldfisch im Glas. Irgendwann gab er einem Impuls nach und notierte einen Namen. Dann trat er einen Schritt zurück und ließ das Geschriebene auf sich wirken.

»Wie kommst du darauf?«, fragte Lara.

Überrascht drehte er sich um, so als hätte er erst in dieser Sekunde bemerkt, dass sich noch jemand im Raum befand. »Bitte?«

»Entschuldige, ich wollte deinen Gedankenfluss nicht unterbrechen.«

Er winkte ab. »Fluss? Eher ein prostatisches Tröpfeln.«

»Magst du mir trotzdem erzählen, was da plätschert?«

»Keine Ahnung … Halbgares Zeug.«

Sie deutete auf das Flipchart. »Für mich sieht das aber nach einem ziemlich konkreten Gedankengang aus.«

»Meinst du? War mehr ein Gefühl«, sagte er und klopfte sich auf den Bauch.

»Dann lass doch mal hören, was er dir zuflüstert. Hat dir doch schon oft gute Dienste erwiesen, oder?«

»Ja, schon.« Er nickte, dachte nach. Drehte sich zu ihr um und deutete mit dem Stift auf sie. »Lass uns daraus mal eine Frage formulieren.«

»Okay. Soll ich?«

»Bitte.«

»Gut. Wie wär's zum Beispiel mit: Hängen diese Fälle zusammen?«

»Ist vielleicht schon einen Schritt zu weit«, sagte er, »denn aktuell steht hier ja bloß ein Name, zu dem es aber noch gar keinen Fall gibt. Wir müssten uns also zunächst fragen, ob es sich bei seinem Ableben in Wahrheit um einen nicht natürlichen Tod gehandelt haben könnte.«

»Aber wie kommst du überhaupt da drauf? Irgendwas muss dich doch zu dieser Idee verleitet haben.«

Er zuckte die Schultern. »Das ist es ja. Ich weiß es nicht. Intuition? Vielleicht auch bloß die Tatsache, dass ich nicht an Zufälle glaube.«

»Wieso Zufälle?«

»Na ja … ich finde das Ableben zweier Polizisten – der eine aus einer aktuellen, der andere aus einer ehemals leitenden Position – schon auffällig. Vor allem in so kurzer Zeit.«

»Gesetz der Serie?«, schlug Lara vor.

»Mhm. Möglich. Trotzdem – irgendwas stört mich.«

»Aber wie willst du auf diese Frage eine Antwort finden?«

»Kann ich nicht«, gab er zu.

»Apropos, da du gerade über mögliche Verbindungen sprichst«, sagte Lara, »ich hatte auch schon an eine zwischen Jacobs und Kröll gedacht. Einfach weil die Mordmethoden in beiden Fällen so außergewöhnlich sind, als wären sie derselben kaputten Psyche entsprungen. Nur leider hat Kreiling wahrscheinlich recht – die Modi sind zu verschieden. *Du* jedoch …«, sie deutete auf das Flipchart, »… schießt mit dieser These den Vogel ab, wenn du jetzt auch noch Polzin auf den Plan bringst. Aber von mir aus, spielen wir es mal durch. Wo, glaubst du, könnte die Schnittmenge liegen?«

Fuchs überlegte. Dann schrieb er stichpunktartig auf: »Alle drei waren männlich und über fünfzig. Zwei von ihnen hatten Kinder, einer eins, der andere zwei. Polzin hatte, soweit ich weiß, keine. Alle waren verheiratet. Und dann wäre da noch …« Er stockte.

»Was?« Lara richtete sich auf.

»Mit ein bisschen Wohlwollen weisen doch alle eine Verbindung zur Polizei auf, oder? Wobei die Verbindung bei Konrad schon etwas weit hergeholt ist.«

»Was ist denn das für eine Verbindung?«, wollte Lara wissen.

Joachim erzählte ihr die Geschichte von ihrem ersten Aufeinandertreffen im alten Präsidium, als Konrad die Ermittler geschult hatte. Er ließ auch die gemeinsamen Dinner-Abende im Hause Kröll nicht aus. Genauso wenig wie die Tatsache, dass sie sich in den letzten Jahren immer weniger gesehen hatten, wobei Konrad einer jener Freunde gewesen war, die man auch nach langer Zeit stets mit dem Gefühl wiedertraf, sich erst gestern begegnet zu sein.

»Aber jetzt warte mal«, sagte Lara, nachdem Fuchs fertig war. »Dieser Jacobs war Leiter des Stabsbereichs Prävention im Präsidium Südosthessen. Kröll besaß eine Firma für Sicherheitstechnik. Prävention und Sicherheit. Das passt schon zusammen.«

»Ja, aber Konrad hatte seit bestimmt fünfzehn Jahren nichts mehr mit der Polizei zu tun. Wenn nicht länger.«

»Okay. Aber wenn wir deine These bestätigen oder verwerfen wollen, müssen wir erst mal davon ausgehen, dass es eine Verbindung zwischen den Fällen gibt. Womöglich sehen wir sie nur nicht, *weil* sie so alt ist.«

»Mhm.« Fuchs nickte zögerlich. »Dann probier du es doch mal aus fallanalytischer Sicht.«

»Okay.« Lara fuhr sich mit der Hand durchs Haar. »Nehmen wir mal die Signaturen der Morde an Jacobs und Kröll. Die Unterschiede sind auf den ersten Blick so groß, dass man geneigt ist, von zwei Tätern auszugehen. Doch in beiden Fällen hätte es weitaus einfachere Wege gegeben, um die Opfer zu töten. Stattdessen hat man sich offenkundig bemüht, ihnen einen qualvollen Tod zu bescheren. Überleg mal, was für ein Aufwand in beiden Fällen betrieben wurde. So musste der Täter Axel Jacobs erst mal in seine Gewalt bringen. Einen erwachsenen, kräftigen Mann, der zudem Polizist war. Dann musste er das Metall schmelzen und ihm einflößen. Für Kröll hat er sich diese Drohne beschafft und sie dann auch noch aufwendig aufgerüstet.«

»Hitze!«, rief Fuchs. »In beiden Fällen spielt Feuer beziehungsweise Hitze eine Rolle.«

»Stimmt. Geschmolzenes Silber im Schlund des einen, Verbrennen durch Napalm beim anderen. Kein schlechter Gedanke. Auch wenn ich im Moment noch nicht weiß, wohin uns das führt.«

Fuchs hing derweil der Frage nach, welche Todesart wohl die grausamere war. Doch bevor er sich in diesen Gedanken verlieren konnte, gab die Türklinke ein Quietschen von sich. Dann schaute Olaf Kern zur Tür herein.

»Ach, hier seid ihr. Was macht ihr?«

»Brainstorming.« Fuchs wies zum Flipchart. »Wir suchen nach einer Verbindung.«

Kern wedelte mit einer gefalteten Zeitung in der Hand. »Dann habe ich hier vielleicht was für euch.«

Über Joachims Nase entstand eine Falte. »Holen wir uns unsere Hinweise ab jetzt aus der Zeitung, oder was?«

»Und dann auch noch aus diesem Schundblatt«, sagte Lara.

»Man muss sie nur richtig zu lesen wissen«, erwiderte Olaf schmunzelnd. »Die grundlegenden Fakten stimmen. Sie sind nur etwas … bildreicher dargestellt. Aber eigentlich wollte ich euch von diesem Mord hier berichten.«

Schlagartig war Fuchs alarmiert. »Welcher Mord?«

»Ziemlich aufsehenerregend, wenn du mich fragst.« Kern ließ seine Brauen auf und ab hüpfen. »Ist allerdings nicht in unserem Zuständigkeitsbereich passiert.«

»Sondern?«

»In Wiesbaden. Könnte aber trotzdem interessant sein.« Er klappte die Zeitung auf und tippte auf eine Schlagzeile.

Tödliches Geschenk – Beamter des Innenministeriums auf Bürostuhl gepfählt!

Fuchs riss ihm die Zeitung aus der Hand, auf der neben dem Text ein Foto des weißen Bürokomplexes abgebildet war. »*Gepfählt*?«

»Ja. Jemand hat ihm einen umgebauten Bürostuhl geschenkt, der wohl, nachdem er von der Mittagspause zurückkam, mit einer Girlande versehen vor seinem Schreibtisch stand. Und was würde wohl jeder in einer solchen Situation tun? Klar – man setzt sich drauf. Als er dann einen der Hebel betätigte, schoss eine Art Spieß aus der Sitzfläche, der im Schaft der Gasfeder versteckt war.«

Fuchs' Hand klatschte auf den Tisch. »Das ist er! Das ist unser Mann! Ich würde meinen Arsch darauf verwetten. Was hast du noch?«

Olaf sah ihn überrascht an. »Mit so viel Enthusiasmus hatte ich nicht gerechnet.«

»Los, los … Erzähl!«

»Nun ja«, fuhr Kern zögerlich fort und rieb sich über den Nacken, »diese Vorrichtung hat dem armen Kerl jedenfalls mächtig den Arsch aufgerissen und ist wohl so tief in ihn eingedrungen, dass ihn die Rettungskräfte nicht vom Stuhl runterbekamen. Was aber auch an den Widerhaken gelegen haben dürfte, die an der Spitze montiert waren. Daher haben sie ihn mitsamt dem Stuhl in den Rettungswagen verfrachtet.« Er schüttelte den Kopf. »Könnt ihr euch vorstellen, wie es gewesen sein muss, so durch die Gegend getragen zu werden?«

»Hat er das alles noch miterlebt?«, fragte Lara, der das blanke Entsetzen ins Gesicht geschrieben stand.

»Gestorben ist er jedenfalls erst auf dem Weg in die Klinik«, antwortete Kern. »Und ihr wisst ja, wie es im Rettungsdienst läuft, wenn die Zeit drängt und man vor Ort wenig ausrichten kann. Dann heißt es: *Einladen und los.* Ich schätze mal, *das* war bestimmt so eine Situation.«

»Mein Gott«, entfuhr es Fuchs. Die Vorstellung einer rüttelnden Fahrt im Krankenwagen mit einem widerhakenbesetzten Spieß im Leib trieb ihm einen Schauder über den Rücken.

»Joachim hat recht«, sagte Lara. »Das Leid des Opfers und diese ausgeklügelte Technik passen zur Signatur unseres Täters.«

Fuchs wandte sich Olaf zu. »Was weißt du noch über das Opfer?«

»Nur das, was hier steht.« Er tippte erneut auf die Zeitung.

Missbilligend hob Fuchs eine Braue. »Du wartest hier mit der Nachricht des Tages auf und hast nur diesen lausigen Artikel?«

»Ist doch nicht unser Fall«, verteidigte Kern sich. »Das BKA ermittelt, da das Ministerium ja nur einen Steinwurf davon entfernt liegt.«

»Komm«, Joachim hielt die Hand auf, »her mit den Infos. Ich kenne dich doch.«

»Na gut …« Olaf zog einen Zettel aus seiner Tasche, den er ihm übergab. »Spielverderber.«

Während Joachim wieder zum Flipchart ging, versuchte er, die Handschrift seines Kollegen zu entziffern, ein beispielloses Gekrakel aus winzigen Buchstaben, für das man fast eine Lupe brauchte. Sicher hatte Olaf damit früher seine Lehrer in den Wahnsinn getrieben. Nach und nach übertrug er die Daten aufs Board und ergänzte sie durch die relevanten Fakten aus dem Artikel.

Rainer Quast.
Männlich, 50 Jahre. Verheiratet, zwei Kinder.
Mitarbeiter beim hessischen Ministerium des Innern und für Sport (Beschaffungsstelle)
Todesart: Pfählung auf Bürostuhl.
Besonderheiten:

- *Ermordung während der Arbeitszeit*
- *Ausgeklügelte Technik der Tatwaffe*
- *Extrem schmerzhafte, sadistische Todesart*

Er drehte sich zu den anderen um. »Ihr könnt mir erzählen, was ihr wollt – das ist doch ein Muster!«

»Was davon?«, fragte Kern.

»Wieder ein Mann im gleichen Alter und auch hier wieder eine Verbindung zur Polizei.«

»Du glaubst, das alles hängt zusammen?«, fragte Kern ungläubig, der jetzt erst die anderen Namen auf dem Flipchart gelesen hatte.

»Ich bin mir langsam fast sicher«, antwortete Fuchs.

»Aber der Ex-Präsi ist doch an einem Herzinfarkt gestorben.«

»Vielleicht«, räumte Fuchs ein. »Aber wie sicher ist das? Er wurde ja nicht obduziert. Doch selbst wenn er nicht zu unseren Opfern zählt, hätten wir immer noch drei, bei denen ein Zusammenhang immer wahrscheinlicher wird. Spielen wir es trotzdem auch mal mit Polzin als Opfer durch. Er war zwar um einiges älter als die anderen, aber auch er ist männlich und weist zudem eine überaus starke Verbindung zur Polizei auf.«

»Warte!« Kern hob die Hand. »Inwiefern trifft das denn auf Kröll zu?«

Fuchs setzte ihn ins Bild.

Man konnte förmlich sehen, wie es in Olafs kleinem Kopf arbeitete. »Das überfordert mich gerade etwas.«

»Nicht nur dich«, sagte Fuchs.

»Ich habe eine Idee«, meldete Lara sich. »Lasst uns mal etwas ausprobieren. Das wollte ich immer schon mal machen. Setzt euch und gib mir mal die Zeitung.«

Sie nahmen Platz und wirkten zu dritt geradezu verloren an der großen Tafel. Joachim schob ihr die Zeitung über den Tisch, aus der Lara eine Doppelseite herauszog, auf der eine nackte Schönheit Anfang zwanzig ihre Brüste zur Schau stellte.

Als sie begann, das Papier zu falten, ging Olaf dazwischen: »Hey, kannst du nicht den Sportteil nehmen?«

Lara warf ihm einen strengen Blick zu und fuhr ungerührt fort, bis ein Papierhut entstanden war. »Edward de Bono ist euch ein Begriff?«

Die beiden schüttelten den Kopf.

»Von ihm stammt die Sechs-Hüte-Methode. Wir haben jetzt allerdings nur einen, aber das Prinzip versteht man auch so.« Sie schob Fuchs den Hut zu und ging zum Flipchart. »Wir widmen uns jetzt der Frage, ob die Fälle zusammenhängen. Und zwar mit Konzept. Diese Technik ist zum Synchronisieren von Denkprozessen gedacht, damit nicht der eine analytisch und ein anderer emotional an das Thema herangeht. Dadurch soll man schneller ans Ziel kommen. Man beginnt mit dem weißen Hut, der für Objektivität steht. Der Träger darf nur in neutralen Bahnen denken. Also, Joachim, sei so sachlich wie ein Computer. Welche Informationen liegen uns vor?«

Fuchs deutete nach vorne. »Ein Teil steht ja schon da: das Geschlecht, das Alter, der Bezug zur Polizei. Und natürlich die qualvollen Todesumstände. Bei Nummer vier liegt möglicherweise auch ein natürlicher Tod vor, womit er nicht dazugehören würde, aber …«

»Stopp«, Lara hob ihre Hand, »das sind Mutmaßungen.«

»Hm. Sonst fällt mir im Moment nichts weiter ein.«

»Gut, dann gib Olaf den Hut.«

Grinsend setzte Kern ihn auf. »Es gibt einen zeitlichen sowie einen örtlichen Bezug«, sagte er, »da sich alle Vorfälle in den letzten zwei Wochen in Hessen abgespielt haben. Zudem fanden sämtliche Ereignisse unter der Woche statt.«

»Noch was?«

Er dachte nach und schüttelte dann den Kopf.

»Gut.« Sie nahm ihm den Hut vom Kopf, behielt ihn selbst aber nur in der Hand. »Bei drei Fällen handelt es sich zweifelsfrei um Mord, für deren Ausübung gewisse technische Fertigkeiten erforderlich sind. Es gibt keinen bevorzugten Tatzeitpunkt. Bei Kröll und Polzin war es morgens, bei diesem Beamten aus dem Ministerium mittags, und bei Jacobs vermutet man, dass er am Abend vor dem Auffindezeitpunkt gestorben ist. Fällt euch noch was ein?«

Sie schüttelten beide den Kopf.

»Gut, dann geht es weiter mit Rot.« Sie schob Joachim den Hut zu. »Jetzt kommt es darauf an, was eure Intuition sagt. Hoffnung, Freude, Ängste, Frust. Alles darf raus.«

»Okay«, begann Fuchs, »ich habe das Gefühl, es gibt neben der Polizei noch etwas, das alle vier Personen miteinander verbindet. Etwas, das ich nicht zu fassen bekomme, das bei mir aber für heftiges Magengrummeln sorgt, und ich habe Sorge, es zu übersehen. Zudem bezweifle ich, dass es den Ermittlungen dienlich ist, wenn sich bald drei Parteien zuständig fühlen. Erst recht, wenn eine davon das über alle Zweifel erhabene BKA ist.«

Als er fertig war, gab er Kern den Hut, der den Gesprächsfaden sogleich aufnahm. »Ich könnte mir vorstellen, dass die drei Morde zusammenhängen. Für den Tod des Ex-Präsis ist meiner Meinung nach aber niemand anderes verantwortlich als er da oben.« Er deutete zur Zimmerdecke.

»Was Polzin betrifft«, sagte Lara, nachdem sie den Papierhut überreicht bekommen hatte, »bin ich deiner Meinung, Olaf. Aber ich habe, ähnlich wie Joachim, langsam ein Gefühl von Gewissheit, wenn ich an eine Verbindung denke. Ich sehe einen Täter mit jeder Menge aufgestauter Wut. Vielleicht eher auf ein System als auf Einzelpersonen. Es ist jemand, der große Wellen schlagen will, mit einem Hang zum Spektakulären. Er möchte gehört, wahrgenommen werden. Trotzdem sehe ich auch eine einsame Person. Einen Sonderling, der uns mit seinen Taten schockieren will. Um diese ausführen zu können, muss er hinsichtlich der Uhrzeiten flexibel gewesen sein, oder er bekam sie von den Opfern aufoktroyiert und hat seine Planung nach deren Alltagsroutine ausgerichtet. Denn falls er Kröll unbedingt mit der Drohne töten wollte, musste er ihn ja abpassen, solange er sich unter freiem Himmel bewegte. Dafür wiederum musste er dessen Lebensgewohnheiten kennen, deren Beobachtung wiederum Zeit in Anspruch genommen haben dürfte. Und so ein präparierter Bürostuhl lässt sich garantiert leichter in ein großes Bürogebäude schmuggeln als in das Privatbüro einer kleinen Firma wie die von Kröll. Dann könnte sich der Stuhl für Kröll als Mordinstrument ebenso wenig geeignet haben wie die Drohne für den Beamten aus dem Ministerium. Möglicherweise, weil dieser einen direkten Zugang vom Haus zur Garage hat und bei seiner Arbeitsstätte in die Tiefgarage fährt. Sprich, die Wahl der Mordarten könnte auch ganz pragmatische Gründe gehabt haben.« Sie legte den Papierhut beiseite, da sie nun davon ausging, dass alle die Regeln verinnerlicht hatten. »Okay, nun wäre Schwarz an der Reihe. Wir sammeln die negativen Aspekte, die uns einfallen, wenn wir tatsächlich von einem Zusammenhang zwischen den Morden ausgehen. Joachim?«

»Hm?«

»Du bist schon wieder abwesend.«

»Ja, entschuldige. Wo waren wir? Negative Aspekte … genau … Drei Institutionen, eine davon das BKA. Das könnte für reichlich Unruhe sorgen, was die Ermittlungen angeht, und riecht förmlich nach bürokratischen Hürden. Aber mir ist eben noch was eingefallen, als du von aufgestauter Wut gesprochen hast. Diese Taten sind so überaus böse, dass ich mich frage, welche Emotion noch stärker sein könnte als Hass?«

Lara legte den Kopf schief. »Denkst du etwa an … Liebe?«

»Genau. Was, wenn in Wahrheit zerstörte Liebe die Triebfeder unseres Täters ist.«

»Interessanter Gedanke. Kannst du das präzisieren?«

»Nein, momentan nicht.«

»Dann behalten wir das mal im Hinterkopf. Hast *du* noch was, Olaf?«

»Ja, und zwar, dass es zu großer Verunsicherung in unseren Reihen führen wird, wenn sich herumspricht, dass da ein Verrückter herumrennt, der Polizisten ermordet.«

»Oh ja.« Sie nickte. »Ganz sicher sogar. Machen wir weiter mit Gelb. Jetzt dürft ihr nur Positives sagen.«

Etwas gärte in Joachims Unterbewusstsein, aber es wollte nicht an die Oberfläche steigen. Also ließ er sich weiter auf Laras Gedankenexperiment ein. »Positiv betrachtet, könnte man sich auch gegenseitig helfen«, sagte er. »Mehrere Institutionen würden automatisch auch mehr Mittel bedeuten. Mehr Männer. Vielleicht würden dadurch unsere Chancen wachsen, den Schuldigen zu fassen.«

Olaf nickte. »Und je mehr Taten der Täter begeht, umso mehr Spuren gibt es.«

»Was uns zum dritten und vielleicht auch erfreulichsten Argument führt«, fügte Lara hinzu. »Wenn nur ein Täter für all das verantwortlich ist, muss auch nur einer gefasst werden.« Sie musterte ihre Kollegen. »Merkt ihr schon eine Veränderung in eurem Mindsetting?«

Beide spürten in sich hinein, nickten. Seltsamerweise hatte Joachim tatsächlich das Gefühl, dass sich in seinem Geist etwas klärte. Je mehr Argumente auf den Tisch kamen, umso deutlicher erschien ihm das Bild.

»Dann kommen wir zum grünen Hut«, fuhr Lara fort. »Zeit für Kreativität. Wie könnten wir das Problem lösen? Gibt es alternative Theorien? Jetzt sind auch provokative Einwürfe erlaubt. Her mit euren schockierenden Thesen.«

Fuchs hielt inne. Schon wieder dieses Wort.

»Joachim?«

Wie in Zeitlupe hob er den Blick, sah sie an, lächelte. Ein Heureka-Moment bahnte sich an.

»Herr Fuchs? Wie sieht's aus?«

»Ich hätte eine schockierende These«, sagte er.

»Die da lautet?«

Er stand auf. »Erzähl ich dir auf dem Weg, bevor du mir noch mit einer Antithese die Hoffnung verdirbst.« Er lief Richtung Ausgang und winkte sie hinter sich her. »Auf, komm!«

»Aber der blaue Hut«, klagte sie.

»Und was ist mit mir?«, rief Olaf und erhob sich schwerfällig von seinem Platz.

Doch da war Joachim schon durch die Tür.

18

Die Tür des Raums stand offen. Eine fensterlose Kammer mit einem PC-Arbeitsplatz, auf dem sich Papiere und Akten stapelten. Im Schein einer alten Schreibtischlampe saß ein Mann, der, die Füße auf einem zweiten Stuhl abgelegt, in einem Taschenbuch las.

»Fuchs, Kriminalpolizei.« Er streckte dem Mann seinen Ausweis entgegen und wies dann auf Lara. »Das ist meine Kollegin, Frau Schuhmann. Sind Sie der behandelnde Arzt von Theo Gärtner?«

Der Mediziner, eine dunkelhaarige Bohnenstange um die vierzig, nahm die Füße vom Stuhl, legte das Taschenbuch beiseite und sah die beiden verunsichert an. »Ich bin der Psychiater.«

»Also Arzt, oder?«

»Ja, schon.«

»Sind Sie auch für Herrn Gärtner zuständig?«

»Ja, bin ich.«

»Gut. Dann hätte ich ein paar Fragen zum Gesundheitszustand Ihres Patienten.«

Der Psychiater verzog den Mund. »Ich bin mir nicht sicher, was ich erzählen darf, denn eigentlich …«

»… unterliegen Sie der Schweigepflicht, ich weiß. Vielleicht hilft es ja, wenn ich Ihnen verrate, dass unser Besuch in Zusammenhang mit einer Mordermittlung steht.«

Der Arzt machte große Augen. »Und … was wollen Sie da von mir?«

»Erst mal würde uns interessieren, wie es Herrn Gärtner geht.«

»Besser.«

»Besser klingt gut. Was fehlte ihm denn genau?«

»Das wissen wir nicht. Zu uns kam er wegen …«, unbeholfen sah er sich in dem stickigen Büro um, bis er ein Hängemappenregister entdeckte, das er im Zeitlupentempo durchblätterte. Nach einer gefühlten Ewigkeit stoppten seine Finger und zogen eine blaue Mappe hervor. Er schlug sie auf und begann darin zu lesen. »Ach ja, richtig. Er hat eine ABR.«

»Das bedeutet?«

»Akute Belastungsreaktion.«

»Okay. Und gilt die Diagnose als gesichert?«

Der Arzt blähte die Backen. »Da fragen Sie mich was. Die hat mein Kollege in der Ambulanz gestellt.« Er begann wieder zu blättern.

Fuchs tauschte einen Blick mit Lara. Wahrscheinlich dachte sie dasselbe wie er: Hoffentlich käme man nie selbst in die Verlegenheit, auf die Hilfe eines solchen Arztes angewiesen zu sein. Der Kerl kannte ja nicht mal die Krankheitsbilder seiner Patienten. Am liebsten hätte Fuchs einen Böller gezündet, damit diese Trantüte endlich aufwachte. Da er jedoch keinen zur Hand hatte, begnügte er sich mit einer weiteren Frage.

»Da der Patient bei Ihnen in der Psychiatrie liegt, nehme ich an, dass organische Ursachen ausgeschlossen wurden?«

»Die ABR ist eine Ausschlussdiagnose, das stimmt.« Sein Finger sauste auf eine Seite nieder. »Hier sind auch die Einträge zu den beiden Konsilen. Soweit ich das sehe, haben sowohl die kardiologischen als auch die neurologischen Untersuchungen kein morphologisches Korrelat ergeben. Kein Herzinfarkt, kein Schlaganfall und auch sonst keine handfesten Befunde. Nur die klinische Symptomatik.«

»Und wie sah die aus?«

Der Arzt hob die Arme. »Wissen Sie was – am besten, Sie reden selbst mit ihm.«

Fuchs nickte. »Ja, das wird wohl das Beste sein.«

Theo Gärtner lag ausgestreckt auf dem Bett. Die Hände hinter dem Kopf verschränkt, parlierte er mit seinem Zimmergenossen im Bett gegenüber. Als Fuchs sich und seine Kollegin vorstellte, setzte Gärtner sich kerzengerade auf und begrüßte sie wie alte Bekannte. Vor allem die Anwesenheit einer jungen Dame schien ihn zu entzücken. Er lächelte breit und blinzelte ihr wiederholt zu. Aber bis auf sein etwas distanzloses Verhalten, die zerzauste Frisur mit Dreitagebart sowie die Tatsache, dass der Mittsiebziger um diese Zeit noch in einem Pyjama steckte, ließ nichts darauf schließen, dass etwas mit ihm nicht stimmte. Er wirkte vital, fast euphorisch, aber keineswegs traumatisiert.

»Könnten wir uns mal unter sechs Augen unterhalten?«, fragte Fuchs.

»Ich nehme an, es geht um die Sache mit Walter?«

»Genau.«

Gärtner winkte ab und sah zu seinem Zimmernachbarn hinüber. »Fritz kann ruhig bleiben. Ich habe ihm eh schon alles erzählt.«

»Trotzdem wäre es mir lieber, wenn wir uns ungestört unterhalten könnten.«

Im Gegensatz zu Gärtner verstand Fritz den Wink offenbar,

denn er wälzte sich aus dem Bett. »Ich wollte mir eh grad was aus der Cafeteria holen. Soll ich jemandem was mitbringen? Kaffee? Oder Bockwurst?«

Joachim und Lara lehnten dankend ab. Gärtner schien noch über das Angebot nachzudenken, während er das Muster auf der Bettdecke studierte.

»Na, wie sieht's aus, Theo?«, hakte Fritz nach. »Lust?«

Gärtner sah zu ihm auf. »Hm?«

Fritz winkte ab, lächelte. »Schon gut, mein Lieber. Wir sehen uns später.«

Nachdem sie allein waren, zogen Joachim und Lara sich Stühle heran und nahmen Platz. Gärtner rutschte an die Bettkante und bedeutete ihnen näherzukommen. Dann senkte er die Stimme zu einem verschwörerischen Flüstern. »Sie können jetzt sprechen.«

Fuchs schielte zu Lara hinüber, die ähnlich irritiert zu sein schien wie er. Offenbar tickte Gärtner tatsächlich nicht richtig. »Na gut …«, sagte Fuchs, beide Silben in die Länge ziehend, »… dann wollen wir mal. Erinnern Sie sich, wie Sie Herrn Polzin aufgefunden haben?«

»Selbstverständlich.«

Das kam resolut, dachte Fuchs, während Lara bei dem plötzlichen Lautstärkesprung in Gärtners Stimme unwillkürlich ein Stück zurückgewichen war.

Fuchs beugte sich vor, als Gärtner nichts mehr hinzufügte. »Würden Sie es uns auch erzählen?«

»Aber sicher doch, Herr Kommissar.« Der Alte bleckte die Zähne.

»Dann bitte«, animierte ihn Lara freundlich, als Gärtner wieder nichts sagte.

»Äh … entschuldigen Sie. Worüber hatten wir gerade gesprochen?«

»Über den Tag, an dem Sie Walter Polzin vorgefunden haben«, half ihm Lara auf die Sprünge.

»Ja, richtig! Walter.« Der Alte klatschte sich auf die Schenkel, fast als freute er sich auf die Anekdote, die er gleich zum Besten geben würde. »Also, ich wollte zum Einkaufen fahren. Dann sah ich ihn in seinem Auto sitzen. Der Motor war aus. Er hockte einfach nur da. Ich habe ihm gewunken, so wie es sich gehört, aber Walter hat nicht reagiert, was mich ehrlich gesagt etwas stutzig gemacht hat. Er war zwar manchmal ein kleiner Stinkstiefel, aber gegrüßt hat er eigentlich immer. Ich habe also mit den Schultern gezuckt, mir meinen Teil gedacht und bin einkaufen gefahren. Als ich dann eine gute Stunde später zurückkam, saß er immer noch da. Genau wie zuvor. Da dämmerte mir, dass etwas nicht stimmt. Daher bin ich an sein Auto gegangen und habe an die Scheibe geklopft. Aber wieder keine Reaktion. Dabei sah er putzmunter aus. Saß da mit ganz rosigen Wangen, als käme er gerade vom Sport. Ich habe natürlich sofort die Tür aufgerissen, um nach seinem Puls zu fühlen, konnte ihn aber nicht finden. Also versuchte ich, ihn vom Sitz zu hieven, um ihn für eine Wiederbelebung auf den Boden zu legen. Aber wissen Sie, wie schwer so ein Toter ist?« Mit fast flehender Miene sah er die Ermittler im Wechsel an.

»Ich weiß«, sagte Fuchs nickend.

»Was wissen Sie?«

»Wie schwer ein Toter ist.«

»Was für ein Toter?«

Fuchs hob die Brauen und wartete, ob der Alte den Faden von selbst wiederfand. Nach einer zehnsekündigen Pause schenkte er dem Mann ein Lächeln. »Nicht so wichtig. Sie waren an dem Punkt stehen geblieben, als Sie Herrn Polzin aus dem Wagen hieven wollten.«

»Ach ja«, fiel es Gärtner wieder ein. »Er war so schwer. Keine Chance, ihn da allein rauszubekommen. Deshalb bin ich ins Haus gelaufen, um meiner Frau zu sagen, dass sie einen Arzt rufen soll. Dann bin ich gleich wieder raus, doch plötzlich wurde mir übel. Alles hat sich gedreht. Ich dachte, mein Kopf platzt. An mehr kann ich mich nicht erinnern. Erst wieder daran, wie ich im Krankenhaus lag.«

»Was sagen die Ärzte denn, was Ihnen fehlt?«, erkundigte sich Lara.

»Irgend so eine Stressreaktion.« Er wedelte mit der Hand vor seinem Gesicht, als wären die Weißkittel nicht ganz bei Trost. »Alles Quatsch, wenn Sie mich fragen. Ich hatte jede Menge Stress im Leben, das können Sie mir glauben, aber so was ist mir noch nie passiert.«

»Leiden Sie sonst unter irgendwelchen Erkrankungen?«, hakte sie nach.

»Nein. Ich bin kerngesund. Nicht mal Allergien habe ich, und Tabletten nehme ich auch keine.«

»Ist Ihnen vielleicht vor dem Vorfall etwas Ungewöhnliches aufgefallen?«, fragte nun Fuchs. »Denken Sie ganz in Ruhe nach. Selbst Nebensächlichkeiten könnten wichtig sein.«

»Ungewöhnliches? Oh ja! Wo Sie es sagen …« Der Alte hatte jetzt einen solch konspirativen Ton angeschlagen, dass Fuchs dachte, er nähme ihn auf den Arm, doch dann schien Gärtner ernsthaft über die Frage nachzudenken, wobei sein Unterkiefer mahlte wie der eines Wiederkäuers.

»Und?«, fragte Fuchs nach einer Weile.

Gärtner starrte ihn an. »Was?«

Fuchs unterdrückte ein Seufzen. Er sah dem Alten in die wasserblauen Augen. In dessen Oberstübchen schien gerade zwar Licht an, aber niemand zu Hause zu sein. Er schielte zu Lara hinüber. Ihr Blick sprach eine ganz klare Sprache.

Was für eine Zeitverschwendung!

Schon während der Fahrt hatte sie den Sinn ihres Besuchs in der Psychiatrie heftig angezweifelt und Joachim noch mal darauf hingewiesen, dass sie mit den Profilen im Rückstand war. Aber er hatte sich nicht beirren lassen. So war er eben. Wenn er sich mal an einer These verbissen hatte, musste er ihr bis zum bitteren Ende nachgehen. Bis sie belegt oder entkräftet war. Vielleicht war es tatsächlich an der Zeit, zurück ins Präsidium zu fahren.

»Sie wollten mir gerade erzählen«, startete er einen letzten Versuch, »was sich vor dem Vorfall Ungewöhnliches abgespielt hat.«

»Ungewöhnliches … ja …« Wieder versank Gärtner in seinen Gedanken. Schließlich sah er zu ihnen auf und sagte im Brustton der Überzeugung: »Da war nichts.«

Nun brach sich bei Fuchs doch ein Seufzer Bahn. Reine Zeitverschwendung. Lara hatte recht gehabt.

Nachdem er sich bei dem Rentner bedankt hatte und sie sich anschickten zu gehen, hob Gärtner die Hand.

»Warten Sie!«

»Ja?«

»Vielleicht ist mir doch etwas aufgefallen.«

Fuchs nahm wieder Platz, während Lara mit verschränkten Armen stehen blieb.

»Bitte?«, fragte sie merklich genervt.

»In aller Herrgottsfrühe war der Kanalreiniger in der Straße.«

»Der Kanalreiniger«, wiederholte sie mit ironischem Unterton.

»Ja.«

»Ich werde mir das gleich mal notieren«, sagte sie mit einem Blick in Fuchs' Richtung. Offenbar machte sie sich nun einen Spaß daraus, ihn aufzuziehen. »War das so ein orangefarbener Druckwagen mit Tank und dicken Schläuchen?«

Der Alte schüttelte mit ernster Miene den Kopf. »Nein. Ein Kastenwagen. Sprinter oder so. Und ich bin sicher, er war blau.«

Obwohl die Erwähnung von Transportern seit dem Aderlass-Fall bei Joachim vermutlich bis an sein Lebensende die Alarmglocken schrillen lassen würde, hatte er für heute genug gehört.

»Ich habe noch nie einen Kanalreiniger in unserer Straße gesehen«, beharrte Gärtner.

»Irgendwann ist immer das erste Mal«, erwiderte Fuchs, dem partout kein geistreicherer Kommentar einfallen wollte.

»Seltsam war«, sagte Gärtner, »dass er einfach nur mit laufendem Motor dastand.«

Fuchs ließ hörbar die Luft aus seiner Lunge entweichen. »Wo genau stand er denn?« Die Frage kam mehr aus Höflichkeit.

Gärtner wies zum Fenster. »Draußen, vorm Haus.«

»Steht Ihr Haus links oder rechts neben dem von Polzin?«

»Wenn man davorsteht, links.«

»Und aus welchem Fenster haben Sie rausgeschaut?« Fuchs merkte, wie genervt auch er sich inzwischen anhörte.

Gärtner zeigte zur Decke. »Rechts oben, aus dem Schlafzimmer.«

»Und konnten Sie sehen, wie lange der Wagen dort stand?«

Lara seufzte und ließ die Arme sinken. Offenbar wollte sie ihm signalisieren, dass er diese sinnlose Befragung beenden sollte.

»Nein«, antwortete Gärtner. »Ich habe ihn vielleicht eine halbe Minute oder so beobachtet, aber als nichts Interessantes passierte, bin ich nach unten zu meiner Frau gegangen. Die ist um die Zeit immer mit ihrer Qi-Gong-Sitzung fertig und kocht uns dann Tee.«

Fuchs machte sich in Gedanken eine Notiz und entschied, Laras Drängen nachzukommen.

Sie verabschiedeten sich von dem Patienten, wünschten ihm gute Besserung und traten hinaus auf den Flur.

»Satz mit X«, sagte Lara.

»Ja, tut mir leid. Aber findest du es nicht trotzdem komisch, dass der Mann hierherkam, weil er angeblich wegen einer Stressreaktion kollabiert ist? Auf mich hat er keinen fragilen Eindruck gemacht.«

Lara zuckte die Schultern. »Ganz richtig im Kopf ist der nicht, so viel steht fest. Aber ich bin kein Arzt.«

»Trotzdem stimmt da was nicht, das habe ich im Gefühl«, sagte Fuchs mehr zu sich selbst.

»Ja, bei ihm … da oben.« Sie tippte sich an die Stirn.

Eine Frau Ende fünfzig eilte ihnen entgegen. Ihr graues Haar stand in gekräuselten Locken vom Kopf ab, und um ihren Hals baumelte ein farbiges Amulett, das Joachim an indische Mandalas denken ließ. Einem Impuls folgend, wandte er sich nach ihr um und sah, dass sie auf das Zimmer des Alten zusteuerte.

»Entschuldigung …«

»Ja?« Sie klang gehetzt und irgendwie schnippisch.

»Sie sind nicht zufällig die Frau von Herrn Gärtner?«

»Doch. Und Sie?«

»Fuchs von der Kriminalpolizei. Das ist meine Kollegin, Schuhmann.«

»Gärtner-Rokitansky.« Sie nickte ihnen zur Begrüßung zu.

»Ich habe Ihrem Mann eben einige Fragen zu dem Vorfall mit Herrn Polzin gestellt. Da …«

»Entschuldigen Sie, wenn ich Sie unterbreche, Herr Fuchs, aber ich dachte, Walter sei an einem Herzstillstand gestorben. Wieso ist dann die Kriminalpolizei hier und befragt meinen Mann in diesem desolaten Zustand?«

Lara schürzte die Lippen. »Wir sind doch in keinem desolaten Zustand.«

Fuchs warf ihr einen mahnenden Blick zu, auch wenn ihm diese Frau ebenfalls schon jetzt auf die Nerven ging. »Manche Todesfälle werden routinemäßig eben etwas genauer unter die Lupe genommen«, erklärte er geduldig.

»Jaaaa«, kam es fast spöttisch, »weil Walter mal Polizeipräsident war, nicht wahr?«

Fuchs zuckte die Schultern, versuchte sich an einem Lächeln. »Weshalb ich Sie angesprochen habe, Frau … Gärtner – dürfte ich Ihnen ein paar Fragen stellen?«

»Bitte.«

»Ist Ihnen in der Zeit um den Vorfall herum etwas Ungewöhnliches in der Straße oder auf dem Grundstück Ihrer Nachbarn aufgefallen? Auch Dinge, die länger zurückliegen, könnten wichtig sein.«

»Nein.« Sie schüttelte entschieden den Kopf. »Und ich gehe sehr achtsam durchs Leben, das können Sie mir glauben.«

»Das glaube ich gern. Ihnen ist auch kein blauer Kastenwagen aufgefallen, der am Morgen des besagten Tages mit laufendem Motor vor Ihrem Haus stand?«

»Habe ich nicht gesehen.«

»Einen Kanalreinigungsdienst vielleicht?«

Jetzt seufzte sie theatralisch. »Hat mein Mann Ihnen das erzählt?«

»Ja.«

»Was soll ich sagen? Seit diesem Vorfall redet er so viel wirres Zeug.« Nun war echte Verzweiflung in ihrer Stimme zu hören. »Das da drin ist nicht mehr mein Mann. Aber die Ärzte wollen mir ja nicht glauben. Stressreaktion … so ein Blödsinn. Theo war immer stressresistent. Natürlich war das ein schlimmes Erlebnis, aber es hätte ihn niemals so aus der Bahn geworfen. Die sollen mal lieber ein MRT machen, dann würden sie vielleicht auch was finden.«

»Inwiefern ist das nicht mehr Ihr Mann?«, fragte Fuchs.

»Er ist völlig wesensverändert. Früher war er Architekt, aber im Moment könnte er nicht mal das Haus vom Nikolaus zeichnen.«

Fuchs überlegte. Bevor er die Angelegenheit endgültig auf sich beruhen ließ, wollte er noch eine Sache überprüfen. Er bedankte sich bei der Frau, händigte ihr seine Karte aus und verließ mit Lara die Klinik. Vor der Tür zündete er sich eine Zigarette an, nahm einen tiefen Zug und blies den Rauch in den tiefblauen Himmel.

»Können wir dann endlich zurück ins Präsidium?«, quengelte Lara. »Ich muss echt noch an den Profilen arbeiten.«

»Kannst du. Bald. Davor müssen wir aber noch einen Abstecher machen. Und wenn du brav bist, spendiere ich dir danach ein Eis.«

19

Die aus den Dreißigerjahren stammende Stadtvilla thronte auf einem gemauerten Sockel. Doch weder das Haus noch der Garten, eine moosbewachsene Rasenfläche mit ein paar Bäumen darauf, wirkte sonderlich pompös.

Joachim und Lara näherten sich dem Schiebetor vor der Einfahrt, an deren Ende eine große Doppelgarage lag. Davor parkte ein grauer Mercedes. Rechts an die Garage grenzte eine Treppe, die zum Hauseingang führte. Fuchs suchte die Klingel, die er neben dem Törchen fand. Als er sie drückte, drang der Westminster Glockenschlag dumpf aus dem Haus. Eine Gardine wurde beiseitegeschoben, jemand spähte nach draußen.

»Die sitzen gerade bestimmt beim Leichenschmaus«, sagte Lara, der die Situation sichtlich unangenehm war.

»Kann sein.« Fuchs zuckte die Schultern. »Doch wir können nicht warten.«

Lara lag schon ein Kommentar auf den Lippen, da wurde die Tür geöffnet.

Schon auf die Entfernung erkannte Fuchs die Frau des ehemaligen Polizeipräsidenten wieder. Er hatte sie bisher nur ein einziges Mal gesehen. Damals, bei einem Dienstjubiläum, war sie von ihrem Gatten herumgeführt worden, um die Hände wichtiger Leute zu schütteln. Joachims Hand war nicht darunter gewesen. Unter manchen Kollegen hatte die inzwischen ergraute

Dame immer als starke Frau im Hintergrund gegolten, die den Erfolg ihres Mannes maßgeblich mitgeprägt hatte. Doch nicht alle sahen in ihr eine Art Eleanor Roosevelt, sondern bezeichneten sie schlichtweg als *Hexe*. Fuchs, der nicht viel auf derlei Getratsche gab, würde sich gleich sein eigenes Bild machen.

»Ja, bitte?«, hallte es die Einfahrt hinunter.

Abweisend. Kühl. Distanziert.

»Lara Schuhmann und Joachim Fuchs aus dem Präsidium Frankfurt!«, rief er zurück. »Wir müssten Sie bitte kurz sprechen.«

»Worum geht es denn?«

»Das möchte ich lieber nicht durch die Nachbarschaft brüllen.«

Die Frau verschwand im Haus, kam gleich darauf wieder heraus. Offenbar hatte sie sich schnell was an die Füße gezogen, denn nun marschierte sie in Pantoffeln, die absolut nicht zu ihrem schwarzen Tunikakleid passten, die Treppe hinunter. »Sie sind aber nicht von der Presse, oder?«, rief sie ihnen auf halber Strecke entgegen.

»Nein«, antwortete Fuchs und holte sicherheitshalber seinen Ausweis hervor.

»Netter Empfang«, murmelte Lara lakonisch, da die Witwe offenbar lieber in Puschen bis vor an die Straße gelaufen kam, als ihnen das Tor aufzudrücken.

Als sie das Törchen erreichte, zeigte Fuchs ihr den Ausweis. »Wie ich schon sagte, wir sind von der Kripo.«

»Fuchs?« Sie musterte ihn und gab ihm den Ausweis zurück. »Sagt mir nichts.«

»Das macht nichts«, erwiderte er. »Mein herzliches Beileid für Ihren Verlust.«

Sie nickte. »Danke. Aber ich nehme an, Sie sind nicht zum Kondolieren hier, sonst hätten Sie auch auf die Beerdigung kommen können.«

»Das ist richtig.«

»Dann bitte ich Sie, gleich zum Punkt zu kommen, denn im Haus warten Gäste.«

»Natürlich. Wie ich hörte, verstarb Ihr Mann an einem Herzleiden.«

»Das war die Diagnose des Notarztes, ja.«

»Das klingt, als hätten Sie Zweifel?«

»Nein. Sollte ich?«

»Nicht unbedingt. Hatte Ihr Mann denn was mit dem Herzen?«

»Nicht direkt. Aber er nahm Tabletten.«

»Wegen einer Herzerkrankung?«

»Hören Sie, Herr Fuchs, wie ich Ihnen bereits sagte, habe ich Gäste. Würden Sie freundlicherweise zum Punkt kommen?«

»Das versuche ich ja gerade. Ich kann verstehen, dass das lästig für Sie ist, Frau Polzin, aber würden Sie mir trotzdem verraten, wofür die Tabletten waren, die Ihr Mann einnehmen musste?«

»Bluthochdruck. Allerdings war er nicht sonderlich gut eingestellt, weswegen wir oft Streit hatten. Wenn Sie sonst nichts weiter haben, würde ich gerne wieder ins Haus.«

Sie wollte schon auf dem Absatz kehrtmachen, da hielt Fuchs sie zurück.

Er deutete auf den Mercedes. »Ist das der Wagen, in dem Ihr Mann gefunden wurde?«

Die Witwe blickte über ihre Schulter, als müsste sie sich vergewissern, welches Fahrzeug er meinte. »Ja, das ist er.«

»Stand er auch hier in der Einfahrt?«

»Nein, ich habe ihn dort abgestellt. In der Garage ist ja kein Platz, weil da zwei Oldtimer stehen. Der Mercedes war das Alltagsauto meines Mannes, auch wenn ich ehrlich gesagt nie verstanden habe, was er daran fand. Er parkte ihn meistens hier auf dem Bürgersteig.«

»Wo hat der Wagen am Tag seines Todes gestanden?«

»Da vorne.« Sie wies auf den Bordstein.

Fuchs begab sich zu der Stelle und deutete nach unten. »Hier?«

»Ja, ziemlich genau dort.«

Fuchs ließ den Blick über den Boden wandern, sah aber in unmittelbarer Umgebung weder im Rinnstein noch auf der Straße einen Kanaldeckel. Der nächste war mindestens fünfzehn Meter entfernt.

»Der Wagen stand sicher hier?« Er wandte sich um. »Nicht weiter da vorne?«

»Nein, da, wo Sie stehen. Dort parkte er immer. Ist der kürzeste Weg zum Tor und hält zugleich die Einfahrt frei, falls er doch mal einen der Oldtimer nehmen wollte.«

Fuchs spähte nach links zum Nachbarhaus und erkannte, dass die Stelle, an der er sich befand, tatsächlich in einer Flucht mit dem rechten oberen Fenster lag, aus dem Gärtner den blauen Transporter beobachtet haben wollte. Ein paar Meter weiter hätten ihm Bäume die Sicht versperrt. Fuchs spürte ein leichtes Kribbeln auf seiner Kopfhaut.

»Dürfte ich mir den Wagen mal ansehen?«

Die Augen der Witwe verengten sich. »Wozu?«

»Ich möchte nur kurz etwas prüfen. Wenn ich nichts finde, sind Sie uns gleich wieder los.«

»Ich verstehe nicht ganz …« Sie verschränkte die Arme, als fröstelte sie. »Das behagt mir überhaupt nicht.«

Er legte eine Unschuldsmiene auf. »Haben Sie denn kein Vertrauen in die Polizei?«

»Was für eine Frage. Ich habe mein ganzes Leben an der Seite eines Polizisten verbracht. Da gehörten Mord und Totschlag zur Tagesordnung. Aber ich kann Ihnen sagen, was mir nicht passt. Mein Mann ist verstorben und wurde gerade beerdigt. Alles, wirklich alles sieht nach einem natürlichen Tod aus. Im Grunde so, wie es eines Tages jeden von uns treffen darf. Doch jetzt kommen Sie daher und geben mir das Gefühl, Sie wollen daraus einen Kriminalfall machen.«

»Ganz so ist das nicht, Frau Polzin, aber hat Sie sein Tod denn nicht überrascht? Mein Chef sagte, Ihr Mann sei erstaunlich fit gewesen für sein Alter und im Grunde aus heiterem Himmel verschieden.«

»Ja, er war fit. Und natürlich hat mich sein Tod überrascht. Aber tut es das nicht immer, wenn derjenige nicht eh schon in den letzten Zügen lag? Mein Mann war offenbar doch nicht so gesund, wie alle glaubten. Wie schon gesagt, er hatte einen schlecht eingestellten Bluthochdruck und auch schon einen Angina-Pectoris-Anfall gehabt. Deshalb sollte er auch so ein Spray mit sich führen – was er natürlich nie getan hat. Nicht einmal, wenn wir fernab der Zivilisation unterwegs waren, wo im Notfall weit und breit kein Krankenhaus zur Verfügung gestanden hätte. Einfach nur, weil er so verdammt stur war.« Sie ballte die Fäuste. In ihren Augen schimmerten Tränen. Fuchs tippte auf Tränen der Wut. Einer Wut, die sich nun gegen ihn richtete. »Wie soll ich denn Trauerarbeit leisten, wenn Sie herkommen und Zweifel über seine Todesumstände säen?«

Fuchs schluckte. Er konnte die Frau ja verstehen. Denn wenn er mit seinem Verdacht – der, zugegeben, auf äußerst wackeligen Beinen stand – falschlag und Polzin wirklich eines natürlichen Todes verstorben war, könnte er womöglich noch leben, wäre er nicht der eben erwähnte Sturkopf gewesen. Doch vielleicht irrte sich seine Ehefrau auch und es gab einen anderen Grund für seinen Tod. Und genau für diesen Fall waren sie hier. Außerdem wollte er Lara nicht völlig umsonst entgegen ihrer Proteste mitgeschleift haben. Solange er Polzins Wagen nicht untersucht hatte, würde ihn der Gedanke, dass etwas faul war, verfolgen.

»Wissen Sie, was mir dagegen bis heute nicht in den Kopf will?«, sagte Frau Polzin dann. »Vor elf Jahren starb unser Sohn mit gerade einmal siebenundzwanzig. Er wachte eines Morgens einfach nicht mehr auf, und keiner konnte uns sagen, warum. Weder der Hausarzt noch der Rechtsmediziner und auch nicht der liebe Gott. Wirklich niemand. Ich habe gelernt, damit umzugehen und die Dinge zu akzeptieren, wie sie sind.«

»Nur, dass wir beide im Fall Ihres Mannes nicht sicher wissen, wie die Dinge tatsächlich liegen«, entgegnete er ruhig. »Sie *glauben*, es zu wissen. Ich habe den Verdacht, dass es anders gewesen sein könnte. Damit habe ich Zweifel gesät. Das tut mir leid, lässt sich aber nicht mehr rückgängig machen. Die Frage, die sich nun also stellt, ist folgende: Wollen Sie Gewissheit oder lieber die Augen vor einer möglicherweise erschreckenden Wahrheit verschließen?«

Eine Weile schwieg die Witwe, musterte Fuchs mit einem durchdringenden Blick, so als versuchte sie, ihn auf seine Integrität zu durchleuchten. Dann öffnete sie zu seiner Überraschung das Tor.

»Danke«, sagte er und ließ sich von ihr zu der alten E-Klasse führen. Langsam umrundete er das Fahrzeug. Lara ging schweigend hinter ihm her.

Für sein Alter war der Wagen noch erstaunlich gut in Schuss und glänzte, als wäre er erst kürzlich poliert worden. Fast wie der Besitzer selbst, dachte Fuchs und erinnerte sich an Gärtners Beschreibung von Polzins Leiche.

Als er die Fahrerseite erreichte, stutzte er und ging in die Hocke.

»Was ist?« Frau Polzin klang alarmiert.

»Wie stand der Wagen auf dem Bordstein? In Fahrtrichtung?«

Sie sah zur Straße. »Ja. Wieso?«

»Wissen Sie woher *der hier* stammt?«

Sie kam zu ihm herum, folgte seinem Fingerzeig zu einem tiefen Kratzer in der Fondtür, der sich bis an den Türspalt zog.

»Ich nehme an, vom Schlüssel.«

»So weit oben?« Er deutete auf eine Stelle ein Stück unterhalb des Kratzers, wo sich rings um das Türschloss etliche feine Schrammen im Lack befanden. »Schauen Sie mal. Diese oberflächlichen Kratzer hier sehen mir eher nach Spuren vom Schlüssel aus, meinen Sie nicht auch?«

»Vielleicht hatte mein Mann ja schon beim Einsteigen einen Schwächeanfall und Probleme mit der Koordination?«

»Mhm. Möglich.« Fuchs ging näher heran, betrachtete den Verlauf der Schramme. »Das muss von einem ziemlich spitzen Gegenstand stammen.«

»Vielleicht waren das auch irgendwelche Herumtreiber«, mutmaßte Frau Polzin. »Die Jugend von heute hat doch Spaß daran, das Eigentum anderer kaputt zu machen.«

»Könnte auch vom Torpfosten stammen«, überlegte Lara. »Die Einfahrt erscheint mir recht eng.«

»Hm.« Fuchs erhob sich, maß ab, auf welcher Höhe der Kratzer lag, und lief zum Tor, wo er den Pfosten absuchte. Kopfschüttelnd kehrte er zurück. »Da ist nichts. Kein Grat, keine Lackspuren. Diese Schramme hier scheint mir aber frisch zu sein.«

»Woher wollen Sie das denn so genau wissen?«, fragte Frau Polzin, deren Geduld sich merklich dem Ende neigte.

»Sehen Sie diese feinen Lackreste neben dem Kratzer? Die wären bei einem Regenschauer sicher abgespült worden. Zudem ist die Schramme so tief, dass auch die Grundierung beschädigt wurde. Dennoch sehe ich keine Spur von Rost.« Er dachte kurz nach und sah zu ihr auf. »Ist Ihnen an jenem Morgen ein auffälliges Fahrzeug hier in der Straße aufgefallen?«

»Nein«, sagte sie entschieden.

»Ein blauer Transporter?«

»Nein.«

»Oder wissen Sie von Kanalarbeiten, die an jenem Tag hier in der Straße stattgefunden haben?«

Frau Polzin schüttelte den Kopf. Sie wirkte nun zunehmend beunruhigt und warf einen gehetzten Blick zum Haus.

Joachim hatte ganz vergessen, dass drinnen Gäste warteten. Trotzdem konnte er darauf jetzt keine Rücksicht nehmen. Weder auf die Gäste noch auf die Gefühle der Witwe. »Würden Sie mir bitte den Schlüssel holen?«

Ihre Miene verfinsterte sich. »Ich dachte, Sie wollten nur das Auto sehen? Es wäre mir lieber, wenn Sie jetzt gehen.«

Er trat einen Schritt auf sie zu. »Ich bitte Sie. Wir kommen dann auch allein zurecht. Sie können wieder rein zu Ihren Gästen, und wir legen Ihnen den Schlüssel anschließend in den Briefkasten oder vor die Haustür. Wir brauchen wirklich nur noch ein paar Minuten.«

Sie lächelte bitter. »Mir bleibt ja vermutlich nichts anderes übrig, habe ich recht? Wenn ich mich weigere, rücken Sie mit einem Beschluss und den Kriminaltechnikern an. Also hoffe ich, dass Sie gleich eine harmlose Erklärung für diesen dämlichen Kratzer finden und mir weitere Turbulenzen ersparen.« Sie stapfte die Treppe hoch, ging kurz rein, um mit einem ledernen Schlüsseletui zurückzukehren, das sie Fuchs in die Hand drückte. »Fünf Minuten.« Dann verschwand sie im Haus.

Fuchs fummelte den Schlüssel hervor, beäugte die Spitze, fand aber auch daran keine Lackspuren. Dann schloss er die Fahrertür auf. Als sie offen stand, bückte er sich wieder, um dem Kratzer zu folgen, der sich zu seinem Erstaunen über die Türinnenkante fortsetzte und bis an die Dichtung verlief. Vorsichtig drückte er mit dem Finger gegen den Gummi, und schlagartig stellten sich seine Nackenhaare auf.

»Was ist?«, fragte Lara, die seine Anspannung bemerkt hatte.

Joachim sah zu ihr auf. »So leid es mir für die Lady tut – sie wird sich anschnallen müssen. Es gibt Turbulenzen.«

20

Fuchs war sich fast sicher gewesen, dass er wegen seines Glückstreffers mit der Drohne bei seinem Chef einen Stein im Brett haben würde. Doch das schien bei dem Anliegen, wegen dem er ihn jetzt aufgesucht hatte, nicht zu zählen.

Von der Beisetzung Polzins noch in Uniform, saß Kreiling hinter seinem Schreibtisch. Die Hände in die Hüften gestemmt, sah er Fuchs mürrisch entgegen.

»Wegen eines Kratzers? Das ist alles?«

»Plus die Sache mit Gärtner«, entgegnete Fuchs.

In gespielter Ergebung hob Kreiling die Arme. »Ach, richtig, ich vergaß – die Aussage eines verwirrten alten Knackers … Na, dann ist ja alles geritzt.«

»Es ist kein gewöhnlicher Kratzer.«

»Dann sollten Sie sich mal den Wagen meiner Frau ansehen. Da finden Sie alle Arten von Lackschäden, die man sich nur vorstellen kann.« Er lachte kurz auf, doch es klang eher verzweifelt.

»Ich denke, dass man die Glaubwürdigkeit dieses Mannes nicht einfach so abtun sollte, Chef. So verwirrt war er auch wieder nicht.«

»Herrje … Wieso können Sie nicht mit was Handfestem kommen? Ein Match im AFIS oder in der DNA-Datenbank. Irgendwas, wo mir keiner im Nachhinein ans Bein pinkeln kann.«

Kreiling vergrub sein Gesicht in den Händen. Dann sah er mit ernster Miene zu Fuchs auf. »Wenn ich nicht schon ein paarmal erlebt hätte, dass sich Ihre teils haarsträubenden Theorien bewahrheitet haben, würde ich Sie jetzt zum Teufel jagen.«

»Ich bitte Sie nur um Ihre Einwilligung für eine kriminaltechnische Untersuchung dieses Fahrzeugs.«

»Das ist mir schon klar. Aber was um Himmels willen ist denn an diesem Kratzer so besonders, dass es das rechtfertigen würde?«

Fuchs zeichnete eine Linie in die Luft. »Er zieht sich von außen über den Lack bis zum Türspalt, verschwindet darin und verläuft über den Einstieg bis zum Dichtungsgummi. Ganz zufällig weist dieser an genau der Stelle ein Loch auf, welches mit einem zweiten auf der Innenseite der Dichtung korreliert. Selbst das Filzband, das sich dem Gummi im Innenraum anschließt, hat eine Schramme. In Summe bedeutet das, dass irgendein spitzer Gegenstand von außen bis in die Fahrgastzelle geschoben worden sein muss. Zudem befanden sich an dem Gummi Rückstände, die wie Metallspäne aussahen. Daher denke ich, dass es vielleicht ein angeschliffenes Kupferröhrchen gewesen sein könnte, das man wie eine Lanze benutzt hat.«

»Vielleicht hat sich dort ja bloß beim Rückwärtseinparken ein Draht hineingebohrt. Es gibt sicher zwei Dutzend gute Erklärungen.«

»Bekomme ich den Beschluss oder nicht?«, fragte Joachim entnervt.

Kreiling öffnete den Mund, schloss ihn wieder. Schnaubte. »Wieso um alles in der Welt soll Polzin denn jetzt ein Mordopfer sein? Ich habe den Eindruck, Sie verrennen sich da in etwas. Vielleicht sträuben Sie sich ja unbewusst davor, sich mit dem eigentlichen Fall auseinanderzusetzen. Haben Sie darüber mal nachgedacht? Ich meine … ich könnte das gut verstehen, immerhin war der Tote Ihr Freund.«

Fuchs sah aus dem Fenster, nickte. »Ja, vielleicht.« Dann begegnete er wieder Kreilings Blick. »Aber was, wenn nicht? Was, wenn ich recht habe?«

»Dann sagen Sie mir jetzt bitte, wie genau Ihre Theorie lautet. Dass man ihn mit dieser Lanze erstochen hat?«

»Zum Beispiel.«

»Bei der Leichenschau ist aber nichts aufgefallen, oder?«

»Chef … wir wissen doch beide, wie nachlässig so eine Leichenschau abläuft, wenn von einem natürlichen Tod ausgegangen wird. Ich sage nur *zweihundertdreiundzwanzig*.«

»Was soll damit sein?«

»Das ist die Anzahl fehlerfrei durchgeführter Leichenschauen in einer kürzlich erfolgten Studie. Und jetzt raten Sie mal, welchen Umfang die Stichprobe hatte.«

»Sie werden es mir sicher gleich sagen.«

»Zehntausend, Chef. Zehntausend Totenscheine mit gerade einmal zweihundertdreiundzwanzig fehlerfreien Leichenschauen. In über vierzig Fällen war sogar fälschlicherweise ein natürlicher Tod attestiert worden, obwohl es sich ganz klar um Fremdeinwirkung gehandelt hatte. Bedenken Sie dabei, dass das nur eine retrospektive Begutachtung der L-Scheine war. Was glauben Sie, wäre herausgekommen, wenn man die Toten obduziert hätte?«

»Gut, gut, gut … kommen Sie mal wieder runter. Sie werden ja eh keine Ruhe geben. Also, was könnte sich Ihrer Meinung nach zugetragen haben?«

Fuchs nahm Platz und war schlagartig in seinem Element. Die Worte sprudelten nur so aus ihm heraus. »Wenn wir mal davon ausgehen, dass die Geschichte dieses Nachbarn zumindest teilweise stimmt, der Täter im besagten Transporter aber nicht schon am frühen Morgen, sondern genau dann vorgefahren ist, als Polzin gerade sein Auto bestieg, hätte er doch nur kurz auf dessen Höhe anhalten müssen, um ihn mit seiner Waffe zu verletzen. Nehmen wir jetzt weiter an, dass er Polzin dabei knapp verpasste und dieser, als er endlich auf seiner Höhe war, schon bei geschlossener Tür im Wagen saß – dann wäre ihm, sofern er seinen Plan unbedingt umsetzen wollte, nichts anderes übrig geblieben, als diese Lanze durch den Türspalt zu bohren.«

»Das klingt schon sehr abenteuerlich, Herr Fuchs.«

Joachim seufzte. »Ich weiß. Aber das war der Tod von Georgi Markow auch, bis man das Kügelchen mit Rizin-Kügelchen in seiner Wade fand.«

»Das Regenschirmattentat in den Siebzigern?«

»Ja.«

»Aber da waren auch Geheimdienste involviert gewesen. Oder wollen Sie mir jetzt auch damit kommen?«

»Nein.«

»Ist Markow außerdem nicht erst Tage nach dem Anschlag gestorben?«

»Doch, schon. Aber es gibt ja noch andere Gifte, die schneller wirken.«

Kreiling stützte den Kopf in die Handflächen, als litte er unter einer jähen Kopfschmerzattacke.

So wie sein Chef dasaß, das Haupt leicht gesenkt, fiel Fuchs erstmals eine schüttere Stelle in dessen Haarschopf auf, der ihm bisher immer so dicht erschienen war wie der eines Playmobilmännchens.

»Nur die Untersuchung des Fahrzeugs«, setzte Fuchs in ruhigem Tor nach. »Kommt dabei nichts rum, halte ich auch die Klappe. Versprochen.«

Kreiling hob den Blick und sah plötzlich um Jahre gealtert aus. Seine Tränensäcke wirkten größer als je zuvor. »Ach, Fuchs … am Ende buddeln sie mir den alten Mistkerl noch aus, nur weil unser Trüffelschwein vom Präsidium wieder glaubt, was erschnüffelt zu haben.«

»Aber Sie sagten doch eben selbst, dass ich mich höchstwahrscheinlich bloß in etwas verrenne, Chef. Die Chancen, dass Sie am Ende recht behalten, stehen also gut.«

Kreiling wedelte mit der Hand, als verscheuchte er eine lästige Fliege. »Fragen Sie die Staatsanwältin. Das muss ohnehin sie entscheiden.«

»Danke. Ich wollte Sie nur nicht übergehen.«

»Gott bewahre Sie vor dem Tag, an dem Sie mal so richtig danebenliegen. Vor allem bete ich, dass *ich* dann nicht derjenige sein werde, der Ihnen den Segen erteilt hat. Und noch was: Sollte bei der Untersuchung etwas herauskommen, will ich der Erste sein, der es erfährt.«

»Natürlich.«

»Außerdem müssten wir dann auch das BKA informieren und ihnen zumindest anbieten, die Untersuchung zu leiten. Immerhin war er der Ex-Präsident.«

Fuchs nickte.

»Na los, gehen Sie. Bevor ich es mir anders überlege.«

Gerade als Fuchs durch die Tür wollte, hielt Kreiling ihn zurück.

»Noch was: Sollten Sie mit Ihrer Idee recht behalten, hätten wir in nur einer Woche schon den zweiten toten Polizisten aus gehobener Position.«

»Ich weiß«, sagte Fuchs. »Worauf wollen Sie hinaus?«

Kreiling lächelte matt. »Man kann ja nie wissen … Falls es auch mich treffen sollte – würden Sie dann bitte die Ermittlungen übernehmen?«

»Ähm«, Joachim lachte verunsichert, »sollte ich denn?«

»Selbstverständlich. Dann wüsste ich wenigstens, dass wirklich alles getan werden würde, um den Schuldigen zu fassen.«

Fuchs' Miene wurde wieder ernst. »Dazu wird es nicht kommen, Chef.«

21

Annika Mills war kurz angebunden gewesen, als Joachim sie wegen des Beschlusses angerufen hatte, da sie von einer Verhandlung in die nächste geeilt war. Dennoch hatte sie ihm versprochen, sich um sein Anliegen zu kümmern. Und tatsächlich war der vom Richter unterzeichnete Wisch keine fünfzehn Minuten später aus dem Fax gekommen. Fuchs hatte gleich darauf die Spurensicherung losgeschickt, um Polzins Mercedes zu untersuchen.

Nun saß er in seinem Büro und brütete über der Frage, was Theo Gärtner wohl fehlte. Irgendwie musste es einen Zusammenhang zwischen seinem Krankenhausaufenthalt und Polzins Tod geben. Das spürte er einfach. Leider fehlte es ihm an medizinischem Wissen, um die entsprechenden Schlüsse zu ziehen, und Google hatte ihm auch nicht geholfen. So überlegte er, wen er anrufen könnte. Natürlich fiel ihm als Erstes Sophia ein. Doch als er ihr neues WhatsApp-Profilbild auf seinem Handy sah, das sie, hübsch wie eh und je, aber mit ernster Miene vor einer Wüstenlandschaft zeigte, wurde sein Ermittlerdrang jäh von einer anderen Emotion überschattet. Eine unangenehme Mischung aus Wut und Machtlosigkeit, ausgelöst durch die Erinnerung an Adonis, der hinter ihr aus dem Zelt aufgetaucht war und ihn wie einen Rivalen taxiert hatte. Dieses braungebrannte, fast schon zu schöne Gesicht mit den sauber getrimmten Brauen und dem teutonischen Kiefer. Verdammter Scheiß!

Es kostete ihn einiges an Kraft, die zähnefletschenden Hunde aus seinem Kopf zu vertreiben. Dennoch wollten die bissigen Gedanken nicht von ihm ablassen. Argumente, warum seine Bedenken angebracht waren, poppten auf. Die Tatsache, dass Sophia sich seither nicht mehr gemeldet hatte, sprach doch Bände!

Ein letzter Versuch, über seinen Schatten zu springen, scheiterte an bellendem Trotz. Also wählte er eine andere Nummer.

Als er nach dem siebten Klingeln auflegen wollte, wurde abgenommen.

»Lehnhardt«, meldete sich der Rechtsmediziner mit ruhiger Stimme.

»Fuchs hier. Haben Sie kurz Zeit?«

»Da ich rangegangen bin … Was kann ich für Sie tun?«

»Ich würde Sie gerne um Ihre Einschätzung zu einer Sache bitten.«

»Gerne.«

»Stellen Sie sich folgendes Szenario vor: Ein sportlicher Mann um die siebzig sitzt hinter dem Steuer seines Wagens. Ein Nachbar sieht ihn, winkt und wundert sich, warum er ihn nicht zurückgrüßt. Er tut die Sache aber ab, fährt zum Einkaufen und als er wiederkommt, sitzt der Nachbar immer noch unverändert da wie eine Stunde zuvor.«

»Hm«, machte Lehnhardt, »dann ist der Mann entweder eingeschlafen, er meditiert oder er ist tot.«

»Sie Scherzbold«, entgegnete Fuchs, »es geht ja noch weiter.«

»Gut. Sonst hätte ich mich auch unterfordert gefühlt.« Er lachte.

Auch Fuchs musste schmunzeln. Lehnhardt war echt eine

Marke. »Also gut«, fuhr er fort, »der Nachbar klopft an die Scheibe, doch der andere rührt sich nicht. Daher reißt er die Tür auf, fühlt nach dem Puls, und als er diesen nicht findet, versucht er, den reglosen Leib des Mannes aus dem Wagen zu zerren, was er aber nicht schafft. Also rennt er ins Haus zu seiner Frau, damit sie den Rettungsdienst verständigt. Als er dann wieder nach draußen läuft, um erste Hilfe zu leisten, schafft er es aber nicht mal mehr bis zum Wagen, sondern verliert noch auf dem Weg dorthin das Bewusstsein. Was fällt Ihnen dazu ein?«

»Zunächst einmal, dass Ihre Geschichte jetzt schon um einiges spannender ist. Soll ich Todesursachen raten oder was hatten Sie sich erhofft?«

»Genau das.«

»Okay, war das alles oder haben Sie weitere Informationen?«

»Ein paar hätte ich noch.«

»Na, dann her damit.«

»Der Arzt, der die Leiche untersucht hat, konnte nichts Außergewöhnliches feststellen und bescheinigte folglich einen natürlichen Tod.«

»Okay«, sagte Lehnhardt gedehnt. »Wissen Sie auch, welche Todesursache auf dem L-Schein vermerkt war?«

»Ja. Plötzlicher Herztod.«

»Hm. Sie sagten, der Mann war um die siebzig?«

»Ja.«

»Vorerkrankungen?«

»Laut Ehefrau wohl einen schlecht eingestellten Bluthochdruck.«

Lehnhardt schnaubte. »Wenn die Frau das sagt, wird das wohl stimmen. Sie ahnen gar nicht, wie wenig sich manche

Männer um ihre Gesundheit scheren. Stattdessen vertrauen sie bei der Tablettenvergabe blind auf ihre Frauen. Dagegen können ihnen diese Männer oft ganz genau sagen, welches Motorenöl in ihr Fahrzeug kommt. Na ja … wie dem auch sei. Weitere Vorerkrankungen?«

»Ja. Die Frau erwähnte noch eine Angina Pectoris.«

»Aha«, machte Lehnhardt, »jetzt kommen wir der Sache schon näher. Stabil oder instabil?«

Fuchs pustete in den Hörer. »Keine Ahnung.«

»War sie wiederkehrend oder reversibel auf die Gabe von Medikamenten?«

»Sie sprach von einem einmaligen Anfall. Das Spray habe er aber nie mit sich geführt.«

»Sagt die Frau?«

»Sagt die Frau.«

»Gut, mit diesem Informationsstand denke ich, dass der Notarzt recht haben könnte.«

»Und wenn Ihnen diese Antwort nicht gestattet ist?«

Lehnhardt schwieg. Offenbar dachte er nach.

Fuchs stellte sich vor, wie der Rechtsmediziner, mit einem Stift gegen die Lippen tippend, lang ausgestreckt in seinem Büro saß, die Füße auf dem mit Akten übersäten Tisch abgelegt. »Sie wollen aber jetzt nicht auf Suizid durch Kohlenmonoxid hinaus, oder?«

»Nein, nein«, wiegelte Fuchs Lehnhardts Einwurf ab, »dafür gab es keinen Anhalt. Der Wagen stand unter freiem Himmel, der Motor war aus und es führte auch kein Schlauch vom Auspuff ins Fahrzeuginnere.«

»Gut. Denn Sie wissen ja sicher, dass die meisten Fahrzeuge heutzutage dank der modernen Katalysatoren kaum noch genug Kohlenmonoxid produzieren, um eine klassische CO-Vergiftung hervorzurufen.«

»Ja, ich weiß. Wobei es sich bei dem Wagen um einen Youngtimer handelt, der vermutlich noch genug davon in die Atmosphäre bläst. Aber das ist es nicht, wonach ich suche.«

»Kennen Sie denn die Lösung?«, fragte Lehnhardt.

»Nein.«

»Okay. Denken Sie an Fremdverschulden?«

»Ja.«

»War ja klar. Was erwarte ich auch von einem Ermittler der Mordkommission.« Lehnhardt lachte wieder sein tuckerndes Lachen. »Gut, was ist mit diesem Nachbar, der den Toten gefunden hat?«

»Der lebt noch.«

»Hat er irgendwelche besonderen Beobachtungen gemacht?«

»Wie zum Beispiel?«

»Ein spezieller Geruch vielleicht? Nach Zwiebeln, Bittermandeln oder Marzipan.«

»Nein, weder noch.«

»Hatte der Tote einen Schaumpilz vor dem Mund oder eine besondere Färbung der Lippen?«

»Nicht, dass ich wüsste. Sie denken an eine Vergiftung?«

»Sagen wir lieber, dass Sie mich in diese Richtung drängen. Meine bevorzugte Antwort haben Sie mir ja nicht gestattet. Aber im Hinblick auf die Sache mit dem Nachbarn, der kurz nach dem Kontakt mit dem Toten zusammengebrochen ist, wäre eine Vergiftung doch am wahrscheinlichsten. Vorausgesetzt, er hat nicht einfach heftig auf das Erlebte reagiert, so wie manche Menschen schon in Ohnmacht fallen, nur weil sie Blut sehen.«

»Was ist mit E605?«, fragte Fuchs, den der Einfall mit der Vergiftung nicht losließ.

Lehnhardt zögerte. »Nein, das passt nicht. Parathion ist zwar ein hochtoxisches Kontaktgift, aber die Menge, die es für starke Symptome braucht, ist zu groß, als dass ein bloßes Berühren des Leichnams ausreichen würde. Die einzigen Substanzen, die mir spontan einfallen, wären Batrachotoxin aus dem Sekret der Pfeilgiftfrösche, wo schon eine Menge von zwei Salzkörnchen tödlich ist, oder eben VX. Das wäre aber durch exorbitanten Speichelfluss aufgefallen.«

»Was würden Sie sagen, wenn ich Ihnen verrate, dass sich am Fahrzeug Spuren dafür finden lassen, dass jemand von außen eine Art Lanze durch den Türspalt in die Fahrgastzelle geschoben hat?«

»Dass Sie meine volle Aufmerksamkeit haben.«

»Sehr gut. Haben Sie dann noch weitere Ideen?«

Lehnhardt atmete geräuschvoll aus. »Diese Lanze – war die geschlossen wie ein Stab oder hatte sie ein Lumen wie ein Röhrchen?«

»Kann ich Ihnen aktuell noch nicht sagen, aber von der Art des Kratzers her war es am ehesten ein Hohlkörper.«

»Dann könnte man ihm Insulin injiziert haben«, tippte Lehnhardt. »Das wirkt schnell und wird ebenso gern übersehen, zumal man bei Toten in der Regel auch keinen Blutzuckerspiegel mehr misst.«

»Ich hatte auch schon an dieses Gift vom Regenschirmattentat auf Georgi Markow gedacht.«

»Rizin? Nein. Das ist zwar äußerst potent, tötet aber recht langsam. Sagten Sie nicht außerdem, dass es keine äußeren Verletzungszeichen an der Leiche gab?«

»Keine, die bei der Leichenschau aufgefallen wären.«

»Na ja«, knurrte Lehnhardt, »das heißt nicht viel. Sie wissen, wie fehlerhaft Leichenschauen häufig durchgeführt werden, oder?«

»Ja, ich habe die Studie gelesen. Aber gehen wir dennoch mal davon aus, dass der Arzt gründlich gearbeitet hat, diese Lanze aber trotzdem die Mordwaffe war.«

»In Ordnung. Wenn die Waffe die Person nicht berührt hat«, schlussfolgerte Lehnhardt, »bliebe ja nur ein Gas übrig. Da würden mir wiederum einige einfallen.«

Einen Moment verschlug es Joachim die Sprache.

»Sind Sie noch dran?«, fragte Lehnhardt, als es in der Leitung still blieb.

»Ja.« Fuchs schnaubte. »Ich bin so blöd.«

»Wieso?«

»Das ist es. Es war ein Gas. Wieso bin ich nicht längst selbst darauf gekommen? Das würde alles erklären.«

»Denken Sie doch mal laut«, bat der Rechtsmediziner. »Ich kann Ihnen nämlich nicht folgen.«

»Also … Täter und Opfer hätten bei der Gas-Variante keinen unmittelbaren Kontakt haben müssen, was schon mal eins meiner Probleme löst. An der Stelle hakte mein Erklärungsversuch bisher nämlich. Aber ein Gas hätte der Täter schon lange bevor das Opfer den Wagen bestieg in den Innenraum leiten können. Das Opfer atmete das Gas dann unbemerkt ein, genau wie später der Nachbar. Nur dass der eine deutlich geringere Menge davon abbekam. Jetzt bliebe aber immer noch die Frage offen, um welchen Stoff es sich dabei ge …« Fuchs brach ab.

»Was ist?«, fragte Lehnhardt.

»Ich glaub, ich hab's.«

»Jetzt bin ich aber gespannt.«

»Sie haben die Substanz vorhin schon genannt.«

Lehnhardt überlegte. »VX?«

»Nein. Kohlenmonoxid.«

»Und weshalb ist Ihnen das plötzlich so klar?«

»Das erzähle ich Ihnen später. Sagen Sie mir erst mal, was Sie alles darüber wissen.«

»Nun ja, Kohlenmonoxid ist ein farb-, geschmack- und geruchloses Gas, das bei der Verbrennung von organischem Material entsteht. Rund neunzig Prozent aller Menschen, die Wohnungsbränden zum Opfer fallen, sterben nicht an den Flammen, sondern an toxischen Gasen. CO steht dabei an vorderster Front. Ein lautloser Killer, der schon in geringsten Mengen tödlich ist.«

»Ich schätze mal, man kann es nicht einfach so in Flaschen kaufen?«

»Doch, kann man. Als Testgas für die Überprüfung von Kohlenmonoxid-Meldern zum Beispiel. Allerdings ist die Konzentration darin nicht sonderlich hoch. Man müsste schon den Inhalt mehrerer Flaschen inhalieren. Aber man kann Kohlenmonoxid ziemlich leicht herstellen. Sie müssen nur Schwefel- mit Ameisensäure mischen und das dabei entstehende Gas auffangen. Dann haben Sie reines CO.«

Fuchs lehnte sich auf seinem Schreibtischstuhl zurück und schloss einen Moment die Augen. »Sie sagten, das Gas wäre geschmack- und geruchlos«, sinnierte er. »Man würde es in der Atemluft also gar nicht bemerken?«

»Nicht, wenn es sich um das reine Gas handelt. Aber jetzt verraten Sie mir doch mal, weshalb Sie plötzlich doch so auf diesen Stoff fixiert sind.«

»Wegen der geröteten Wangen. Die typische Hautfärbung bei einer Kohlenmonoxidvergiftung.«

»Die Haut des Toten?«

»Ja, der Nachbar hat betont, dass Polzin mit seinen rosigen Wangen richtiggehend frisch aussah, so als käme er gerade vom Sport.«

»Polzin?« Lehnhardt war mehr als überrascht.

Am liebsten hätte Fuchs sich auf die Zunge gebissen, aber nun war es schon raus. »Das ist aber noch topsecret, Professor. Und, wenn ich meinen Chef zitieren darf, bisher nicht mehr als eine abenteuerliche Theorie.«

»Da stimme ich ihm zu, dennoch ist sie verdammt spannend.« Er schnaubte. »Wenn Sie damit recht behalten … Mein Gott, das wäre der Knüller.«

»Lassen Sie uns noch mal zu unserem Gedankenexperiment zurückkehren, Professor. Wäre es überhaupt möglich, dass er schon so bald nach dem Einsteigen das Bewusstsein verloren hat, dass er nicht mal mehr dazu kam, den Motor zu starten?«

»Ja, doch. Mit einer entsprechend hohen Konzentration ginge das. CO ist zudem etwa so schwer wie Luft, verteilt sich also gleichmäßig darin. Kohlendioxid ist dagegen schwerer und hätte sich unten gesammelt. Da wäre womöglich gar nichts passiert, da der Kopf unter Umständen oben aus der Gaswolke herausgeragt hätte – ähnlich wie bei den Gärunfällen in Weinkellern. Den Winzern hat es auch meist erst das Licht ausgeblasen, wenn sie in die Hocke gingen.«

»Okay«, sagte Fuchs, »dann bleiben wir mal dabei. Da der Nachbar überlebt hat, muss die Gasmenge, die er inhalierte, ja deutlich geringer gewesen sein. Zum einen, weil eine weitere Stunde vergangen war und sich die Luft im Fahrzeuginnern in dieser Zeit mit Außenluft vermischt haben dürfte. Immerhin ist so eine Fahrgastzelle ja kein hermetisch abgeriegelter Raum. Erst recht nicht bei so einem alten Modell. Als er dann später die Tür öffnete, gab es nochmals einen ordentlichen Schwall Frischluft dazu. Trotzdem hat er eine relevante Menge des Gases abbekommen. Mit welchen Symptomen müsste man bei einer nicht tödlichen Dosis rechnen, die zumindest hoch genug war, dass er binnen Minuten das Bewusstsein verlor?«

»Das fängt ganz harmlos an«, erklärte Lehnhardt. »Müdigkeit, Kopfschmerzen, Schwindel. Mit steigender Konzentration treten Übelkeit und Erbrechen auf. Später kommt es zu Verwirrtheit und Bewusstlosigkeit bis hin zu Krampfanfällen und letztlich zum Tod. Etwa in dieser Reihenfolge. Ist die Dosis aber hoch genug, können Ohnmacht oder Tod schon nach wenigen Atemzügen einsetzen.«

»Das passt perfekt!«, rief Fuchs. »Wenn man eine solche Vergiftung überlebt, könnten dann auch gewisse Dauerschäden zurückbleiben?«

»Oh ja. Der Mechanismus ist zwar noch nicht ganz geklärt, tritt aber in rund dreißig Prozent der Fälle auf.«

»Wie würde sich so etwas äußern?«

»Manche behalten ein erhöhtes Risiko für Herzinfarkte zurück. Viel häufiger sind aber Persönlichkeitsveränderungen und Gedächtnisstörungen.«

Jetzt hielt es Fuchs kaum mehr auf seinem Stuhl. »Wie lange ist dieses Gas im Blut nachweisbar?«

»Bei Atmung von normaler Raumluft nach Exposition ist es nach etwa sechs Stunden aus dem Kreislauf eliminiert. Erhalten die Betroffenen aber im Rahmen der ärztlichen Versorgung Sauerstoff, verkürzt sich die Zeitspanne auf etwa zwei Stunden.«

»Scheiße!«, rief Fuchs.

»Zu spät?«

»Ja … Verdammt.« Fuchs gab ein entnervtes Knurren von sich. »Hätte man so eine Vergiftung denn nicht im Krankenhaus bemerken müssen?«

»Nur wenn man eine Blutgasanalyse gemacht hätte«, antwortete Lehnhardt.

»Was aber keine Standarduntersuchung ist, nehme ich an?«

»Nein, nicht unbedingt. Das ist zwar jetzt auch nichts Exotisches, wird jedoch nicht so oft gemacht wie ein gewöhnliches Blutbild. Auf Carboxyhämoglobin wird bei normalen Blutuntersuchungen aber auch nicht unbedingt untersucht. Da die Betroffenen bei einer CO-Vergiftung blöderweise nicht über Atemnot klagen, die Ärzte also mitunter gar keinen Anhalt für ein respiratorisches Problem sehen, machen sie auch nicht zwangsläufig eine BGA. Ich vermute eher, dass man den Mann neurologisch abgeklärt hat.«

»Genau das. Und nun liegt er wegen seiner unerklärlichen Persönlichkeitsveränderungen mit dem Verdacht auf eine ABR in der Psychiatrie.«

Es tuckerte wieder im Hörer. »Sie müssen Nachsehen mit den Ärzten haben. Ich möchte an dieser Stelle mal eine Lanze für all jene brechen, die am lebenden Objekt arbeiten. Sie machen sich keine Vorstellungen, was in so mancher Notaufnahme abgeht. Da lobe ich mir meine Patienten. Die riechen vielleicht manchmal ein bisschen, halten aber grundsätzlich ihre Klappe. Keine Klagen über lange Wartezeiten oder eine unbefriedigende Behandlung.«

»Gibt es denn noch einen anderen Weg, diese Vergiftung nachzuweisen?«, wollte Fuchs wissen.

»Wie lange ist der Vorfall denn her?«

Fuchs rechnete nach. »Etwa siebenundfünfzig Stunden.«

»Puh … dann sieht es schlecht aus«, sagte Lehnhardt, »denn nach zwei Tagen dürfte das Labor die Blutproben schon entsorgt haben.«

Fuchs unterdrückte einen weiteren Fluch, lehnte sich stattdessen in seinem Bürostuhl zurück, starrte an die Decke und überlegte.

»Falls dem so ist«, sagte Lehnhardt nach einer Weile, »hätte ich nur noch eine Idee, wie man das Rätsel lösen könnte.«

»Und zwar?«

»Sie ahnen es vielleicht schon.«

Fuchs richtete sich wieder auf. Die Rückenlehne des Stuhls blieb in schräger Position eingerastet. »Aber sagten Sie nicht etwas von maximal sechs Stunden?«

»Ja. Aber das gilt nur, wenn die Lungen noch arbeiten und das Kohlenmonoxid im Blut durch Sauerstoff ersetzt wird. Posthum können Sie es wegen seiner stabilen Bindung ans Hämoglobin noch nach Monaten nachweisen.«

Fuchs gab ein langgezogenes Stöhnen von sich.

»Was ist?«, fragte Lehnhardt.

»Zu spät.«

»Oh, dann wurde er bereits beigesetzt?«

»So ist es.«

»Wurde er eingeäschert?«

»Nicht, dass ich wüsste.«

»Dann«, sagte Lehnhardt mit einer bedeutungsschwangeren Pause, »wissen Sie ja, was zu tun ist. Ich wetze derweil schon mal die Messer.«

22

Ich trage Handschuhe. Nicht wegen der Fingerabdrücke, sondern zu meinem persönlichen Schutz, denn das Zeug ist gefährlich. Es wird sogar über die Haut resorbiert. Je nachdem, wie man es verabreicht, genügt schon ein viertel Gramm, um einen Menschen zu töten. Ein viertel Gramm ist nicht viel. Eine Messerspitze Salz oder eine Prise Zucker vielleicht. Mehr nicht. Die Wirkung setzt rasend schnell ein, und nach dreißig bis sechzig Minuten ist alles vorbei. Doch der Weg dahin muss die Hölle sein.

Ich stelle die braune Glasflasche zurück ins Regal. Sie trägt ein Etikett, auf das ich in kalligraphischen Lettern *Äthanol 96 %* geschrieben habe. Diese alte Schreibweise gefällt mir besser und lässt die Flasche wie das Original aus einer Apotheke aus dem letzten Jahrhundert wirken. Sie erinnert mich an meinen früheren Wunsch, Chemie oder Pharmazie zu studieren. Doch das Leben schreibt seine eigenen Geschichten. Genau genommen brachte es mich in den Betrieb meiner Eltern, wo Prothesen, Brücken und Provisorien angefertigt wurden. Handarbeit *Made in Germany*. Teurer, aber auch besser als die schon damals den Markt überschwemmenden Billigprodukte aus Fernost. Aus Gastauftritten zur Ferienzeit, während derer ich eine Menge über das Handwerk erfuhr, wurden regelmäßige Besuche unter der Woche. Ich lernte Schleifen, Fräsen, Kleben, Lackieren. Wurde geschult im Umgang mit verschiedenen Materialien. Metalle, Kunststoff, Keramik und Co. Vater bezahlte mich gut, erwartete dafür aber auch eine Menge. So wurde ich schon nach kurzer Zeit einer der Besten in seinem Betrieb. Vermutlich war es daher die logische Konsequenz, sich gegen das Abitur und für den Einstieg in die elterliche Firma zu entscheiden. Aber wie gesagt: Das Leben schreibt seine eigenen Geschichten.

Ich nehme das große Einmachglas vom Tisch, in dem seit Tagen die zerriebenen Früchte mazerieren. Ein grüner Brei ist entstanden, den ich im Perkolator schichte, einem dicken, nach unten spitz zulaufenden Rohr, das ich zum Filtern mit etwas Watte und ein paar Glaskügelchen befüllt habe. Nachdem ich den Brei mit Ethanol aufgegossen habe, öffne ich am Perkolator den Hahn, sodass der Extrakt in einen Kolben tropft. Immer wieder gieße ich Alkohol nach und entnehme in regelmäßigen Abständen Proben, die ich mit Dragendorff-Reagenz teste. Als sich kein orangefarbener Niederschlag mehr darin findet, weiß ich, dass das Alkaloid extrahiert wurde. Dieses befindet sich nun in der Lösung im Kolben, die ich mit Weinsäure versetze und anschließend erhitze, bis der Alkohol verdampft ist. Reste von etherischen Ölen und Chlorophyll schüttle ich noch mit Ether aus, bevor ich das Endprodukt in Händen halte. Eine klare, ölige Flüssigkeit, die sich nach einer Weile an der Luft bräunlich färbt und erbärmlich nach Mäuseurin stinkt.

Der Stoff, den ich soeben extrahiert habe, ist eines der am einfachsten gebauten Alkaloide. Seine Wirkung beruht auf der Bindung an Rezeptoren des Nervensystems. Zuerst setzen Unruhe und Zittern ein, dann wird dem Betroffenen schlecht. Bauchschmerzen, Schwindel und Speichelfluss kommen hinzu.

Derjenige spürt, dass etwas nicht stimmt, während sein Blutstrom Millionen von toxischen Molekülen bis in den letzten Winkel seines Körpers pumpt. Wie eine Armada winziger Krieger fallen sie über Acetylcholinrezeptoren her und stimulieren sie, bis diese in eine Starre verfallen. Wenn das geschieht, steigen die Muskeln aus. Die Nervenknoten senden keine Impulse mehr. Eine aufsteigende Lähmung setzt ein, die an den Füßen beginnt und die Beine emporkriecht. Sie breitet sich über Rumpf und Arme aus, bis sie die Atemmuskulatur erreicht, wodurch die Person bei vollem Bewusstsein erstickt.

Sofern es oral oder intravenös verabreicht wird, soll auch das Nikotin aus ein paar Zigaretten eine ähnliche Wirkung haben. Die Extraktion wäre sogar noch wesentlich leichter – von der Verfügbarkeit gar nicht zu reden. Trotzdem habe ich mich für den Schierling entschieden, denn es ist ein faszinierendes Gift. Auch Sokrates soll so gestorben sein, weil die Athener ihn für einen Aufwiegler hielten. Ein bisschen hetzerisch war Nr. 5 vielleicht auch, aber da hören die Gemeinsamkeiten schon auf. Sokrates soll ein kleiner, unattraktiver Mann gewesen sein, was man über Nr. 5 nicht behaupten kann. Sokrates starb, weil ihm die Wahrheit wichtiger war als sein Leben. Auch das passt nicht zu Nr. 5. Am Ende stirbt er auf diese Art, weil ich sie für spannend halte. Mehr nicht. Symbolträchtige Akte überlasse ich anderen. Das ist nicht mein Ding.

Ich ziehe das Gift in eine Spritze und befülle damit das Bällchen. Das wiederum stecke ich in das Kästchen. Deckel drauf, fertig. Dann betrachte ich das Konstrukt von allen Seiten. Es ist eine Erfindung von mir und hat keinen Namen. Simpel gebaut, dafür nicht fehleranfällig. Effektiv. Es wird seinen Job machen. Ganz sicher.

23

Lara hockte vor dem knietiefen Tisch in ihrem Wohnzimmer und betrachtete die Fotos und Akten, die darauf verstreut waren. Sie musste endlich mit diesen Profilen vorankommen, wenn sie nach der praktischen Ausbildung zur Fallanalystin weiterhin im Präsidium beschäftigt bleiben wollte. Sie konnte Kreiling diesbezüglich schlecht einschätzen, doch sie traute ihm zu, dass er sich ohne zu zögern von Mitarbeitern trennen würde, die er für unfähig hielt. Wenn sie also nicht wie die Inkompetenz auf zwei Beinen daherkommen wollte – worauf wartete sie dann noch?

Sie griff sich einen Stoß weißer Blätter und begann, noch mal die Fakten zusammenzutragen: Alter, Beruf, soziale Stellung der Opfer. Todeszeitpunkte. Modus. Signatur. Anschließend nahm sie ein neues Blatt, um sich ein aktuelleres Bild vom Täter zu machen. Als sie nach zwanzig Minuten noch immer auf eine leere Seite starrte, wurde sie ungeduldig. Okay – jetzt noch mal sammeln. Was hatten sie für einen Ansatz? Da gab es Joachims verrückte Idee: Polzin als Mordopfer. Sollte sich das am Ende bewahrheiten, wäre eine Verbindung zur Polizei kaum noch zu leugnen. Selbst wenn diese bei Konrad Kröll schwach ausgeprägt war – der tote Beamte aus dem Ministerium sprach wiederum ganz klar dafür. Da hatte Fuchs sicherlich recht. Sie musste ihre bisherigen Aufzeichnungen also überdenken.

Sie ging diese nochmals durch. Nachdem sie damit fertig war, schüttelte sie entmutigt den Kopf. Was sie da bisher zusammengeschrieben hatte, war doch bloß heiße Luft. Und ständig kam neuer Input dazu, der ihre Ansätze wieder zunichtemachte.

Mit einem frustrierten Laut fegte sie die Blätter vom Tisch. So wurde das nichts. Wenn sie heute noch was erreichen wollte, half ihr nur noch ein Joint. Sie holte die Blechschatulle hervor, die sie hinter ihren alten Lehrbüchern gebunkert hatte, und stellte mit Schrecken fest, dass das Plastikbeutelchen darin leer war. Auch in der Ritze der gefalteten Postkarte mit der dämlichen Lebensweisheit darauf fand sich kein einziges Krümelchen mehr.

Der ideale Tag wird nie kommen.

Er ist heute, wenn wir ihn dazu machen.

Ganz bestimmt nicht, dachte sie. Heute würde das mit dem idealen Tag nichts mehr. Aber vielleicht konnte sie dafür sorgen, dass er zumindest nicht als einer der ganz Schlechten endete.

Sie nahm ihr Handy und rief Eike an, den sie mal bei einem Yoga-Schnupperkurs kennengelernt hatte. Tagsüber arbeitete er in seinem Plattenladen in der Innenstadt, seinem Herzensprojekt, dessen Überleben, seitdem die MP3-Industrie vor Jahren Einzug gehalten hatte, jedoch auf der Kippe stand. Daher besserte er nach Feierabend seinen Verdienst dadurch auf, indem er mit seinem Roller durch die Gegend fuhr und hochwertiges Marihuana unter die Leute brachte. Nachdem er abgenommen hatte, gab sie ihre Bestellung auf, und während sie im Anschluss auf sein Erscheinen wartete, kreisten ihre Gedanken um Fuchs und den Fall.

Keine Viertelstunde später hörte sie das Knattern einer Vespa auf der Straße. Sie ging runter, blieb in der Tür stehen und tauschte Geld gegen Ware. Wie immer hatte Eike sich auch dieses Mal etwas einfallen lassen, um den Deal möglichst unauffällig über die Bühne zu bringen, auch wenn das bei Lara meist eher für Belustigung sorgte, als dass es ihr ein Gefühl von Sicherheit gab.

Skeptisch musterte sie die Videohülle mit dem bluttriefenden Schriftzug. »*Braindead?*«

Eike grinste. »Wird dir gefallen. Eine Horrorfilm-Persiflage von Peter Jackson. Später, mit seiner *Herr der Ringe*-Trilogie, wurde er ja weltberühmt, aber als er den Streifen da drehte, kannte ihn noch kein Schwein.« Er beugte sich zu ihr vor, senkte die Stimme. »Du solltest aber wissen: ist ziemlich brutal.«

»Danke. Ich komme schon klar.« Sie reichte ihm einen Zwanziger, den sie während des Wartens zu einem Origami-Schwan gefaltet hatte. »Hier. Stimmt so. Und gib nicht alles auf einmal aus.«

Der Schwan verschwand knisternd in Eikes Tasche. »Ist nur angemessen, glaub mir. Und sag später nicht, ich hätte dich nicht gewarnt.«

Sie verabschiedeten sich voneinander, und Lara ging wieder hoch. Zurück in der Wohnung fläzte sie sich in ihre Ecke mit den marokkanischen Kissen, klappte die Videohülle auf und verzog anerkennend den Mund. Eike hatte sich mal wieder nicht lumpen lassen und ihr ein paar prächtige Blütenstände abgepackt. Sie öffnete das Tütchen, roch daran. Fantastisch. Sie brach das Endstück von einer Zigarette ab und ließ den Tabak in den Knick der gefalteten Postkarte rieseln. Anschließend bröselte sie etwas Gras darüber. Während sie beides vermengte, dachte sie, dass zum Glück nicht noch die Filmkassette in der Hülle gesteckt hatte. Sonst hätte sie nachher noch ihren Videorekorder aus dem Keller geholt, sich diesen albernen Streifen reingezogen, aber sonst nichts mehr zustande gebracht. Stattdessen musste sie etwas reißen. Vorankommen.

Nachdem sie die Mischung zusammen mit einem Filter auf ein Zigarettenpapier gelegt hatte, rollte sie mit geübten Fingern den Joint. Dann gab sie sich Feuer und zog einige Male daran. Während der dichte Rauch ihre Kehle hinabfloss, kam ihr der Aderlass-Fall in den Sinn. Der Abend, als Joachim bei ihr gewesen war und den Joint auf der Fensterbank entdeckt hatte. Zunächst war ihr das Herz in die Hose gerutscht und sie hatte schon das Aus ihrer Karriere vor sich gesehen. Doch dann hatte Fuchs sie mit dem Vorschlag verblüfft, die Tüte zusammen zu rauchen. Das hatten sie schließlich getan. Auf einen Lachflash war ein Fressflash gefolgt, und irgendwann war ihr Partner hier auf den Kissen eingepennt. Mitten in der Nacht hatte man sie dann zu einem Tatort gerufen. Da war ihnen Annika Mills erstmals begegnet. Ob Joachim eigentlich merkte, wie sie ihn während der Besprechungen anglotzte? Oder war er für so etwas gar nicht empfänglich? Für ihre eigenen Avancen war er es jedenfalls nicht gewesen. Sie schien eine Art Neutrum für ihn zu sein. Selbst an jenem Abend, als sie völlig bekifft hier in der Ecke gelegen hatten, war sie grandios abgeblitzt. Eine Abfuhr, die selbst heute noch schmerzte. Wann würde es ihr wohl gelingen, der Wahrheit ins Auge zu sehen? Sie war ein frustrierter, durchschnittlich attraktiver Single, der den falschen Mann anziehend fand und sich verdammt schwer damit tat, nur Kollegin und gute Freundin zu sein. Egal wie sehr sie ihren Neid und ihre Eifersucht auch verachtete – sie ließen sich einfach nicht abstellen. Wie Wasserleichen stiegen sie irgendwann an die Oberfläche und verdarben einem den Tag.

Der ideale Tag wird nie kommen.

Wenigstens konnte ihr das Gras etwas Linderung verschaffen; wenn auch nur für kurze Zeit.

Sie nahm einen letzten tiefen Zug, hielt die Luft an und legte den halb aufgerauchten Joint in den Aschenbecher, damit er verglomm. Das Zeug knallte ganz schön; Eike hatte also nicht zu viel versprochen. Sie schloss die Augen und spürte die Wirkung. Auch wenn die Droge auf legalem Weg nur gegen körperliche Schmerzen erhältlich war, half sie auch über Seelenqualen hinweg, da sie Gefühle wie unter einer schweren Decke verbarg. Der Rausch machte sie förmlich immun gegen ihr bedürftiges Ich und verpasste ihrem inneren Kind einen Maulkorb. Dafür würde sie auch zukünftig zwielichtige Deals vor ihrer Haustür in Kauf nehmen.

Lara schloss die Augen, atmete Fuchs, Sophia von Münch, Staatsanwältin Mills und alle anderen Störfaktoren mitsamt der Rauchwolke aus. Dann fühlte sie in sich hinein. Ja, das Zeug betäubte den Schmerz. Doch nicht nur das. Auch ihre Gedanken, die ihr vorhin noch unstet und flüchtig durch den Kopf gewirbelt waren, hatten sich nun beruhigt. Mehr noch. Sie waren unbeweglich. Träge. Wie in Aspik gegossen. Lara rieb sich über das Gesicht.

Herrje … Eike hatte sie ja gewarnt. Aber wie um alles in der Welt sollte sie in diesem Zustand die Profile fertigstellen?

Egal, dachte sie, während sie in die Kissen sank.

Joachim … der Fall … die Mills … Im Moment war einfach alles egal.

24

»Sag mal, bist du noch ganz dicht?« Fuchs musste sich beherrschen, nicht in den Hörer zu brüllen. Allein schon, weil seine Bürotür offen stand und Röhm eben daran vorbeigestiefelt war.

»Ich habe mir das gut überlegt, okay.«

»Jaaaa …«, spottete Fuchs, »… so gut man sich das mit einem vernebelten Hirn überlegen kann.«

»Was soll das denn heißen?« Benjamin gab sich empört.

»Du weißt genau, was ich meine.«

»Nein, weiß ich nicht.«

»Und ob. Pass auf: Du kannst meinetwegen die Schule schmeißen, immerhin hast du einen guten Realschulabschluss, und es gibt genügend Jobs, für die man kein Abitur braucht. Aber glaubst du, dass du mit diesem *Berufswunsch*«, das Wort betonte er absichtlich herablassend, »auch noch mit vierzig, fünfzig oder sechzig in der Lage sein wirst, deine Familie zu ernähren?«

»Wer sagt denn, dass ich eine Familie will?«

»Früher wolltest du das.«

»Ja, früher. Wann war das bitte? Meinungen ändern sich eben. Inzwischen weiß ich halt nicht mehr, ob ich Kinder in diese Welt setzen will.«

»*In diese Welt*? Was hast *du* denn schon erlebt, dass dein Weltbild derart abgebrüht ist? Wenn *ich* das sagen würde, der tagtäglich sieht, was sich Menschen alles so antun …«

»Soll ich auch Polizist werden, oder was? Wärst du dann glücklich?«

»Gott bewahre, nein. Es gibt sicher an die tausend Jobs, die weniger stressig, weniger grausam und weniger schlecht bezahlt sind als meiner. Aber es wäre zumindest schön, wenn mein Sohn einer sinnvollen Beschäftigung nachgehen würde, anstatt einer brotlosen Kunst.«

»Brotlos? Hast du überhaupt eine Ahnung, wie viel Kohle man damit scheffeln kann?«

»Und wie vielen Prozent der Vertreter dieser Zunft gelingt das auch?«

»Ich habe keine Lust, mit dir darüber zu diskutieren, Vadder. Es ist ein ganz normaler Job wie jeder andere auch.«

»Ja, einer, bei dem man sich permanent das Hirn zudröhnen kann.«

»Schwachsinn. Es gibt genügend DJs, die keine Drogen nehmen.«

»Ach, komm – erzähl mir doch nichts!«

»Egal. Ich wollte dir das nur sagen. Du kannst also jetzt aufhören, hinter mir herzuschnüffeln.«

»Da ist das letzte Wort noch nicht gesprochen, mein Lieber. Du wirst jetzt sofort in die Schu …«

Mitten im Satz hörte Fuchs das Signal des Verbindungsabbruchs. Eine Weile saß er einfach nur da, starrte wutschnaubend das Handy in seiner Hand an und überlegte, was er tun sollte. So sauer, wie sie beide waren, hatte es im Moment jedenfalls keinen Sinn, ihn zurückzurufen. Abgesehen davon würde Benjamin eh nicht rangehen. Besser er suchte ihn in den kommenden Tagen auf, um persönlich mit ihm zu sprechen. Sobald sich ihre Gemüter beruhigt hatten.

Das Lämpchen des Festnetztelefons auf seinem Schreibtisch blinkte. Dann erst kam das Klingeln. Ein externer Anruf. Joachim erkannte die Nummer und hob in gespannter Erwartung ab. »Professor, was gibt es?«

»Haben Sie Zeit?«

»Für Sie immer.«

»Gut. Dann sollten Sie vielleicht mal herkommen. Ich denke, dass ich nicht nur für mich spreche, wenn ich sage, dass ich so was in meiner bisherigen Laufbahn noch nicht gesehen habe.«

Zwanzig Minuten später standen Joachim und Lara bei Lehnhardt im Keller. Am Telefon hatte Fuchs auf weitere Fragen verzichtet, sich Lara geschnappt und war direkt losgebraust, da er bereits ahnte, was Lehnhardt ihnen erzählen würde. Da der Rechtsmediziner die Identität der Leiche selbst bestätigen konnte, war die Anwesenheit von Kriminalbeamten bei der Obduktion nicht zwingend nötig gewesen. Doch irgendwas hatte Lehnhardt offenbar in helle Aufruhr versetzt, sodass er Fuchs dennoch um einen Besuch gebeten hatte. Und Joachim brannte darauf zu erfahren, was das war.

»Sie klangen vorhin ziemlich aufgebracht«, stellte Fuchs fest, bemüht, sich seine eigene Aufregung nicht anmerken zu lassen.

»Allerdings.« Lehnhardt betrachtete die beiden im Wechsel. »Erstens hatte ich noch nie einen Polizeipräsidenten auf meinem Tisch, und zweitens habe ich so ein Ergebnis noch nicht gesehen.«

»Nun machen Sie es nicht wieder so spannend«, sagte Fuchs.

»Kommen Sie, ich zeig's Ihnen.« Der Rechtsmediziner trat an den Metalltisch heran, auf dem Polzins exhumierter Leib lag. Brustkorb und Bauchhöhle waren bereits geöffnet und ausgeweidet worden. Die Organe lagen fein säuberlich filetiert auf Tabletts.

Fuchs hatte den Exhumierungsbeschluss für Polzin noch am Vorabend erhalten, nachdem die kriminaltechnische Untersuchung am Fahrzeug die These einer Fremdeinwirkung gestützt hatte.

Die Blutproben von Gärtner hatte das Labor leider tatsächlich bereits entsorgt. Dafür hatte die Nachfrage bei der Stadt, ob an jenem Tag in besagter Straße ein Kanalreinigungsdienst eingesetzt worden war, der Theorie um den mysteriösen Mord wiederum Vorschub geleistet, da niemand etwas von einem solchen Einsatz in dem Viertel gewusst hatte.

Also hatte man in den frühen Morgenstunden den gerade erst zu Grabe getragenen Polizeipräsidenten wieder aus der Erde geholt, dessen Leichnam daher ohne jeden Anflug von Verwesungszeichen vor ihnen auf dem Tisch aufgebahrt war.

»Was fällt Ihnen auf den ersten Blick auf?«, fragte Lehnhardt an Lara gerichtet.

»Seine Haut«, kam es wie aus der Pistole geschossen. »Es sieht aus, als hätte er einen heftigen Sonnenbrand.«

»Sehr gut«, lobte sie Lehnhardt. »Dann sind Sie dem Medicus, der die Leichenschau vorgenommen hat, schon um einiges voraus. Ihm scheint das nämlich nicht aufgefallen zu sein, falls er den guten Herrn überhaupt vorschriftsmäßig entkleidet hat. Oder er hat es für gewöhnliche Leichenflecke gehalten. Wenn nicht auch für einen Sonnenbrand.« Er schenkte Lara ein versöhnliches Lächeln. »Nichts für ungut. Aber für einen approbierten Arzt wären beide Diagnosen nicht sonderlich ruhmreich. Allein ein Blick auf die Nägel des Mannes hätte reichen sollen.« Er hielt ihnen Polzins Hand entgegen. »Sehen Sie das? Kirschrote Nagelbetten.«

»Dann hatten wir also recht?«, fragte Fuchs.

»Ja.« Lehnhardt nickte. »Aber das ist nicht alles. Abgesehen von diesem traurigen Beispiel für die mangelhafte rechtsmedizinische Ausbildung vieler Ärzte, wurden auch wir überrascht. Nämlich als das Analysegerät das Ergebnis der Blutprobe ausgespuckt hat. Meiner Assistentin ist fast die Kinnlade runtergeklappt. Sie hat den Test wiederholt, doch wieder kam derselbe unglaubliche Wert heraus. Also habe ich eine neue Probe aus der Herzkammer geschöpft und sie persönlich nach oben gebracht. Doch wieder dasselbe Ergebnis.«

Fuchs war sich inzwischen fast sicher gewesen, dass Polzin ermordet worden war, dennoch fühlte es sich nun surreal an, die Bestätigung dafür zu erhalten.

»Zunächst einmal ein paar Daten für Ihr Verständnis«, fuhr Lehnhardt fort und schrieb etwas auf ein Whiteboard, das an der Wand hinter dem Sektionstisch angebracht war.

0,00002 %

Er drehte sich wieder zu ihnen um und tippte mit dem Stift an die Tafel. »Normalerweise stecken in einem Kubikmeter Luft zwischen einem und zehn Milligramm Kohlenmonoxid – je nachdem ob sie im Allgäu auf einer Alm oder zur Rushhour auf dem Frankfurter Kreuz stehen. Wenn Sie diese Konzentration in Prozent ausdrücken würden«, er wies auf die Ziffern, »kommen Sie auf solch winzige Zahlen mit drei oder vier Nullen hinter dem Komma. In Wohnräumen ist die Konzentration bis zu vier oder fünf Mal so hoch, aber immer noch fernab von gefährlich. Erst wenn man Werten von 0,02 Prozent, also dem Tausendfachen der eben genannten Konzentration, längere Zeit ausgesetzt ist, treten nach einer Weile Symptome auf. Wir sprechen jetzt von einem Wert mit nur noch einer Null hinter dem Komma. Allerdings tritt erst ab einer Sättigung von 1,3 Prozent, also nochmal der sechzigfachen Menge, innerhalb von Minuten ein Bewusstseinsverlust auf. Dann folgt übrigens auch bald der Tod, falls der Betroffene nicht umgehend aus der Gefahrenzone geholt und mit reinem Sauerstoff beatmet wird. Da wir nicht wissen, wie oft Polzin ein- und ausgeatmet hat, bevor er starb, können wir nur anhand der Auffindesituation, mit noch nicht gestartetem Motor, vermuten, dass er schon nach wenigen Atemzügen bewusstlos war. Das wiederum lässt auf eine sehr hohe Konzentration im Fahrzeuginnern schließen. Aber jetzt halten Sie sich fest. Sein Carboxyhämoglobinwert lag bei vierundachtzig Prozent!«

»Was demnach ziemlich viel ist«, resümierte Lara.

»Viel?« Lehnhardt schüttelte den Kopf. »Das ist mit Abstand der höchste Wert, den ich je gesehen habe. Mehr als vier Fünftel seiner roten Blutkörper waren mit Kohlenmonoxid gesättigt, und das offenbar schon nach wenigen Atemzügen. Die CO-Sättigung der Luft im Wageninnern muss also bei mindestens vier oder fünf Prozent gelegen haben. Das ist jenseits von Gut und Böse.«

»Und vermutlich nur möglich«, sagte Fuchs, »wenn jemand das Gas zuvor in den Wagen geleitet hat, richtig?«

»Und zwar in hochkonzentrierter Form«, ergänzte Lehnhardt.

»Dann hat der Nachbar richtig Schwein gehabt.«

»Das können Sie laut sagen. Das wiederholte Öffnen der Tür, die dann auch noch offen stand, sowie die Stunde dazwischen, in der etwas von dem Gas ausgeströmt sein dürfte, haben ihn vor dem sicheren Tod bewahrt.«

»Damit ich meine Ex-Frau endlich mal Lügen strafen kann …«, sagte Fuchs, »… sie behauptet nämlich immer, dass ich den Toten mehr Beachtung schenke als den Lebenden – Könnte man die Therapie des Nachbarn noch irgendwie günstig beeinflussen, wenn die Ärzte wissen, woran es ihm fehlt? Ich fürchte nämlich, die tappen noch immer im Dunkeln.«

Lehnhardt lachte. »Der Vorwurf Ihrer Ex-Frau kommt mir bekannt vor. Natürlich von meiner eigenen Gattin.« Er zwinkerte ihm zu. »Doch ich muss Sie enttäuschen. Das Kind ist schon in den Brunnen gefallen. Sie könnten die Ärzte allenfalls davon abhalten, ihrem Patienten wertvolle Lebenszeit zu rauben, indem sie ihn weiter einkasernieren. Es bringt nämlich herzlich wenig, ihn durch die diagnostische Mangel zu drehen oder ihm möglicherweise schädliche Medikamente zu verabreichen. Er wird sich höchstwahrscheinlich erholen, auch wenn leichte neurologische Defizite sowie ein erhöhtes Herzinfarktrisiko zurückbleiben können.«

»Gut. Vielen Dank, Professor.« Fuchs wandte sich Lara zu, die nachdenklich dreinblickte. »Dann lass uns mal zurück ins Präsidium, die neue Botschaft verkünden. Ich schätze mal, auch unserem Chef wird gleich die Kinnlade runterklappen.«

Beim Gehen rief Lehnhardt ihm nach: »Übrigens, Herr Fuchs – So wie heute gefallen Sie mir wesentlich besser!«

25

Nachdem Kreiling über das Obduktionsergebnis ins Bild gesetzt worden war, hatte er für den kommenden Tag eine Pressekonferenz anberaumt. Außerdem hatte er Fuchs und Schuhmann Zugang zu den Personalakten der Opfer gewährt, was wegen Paragraph 106 des Bundesbeamtengesetzes keine Selbstverständlichkeit war. Nicht einmal in einer Mordermittlung. Zudem waren sie mit der Informationsweitergabe an das BKA betraut worden.

Anschließend hatten sie sich in Joachims Büro zurückgezogen, wo sie nun vor einer Magnettafel standen. Daran hingen die Fotos der vier Opfer. Jacobs. Kröll. Polzin. Quast. In der Reihenfolge ihrer Ermordung.

Welches Ereignis, welches Detail verband diese Männer nur miteinander? Ungeduldig fuhr sich Fuchs mit der Hand über das ergraute Haar. Sie brauchten schleunigst einen Ansatz.

Er tippte auf das Foto von Kröll. »Derjenige mit der schwächsten Verbindung zur Polizei hat die vermutlich grausamste Tötungsmethode erfahren. Polzin, als ehemaliger Präsident des Vereins, ist dagegen auf eine geradezu gnädige Art aus dem Leben geschieden.«

»Mhm.« Lara nickte nachdenklich. »Aber bei Jacobs ist der Bezug zur Polizei auch sehr deutlich, und sein Tod war sicher auch kein Vergnügen. Das spräche gegen deine Beobachtung.«

»Stimmt.« Joachim kratzte sich am Hinterkopf. »Dann hätten wir bei Polzin noch die Besonderheit, dass die Tat wie ein natürlicher Tod aussehen sollte, während bei den anderen Morden keinerlei Anwandlung zur Verschleierung erkennbar ist.«

»Guter Punkt«, bemerkte Lara. »Die Frage ist aber, ob der Vertuschungsversuch – falls es denn einer war – oder die Tötungsarten im Vordergrund stehen?«

»Vielleicht ist beides wichtig«, sagte Fuchs.

»Wir gehen aber schon davon aus, dass auch Polzin von unserem Täter umgebracht wurde, oder?«

»Würde ich sagen. Was glaubst du denn? Du bist die Fallanalystin.«

»Nun ja, auch wenn sich der Modus dann wieder grundlegend von den anderen unterscheidet, würde ich frei von der Leber weg sagen: Ja.«

»Mir fällt da gerade was ein.« Joachims Zeigefinger wippte in der Luft wie ein Metronom auf Speed. »Unser Täter geht ja äußerst umsichtig vor. Hatte er vielleicht Sorge, dass wir ihm über den ehemaligen Präsidenten am ehesten auf die Schliche kommen könnten, und es deshalb als natürlichen Tod getarnt? Quasi in der Hoffnung, dass wir bei Polzin keine Ermittlungen anstellen?«

Lara überlegte einen Moment, nickte dann. »Das ist eine Möglichkeit. Oder es gab widerstreitende Gefühle in unserem Täter – dass er Polzin einerseits töten musste, obwohl er es andererseits gar nicht wollte.«

»Auch nicht schlecht«, meinte Fuchs anerkennend. »So oder so sollten wir uns als Nächstes mal Polzins Vita vornehmen. Wenn der gemeinsame Nenner zwischen den Opfern wirklich die Polizei sein sollte, werden wir auch tief in der Vergangenheit graben müssen. Denn wenn es ein Ereignis gab, das alle vier miteinander verbindet, müsste es viele Jahre zurückliegen.«

»Wo sollen wir anfangen?«, fragte Lara. »Wahrscheinlich nimmt schon allein Polzins Akte Stunden, wenn nicht Tage in Anspruch. Oder glaubst du, die ist gar nicht so dick?«

»Keine Ahnung. Ich war noch nie im Personalaktenarchiv. Aber lass uns erst mal in der Computerdatenbank nachsehen, bevor wir stapelweise vergilbtes Papier durchforsten. Fangen wir am besten mal mit den Kriminalaktennachweisen im KAN an. Wenn es irgendeine polizeilich relevante Information über eine Person gibt, finden wir sie dort, da das Verzeichnis ja sämtliche Datenbanken miteinander verknüpft. Dort schlummern übrigens auch die ganzen Daten, die der Bundestrojaner auf heimischen PCs gesammelt hat.«

»Ach ja. Heiß umstrittenes Thema.«

»Ja, aber zum Glück ahnen die meisten Bürger nichts davon.« Er schmunzelte.

Fuchs setzte sich an den PC, während Lara sich einen Stuhl heranzog und ihm über die Schulter sah. Joachim tippte mit klackernden Tasten den ersten Namen ins Suchfeld. Unter *Konrad Kröll* fanden sie keine digitalen Dokumente, nur den Verweis auf alte Papiere, die irgendwo im Kellerarchiv lagerten. Auch im KAN gab es, wie zu erwarten, keine Einträge über ihn. Der heilige Konrad eben. Es folgte *Axel Jacobs*. Da es sich bei ihm um einen Kollegen aus einem anderen Landkreis handelte, wurden ihnen nur spärliche Daten angezeigt. Ein Personalbogen, das Führungszeugnis und ein älterer Lebenslauf. Sie überflogen gemeinsam die Dokumente, konnten aber nichts Aufschlussreiches darin entdecken. Im Zweifelsfall mussten sie eben die Akte von den Offenbachern anfordern, was sicherlich wieder zu nervtötenden Diskussionen mit Rupp führen würde. Also gingen sie zu *Rainer Quast* über. Unter seinem Namen gab es nur einen Treffer im KAN, der besagte, dass er vor etlichen Jahren wegen Alkohols am Steuer zu zwölf Monaten Fahrverbot verdonnert worden war. Ansonsten war auch seine Akte blitzsauber. Als Letztes suchten sie nach Einträgen über den ehemaligen Polizeipräsidenten, die, wie Lara prophezeit hatte, deutlich umfangreicher waren. Doch auch hier fanden sich keine Ereignisse, die man auf den ersten Blick mit dem Fall hätte in Verbindung bringen können. Zudem reichten sämtliche Aufzeichnungen nur bis Anfang der Jahrtausendwende zurück, weil man erst zu diesem Zeitpunkt mit der digitalen Archivierung der Unterlagen begonnen hatte. Es führte wohl kein Weg daran vorbei: Sie mussten in den Keller.

Das Archiv lag auf halber Höhe eines langgezogenen Flurs. Dort angekommen, zog Fuchs die Karte, die er auf Kreilings Geheiß von der Personalabteilung erhalten hatte, durch ein Lesegerät an der Wand. Das Schloss sirrte, als sich ein elektronischer Riegel öffnete. Die Tür ging auf, ein Schwall kühler Luft mit Papiergeruch schwappte ihnen entgegen und zahllose Reihen von dicht gedrängten Metallschränken erschienen.

»Ganz schön gruselig hier«, sagte Lara, die es nicht so mit engen Räumen hatte.

Fuchs ging kommentarlos voraus und schritt die Stirnseiten der Schränke mit der alphabetischen Nummerierung ab, bis er bei *K* angelangt war. Unter dem Schild prangte ein Drehkreuz, das er betätigte, woraufhin sich das schienengelagerte Schwergewicht in Bewegung setzte und die benachbarten Regale beiseiteschob. Er schlüpfte durch die entstandene Lücke, ging das

Register durch, bis er auf Konrads Akte stieß, die er seiner Kollegin überreichte.

»Hier, kannst ja schon mal lesen, ob dir was ins Auge sticht. Vielleicht fängst du bei den ältesten Dokumenten an.«

Während Lara sich in eine Raumecke zurückzog und mit dem Rücken an eine Wand gelehnt in der Akte zu blättern begann, ging Joachim die Regalreihe weiter bis zum Buchstaben *P.*

Er wiederholte die Prozedur mit dem Drehkreuz und wurde auf einem der unteren Böden fündig. Sogleich schlug er die Akte auf und stieß auf einen vergilbten Lebenslauf. Wie alle hatte auch der ehemalige Polizeipräsident mal klein angefangen. Grundschule, Mittelstufe, Abitur. Es folgte der Wehrdienst bei den Fallschirmjägern und ein Studium in Rechtswissenschaften. Doch ab da las sich das Ganze wie eine einzige Erfolgsgeschichte. Erstes und zweites Staatsexamen mit Bravour bestanden. Im Anschluss folgte ein für oberste Führungskräfte üblicher Wechsel ins Bundesministerium des Innern, wo Polzin schon bald einen Ableger der Abteilung für *Öffentliche Sicherheit*, genau genommen das Referat für *Terrorismus und Extremismus sowie politisch motivierte Kriminalität*, geleitet hatte. Ein Empfehlungsschreiben jagte das nächste. Fuchs merkte, dass ihn diese Lektüre regelrecht ankotzte, was ihn wunderte, denn eigentlich war er kein neidischer Mensch. Es musste wohl daran liegen, dass er Polzin nicht sonderlich gemocht hatte. Tot hin oder her – er war ein überheblicher Kotzbrocken gewesen. Diesbezüglich war er sich mit seinem Chef einig.

Er blätterte um. Stutzte. Ach was … das war ja interessant. Zwar kaum fallrelevant, aber spannend, denn der Eintrag zeigte ihm eine bisher ungeahnte Verbindung zwischen ihm selbst und Polzin. Da waren sie sich also vor einer halben Ewigkeit, zu einer Zeit, als Polzin noch nicht Präsident gewesen war, schon mal recht nahe gewesen. Wie zwei Planeten, die nichts von der Existenz des anderen wussten, waren sie aneinander vorbeigeglitten; jeder auf seiner eigenen Umlaufbahn. Nur dass Polzin schon damals wesentlich näher an der Sonne gewesen war. So hatte der alte Knochen eine gehobene Position innegehabt, und nicht wie Joachim an vorderster Front gekämpft. Genauer gesagt hatte Polzin vor zwanzig Jahren den Schutzpolizeitrupp geleitet, der zur Unterstützung des SEK im Rahmen der Operation »Funkenflug« nach Friedberg geschickt worden war, um das Areal vor dem Bahnhof zu sichern. Polzin war also einer jener gewesen, die bequem aus der Ferne Befehle erteilt hatten, während das Fußvolk wie Fuchs als Kugelfang diente. Es war also nicht weiter verwunderlich, dass er nichts von dieser Verbindung gewusst hatte. Insbesondere, da die Führungskräfte damals schon bemüht gewesen waren, den Mantel des Schweigens über diesem Einsatzfiasko auszubreiten.

Fuchs stieß auf einen Querverweis zu einer weiteren Akte. Aus Neugier kramte er sie hervor. Beim Durchblättern der Seiten tauchte er immer wieder in Textstellen ein, die völlig unerwartet die mühsam verdrängten Bilder heraufbeschworen, als hätten sie in der Schlangengrube seines Unterbewusstseins nur darauf gelauert.

Binnen Sekunden fühlte er sich durch Raum und Zeit katapultiert und spürte förmlich die angestaute Hitze unter dem Dach des Bahnsteigs. Er sah das von der Einsatzleitung inszenierte Treiben vor sich, das auf ihn wie ein Schmierentheater gewirkt hatte. An jeder Ecke standen Kollegen, die, nicht wie üblich, in voller Montur, sondern in Freizeitklamotten steckten. Bermudas, Hawaiihemden, T-Shirts und Jeans. Da sie aus taktischen Gründen keine verräterische Schutzausrüstung tragen durften, hatte man sie nur mit Equipment ausgestattet, das man unauffällig unter der Kleidung verstecken konnte. Eine geladene Waffe, einen Funkempfänger mit Knopf im Ohr sowie Kabelbinder, die klobige Handschellen ersetzten.

Fuchs schloss die Augen. Schlagartig kroch die Anspannung in seine Glieder zurück, während der Geruch nach frisch gedruckten Zeitungen und ranzigem Fett vom Kiosk an Gleis 1 zu ihm rüberwehte.

»Zielperson verlässt jetzt die Schankstube«, blökte es aus dem Ohrhörer.

Joachim unterdrückte den Impuls, in ihre Richtung zu sehen. Stattdessen blieb er ganz ruhig stehen und starrte in die flirrende Luft, während sein Herz gegen die Rippen hämmerte.

»Sie scheint auf jemanden zu warten«, krächzte eine andere Stimme. »Bestimmt trifft die zweite Zielperson mit dem nächsten Zug ein.«

Einem V-Mann war es gelungen, tief in die Untergrundorganisation einzudringen. Von ihm stammte auch die Information, dass es an diesem Tag zwischen zwölf und vierzehn Uhr am Friedberger Bahnhof zu einem Treffen der beiden meistgesuchten RAF-Terroristen, Marlies Bonkert sowie ihrem Lebensgefährten Udo Wallraff, kommen sollte. Mit etwas Glück würde sogar noch ein weiteres Mitglied hinzustoßen.

Nachdem Bonkert mit dem Zug aus Darmstadt eingetroffen war, hatte sie sich zunächst in die Gaststätte *Zur Krone* an Gleis 1 begeben. Die im Speiseraum postierten Beamten waren instruiert worden, sie nur zu beobachten, da man unbedingt auch die andere Zielperson dingfest machen wollte.

Da niemand im Einsatzteam wusste, ob die nun am Gleis

stehende Bonkert nicht als Zeichen für ihre Komplizen fungierte, dass die Luft rein war, durfte aktuell noch kein Zugriff erfolgen. Wallraff oder auch der unbekannte Dritte könnten, sollte Bonkert nicht am vereinbarten Ort auf sie warten, sonst womöglich im Zug sitzen bleiben und weiterfahren.

»Alle bleiben auf Position«, kommandierte der Einsatzleiter.

Fuchs hörte das flappende Geräusch der Fallblattanzeige, schielte nach oben und sah, dass der nächste Zug in zwei Minuten aus Gießen eintreffen würde. In nur einhundertzwanzig Sekunden konnte es losgehen. Man hatte ihnen eingeschärft, dass Bonkert sowie ihr Lebensgefährte mit hoher Wahrscheinlichkeit Waffen mit sich führten und sicherlich auch davon Gebrauch machen würden, sollten sie sich in die Enge getrieben fühlen. Der Zugriff musste daher schnell erfolgen.

Ein entferntes Rattern war zu vernehmen, das anschwoll, bis der Zug unter dem metallischen Kreischen der Bremsen zum Stehen kam. Fuchs nutzte die Gelegenheit, sich Gleis 1 zuzuwenden, was nun gefahrlos möglich war, da Bonkerts Sicht durch die Waggons blockiert wurde. Zugtüren öffneten sich zischend, Fahrgäste strömten auf den Steig.

»Verdächtige Person steigt aus dem Zug«, sagte einer vom Observationsteam. »Vollbart, Sonnenbrille, blaues Hemd. Er nähert sich Zielperson 1.«

Es knackte im Ohrhörer und der Einsatzleiter meldete sich. »Positionen halten.«

»Sie umarmen sich«, sagte wieder die Stimme. »Das ist er.«

»Positionen halten«, kam es mit Nachdruck.

Eine Durchsage hallte über den Steig. Die Trillerpfeife des Schaffners ertönte, und der Zug fuhr wieder an. Fuchs zählte die vorbeiratternden Wagen, bis er bei neun angekommen war und mit einem Schlag freie Sicht auf Bonkert und Wallraff hatte. Niemand der anderen Bahngäste schien zu ahnen, wer dort in ihrer Nähe stand. Dass diese Turteltäubchen in Wahrheit ein teuflisches Duo waren, das so vielen Menschen den Tod gebracht hatte.

Allmählich lichtete sich der Bahnsteig, doch die beiden blieben stehen. Die Arme um ihre Hüften geschlungen, hatten sie die Becken aneinandergedrückt wie ein Tanzpaar nach dem letzten Takt eines Tangos. Fuchs sah zwar, dass sich ihre Lippen bewegten, doch den Inhalt ihres Gesprächs hörte er nicht. Nur die Einsatzleitung bekam die Bilder der Kameras sowie die Mitschnitte der Abhörvorrichtungen zugespielt, die man auf dem Gelände installiert hatte: unter Bänken, an Dachpfeilern, in Mülleimern sowie in Blumenkübeln.

Fuchs, wie auch der Rest des Zugriffskommandos, konnte über die Ohrstöpsel nur den Funkverkehr mithören, über den soeben die nächste Meldung hereinkam.

»Keine Verbindung. Offenbar sind sie zu weit von den Wanzen entfernt.«

Joachim traute seinen Ohren kaum. Er hätte am liebsten geschrien. Die beiden waren nicht zu weit von den Wanzen entfernt, sie standen direkt daneben. Neben einem der Mülleimer. Und trotzdem wollten diese Sesselpupser nichts hören? Falls man nicht doch noch Gesprächsfetzen aufschnappen konnte – wie wollten sie dann erfahren, ob auch die dritte Zielperson eintreffen würde? Entweder warteten sie weiter und liefen damit Gefahr, den richtigen Augenblick für den Zugriff zu verpassen, oder sie schlugen verfrüht zu und der dritte Mann ging ihnen durch die Lappen.

Jeden Moment rechnete er mit dem Zugriffsbefehl. Stattdessen kam ein Funkspruch der Schutzpolizei herein. »Verdächtiger … olf fährt auf Parkpla … Ein … ann … eigt aus. Es … önnte sich um die … itte Zielperso …«

Böse Zungen hatten später behauptet, der Polizist, der den Funkspruch abgesetzt hatte, sei zu dämlich gewesen, ein Funkgerät zu bedienen. Andere, wie auch der Joachim persönlich bekannte Streifenpolizist selbst, hatten technische Mängel verantwortlich gemacht, weil die Ausrüstung von minderer Qualität gewesen sei. In dessen Haut hatte man auch nicht stecken wollen. Andererseits hätte Joachim im Nachhinein liebend gerne mit der Position des Kollegen getauscht.

In diesem Moment setzten sich Bonkert und Wallraff in Bewegung. Händchenhaltend liefen sie auf SEK-Mitglied Nr. 11 zu. Auf Fuchs wirkte der wie ein junger Leopard auf der Pirsch; vibrierend vor Erregung, allzeit bereit, die Deckung aufzugeben, zugleich aber unsicher, wann der richtige Augenblick dafür war.

»Zugriff im Tunnel«, schnarrte ihm die Stimme des Einsatzleiters ins Ohr.

Nr. 11 schien sich etwas zu entspannen.

Die Zielpersonen bogen einige Meter vor ihm ab und gingen die Treppe zur Unterführung hinunter. Als ihre Köpfe aus Joachims Blickfeld verschwanden, gab er seinem Kollegen unten am Fuße der Treppe ein Zeichen. Carsten, der eine ramponierte Lederjacke mit löchriger Jeans trug, nickte. Er hatte sich eine Zigarette angezündet, die er lässig zwischen zwei Fingern hielt. Sobald er daran zog, würde Fuchs wissen, dass er Sichtkontakt hatte. Joachim sollte ihm Deckung geben, falls die Zielpersonen es bis zum Tunnelende schafften, und nicht schon vorher durch andere Einsatzkräfte überwältigt wurden.

»Zu … iff?«, fragte nun wieder der Schutzpolizist.

»Zugriff im Tunnel«, wiederholte der Einsatzleiter.

Da marschierte Nr. 11 einfach los. Fuchs' Blick schnellte von ihm zu Carsten, der seine Zigarette noch immer lässig zwischen den Fingern hielt.

Wieso hatte er noch keinen Blickkontakt? Er sah wieder zu Nr. 11 hinüber, und da schoss ihm auch schon durch den Kopf, dass hier irgendetwas verdammt schieflief. Er reckte den Hals, ging ein paar Schritte zurück, doch er konnte den Treppenabgang von seinem Steig aus nicht einsehen. Da stützte sich Nr. 11 schon auf den Handlauf und schwang sich um das Geländer. Als seine Füße den Boden berührten, stockte er in der Bewegung. Ein äußerst auffälliges Verhalten, auf das nur Sekundenbruchteile später ein Schrei folgte.

Nr. 11 war enttarnt. Es folgte ein Knall.

11 duckte sich weg. Einer der Terroristen hatte das Feuer eröffnet.

Blitzschnell zog auch der SEK-Beamte die Waffe und schoss. »Auf den Boden, Polizei!«

Ein weiterer Knall. Dann noch einer.

Fuchs sah wieder zum Fuß der Treppe, wo das gebrochene Echo der Schüsse aus dem Tunnel hallte wie aus dem Schlund eines Ungeheuers. Carsten hatte die Zigarette auf halber Höhe zum Mund fallen gelassen. Doch statt nach seiner Pistole zu greifen, starrte er nur mit offenem Mund in die Unterführung, als könnte er einfach nicht fassen, was er dort sah.

Joachim zog seine Waffe, hechtete die Stufen hinunter und drückte sich mit dem Rücken gegen die Wand. Er schnappte nach Luft, spannte den Finger um den Abzug und wollte gerade ums Eck spähen, als jemand aus dem Tunnel geprescht kam und ihm einen kräftigen Stoß gegen den Brustkorb versetzte. Einen so harten Schlag, dass es ihm nicht nur die Luft raubte, sondern ihn von den Füßen hob. Rücklings landete er auf den Stufen. Er wollte protestieren, diesem Rüpel, der die Treppen hinaufhechtete, eine üble Beschimpfung hinterherrufen, doch als das Echo des Schusses in seinen Ohren verebbte, war der Rempler schon aus seinem Blickfeld verschwunden, und Joachim ahnte, was geschehen war. Sekunden darauf hechtete Nr. 11 an ihm vorbei.

Joachim drehte den Kopf und sah seinen Freund Carsten reglos daliegen. Ein dünner Rauchfaden stieg von der Zigarette empor, die zwischen ihnen auf dem Boden lag. Fuchs wollte nach ihm rufen, doch seine Stimme war kaum mehr als ein Flüstern. Nur ein schwacher Hauch, begleitet von einem feuchten Rasseln, das seitlich aus seinem Brustkorb drang. Er schloss die Augen und spürte eine Kraft, die ihn in die Tiefe zu ziehen versuchte. Tief hinunter an einen dunklen Ort, von dem es kein Entrinnen gab. Das Letzte, was Joachim Fuchs hörte, bevor er sich diesem Nichts hingab, war ein weiterer Schuss.

»Hattest du nicht gesagt, dein Freund Konrad hätte eine Firma für Sicherheitstechnik besessen?«, hörte er eine vertraute Stimme wie aus weiter Ferne.

Er riss die Augen auf. Ein eiskalter Schweißfilm klebte auf seiner Stirn. Sein Atem ging stoßweise, fast hechelnd.

»Joachim? Was hast du?«

Es war Lara. Sie klang besorgt.

Fuchs, der am Boden kauerte, richtete sich mühsam auf, versuchte, die Bilder sowie die Panik, die von ihm Besitz zu ergreifen drohte, abzuschütteln. Doch offenbar hatte er soeben eine chronische Wunde aufgerissen.

»Was ist mit dir?«, fragte Lara erneut. Sie war wirklich besorgt.

Er wischte sich mit der freien Hand übers Gesicht. »Ich glaube, ich hatte gerade eine Panikattacke.«

»Was? Wieso das denn?«

»Ich …« Er schüttelte den Kopf und rang sich ein tapferes Lächeln ab. »Ich hätte die Sitzungen beim Psychologen damals wohl doch besser nicht abbrechen sollen.«

»Nach deiner Verletzung, oder was meinst du?« Lara war einer der wenigen Menschen, die von diesem Teil seiner Vergangenheit wusste. Nachdem sie im vorigen Jahr bei einer Ermittlung selbst dem Tod von der Schippe gesprungen und im Nachgang von üblen Albträumen traktiert worden war, hatte Joachim sie eingeweiht. Er hatte ihr Mut machen wollen, dass man mit solchen Erlebnissen fertigwurde.

»Ja, nach meiner Verletzung«, bestätigte er mit belegter Stimme. »Entgegen der Meinung des Therapeuten war ich damals überzeugt gewesen, es überwunden zu haben. Doch das war offenbar ein Irrtum gewesen, wie ich gerade erfahren musste.«

»Was war denn der Trigger?«

Fuchs hielt die Akte hoch. »Polzin. Er hat damals den Schutzpolizeitrupp angeführt, der den Parkplatz vor dem Bahnhof gesichert hat. Als ich das gelesen habe, kamen urplötzlich wieder die Bilder hoch.« Er schüttelte nochmals den Kopf, als könnten die Erinnerungen dadurch abfallen. »Aber du hattest mich eben was wegen Konrad gefragt?«

»Ja.« Jetzt hob sie eine Akte hoch. »Du sagtest, er hätte eine Firma für Sicherheitstechnik besessen?«

»Das stimmt. Wieso?«

Sie tippte auf eine Seite. »Wusstest du, dass er mal Geschäftsführer der OPTIMO GmbH war?«

»Nein, was soll das für ein Unternehmen gewesen sein?«

»Die haben Abhörtechnik vertrieben.«

Fuchs überlegte. Soweit er sich entsinnen konnte, hatte Konrad ihm nie davon erzählt. »Wann war das?«, fragte er.

»Warte …«, Laras Finger glitt über den Lebenslauf in der Akte, »… von 1992 bis 96.«

»Ein *hervorragender Zuhörer* …«

»Was?«

»Schnapp dir die Akte und komm mit. Wir haben ein paar wichtige Telefonate zu führen. Zwei du, zwei ich.«

Während sie den Gang zu den Fahrstühlen zurückliefen, fragte Fuchs sich, ob ihr Problem womöglich um einiges größer war, als sie bisher gedacht hatten. Nein, korrigierte er sich in Gedanken: nicht *ihr* Problem. *Seins*!

26

Um in Ruhe ihre Telefonate führen zu können, hatten Schuhmann und Fuchs sich getrennt. Lara hockte in ihrem kleinen Büro und wählte die erste Nummer. Ein wenig nervös war sie schon, da Joachim sie gewarnt hatte, dass einer der beiden Ermittler, ein gewisser Kommissar Rupp, etwas schwierig im Handling sei. Weil dieser Rupp sich bei Joachim vermutlich querstellen würde, hatte sie diesen Anruf übernehmen sollen.

Den Hörer zwischen Kopf und Schulter geklemmt, lauschte sie dem Freizeichen. Sie würde einfach auf entwaffnende Freundlichkeit setzen.

»Maisel«, ertönte es dann vom anderen Ende der Leitung.

»Hallo, Lara Schuhmann aus dem Präsidium Frankfurt hier«, meldete sie sich in fröhlichem Singsang. Dieser Maisel klang schon mal ganz nett, dachte sie. Vielleicht konnte sie die Angelegenheit ja mit ihm regeln. Dann nichts wie los, mitsamt der Tür ins Haus fallen. »Wir haben ein dringendes Anliegen. Könnten Sie uns freundlicherweise alle Informationen über Axel Jacobs Vita aus den Neunzigern zukommen lassen?«

Kurz war es still in der Leitung. Sie befürchtete, jetzt auf den prophezeiten Widerstand zu stoßen, doch dann hörte sie den Beamten mit Papier rascheln. Vielleicht hatte er die Akte ja vor sich und schlug die entsprechende Stelle schon nach. Als sie gerade aufatmen wollte, klickte es in der Leitung. Im ersten

Moment dachte sie, ihr Gesprächspartner hätte aufgelegt, doch dann dudelte ihr eine Synthie-Pop-Melodie ins Ohr. Nach dem ersten Takt gesellte sich eine Männerstimme hinzu, die in drei Sprachen um Geduld bat. Lara stellte sich vor, dass der Polizist nun bei seinem Vorgesetzten anrief und um Erlaubnis bat, die angeforderten Informationen herausgeben zu dürfen.

Nach einer gefühlten Ewigkeit stoppte die Warteschleife.

»Rupp.«

Der Name war wohl Programm. Der Kommissar klang in der Tat ruppig. Lara blickte flehend zur Decke, doch erfahrungsgemäß stand ihr der liebe Gott in solchen Momenten selten zur Seite. Also setzte sie wieder auf Freundlichkeit sowie eine Spur Demut, während sie ihr Anliegen vortrug.

»Darf ich fragen, was Sie mit diesen Informationen vorhaben?«, hakte Rupp nach, nachdem sie fertig war.

»Wir müssen einen Abgleich mit unseren Fällen machen und schauen, ob es einen Zusammenhang mit Ihrem gibt.« Am liebsten hätte sie sich auf die Zunge gebissen, aber jetzt war es schon raus.

»Fällen?«, fragte Rupp mit Betonung auf der letzten Silbe.

»Ähm, ja. Soweit ich weiß, bereiten meine Vorgesetzten gerade schon alles für eine mögliche Zusammenarbeit mit Ihrem Präsidium vor. Sie hätten es in Kürze also ohnehin erfahren. Doch bevor wir die Pferde scheu machen und sich am Ende alles als Windei entpuppt, wollten sie noch etwas prüfen, und dafür bräuchten sie unter anderem die Auszüge aus Jacobs Akte. Könnten Sie mir diese daher zukommen lassen?«

»Was halten Sie von einem Tausch?«, schlug Rupp vor.

Lara unterdrückte ein Stöhnen. Dieser Typ war echt eine Plage. »Hören Sie«, setzte sie zu einem nächsten Versuch an,

»ich habe leider keine Befugnisse, was die Herausgabe von Informationen betrifft.«

»Aber wir sollen Ihnen alles schicken, oder wie?«

Lara schwieg. Da hatte Joachim ihr ja einen tollen Auftrag gegeben. Wobei sein Telefonat mit dem BKA sicher auch kein netter Plausch werden würde.

»Na, was ist?«, hakte Rupp nach. »Hat es Ihnen jetzt die Sprache verschlagen?«

»Ähm, ja, in der Tat. Sie müssen verzeihen – ich bin so einen Umgang unter Kollegen nicht gewöhnt.«

Am anderen Ende der Leitung war ein Schnauben zu hören. Dann sagte Rupp: »Wo bleibt eigentlich Ihr Täterprofil, das Ihr Chef uns versprochen hat? Sie sind doch diese Profilerin, oder?«

»Ja, das stimmt. Das mit dem Profil gestaltet sich leider aufwendiger, als ich dachte. Aber ich arbeite dran. Je schneller wir uns hier einig werden, umso eher kann ich mich wieder daransetzen.«

Wieder dieses abgehackte Schnauben. So ein verkapptes Lachen, das Überlegenheit demonstrieren sollte. Lara fing langsam an, diesen Typen zu hassen. Doch vielleicht konnte sie ihn ja noch drehen.

»So wie es aussieht, Herr Rupp, könnten wir alle an einer größeren Sache dran sein«, sagte sie ruhig. »Sie in Offenbach genauso wie wir hier in Frankfurt. Keinem von uns geht es darum, Lorbeeren zu ernten, sondern einen Täter zu stoppen. Ihnen geht es da sicher genauso wie uns. Sollte sich unser Verdacht bestätigen und tatsächlich ein Zusammenhang zwischen den Fällen bestehen, könnte ohnehin bald das BKA die Ermittlungen übernehmen. Das würden die natürlich erst recht tun, wenn sie mitbekämen, dass die untergeordneten Präsidien miteinander im Clinch liegen und rivalisieren statt zu kooperieren. Dann könnten wir froh sein, wenn wir überhaupt noch mitmischen dürfen. Und falls wir mit den großen Hunden pinkeln wollen, wäre es doch schön, wenn wir auch das Bein hochbekämen. Wir werden übrigens auch gleich noch im BKA anrufen. Bei der Gelegenheit werden wir natürlich lobend erwähnen, dass Sie uns die gewünschten Unterlagen direkt haben zukommen lassen. Rupp war Ihr Name, richtig?« Sie wartete.

Stille. Ein Brummen, ein Räuspern. Ein Stöhnen.

Das hatte er sich offenbar nicht verkneifen können.

»Ihre Fax- und Ihre Dienststellennummer?«

Lara diktierte ihm beide sowie, ungefragt, ihre E-Mail-Adresse. Während sie das gehorsame Kratzen eines Stifts auf Papier hörte, verspürte sie Genugtuung und versprach Rupp, ihm schon bald das Täterprofil zukommen zu lassen. Als sie auflegte, musste sie schmunzeln. Was Joachim bloß wieder hatte – dieser Rupp war doch nett.

Dann tippte sie die Nummer des Ministeriums ein.

Fuchs' Fuß wippte unter dem Schreibtisch auf und ab. Man musste kein Psychologe sein, um zu merken, dass Hannes Wenger von seinem Anruf überrumpelt worden war. Wengers Stimme klang plötzlich nicht mehr so voll und selbstsicher wie bei der Grabrede.

»Was genau haben Sie damit gemeint, Konrad sei ein ›hervorragender Zuhörer‹ gewesen?«, fragte Fuchs nun.

»Das … ähm … war eine Anspielung auf seine Firma.«

»Sie waren sein Geschäftspartner, richtig?«

»Ja. Er hat mich damals mit ins Boot geholt. Trotzdem war er für mich immer der Chef.«

»Was genau haben Sie beide verkauft?«

»Vornehmlich Geräte zur Informationsbeschaffung sowie -übertragung.«

»Heißt konkret?«

Wenger stieß hörbar die Luft aus. »Alles Mögliche. Von den ersten GSM-fähigen Handys und gewöhnlichen Fax-Geräten über Wanzen und Kameras bis hin zu Satellitentelefonen.«

»Wer waren Ihre Kunden?«

»Unterschiedlich. Da war ich aber nicht immer involviert. Konrad hat sich mehr um den Vertrieb gekümmert, ich um den Einkauf, da ich gute Kontakte nach Fernost hatte. Aber soweit ich mich erinnere, waren auch viele Privatpersonen und Detekteien darunter. Es gab jedoch auch ein paar Klienten, die größten Wert auf Vertraulichkeit legten.«

»Zum Beispiel?«

»Da hat Konrad nicht mal mich bis ins Detail eingeweiht.«

»Regierung? Militär?«

»Das habe ich jedenfalls vermutet«, gab er zu. »Aber wie gesagt, er war der Chef und hat nicht alles mit mir geteilt.«

»Wieso haben Sie die Firma verkauft?«

»Weil Konrad es wollte.«

»Er muss Ihnen doch einen Grund genannt haben.«

»Nur, dass er ein gutes Kaufangebot bekommen hat. Das reichte mir als Begründung, und die Ablösesumme stimmte auch. Mit meiner Hälfte konnte ich mir ein anderes Business aufbauen, mir meinen persönlichen Traum verwirklichen. Konrad hat sich dann mit Safe-Tek selbstständig gemacht. Alle waren zufrieden. Was will man mehr?«

»Gibt es noch Aufzeichnungen von der OPTIMO?«, wollte Fuchs wissen.

»Glaube ich nicht. Konrad hat sich um die ganze Abwicklung gekümmert. Ich habe ihn vor ein paar Jahren mal nach einem Dokument gefragt, das ich hätte gebrauchen können, doch da teilte er mir mit, dass er den ganzen Kram nach Ende der vorgeschriebenen Aufbewahrungsfrist entsorgt habe.«

Fuchs bedankte sich für die Auskunft, legte auf und rief bei Irene an, die ihm jedoch nicht weiterhelfen konnte. Zwar hatte sie gewusst, dass Konrad mit Wenger mal eine Firma besessen hatte, doch über Details oder den Grund für den Verkauf hatten sie nie gesprochen. Auch von alten Unterlagen wusste sie nichts. Doch sie war sich fast sicher, dass Konrad so etwas nicht aufgehoben hätte. Er habe zwar gerne allerhand Krempel gekauft, diesen aber auch stets wieder entsorgt, wenn er gemerkt hatte, dass er keine Verwendung dafür fand. Zu den Papiersammlern hatte er aber definitiv nicht gezählt.

Na gut, dachte Fuchs, nachdem er aufgelegt hatte – das waren die angenehmen Telefonate gewesen. Dann war es wohl an der Zeit für den Vorstoß in die Champions League. Er tippte die Nummer ein und wartete auf das Freizeichen. Zwar gab es immer wieder mal Kooperationen mit dem BKA, doch meist fand die Kommunikation dann auf höherer Ebene statt.

Es klingelte. Jemand nahm ab. Er wurde verbunden, dann hatte er schon den zuständigen Ermittler am Ohr.

Giuseppe Menduni hatte eine angenehme Stimme und hörte Fuchs aufmerksam zu, während er den Grund für seinen Anruf erklärte.

»Moment mal …« Menduni lachte ungläubig. »Im Ernst? Polzin wurde vergiftet? Sie verarschen mich!«

»Leider nicht.«

»Und woher wissen Sie das?«

»Durch eine Blutgasanalyse.«

Der BKA-Ermittler stockte. »Ich dachte, der Notarzt habe ihn bereits tot vorgefunden und sei von einem natürlichen Tod ausgegangen. Weshalb wurde ihm dann noch Blut abgenommen?«

»Nun ja …« Fuchs überlegte nach einer eleganten Umschreibung für die Geschehnisse, doch auf die Schnelle fiel ihm keine ein. So entschied er sich für den direkten Weg. »Wir haben ihn exhumieren lassen.« In Erwartung einer Strafpredigt zog er eine Grimasse, doch am anderen Ende blieb es still. »Sind Sie noch dran?«, fragte Fuchs zögerlich.

»Ja …«, kam es gedehnt von Menduni, »… das muss ich kurz sacken lassen.«

Fuchs schilderte die ganze Geschichte: vom Mord an Konrad mit der feuerspeienden Drohne, von Silberschlund Axel Jacobs und schließlich von der gasführenden Lanze, die der Täter in Polzins Wagen gebohrt hatte.

Menduni räusperte sich. »Das kommt selten vor, Herr Kollege, aber ich bin echt sprachlos. Ich glaube, das ist das Abgefahrenste, was ich seit Langem gehört habe. Aus welchem Präsidium rufen Sie noch mal an?«

Fuchs sagte es ihm.

»Okay. Dann sind Sie ja auch fallanalytisch versorgt.«

»Mit Frau Schuhmann, genau.«

»Ich bin übrigens Mitglied der Projektgruppe OFA im Kriminalistischen Institut«, erklärte Menduni. »Wenn Sie Hilfe brauchen, lassen Sie es mich wissen. Ansonsten ist hier natürlich bekannt, dass Sie durchaus in der Lage sind, Mörder zu fassen.«

»Vielen Dank. Mein Chef bat mich, Ihnen den Sachstand zu übermitteln und Ihnen die Entscheidung zu überlassen, wie es weitergehen soll.«

»Wir sollten natürlich zusammenarbeiten und uns austauschen«, sagte Menduni, »aber so tief, wie Sie schon in den Ermittlungen stecken, halte ich eine komplette Fallübertragung nicht für sinnvoll. Ich werde das noch mal mit meinen Vorgesetzten besprechen, aber ich glaube kaum, dass die anderer Meinung sein werden. Wie sieht es eigentlich mit einer Pressekonferenz aus?«

»Mein Chef hat eine für morgen anberaumt«, sagte Fuchs.

»Gut. Dann kläre ich noch, ob da jemand von uns beisitzen muss, doch ich glaube es eigentlich nicht. Was sollte das bringen? Ein BKA-Fuzzi, der nicht voll im Bilde ist und bloß dasitzt wie ein Ölgötze.«

»Dürfte ich Sie um eine Kopie Ihrer Unterlagen über das Opfer aus dem BMI bitten?«, fragte Fuchs.

»Natürlich. Wird aber einen Moment dauern, bis alles eingescannt und übermittelt ist. Oder haben Sie eine konkrete Frage? Vielleicht kann ich Ihnen schon jetzt helfen.«

»Könnten Sie mal nachsehen, ob Sie Informationen darüber haben, was Rainer Quast in der Zeit von 1993 bis 1997 gemacht hat?«

»Falls Sie seine berufliche Tätigkeit meinen – da war er auch schon im BMI.«

»Und seine Zuständigkeit?«

»Beschaffungsstelle. Vom ersten bis zum letzten Tag.«

»Sie wissen nicht zufällig, mit welchen Firmen das BMI damals kooperiert hat?«

»Wieso fragen Sie?«

»Eines unserer Opfer, Konrad Kröll, hat in den Neunzigern Funk- und Abhörtechnik vertrieben und laut seinem ehemaligen Geschäftspartner vermutlich auch die Regierung beliefert. Seine Firma hieß OPTIMO. Ich habe mich gefragt, ob da vielleicht eine Verbindung zwischen ihm und diesem Beamten bestehen könnte.«

»Der Name sagt mir jetzt nichts, aber das sollte sich rausfinden lassen.« Bevor sie das Telefonat beendeten, sagte Menduni: »Ach, noch was, Herr Kollege – falls Sie mal Interesse an einer Stelle im BKA haben, lege ich gerne ein gutes Wort für Sie ein.«

»Nett von Ihnen«, gab Fuchs zurück, »aber eigentlich fühle ich mich in der Kreisliga ganz wohl.«

Menduni lachte. »Na, man weiß nie, was noch so passiert.«

Dann legten sie auf.

Da hatte Menduni allerdings recht. Man wusste nie, was noch so passiert.

27

Auf dem Weg zum Büro seiner Kollegen kam Fuchs Ivo Babić von der K 60 entgegen. Der Drogenfahnder steuerte direkt auf Joachim zu. Hinter vorgehaltener Hand wurde Ivo wegen seiner imposanten Erscheinung, dem pockennarbigen Gesicht sowie dem Schmiss auf der Wange scherzhaft *Ivo der Schreckliche* genannt. Obwohl sein Name die slawische Herkunft verriet, hätte man wegen seiner Züge leicht indianische Wurzeln vermuten können. Ein Inka oder Azteke vielleicht. Ivo sah sich kurz um, bevor er fragte: »Können wir uns mal kurz unterhalten? Am besten bei dir im Büro.«

Fuchs wunderte sich zwar, was der Drogenfahnder wohl von ihm wollte, doch er kam seiner Bitte nach.

Nachdem er die Tür hinter ihnen geschlossen hatte, musterte Fuchs seinen Kollegen und stellte wieder mal fest, dass Ivo der Job als Drogenfahnder wie auf den Leib geschneidert war. Wusste man es nicht besser, hätte man ihn glatt selbst für einen Dealer halten können, wenn nicht gar für das Oberhaupt eines Kartells. Heute trug er sein schwarzes Haar, das ihm über die Schultern fiel, offen. Die abgewetzte Lederjacke erinnerte Joachim an die, welche Carsten am Tag seines Todes getragen hatte.

»Pass auf …«, Ivo legte die Stirn in Falten, »… ich wollte nicht, dass es dich über Klatsch und Tratsch hier im Präsidium erreicht. Du weißt ja, wie es hier um die Diskretion steht, wenn es um reißerische Interna geht.«

Eine böse Ahnung beschlich Fuchs. »Was genau soll ich nicht hintenherum erfahren?«

»Wir haben gestern einen Dealer hochgenommen.« Es folgte eine bedeutungsschwere Pause. »Leider kein so großer Fisch wie gedacht, aber vielleicht kommen wir über ihn an die Hintermänner heran.«

Sofort dachte er an Lara, die gerne mal einen durchzog. Nicht, dass sie nun deshalb Ärger bekam? Oder er selbst, weil er letztes Jahr einen Joint mit ihr geraucht hatte? Blödsinn, woher sollten sie das denn wissen. Zögerlich neigte Joachim den Kopf. »Und was hat das mit mir zu tun?«

»Es ist so …«, Ivo kräuselte die Nase, »… dein Sohn war auch in dem Haus.«

»Benjamin?«

Eine Sekunde lang schien Ivo verunsichert. »Du hast nur einen, oder?«

Fuchs blieb ihm die Antwort schuldig, da er zu sehr damit beschäftigt war, sich auf sein Gleichgewicht zu konzentrieren, denn der Boden unter seinen Füßen schien plötzlich zu schwanken.

»Wir wissen nicht, ob und inwiefern er da mit drinsteckt, aber was bei sich hatte er blöderweise.«

Jetzt begegnete Fuchs seinem Blick. »Und was?«

»Hasch und Pillen.«

»Ecstasy?«

Ivo nickte.

Joachim sah zur Decke, schwieg.

»Es waren auch nicht gerade wenige«, sagte Ivo mit gedämpfter Stimme, als könnte sie jemand belauschen. »Allerdings hat sie außer mir noch keiner gezählt. Ich könnte also durchaus auf eine Zahl kommen, die noch als Eigenbedarf durchgeht.«

Joachim musterte ihn. Skeptisch. Wartete auf eine Bedingung, die Ivo an diese Gefälligkeit knüpfte, doch der schaute ihn nur erwartungsvoll an.

»Du … willst sie verschwinden lassen?«

»Na ja, ganz unter den Teppich kehren kann ich das nicht, dafür haben es zu viele mitbekommen.«

»Nein, natürlich nicht«, bekräftigte Fuchs. »Ich weiß gerade nicht, was ich sagen soll. Habt ihr ihn einkassiert?«

»Nein. Nur den Hauptverdächtigen.«

Joachim zog sein Telefon aus der Tasche. Vielleicht hatte Ben ihm ja eine Nachricht geschickt, in der er um Hilfe bat? Doch der Blick aufs Display verriet: reines Wunschdenken. Entweder war sein Sohn zu stolz, oder – was Fuchs als Vater insgeheim hoffte – er schämte sich in Grund und Boden. Joachim sah an Ivo vorbei und starrte an einen Punkt an der Wand. Sollte er dieses Angebot annehmen und sich selbst angreifbar machen, nur weil sein Sohn ein solcher Dummkopf war? Gras war ja eine Sache, aber Ecstasy … Sein erster Impuls war Trotz. Am liebsten hätte er Ivo gesagt, er solle die Menge der gefundenen Drogen verdoppeln, damit sein Sohn, dieser kleine Hosenscheißer, eine fette Strafe kassierte. Doch das war natürlich Quatsch. Niemandem war damit gedient, wenn Benjamin wegen eines solchen Fehltritts die ganze Zukunft verbaut wurde. Im Grunde war er ja ein guter Junge. Einer, der vielleicht ein wenig vom Kurs abgekommen war, sich aber mit etwas Führung wieder in die Spur heben ließ. Ganz sicher. Bei ihm verlief die Adoleszenz einfach nicht so glatt wie bei Lisa, die ein hervorragendes Abitur hingelegt hatte und nun völlig leichtfüßig durch ihr Medizinstudium marschierte. Doch die Begegnung mit den Drogenfahndern war Benjamin bestimmt eine Lehre gewesen. Aber wenn er sich nun für seinen Sohn einsetzte, hätte der vielleicht das Gefühl von Immunität. Egal, was er tat – sein Vater, der dämliche Trottel, würde ihn schon wieder rausboxen. Zudem würde er zulassen, dass ein Kollege sich der Strafvereitelung schuldig machte. Genau wie er selbst. So gerne man sich in den Reihen der Polizei auch unter die Arme greifen mochte – ein Kavaliersdelikt war das nicht. Von Geldstrafe bis hin zu Freiheitsentzug war alles drin. Umso unwahrscheinlicher war es auch, dass Ivo sich wirklich bloß aus Kollegialität auf so dünnes Eis begab. Aber er hatte immer noch keine Forderungen gestellt. Nicht einmal angedeutet. Solange Joachim das Angebot unkommentiert ließ, war er nicht angreifbar. Benjamin dagegen umso mehr. Lehnte er diese Chance ab, würde sein Sohn vielleicht eine Haftstrafe erhalten. Wahrscheinlich auf Bewährung, aber sein Führungszeugnis wäre versaut. So eine Scheiße!

Ivo zog ein Haargummi aus seiner Tasche und begann, sich einen Pferdeschwanz zu binden. »Denk in Ruhe darüber nach, mein Freund. Du solltest mir nur noch im Laufe des Tages Bescheid geben.« Dann ließ er Fuchs allein im Büro zurück.

Joachims Mund war staubtrocken, die Zunge wie mit Tennisballfilz überzogen. Er brauchte etwas zu trinken. Und was Süßes. Nachdem er in den Raum mit den Snackautomaten gegangen war, kramte er ein paar Münzen aus seiner Tasche, die er in einen der Geldschlitze schob. Der Apparat bot nahezu alles feil, was verantwortungsvolle Eltern ihren Kindern versagten.

War es das? Hatten er und Claudine ihrem Sohn zu wenig erlaubt? Glaubte Benjamin, etwas nachholen zu müssen? Schwachsinn. Drogenmissbrauch war wohl kaum ein Ersatz für geringen Süßigkeitenkonsum in der Kindheit. Mit Drogen kompensierte man eher tiefgreifende Mängel. Doch welche könnten das sein? Zeit? Sofort meldeten sich Schuldgefühle. Klar, er war jobbedingt wenig zu Hause gewesen, hatte Akten gewälzt und Verbrecher gejagt, anstatt seinen Kindern beim Aufwachsen zuzusehen. Doch die Ära der Vorzeigeväter hatte erst später begonnen. Zu seiner Zeit wäre die Frage nach Elternzeit von seinen Vorgesetzten nur müde belächelt worden. Wahrscheinlich hätte man ihn auf einen Schreibtischposten verbannt, und zwar bis zur Rente. Inzwischen gönnte sich nahezu jeder Vater diese Auszeit, selbst wenn Obrigkeiten vom alten Schlag wie Kreiling dies weiterhin nicht begrüßten. Doch heutzutage konnten selbst Hardliner wie er nichts dagegen ausrichten.

Joachim entschied sich für Sprite und ging dann zu dem Snackautomaten rüber. Dort gab er eine Nummer in das Tastenfeld ein, woraufhin die Metallwendel hinter der Scheibe zu rotieren begann. Während ihm diese ein abgepacktes Stück Rührkuchen entgegenschob, sah er die Spiegelung im Glas. Und erschrak. Er sah abgewrackt aus. Mit diesen Ringen unter den Augen konnte er bald seinem Chef Konkurrenz machen.

Aber was sollte er jetzt tun? Ivos Angebot war verlockend, dennoch handelte es sich um eine Straftat. Sollte er seine eigene Karriere sowie die eines Kollegen riskieren, damit Benjamin glimpflich davonkäme? Indiskutabel. Doch was wäre die Alternative? Man würde seinen Sohn verknacken. Auch das wäre wieder rufschädigend. Früher oder später würde jeder im Präsidium wissen, dass der Sohn von Hauptkommissar Fuchs mit einem Sack Pillen erwischt worden war. Doch war das nicht besser, als seinen Job zu verlieren? Natürlich konnte die Sache auch gutgehen. Ivo würde einen Teufel tun, jemandem davon zu erzählen. Noch lag es also in seiner Hand, dass aus der Angelegenheit eine Lappalie wurde. Eigenbedarf … Zwar nicht toll, aber auch nicht dramatisch. Dann würden Ivo und er dieses Geheimnis teilen. Doch bevor er sich festlegte, wollte er mit Benjamin sprechen. Persönlich. Er musste nur rausfinden, wo dieser Dummkopf steckte.

28

Benjamin beugte sich vor. Der Sessel, auf dem er hockte, war so durchgesessen, dass sein Arsch fast den Boden berührte. Dennoch war er bequem. Er liebte das Teil. So wie die Aussicht.

Während er das Piece mit einem Schlüssel aufspießte und über einer Feuerzeugflamme erhitzte, spukten ihm die Erinnerungen an die Razzia vom Vortag durchs Hirn. Äußerlich war ihm die Anspannung vermutlich nicht anzumerken gewesen, als er Thea die Geschichte vorhin erzählt hatte. Doch innerlich sah das anders aus. Die Sache machte ihm heftig zu schaffen. Immerhin waren fünfzig Pillen keine Lappalie. Dabei hatte er diese Scheißdinger nicht mal für sich geholt, sondern sie Luca mitbringen sollen. Er selbst hatte nur Hasch kaufen wollen, und dann hatte ihn das Kommando mit beidem erwischt. Klasse! Wieso hatte ihn dieser Cop mit den langen Haaren und der Narbe auf der Wange eigentlich so vorwurfsvoll angestarrt, bevor er die Tüte eingesteckt hatte? Es hatte auf ihn fast wie Enttäuschung gewirkt. Ob dieser Typ vielleicht Papa kannte? Was, wenn der von der Sache erfuhr? Shit … Oder gab es unter Cops so etwas wie Schweigepflicht? Und galt die dann auch untereinander? Diesen Teil der Geschichte hatte er Thea jedenfalls unterschlagen, selbst wenn es eine weitere Pointe gewesen wäre, mit der er sie vielleicht hätte beeindrucken können. Doch da hatte er die Prioritäten mal anders gesetzt. Oh Mann … Die ganze Sache war doch ein riesengroßer Scheiß.

Er zerrieb den erhitzten Klumpen über etwas Tabak und knetete das Harz darin ein. Dann sah er zu Thea hinüber. Ihr Anblick ließ ihn seinen Kummer für den Moment vergessen. Lächelnd folgte sie den tonlosen Fernsehbildern, während Luca die Knöpfe seines Mischpults verdrehte und sie mit ein paar fetten Beats beschallte. Wieder einmal feierte er sich, als bejubelten ihn Scharen von Fans. Dabei sollte er mal lieber ihn bejubeln, immerhin hatte er bei der Razzia die Schuld auf sich genommen und kein Wort darüber verloren, wem diese Scheißpillen wirklich gehörten.

Als die Mischung fertig war, winkte er. Thea sah auf.

»Gib mir mal die Bong!«, rief er gegen den Bass an.

Blindlings, dennoch zielsicher griff sie hinter sich und förderte die hüfthohe Pfeife zutage, die sie ihm über den Tisch reichte. Das Wasser im Kolben war braun wie in einem Tümpel. Darin dümpelten die Krümel etlicher Mischungen herum wie damals diese Urzeitkrebse in dem Einmachglas auf der Fensterbank seines Zimmers. Papa hatte sie ihm vor Jahren mal mitgebracht, als er im Supermarkt auf das neu aufgelegte *Yps*-Heft gestoßen war, aus dem er selbst wohl schon in seiner Kindheit diese Krebse aufgezogen hatte. Benjamin konnte sich noch gut an die Zeit erinnern, denn es war eine der wenigen Phasen gewesen, in denen er das Gefühl gehabt hatte, etwas mit seinem Vater gemeinsam zu haben. Jeden Tag hatten sie nach den Viechern geguckt und sie gefüttert, bis sie nach wenigen Wochen regungslos am Glasboden liegen geblieben waren. Anschließend hatte es eine kurze, wenn für ihn selbst auch nicht völlig schmerzlose Beisetzung seiner Haustierchen vor der Kloschüssel gegeben.

»Krieg ich auch einen Zug, Ben?«, fragte Thea, als er die Mischung ins Shillum stopfte.

»Klar.« Er mochte es, wenn sie ihn Ben nannte. Und wie sie es aussprach. Darin schwang etwas Unausgesprochenes mit. Thea wusste einfach, wie man die Jungs um den Finger wickelte, das musste man ihr lassen. Thea, die Göttliche. Ob ihre Eltern wohl schon vor ihrer Geburt geahnt hatten, wie heiß ihre Tochter mal werden würde? Denn die *Göttliche* oder das *Gottesgeschenk*, wie Google ihm bei der Recherche verraten hatte, war eine treffende Namenswahl gewesen. Allerdings hatte er sie mit diesem Wissen nicht beeindrucken können, denn Thea war die Bedeutung ihres Namens natürlich bekannt gewesen, und sie hatte die dazu passende Attitüde längst verinnerlicht.

Er reichte ihr die Pfeife und überließ ihr mal wieder den ersten Zug, wohlwissend, dass das keine gute Idee war. Und so beobachtete er, wie schon die Male zuvor, wie sich das Glasrohr blubbernd mit Rauch füllte. Nach einer gefühlten Ewigkeit öffnete Thea das Kickloch. Blitzartig verschwand der Rauch in ihrer Lunge, um irgendwann wie in Zeitlupe und völlig unangestrengt wieder aus ihrem Mund hervorzuquellen.

Benjamin grinste. Kein anderes Mädchen, das er kannte, rauchte die Bong so wie sie. Höchstens Marta, doch die war eher ein Kerl und wollte Maschinenbau studieren, falls sie das Abitur schaffte. Thea war dagegen cool wie ein Junge und trotzdem so weiblich und sexy, dass jeder Typ mit Augen im Kopf – wirklich jeder aus dem Jahrgang – irgendwann mal was von ihr gewollt hatte. Einige hatte Thea auch rangelassen. Trotzdem war es ihr gelungen, allen Buhrufen und Verleumdungsversuchen der Abservierten zum Trotz nicht als Bitch abgestempelt zu werden. Da hatten andere weniger Glück gehabt, selbst wenn sie nur halb so freizügig gewesen waren wie sie.

Ihr Lächeln, als sie sich das lange blauschwarze Haar aus der Stirn strich und ihm die Wasserpfeife zurückgab, ließ Benjamin schweben, wenn auch nur für den Moment. Denn dann sah er, dass sie mit ihrem martialischen Zug fast die ganze Mischung totgeraucht hatte. Nur am Boden des Shillums hing noch ein winziger Rest.

»Du bist ja krass«, sagte er zwischen Bewunderung und Verärgerung schwankend. Doch wenn sich das jemand erlauben durfte, dann sie. Bei ihm. Bei Luca. Bei jedem. Gerade zurzeit, da sie Single war.

Sie grinste. Falls sie den Zwiespalt in seiner Stimme mitbekommen hatte, blendete sie das offenbar aus.

Benjamin rauchte die restliche Mischung und stellte beruhigt fest, dass es doch noch genug für einen ordentlichen Kick gewesen war, da er immer tiefer in dem Sessel versank. Er schloss die Augen und wippte im Rhythmus der Musik vor und zurück.

»Ey, mach mal kurz leise!«, rief Thea. »Ich glaub, es hat geklingelt.«

Luca drehte die Lautstärke runter. »Dann guck halt mal, wer das ist.«

»Ist das mein oder dein Haus?«

»Das von meinen Eltern«, gab er zurück. Als sie sich nicht von der Stelle bewegte, stampfte er an ihr vorbei. »Dann bleib halt auf deinem faulen Arsch sitzen.« Er öffnete das Dachfenster und steckte den Kopf raus. »Hallo?«

Es dauerte einen Moment, bis sich eine andere Stimme meldete. Schlagartig gefror Benjamin das Blut in den Adern. Das konnte doch wohl nicht wahr sein! Er sprang auf, schob Luca beiseite und sah runter zur Straße.

Tatsächlich, er hatte sich nicht verhört.

»Was willst du?«, rief er nach unten. Seine Knie zitterten.

»Mit dir reden«, echote es von der Hauswand zurück.

»Können wir das nicht ein andermal machen?«

»Dann wäre ich wohl nicht extra hergekommen.«

»Es passt mir aber gerade gar nicht!«

Woher zum Henker wusste sein Vater, wo er war?

Aus dem Augenwinkel bemerkte er, dass sich das zweite Dachfenster öffnete. Thea streckte den Kopf raus und sah nach unten. Die Neugier hatte ihr wohl auf die Beine geholfen.

»Hallo!«, grüßte sie freundlich.

Fuchs winkte. »Hi! Vielleicht hört mein Sohn ja auf Sie. Ich wollte mal mit ihm sprechen.«

Wie peinlich vor Thea. Und wie spießig von seinem Vater, dass er sie siezte.

Thea sah zu ihm rüber. »Lass ihn doch rein.«

Benjamin sah sie entgeistert an, flüsterte: »Nein.«

»Warum denn nicht? Soll *ich* ihn reinlassen?«

»Auf keinen Fall.«

»Was ist nun?«, rief Fuchs. »Kommst du runter oder macht mir jemand auf?«

Meine Fresse – was sollte er tun? Der Auftritt seines Vaters setzte der Razzia von gestern die Krone auf. War er deswegen hier? Unmöglich konnte er jetzt mit ihm sprechen. Er war viel zu breit, konnte sich ja kaum auf den Beinen halten. Irgendwie musste er ihn loswerden.

Doch da geschah so etwas wie eine göttliche Fügung. Sein Vater holte sein Handy aus der Tasche, gab ihm das Zeichen, dass er kurz rangehen müsse, und während er dem Anrufer lauschte, schien ihm sämtliche Farbe aus dem Gesicht zu weichen, was Benjamin selbst von hier oben aus dem zweiten Stock zu erkennen glaubte.

Einen Moment lang stand sein Vater nur wie vom Donner gerührt da. Dann ließ er das Telefon sinken, hob zum Abschied die Hand und wankte zu seinem Wagen.

Gerade noch mal gutgegangen, dachte Ben. Was auch immer da wieder los war, bestimmt irgendwas Dringendes bei der Arbeit. So wie halt immer. Ein Einbruch, ein Mord – *whatever*. Er lächelte Thea zu und zuckte in gespielter Gleichgültigkeit die Schultern. Dann drehte er sich um und angelte sich die Pfeife vom Tisch.

29

»Willst du dich setzen?«, fragte Olaf Kern. »Du siehst blass aus.«

Fuchs lehnte ab und blieb stehen. »Wundert dich das?«

»Nein, ehrlich gesagt, nicht. Wo warst du eigentlich vorhin? Lara sagte, du seist auf dem Weg zu uns, bist aber nie angekommen.«

»Was Familiäres. Tut nichts zur Sache. Sag mir mal lieber, seit wann dieses Biest draußen ist, und wieso ich nichts davon wusste.«

Kern rechnete nach. »Seit ziemlich genau zwölf Wochen. Über ihre Entlassung stand was in der Zeitung. Allerdings nicht mehr wie früher auf Seite 1, und es war auch nur ein kurzer Artikel.«

»Aber genau da kommt sie wieder hin: auf die beschissene erste Seite. Verdammt – Wenn ich nur gewusst hätte, dass sie auf freiem Fuß ist …«

»Was dann? Hättest du sie observiert?«

»Dann wäre ich vielleicht schon viel früher auf sie gekommen.«

Kern runzelte die Stirn. »Wie hättest du das denn zusammenbringen sollen?«

Orientierungslos sah Joachim ihn an. Atmete durch. Dann schärfte sich sein Blick. »Ja, vielleicht hast du recht.«

»Das denke ich doch. Lara hat mir von eurer Entdeckung im Archiv berichtet. Frühestens mit dem Eintrag aus Polzins Akte und dem Hinweis auf die ehemalige Firma von Kröll hätte man eine Verbindung herstellen können. Wenn überhaupt. Jedenfalls hat Bonkert sich nach ihrer Entlassung bisher unauffällig verhalten. Nur das letzte Treffen mit ihrem Bewährungshelfer hat sie sausen lassen, ohne sich abzumelden.«

»So eine Scheiße«, murmelte Fuchs. Er hielt die Hand auf. »Zeig mal her das Teil.«

Olaf reichte ihm das Blatt. »Hat uns ein Redakteur der *BLITZ* zugespielt. Zum Glück wollte sein Chef, dass wir ihn zuerst erhalten, um eventuelle Ermittlungsschritte einzuleiten, bevor sie das drucken. Das Ganze natürlich mit dem freundlichen Hinweis, dass sie im Besitz einer Kopie sind. Das sind echt solche Spackos. Sie geben uns bis morgen früh Zeit, eine Pressekonferenz einzuberufen, dann wollen sie mit der Story an die Öffentlichkeit.«

Olaf bemerkte Joachims prüfenden Blick, als er die Seite gegen das Licht hielt.

»Ist nur eine Kopie«, beruhigte er ihn. »Das Original ist schon bei der KTU.«

Fuchs begann zu lesen. Schon bei der Anrede rumorte es in seinen Eingeweiden, doch mit jeder weiteren Zeile schlug sein Herz härter gegen die Rippen, bis es ihm wie Donnerschläge erschien. Als er bei der Unterschrift anlangte, waren seine Finger so taub, dass er das Blatt in den Händen nicht mehr spürte. Er ließ den Brief sinken, während ihm ein Zischlaut entwich wie bei einem geöffneten Überdruckventil. »Ein Teil dieses Geschreibsels ist klar«, sagte er, »aber was meint sie mit dem Rest?«

Kern zuckte die Schultern. »Keine Ahnung. Für mich ist das eh alles nicht fassbar.«

»Was bitte soll eine Talionsfigur sein?«, fragte Fuchs, der immer noch am Text festhing.

»Vielleicht weiß der Verfasser nicht, dass es Galionsfigur heißt. Oder er hat sich verschrieben.«

»Quatsch. Der Brief enthält ansonsten doch keinen Fehler.«

»Doch«, widersprach Olaf, »er hat Freigeist mit Ypsilon geschrieben.«

»Das könnte auch eine alte Schreibweise sein«, entgegnete Fuchs.

»Du meinst aus der Zeit vor den Rechtschreibreformen? Vor Majonäse mit *Ä* und Ketschup mit *SCH*?« Kern grinste schief.

Fuchs musterte seinen Kollegen. »Wieso sprichst du eigentlich ständig von *dem* Verfasser? Ist sie jetzt der beschissene Lord Voldemort, dessen Namen wir nicht aussprechen dürfen, oder was?«

Olaf schmunzelte, wurde aber sofort wieder ernst, als er Joachims Gesichtsausdruck sah. »Ähm, nein … Aber wie gesagt – mir kommt das alles höchst seltsam vor.«

»Was? Dass eine RAF-Terroristin Morde begeht?« Er schnippte gegen das Blatt. »Hier. Wurde doch von ihr unterschrieben. Was brauchen wir mehr? Wurde schon jemand darauf angesetzt?«

»Auf die Schreibfehler?«

»Du Witzbold. Wir können ja wetten, ob es Fehler sind.« Er streckte ihm die Hand hin.

Abwehrend hob Olaf seine. »Vergiss es! Mit dir wette ich bei so was nicht. Aber um deine Frage zu beantworten: Ja, wir haben einen Abzug an den Grafologen geschickt. Der wird uns ja sagen, ob das ihre Handschrift ist.«

»Für mich sieht es danach aus«, sagte Fuchs.

»Und woher willst du das wissen?«

»Ihre Briefe aus dem Knast, die angebliche Läuterung, wurde doch damals alles in der Zeitung abgedruckt.«

»Und da kannst du dich jetzt noch so genau …?« Olaf brach ab, wedelte mit den Händen. »Egal. So oder so brauchen wir dieses Gutachten. Vielleicht macht man ja auch eine Stilometrie.«

»Dafür ist der Brief zu kurz. Man braucht mindestens zwei- oder dreitausend Zeichen, glaube ich.«

»Okay, wie dem auch sei – die *Kern-Aussage* sollte sein«, er lächelte über seinen Wortwitz, »wir sind an der Sache dran.«

Fuchs fasste sich an die Stirn. »Dass ich nicht vorher darauf gekommen bin … Jetzt ergibt alles einen Sinn.«

»Erklär mir trotzdem mal eine Sache«, sagte Kern vorsichtig, als würde er sich damit auf sehr dünnes Eis begeben, »wie soll sie das angestellt haben? Ich meine … wie alt ist die Gute inzwischen? Fünfzig? Oder noch älter? Dann saß sie zwei Jahrzehnte im Knast. Wie hätte sie das organisieren sollen? So was braucht Zeit. Meinst du, zwölf Wochen in Freiheit hätten gereicht? Und soll sie das ganz alleine gemacht haben? Für mich kaum denkbar. Andererseits kann ich mir noch weniger vorstellen, wie sie vom Knast aus andere für so einen Plan rekrutiert haben soll. Vielleicht fehlt mir dafür aber auch einfach die Fantasie.«

»Ich traue ihr durchaus zu, dass sie das alleine durchgezogen hat«, knurrte Fuchs.

»Und das liegt nicht an deiner …« Kern überlegte nach dem richtigen Wort. Da ihm kein besseres einfallen wollte, malte er Anführungszeichen in die Luft. »… ›Besessenheit‹ von dieser Frau? Also, versteh mich bitte nicht falsch«, schob er rasch nach, »ich kann das total nachvollziehen, immerhin hat dir ihr Macker eine Kugel verpasst. Aber Marlies Bonkert im Alleingang? Ich weiß nicht …«

Während Olafs Worte in den Hintergrund rückten, starrte Joachim ins Leere. Ein paar lose Teile des Rätsels rutschten an ihren Platz. Nur wusste er nicht, ob diese dorthin gehörten oder sein Hirn sie lediglich passend gemacht hatte. Er zwang sich wieder zurück in die Realität. »Olaf, du weißt doch selbst, wie lasch die Überwachungsmaßnahmen im Knast nach so langer Zeit mit guter Führung sind. Und dein Alterseinwand? Ich bitte dich. Gar nicht mehr so lang und ich bin auch so weit. Der Unabomber war übrigens auch über fünfzig. Bonkert hat einiges auf dem Kasten. Sie war damals am Bau der Bombe beteiligt, mit der sie den Trakt der JVA Weiterstadt gesprengt haben. Keine drei Monate später war dann der verpatzte Einsatz in Friedberg.« Er schluckte trocken, unterdrückte den Impuls, sich an der Narbe auf seiner Brust zu kratzen. »Das bedeutet, wir haben sie auf dem Höhepunkt ihrer kriminellen Laufbahn erwischt. Glaubst du wirklich, der Knast hat aus ihr eine Heilige gemacht?«

»Natürlich nicht. Trotzdem ändert eine so lange Haft einen Menschen doch.«

»Da gebe ich dir recht. Aber wieso soll so eine Entwicklung nur Richtung Läuterung gehen? Genauso gut könnten sich über die Jahre Wut und Vergeltungsdrang aufgestaut haben. Außerdem …«, über seiner Nase entstand eine tiefe Falte, »… was quatschen wir hier überhaupt rum? Wir haben ein unterzeichnetes Bekennerschreiben, und zudem hat Bonkert ihren letzten Termin beim Bewährungshelfer nicht wahrgenommen. Das sollte doch reichen, um ihr mal einen Besuch abzustatten.«

Kern sah auf die Uhr. »Ja, ein bisschen haben wir aber noch, bis das Einsatzteam ausrückt.«

Fuchs wurde flau im Bauch. Übelkeit. Zittern. Was geschah hier mit ihm? Normalerweise freute er sich über solche Einsätze, weil er dadurch seinem ursprünglichen Traumberuf nahekam, aber mit seiner Position zugleich eine sichere Distanz wahren konnte. Doch heute … Jede Faser seines Körpers sträubte sich, jede Zelle vibrierte. Die Vorstellung, diesem Scheusal gegenüberzutreten, war einfach ungeheuerlich. Diese Frau war sein Kryptonit. Das Monster in seinem Schrank. Unter dem Bett. In seinen Träumen. Von Neuem entfesselt durch das Gesetz, das er tagtäglich vertrat: das reguläre Ende der Haftzeit. Sie war rehabilitiert. Wieso nur durften solche Menschen jemals wieder auf freiem Fuß sein, während ihre Opfer entweder tot waren oder – wie er selbst – ein Leben lang mit den Folgen ihrer Untaten zu kämpfen hatten?

Er stützte sich an der Schreibtischplatte ab.

Olaf trat einen Schritt auf ihn zu. »Willst du dich nicht doch vielleicht setzen? Irgendwie siehst du jetzt noch blasser aus als vorhin.«

Joachim nickte, ließ sich widerstandslos auf den Stuhl sinken. Ja, vielleicht war heute der Tag, an dem er sich seinem Dämon stellen würde. Seine Chance, dieses Trauma ein für alle Mal zu überwinden.

30

»Gleich geht's los«, sagte Martin Huber mit einem Blick auf die Uhr.

Selbst ihm war die Anspannung anzumerken, das hagere Gesicht ernst, die buschigen Brauen in V-Formation. Sicher auch, weil das Haus für den geplanten Einsatz nicht sonderlich günstig lag. Zwar parkten auf beiden Seiten der Straße Autos, hinter denen sich die Beamten anpirschen konnten, doch auf den letzten Metern gab es keinerlei Deckung. Ein Teil des Teams war für den Fall, dass jemand durch einen Hinterausgang zu fliehen versuchte, auf der Rückseite des Hauses postiert worden. Der Zugriffstrupp selbst wartete ein Stückchen die Straße hinunter im Laderaum eines Lieferwagens. Diesen hatte man in großen Lettern mit *Klima / Heizung / Solar* beklebt. Unweigerlich musste Joachim an den Kanalreiniger denken. Eine Spur, die sich bisher als Sackgasse erwiesen hatte, da außer Gärtner niemand sonst ein solches Fahrzeug beobachtet hatte. Zudem war die Aussage des verwirrten Mannes ohnehin mit Vorsicht zu betrachten. Das Gleiche galt für den weißen Transporter vom Überwachungsvideo, mit dem die tödliche Sitzkonstruktion ins Ministerium geliefert worden war. Solche Wagen gab es zuhauf, und man konnte sie problemlos umlackieren.

Joachim ließ seinen Blick die Reihen parkender Autos entlangwandern. Einen Transporter entdeckte er nicht. Falls es dieses Fahrzeug gab – war Bonkert vielleicht damit unterwegs? Oder gehörte es einem Komplizen? So oder so würde das Team aber gleich mit großer Wahrscheinlichkeit eine leere Wohnung stürmen. Sobald diese dann gesichert wäre, würde er zusammen mit Martin und zwei Kriminaltechnikern eine Begehung machen, um zu entscheiden, welche Untersuchungen Priorität hatten.

»Jetzt«, sagte Martin, da ein als Heizungsmonteur verkleideter Mann aus dem Lieferwagen stieg und Richtung Hauseingang lief.

»Hoffen wir mal, der Plan mit der Maskerade geht auf«, murmelte Fuchs.

»Du meinst den Heizungsmonteur?«

»Ja. Bisschen stereotyp mit dem Blaumann. Dann noch das karierte Hemd und die Schirmmütze. Fehlt nur noch ein Schnurrbart, dann sähe er aus wie Super Mario.«

An der Tür angekommen, streckte der Mann einen Finger, klingelte. Marlies Bonkert wohnte im Hochparterre links. Der Vorteil daran war, dass man keine Balkone emporklettern oder im Treppenhaus an vielen Wohnungen vorbeimusste, was die Gefahr einer Kollision mit anderen Hausbewohnern reduzierte. Der Nachteil lag aber ganz klar in der freien Sicht auf die Straße. Um die vermummten Beamten zu sehen, müsste Bonkert nicht mal direkt am Fenster stehen. Doch eine andere Möglichkeit gab es nicht.

Der falsche Monteur klingelte erneut. Nachdem wieder nichts geschah, probierte er einen Klingelknopf weiter oben. Schließlich beugte er sich zur Sprechanlage hinunter. Als ihm aufgedrückt wurde, ließ er eine Hand in die Luft schnellen und gab das Zeichen zum Zugriff.

Sofort öffnete sich die Seitentür des Transporters, und sieben Männer in taupefarbenen Anzügen stürzten hervor.

Markus Ritter ging voraus, gefolgt von seinem besten Freund Daniel Guldan und den anderen fünf. Nr. 3 und Nr. 6 trugen den Doorblaster, Nr. 4 eine Schrotflinte für den Fall, dass sie einen Hundeangriff abwehren mussten. In diesem Job konnte man nie wissen.

Als er wieder nach vorne sah, erblickte er im Hausflur Nr. 7 in seiner Klempnermontur, der, den Kopf in den Nacken gelegt, jemandem durch das Treppenauge bedeutete, zurück in die Wohnung zu gehen. Dann winkte er die Truppe herein. Geduckt und im Gleichschritt liefen sie in das Haus und bezogen Stellung.

Ritter und Guldan hatten schon unzählige Einsätze hinter sich, von denen die meisten glimpflich verlaufen waren. Durch akribische Vorbereitung, das Überraschungsmoment sowie ihre Ausrüstung waren sie ihren Widersachern oft himmelweit überlegen. Es wurde also nur selten brenzlig. Viele Zielpersonen warfen sich beim Anblick des maskierten und bis an die Zähne bewaffneten Trupps schon vor lauter Schreck zu Boden, sodass es fast nie einer Nahkampftechnik bedurfte. Dabei war es ja gerade dieser Nervenkitzel, auf den die Jungs aus waren. Da war der heutige Einsatz schon ziemlich spannend, denn die Zielperson hatte ein Bekennerschreiben verfasst, was bedeutete, dass sie entweder gar nicht zu Hause war oder aber auf das Eintreffen der Polizei wartete. In diesem Fall wäre sie nicht nur gewappnet, sondern sicherlich auch bewaffnet. Zwischen Langeweile und Lebensgefahr war also alles drin.

Der Monteur stellte sich vor die Tür, klopfte. Immerhin war

es möglich, dass die Klingel nur defekt war und nun doch jemand öffnete. Nachdem sie zwanzig Sekunden gewartet hatten, ohne dass sich in der Wohnung was rührte, gab Ritter das Signal zum Öffnen. Nr. 3 und Nr. 6 montierten den Doorblaster, der an eine Klimmzugstange erinnerte. Nahe einem Ende befand sich ein Stab mit einem Teller daran, den 3 oberhalb des Schlosses gegen das Türblatt richtete. In die andere Richtung stand ein Messingventil ab, auf das Nr. 6 einen Schlauch schob, der aus seinem Rucksack hervorragte, in dem sich die Druckluftflasche befand. In seiner Rechten hielt er einen kürzeren Schlauch mit dem Auslöser.

Ritter liebte dieses Gerät. Früher hatten sie sich mit Rammböcken abmühen müssen, mit denen man häufig mehrere Anläufe brauchte, bis Türen offen standen; falls man nicht sogar scheiterte und dastand wie der letzte Idiot. Er reckte einen Daumen in die Höhe, woraufhin Nr. 6 den Auslöser betätigte. Mit einem Druck von siebenhundert bar wurde die Stoßplatte gegen die Tür gepresst. Eine Kraft, die dem dreihundertfachen Luftdruck eines Autoreifens entsprach. Kein Wunder also, dass das Türschloss mit Wucht aus der Verankerung brach.

Mit der Waffe im Anschlag stürmte Guldan voran in den stockdunklen Flur. »Polizei! Keine Bewegung! Alle auf den Boden!«

Glücklicherweise reagierte sein Hintermann schnell und schaltete eine Taschenlampe ein. Die Bewohnerin hatte sämtliche Türen geschlossen, sodass nur das Licht aus dem Treppenhaus in den Wohnungsflur drang. Die Luft in der Wohnung war warm und stickig, als wäre schon länger nicht gelüftet worden.

Während sich seine Kollegen vor den ersten Räumen postierten, lief Daniel Guldan zur letzten Tür rechts. Doch noch bevor er sich in Stellung gebracht hatte, hörte er, wie hinter ihm – unter dem üblichen Einschüchterungsgebrüll der Kollegen – Türen aufgestoßen wurden.

Diese Idioten, dachte er. Hatte Markus ihnen nicht eingeschärft, dass sie umsichtig vorgehen sollten? Bei der technischen Raffinesse, mit der die Zielperson bisher agiert hatte, konnten sie von Glück sagen, dass kein Sprengsatz detoniert war.

Sein Puls raste, während er die Klinke zum letzten Raum im Zeitlupentempo herunterdrückte. Dann schob er die Tür millimeterweise mit dem Lauf seiner MP auf, jede Sekunde bereit, in Deckung zu gehen, falls er einen verdächtigen Widerstand spürte.

Nacheinander hallten die ersten Meldungen durch die Wohnung.

»Wohnzimmer sicher!«

»Küche auch!«

»Bad sicher!«

Endlich fiel etwas Licht in den Raum. Daniel sah ein penibel gemachtes Bett, eine Kommode, einen Schrank. Auf dem Nachttisch stand eine Lampe, eine weitere hing, in einen seltsamen Schirm gehüllt, von der Decke. Der Rollladen war runtergelassen und wehrte jedes Photon, jede Erinnerung an den herrlichen Sommertag draußen ab. Guldan erkannte genau drei potenzielle Verstecke: eins unter dem Bett, eins hinter der Tür, eins im Schrank. Auch wenn der Gedanke an eine unter dem Bett liegende Person bei fast jedem Urängste schürte, wusste er, dass das für ihn gefährlichste Versteck hinter der Tür lag. Dort wäre der Feind umgehend kampfbereit und könnte zudem auf seine empfindlichsten Stellen losgehen. Ein Angreifer unter dem Bett dagegen wäre allein schon in seiner Beweglichkeit eingeschränkt und höchstens gefährlich, sofern er über eine Schusswaffe verfügte. Doch die würde er wahrscheinlich erst dann benutzen, wenn Daniel seine Rübe ins Schussfeld hielt. Ein Treffer in den Knöchel wäre zwar ebenfalls heikel, würde ihn aber weder töten noch völlig kampfunfähig machen. Noch ehe er zu Boden gefallen wäre, hätte er dieses Bett mitsamt der darunterliegenden Person zersiebt. So viel war sicher.

Jetzt musste alles ganz schnell gehen. Er hielt den Atem an, spannte die Muskeln und machte einen Satz nach vorne. Wirbelte herum. Sah eine schwarze Silhouette, drückte aber nicht ab, denn dem Schattenriss fehlten die Beine.

Nur ein Kapuzenpulli an einem Haken. Er blies Luft durch die Lippen und stand schon im nächsten Moment vor dem Schrank, den er in einer ebenso flüssigen Bewegung aufriss. Gleichzeitig wich er selbst aus der Schusslinie. Er sah Kleidung auf Bügeln, die sich im Luftzug bewegten. Dazwischen blitzte Schrankrückwand durch. Dort war also ebenfalls niemand. Nun blieb nur noch ein einziger Ort übrig. Daniel hatte schon eine Idee, wie er den Schlupfwinkel unter dem Bett sichern würde. Er musste die Nachteile des Anderen zu seinem eigenen Vorteil nutzen, selbst wenn Bonkert womöglich gerade mit einer Pistole auf ihn zielte.

Daniel Guldan spannte seine Muskeln, kippte nach vorne, nutzte den Schwung und sprang ab.

Nr. 4, der in diesem Moment nachgerückt war, sah, wie Guldan aufs Bett sprang. Hörte, wie der Rost quietschend unter seinem Gewicht nachgab. Schon im nächsten Moment berührten Guldans Stiefel wieder den Boden, bevor auch sein restlicher Körper in einer flüssigen Bewegung hinter das Bett glitt. Nr. 4 durchschaute die Taktik: Daniel wollte einem potenziellen Schuss die Gefährlichkeit nehmen –Matratze und Bettzeug dienten als Kugelfang – und die möglicherweise darunterliegende Person zum Abdrücken animieren. Dieser Schuss, der aber nicht kam, wäre zwangsläufig blind erfolgt. Das Beste an dieser Taktik war, dass die Person unter dem Bett nicht wissen konnte, wo ihr Widersacher als Nächstes auftauchen würde, womit ihr kaum Zeit zum Reagieren blieb. Zudem konnte man sich in dem flachen Spalt unter dem Rost nur schlecht drehen, um seine Waffe neu auszurichten. Und bis dahin hätte Guldan sie längst unschädlich gemacht.

Noch während Nr. 4 dies durch den Kopf ging, tauchte Daniel hinter dem Bett wieder auf. Seine entspannte Körperhaltung verriet ihm, dass dort ebenfalls niemand steckte.

»Schlafzimmer sauber!«, rief Guldan zur Bestätigung.

»Wohnung geklärt«, stellte Nr. 4 fest. »So wie es hier muffelt, scheint schon länger niemand in der Bude gewesen zu sein.«

Daniel lachte. »Ja, es sei denn, die Bewohnerin ist ein Anaerobier. Jeder normale Mensch würde hier drin nach fünf Minuten an Sauerstoffmangel eingehen. Ihr könnt die Ermittler dann reinlassen.«

»Alles klar.« Nr. 4 nickte, obwohl sein Kamerad die Geste in diesem Schummerlicht wohl kaum erkennen konnte. Also reckte sich seine Hand Richtung Wand.

Markus Ritter stand mit der Taschenlampe im Flur der Wohnung, als er Daniels Bestätigung hörte. Demnach waren sie hier fertig. Er sah sich ein letztes Mal um, die Sinne vom Adrenalin noch geschärft. Wie immer prasselten in solchen Momenten etliche Eindrücke gleichzeitig auf ihn ein. Das Schuhregal hinter ihm an der Wand mit den sauber aufgereihten neuen Pantoffeln und uralten Trekkingschuhen, die sie wahrscheinlich schon an dem Tag getragen hatte, als sie einkassiert worden war. Daneben eine Kunstledertruhe, die vermutlich nicht nur als Stauraum, sondern auch als Sitzgelegenheit diente, um sich die Schuhe zu binden. Ja, dachte er mit einem Anflug von Ironie, auch eine ehemalige Terroristin und Mörderin bindet sich die Schuhe offenbar gern im Sitzen. Der Garderobenleiste an der Wand neben der Wohnungstür fehlte ein Haken. Auf dem Boden darunter lag eine Jacke. Während sich seine Truppe im Flur zu sammeln begann, knarzten um ihn herum die Dielen. Der Kollege im Klempnerkostüm redete im Treppenhaus auf einen älteren Mann ein, den der Lärm aus seiner Wohnung getrieben hatte.

Ritter fiel eine Spruchkarte an der Küchentür auf.

Ich bin nicht da!
Bin mich suchen gegangen.
Wenn ich wieder da bin,
bevor ich zurückkomme, sagt mir:
Ich soll auf mich warten.

Na dann … Er wollte bereits zum Rückzug blasen, da fiel ihm etwas ins Auge. Den Lampen im Flur fehlte der Schirm. Doch das Seltsame waren die Birnen. Als hätte man sie in Frischhaltefolie gewickelt … Es durchfuhr ihn wie ein Stromstoß.

»Keiner schaltet das Licht an!«

Noch bevor seine Worte im Hausflur verhallten, erklang aus dem Nebenraum ein Klicken.

Guldan sah einen Blitz. Das Geräusch, das folgte, erinnerte ihn an seine Kindheit. An Wasserschlachten mit den Nachbarjungen, wenn er von einem ihrer Ballons getroffen worden war. Passend dazu das Gefühl feuchter Spritzer in seinem Gesicht. Der Lichtfleck auf seiner Netzhaut verglomm, und es war wieder so düster wie zuvor. Allerdings blieb eine Art Brennen auf seiner Haut zurück. Offenbar war die Glühbirne zersprungen, herumfliegende Scherben hatten ihn getroffen und seine Haut aufgeritzt. Zum Glück war kein Splitter ins Auge gelangt.

»Was war das?«, hörte er Ritter rufen.

»Nur eine geplatzte Glühbirne«, sagte Daniel beschwichtigend. »Altersschwach oder ein Kurzschluss.«

»Ist jemand verletzt?«

»Nein, halb so wild. Nur ein Kratzer.«

Ritter trat in den Raum, richtete den Strahl seiner Lampe auf Daniel. »Zeig mal her.«

Während Ritter Daniels Gesicht inspizierte, hielt er urplötzlich inne, schnüffelte und erschrak.

Ritter verlor keine Zeit. »Raus hier!«, brüllte er in die Stille. »Sofort!«

31

Im Treppenhaus herrschte eine bedrückende Stille. Fuchs nahm nur ein Grundrauschen wahr, wie beim Lauschen an einer Muschel. Mit dem Abzug von Polizei, Feuerwehr sowie Technischem Hilfswerk vor einer Stunde war auch die Evakuierung des Gebäudes aufgehoben worden. Über der Tür von Bonkerts Wohnung prangte nun das amtliche Siegel mit dem steigenden Löwen. Bei dem Gedanken, was sich heute hier abgespielt hatte, schüttelte er ungläubig den Kopf.

Spezialisten in Ganzkörperanzügen mit Gasmasken auf den Gesichtern waren angerückt, um die Luft in den Räumen zu untersuchen. Doch da war die Substanz bereits verpufft und nicht mehr nachweisbar gewesen. Nachdem sie auch die anderen Fallen beseitigt hatten, war Entwarnung gegeben worden, woraufhin die Spurensicherung losgelegt hatte.

Kein Aufatmen gab es dagegen bei Daniel Guldan, der mit einer Verätzung der Luftwege sowie einem Lungenödem auf der Intensivstation lag, wo die Ärzte um sein Leben kämpften. Anfänglich hatte er nur über Husten und ein Brennen auf seiner Wange geklagt, ähnlich wie nach Hautkontakt mit einer Brennnessel. Später war dieser Schmerz stärker geworden, sodass es ihn eher an den Zusammenstoß mit einer Feuerqualle erinnert hatte. Am Ende war es dann so schlimm gewesen, dass er sich am liebsten die Haut vom Gesicht gezogen hätte. Die

Untersuchung der Lampenfallen hatte schließlich gezeigt, um welche Substanz es sich handelte.

»Dann wollen wir mal«, riss ihn Huber aus seinen Gedanken und drückte die Klingel.

Schon nach einem Wimpernschlag war im Türspion eine Bewegung auszumachen. Wahrscheinlich hatte der Bewohner nur auf diesen Moment gewartet. Ein Schlüssel wurde im Schloss gedreht. Einmal, zweimal. Die Tür ging auf, bis sich eine Kette im Spalt spannte.

»Herr Wenzel?«, fragte Huber.

»Ja, Ludwig Wenzel.« Der rüstige Rentner musterte den Ausweis, der ihm entgegengestreckt wurde. Ohne einen weiteren Kommentar schloss er die Tür wieder, allerdings nur, um die Kette auszuhängen. Nachdem er wieder geöffnet hatte, winkte er die beiden herein. Mit seinem weißen Haarkranz und der schwarzen Hornbrille erinnerte er Fuchs an Erich Honecker, nur dass er nicht dessen verkniffenen Gesichtsausdruck hatte.

Kaum waren sie drin, drückte Wenzel die Tür wieder ins Schloss. Ebenso rasch lag die Kette vor. »Was hier heute los war … Ich sag's Ihnen.«

»Deswegen sind wir hier«, entgegnete Huber.

»Denke ich mir. Kommen Sie, kommen Sie!« Einen Finger krümmend, winkte er die beiden hinter sich her, was Fuchs an die Märchenhexe aus Hänsel und Gretel denken ließ, die das Geschwisterpaar in ihr Lebkuchenhaus lockt.

Die Wohnung war exakt spiegelbildlich zu der von Bonkert geschnitten, nur dass hier alles gedrungener wirkte. Huber untermauerte diesen Eindruck, indem er sich seinen Kopf an einer Hängeleuchte stieß, die daraufhin scheppernd hin und her schwang. Doch wie durch ein Wunder hatte der Milchglasschirm den Anprall überlebt. Dabei hatte Martin einen richtigen Betonschädel.

Beim Anblick der Leuchte kamen Joachim wieder die Fallen in der gegenüberliegenden Wohnung in den Sinn, die sich in fast jedem Raum befunden hatten. Wie ihnen die konsultierten Experten erklärt hatten, waren die Glühbirnen über ein winziges Loch im Sockel mit etwas Benzin befüllt worden, das sich beim Einschalten der Lampe entzündet hatte. Durch das Zerspringen der Birne war ein darum befindlicher doppelwandiger Kunststoffbeutel zerrissen, was Fluorwasserstoff freigesetzt hatte. Ein Stoff, der nicht nur stark ätzte, sondern zudem äußerst toxisch war, denn das Fluor aus der Flusssäure bildete mit dem Calcium im Köper Komplexe, das diesem dann für wichtige Zellfunktionen fehlte. Enzyme wurden blockiert, Stoffwechselprozesse gestoppt. Leber, Nieren und Herz quittierten nacheinander den Dienst.

Leider hatte Marlies Bonkert ihnen – außer diesen teuflischen Fallen – nichts von Wert für die Ermittlungen hinterlassen. Ihre Wohnung war minimalistisch eingerichtet und picobello aufgeräumt gewesen. Bis auf Kleidung und ein paar zerlesene Taschenbücher hatten sich keinerlei persönliche Gegenstände gefunden. Kein Computer, keine Notizen. Einfach nichts. Andererseits war sie erst seit wenigen Wochen auf freiem Fuß und aus ihrer Zeit in der Zelle an ein spartanisches Leben gewohnt.

»Ich hätte Sie warnen sollen«, sagte Wenzel an Huber gewandt, der sich noch immer den Kopf rieb. »Sie sind nicht der Erste, dem das passiert. Die Leute werden aber auch immer größer, habe ich das Gefühl. Liegt wahrscheinlich an dem ganzen Kraftfutter, das sie heutzutage schon als Kinder bekommen.

Zu meiner Zeit gab es ja noch Nahrungsmittelknappheit, und wie Sie sehen, wuchs da nicht jeder zur vollen Größe heran.« Breit grinsend bedeutete er ihnen, ins Wohnzimmer zu gehen, wo sie auf einem alten Stoffsofa Platz nahmen. Die Luft im Raum war zum Schneiden, was auch an der nur halb aufgegessenen Portion Grünkohl mit Wurst auf dem Wohnzimmertisch lag, die einen penetranten Geruch verströmte.

Fuchs sah sich um. Seine Großeltern hatten fast denselben Einrichtungsstil gehabt. Einen ähnlichen Eichenholztisch mit Fliesenspiegel und fast die gleiche Schrankwand mit integrierter Vitrine, in deren Türchen verschnörkelte Bartschlüssel steckten.

Wieder schenkte Wenzel ihnen sein breitestes Grinsen, das neben einer Zahnprothese die Tatsache offenbarte, dass er sich über den Besuch der beiden Ermittler freute. Joachim kam der Gedanke, dass sich der Zahntechniker bei der Fertigung der Prothese einen Scherz erlaubt und ein paar Zähne mehr als üblich eingesetzt haben könnte.

»Ich war von Anfang an dagegen, dass so eine hier einzieht«, erklärte Wenzel, ohne dabei seinen begeisterten Gesichtsausdruck abzulegen.

»Weshalb?«, fragte Fuchs, obwohl er die Antwort bereits ahnte.

»Na, was meinen Sie wohl? Sie ist eine Terroristin.«

»Sie wussten also, wer sie war, als sie einzog.«

»Natürlich. Da hat es auch nicht geholfen, keinen Namen ans Türschild zu schreiben. Ich habe den Deutschen Herbst mit all seinen Nachwehen erlebt.«

»Was können Sie uns über Frau Bonkert als Nachbarin sagen?«, funkte Huber dazwischen, der offenbar keine Lust auf

Geschichtsunterricht hatte. »Gab es irgendwelche besonderen Vorkommnisse? Oder war sie eine eher eine unauffällige Hausbewohnerin?«

»Ich habe sie schon eine Zeit lang nicht mehr gesehen. Aber ab und zu«, er rutschte auf die Kante seines Sessels und senkte die Stimme, »konnte ich sie beobachten.«

Huber legte den Kopf schief. »Wie meinen Sie das?«

»Sobald sie das Haus verließ.«

»Das ist ja per se erst mal nicht ungewöhnlich«, sagte Huber. »Oder kam Ihnen daran etwas verdächtig vor?«

»Natürlich. Wenn man weiß, was sie getan hat, ist alles an ihr verdächtig.«

Fuchs stimmte dem Alten zu, selbst wenn der nur die halbe Wahrheit kannte. Mit Blick auf Bonkerts jüngste Verbrechen war sie früher geradezu gnädig gewesen, womit sie der Knast zu einem noch größeren Monster gemacht hätte.

»Ich habe manchmal auch seltsame Geräusche aus ihrer Wohnung gehört«, fügte Wenzel hinzu.

»Aha«, machte Martin. »Was denn für Geräusche?«

»Stimmen.«

Hubers Monobraue schlug eine Welle. »Hatte sie womöglich Besuch?«

»Da bin ich mir nicht sicher.«

»Und warum nicht?«

»Weil ich seit ihrem Einzug niemanden gesehen habe, der in ihre Wohnung hineingegangen oder herausgekommen wäre. Außer ihr selbst natürlich.«

»Kamen die Stimmen dann vielleicht aus dem Fernseher oder dem Radio?«, fragte Huber.

Je mehr ihnen der Mann erzählte, umso treffender erschien

Fuchs die Ähnlichkeit mit dem früheren SED-Chef, wobei der seine Nachbarn vermutlich nie hatte selbst belauschen müssen.

»Möglich.« Wenzel nickte nachdenklich, als wäre ihm dieser Gedanke noch gar nicht gekommen. »Aber es klang nach einer realen Person.«

»Oder es war ein Videotelefonat übers Handy«, schlug Huber vor.

»Nein, nein, so ein neumodisches Ding hatte die nicht. Ich habe einmal gesehen, wie sie ihr Handy aus der Tasche gezogen hat. Soweit ich das erkennen konnte, war das ein älteres Teil. Das hatte nämlich noch Tasten.«

»War es denn immer dieselbe Stimme?«, wollte nun Fuchs wissen.

»Auch da bin ich mir nicht sicher.«

»Männlich oder weiblich?«

»Die eine war weiblich. Das wird wohl ihre gewesen sein. Aber das andere war ein Mann.«

»Jedes Mal?«, übernahm Huber wieder das Wort.

»Ja. Und das letzte Mal, als ich sie gehört habe, klang es, als würden sie streiten.«

»Wann war das?«

»Vor ein paar Tagen. Vor vier oder fünf. Das war auch das letzte Mal, dass ich was von ihr gehört habe.«

»Aber Sie sagten doch eben noch, dass die Stimmen auch aus dem Radio oder dem Fernseher gekommen sein könnten.«

»Schon möglich, ja. Aber beim letzten Mal, als die Stimmen lauter wurden, gab es auch ein Gerumpel an ihrer Tür.«

»Wie konnten Sie die Stimmen denn überhaupt hören?«,

fragte Huber zunehmend skeptisch. »So dünn erscheinen mir die Wände nicht. Zudem grenzen Ihre Wohnungen ja auch nicht direkt aneinander.«

Wenzels Dauergrinsen erstarb. Für Joachim war deutlich, dass dem Alten der Gesprächsverlauf nicht gefiel. Vermutlich hatte er sich erhofft, durch ein paar vage Verdächtigungen Aufmerksamkeit zu bekommen, vielleicht sogar einen Aufmacher in der Zeitung oder ein Interview für das Fernsehen zu ergattern. Wahrscheinlich hatte Bonkert aber penibel darauf geachtet, die Fassade eines unbescholtenen Lebens zu wahren, was Wenzel, der ihre bewegte Vergangenheit kannte, aber nicht glauben wollte. Also hatte er ihr nachspioniert und mutmaßlich belanglose Beobachtungen überbewertet. Das roch förmlich nach Zeitverschwendung. Er begegnete Martins Blick, der offensichtlich dasselbe dachte.

»Und neulich stand dort ein auffälliger Wagen«, versuchte es Wenzel mit etwas Neuem.

»Inwiefern *auffällig*?«, hakte Huber nach, bei dem sich inzwischen ein genervter Unterton eingeschlichen hatte.

»Weil er nicht hier in die Straße gehörte.«

»Und das können Sie mit Sicherheit sagen?«

»Ich weiß doch, wer hier wohnt.«

»Weil Sie gerne aus dem Fenster schauen und die Nachbarn belauschen?«

Dem Alten stand die Empörung ins Gesicht geschrieben, doch bevor er sich Luft verschaffen konnte, grätschte Joachim dazwischen. »Sie sind bloß ein wachsamer Nachbar, stimmt's?«

Wenzel nickte, sichtlich erleichtert, wenigstens einen der beiden auf seiner Seite zu wissen.

»Was war es denn für ein Wagen?«, fragte Fuchs dann.

»Ein blauer Kombi.«

»Blau?« Fuchs rutschte auf die Sofakante.

»Ja, dunkelblau.«

»Sicher, dass es ein Kombi war?«

»Ja. Ich denke, ein Ford Mondeo. Älteres Modell.«

»Okay, wenn Sie sich so genau daran erinnern, wird das wohl stimmen. Konnten Sie einen Fahrer erkennen?«

»Nein. Ich habe nur den Wagen gesehen. Er stand irgendwann da, und später war er wieder weg. Wie gesagt, ich stehe nicht den ganzen Tag am Fenster und beobachte die Leute, wie Ihr Kollege eben andeuten wollte.«

»Sie haben sich nicht zufällig das Kennzeichen notiert? Dann könnten wir dem mal nachgehen.«

Der Alte tippte sich an die Schläfe. »Es war irgendetwas mit *LX* und einer *4* am Ende.«

»Nur eine 4?«, fragte Fuchs. »Oder gab es noch mehr Ziffern?«

»Da waren noch mehr, aber ich kann mir Zahlen schlecht merken. Die 4 klappt aber immer.« Er grinste. »Ich habe nämlich am vierten Juli Geburtstag.«

»Dann herzlichen Glückwunsch nachträglich«, sagte Fuchs. »Sie haben nicht zufällig auch die Ortskennung gesehen?«

Energisch schüttelte Wenzel den Kopf.

»Nicht schlimm«, beruhigte ihn Fuchs, »vielleicht können wir trotzdem was damit anfangen.«

Obwohl es sich schon wieder um ein blaues Fahrzeug handelte, das Wenzel gesehen haben wollte, passten die Fahrzeugtypen nicht zusammen. Es sei denn, Gärtners gasvernebeltes Hirn hätte aus einem Kombi einen Transporter gemacht. So oder so würden sie Wenzels Aussage nachgehen müssen, selbst wenn dabei mal wieder nichts herumkam außer vergeudete Lebenszeit.

»Gibt es sonst noch was, das Sie uns mitteilen möchten?«, fragte Huber in einer Tonlage, die offenkundig das Ende der Befragung einläuten sollte.

»Mit dieser Frau stimmt was nicht«, antwortete er mit erhobenem Finger.

Joachim und Martin warfen sich einen vielsagenden Blick zu. Offenbar war die Zitrone nun ausgepresst.

»Vielen Dank.« Huber legte seine Visitenkarte auf den Tisch und erhob sich. »Wenn Ihnen sonst noch was einfällt, können Sie uns hierüber kontaktieren.«

32

Während Joachim am Vortag mit Martin die Nachbarschaft in Bonkerts Wohnhaus befragt hatte – wobei leider nur diese dürftige Spur mit dem Kombi herumgekommen war –, hatte Lara sich an einer fallanalytischen Auswertung von Bonkerts Schreiben versucht. Diese hatte Joachim sich zusammen mit einer Kopie des Briefs besorgt und sich damit in sein Büro verzogen. Er sah auf die Uhr. Bis zur Pressekonferenz am Mittag war noch ausreichend Zeit.

Bevor er sich setzte, nahm er seinen Schreibtischstuhl unter die Lupe. So dämlich er sich dabei auch jedes Mal vorkam – mit den Bildern von Rainer Quasts aufgespießter Leiche im Hinterkopf konnte er diesem Drang einfach nicht widerstehen. Erst nachdem er beide Hebel bewegt hatte und nichts Ungewöhnliches passiert war, nahm er Platz. Hoffentlich wurde er diese paranoide Marotte irgendwann wieder los.

Er legte die beiden Schriftstücke nebeneinander. Zunächst würde er sich noch einmal den Brief durchlesen, bevor er mit Laras Abhandlung begann. Da er damals auch ihre Arbeit über Serienmörder gelesen hatte, ahnte er bereits, dass das keine leichte Lektüre werden würde. In der Hoffnung, so die nötige Konzentration dafür aufzubringen, kippte er eine Tasse tiefschwarzen Kaffees hinunter. Dann begann er zu lesen.

Sehr verehrte Lügenpresse,
sehr verehrte Diener des verhassten Systems,

auch wenn ich lange Zeit nur eine Randfigur war, die dem Spiel von der Strafbank aus zusehen musste, ist mir nicht entgangen, wie sich die Zeiten gewandelt haben. Allerdings nicht zum Guten. Während einige behaupten, es fehle uns an einer politischen Mitte, sehe ich das Problem in der Abwesenheit echter Kontraste. Der Staat hat diese zu lange unterdrückt. Jahrelang drängten alle ins Zentrum, bis heute niemand mehr sagen kann, wo auf dem Strahl zwischen Linken und Rechten die einzelnen Fraktionen eigentlich stehen. Die Grenzen sind verwischt, und die Parteilandschaft ist zu einem Einheitssumpf verkommen, nachdem die rebellischen Turnschuhe im Parlament gegen Lederslipper getauscht worden und sozialistische Altkanzler zu Lobbyisten mutiert sind. »Soziale Marktwirtschaft« sollte zum Unwort der letzten Dekade gekürt werden! Von links und rechts sind zwei Wellen aufeinander zugerollt, die in der Mitte aufeinanderprallten und sich nun wieder in entgegengesetzte Richtungen bewegen. Wen wundert es da, dass auch die Faschisten zurückkehren? Nur dass sie heute um ein Vielfaches bedachter auftreten. Sie verstecken sich hinter scheinbar volksnahen Parolen und rennen somit vielerorts offene Türen ein.

Doch ich möchte nicht selbstgerecht erscheinen. Um ehrlich zu sein, treiben auch mich persönliche Motive um. Ich bin ein Freygeist. Eine alte Dame, die euch einen Besuch abstattet. Die Talionsfigur einer neuen Bewegung.

So schlage ich mehrere Fliegen mit einer Klappe. Ganz wie das tapfere Schneiderlein …

Fiat iustitia et pereat mundus
M. Bonkert

Nun nahm er sich Laras Gutachten vor. Der Text begann mit einem Hinweis.

Diese Analyse erfolgte so objektiv wie nur möglich. Zur Vermeidung von Ablenkung oder einer Gedankenbahnung wurden jegliche Recherchearbeiten zu potenziellen Hinweisen unterlassen.

Nach Nennung des Aktenzeichens und ein paar einleitenden Worten über den Fall begann sie mit Ihrer Deutung.

Durch die Anrede nimmt die Verfasserin direkten Kontakt mit den Empfängern auf, auch wenn sie keinen dezidierten Adressaten nennt. Stattdessen wird in Kategorien wie »Lügenpresse« und »Diener des verhassten Systems« gedacht, womit die Medien sowie Staatsdiener im Allgemeinen gemeint sein dürften. Dies deutet auf ein übersteigertes Selbstbewusstsein, wenn nicht sogar eine Neigung zu Größenwahn hin, da die Verfasserin offenkundig davon überzeugt ist, dass sich ihre Zeilen weitreichend Gehör verschaffen werden. Die allgemein gehaltene Ansprache zeigt zudem, dass sie nicht auf Einzelpersonen, sondern auf Gruppen abzielt, von welchen die Mordopfer wiederum Stellvertreter darstellen dürften.

Passend zum übersteigerten Selbstwert der Verfasserin fällt gleich im ersten Satz die dominante Erwähnung ihrer Person auf. Auch, dass sie sich selbst als Randfigur bezeichnet, unterstreicht ihren Narzissmus, da sie glaubt, eigentlich in den Mittelpunkt der Geschehnisse zu gehören. »Strafbank« wirkt hierbei geradezu flapsig und spielt die lange Gefängnisstrafe mit Sicherheitsverwahrung drastisch herunter, was von mangelndem Respekt vor der Staatsmacht zeugt. Dennoch kommt sie nur über Umschweife zum Punkt, was auf ein gewisses Vermeidungsverhalten schließen lässt. Dies wiede-

rum deckt sich mit dem Modus der Morde an Konrad Kröll, Rainer Quast sowie Walter Polzin, die alle aus der Distanz verübt worden sind. Das könnte eine gewisse Scheu vor direkter Konfrontation offenbaren. Unklar ist in diesem Zusammenhang aber das Vorgehen bei der Ermordung von Axel Jacobs, da hierbei ein direktes Eindringen in den Nahbereich des Opfers erforderlich war.

Im Folgenden spricht die Verfasserin sinngemäß davon, dass sich die Zeiten zum Schlechten gewandelt hätten, was sie bei ihrer Persönlichkeitsstruktur womöglich mit ihrer Verbannung zur »Randfigur« begründet.

In den nachfolgenden Sätzen analysiert sie die Lage innerhalb unseres Landes und nennt ihre Gründe für das Versagen der Politik. Konkret geht es ihr um die Vermischung politischer Meinungsbilder, was die Parteilandschaft zu einem »Einheitssumpf« verkommen lassen habe. Anschließend drückt sie relativ deutlich ihre Verachtung für die Persönlichkeitsentwicklung einzelner Politiker aus. Während sie zuvor fehlende Kontraste in der Politik bemängelt, bedient sie sich nun absichtlich einer kontrastreichen Sprache, indem sie »rebellische Turnschuhe« »eleganten Lederslippern« gegenüberstellt. Hiermit möchte sie sich selbst wiederum von der heutigen Politik distanzieren.

Im nächsten Abschnitt wird sinngemäß erklärt, dass diese ganze Entwicklung einer Rückkehr der »Faschisten« erst die Bühne bereitet habe. Die Quintessenz ihrer Zeilen ist ihre eigene politische Haltung, die unzweifelhaft als linksextrem eingestuft werden kann.

Der letzte Absatz beginnt wieder ichbezogen, doch sie spielt erneut die Bedeutung der eigenen Person herunter. Dass sie »nicht selbstgerecht erscheinen« möchte, lässt die narzisstische Struktur ihres Charakters erneut deutlich hervortreten. Eine Selbstgerechtigkeit im Kontext ihrer Zeilen zu negieren, wirkt geradezu haarsträubend und bezeugt meiner Meinung nach eine mangelnde Fähigkeit zur Selbstreflexion. Dass sie aber von der Wahrheit ihrer Aussagen sowie ihrer Fähigkeit zur Selbstreflexion überzeugt ist, unterstreicht sie im nächsten Satz. Ihr »um ehrlich zu sein« soll nämlich aufrichtig und schonungslos selbstkritisch klingen.

Dass »persönliche Motive« sie »umtreiben«, zeugt von einer unbewussten Distanzierung von ihren Taten, woraus sich ein mangelndes Schuldbewusstsein ableiten lässt.

Es folgen drei Sätze, in denen sich die Verfasserin selbst einer Charakterisierung unterzieht. Sie bezeichnet sich selbst als »Freygeist«, was einen Einblick in ihre Eigenwahrnehmung zulässt. So fühlt sie sich offenbar von den üblichen Denkweisen und Moralvorstellungen der Gesellschaft gegängelt. Auffällig ist hier zudem die altmodische Schreibweise, die entweder Ausdruck einer nostalgischen Haltung sein könnte oder einen expliziten Hinweis darstellen soll. Falls die Verfasserin den Adressaten hiermit also zum Rätseln animieren möchte, spräche dies für ein weiteres Motiv ihres Handelns, nämlich Spaß an diesem Katz-und-Maus-Spiel mit der Polizei. Als Nächstes bezeichnet sie sich als »alte Dame«. Abgesehen davon, dass das Bekennerschreiben unterzeichnet wurde, passen auch Schreibstil und Handschrift zu einer weiblichen Person gehobenen Alters. Inhaltlich könnte es sich aber auch wieder um eine rätselhafte Andeutung handeln, mit welcher die Ermittler zum Handeln bewegt werden sollen (siehe Dürrenmatts Stück: »Der Besuch der alten Dame«).

Bei dem Wort »Talionsfigur« scheint es sich um einen Fehler oder einen bewusst gewählten Kunstbegriff zu handeln. Bei der zuletzt genannten Variante wäre die Ähnlichkeit zur Galionsfigur naheliegend, was in Kombination mit der »neuen Bewegung« folgende Hypothese zuließe: Die Verfasserin hält sich für ein Aushängeschild, oder sie ist tatsächlich die Anführerin einer Interessensgemeinschaft. Dies ist übrigens die einzige Stelle im Brief, die als Hinweis auf potenzielle Mittäter aufgefasst werden kann. Ansonsten wird konsequent in der Ich-Form erzählt und anderen Personen nur Platz eingeräumt, um diese zu denunzieren.

Der lateinische Satz am Ende spiegelt einen höheren Bildungsstand wider, welcher bewusst zur Schau gestellt wird. Zudem zeigt er ihr Leitmotiv, dem sie eine größere Bedeutung beimisst als sich selbst. Nämlich ihre Vorstellung von Gerechtigkeit, für deren Erreichen ihr jedes Mittel angemessen erscheint; bis hin zu dem, auf Latein genannten, »Zugrundegehen der ganzen Welt«. Das wiederum unterstreicht ihren Größenwahn, schließlich hat sich die ganze Welt ihrer eigenen Vorstellung von Gerechtigkeit zu beugen.

Mein Fazit: Hier schreibt eine weibliche Person gehobenen Alters, die von der Richtigkeit ihres Handelns überzeugt ist, obwohl persönliche, vielleicht sogar niedere Motive eingeräumt werden. Dieser Person ist ihrer eigenen Auffassung nach Ungerechtigkeit widerfahren, welche sie unter Aufbringung jeglicher Mittel wieder ausgleichen will. Soweit aus dem Kontext der Zeilen ableitbar, liegt eine narzisstische Persönlichkeitsstörung mit größenwahnsinnigen Tendenzen vor, deren Handeln von Wut und Zielstrebigkeit bis hin zu absoluter Kompromisslosigkeit geprägt ist. Die Existenz von Gesinnungsgenossen wird angedeutet, was gemeinsam mit dem Begriff einer ganzen »Bewegung« nicht nur auf weitere Taten, sondern womöglich auch auf Mittäter schließen lässt. Der klar erkennbare Geltungsdrang legt zudem nahe, dass sich die Verfasserin auch in Zukunft an die Öffentlichkeit wenden wird.

Wie erwartet, rauchte Joachim der Kopf. Keine Lektüre, worin man abends mit einem Glas Wein vor dem Kamin schmökerte.

Dennoch hatte Lara gute Arbeit geleistet und interessante Aspekte von Bonkerts Persönlichkeit herausgearbeitet.

Dann konnte er jetzt vielleicht die von Lara bewusst unterlassene Recherchearbeit übernehmen. Erneut ging er Bonkerts Brief durch und gab den lateinischen Satz bei Google ein, mit dem Bonkert ihr Schreiben schloss. Gleich der erste Eintrag lieferte ihm die Übersetzung.

Es soll Gerechtigkeit geschehen, und gehe die Welt darüber zugrunde.

Die Frau war eindeutig verrückt! Glaubte sie wirklich, ihre Taten hätten auch nur im Geringsten etwas mit Gerechtigkeit zu tun? Die Worte hatten einen geradezu apokalyptischen Klang, was umso erschreckender war, wenn man dabei an die JVA Weiterstadt dachte, deren Neubau sie damals mit zweihundert Kilogramm Sprengstoff dem Erdboden gleichgemacht hatten. Dass Bonkert bei ihrem aktuellen Vernichtungszug nach wie vor die Exekutive im Visier hatte, stand ebenfalls außer Frage. Nur, dass sie es diesmal gezielt auf einzelne Gesetzeshüter abgesehen hatte. Als Nächstes gab er *Freygeist* im Suchfenster ein. Nachdem er die ersten vier Seiten durchgearbeitet hatte, stieß er auf ein Trauerspiel aus dem achtzehnten Jahrhundert von Joachim Wilhelm von Brawe. Im Kern dieser Geschichte ging es um Rache. War das die richtige Spur? Er machte sich eine Notiz.

Bei der Suche nach *Talionsfigur* musste er zunächst die automatische Korrektur der Suchmaschine ignorieren, da diese ihn, wie zu erwarten, zu Ergebnissen über Schiffsbugfiguren führte. Auf der anschließend erscheinenden Seite wurden nur wenige Einträge angezeigt, die ihm dafür aber inhaltlich sinnvoll erschienen. Einer davon führte zu einer literarischen Abhandlung über Gerechtigkeit. Ein anderer in einen religiösen Chat, wo neben der scheinbaren Wortschöpfung der *Talionsfigur* das biblische Auge-um-Auge-Zitat stand. Fuchs spürte ein Kribbeln im Nacken. Er startete einen neuen Versuch, indem er den ersten Teil des Wortes eingab, und erhielt sogleich ein paar Treffer. Die Talion war also die Vergeltung von Gleichem mit Gleichem.

So sollst du geben Leben für Leben, Auge für Auge, Zahn für Zahn, Hand für Hand, Fuß für Fuß, Brandmal für Brandmal, Wunde für Wunde, Strieme für Strieme.

So grausam dieses Rechtsverständnis auf den ersten Blick wirkte – es hatte dazu gedient, Selbstjustiz im Sinne von Blutrache einzudämmen und so für eine Verhältnismäßigkeit zwischen Vergehen und Strafe zu sorgen. Dagegen klang das ältere Zitat aus der Genesis, dem ersten Buch Moses, noch so, als sei eine Vendetta ein angemessenes Mittel.

Der Herr aber sprach zu ihm: Darum soll jeder, der Kain tötet, siebenfacher Rache verfallen.

Falls die selbsternannte Talionsfigur Bonkert sich also tatsächlich auf einem Rachefeldzug befand, folgte sie im Hinblick auf die Brutalität ihrer Verbrechen doch eher einer ungezügelten Blutrache als dem zumindest halbwegs fair klingenden Talionsprinzip.

Als Nächstes gab Joachim das Werk Dürrenmatts ein. *Der Besuch der alten Dame.* Er erinnerte sich, das Stück zu Schulzeiten gelesen zu haben, entsann sich der Geschichte aber nur noch in Grundzügen. Daher las er eine kurze Zusammenfassung über die gealterte, mittlerweile milliardenschwere Claire Zachanassian, die in ihr Heimatdorf zurückkehrt, um ein Kopfgeld auf den Mann auszusetzen, der sie in jungen Jahren geschwängert, verschmäht und betrogen hatte. Auch hier war das Motiv wieder Rache. Die Kernaussage für ihn lautete: Bonkert wollte

Vergeltung. Immerhin war dies eines der ältesten Motive der Menschheit. Aber wofür? Für ihren erschossenen Lebensgefährten? Für zwei Jahrzehnte im Knast? Dafür, dass die Gesellschaft nach ihren Maßstäben zusehends verkam? Oder für alles zusammen?

»Falls das ein Rätsel gewesen sein soll«, sagte er in die Stille des Raums, »hätte ich mehr von dir erwartet.«

Er lehnte sich zurück und sah an die Decke. Spürte, dass trotz dieses kleinen Triumphs ein Gefühl der Verunsicherung in ihm nachhallte. Nein, er konnte einfach nicht glauben, dass Bonkert es ihnen so leicht machen würde. Nicht einmal mit diesem Pamphlet. Bevor er zum Landgericht aufbrach, wo die Pressekonferenz stattfinden sollte, wollte er noch mal mit Lara sprechen. Vielleicht gab es inzwischen was Neues.

33

»Ja, gibt es.« Lara sah von ihrem Laptop auf und schielte auf die Uhr an der Wand. »Aber musst du nicht los?«

»Ein bisschen Zeit habe ich noch.« Joachim nahm Platz.

»Gut, dann warte …« Sie strich sich ihr Haar hinter die Ohren, die dadurch leicht abstanden.

Fuchs fand, dass sie so wie eine Maus aussah, irgendwie niedlich, auch wenn es sie nicht wirklich schmückte.

»Kreiling hat die Sachen eben schon von mir bekommen«, sagte sie, während ihre Finger den Papierstoß auf dem Tisch durchwühlten. »Er hätte dich später beim Briefing der Pressekonferenz eingeweiht. Aber dann siehst du sie eben schon jetzt. Auch gut. Wo sind denn bloß diese blöden Bilder? Ach, hier!« Sie zog ein paar farbige Abzüge hervor. »Das kam vorhin schon mal vorab aus Wiesbaden. Die Bilder der Überwachungskameras, die den Boten eingefangen haben, der diesen Harpunen-Stuhl ins Ministerium gebracht hat.«

Fuchs schnappte sich das oberste. Es zeigte eine Person, die einen großen Karton auf einem Sackkarren schob. Die Bildqualität war miserabel, doch es handelte sich ganz klar um einen Mann. Er trug eine braune lange Hose mit dazu passender Windjacke, einen dunklen Vollbart, eine Flieger-Sonnenbrille sowie eine Baseball-Cap ohne Aufdruck. Wahrscheinlich handelte es sich um eine Verkleidung. Dennoch erhielt man einen groben Eindruck von der Person. Groß und kräftig mit einem ordentlichen Bauchansatz.

»Gibt es Zeugenaussagen?«, fragte er. »Konnte sich irgendwer an diesen Boten erinnern?«

»Ja.« Diesmal fand Lara den entsprechenden Zettel direkt. »Eine gewisse Rosemarie Bultink, eine Kollegin von Quast. Sie glaubt, der Bote war Deutscher, aber ganz sicher war sie sich nicht. Er sei freundlich, wenn auch kurz angebunden gewesen. Sie habe sich noch gewundert, dass er das Paket nicht nur ausgepackt, sondern auch den Umkarton wieder mitgenommen hat, woraufhin er meinte, dass sein Arbeitgeber sich durch solchen Service von der Konkurrenz abheben wolle.«

»Dann hat sie den Kerl also aus der Nähe gesehen und mit ihm gesprochen«, sagte Fuchs mit einem unverkennbaren Hoffnungsschimmer im Blick.

»Ja«, entgegnete Lara zögerlich, »allerdings sei sie nicht besonders gut darin, Gesichter zu erkennen … was ich durchaus unterschreiben würde. Man hat mit ihrer Hilfe ein Phantombild anfertigen lassen.« Sie legte Joachim die Zeichnung vor.

Fuchs prustete. »Das ist doch ein schlechter Scherz. Hat sie das selbst gemalt, oder was?«

»Nein, ein professioneller Phantombildzeichner.«

»Das hätte ja mein Sohn vor seiner Einschulung mit Wachsmalkreide besser hinbekommen.«

»Ja«, stimmte Lara ihm zu, »wenn es für die Ermittlung nicht so relevant wäre, könnte man fast drüber lachen.«

»Oh Mann, ich hoffe, dass ich nachher nicht mehr vor den Kameras sitze, wenn dieses Bild eingeblendet wird. Dafür muss man sich ja echt schämen.« Er legte die Zeichnung beiseite und schnappte sich eine Vergrößerung des Fotos der Überwachungskamera. »Und dieser kubistische Kopf hier könnte auch einem Picasso-Gemälde entstammen«, brummte er. »Wird Zeit, dass die sich neue Kameras zulegen.« Er nahm wieder die Übersichtsaufnahme zur Hand. Nein, eine Identifizierung des Mannes war anhand dieser Bilder kaum möglich. »Was ist mit dem Lieferwagen des Boten?«, fragte er dann.

»Davon gibt es auch ein Bild.« Lara reichte es ihm. »Ein Fiat Ducato, weiß, ohne Aufschrift. Die Kennzeichen wurden von einer alten Dame geklaut, die ihr Auto kaum noch fährt und wohl fast einen Herzinfarkt bekommen hat, als die Kollegen bei ihr vor der Tür standen.«

»Na toll. Diese Transporter gibt es zuhauf. Das wird also schwierig. Kann man vielleicht über diese Sackkarre etwas herausfinden? Die roten Griffe sind ja recht auffällig.«

»Wird schon gemacht. Scheint ein älteres Teil zu sein, das aber ebenfalls tausendfach produziert wurde.«

»Was auch sonst. Wenigstens haben wir jetzt einen Beweis, dass Bonkert einen Komplizen hat.«

»Wenn dieser Bote nicht nur für diesen einmaligen Einsatz angeheuert wurde«, gab Lara zu bedenken.

»Meinst du?«

»Könnte doch sein.«

»Ich weiß nicht … Irgendein unwissender Trottel, der ihr nie begegnet ist? Wobei – da Bonkert offenbar eh vorhatte, sich zu den Taten zu bekennen, hätte sie vor einem Handlanger auch nicht inkognito bleiben müssen. Die Frage ist nur, wie man jemanden für so einen Job rekrutiert.«

»Das ist sicher nicht schwer. Leute haben für ein paar Groschen schon Schlimmeres getan, als ein Paket abzuliefern, meinst du nicht?«

»Aber wenn dieser unwissende Helfer später in der Zeitung gelesen hat, was mit dem Inhalt des Pakets passiert ist …«

»Dann hätte er wohl erst recht einen Grund, die Klappe zu halten«, beendete Lara den Satz. »Allein schon aus Angst, man würde ihm die Tat anhängen.«

Joachim gab einen entnervten Laut von sich und raufte sich die Haare. »Dieser Fall macht mich krank!«

»Lass uns aber gerne erst mal bei der Theorie mit dem Komplizen bleiben«, lenkte Lara ein. »Für mich ist es ohnehin schwer vorstellbar, dass sie das alles allein geschafft haben soll.«

»Gut. Hast du Ideen dazu?«

»Nichts wirklich Neues«, gab sie zu. »Ich habe das Gefühl, mich im Kreis zu drehen.«

»Erzähl einfach mal. Lass deinen Gedanken freien Lauf.«

»Okay …« Lara starrte ins Leere. »Wir haben einen Modus und eine Signatur, die auf einen Täter schließen lassen, der nichts dem Zufall überlässt. Alles scheint durchdacht zu sein. Ein Freund von Ordnung.« Sie sah Fuchs an. »Sagtest du nicht, Bonkerts Bude sei so blitzsauber gewesen?«

»Ja, war sie, aber auch nicht zwanghaft geputzt, falls du das meinst.«

»Nein, nein, an einen zwanghaften Persönlichkeitstypus glaube ich gar nicht. Das würde nicht zu dem heruntergekommenen Auffindeort von Jacobs passen. Zumindest falls es hierbei nicht doch um das Denunzieren des Opfers ging.« Ihre Augen weiteten sich. »Dabei fällt mir ein, dass mir dieser Rupp immer noch nicht die Unterlagen geschickt hat. Da muss ich wohl noch mal nachhaken. Jedenfalls spricht meiner Meinung nach gerade der Mord an Jacobs für einen eingeweihten Komplizen, denn dazu, einen Mann seiner Größe zu überwältigen und zu verschleppen, gehört schon einiges an Kraft.«

»Denke ich auch«, sagte Joachim und tippte auf das Bild. »Vor allem müssen wir diesen Kerl finden. Da das mit solch beschissenen Fotos aber schwer wird, lass uns mal überlegen, was für ein Mensch er wohl ist. Wo könnte sie ihn aufgetrieben haben? Vielleicht erhalten wir darüber einen Anhaltspunkt, wo er zu finden ist. Bonkerts Identität kennen wir ja, nur dass wir keinen Schimmer haben, wo sich dieses Miststück versteckt.«

Lara sog scharf die Luft durch die Zähne. »Das Problem bei mir ist, dass ich, seitdem wir diesen Brief von Bonkert erhalten haben, jede Überlegung automatisch an sie anpasse. Wie auch eben mit ihrer blitzsauberen Wohnung. Immer wieder lande ich bei ihr und schaffe es einfach nicht, für ein weißes Blatt in meinen Gedanken zu sorgen.«

»Verständlich. Doch wenn dein Kopf blockiert ist, musst du dich eben entspannen.«

»Du hast gut reden. Ich habe Kreiling im Nacken, der ein Profil von mir will.«

»Pass auf, mach mal die Augen zu und denk mal für einen Moment lang an nichts.«

»Was?«

»Mach einfach.«

Zögerlich folgte sie seiner Anweisung, schloss die Augen und lehnte sich auf ihrem Stuhl zurück.

»So, und jetzt geh die Morde gedanklich noch einmal durch. Jeden einzelnen. Sieh die Taten genau vor dir. Jacobs mit dem Silber im Schlund, abgelegt in dieser alten Fabrik. Konrad, getötet mit der feuerspeienden Drohne in der Einfahrt zu seinem Haus. Quast, gepfählt auf dem Stuhl im BMI. Und dann Walter

Polzin in seinem Wagen, auf fast gnädige Weise eingeschläfert. Wenn du nur diese Fakten hast, was für einen Täter siehst du dann vor dir?«

Zu Joachims Freude zeigte die Technik Wirkung. Laras Hände entspannten sich sichtlich und ihre Augäpfel zuckten unter den Lidern. Nach einer Weile begann sie zu sprechen. »Ich sehe immer noch einen Täter, der allein lebt, da ein intaktes Familiengefüge die Vorbereitungen zu seinen Taten stören würde. Außer, er verfügt über Räumlichkeiten, von denen seine Familie nichts weiß oder zu denen sonst keiner Zutritt hat. Eine Garage oder eine Werkstatt. Ein Ort, wo er in Ruhe seine Apparaturen bauen, sich verkleiden oder auch Kennzeichen anschrauben kann. Ich glaube, dass er ein insgesamt eingeschränktes soziales Umfeld hat, da die Planung und Umsetzung seiner Taten viel Zeit in Anspruch genommen haben dürfte. Zeit, die andere Menschen lieber mit Freunden und der Familie verbringen. Seine sadistischen Züge wurzeln in einer besonderen Form von Destruktivität. Er hat irgendwann die Erfahrung gemacht, dass ihm die totale Beherrschung oder auch Vernichtung eines anderen Individuums einen positiven Stimulus verschafft. Ich denke, er hat schon zuvor getötet. Zugleich sehe ich einen empathischen Menschen mit Mitgefühl.«

Jetzt konnte Joachim nicht anders, er musste sie unterbrechen. »Inwiefern empathisch?«

»Ganz einfach: Nur wer weiß, was der andere empfindet, kann wahrhaftig grausam sein. Denk nur mal an John Steinbecks *Von Mäusen und Menschen* – der hünenhafte, aber zurückgebliebene Lennie erdrückt Tiere im wahrsten Sinne des Wortes mit seiner Liebe, ohne dass man hierbei von echter Grausamkeit sprechen könnte. Der Begriff der Empathie wird fälschlicherweise immer positiv unterlegt, doch es geht schlichtweg um die Fähigkeit, sich in andere hineinversetzen zu können. Und nur wer das kann, ist auch in der Lage, andere zu manipulieren. Du musst schließlich verstehen, was das Drücken bestimmter Knöpfe beim Gegenüber auslöst, und dafür musst du mitfühlend sein.«

Fuchs spürte ihren Worten nach. Registrierte, wie richtig sie klangen, während Lara nur dasaß und ruhig atmete.

»Vielleicht ist seine Empathie auch in der geradezu sanften Tötungsart Polzins zu erkennen. Womöglich hat irgendeine Art von persönlicher Beziehung zu ihm seinen Hass gemildert? Andererseits könnte die Signatur der Grausamkeit auch nur fehlen, weil der Täter gestört wurde. Zum Beispiel von diesem Nachbarn, der zum Einkaufen fahren wollte. Dann wäre das eigentliche Vorhaben vielleicht gewesen, Polzin mit dem Gas zu betäuben, um ihn verschleppen zu können. Wobei dann die Planung und Ausführung der Tat mit dieser Gaskonzentration völlig daneben gewesen wäre, was wiederum nicht zu unserem Täter passt.« Sie schluckte, ihre Finger krallten sich in den Stoff ihrer Jeans. »Jedenfalls sehe ich eine Person vor mir, die ein Problem mit Autoritäten hat. Ein möglicher Ansatz wäre vielleicht, sie durch entsprechend platzierte Aussagen in den Medien aufzuscheuchen. Eine proaktive Maßnahme wie damals bei dem österreichischen Briefbomber Franz Fuchs. Der hat sich kurze Zeit später bei einer banalen Verkehrskontrolle verraten, weil er die Nerven verlor. Wobei …« unvermittelt öffnete sie die Augen.

»Was ist?«, fragte Fuchs.

»Ich glaube, ich lasse mich gerade wieder zu sehr von Bonkerts Brief beeinflussen. Was, wenn doch *sie* die Strippenzieherin ist und der Mann hier auf dem Foto bloß ihr Lakaie – sozusagen eine einmalig engagierte oder vielleicht auch ihr hörige Version von Steinbecks Lennie?«

»Was wäre dann?«

»Dann wären all meine Überlegungen eben hinfällig. Alles nur wertloses Geschwätz. Vielleicht sollten wir die verbliebene Zeit lieber anders nutzen. Sinnvoller.«

Zeit, das war das Stichwort, dachte Fuchs und sah auf die Uhr. »Scheiße, ich muss los. Wir sehen uns später. Mach du ruhig an genau dieser Stelle weiter. Das war gut.«

Als er Lara Schuhmanns Büro verließ, fragte er sich, wo die taffe Profilerin war, die er kannte. Momentan schien sie jedenfalls von Selbstzweifeln zerfressen. Hoffentlich war diese Phase bald wieder vorbei.

34

Hinter einer Tischreihe stand eine mit Stoff bespannte Stellwand, darauf das Wappen der hessischen Polizei. Auf den Tischen drängelten sich Mikrofone um den besten Platz. Fuchs betrachtete die bunten Schaumstoffbezüge mit den Logos der Nachrichtensender. Gleich würde man jedes ihrer Worte aufzeichnen und später im ganzen Land verbreiten. Keine Probe, kein Schnitt.

Während Kameraverschlüsse im Takt von Maschinenpistolenschüssen klickten, fragte Joachim sich, weshalb Pressekonferenzen häufig in solch faden Räumen abgehalten wurden. Wollte man dem Volk durch dieses unprätentiöse Setting suggerieren, dass der Staat kein Geld für schicke Inneneinrichtung verplemperte, da man dieses doch lieber in Schulen, Kindergärten und die Verbrecherjagd investierte? Trotzdem hätte man sich einen schöneren Raum aussuchen können, wo das Landgericht doch schon in einem solch imposanten Gebäude saß. Stattdessen hockten sie in diesem mit alten Holzmöbeln verstellten Saal, der ihn an sein altes Klassenzimmer aus Grundschulzeiten erinnerte. Seiner Meinung nach vermittelte man so eher den Eindruck einer Rückständigkeit der Behörden. Fast so als würden sie noch mit Filzhut und Trenchcoat umherwandeln und Spuren mit einer Lupe betrachten. Gerade bei dieser Ermittlung eher schlecht, dachte er, wo die dunkle Seite doch mit modernster Technik agierte.

Als Kreiling vorgeschlagen hatte, dass Fuchs ihn zur Pressekonferenz begleiten sollte, hatte Röhm ausnahmsweise mal nicht protestiert. Ganz im Gegenteil. Er hatte die Idee sogar begrüßt. Wegen seiner Erkältung sei er ja erst später dazugestoßen, seine Stimme noch angeschlagen und Joachim ohnehin der Ermittlungsleiter. Bla, bla, bla … Fuchs wusste, dass sein Vorgesetzter das Rampenlicht noch mehr scheute als er. Und so sah sein zugeknöpfter Kollege wohl lieber dabei zu, wie er, Joachim Fuchs, vor den Augen der Öffentlichkeit schwitzte.

Er sah sich um. Rechts neben ihm saß der Pressesprecher des Kriminalamts. Ein unruhiger Kerl, der ständig beschäftigt aussehen wollte, indem er auf seinem Handy herumdrückte oder sich Notizen auf einem Block machte. Sie hatten sich also doch entschieden, jemanden von ihrer Behörde hier zu platzieren. Wahrscheinlich würde er jedoch nichts zur Konferenz beitragen, wie Menduni bereits bemerkt hatte. Links von ihm saß sein Chef, Hermann Kreiling, der sich eigens für diesen Anlass in seine Uniform gezwängt hatte. Annika Mills, die sich heute für einen biederen Hosenanzug entschieden hatte, blickte ungerührt in die Kameras. Ganz außen lauerte Steffen Grammel auf den Moment, in dem er die Konferenz eröffnen konnte. Mit ihm und Kreiling hatte Joachim zuvor noch eine hitzige Diskussion über die Inhalte der Konferenz geführt. Während Joachim sich über den Maulkorb, der ihnen von der Redaktion der *BLITZ*-Zeitung verpasst worden war, erbost und für ein Verlesen des Bekennerschreibens ausgesprochen hatte, waren Grammel und Kreiling sich einig gewesen, den Chefredakteur nicht zu vergrätzen. Auch seinen Vorschlag, Marlies Bonkert zu provozieren, um sie zu Fehlern zu verleiten, wie es schon damals mit Erfolg bei diesem Briefbomber gemacht worden war, hatten sie abgelehnt.

Als die Uhr zur vollen Stunde schlug, stand Grammel auf. Er begrüßte die Gäste, nannte den Grund der Versammlung und stellte seine vier Sitznachbarn vor. Eindringlich bat er die Journalisten, ihre Handys stummzuschalten und mit ihren Fragen zu warten, bis der Sachstand verlesen war. Nachdem er wieder Platz genommen hatte, übergab er Annika Mills das Wort, die sich sogleich zu den Mikrofonen vorbeugte.

»Meine Damen und Herren, zunächst einmal möchten die Staatsanwaltschaft Frankfurt sowie die Hessische Polizei den Angehörigen der Opfer unser aufrichtiges Beileid aussprechen. Aufgrund der zwar nachvollziehbaren, teilweise aber ausufernden Spekulationen von Seiten der Medien zu den Ereignissen der jüngsten Vergangenheit haben wir uns entschlossen, nachfolgende Presseauskunft zu geben. Das soll allem voran einem ungestörten Ablauf der Ermittlungen dienen. Wir bitten Sie daher um Ihre Mithilfe und möchten in diesem Zuge auch nochmals an den Pressekodex appellieren – selbst wenn dieser, wie alle wissen, nur den Charakter einer freiwilligen Selbstverpflichtung hat. Aber wir gehen jetzt mal davon aus, dass sich lediglich seriöse Journalisten im Raum befinden.« Mit einem mahnenden Lächeln ließ sie ihren Blick über das Auditorium schweifen.

Dann lieferte sie eine Zusammenfassung der bekannten Fakten. Stellenweise verlor sie sich in Details, die von der Meute gierig aufgeschnappt wurden. Schließlich änderte sich ihre Tonlage.

»Auch wenn bei den einzelnen Verbrechen jeweils mit unverkennbaren Unterschieden vorgegangen wurde, liegt aufgrund der außergewöhnlichen Ausübungen der Taten die Vermutung nahe, dass es sich um ein und denselben Täter beziehungsweise ein und dieselbe Täterin handeln könnte. Darüber wurde von

Seiten der Medien ja bereits ausgiebig spekuliert.« Sie schielte kurz auf ihre Aufzeichnungen. »Ohne die Ermittlungen zu gefährden, möchten wir Sie an dieser Stelle nun mit neuen Informationen versorgen. Bis gestern tappte die Polizei bezüglich des Tatmotivs noch im Dunkeln.«

Fuchs und Kreiling sahen sich an. Offenbar schmeckte seinem Chef diese Aussage ebenso wenig wie ihm. Doch wahrscheinlich hatte die Staatsanwältin mit ihrer etwas unglücklichen Formulierung nur zu erklären versucht, weshalb nicht schon längst eine Pressekonferenz abgehalten worden war, obwohl doch offenbar so viele wichtige Informationen für die Allgemeinheit vorlagen. Anders betrachtet wollte sie vielleicht auch bloß den Kopf der Staatsanwaltschaft aus der Schlinge ziehen, indem sie in ihrer Aussage nur die Polizei hatte im Dunkeln tappen lassen. So oder so war das Bild, das sie damit von ihnen zeichnete, eher bescheiden.

»Gestern kam es aber womöglich zu einer dramatischen Wende«, fuhr sie fort, woraufhin sie eine Kunstpause einlegte. »Uns wurde ein Schreiben zugespielt, in dem sich eine der Öffentlichkeit hinlänglich bekannte Person zu den Taten bekennt. Diese Person wurde zur Fahndung ausgeschrieben.«

In diesem Moment schien alles im Raum wie eingefroren. Kein Klicken von Kameraverschlüssen, kein Rascheln von Papier, ja, es schien sogar niemand zu atmen.

»Auch wenn ein falsches Geständnis im Rahmen des Möglichen liegt, gehen wir davon aus, dass wir die Identität der Täterin kennen.«

Totenstille.

»Es handelt sich um die kürzlich aus der Sicherheitsverwahrung entlassene Marlies Bonkert.«

Jetzt ging ein Raunen durch den Saal, Hände schnellten in die Luft.

»Wir möchten Sie und die Allgemeinheit gerne um Mithilfe bitten«, sagte Mills nun in pastoralem Ton, ohne auf die Meldungen einzugehen. »Sachdienliche Hinweise können jeder Polizeidienststelle zugeführt werden. Wir bitten jedoch, auch die eigens hierfür eingerichtete Hotline zu nutzen. Die Nummer finden Sie ab sofort auf den Internetseiten der Kriminalämter. Ebenso ein aktuelles Foto der Gesuchten. Weiterhin finden Sie dort die Bilder einer Überwachungskamera sowie ein Phantombild, die einen möglichen Komplizen zeigen.«

Sie erteilte einem Reporter in der hinteren Reihe das Wort.

»Können wir davon ausgehen, dass der linke Terror nun wieder zu einer Bedrohung wird?«

Mills sah zu Kreiling hinüber.

Da der auf diese Frage vorbereitet war, bedeutete er ihr, dass er antworten würde. »Aktuell ist uns keine staatsschutzrechtliche Relevanz in diesem Fall bekannt.«

»Auch nicht, wenn man doch weiß, welche Taten früher von der Beschuldigten verübt wurden?«, hakte der Journalist in forschem Ton nach.

Kreiling hob beschwichtigend die Hände. »Zunächst einmal sollten wir keine voreiligen Schlüsse ziehen und noch nicht von der *Beschuldigten* sprechen. Die *Gesuchte* steht aktuell lediglich unter Verdacht.«

»Aber Sie sagten doch, Ihnen läge ein Bekennerschreiben vor.«

»Das ist richtig, aber die kriminaltechnische Beweissicherung steht noch aus.«

Ein anderer Reporter stand auf. »Lukas Bent von der *Um-*

schau. Handelt es sich dabei um ein handgeschriebenes Dokument?«

»Das ist korrekt.«

»Müsste man dann nicht an der Handschrift erkennen, ob das Schreiben von ihr verfasst wurde? Immerhin gibt es von der Verdächtigen doch eine ganze Reihe älterer Briefe, die schon in den Medien abgedruckt wurden.«

Kreiling nickte. »Die Grafologen sind dran. Ich verstehe ja, dass man geneigt ist, immer gleich von der einfachsten Lösung auszugehen. Dennoch dürfen wir als Ermittler so nicht arbeiten. Es liegt durchaus im Bereich des Möglichen, dass sich bloß jemand im Nachahmen von Handschriften versteht. Daher wird zusätzlich nach Fingerabdrücken und DNA-Rückständen gesucht. Physische Beweise sind, wie Sie ja wissen dürften, immer besser. Sie sehen also, es wird alles getan, um den Fall möglichst rasch aufzuklären.«

Eine heisere Stimme meldete sich von der anderen Seite des Saals: »Kann man bei einer ehemaligen RAF-Terroristin nicht grundsätzlich von einer politischen Motivation ausgehen?«

Kreiling legte die Stirn in Falten. »Ich denke, die Frage habe ich schon beantwortet. Aber noch mal: Selbst mit Hinblick auf den Inhalt des Briefs ist derzeit keinerlei politische Motivation hinter den Taten erkennbar.«

»Können Sie uns denn etwas zum Inhalt des Schreibens verraten?«, fragte Bent.

Kreiling wandte sich Fuchs zu. »Dazu kann Ihnen gerne der leitende Ermittler, Hauptkommissar Fuchs, etwas sagen.«

Vielen Dank auch, Chef, dachte Fuchs. Jetzt, wo es schwierig wurde, spielte er ihm gönnerhaft den Ball zu.

»Wie Ihnen der Polizeichef eben bereits sagte, handelt es

sich um einen handgeschriebenen Brief. Eine Seite, Standardpapier. Ohne besondere grafologische Kenntnisse könnte man die Schrift für die der Verdächtigen halten. Akkurat, mit kleinen, etwas spitzen Schwüngen. Geschrieben mit einem Kugelschreiber. Königsblau, falls das jemanden interessiert.« Er lächelte. »In der Grußformel richtet sich die Verfasserin an die Medien und die Polizei.« Er spürte, dass er unter den Armen zu schwitzen begann. Bisher hatte er seine Sache ganz gut gemacht. Pflichtgetreu. Viel Text, wenig Inhalt. Vielleicht hätte er Politiker werden sollen. Doch jetzt wurde es kniffliger. Er holte Luft. »Die erste Hälfte des Briefs ist eine sehr … sagen wir … subjektiv gefärbte Analyse der heutigen Gesellschaft, ohne dass ich jetzt auf Details eingehen möchte. Im zweiten Teil wird auf etwas kryptische Weise über ein Motiv gesprochen, bevor der Brief mit einem lateinischen Satz über Gerechtigkeit schließt. Bisher deutet alles darauf hin, dass es sich um einen Akt persönlicher Rache handelt.«

Als klar war, dass er nichts weiter hinzufügen würde, meldete sich eine Reporterin aus der ersten Reihe. »Können Sie etwas mehr über dieses Motiv sagen?«

Fuchs sah zu Kreiling hinüber, aber der tat so, als würde er das stumme Hilfegesuch nicht bemerken.

»Dazu möchte ich mich im Moment nicht weiter äußern.«

»Weil es die Ermittlungen gefährden könnte?«

Sollte er jetzt den vorhin von Kreiling genannten Satz rezitieren? Nein, denn es hatte schlichtweg keine ermittlungstaktischen Gründe. Und für diese Gazette zu lügen, käme überhaupt nicht in Frage. »Nein, das hat andere Gründe«, antwortete er zögerlich und erntete sogleich einen mahnenden Blick von Kreiling. »Allerdings darf ich darauf aktuell nicht weiter eingehen. Die Antwort auf Ihre Frage wird aber schon in Kürze kundgetan. Haben Sie also bitte noch etwas Geduld.«

Das war gerade noch mal gutgegangen, dachte er, doch da stand ein Mann mit schmalem Gesicht und Adlernase auf. Sofort brach Joachim der Schweiß aus.

»Afson Mahasti vom *Netz-Werk*«, stellte sich der Mann vor.

Fuchs kannte Mahasti, den investigativen Online-Journalisten, dem keine Frage zu unbequem war. Mit seinem länglichen, wie poliert glänzenden Schädel erinnerte er Joachim an einen Pharao, auferstanden aus seiner Grabkammer, um den Menschen im Hier und Jetzt auf die Nerven zu gehen. Mahasti hatte früher sicher zu den Kindern gehört, die mit Freude die Tricks von Zauberern auf Kindergeburtstagen entlarvten oder mit Stöcken in Tierkadavern herumstocherten, um herauszufinden, was sich darin verbarg. Dieser Kerl konnte sich, wie Joachim aus eigener Erfahrung wusste, wie eine Schnappschildkröte in einem verbeißen. Nach dem Fall des Aderlass-Mörders hatte er ihm eine Zeit lang vor seinem Haus aufgelauert, um ein Interview zu bekommen. Am vierten Tag war Joachim durch den Hinterausgang geschlüpft und hatte Mahasti heimlich eine Kartoffel in den Auspuff seines Wagens gesteckt, sodass dieser abgeschleppt werden musste. Danach hatte ihn der nervige Journalist in Frieden gelassen. Doch vielleicht sah er jetzt seine Chance, ihm diese Aktion heimzuzahlen.

»Ist etwas an dem Gerücht dran, dass die Polizei in diesem Fall bestimmte Informationen nur mit ausgewählten Medienvertretern teilt?«

Da hatten sie den Salat! Woher hatte Mahasti bloß Kenntnis von ihrem Deal? Und was jetzt? Leugnen war natürlich zwecklos, da ohnehin alles auffliegen würde, sobald der Brief abgedruckt wurde.

»Wir vergeben keine Exklusivverträge an einzelne Medienvertreter«, sagte Kreiling, dem diese wohlformulierte Halbwahrheit leicht über die Lippen ging. Wahrscheinlich, weil es ja in der Tat keine *Verträge* gab.

Doch wie zu erwarten, ließ Mahasti nicht locker. »Kommissar Fuchs ...«, wie ein Reptil fuhr er sich mit der Zungenspitze über die Lippen, »... das Grundrecht der Presse- und Rundfunkfreiheit gibt den Medien einen Anspruch auf Informationen seitens des Staates. In den Landespressegesetzen ist dieser als sogenannter Auskunftsanspruch präzisiert. Denken Sie, dass diesem Regelwerk hier und heute Rechnung getragen wird?«

Um Himmels willen – hielt ihm doch mal jemand diesen Wadenbeißer vom Leib. Mahasti hatte anscheinend nicht nur eine Rechnung mit ihm offen, sondern ihn ausgespäht wie eine Hyäne das schwächste Tier einer Herde. Schwach, weil Joachim ein echtes Problem damit hatte zu lügen. Ein Umstand, den jemand wie Afson Mahasti längst durchschaut hatte. Spontan fiel Joachim die Antwort Klaus Kinskis aus einem Fernsehinterview ein, die er sogleich zum Besten gab:

»Ich verstehe die Frage nicht.« Er lächelte verlegen und hoffte einfach, dass Mahasti sich wieder setzte. Doch weit gefehlt.

»Dann probiere ich es mit einer anderen Frage. Stimmt es, dass Sie auch diesmal wieder persönlich in den Fall involviert sind?«

Auch – diesmal – wieder – persönlich? Was sollte denn das jetzt?

Fuchs beugte sich zu dem Bouquet aus Mikrofonen vor.

»Diese Frage habe ich zwar inhaltlich verstanden, doch ich weiß nicht, worauf sie abzielt.«

»Ich meine Ihre freundschaftliche Beziehung zu einem der Opfer.«

Fuchs schluckte. Woher wusste dieser Aasgeier davon? »Das ist korrekt«, antwortete er dann, »eines der Opfer war ein Freund von mir.«

»Ist es denn klug, dass ein Kommissar, der persönlich in einen Fall involviert ist, darin ermittelt?«

»Befangenheit ist hier kein Thema, falls Sie das glauben. Das wäre nur der Fall, wenn man meinem Bekannten die Straftat zur Last legen würde, jedoch nicht, wenn es sich bei ihm um ein Opfer handelt. Das können Sie gerne nachschlagen. Recherchieren scheint Ihnen ja grundsätzlich zu liegen.« Fuchs räusperte sich. »Meine persönliche Betroffenheit in diesem Fall bedeutet aber vor allem eins: Sie können sicher sein, dass ich mich mit all der mir zur Verfügung stehenden Kraft in diese Ermittlungen hineinhänge.«

»Was das heißt, konnten wir ja auch schon mal bei einem anderen großen Fall erleben, in dem Sie ermittelt haben«, entgegnete Mahasti, ohne eine Miene zu verziehen. »Sind Sie auch jetzt, da sie erneut persönliche Motive haben, wieder zu Gesetzesüberschreitungen bereit?«

Jetzt dämmerte es ihm allmählich. Der Geier spielte auf die Ermittlung im Fall des Aderlass-Mörders an, als Fuchs sich trotz seiner Beurlaubung Zutritt zu einem Privatgrundstück verschafft hatte.

Steffen Grammel hob eine Hand. »Keine Fragenkette bitte. Auch andere hier im Raum sollen ihre Chance bekommen.«

»Nur noch diese eine Antwort«, bat Mahasti unbeirrt.

»Die Frage hat nichts mit dem aktuellen Fall zu tun«, grätschte Kreiling dazwischen.

»Ich finde es schon relevant, ob unsere Gesetzeshüter sich selbst an die Gesetze halten. In diesem wie auch in jedem anderen Fall.« Er sah sich um Bestätigung heischend um.

Fuchs schob seine Zunge in die Backentasche, verkniff sich aber eine Erwiderung. Besser einer der anderen führte von nun an das Wort, denn ihm würde jede Sekunde der Kragen platzen. Dieser elende Journalist … Diese ganze gottverdammte Presse! Die Reporter hier im Saal im Schutz der Gruppe, wie Internettrolle im World Wide Web, die mit dem Finger auf andere zeigen. Was sollte das? Stellten hier die an den Pranger, die ihren verdammten Job machten. Auch Sophia hatte mal wegen eines Schmierfinken von einem Regionalblatt eine Stelle verloren, weil der ihr ärztliches Versagen vorgeworfen hatte, woraufhin die Klinikverwaltung einen Kopf rollen lassen hatte. Ein Umstand, der ihr noch heute zu schaffen machte.

Grammel erteilte einem anderen Journalisten das Wort, woraufhin Mahasti sich echauffiert wieder setzte.

»Sellink von der *GAZ*. Meine Frage setzt dort an, wo der Kollege eben unterbrochen wurde. Herr Fuchs – ein Blick in Ihre Vita zeigt, dass Sie womöglich noch auf eine andere Weise persönlich von diesem Fall betroffen sein könnten. Stichwort Friedberg 96, Operation ›Funkenflug‹. Möchten Sie dazu etwas sagen?«

Fuchs wurde heißkalt. Das war ja gruselig, was die alles wussten. Doch dieses Thema hatte hier definitiv nichts verloren. Rasch beugte er sich vor. »Das ist nicht Gegenstand dieser Besprechung. Es schmeichelt mir natürlich, dass meine Person von solchem Interesse ist, aber ich denke, meine Vergangenheit sollte hier außen vor bleiben.« Er versuchte sich an einem Lächeln. »Falls Sie jedoch besorgt sein sollten – ich erfreue mich bester körperlicher wie auch mentaler Gesundheit und bin absolut in der Lage, diese Ermittlungen zu leiten. Und darauf kommt es meiner Meinung nach an.«

»Beenden Sie das«, zischte Kreiling dem Pressesprecher zu.

Grammel und Mills tauschten Blicke, dann stand Grammel auf und sah demonstrativ auf die Uhr.

»Meine Damen und Herren, vielen Dank für Ihr Erscheinen. Wir werden Ihnen zeitnah mitteilen, wann es die nächste Pressekonferenz gibt. Die Kollegen hier werden sich nun wieder ihren Ermittlungen zuwenden. Und denken Sie bitte auch daran, die Nummer der Hotline zu nennen. Weitere Informationen finden Sie auf den Internetseiten der Präsidien und Kriminalämter. Vielen Dank.«

Nun erhoben sich auch die anderen. Kreiling knöpfte seine Uniform zu und bedachte Fuchs mit einem vieldeutigen Blick. Ein Blick, den Fuchs nicht ganz einordnen konnte, der ihn aber unsäglich ärgerte. Generell kochte er gerade vor Wut.

Die Reporter würden von nun an wohl keine Ruhe mehr geben, denn die Meute hatte Blut geleckt. Vielleicht sollte man ihnen doch noch rasch einen Bissen vorwerfen, an dem sie eine Weile zu kauen hätten, bevor sie auf die Idee kamen, weiter seine Vergangenheit zu sezieren.

Wie ferngelenkt griff er in die Tasche seines Sakkos und zog ein gefaltetes Blatt hervor. Dann steuerte er entschlossen auf einen der Kameraleute zu.

35

»Sind Sie denn von allen guten Geistern verlassen?« Kreiling war außer sich. Er hatte Fuchs in den Nebenraum dirigiert und umgehend die Tür hinter ihnen geschlossen. »Wir hatten doch eine Abmachung!«

»*Ich* hatte keinen Deal mit der Presse«, gab Joachim zurück.

»Ich meinte auch, dass *wir* eine Abmachung hatten. Sie, die Staatsanwaltschaft und ich.«

Fuchs schüttelte den Kopf. »Für mich war das keine Abmachung, sondern ein Maulkorb, der uns verpasst wurde.«

Kreiling antwortete nicht, schüttelte nur entrüstet den Kopf.

»Was war denn das eben da drin, Chef?« Fuchs deutete auf die Wand, hinter der sich der Konferenzraum befand. »Dieser Drecksack von Journalist ist offenbar wegen so einer Lappalie aus dem vergangenen Jahr immer noch sauer auf mich. Aber deswegen so eine Nummer abziehen? Und dass dann auch noch dieser andere Idiot mit meiner Vergangenheit anfängt … Damit haben die ganz klar eine Grenze überschritten. Die … die waren doch drauf und dran, mich vor laufenden Kameras zu grillen.«

»Trotzdem waren wir uns einig«, insistierte Kreiling.

»Chef, pfeifen wir doch mal auf diese Redaktion. Wir sollten der Öffentlichkeit so viele relevante Informationen wie möglich zuspielen. Je mehr Leute Kenntnis vom Inhalt des Briefs haben, umso schwieriger könnte es für Bonkert werden, sich versteckt zu halten. Das ist nun mal Fakt.«

»Damit haben Sie ja nicht unrecht, Herr Fuchs. Dennoch muss man sich manchmal auf Absprachen einlassen. Denken Sie, mir schmeckt das? Sie müssen unbedingt an Ihrer Impulsivität arbeiten.«

»Ich lasse ja schon höchstens einen Bruchteil dessen raus, was unter der Oberfläche brodelt.«

»Das sehe ich. Trotzdem – reißen Sie sich zusammen! Sie müssen doch in der Lage sein, solche Angriffe zu parieren. Schließlich sind Sie nicht auf den Mund gefallen. Sie können sogar Beschwerde beim Presserat einlegen, aber lassen Sie sich niemals von diesen Arschkrampen so auf die Palme bringen. Das sieht immer nach Schwäche aus.« Kreiling lockerte seine Krawatte. »Was mir aber eigentlich Bauchschmerzen bereitet, ist die Tatsache, dass Sie eben vor laufender Kamera derart über diese Soziopathin vom Leder gezogen haben. Das war nicht nur impulsiv, auch nicht mutig, sondern einfach nur dumm.«

Fuchs schwieg. Seine Backenzähne mahlten. Kreiling hatte wahrscheinlich recht. Das war dumm von ihm gewesen. Im Fegefeuer der Wut hatte er nicht an die Konsequenzen gedacht, als er Bonkert vor laufenden Kameras mit wenig schmeichelhaften Inhalten aus Laras Persönlichkeitsanalyse denunziert hatte. Damit hatte er sich zur Zielscheibe gemacht. Andererseits war es ihm immer noch lieber, ihren Zorn auf sich zu fokussieren, anstatt weiter dabei zusehen zu müssen, wie noch mehr seiner Freunde oder Kollegen gemeuchelt wurden. Doch jetzt, in diesem Moment mit Kreiling, dessen sorgenvoller Blick auf ihm ruhte, wurde ihm klar, dass er vielleicht übers Ziel hinausgeschossen hatte. Er wollte etwas erwidern, doch selbst dafür fehlte ihm plötzlich die Kraft. Als hätte ihm eine unsichtbare Macht sämtliche Energie ausgesaugt.

Da legte ihm Kreiling eine Hand auf die Schulter. »Ich kann mir schon vorstellen, weshalb Sie das getan haben. Aber verstehen auch Sie, dass ich mir Sorgen mache, wenn Polizisten ermordet werden und Sie eine solche Dummheit begehen?«

Fuchs ließ den Kopf hängen, nickte.

Dann sah er Kreiling an und erkannte ein Lächeln in dessen Zügen, als der sagte: »Wir sehen uns dann im Präsidium.«

Joachim blickte ihm nach. Er war so unendlich müde. So traurig. Kaputt. Emotional wie körperlich ausgebrannt. Denn nichts, scheinbar gar nichts schien derzeit in seinem Leben rundzulaufen. Egal, worauf er sich konzentrierte – alles beschwor ätzende Emotionen herauf. Konrad, Benjamin, Sophia. Dieser ganze verdammte Fall. Trauer. Wut. Eifersucht. Scham. Und nun, quasi als verdorbene Kirsche auf der schon ranzigen Sahne, wurden sie vom schlimmsten aller Gefühle gekrönt: Angst. Er hatte den Bogen überspannt.

Es war zum Davonlaufen. Weit weg. Ja, dieser Gedanke fühlte sich angenehm an. Rein in ein Flugzeug und ans Ende der Welt. Oder nach Hause, sich sämtliche Alkoholika, die in den Schränken verstaubten, hinter die Binde kippen. Nur dass Alkohol in solchen Situationen bei ihm nie den gewünschten Effekt hatte. Er sah sich vor seinem geistigen Auge schon lallend ein Videotelefonat mit Sophia führen, in dem er ihr seine Bedenken an den Kopf warf. Nur um dann, statt der erhofften Beschwichtigung, eine Rüge – oder schlimmer noch – eine Bestätigung seiner Befürchtung zu erhalten.

Tut mir leid, Joachim. Ich habe einen Neuen.

Er biss sich auf die Zähne. Nein, zum Teufel – Weglaufen war keine Option. Für ihn, Hauptkommissar Fuchs, gab es in diesem Moment nur einen einzigen Ort, an den er gehen konnte.

36

Das Sirren des Lüfters, die Stimmen aus dem Büro nebenan, das Kratzen der Kugelschreibermine auf ihrem Block – all das zog sich normalerweise in eine andere Dimension zurück, wenn Lara an einem Profil arbeitete. Doch wieder gelangte sie nicht in den Flow. Im Grunde kein Wunder, denn es war völliger Quatsch, ein Profil zu erstellen, wenn man die Täterin kannte. Aber Kreiling hatte für die Vollständigkeit der Akten darauf bestanden. Zudem fühlte er sich den Offenbachern gegenüber wohl verpflichtet, Wort zu halten.

So hatte er ihre ketzerische Frage über die Sinnhaftigkeit dieser Profilerstellung mit einem glatten Lächeln quittiert und gesagt, sie müsse offensichtlich noch lernen, Aufträge auch mal ohne Hinterfragen zu erledigen. Darüber hinaus brauchten sie ihr Täterprofil in den Akten, damit man ihre Stelle als Fallanalystin im Präsidium rechtfertigen konnte. Abschließend hatte er fast schon süffisant hinzugefügt, dass es sich doch vermutlich um das einfachste Profil ihrer Laufbahn handeln dürfte, da es nun mehr der Charakterisierung eines Romanhelden glich als der Profilierung eines gänzlich unbekannten Täters. Mit den Worten »danach dürfen Sie sich auch wieder anderen Dingen widmen« hatte er die Unterredung geschlossen. Klappe zu, Affe tot.

Es hatte fast wie ein Versprechen von Mutti geklungen: *Sobald du deine Hausaufgaben erledigt hast, darfst du raus zum Spielen.*

Nicht nur deshalb fühlte Lara sich in ihre Schulzeit zurückversetzt. Denn genauso lange war es her, dass sie eine klassische Figurencharakterisierung erstellt hatte, was ihr immer erstaunlich leicht von der Hand gegangen war. Wahrscheinlich hatte sich damals schon abgezeichnet, wo ihre Stärken lagen. Doch während sie in der Schule selten den Sinn der übertragenen Aufgaben hinterfragt, sondern einfach versucht hatte, sie so gut wie möglich zu erledigen, wollte ihr das jetzt nicht gelingen.

Vielleicht half es ihr ja, wenn sie versuchte, sich mit dem von Kreiling aufoktroyierten Sinn – oder dem, den sie dahinter vermutete – abzufinden. Er wollte vor dem anderen Dienststellenleiter glänzen. Punkt. Reichte ihr das als Antrieb? Wohl kaum. Da zog das Argument mit der Pflichtschuldigkeit wegen ihrer herausragenden Position im Präsidium eher. Trotzdem hätte es ihrer Ansicht nach warten können, bis die Ermittlungen abgeschlossen waren oder zumindest eine ruhigere Phase erreicht hatten. Aber was brachte es schon, sich zu ärgern? Einfach machen. Er war der Chef, sie der Untertan. Klappe zu, Affe tot.

Zudem gab es ja nun einen weiteren Ansatz. Vielleicht erstellte sie auch ein Profil für den Mann auf dem Bild, diesen Boten. Aber falls dieser doch nur gekauft worden war und mit dem Fall ansonsten gar nichts zu tun hatte, würde Kreiling sie garantiert nicht mit Lob überhäufen, wenn sie dafür ihren eigentlichen Auftrag liegen ließ.

Sie ging noch einmal ihre bisherigen Aufzeichnungen durch und glich sie mit dem ab, was sie über die Ex-Terroristin, Marlies Bonkert, wusste. Mit der Alterseinschätzung hatte Lara trotz ihrer großzügig angelegten Spanne von zwei Jahrzehnten schon mal danebengelegen, wenn auch nur knapp. Wobei sie zugeben musste, dass sie insgeheim von einem Alter des Täters zwischen fünfunddreißig und vierzig ausgegangen war. Und damit war sie schon beim nächsten Problem: dem Geschlecht. Sie selbst hätte nämlich ein Monatsgehalt darauf verwettet – wenn nicht mehr –, dass ein Mann hinter den Taten steckte. Wobei der Aspekt des Fallenstellens wiederum einen ähnlich hinterhältigen Charakter besaß wie Giftmorde, die meist von Frauen verübt wurden. Die technische Raffinesse bei den jüngsten Taten passte dagegen wieder eher zu einem Mann. Wie Joachim gesagt hatte, machte einen dieser Fall ganz verrückt. Wenn sie ihre bisherige Arbeit daran kritisch betrachtete, musste sie sich eingestehen, dass ihr ganzes Profil ein einziger Pfusch war. Wie exakt konnte so eine Analyse überhaupt jemals sein? Ziemlich, beantwortete sie sich die Frage selbst und dachte neidvoll an die legendären Profile ihrer Idole zurück, wie jenes des Kriminalpsychologen Müller. Er hatte den österreichischen Bombenbauer Franz Fuchs nämlich in zweiundzwanzig von vierundzwanzig genannten Merkmalen treffend beschrieben.

Die Erfahrung hatte zwar gezeigt, dass Täterprofile – egal wo auf der Welt – in höchstens acht Prozent aller Fälle zur direkten Täterergreifung führten, dennoch trafen sie häufig ins Schwarze. So wollten neunzig Prozent aller Ermittler die Arbeit von Fallanalysen nicht mehr missen.

Ja, die von den Guten ihres Fachs, zischelte die andere, dunkle Stimme in ihrem Kopf. Doch der Schund, den sie hier verfasst hatte, war kaum mehr wert als das Papier, auf dem er stand. Vielleicht war sie einfach nicht gut genug? Bei diesem Gedanken stieg Frust in ihr auf.

Beruf verfehlt? Setzen, sechs!

Blödsinn! Auch andere Fallanalytiker hatten schon danebengelegen. Selbst ihr Lehrmeister beim FBI, der als Koryphäe auf seinem Gebiet galt, hatte ihr von einigen Pannen erzählt. Richtige Schnitzer waren ihm unterlaufen und hatten weitreichende Folgen gehabt. Also befand sie sich in der Riege der Profiler doch in bester Gesellschaft. Wenigstens hatte ihre Fehleinschätzung bisher noch nicht zu Problemen geführt. Und hoffentlich würde das auch so bleiben. Immerhin hatte sie Joachim mit ihrer Idee zu den proaktiven Maßnahmen offenbar angestachelt, sodass er im Anschluss an die Pressekonferenz vor die Kameras getreten war und sich in den Fokus dieser Irren gerückt hatte.

Sie schüttelte den Gedanken ab und konzentrierte sich wieder auf ihre Aufzeichnungen. Jetzt noch mal nüchtern betrachten. Ohne störende Emotionen. Hatte sie nun so danebengelegen oder nicht? Auf den ersten Blick sah es so aus. Es sei denn …

Huber platzte herein. »Hast du Zeit?«

»Was? Ähm, nein. Eigentlich nicht.«

»Was heißt *eigentlich*?«

»Ich muss das Profil fertigstellen.«

»Wieso das denn?« Entgeistert sah er sie an.

Lara stöhnte. »Frag nicht.«

»Ach, lass mich raten – Kreiling will gut vor Kleiber dastehen?«

»Ja, so in der Art.«

»So ein Schrott!«

»Wem sagst du das? Hast du dir die Pressekonferenz angeschaut?«

Er nickte. »Haben ihn ganz schön in die Ecke gedrängt, was?«

»Hast du auch das Interview im Anschluss gesehen?«

»Ja.« Er grinste. »Unser lieber Joachim … Er ist und bleibt halt ein bisschen verrückt. Aber genau dafür liebe ich ihn.«

Aus zwei guten Gründen verkniff sich Lara eine Antwort darauf. Stattdessen fragte sie: »Was wolltest du eigentlich?«

»Es gibt was zu tun, aber wir müssen nach der PK gerade gefühlt dreihunderttausend Hinweisen nachgehen, weil die Leitungen heiß laufen. Natürlich rufen jetzt auch die ganzen Spinner an.« Er schüttelte schnaubend den Kopf. »Einer will Bonkert dabei gesehen haben, wie sie auf dem Nachbargrundstück auf einen Baum geklettert ist, um sich darin zu verstecken. Eine andere will in spirituellem Kontakt mit ihr stehen und genau wissen, wo sie sich gerade befindet. Aber es sind eben auch glaubhafte Anrufer dabei. Treffe unter denen mal die richtige Wahl, welchem du nachgehst. Für alle haben wir, wie du weißt, nicht ansatzweise genug Leute, geschweige denn genug Zeit. Und wenn wir den einen Richtigen versäumen, werden uns die Medien wieder zerfleischen.«

Lara sah kurz auf den Wust aus losen Blättern auf ihrem Tisch. »Ich beeile mich, dann helfe ich euch.«

»Brauchst du nicht. Am Telefon hocken schon genug. Doch es gibt was anderes. Wir haben womöglich den Halter des Fahrzeugs ermittelt, das dieser Lauschangriff-Opa aus Bonkerts Haus beobachtet hat.«

»Okay. Und?«

Huber wiegte den Kopf. »Der alte Spion hatte vielleicht recht.«

37

Lara platzte in Joachims Büro, wie Martin es nur Minuten zuvor bei ihr getan hatte. Sie fand Fuchs auf seinem Bürostuhl vor. Reglos, mehr liegend als sitzend. Den Nacken auf die Rückenlehne gestützt, hatte er den Blick starr zur Decke gerichtet und dachte offenbar nach.

»Du wirst nicht glauben, wessen Auto da vielleicht vor Bonkerts Wohnhaus stand!«

Sie wartete auf eine Antwort, aber Fuchs rührte sich nicht.

»Jetzt rate doch mal!«

Keine Reaktion. Unsicher ging sie auf ihn zu. Erst jetzt wurde ihr klar, dass etwas nicht stimmte.

»Joachim?« Auf das Schlimmste gefasst, streckte sie die Hand aus, berührte ihn an der Schulter. »Joachim?« Ein Anflug von Panik in ihrer Stimme.

»Hier«, flüsterte er heiser.

»Gott, was ist denn los? Du hast mich erschreckt!«

»Alles okay.«

»Sieht aber nicht so aus. Hast du gehört, was ich gesagt habe?«

»Ja.«

»Und willst du gar nicht wissen, wer wahrscheinlich der Halter …?« Sie brach ab, trat näher an ihn heran. »Hey, was ist denn?«

Fuchs holte Luft und ließ sie geräuschvoll wieder entweichen. Offensichtlich wollte er sich das letzte bisschen Selbstbeherrschung bewahren. Und das war auch gut so. Immerhin wusste Lara schon jetzt kaum, was sie sagen sollte. Sie fühlte sich hilflos. Hölzern. Stumpf. Sie hatte nie gelernt, ihre Gefühle zu zeigen. Schon als Kind hatte man sie mit ihren Tränen alleine gelassen. Zudem wollte sie diesen Mann nicht schon wieder so nah an sich heranlassen, wo sie ihren Schutzwall doch gerade erst mühsam wiederaufgerichtet hatte. Andererseits erschien es ihr, als stünde ihr Partner kurz vor dem Kollaps. Sein innerer Kampf war nicht zu übersehen.

Sie sah zur Tür, überlegte, entschied sich dafür. Machte die paar Schritte, drehte den Schlüssel im Schloss und kehrte zu ihm zurück. Legte ihm eine Hand auf die Schulter. »Hey, nun sag schon. Was ist?«

Er räusperte sich. »Zurzeit ist einfach alles beschissen.«

»Wenn dir danach ist, kannst du mit mir reden. Was immer dich bedrückt, ich bin für dich da. Als Kollegin, als Freundin, als was auch immer du mich gerade brauchst.«

Er schloss die Augen. Nickte. »Es war einfach zu viel in letzter Zeit. Erst Konrads Tod … Dann die Sache mit Bonkert, was wieder so viele verdrängte Gefühle aufwühlt; damit habe ich nicht gerechnet. Dann der Stress mit meinem Sohn. Die Angst um Sophia.«

Lara spitzte die Ohren. Da sie ihn nicht gleich über Sophia aushorchen wollte, fragte sie nach seinem Sohn.

»Ach, was soll ich sagen? Er will die Schule schmeißen, und ich komme einfach nicht mehr an ihn ran. Als hätte ich diesen Zug verpasst.«

»Hm.« Lara wusste nicht, was sie darauf antworten sollte. Sie war kinderlos und konnte sich nur vage vorstellen, wie Eltern in einer solchen Situation empfanden. An ihre eigenen Eltern wollte sie gar nicht denken. An ihre Pippi-Langstrumpf-Kindheit, um die andere sie vermutlich beneidet hätten, allerdings auch nur, solange sie nicht hinter die Fassade blickten. »Und was ist mit Sophia?«, fragte sie dann.

»Ach, ich weiß auch nicht. Sie ist ja mit dieser Hilfsorganisation in Afrika.«

»Ja, hast du erzählt. Und?«

»Wir haben die Tage miteinander telefoniert. So ein Videotelefonat über WhatsApp. Davor hatte ich tagelang nichts von ihr gehört. Na ja … während wir so miteinander sprechen und ich gerade entschieden habe, meinen Unmut über Bord zu werfen, klettert hinter ihr so ein Kerl aus dem Zelt. Sicher zehn, fünfzehn Jahre jünger als ich. Gutaussehend. Durchtrainiert.«

Lara öffnete den Mund, schloss ihn wieder, während widerstreitende Gefühle in ihr aufstiegen. »Und … weiter?«

»Nichts weiter. Kurz darauf haben wir das Telefonat beendet.«

»Das ist alles?«

»*Wie* alles?« Er sah sie an. »Was würdest du denn an meiner Stelle machen?«

Lara wedelte mit der Hand. »Lassen wir mich da mal außen vor. Ich bin garantiert kein Maßstab. Hast du sie denn mal nach diesem Typen gefragt?«

Fuchs riss die Augen auf. »Nein.«

»Und woher willst du dann wissen, ob da was lief?«

»Sie hat sich ertappt gefühlt. Ich habe es in ihrem Blick gesehen.«

»Hm.« Lara dachte kurz nach. »Okay, pass auf … Ich will gar

nicht behaupten, dass du dir das einbildest. Auch bin ich diesbezüglich sicher kein Vorbild, aber ich habe mal gehört, dass es gut sein soll, über solche Dinge zu sprechen. Vor allem mit den Personen, die sie betreffen. Erst recht, wenn das Problem möglicherweise doch nur im eigenen Kopf existiert.«

»Und falls nicht? Wenn es doch so ist, wie ich denke?«

»Dann würde es auch nichts daran ändern, wenn du es ansprichst.« Lächelnd schüttelte sie den Kopf. »Ich bin gerade echt überrascht.«

»Worüber?«

»Über dich. Dass du im Privatleben so unlogisch an Probleme herangehst. Steckst aus Angst vor einer unbequemen Wahrheit lieber den Kopf in den Sand wie ein Vogel Strauß.«

»Ja, so bin ich eben.«

»Im Job handelst du völlig anders.«

»Wenn du es sagst.«

»Ja, sage ich. Wovor hast du denn solche Angst?«

»Wovor wohl?«

»Und du denkst, das kannst du verhindern, indem du deine Sorgen und Ängste mit dir selbst ausmachst?«

»Wenn ich sie darauf anspreche und es steckt nichts dahinter, denkt sie vielleicht, ich vertraue ihr nicht. Sie wäre nicht die erste Frau, die dann mit Trotz reagiert, frei nach dem Motto: *Dir werd ich's zeigen.*«

»Das heißt, du schweigst lieber weiter und hoffst darauf, dass alles beim Alten ist, wenn sie zurückkommt?«

»So in der Art, ja.« Er lachte, aber es wirkte verzweifelt.

Sie betrachtete ihn mit ernster Miene. »Willst du nicht mal mit Kreiling reden?«

»Worüber denn?«

»Dass er dich für eine Weile aus den Ermittlungen rausnimmt. Jeder, wirklich jeder hier hätte Verständnis dafür. Schon allein wegen der Sache mit Kröll. Jetzt, wo ich auch noch von deinen anderen Problemen weiß, wundert es mich umso mehr, wie du das die ganze Zeit durchgestanden und dabei noch einen so guten Job gemacht hast.«

Er schüttelte den Kopf. »Ich kann jetzt nicht einfach auf Pause drücken.«

»Natürlich kannst du. Du hast einen Freund verloren, dessen Tod Gegenstand der Ermittlung ist. Allein das würde reichen.«

»Ich wollte es doch so«, sagte er.

»Ja, und? Deine Verstrickung in den Fall wegen Bonkert hattest du aber nicht geplant. Glaub mir, ich weiß, wie sich so ein Trauma anfühlt.« Lara schluckte, als sie daran dachte, wie knapp sie bei der Jagd nach dem Aderlass-Mörder vor einem halben Jahr selbst dem sicheren Tod entkommen war. »Ich wache immer noch nachts auf, weil mich dieses Schwein in meinen Träumen verfolgt. Zum Glück nicht mehr jede Nacht, aber immer noch oft genug. Ich höre das Ratschen seiner rostigen Schere, mit der er mir die Hosenbeine aufschneidet, und spüre das Kitzeln seiner Nasenspitze, als er an mir riecht. Bei dir kommen zudem noch die Sorgen um deinen Sohn und deine Beziehung hinzu. Für wen wäre das nicht zu viel?«

»Es geht nicht«, sagte er entschieden. »Ich kann jetzt nicht aufhören. Ich muss, ich will und ich werde Bonkert finden und das zu Ende bringen. Allein schon, damit ich mit diesem Thema abschließen kann. Verstehst du?«

Lara biss sich auf die Unterlippe, nickte. »Ich wünschte, ich hätte auch mehr von deiner Entschiedenheit und wäre manche Dinge mit ähnlicher Konsequenz angegangen.«

Fuchs sah sie neugierig an. »Was denn zum Beispiel?«

Da klopfte es an der Tür, und die Klinke wurde runtergedrückt.

»Hallo?«, drang Kerns Stimme zu ihnen durch.

»Jetzt nicht!«, rief Lara.

»Oh.« Nach einer kurzen Pause. »Ich … äh … wollte nicht stören, aber falls Joachim auch da drin ist, sag ihm, ich bin in meinem Büro. Er soll sich mal bei mir melden.«

Lara erhob sich und drückte ein letztes Mal Joachims Hand, als besiegelte sie damit ihr platonisch-intimes Verhältnis. Dann ging sie zur Tür, schloss auf, doch da war Olaf schon weg.

Sie wandte sich wieder um und bedachte Joachim mit gespielt strenger Miene. »Herr Fuchs, da du dir ja keine Ruhe gönnen willst, hätte ich was, das dir Ablenkung verschaffen dürfte. Vielleicht war Olaf ja wegen derselben Sache hier.«

»Das Auto vor Bonkerts Haus?«

»Genau.« Lara erkannte, wie ein Funkeln in seine Augen zurückkehrte, als wäre darin ein Brillant in Rotation versetzt worden. »Mir sagte der Name zwar nichts, aber bei dir dürfte da was klingeln.«

»Nun sag schon.«

»Von allen möglichen Kombinationen mit Fahrzeugtyp und dem halben Kennzeichen, das wir hatten, gab es tatsächlich eine einzige Person, bei der wir eine Verbindung zu unserem Fall herstellen konnten. Und dieser Jemand heißt Gero Zeitz.«

»Was?« Fuchs richtete sich kerzengerade auf. »Zeitz? Aber … das ist völlig unlogisch!«

»Inwiefern?«

»Ich dachte, wir suchen nach einem Komplizen.«

»Ja. Und wieso passt er nicht ins Raster?«

»Wenn überhaupt, stünde er ganz oben auf der Liste der gefährdeten Personen. Zudem hasst er Bonkert genauso wie ich.« Fuchs erhob sich und begann im Zimmer auf und ab zu laufen. Lara bemerkte, dass seine Augen wieder hellwach waren. »Bonkert und Zeitz …«, murmelte er, »… das wäre für mich die letzte denkbare Konstellation gewesen.« Nach ein paar Runden des Grübelns sagte er: »Wenn es sich nicht um einen Zufall handelt – immerhin hatten wir ja nur einen Teil des Kennzeichens –, hätte ich nur eine einzige Idee, was er vor ihrem Haus gewollt haben könnte.«

»Und zwar?«

»Überleg doch mal! Dieser Nachbar hat gesagt, dass er Bonkert schon eine Weile nicht mehr gesehen hat. Und bei ihrem Bewährungshelfer hat sie sich ebenfalls nicht gemeldet.«

»Ja … und weiter?«

Er deutete mit dem Finger auf sie. »Hast du jetzt Zeit?«

Lara seufzte. »Nein. Ich hab doch noch den Spezialauftrag von unserem Chef, und wenn ich noch eine Weile bei euch bleiben möchte, bin ich sicher gut damit beraten, den zu erledigen. Aber du kannst bestimmt Olaf mitnehmen.«

Joachim nickte. Er gab ihr einen Kuss auf die Stirn, schnappte sich seine Autoschlüssel vom Schreibtisch, und fort war er.

Lara starrte die leere Tür an, fasste sich an die Stelle an ihrer Stirn, wo die Berührung seiner Lippen noch einen Moment nachklang, und schloss kurz die Augen. Was für ein Tag. Dann setzte sie sich in Bewegung, um dieses nervtötende Profil zu Ende zu bringen.

38

»Und du kennst diesen Kerl von früher?«, fragte Kern, als sie zwischen Miquelanlage und Grüneburgpark auf die B8 abbogen. Wegen einer Unfallstelle auf der A66 hatten sie sich für die längere Route über die Bundesstraße entschieden.

»Ja, von meiner Zeit beim SEK«, antwortete Fuchs.

»Dann erzähl mir mal was über ihn, damit ich mich ein wenig darauf einstellen kann, was uns gleich erwartet.«

»Puh, was soll ich dir erzählen? Immerhin sind wir uns vor mehr als zwanzig Jahren zuletzt begegnet. Ich bin selbst ziemlich gespannt. Früher war er jedenfalls mal ein richtiger Ochse mit solchen Armen.« Fuchs formte eine Kralle über seinem Bizeps. »Altersmäßig trennen uns nur ein paar Monate, und bis ich damals zur Truppe dazugestoßen bin, war er das jüngste Mitglied.«

»Wart ihr befreundet?«

»Nee, nicht wirklich. Ich glaube, er hat es mir übel genommen, dass ich ihm den Rang als Nesthäkchen abgelaufen habe.«

»*Nesthäkchen*?« Kern lachte. »Ich dachte, der Korpsgeist so einer Truppe stünde über solchen Befindlichkeiten.«

Fuchs zuckte die Schultern. »Würde ich nicht unbedingt unterschreiben. Carsten, unser Freund, der bei dem Einsatz ums Leben kam, hätte zwar theoretisch ein Bindeglied zwischen uns sein können, aber ich glaube, auch er konnte Gero nur wohldosiert ertragen.«

Kern horchte auf. »Jetzt wird es doch interessant. Was ist denn falsch mit Zeitz, dass man ihn nur *wohldosiert* ertragen konnte?«

Fuchs dachte daran, dass es ihm mit Kern ähnlich erging, obwohl er seinen kauzigen Kollegen eigentlich mochte. Aber wenn es um das Zeitverbringen mit manchen Menschen ging, war weniger einfach mehr. »Ach, ich würde nicht so weit gehen und sagen, dass etwas falsch mit ihm war … Aber er war etwas …«, Fuchs suchte nach den richtigen Worten, »… überengagiert, wenn du weißt, was ich meine?«

»Okaaay«, sagte Olaf gedehnt. Offenbar wusste er nicht, was Fuchs meinte.

»So wie die Schupos, deren Gürtel behängt sind wie Christbäume«, versuchte Joachim es mit einer Erklärung.

Jetzt schmunzelte Olaf. »Du meinst die Jungs von der Streife, die in den Kevlar-Handschuhen des SEK herumlaufen?«

»Ja, so in der Art.«

»Was glaubst du eigentlich?«, fragte Kern nach einer Weile. »Hat er es getan?«

Fuchs sah aus dem Fenster, wo gefleckte Stämme von Platanen vorüberzogen, die ihn an Beine von spalierstehenden Soldaten in Tarnhosen erinnerten. »Man sollte sich wahrscheinlich auf die Ergebnisse der Untersuchungskommission verlassen«, antwortete er dann. »Schließlich haben die alles mehrfach unter die Lupe genommen.«

»Ja, schon, aber du wirst doch eine persönliche Meinung dazu haben.«

»Wie gesagt, Gero war motiviert, wenn nicht sogar überambitioniert. Und er war ziemlich dicke mit Carsten, der ja von Wallraff erschossen wurde. Ein Rachemotiv hätte er also im Affekt durchaus haben können. Aber ob er deshalb wirklich in der Lage gewesen wäre, einer wehrlos am Boden liegenden Person in den Kopf zu schießen? Keine Ahnung.«

»Hat ihn nicht auch deine Aussage zu den Ereignissen belastet?«

Fuchs schnaubte. »Falls ja, war das nicht meine Absicht. Recht bald nach dem verpatzten Einsatz am Bahnhof hat man alle Beamten einzeln in die Mangel genommen. Zu diesem Zeitpunkt wusste noch keiner von der angeblichen Hinrichtung Wallraffs. Dieses Gerücht kam erst später durch Bonkerts Behauptungen auf. Und meine Aussage kam noch mal zwei oder drei Wochen später, denn ich war ja für eine Weile außer Betrieb.«

»Im Koma, ich weiß«, nannte Kern die Sache beim Namen. »Das war vor meiner Zeit im Präsidium.«

»Und für mich war es die Weiche des Schicksals, die mich dorthin geführt hat«, sagte Fuchs mit einem Lächeln. »Jedenfalls kann ich mich noch gut daran erinnern, dass ich – kaum die Augen offen – von zwei Typen von der Internen befragt wurde. Hattest du schon mal das Vergnügen?«

»Ne«, sagte Kern, »zum Glück nicht.«

»Das ist ziemlich ätzend, sage ich dir. Zu diesem Zeitpunkt besaß ich keinerlei Information über den Ausgang des Einsatzes. Ich konnte also unmöglich wissen, was ich mit dieser oder jener Aussage bewirke. Ehrlich gesagt weiß ich aber auch heute nicht, wie weit ich für Zeitz von der Wahrheit abgewichen wäre, um ihn zu schützen. Also habe ich exakt das berichtet, was ich von meinem Standpunkt aus beobachten konnte. Vor allem, woran ich mich überhaupt noch erinnerte. Nach so einem Koma kann es nämlich schon mal ein wenig haken im

Oberstübchen. Aber abgesehen von der Tatsache, dass Gero seinen Posten zu früh verlassen hat und es mir so erschien, als wollte er die Zielpersonen alleine zur Strecke bringen, hätte ich eh nichts Belastendes über ihn berichten können.«

Kern deutete auf eine Kreuzung. »Fahr da vorne mal rechts. Ich glaube, das geht schneller.«

Fuchs setzte den Blinker.

»Du bist also der Meinung, dass man Bonkerts Aussage zu viel Bedeutung beigemessen hat?«, fragte Kern.

»Wenn ihre Behauptung wahr ist, nicht. Sicher ist nur, dass sie den Eklat damit ausgelöst hat. Die Stimmen aus dem Lager der Linken wurden so laut, dass es Schlagzeilen hagelte, in denen wir als *Todestrupp* hingestellt wurden. Und die Presse hat sich auch nicht gerade mit Ruhm bekleckert, sondern war Komplize wider Willen. Die RAF hatte es ja schon immer verstanden, die Medien zu instrumentalisieren. Das haben die schon mit der Muttermilch aufgesogen, wenn du an die erste Generation und deren unglaublich gute Selbstinszenierung denkst. Doch am Ende war es ihnen erst durch die mediale Berichterstattung möglich, so viel Angst und Schrecken zu verbreiten. Das ist ja heute bei den Anschlägen von Terrororganisationen dasselbe. Stell dir mal vor, es gäbe eine Attacke, aber niemand bekäme was davon mit.« Fuchs öffnete das Fenster einen Spalt und zündete sich eine Zigarette an. »Jedenfalls hat das damals Riesenkreise gezogen und gipfelte in Rücktritten auf höchster Ebene bis hin zum Generalbundesanwalt. Na ja …« Er nahm einen tiefen Zug. »Nur unser lieber Freund Polzin scheint, wie ich in der Akte gelesen habe, die Situation zu seinem Vorteil genutzt zu haben.«

»Inwiefern?« Olaf sah von den Papieren auf, die er auf dem Schoß liegen hatte.

»Er hat sich in seiner Aussage sehr für die Einsatzkräfte, also das Fußvolk starkgemacht.«

»Was ja prinzipiell nett ist«, fügte Kern hinzu.

»Schon. Er hat aber zugleich mit dem Finger auf andere Führungskräfte gezeigt, die seiner Meinung nach für das Debakel der Operation Funkenflug verantwortlich waren. Da er ja nur den Schutzpolizei-Trupp vor dem Gelände geleitet hatte, war er natürlich fein raus. Aber jemandem in einem hohen Amt, der andere in vielleicht noch höheren Ämtern anklagt, dem hört man natürlich zu.«

»Noch mal zu Zeitz«, sagte Kern. »Was denkst du, könnte er vor Bonkerts Haus gewollt haben?«

»Das ist die Frage der Stunde. Ich habe da so eine Theorie. Aber lass uns zuvor mal verschiedene Szenarien durchgehen. Zunächst einmal wäre es ja möglich, dass wir uns wegen des unvollständigen Kennzeichens aus den insgesamt fünf möglichen Haltern bloß den einen herausgepickt haben, zu dem wir eine Verbindung herstellen konnten. In diesem Fall würden wir einem Bestätigungsfehler unterliegen.«

»Hm«, machte Kern. »Eher unwahrscheinlich, oder?«

»Sehe ich auch so. Dennoch ist es nicht ausgeschlossen. Wenn es aber tatsächlich Geros Wagen war, könnte er auch aus anderen Gründen dort gewesen sein, zum Beispiel, um irgendwen sonst zu besuchen.«

»Auch unwahrscheinlich«, meinte Kern. »Oder?«

»Ja, wenn auch nicht unmöglich. Dann kommen wir jetzt zu den spannenderen Optionen. Möglichkeit eins: Die beiden sind Komplizen und haben die präparierten Glühbirnen für ungebetene Gäste wie uns hinterlassen. Doch ich kann mir die beiden einfach nicht als Team vorstellen. Unmöglich.«

»Ich mir auch nicht«, pflichtete Kern ihm bei. »Nicht wenn er angeblich damals ihren Lebensgefährten erschossen hat.«

»Gut.« Fuchs veranstaltete mit den Fingerspitzen einen Trommelwirbel auf dem Lenkrad. »Dann wären wir bei meinem Favoriten.«

»Der da wäre?«

»Zeitz hat sie observiert.«

»Mhm«, kam es nachdenklich vom Beifahrersitz. »Weil?«

Fuchs sah hinüber und erkannte, dass seinem Kollegen diese Idee gefiel.

»Weil er wusste, dass Bonkert entlassen wurde, und weil er beim Verfolgen der Nachrichten über die Mordserie die richtigen Schlüsse gezogen hat. Er war einfach schneller als wir. Da er sich damals wegen seines drohenden Rauswurfs aus dem Trupp sicherlich intensiv mit den Akten beschäftigt hat, könnte er die Namen der Opfer mit dem Einsatz damals in Verbindung gebracht haben. Sein logischer Schluss hätte dann lauten können: Bald geht es auch mir an den Kragen. Da er sich aber nicht an die verhasste Polizei wenden wollte, hat er sich dazu entschlossen, das Problem selbst aus der Welt zu schaffen.«

»Ha! Das ist gut. Meinst du, er hat dann diese Säurebomben für Bonkert in ihrer Wohnung platziert?«

»Das wäre *eine* Möglichkeit«, sagte Fuchs.

»Aber wo ist dann Bonkert?«, grübelte Kern. »Sie ist ja wie vom Erdboden verschluckt, scheint aber in keine der Fallen getappt zu sein.«

»Nein«, sagte Fuchs, »bis auf die Birne, die Guldan erwischt hat, waren alle anderen noch intakt. Vielleicht hat sie auch bemerkt, dass sie observiert wurde, und sich erst mal eine neue

Bleibe gesucht, die sie jetzt, da das halbe Land nach ihr sucht, erst recht nicht verlässt.«

Kern schürzte die Lippen, nickte.

»Oder aber«, fuhr Fuchs fort, »er hat sie sich außerhalb ihrer Wohnung geschnappt und ihre Leiche bereits irgendwo entsorgt. Im Wald, in einem See oder im frisch gegossenen Betonfundament einer Baustelle. Die Möglichkeiten sind schier unendlich.«

»Falls sie spitzgekriegt hat, dass sie beobachtet wird«, schlussfolgerte Kern, »könnte aber auch genauso gut sie diese Wunderlampe für ihren Verfolger hinterlassen haben.«

Fuchs nickte. »Auch das ist möglich.« Er deutete aus dem Fenster. »Wir sind da.«

39

Es sei denn … Es sei denn … echote es in Laras Gedanken.

Irgendwann hatte sie diesen Satzbeginn im Kopf gehabt, doch dann war sie unterbrochen worden. Wann war das gewesen? Auf dem Weg zu Joachims Büro? Dann wäre es zumindest kein Wunder, weshalb ihr der Gedanke entglitten war, denn seine Verfassung hatte sie völlig überrumpelt. Normalerweise tangierte es sie kaum, wenn andere traurig waren oder weinten. Aber vorhin bei ihm war das anders gewesen. Wie nahezu alles, was Joachim betraf. Mit ihm in der Nähe schien nichts mehr nach gewohnten Mustern zu laufen. Ohne dass er dafür einen Finger krumm machen musste, brachte er Saiten in ihr zum Schwingen, deren Klänge sie ebenso liebte wie hasste. Denn sie legten ihr verletzliches Inneres frei und das bedeutete zwangsläufig Angst. Das Beste war, diese Gefühle zu unterdrücken, denn sie standen ihrer beruflichen Partnerschaft sowie ihrer Freundschaft im Weg. Vermutlich brauchte sie bloß mal jemanden, der ihr gehörig die Seele aus dem Leib vögelte. Einen Kerl, der den Reset-Knopf in ihrem Hirn drückte, damit sie endlich erkannte, dass es noch andere Götter neben ihm gab. Joachim Fuchs, der verlässliche Partner im Job, aber zugleich unerreichbare Liebhaber im Geiste.

Es sei denn … Es sei denn …

Siedend heiß fiel es ihr ein. Martin hatte diesen Gedankengang unterbrochen, als er in ihr Büro geplatzt war. Da hatte sie sich gerade über ihre grandiose Fehleinschätzung im Täterprofil geärgert. Männlicher Täter zwischen dreißig und vierzig. Stattdessen hatten sie nun eine Frau jenseits der fünfzig. Sie betrachtete ein älteres Foto von ihr. Schmales Gesicht, kantiges Kinn, dunkle, kürzere Haare. Auffällig spitzer Haaransatz. Die seitlich ansteigenden Brauen schienen das Diabolische in ihrem Blick zu unterstreichen. Aber auch ohne Betrachtung dieses wenig schmeichelhaften Fotos passte Bonkert ins Bild, denn sie hatte Erfahrung im Bombenbau, war schlau und besaß die nötige Brutalität, um solche Taten verüben zu können. Schließlich hatte sie damals eine vier Zentner schwere Sprengladung in einem Gefängnis hochgehen lassen, wenngleich dabei niemand zu Tode gekommen oder gar verletzt worden war. Dennoch gingen auch ein paar Morde auf ihr Konto. Egal wie sehr Lara sich dagegen wehrte: Selbst ohne das Bekennerschreiben war Bonkert die ideale Verdächtige.

Aber warum ließ sie dann dieser Gedanke nicht los?

Es sei denn …

Es sei denn, der vermeintliche Komplize war in Wahrheit der Drahtzieher. Sie nickte. Ja … Der Paketbote von den Bildern der Überwachungskamera war ein Mann. Und das von ihr angesetzte Alter des Täters würde ebenfalls besser passen, da der Bote laut Schätzung von Rosemarie Bultink um die vierzig gewesen sein soll. Abgesehen davon waren sie bei den Ermittlungen ebenfalls immer mehr zu der Überzeugung gelangt, dass Bonkert Hilfe bei ihren ausgeklügelten Taten gehabt hatte.

Aber was, wenn Marlies Bonkert nur die Komplizin war?

Lara überflog noch einmal ihre alten Aufzeichnungen und tauchte vereinzelt in Textstellen ein.

Ein Mann mit einem handwerklichen Beruf, zum Beispiel ein Mecha-

troniker. Alternativ ein Hobbybastler. Besitzt entsprechendes Werkzeug. Vielleicht sogar eine gut ausgestattete Werkstatt ... Je mehr über seine Taten und Mordwerkzeuge publik wird, umso wahrscheinlicher ist es für ihn aufzufliegen. Daher dürfte diese Werkstatt außerhalb des häuslichen Umfelds liegen. Oder sie ist eine Tabuzone für andere (Vergleiche Josef Fritzl, der seine Tochter samt inzestuösem Nachwuchs über zwanzig Jahre im Keller seines Hauses eingesperrt hat, ohne dass die Ehefrau dies bemerkt haben will). Möglich ist alles.

Lara hob den Blick und sah nachdenklich aus dem Fenster, wo sich ein krasses Kontrastprogramm zu ihrer düsteren Gedankenwelt abspielte. Stahlblauer Himmel, strahlender Sonnenschein.

Wie sollte Bonkert an einen Komplizen herangekommen sein? Oder anders gefragt: Wie konnte der Täter *sie* für seine Pläne gewinnen? Wenn Lara das Alter des Täters entsprechend anpasste, könnte es sich bei ihm auch um einen etwa gleichaltrigen Gesinnungsgenossen von damals handeln. Und falls Rosemarie Bultinks Fähigkeit zur Alterseinschätzung ähnlich schlecht war wie die, sich Gesichter zu merken, wurde das umso wahrscheinlicher. Lara wusste, dass es noch eine Handvoll ehemaliger Mitglieder der Rote Armee Fraktion gab, die es bis heute geschafft hatten, den Fängen der Justiz zu entgehen, indem sie im Untergrund weilten. Dass Bonkert es nach ihrer Entlassung geschafft hatte, mit einem von ihnen Kontakt aufzunehmen, war ebenfalls nicht abwegig. Bestimmt gab es noch die eine oder andere Kontaktperson, die selbst zwar ein unbescholtenes Leben führte, jedoch keine Sekunde zögern würde, ehemaligen Mitgliedern zu helfen.

Die raffinierten Morde der vergangenen Wochen mussten von langer Hand geplant worden sein. Dazu hätte Bonkert im Knast natürlich ausreichend Zeit gehabt. Ob aber auch die Beschaffung sämtlicher Materialien inklusive dem Bau der Mordwerkzeuge ohne fremde Hilfe in der begrenzten Zeit seit ihrer Entlassung möglich war, blieb fraglich.

Lara wählte sich ins Intranet ein und suchte nach Bonkerts Akte. Vor gut drei Monaten war sie aus der Haft entlassen worden und hatte sich bis letzte Woche regelmäßig bei ihrem Bewährungshelfer gemeldet. Nur den letzten Termin hatte sie sausen lassen, ohne sich abzumelden. Da ein solch einmaliges Versäumnis aber nicht als »gröblicher« oder »beharrlicher« Verstoß gegen die Auflagen gewertet wurde, war man dem Grund für ihr Fernbleiben bisher nicht nachgegangen. Vielleicht hatte sie sich in den ersten Monaten auch akribisch an ihre Auflagen gehalten, um ungestört ihre Pläne in die Tat umsetzen zu können. Wenn man zudem in Betracht zog, dass sie keinem geregelten Job nachging, hätte die Zeit womöglich doch gereicht.

Zumindest der Punkt der Arbeitslosigkeit würde perfekt in ihr ursprüngliches Profil passen. Je intensiver sie darüber nachdachte, umso mehr wurde ihr bewusst, wie ihre Gedanken Pingpong spielten. Ständig ging es hin und her. Dabei war die Theorie mit dem Komplizen doch die wahrscheinlichste – wer auch immer nun der wahre Drahtzieher war. Wieso waren sie überhaupt so lange von einem Einzeltäter ausgegangen? Ganz einfach: Weil mordende Paare oder gar Gruppen die rühmliche Ausnahme bildeten und Kriminalpsychologie eben zum Großteil Statistik war. Und wenn man Joachim Fuchs fragte, auch eine ordentliche Portion Bauchgefühl.

Es klopfte an die Tür.

Die Chefsekretärin, Frau Möller, trat ein und hielt ein Paket in die Luft. »Das hier wurde eben für Sie abgegeben. Der Kurier sagte, es käme direkt aus dem Innenministerium.«

40

Nachdem Fuchs und Kern aus dem Wagen gestiegen waren, steuerten sie auf den Wohnkomplex zu. Das mit Waschbetonplatten verkleidete Monstrum schien direkt aus dem Schlund der architektonischen Hölle gestiegen zu sein. Da half auch das Licht der untergehenden Sonne, die den Block in ein leuchtendes Orange tauchte, nicht viel. Fuchs wusste, dass in dem siebenstöckigen Trumm neben Gero Zeitz über achthundert weitere Menschen hausten. Fast jeder im Raum Frankfurt kannte das Gebäude vom Vorbeifahren, da dieses direkt an der Autobahn lag. Wusste man es nicht besser, konnte man es leicht für ein riesiges Parkhaus halten.

Joachim hatte mal gelesen, dass der Bau in den Siebzigern als bewohnbare Lärmschutzwand errichtet worden war, um das dahinterliegende Örtchen vom Verkehrslärm der Autobahn abzuschirmen. Zumindest für das Örtchen eine feine Sache, wenn man bedachte, dass täglich mehr als einhundertdreißigtausend Fahrzeuge über die insgesamt acht Spuren beider Fahrtrichtungen donnerten. Da wirkten die bunt gestrichenen Balkone wie ein verzweifelter Versuch, dem grauen Block etwas Leben einzuhauchen. Überrascht stellte Fuchs fest, dass man auf dieser Seite des Gebäudes vom Verkehr, der auf der anderen Seite wütete, tatsächlich nichts hörte.

Am Hauseingang angekommen, suchten sie in den Reihen von Namensschildern nach dem von Zeitz. Bevor Joachim den Knopf drückte, sah er noch einmal zu Olaf.

»Das Vorgehen ist klar?«

Kern nickte »Glasklar.«

Fuchs klingelte.

»Ja?«, schnarrte es nach einer Weile aus der Gegensprechanlage. Fuchs war überrascht, wie in einer einzelnen Silbe so viel Ablehnung mitschwingen konnte. Einem spontanen Impuls folgend, schielte er auf das benachbarte Klingelschild.

»Hallo, ich habe ein Päckchen für Nguyen. Könnten Sie das annehmen?«

Kurz war es still, dann ertönte der Summer.

Kern warf ihm einen fragenden Blick zu, doch Fuchs reckte zur Antwort nur einen Daumen nach oben.

»Lass uns den Aufzug nehmen«, schlug Olaf vor.

»Echt jetzt?«

»Ja klar, er wohnt im sechsten Stock.«

»Fauler Sack«, zischte Fuchs schmunzelnd, folgte seinem schmächtigen Begleiter aber in die Kabine.

Als sie oben ankamen, war keine der Wohnungstüren geöffnet. Sie suchten das Namensschild von Zeitz und klingelten erneut.

»Legen Sie's bei ihm vor die Tür«, drang es dumpf nach draußen.

»Ich bräuchte aber eine Unterschrift«, entgegnete Fuchs.

Die Tür wurde geöffnet. Gero Zeitz erstarrte mitten in der Bewegung, als hätte ihn Joachims Antlitz in Stein verwandelt.

»Hallo Gero«, sagte Fuchs mit einem leichten Lächeln.

Geros Blick huschte auf die Hände beider Besucher, so als

hoffte er, dass diese doch nur ein Paket abliefern wollten. Dann verengten sich seine Augen. »Was wollt ihr?«

Er hatte sich verändert. Aus dem Muskelpaket von damals war ein drahtiger Kerl geworden, den die Jahre gezeichnet hatten, auch wenn Joachim nicht sagen konnte, was genau diesen Eindruck erweckte. Denn eigentlich hatte Gero kaum Falten. Vielleicht lag es an den eingefallenen Wangen. Das kurze Haar war im Gegensatz zu dem von Joachim immer noch blond, wenn auch deutlich dunkler als damals. Ausrasierte Koteletten setzten sich als dünne Linien fort und verliefen entlang seiner kräftigen Kiefer, bis sie in einem Kinnbart mündeten.

»Lange her …«, sagte Fuchs statt einer Antwort. »Das ist mein Kollege, Olaf Kern.«

»Schön, aber ich habe gefragt, was ihr wollt?«

»Das ist nicht in zwei Sätzen erklärt. Dürfen wir vielleicht reinkommen?« Demonstrativ sah er sich um. »Oder sollen wir uns hier auf dem Flur unterhalten? Ich kann mir kaum vorstellen, dass dir das lieber ist.«

Zeitz musterte die unerwünschten Besucher. Schließlich warf er einen Blick über die Schulter, zögerte, machte dann aber widerwillig den Weg frei. »Ist aber nicht aufgeräumt.«

»Macht nichts«, sagte Fuchs, dachte aber im nächsten Moment, als sie im Wohnungsflur standen, dass Geros Aussage stark untertrieben war. Unzählige Kisten stapelten sich bis unter die Decke, sodass man sich vorkam wie im Gangsystem einer Pyramide. War Gero ein Messie?

Das Wohnzimmer war recht groß, aber von Wohnlichkeit keine Spur. Die Rollläden waren zur Hälfte runtergelassen, sodass nur wenig von dem orangefarbenen Sonnenlicht zu ihnen hereindrang. Unter der Zimmerdecke hing ein malträtierter Boxsack, der, neben der Klimmzugstange an der Wand sowie den Kettlebells auf dem Boden, eine Erklärung für Geros Figur lieferte.

Sogleich wurde Joachims Aufmerksamkeit von einer mannshohen Skulptur eingenommen, die in einer Ecke des Raums stand und ihn an Gigers berühmtes Alien erinnerte, das Sigourney Weaver Anfang der Neunziger durch ein Raumschiff gejagt hatte.

Ehrfürchtig stürzte sich Olaf darauf. »Wow! Der ist ja geil. Haben Sie den gemacht?«

»Ja«, brummte Zeitz, »ist lange her.«

»Super Arbeit, echt.« Kern fuhr mit den Fingern über das Metall. »Wahnsinn. Guck dir mal die ganzen Details an.«

Für Joachim war nicht ersichtlich, ob seinen Kollegen gerade der Spieltrieb gepackt hatte, oder ob er sich auf seine Rolle als *guter Cop* vorbereitete. Olafs unverfängliche Art hatte bei Befragungen stets einen Vorteil, den Joachim als Columbo-Faktor bezeichnete. Denn genau wie der berühmte Fernsehkommissar wirkte auch Kern auf die Befragten verpeilt. Nur die wenigsten durchschauten, dass er in Wahrheit ein überaus helles Köpfchen war, dem nur wenig entging.

»Setzt euch doch«, sagte Zeitz pflichtschuldig, während er einige Sachen vom Couchtisch zusammenklaubte. Noch bevor es ihm gelang, eine zerkratzte CD-Hülle mit einer Tageszeitung zu verdecken, hatte Fuchs das weiße Pulver und die Plastikkarte darauf entdeckt. Sein ehemaliger Kamerad war also nicht nur ein Messie, sondern hatte offenbar auch ein Drogenproblem. Unwillkürlich wurde Fuchs mit einem Stich im Bauch an seinen eigenen Sohn erinnert. Sobald die Ermittlungen ihm eine Verschnaufpause gönnten, würde er sich Benjamin mal zur Brust nehmen.

Zeitz stopfte die Sachen in das einzige nicht heillos überfüllte Fach eines Regals, das er aus Porenbetonsteinen und Brettern zusammengeschustert hatte. Falls auch dieses Möbelstück ein Designelement darstellen sollte, war es ihm gründlich misslungen, dachte Fuchs. Doch vermutlich war es, ebenso wie die verschlissene Wohnlandschaft, auf der sie saßen, Ausdruck von Geros dürftigen Mitteln. Wobei das wiederum in starkem Kontrast zu dem Fernseher stand, der einen Großteil der gegenüberliegenden Wand einnahm. Auch für Zigaretten hatte Gero offenbar Geld, wie der überquellende Aschenbecher auf seinem Wohnzimmertisch bezeugte. Fuchs kramte sein Päckchen Marlboro aus der Tasche. »Ich nehme an, ich darf hier rauchen?«

»Wenn du eine für mich hast.« Zeitz schaltete den Fernseher aus. Das Standbild eines Egoshooters, auf dem seltsame Kreaturen die Spielfigur unter Beschuss nahmen, wurde vom Schwarz des Bildschirms verschluckt. Dennoch blieb er demonstrativ stehen, als wollte er seinen Besuchern signalisieren, dass sie es sich bloß nicht zu gemütlich machen brauchten.

Auf dem Tisch vibrierte ein Handy. Zeitz nahm den Anruf entgegen und wandte sich ab. »Hallo … Ja … Ja … Du, ist gerade schlecht. Ich rufe dich später zurück, okay?« Er legte auf und steckte das Telefon ein.

Fuchs hielt ihm das Päckchen hin. Zeitz fingerte ungeschickt eine Zigarette daraus hervor, steckte sie sich zwischen die Lippen und ließ sich Feuer geben. Dann zog er daran, als würde er Grießbrei durch einen Strohhalm saugen.

»Und – was treibst du so?«, begann Fuchs mit einer unverfänglichen Frage.

Zeitz schüttelte knapp den Kopf. »Dies und das, nichts Besonderes. Sagt ihr mir mal lieber, was ihr hier wollt.«

»Lange Geschichte«, antwortete Joachim, »aber ich mache es kurz. Wie du vielleicht weißt, bin ich nach meiner Verletzung damals zur Mordkommission gewechselt.«

»Ja.« Zeitz nickte. »Und?«

»Wir ermitteln in einer Mordserie, und wie es aussieht, hat jemand die ehemaligen Mitglieder unseres Teams im Visier.«

»Welches Teams?«

»Aus Friedberg.« Überflüssigerweise fügte er hinzu: »Operation Funkenflug.«

»Aha.« Gero klopfte die Zigarette über dem Aschenbecher ab, obwohl sich noch keine Asche gebildet hatte.

»Wir haben bisher vier Opfer«, erklärte Fuchs. »Alle waren auf irgendeine Art an diesem Einsatz beteiligt.«

»Und jetzt seid ihr hergekommen, um mich zu warnen, oder wie?« Seine Zunge kroch aus dem Mund, war aber zu trocken, um die Lippen zu befeuchten.

»Ja, wir wollten dir Polizeischutz anbieten.«

»Was?« Plötzlich schien er belustigt. »Blödsinn.«

»Wieso nicht?«

Zeitz winkte ab. »Habt ihr denn schon einen Verdächtigen?«

»Guckst du keine Nachrichten?«, fragte Fuchs.

»Nö. Interessiert mich nicht. Eh alles zensierter Dreck.«

Fuchs erinnerte sich an die Zeitung, die Gero eben vom Tisch geräumt hatte. Wenn er wirklich derart wenig von den Medien hielt, war es umso erstaunlicher, dass er gerade die *BLITZ*-Zeitung im Haus hatte. Und falls er die regelmäßig las, musste er definitiv auch von den Morden wissen. Und dann könnte er auch das Muster dahinter erkannt haben, wie sie im Auto gemutmaßt hatten.

Jetzt vibrierte Joachims Handy in der Tasche. Das kam nun wirklich ungelegen. Durch den Stoff seiner Jeans tastete er nach dem Knopf und drückte den Anruf weg.

Mit der nächsten Frage würde es interessant werden.

Er fixierte Zeitz. »Marlies Bonkert ist dir noch ein Begriff?«

41

Argwöhnisch beäugte Lara ihr Handy. Hatte Joachim sie weggedrückt? Erneut wählte sie seine Nummer, doch wieder brach die Verbindung ab. Sollte sie ihn ein drittes Mal anrufen oder es stattdessen bei Olaf versuchen? Vielleicht war es auch übereilt, sie bei der Befragung zu stören. Doch was brauchte sie noch?

Erneut glitt ihr Blick zu den beiden Dokumenten, die vor ihr auf dem Tisch lagen. Beim Durchblättern der Unterlagen aus dem Ministerium, die sie vorhin per Kurier erhalten hatte, waren ihr einzelne Worte förmlich entgegengesprungen, als wären sie in einer anderen Type auf das Papier gedruckt worden. Dabei hatte ihr Hirn im Suchmodus sie bloß zwischen all den anderen Wörtern herausgefiltert. Da war zum einen der Name einer Firma, der ihr bereits in einer anderen Akte begegnet war. Des Weiteren der Name einer Person, die beide Dokumente unterzeichnet hatte. Doch wie so oft stand das Spannendste zwischen den Zeilen.

Der eine Bogen war ein Lieferschein, ausgestellt von der OPTIMO GmbH. Gegengezeichnet hatte ihn Rainer Quast im Auftrag des BMI. Darauf waren zahlreiche Artikel aufgelistet. Von Richtmikrofonen über Abhörgeräte bis hin zu Ohrhörer-Sets und kleinen Kameras. Damit hatte sie nun einen Beweis für eine direkte Verbindung zwischen Rainer Quast und Konrad Kröll aufgedeckt. Das zweite Dokument war aber noch interessanter. Hierbei handelte es sich um einen von Rainer Quast unterzeichneten Ablehnungsbescheid. Das Präsidium Frankfurt hatte im Mai 1996 für einen geplanten Großeinsatz eine beachtliche Anzahl schusssicherer Kevlar-Westen beantragt, die dem Namen nach zum verdeckten Tragen unter dünner Kleidung geeignet waren. Doch das Ministerium hatte den Antrag abgelehnt. Lara hatte daraufhin im BMI angerufen und eine Weile warten müssen, bis sie mit jemandem verbunden worden war, der ebenfalls schon in den Neunzigern in der Beschaffungsstelle gearbeitet hatte und sich sogar noch an den besagten Einsatz erinnern konnte. Von einem Antrag, den das Präsidium bezüglich kugelsicherer Westen gestellt haben soll, hatte er jedoch nichts gewusst. Gut entsinnen konnte er sich wiederum daran, dass eine riesige Summe für die Bestellung von Abhörtechnik aufgewendet worden war, die im Grunde den ganzen Etat verschlungen hatte.

Nach diesem Gespräch hatte Lara die Nummer von Hannes Wenger, Krölls ehemaligem Geschäftspartner, herausgefunden und von diesem erfahren, dass Kevlar-Westen nie zum Portfolio der OPTIMO GmbH gehört hatten.

Danach hatte Lara eine Weile dagesessen, auf ihrer Lippe herumgekaut und die neuen Informationen im Geiste bewegt. Hatte Rainer Quast die Anschaffung der teuren Westen vielleicht abgelehnt, damit mehr Geld für den Deal mit der OPTIMO zur Verfügung stand? Und gab es womöglich ein heimliches Abkommen mit Kröll, von welchem auch Quast profitiert hatte? In diesem Fall würde sich ein Motiv für die Ermordung von Quast und Kröll ergeben, auch wenn es noch keine Erklärung für die Tötung von Jacobs und Polzin lieferte, außer dass beide ebenfalls an der Operation Funkenflug beteiligt gewesen waren. Da Lara inzwischen auch die Unterlagen von den Offenbachern erhalten hatte, wusste sie, dass Jacobs für die Koordinierung eines weiteren Teams verantwortlich gewesen war, das man zur Unterstützung aus Nordhessen nach Friedberg geschickt hatte. Jedenfalls wäre der Teamkamerad von Joachim bestimmt noch am Leben, hätte Quast diesen Antrag nicht abgelehnt. Höchstwahrscheinlich wäre er mit einer heftigen Prellung und einem Bluterguss davongekommen, statt einen Schuss in die Brust zu kassieren, bei dem seine Aorta zerfetzt worden war. Das Gleiche galt für Joachim. Auch er hätte keinen Teil seiner Lunge einbüßen müssen.

Joachim hatte ihr im Archiv erzählt, dass Zeitz ein enger Freund von dem erschossenen Beamten gewesen war und diesen als eine Art Mentor verehrt hatte. Im Nachgang war Zeitz verdächtigt worden, den Terroristen mit einem aufgesetzten Kopfschuss hingerichtet zu haben. Obwohl man ihm das nie hatte nachweisen können, war er aus dem SEK geflogen. Zeitz hätte also durchaus mehrere Motive haben können, sich an Rainer Quast zu rächen. Andererseits ergab es überhaupt keinen Sinn, weshalb er dann ausgerechnet mit Bonkert unter einer Decke stecken sollte.

Doch von ihrem Ausbilder hatte sie eines gelernt: Als guter Profiler durfte man nie vom Naheliegendsten ausgehen. Das bedeutete natürlich nicht, dass man bei Hufgetrappel automatisch an Zebras denken sollte, aber man schloss sie auch besser nicht aus.

Ihr kam ein Gedanke in den Sinn. Eine Frage, die Joachim in den Raum gestellt hatte, als sie bei ihr im Büro gewesen waren. Nur waren sie dann wieder davon abgekommen, weil Lara ihm von ihrer Denkblockade berichtet hatte.

Wo könnte Bonkert einen Komplizen aufgetrieben haben?

Lara griff nach dem Telefonhörer, wählte die Nummer der Zentrale und ließ sich mit der JVA Butzbach verbinden. Nachdem sie einen befugten Mitarbeiter an der Strippe hatte, ließ sie sich die sehr kurze Liste von Leuten verlesen, die Marlies Bonkert in den letzten Jahren im Gefängnis besucht hatten. Als ihr der vierte und letzte Name genannt wurde, fiel ihr vor Schreck fast der Hörer aus der Hand.

42

»Blöde Frage.« Zeitz schnaubte. Als er an seiner Zigarette zog, war deutlich das Knistern der Glut zu hören. »Was soll mit ihr sein?«

»Offenbar befindet sie sich auf einem Rachefeldzug.«

»Ich dachte, sie sitzt ein.«

»Nicht mehr. Wusstest du das nicht?«

»Ne, woher denn?«

Fuchs nickte in Richtung des Regals. »Zum Beispiel aus der Zeitung.«

»Habe ich nichts drüber gelesen. Und für *was* soll sie sich bitte rächen?«

»Zum Beispiel für den Tod ihres Geliebten.«

»Und da habt ihr natürlich gleich an mich gedacht, weil ich ihn ja angeblich erschossen habe. Verstehe. Wer aus dem Trupp musste denn bereits dran glauben?«

»Walter Polzin …«, begann Fuchs mit der Aufzählung.

»Der ehemalige Präsident?«

»Ja.«

»Oh, der war eigentlich ganz okay«, sagte Zeitz. »Wer noch?«

»Axel Jacobs.«

»Ist wer?«

»Ein Kollege aus dem Präsidium Offenbach.«

»Und sonst?«

»Ein gewisser Rainer Quast.«

Zeitz zuckte die Schultern. »Kenn ich auch nicht.«

»Arbeitet im BMI. Beschaffungsamt.«

»Sagt mir trotzdem nichts.«

»Mit den meisten hatten wir ja auch kaum Berührungspunkte«, sagte Fuchs, der seinen Freund Konrad unterschlagen hatte, da es ihm widerstrebte, mit diesem Stoffel über ihn zu sprechen.

Doch Gero hatte offenbar aufmerksam zugehört.

»Du sagtest, ihr hättet vier Opfer.«

»Ja. Der vierte hatte aber nur eine entfernte Beziehung zur Polizei.«

»Mhm«, machte Zeitz. »Und warum glaubt ihr, dass die Bonkert dahintersteckt?«

»Es gibt ein Bekennerschreiben.«

»Und darin steht, dass sie mich umbringen will, oder wie?«

»Nein, nicht direkt. Aber man kann daraus herleiten, dass sie auf Rache aus ist.«

»Und das erzählt ihr mir als Außenstehendem einfach so?« Zeitz grinste.

»Ja. Spätestens ab morgen könntest du es eh in der Zeitung lesen. Und da der Tod ihres Lebensgefährten ihr größtes Motiv darstellen dürfte, stehst garantiert *du* an erster Stelle ihrer Vendetta.«

Zeitz breitete die Arme aus wie Jesus bei der Bergpredigt. »Wie du siehst, bin ich noch hier.«

»Vielleicht nur, weil sie dich für das große Finale aufhebt.«

Zeitz ließ die Arme sinken. »Du machst mir keine Angst.«

»Die solltest du aber vielleicht haben. Nicht unbedingt vor mir, aber wenn ich daran denke, wie die anderen gestorben sind …«

»Ich kann gut auf mich selbst aufpassen.«

»Verpflichtet sind Sie zu nichts«, klinkte sich nun Kern ein. »Aber Sie sollten wirklich noch mal darüber nachdenken.«

Wieder vibrierte Fuchs' Handy. Er tastete nach der Stummschaltung.

»Aber nur so aus Interesse ...«, Zeitz drückte die Kippe im Aschenbecher aus, als wäre sie ein Insekt, das es zu töten galt, »... wie sind Sie gestorben?«

»Alles, was Zivilisten etwas angeht, kannst du in der Zeitung oder im Netz nachlesen«, antwortete Fuchs.

Ein müdes Lächeln legte sich über Geros Züge. »Gut, Herr Hauptkommissar, dann nehme ich an, wir sind hier fertig.«

»Eine Sache wäre da noch ...«, sagte Fuchs und kam sich nun selbst vor wie Inspektor Columbo. »Würdest du mir bitte erklären, was dein Auto vor einigen Tagen vor Bonkerts Wohnhaus zu suchen hatte?«

Zeitz gab sich überrascht. »Mein Auto?«

Fuchs nahm an, dass er Zeit schinden wollte, um sich eine passende Antwort zu überlegen. »Na, komm schon, das sollte dir doch noch einfallen.«

»Wenn du mir sagst, wo Bonkert wohnt, kann ich euch vielleicht helfen«, entgegnete er.

»Wörsdorfer Straße.«

Gero zuckte die Schultern.

»Im Gallusviertel«, half ihm Fuchs auf die Sprünge.

»Und wer behauptet, dass ich dort war?«

Fuchs lächelte mild. »Ein ziemlich aufmerksamer Nachbar, der sich gerne mal ein Kennzeichen aufschreibt, wenn ihm etwas in der Straße nicht koscher erscheint.«

Olaf nestelte in seiner Tasche und zog sein Handy hervor,

doch Joachim signalisierte ihm, dass der Zeitpunkt ungünstig war, um einen Anruf entgegenzunehmen. Kern schaltete das Gerät stumm und schob es zurück in die Tasche.

»Na, vielleicht hat sich dieser Nachbar ja geirrt«, sagte Zeitz.

»Auf mich machte er einen ziemlich verlässlichen Eindruck«, hielt Joachim dagegen.

»Tja, trotzdem kann ich dir die Frage so aus dem Stegreif nicht beantworten.« Er sah die beiden im Wechsel an. »Will eigentlich jemand was trinken? Wasser? Cola?«

Beide schüttelten den Kopf.

»Gut, aber ich. Derweil denke ich mal nach. Vielleicht fällt es mir ja noch ein.«

Nachdem er das Wohnzimmer verlassen hatte, ließ Kern sich in das zerschlissene Polster sinken. Er legte einen Arm über die Lehne und sah sich um. »Nett hier«, sagte er mit ironischem Unterton.

»Ja, fast wie in *Schöner Wohnen*.«

Nebenan in der Küche klapperte Besteck. Eine Schublade wurde geschlossen. Eine Schranktür fiel zu. Mit einem lauten *Tock* wurde ein Glas abgestellt.

»Was macht der da?«, fragte Kern. »Nimmt er die Küche auseinander?«

»Er wirkt auf mich etwas angespannt«, gab Joachim mit gedämpfter Stimme zurück. »Vermutlich ist er auf Sendung.«

»Meinst du?« Auch Olaf flüsterte jetzt.

»Klar. Hast du nicht die CD-Hülle gesehen?« Er hielt sich das eine Nasenloch zu und führte mit Daumen und Zeigefinger ein imaginäres Röhrchen vor das andere, durch das er geräuschvoll inhalierte.

»Echt? Nein. Wo?«

Fuchs deutete zum Regal. »Hat er weggeräumt, als wir reinkamen.«

»Koks oder was?«

»Keine Ahnung. So gehetzt wie der wirkt, würde ich eher auf Amphetamine tippen. Und wenn ich mich hier so umsehe, dürfte ihm für Koks vermutlich auch das Geld fehlen.«

»Hm. Willst du deswegen was unternehmen?«

Joachim machte eine wegwerfende Handbewegung. »Interessiert mich nicht, was er sich reinzieht. Aber ich glaube ihm nicht. Irgendwas verschweigt er uns doch.«

Kern fiel der verpasste Anruf wieder ein, weshalb er sein Telefon hervorkramte. »Ah, Lara hat versucht, mich zu erreichen.«

Auch Fuchs holte nun sein Smartphone hervor. »Mich auch. Mehrmals sogar.« Er sah, dass sie ihm eine Nachricht geschrieben hatte, die er öffnete und zu lesen begann. Sofort hatte er das Gefühl, ein eisiger Dolch bohrte sich in seine Brust. Als er wieder aufsah, hatte Olaf bereits sein Handy ans Ohr geführt, um ihre Kollegin zurückzurufen. Hektisch wedelte Fuchs mit der Hand, woraufhin Kern das Telefon sinken ließ.

»Was ist?«

»Leg auf«, zischte Fuchs und zeigte ihm Laras Nachricht.

Kerns Augen weiteten sich mit jeder Zeile.

43

Lara umklammerte den Hörer, bis ihre Knöchel weiß wurden. »Los, geh ran!« Als sie wieder weggedrückt wurde, probierte sie die zweite Nummer. Lauschte dem Läuten, das durch die Leitung bis in ihr Ohr kroch, als würde es ihre Bemühung verhöhnen. »Er geht auch nicht ran. Scheiße!«

»Vielleicht sind sie noch gar nicht bei ihm«, sagte Martin, doch seiner Miene war anzusehen, dass er das selbst nicht glaubte.

Lara sah zur Uhr. »Wenn sie noch im Auto säßen, würde doch einer rangehen.«

Jetzt griff auch Huber zum Handy. »Ich lasse ein Team hinschicken.«

»Ja, mach aber schnell.« Lara hämmerte eine Nachricht ins Display.

»Huber hier. Wir bräuchten einige Streifenwagen zu folgender Adresse.« Er nannte Namen und Straße. »Wie bitte? Nein, schicken Sie auf jeden Fall mindestens zwei, besser drei Wagen. Zwei unserer Ermittler sind womöglich in Gefahr. Sie befinden sich in der Wohnung des Verdächtigen, der bis eben noch als potenzielles Opfer galt und den sie im Rahmen einer Mordermittlung befragen wollten. Doch er könnte auch etwas mit den Morden zu tun haben, verstehen Sie? Die Kollegen vor Ort wissen aber noch nichts, da wir sie nicht erreichen können.

Wir haben also keine Ahnung, was dort gerade vor sich geht. Der Verdächtige ist ehemaliger SEK-Beamter. Er ist nicht nur in Nahkampftechniken, sondern auch an der Waffe ausgebildet. Sie haben es daher eventuell mit einem gefährlichen Gegner zu tun. Schicken Sie also bloß keine Anfänger!« Er legte auf und schlüpfte ins Holster. »Los geht's! Wir fahren da hin.«

44

Während es in Kerns Kopf ratterte, drehte Fuchs den seinen, bis die metallene Alien-Skulptur in sein Blickfeld kam. Dieser matt schimmernde Stahl … Die feinen Schweißnähte … Genau wie auf den Fotos der tödlichen Spießvorrichtung im Stuhl von Rainer Quast.

Automatisch glitt seine Hand zur Waffe. Die Finger öffneten den Druckknopf des Schutzriemens, bevor sie sich um den Griff schlossen. Kern tat es ihm nach. Simultan zogen sie ihre Pistolen aus dem Holster und entsicherten sie. Dann standen sie auf. Fast zeitgleich erblickten sie ein spaltbreit geöffnetes Türchen in der Wand – offenbar die Durchreiche zur Küche. Hatte Zeitz etwa absichtlich diesen Lärm veranstaltet, damit die beiden nicht mitbekamen, wie er dieses Türchen öffnete, um sie zu belauschen?

Fuchs signalisierte Kern, dass sie sich aufteilen sollten. Er selbst würde Zeitz über die Durchreiche in Schach halten, während Olaf von der anderen Seite käme.

Kern nickte und schlich Richtung Wohnzimmertür.

Währenddessen pirschte Joachim sich mit ausgestreckter Hand an die Luke heran. Erst jetzt fiel ihm auf, wie still es in der Wohnung war. Kein Mucks mehr aus der Küche, obwohl Gero sich kurz zuvor noch wie ein Elefant im Porzellanladen aufgeführt hatte. Das Einzige, was er jetzt noch wahrnahm, war eine

Art Platschen wie von einem tropfenden Hahn. Doch es klang irgendwie anders. Entfernter. Mit deutlich mehr Hall.

Wie in Zeitlupe ging Fuchs in die Hocke, wobei er die Mündung der Waffe auf die Luke gerichtet hielt. Dann umfasste er den Knauf des Türchens und riss es mit einem Ruck auf.

Fuchs zuckte zusammen, als Olaf im selben Moment rief: »Er haut ab!«

Die Küche war leer. Sofort hechtete Joachim aus dem Wohnzimmer und begegnete Kern vor der offenen Wohnungstür. Durch das Treppenhaus hallte das Klatschen von Schuhsohlen auf Stein. Das war also das vermeintliche Tropfen gewesen.

Joachim drängte sich an Olaf vorbei und spähte über das Geländer, wo er im Treppenauge eine Hand erblickte, die in einem der unteren Stockwerke in beachtlichem Tempo über den Handlauf glitt. »Hinterher!«, zischte er.

Sofort nahmen sie die Verfolgung auf. Als sie die dritte Etage erreichten, fiel unten bereits die Haustür ins Schloss. Wenn sie unten ankämen, wäre Zeitz vermutlich längst weg.

Während Fuchs nun halbe Treppenläufe mit Sprüngen bewältigte, versuchte er, sich ein Bild der Umgebung ins Gedächtnis zu rufen. Doch dies gelang ihm nur bruchstückhaft. Hätte er sich bei ihrer Ankunft mal lieber nicht so sehr von der Hässlichkeit des Gebäudes ablenken lassen. Aber wer hätte schon damit gerechnet, dass die Befragung in einer Hetzjagd enden würde?

Sie erreichten die Haustür. Fuchs riss sie auf, und sie sahen sich keuchend um. Keine Spur von Zeitz. So eine Scheiße! In welche Richtung konnte er nur geflohen sein?

In Sekundenschnelle kalkulierte er die Möglichkeiten. Wäre er in die Straße gerannt, die auf den Hauseingang zuführte, hätten sie ihn noch sehen müssen – es sei denn, er wäre in eines der kasernenartigen Wohnhäuser geschlüpft, die sich zu beiden Seiten des Weges erstreckten. Doch warum sollten dort die Türen offen stehen? Somit schied diese Option für Fuchs aus. Falls Gero nach links getürmt war, musste er entweder einen Hauseingang weiter zurück in den Block oder in die nächste Seitenstraße gelaufen sein, die vom Gehweg abzweigte. Für beides dürfte ihm die Zeit gefehlt haben. Joachim traf eine Entscheidung, lief nach rechts. Nach etwa fünfzig Metern endete die Fassade, und er fand sich vor einer Grünfläche wieder. Schlagartig war auch der Verkehrslärm zu hören, als hätte jemand die Stummschaltung eines Fernsehers aufgehoben. Vorsichtig spähte er ums Eck. Aber bis auf einige Bäume war dort nichts.

»Scheiße!«

»Ist er weg?«, keuchte Kern hinter ihm.

»Ja, verdammt!«

»Er kann sich ja nicht in Luft aufgelöst haben.«

»Was du nicht sagst.« Grimmig sah Fuchs zurück in die Richtung, aus der sie gekommen waren. Hatte Zeitz doch einen der anderen Wege genommen? Oder war er über die Grünfläche auf die Gebäuderückseite gelangt, wo er sich bereits wieder in die Gegenrichtung bewegte? Er könnte versuchen, sich dort zu verstecken. Fuchs kam ein Gedanke. Clever wie Gero war, wollte er vielleicht auch die Autobahn überqueren, da er davon ausging, dass seine Verfolger diese Möglichkeit nicht in Betracht zogen.

»Hier entlang!« Fuchs lief los und steuerte die Rückseite des Blocks an. Als er dort wieder ums Eck schaute, sah er ihn. Gero Zeitz war bereits ein gutes Stück weit gekommen und wollte tatsächlich über die Autobahn fliehen, denn er hob bereits ein Bein über die Leitplanke.

Kern wollte schon lospreschen, da hielt Fuchs ihn zurück.

»Warte, lass ihn. Wenn er glaubt, dass er uns abgehängt hat, macht er vielleicht langsam, sobald er auf der anderen Seite ist. Soweit ich weiß, liegen jenseits der Böschung nur Felder, wo er sich kaum verstecken kann.«

Er kramte sein Handy hervor, um für Lara eine Sprachnachricht aufzunehmen, in welcher er sie über ihre Verfolgung in Kenntnis setzte.

Derweil machte Zeitz sich daran, die erste Fahrspur zu überqueren. Er wartete, bis zwei frenetisch hupende Autos an ihm vorbeigefahren waren, und setzte dann seinen Wahnsinnslauf fort. Als er den Mittelstreifen erreichte, stieg er über die doppelte Leitplanke und blickte sich hektisch um. Als er keine Verfolger entdecken konnte, schien er sich zu entspannen. Er wartete auf die nächste Lücke im Verkehr und preschte voran.

Joachim ging in Startposition. »Sobald er außer Sichtweite ist, laufen wir los. Ich überquere die Autobahn hier, du erst ein Stück weiter hinten als er. Wenn wir uns dann aufeinander zubewegen, nehmen wir ihn in die Zange. Alles klar?«

»Verstanden.«

Sie beobachteten, wie Zeitz sich auf der anderen Seite durch den mit Bäumen und Sträuchern bewachsenen Grünstreifen schlug, bis ihn die Pflanzen verschluckt hatten.

»Jetzt!«

Sie liefen los. Nach ein paar Metern Rasenfläche mussten sie zunächst über einen Zaun klettern und schwangen sich dann über die Leitplanke. Während Kern parallel zu den Fahrspuren am Wohnblock entlangsprintete, wartete Fuchs auf dem

Seitenstreifen auf eine günstige Gelegenheit, doch weder die Geschwindigkeit der Fahrzeuge, die an ihm vorbeirauschten, noch die Abstände dazwischen waren leicht einzuschätzen. Jetzt? Nein! Er zögerte, ließ einen weiteren Schwung passieren. Gleich sollte es gehen. Der Sattelschlepper auf der rechten Spur schien noch weit genug entfernt zu sein, zumal dieser ohnehin um einiges langsamer unterwegs sein dürfte.

Eins, zwei … Fuchs lief los. Die letzten Male, als er Autobahnen zu Fuß betreten hatte, waren diese abgesperrt gewesen. Dennoch hatte es ihn überrascht, wie breit die Fahrspuren waren, wenn man sich nicht mit hoher Geschwindigkeit in einem Auto darauf bewegte. Selbst die Fahrbahnmarkierungen hatten riesig gewirkt. Dieser Eindruck verschärfte sich nun, da eine vierzig Tonnen schwere Wand mit einem Bremsweg von sicher fünfzig Metern auf ihn zuraste. Die Signalhörner dröhnten so laut, dass Joachim glaubte, den Druck der Schallwellen auf seiner Haut zu spüren. Offensichtlich hatte er sich mit der Entfernung und der Geschwindigkeit des Lasters verschätzt. Der Fahrer blinkte auf, sodass Joachim von den Scheinwerfern geblendet wurde.

Da lenkte der Lastwagen ein, und Fuchs, der für einen Sekundenbruchteil in Schockstarre verfallen war, machte einen Satz zur Seite. Die Zugmaschine des LKW rauschte an ihm vorbei, während der Auflieger ins Schlingern geriet. Links, rechts, links. Qualm stieg auf. Fuchs sah den Laster in seiner Vorstellung bereits kippen und Tonnen von Fracht über die Fahrbahn verteilen. Doch irgendwie gelang es dem Fahrer, wieder die Kontrolle über den Laster zu erlangen. Kurz darauf floss der Verkehr weiter, als wäre nie etwas geschehen.

Fuchs stützte sich auf die Leitplanke des Mittelstreifens. Sein

Herz hämmerte gegen das Brustbein. Er atmete tief durch, bevor er zu Kern hinübersah, der das Schauspiel vom Fahrbahnrand aus beobachtet hatte. Erleichtert ließ der die Hände sinken und machte sich dann ebenfalls auf den Weg zur anderen Seite, wodurch er ein neuerliches Hupkonzert auslöste.

Falls Zeitz beim Erreichen der Felder gedacht haben sollte, seine Verfolger abgeschüttelt zu haben, durfte ihm spätestens jetzt klar geworden sein, dass dem nicht so war. Zudem hatten sie wertvolle Zeit verloren und Gero sich bestimmt einen Vorsprung erlaufen, der kaum aufzuholen war.

Nachdem sie den Seitenstreifen der Gegenfahrbahn erreicht hatten, stiegen Joachim und Olaf über die Leitplanke und kämpften sich durch das Dickicht die Böschung hinab. Der Bewuchs war stellenweise so dicht, dass Joachim sich eine Machete herbeisehnte. Als er es endlich nach unten geschafft hatte und seinen Blick über die Felder schweifen ließ, staunte er nicht schlecht: von Gero Zeitz keine Spur. Weder auf dem Radweg vor ihm noch auf der weiten Fläche dahinter. Er holte sein Handy hervor und rief bei Kern an, der ein gutes Stück von ihm entfernt mit den letzten Metern der Böschung kämpfte.

»Was ist?«, fragte Olaf atemlos, nachdem er den Anruf entgegengenommen hatte.

Fuchs dämpfte die Stimme. »Ich sehe ihn nicht. Er kann sich eigentlich nur hier im Gestrüpp verstecken. Wir machen jetzt Folgendes: Damit er nicht unbemerkt zurückläuft, während wir hier unten wie die Idioten nach ihm suchen, teilen wir uns wieder auf. Dreh um und geh zurück nach oben. Ich bleibe hier unten. Wenn wir uns dann aufeinander zubewegen und dabei die Böschung im Auge behalten, kann er uns nicht entkommen. Okay?«

»Okay.«

»Dann los.«

Sie legten auf. Kern verschwand wieder im Dickicht, während Joachim am Rand des Radwegs entlangschlich, Augen und Waffe auf das wuchernde Grün gerichtet. Im Licht der Dämmerung musste sein Hirn etliche Eindrücke filtern, da neben den Schatten ständig etwas zwischen dem Blattwerk aufblitzte, das sich erst auf den zweiten Blick als Müll entpuppte: Getränkedosen, Radkappen, Zellophanpapier, Chipstüten sowie Burgerschachteln von Fastfood-Ketten.

Etwa dort, wo Kern sich durch das Dickicht geschlagen hatte, entdeckte Joachim auf halber Höhe des Hangs etwas, das ihm wie Unrat erschienen war. Doch plötzlich bewegte sich das Objekt. Reflexartig duckte er sich hinter einen Busch. Als er durch die Zweige spähte, erkannte er, dass es Zeitz war, der wieder nach oben in Richtung Straße strebte.

Was hatte der Mistkerl vor?

Kern hatte diesen Abschnitt bestimmt schon passiert, womit er Zeitz übersehen haben musste. Der wiederum hatte aus seinem Versteck heraus wahrscheinlich beobachtet, dass Joachim sich näherte. Da eine Flucht über das freie Feld nicht mehr in Frage kam, konnte er nur nach oben fliehen. Dann aber hätte Kern diesen Mistkerl im Rücken.

Eine Erkenntnis traf Fuchs wie ein Schlag. Aus Geros Sicht war Olaf der kleinere und sicher leichter zu überwältigende Gegner, der sich zudem direkt an der Autobahn befand und aufgrund des Verkehrslärms kaum etwas hören dürfte. An ihn könnte er sich unbemerkt anschleichen.

Während Joachim sich geduckt den Hang hinaufkämpfte, überlegte er fieberhaft, was er tun sollte. Er konnte Olaf nicht ohne weiteres warnen, denn während der das Telefon aus der Tasche kramen würde, um den Anruf entgegenzunehmen, wäre er abgelenkt und hätte zudem auch die Pistole nicht mehr im Anschlag. Womöglich würde er sie sogar in die linke Hand nehmen, mit der er schlecht schießen konnte.

Nur noch zwei Meter, dann wäre Fuchs oben. Er sah nach links, erblickte Kern hinter der Leitplanke höchstens fünfzehn Meter entfernt, wo er konzentriert mit gezogener Waffe den Fahrbahnrand abschritt. Dann sah er Zeitz, der sich in geduckter Haltung hinterrücks an Olaf heranpirschte. Erst jetzt erkannte Joachim, dass sich in Geros geballter Faust eine Waffe befand. Eine gut zwanzig Zentimeter lange Klinge blitzte im Scheinwerferlicht eines herannahenden LKW auf. In wenigen Sekunden wäre dieser auf ihrer Höhe, und Zeitz fehlten nur noch wenige Schritte. Er könnte Olaf erstechen oder ihn ebenso leicht vor den Lastwagen werfen.

Joachim wollte einen Satz nach vorne machen, verlor aber auf der rutschigen Böschung den Halt. Bäuchlings fiel er ins Gestrüpp, rappelte sich ebenso schnell wieder auf, lief weiter, ruderte mit den Armen, wischte Äste und Zweige beiseite, während sich Brombeerstrauchruten an ihm festkrallten wie die Tentakel eines garstigen Kraken.

»Hinter dir!«, rief er aus Leibeskräften, doch Kern hörte ihn nicht, da das Signalhorn des Lasters jedes andere Geräusch übertönte.

Als Fuchs aus dem Dickicht brach, riss Kern instinktiv seine Waffe hoch. Als er Joachim erkannte, machte sich Erleichterung auf seinem Gesicht breit. Die währte jedoch nur so lange, bis Fuchs seinerseits die Pistole hob.

Kern erstarrte, verstand nicht, was hier geschah, während

sich das Signal aus dem Horn zu einem ohrenbetäubenden Laut verdichtete. Zeitz, der so auf Kern konzentriert war, dass er Joachim noch nicht bemerkt zu haben schien, holte mit seiner Waffenhand aus.

Fuchs dachte nicht länger nach.

Er feuerte. Einmal. Zweimal. Das Donnern der Schüsse übertönte das Horn des Lasters, das im nächsten Moment wieder erstarb.

Kern stolperte und stürzte nach vorne, wobei neben seinem Kopf eine rote Wolke verpuffte, die einen Augenblick lang in der Luft stehen blieb wie das Nachglimmen einer explodierten Rakete.

45

Wie ferngelenkt steuerte Fuchs auf den Konferenzraum zu. Die Tür stand offen, Stimmen waberten auf den Flur hinaus. Er rieb sich das Gesicht, doch die Schreckensbilder vom Vortag blieben haften. Wegen ihnen hatte er sich schon die ganze Nacht zwischen den Laken gewälzt. Als dann am Morgen der Wecker geklingelt hatte, war er dermaßen erschlagen gewesen, dass er am liebsten liegen geblieben wäre. Augen zu, Decke über den Kopf. Doch das Leben ging nun mal weiter. Zumindest für ihn.

Obwohl der erste Streifenwagen schon kurze Zeit später am Ort des Geschehens eingetroffen war, hatte es sich für Joachim wie eine Ewigkeit angefühlt. Die Autobahn war abgesperrt worden und die nächsten Stunden für die interne Ermittlung draufgegangen. Beamte des LKA hatten die örtlichen Begebenheiten studiert und alles haarklein dokumentiert. Im Anschluss war es für eine Befragung ins Kriminalamt nach Wiesbaden gegangen. Für Joachim aus verschiedenen Gründen die ungewöhnlichste Fahrt seines Lebens. Zum einen, weil zum ersten Mal in seiner Laufbahn ein Mensch durch seine Hand gestorben war und er diesmal selbst wie ein Verdächtiger im Fond eines Dienstwagens gesessen hatte. Zum anderen, weil ihnen wegen der Vollsperrung ein langer Abschnitt dieser sonst so befahrenen Autobahn ganz alleine gehört hatte, was der Szenerie zusätzlich Endzeit-Charakter verlieh.

Die Kollegen vom LKA hatten sich bei der anschließenden Befragung zwar recht neutral gegeben, waren jedoch auch mit erstaunlicher Akribie zu Werke gegangen. Schließlich wollte sich die Behörde keine Seilschaften vorwerfen lassen. Die meisten ihrer Fragen hatte Joachim erwartet. Trotzdem waren einige äußerst unangenehm gewesen, da man sich in einer solchen Situation zwangsläufig wie auf der Anklagebank fühlte.

Wenn Sie sich nicht sicher waren, welche Rolle der Befragte bei Ihren Ermittlungen spielte – weshalb haben Sie dann eine derart entspannte Situation aufkommen lassen? Wie konnte der Verdächtige fliehen, obwohl zwei bewaffnete Polizeibeamte in seiner Wohnung saßen? Warum ist es zum tödlichen Schusswaffengebrauch gekommen? Und wäre dieser vermeidbar gewesen?

Egal wie eindeutig der Einsatz einer Waffe im Dienst auch gerechtfertigt gewesen sein mochte – das Töten einer Person ging Polizisten stets an die Substanz, und Joachim hatte nicht geahnt, wie sehr. In seinem Fall kam erschwerend hinzu, dass er die getötete Person gekannt hatte. Wäre die Kugel doch nur ein paar Zentimeter weiter links eingeschlagen. Oder ein Stück weiter oben. Wo auch immer. Nur nicht dort, wo sie letztendlich getroffen hatte. Dann hätte er nicht minutenlang die geballte Faust auf die Stelle pressen müssen, während ungehindert Blut darunter hervorquoll und gemeinsam mit diesem das Leben aus Gero Zeitz sickerte. Das Mienenspiel eines Sterbenden mit anzusehen hatte sich sofort auf Rang 1 seiner schrecklichsten Erfahrungen katapultiert. Letzte Worte, eine Erklärung oder Entschuldigung, wie man sie manchmal in Filmen sah, hatte es nicht gegeben. Nur diesen Ausdruck von Unverständnis über das, was gerade geschah. Die Angst vor dem nahenden Tod. Dann die Resignation. Bis der Blick irgendwann gebrochen war, so als hätte sich eine Schicht Raureif auf die Hornhaut gelegt.

Wegen des zweiten Teils seiner Befragung im Kriminalamt hatte man die Teamkonferenz der Soko Siegfried auf den Mittag verschoben. Als Joachim nun das Besprechungszimmer betrat, waren alle an dem Fall beteiligten Beamten darin versammelt und schlagartig sämtliche Blicke auf ihn gerichtet. Gott, wie er solche Situationen hasste. Heute mehr denn je. Sein Unbehagen gipfelte, als ihm applaudiert wurde. Vereinzelt erklang sogar Jubel. Fuchs hob die Hände, murmelte pflichtschuldig seinen Dank. Doch es bedurfte keiner Worte, um zu erkennen, dass ihm der Sinn nicht nach Huldigung stand. Dennoch erhielt er einige Schulterklopfer. Nur die Führungsspitze, insbesondere Röhm, blieb mit verbissener Miene auf ihrem Platz sitzen. Das Einzige, was Joachim in dieser Sekunde erfreute, war der Anblick von Olaf Kern, der ihm mit einem unverkennbaren Ausdruck von Dankbarkeit zunickte.

»So«, ergriff Röhm das Wort, »jetzt dürfen sich alle mal wieder beruhigen. Ich glaube, ich muss nicht betonen, dass gestern ein ehemaliger Polizist zu Tode gekommen ist. Vielleicht sollten wir uns da mit unserem Enthusiasmus etwas zurückhalten.«

Inhaltlich sprach der erste Hauptkommissar Joachim zwar aus der Seele, doch so, wie er seinen Vorgesetzten kannte, war nicht nur Pietät sein Motiv.

»Aber dafür hat er einem von uns das Leben gerettet«, erwiderte Björn Wansor und hätte um ein Haar zu erneutem Beifall aufgerufen, doch als er Röhms ungehaltenen Blick einfing, erkannte selbst er, dass es an der Zeit war, die Klappe zu halten.

»Solange sich unsere Hauptverdächtige, Marlies Bonkert, noch auf freiem Fuß befindet, ist der Fall nicht abgeschlossen«, dozierte Röhm mit erhobenem Finger, womit er Fuchs an Lehrer Lämpel aus dem Kinderbuch erinnerte.

Wansor quittierte die Aussage mit einem gedehnten Zischlaut, was Röhm rote Flecken auf den Hals zauberte. Er nahm seine Brille ab und polierte die Gläser mit einem Tuch. Nachdem er sie wieder aufgesetzt hatte, begann er zu berichten. »Gero Zeitz war von 94 bis 96 selbst Polizeibeamter gewesen, der dem SEK angehört hatte. Wegen des Verdachts der gezielten, aber unzulässigen Tötung einer Person während der Operation Funkenflug war er aus dem Sondereinsatzkommando entlassen worden. Er hat der Polizei daraufhin den Rücken gekehrt und sich seitdem mit diversen Gelegenheitsjobs über Wasser gehalten. Die Durchsuchung seiner Wohnung hat an bemerkenswerten Dingen ergeben: 1,63 Gramm Amphetamin sowie eine nicht registrierte Pistole vom Typ Makarow.«

Kerns Brauen machten einen Satz Richtung Stirn. »Eine Knarre? Wo war die denn?«

»Im Wohnzimmerschrank«, antwortete Röhm.

Olaf warf Joachim einen vielsagenden Blick zu.

Ein Glück, dass Gero die Waffe dort deponiert hatte und nicht in der Küche. Sonst wäre der gestrige Tag sicher anders verlaufen und nicht Zeitz, sondern sie wären mit den Füßen voran abtransportiert worden.

»Weiterhin gab es einen einzelnen Damenschlüpfer, den er in seinem Nachtschrank aufbewahrte«, fuhr Röhm fort. »Offensichtlich getragen. Allerdings gab es sonst keine Anzeichen für eine Frau in seinem Leben. Eine richtige Junggesellenwohnung. Passend dazu pornographisches Material in Form einer hübschen DVD-Sammlung. Von den Namen her scheinbar durchweg legales Zeug, wenn auch ziemlich geschmacklos.«

»Das kannst du ja heute Abend noch mal in Ruhe prüfen«, sagte Huber.

Lautes Lachen.

Selbst Röhm versuchte sich an einem Grinsen, doch es verkam zu einer Grimasse.

»Meine Damen und Herren«, ermahnte Kreiling die Runde, »wir werden heute Abend bestimmt noch Gelegenheit für ausgelassene Stimmung finden, aber jetzt wollen wir auf den letzten Metern bitte noch mal alles geben.«

Röhm nickte bestätigend und nahm den Faden wieder auf. »Zudem wurde ein Handy im Wohnzimmerschrank gefunden, das aktuell noch überprüft wird.«

Jetzt horchte Fuchs auf. »Ein Handy? Im Wohnzimmer? Du meinst, er trug es am Mann?«

Röhm sah auf die Liste. »Nein. Hier steht, es lag im Wohnzimmerschrank.«

Fuchs und Kern sahen einander an.

»Er hat sein Handy eingesteckt, bevor er das Wohnzimmer verließ«, sagte Fuchs. »Da bin ich mir sicher.«

»Hundertprozentig«, bekräftigte Kern. »Er hat davor noch einen Anrufer abgewürgt.«

»Und er war danach nicht mehr im Wohnzimmer?«, fragte Kreiling.

»Nein«, antworteten Fuchs und Kern wie aus einem Mund.

»Dann muss er ein Zweithandy besessen haben«, sagte Lara.

Röhm lupfte die Brille und studierte die Liste, schüttelte langsam den Kopf. »Hier steht nichts von einem Zweitgerät. Er hatte lediglich das Küchenmesser sowie einen Schlüsselbund bei sich, wovon wir bisher aber nur einen Teil der Schlüssel zuordnen konnten. Unter anderem den Schlössern der Haus- und

Wohnungstür sowie der zu seinem Kellerabteil. Die anderen sind Replikate ohne Seriennummer. Das wird also schwierig.«

»Noch mal zu diesem Handy«, sagte Fuchs, »was war das für eins?«

»Ein iPhone«, las Röhm vom Blatt ab.

Fuchs sah fragend zu Kern hinüber, der entschieden den Kopf schüttelte. »Was ich gesehen habe, war kein iPhone. Ich glaube, es war ein HTC. Zwar ein Smartphone, aber ein älteres Modell. Ich hatte mich nämlich noch gewundert, dass er kein topmodernes Handy besitzt, wo auf dem Boden doch die neueste Playstation stand.«

In solchen Dingen war auf Olaf Verlass, dachte Joachim. Er sah in die Runde. »Wenn das auf der Liste aufgeführte Telefon tatsächlich im Wohnzimmerschrank lag – wo ist dann bitte das andere, das er eingesteckt hatte?«

Röhm seufzte. »Wenn ihr beide euch trotz der ganzen Aufregung gestern so sicher seid, müssen wir wohl oder übel noch mal einen Trupp losschicken, der die Umgebung um das Haus herum absucht.«

»Bitte machen«, sagte Kreiling knapp, der befürchtete, dass sonst jeden Moment wieder die Fetzen fliegen könnten.

Röhm nickte. »Gut, gebe ich in Auftrag. Abgesehen von den eben genannten Dingen hat die Untersuchung bisher jedenfalls nichts ergeben, das erwähnenswert scheint. Außer, dass wir keinen PC oder Laptop gefunden haben, was ich merkwürdig finde. Dafür liegt uns aber schon der Obduktionsbericht aus der Rechtsmedizin Mainz vor.« Er schlug einen dünnen Hefter auf. »Damit die interne Ermittlung unsere Abläufe nicht länger als unbedingt nötig stört und auch Joachim bald seine Pistole zurückbekommt, hat man freundlicherweise noch gestern Abend die Sektion von Gero Zeitz vorgenommen. Gestorben ist er laut Bericht an einem hämorrhagischen Schock durch hohen Blutverlust, ausgelöst durch eine Zerreißung der Arteria illiaca durch eine Kugel des Kalibers 9 mm, welche in der Darmbeinschaufel stecken blieb.« Er illustrierte seine Worte mit Fotos und Abzügen von Röntgenbildern, die dem Bericht beigelegt worden waren. »Im Blut wurden Amphetamine und Benzodiazepine nachgewiesen, was zu dem gefundenen Pulver und einem angebrochenen Tablettenblister im Bad passt. Ansonsten hat die Obduktion keine großen Überraschungen ergeben.« Er lugte über den Rand seiner Brillengläser. »Hier unten steht noch was von einer Backenzahnkrone, die wohl viel zu stark ausgefräst worden sei und deshalb lose im Mundraum lag.«

Fuchs zog sich die Nahaufnahme der Zahnkrone heraus. Tatsächlich war diese vollständig ausgehülst. Psychologisch betrachtet war ihm klar, weshalb er sich auf dieses unblutige Detail stürzte, auch wenn es für ihren Fall wahrscheinlich kaum Relevanz besaß.

»Tut wohl nichts zur Sache«, sagte Kreiling. »Wir müssen als Nächstes nach diesem Handy suchen und die Fahndung nach Bonkert vorantreiben.«

»An welcher Stelle kommt die eigentlich ins Spiel?«, überlegte Lara. »Das erschließt sich mir immer noch nicht. Wo ist die Schnittstelle zu Zeitz? Ich habe ja in der JVA Butzbach nachgefragt, wer Bonkert in den letzten Jahren besucht hat. Es gab insgesamt vier Personen. Drei werden aktuell überprüft, die vierte war Zeitz.«

»Was?« Joachim schien alles aus dem Gesicht zu fallen.

Lara nickte. »Ja, tatsächlich. Diese Information war auch der

Grund, weshalb ich verzweifelt versucht habe, euch gestern zu erreichen. Zeitz hat sie wohl nur ein einziges Mal besucht, und zwar ein Dreivierteljahr vor ihrer Entlassung.«

»Und weiß man weshalb?« Fuchs kriegte sich gar nicht mehr ein.

»Nein. Wurde nicht dokumentiert. Privatbesuch. Fertig. Laut Anstaltsleitung wurde seit 2015 auch ihre Post nicht mehr gelesen, da von ihr keine Gefahr mehr auszugehen schien. Nach so vielen Jahren mit guter Führung … Man habe lediglich die routinemäßigen Sichtkontrollen auf unerlaubte Gegenstände in den Postsendungen durchgeführt. Kopien wurden ebenfalls nicht mehr angefertigt. Auch konnte sich keiner der Beamten an die Absender oder Adressaten ihrer Post erinnern. Wir wissen also weder, mit wem sie in Kontakt stand, noch was der Inhalt dieser Briefe war.«

»Wenn Zeitz sie besucht hat, waren sie vielleicht doch Komplizen?«, mutmaßte Martin. »Was könnte er sonst von ihr gewollt haben?«

Joachim schüttelte den Kopf. »Ich kann mir das beim besten Willen nicht vorstellen. Die beiden und Gesinnungsgenossen? No way! Andererseits geht mir absolut nicht in den Kopf, wieso er sie im Kittchen besucht haben soll.«

»Wer weiß, was Zeitz in den letzten Jahren für einen Wandel durchgemacht hat«, gab Martin zu bedenken. »Vielleicht litt er ja auch unter einer Drogenpsychose, was bei seinem Amphetaminkonsum nicht so ungewöhnlich wäre.«

Einer der jüngeren Beamten hob zögerlich einen Finger. »Vielleicht ist er ja wegen der Drogen und der unregistrierten Waffe aus seiner Wohnung geflohen. Er könnte Paranoia gekriegt haben.«

Fuchs schüttelte den Kopf. »Wir hatten doch keinen Durchsuchungsbefehl und weder die Waffe noch die Drogen erwähnt. Er war immerhin mal Polizist und kannte sich aus. Er muss gewusst haben, dass er deswegen überhaupt nichts zu befürchten hatte. Sobald es ihm zu bunt geworden wäre, hätte er uns einfach vor die Tür setzen können. Und bis wir das nächste Mal aufgeschlagen wären, hätte er alles in Ruhe beseitigen können. Unruhig wurde er erst, als wir ihn auf seinen Wagen vor Bonkerts Haus angesprochen haben.«

»Wenn er nicht mit ihr unter einer Decke gesteckt hat – was könnte er dann dort gewollt haben?«, fragte Kreiling.

»Bevor ich eben von seinem Besuch in der JVA hörte«, antwortete Fuchs, »war ich noch der Meinung, dass er sie ausspioniert haben könnte, weil er hinter ihren Racheplan gekommen ist. Und um kein Teil davon zu werden, hätte er ihr zuvorkommen und sie aus dem Weg schaffen können. In diesem Fall wäre es auch logisch, dass er die Flucht vor uns ergreift. Immerhin hätte er dann einen Mord begangen, und sie könnte irgendwo vergraben liegen, vielleicht mit einer Kugel aus dieser Makarow im Kopf.«

»Dann wäre das Problem wenigstens gelöst«, bemerkte Wansor.

»Ja«, sagte Fuchs. »Dafür dürften dann aber alle eventuell gefährdeten Personen, inklusive mir, noch so lange um ihr Leben bangen, bis Bonkerts gottverdammte Leiche gefunden wurde.«

Stieglitz nickte mit ernster Miene. Offenbar konnte er Joachims Sorge nachempfinden.

»Was wäre«, sinnierte Lara, »wenn die Säurefallen in Bonkerts Wohnung von Zeitz installiert wurden, er aber anschließend mitbekam, dass es nicht sie, sondern einen SEK-Beamten erwischt hat? Dann hätte er auch einen Grund zum Flüchten gehabt, als ihr ihn auf seinen Wagen vor ihrem Haus angesprochen habt. Mich irritiert nämlich die Tatsache, dass keine Fingerabdrücke auf diesen Glühbirnen zu finden waren. Weshalb hätte Bonkert sich diese Mühe machen sollen, wenn sie sowieso vorhatte, sich durch einen handgeschriebenen Brief zu den Taten zu bekennen? Insofern könnte Joachims Theorie stimmen. Offen bliebe dann nur die Frage, weshalb er sie vor neun Monaten im Gefängnis besucht hat, also lange bevor ihre Mordserie begann.«

»Liegen eigentlich die kriminaltechnischen Untersuchungsergebnisse des Briefs vor?«, fragte Kreiling.

Röhm blätterte hektisch durch den Stapel Papiere. »Ähm … ja … hier. Man hat Bonkerts Fingerabdrücke auf dem Papier sowie ihre DNA an der Klebelasche des Umschlags sicherstellen können. Das Schriftstück stammt also mit absoluter Sicherheit von ihr.«

»Gut«, Kreiling faltete seine Hände. »Ob sie nun tot oder untergetaucht ist – wir müssen die Fahndung nach ihr ausweiten und allen gefährdeten Personen Schutz anbieten.«

»Weiß man eigentlich, wie es Guldan geht?«, fragte Fuchs.

Wansor nickte. »Ist wohl stabil. Die bekommen den schon wieder hin. Daniel ist ein zäher Hund.«

Nach einem Moment des Schweigens ergriff Kreiling wieder das Wort. »Mit dem, was Frau Schuhmann eben gesagt hat, wird meiner Meinung nach am ehesten ein Schuh draus. Wir werden also neben der Fahndung nach Bonkert noch mal das Leben von Zeitz beleuchten müssen. Gibt es sonst noch was von den anderen Fronten? Konnte man inzwischen ermitteln, wie diese Drohne ins Land gekommen ist?«

»Nein, keine Spur«, sagte Röhm.

»Oder ist man vielleicht auf eine Online-Bestellung dieser Napalm-Mischung gestoßen? Gibt es was Neues über die Herkunft dieses Polymers?«

»Das Polymer findet einfach eine zu breite Anwendung, als dass es eine vernünftige Eingrenzung erlauben würde.« Röhm zog ein dicht beschriebenes Blatt aus dem Stapel. »Hier ist die Liste. Das sind über zweihundert mögliche Einsatzgebiete. Es scheint sich aber nicht um eine dieser Fertigmischungen zu handeln. Und was deren mögliche Order oder die der Drohne angeht – wenn die über das Tor-Netzwerk erfolgt ist, haben wir ohnehin keine Chance, das zurückzuverfolgen.«

»Wie sieht es aus mit Spuren an den möglichen Startplätzen der Drohne im Wald?«, wollte Kreiling nun wissen.

Röhm zückte die nächste Liste. »Ja, etliche. Fußabdrücke und Reifenspuren, sowohl von Fahrrädern, Autos wie Kinderwagen. Dazu kommen Kaugummis, Zigarettenkippen, benutzte Kondome. Die haben sogar ein paar volle Müllsäcke auf einem Parkplatz gefunden. Die Spurenauswertung läuft sicher noch ein Weilchen, bisher war aber keine davon zielführend.«

»Nun gut«, Kreiling nickte resigniert, »dann lassen Sie uns mal den Einsatzplan für die kommenden Tage besprechen.«

Nachdem er damit fertig war, erhob er sich und sah mit feierlicher Miene in die Runde. »Meine lieben Kolleginnen und Kollegen, auch die tapfersten Ermittler müssen irgendwann einmal durchatmen. Daher möchte ich die Gunst der Stunde nutzen, unseren lieben Kollegen Stieglitz auch noch mal in dieser Runde ganz offiziell zu verabschieden. Wie alle wissen, ist es seine letzte Teamsitzung, und ich möchte ihm an dieser Stelle für die treue Polizeiarbeit in über dreißig Jahren danken. Übermorgen um diese Zeit wird er sich wahrscheinlich schon die spanische Sonne auf den Pelz brennen lassen. Aber natürlich nicht, ohne das zuvor gebührend zu feiern. Daher lädt Herr Stieglitz ab siebzehn Uhr im großen Saal zu Speis und Trank ein. Freuen wir uns also erst mal über unseren Etappensieg, und lassen Sie uns die Ermittlungen zumindest heute Abend mal für ein paar Stunden Ermittlungen sein.«

Entspannte Mienen. Ausgelassenes Gemurmel.

Wansor nahm Stieglitz spielerisch in den Schwitzkasten.

Alle schienen sich auf die willkommene Abwechslung zu freuen. Nur Fuchs konnte seine Gedanken an Zeitz und Bonkert nicht ablegen. Egal ob Gero sie nun getötet hatte oder ob sie untergetaucht war – für ihn blieb sie verdammt lebendig, wie ein bestrahltes Krebsgeschwür, das bereits Metastasen abgesetzt hatte.

Ganz langsam löste sich die Versammlung auf. Irgendwann gelang es auch Fuchs, sich von seinen zwanghaften Gedanken zu befreien und aus dem Raum zu treten.

Draußen auf dem Flur hatten sich kleine Grüppchen gebildet. Stieglitz unterhielt sich mit einem Mann, den Joachim als den Seelsorger erkannte, den er bei Irene im Wohnzimmer getroffen hatte. Und wieder musste er den Modegeschmack dieses Paradiesvogels bewundern. Seinen Mut. Grellrotes Sakko, blaugepunktetes Hemd. Gelbe Chino. Der Kerl sah aus wie ein Clown.

Joachim schnappte einige Fetzen ihrer Unterhaltung auf. Etwas von Harndrang und einer OP. Einer Prostata, groß wie ein Kürbis. Stieglitz wies auf die Toiletten im Erdgeschoss hin.

»Joachim!«, rief Bernhard, als er ihn bemerkte. »Komm her! Darf ich dir einen guten Freund vorstellen? Detlef Romeike.«

»Wir kennen uns bereits«, sagte Fuchs und schüttelte Romeikes Hand.

Der legte eine andächtige Miene auf. »Hat sich Ihre Bekannte etwas gefangen?«

»Muss«, antwortete Fuchs und wunderte sich über seine Einsilbigkeit. Ihm stand einfach nicht der Sinn nach Small Talk. Er hatte sogar völlig vergessen, dass heute die Feier stattfand. Andererseits war es Bernhards Abschied, sein letzter Tag, da waren solche Befindlichkeiten kaum angebracht. Also zwang er sich zu einem Lächeln. »Und Sie wurden gebucht, um Bernhards Pensionsschock abzufangen?«

Romeike lachte. »Genau, quasi als Präventivmaßnahme. Wobei der Schock sich bei dem Wetter in Spanien sicher in Grenzen halten wird. Aber Spaß beiseite … Wir zwei kennen uns schon recht lange.«

»Das stimmt«, pflichtete Stieglitz ihm bei, »sehr lange. Aber Joachim und ich kennen uns auch schon eine gefühlte Ewigkeit.« Er bedachte Fuchs mit einem vielsagenden Blick und legte ihm dann überraschend einen Arm um die Schulter. »Ach, ich werde dich vermissen, mein Lieber. Bleib, wie du bist. Bist ein Guter. Hab dich immer gemocht.«

Fuchs spürte, dass ihn diese Worte berührten. Die Geschehnisse der letzten Tage hatten ihn sensibel gestimmt. Kein Wunder, schließlich war viel passiert, wovon einige Dinge noch immer ergebnisoffen waren.

Er erwiderte Bernhards Lächeln, doch es fühlte sich krampfig an. »Ich dich auch.«

Romeike trat einen Schritt an die beiden heran. »Dass du so kurz vor dem Ende noch mal an so einem Fall mitarbeitest, hättest du wohl auch nicht gedacht, was?«

»Nein, wirklich nicht.« Stieglitz schüttelte den Kopf und hing einen Moment seinen Gedanken nach, bis er entschieden die Schultern straffte. »Aber jetzt will ich davon nichts mehr hören. Heute Abend wird gefeiert.«

46

Die Tische im Saal hatte man zu fünf Längsreihen zusammengeschoben, die schlicht dekoriert worden waren. Zweckmäßige Papiertischdecken mit schlanken Vasen darauf, in denen je ein mickriger Nelkenstrauß steckte. Die meisten Gäste standen mit Sektgläsern in der Hand auf die üblichen Grüppchen verteilt herum und plauderten. Hände wurden geschüttelt, Schultern geklopft. Ein paar Kollegen saßen schon auf den Plätzen und schielten in Richtung Buffet, als wären sie kurz vorm Verhungern. Essensgeruch und Stimmengewirr duellierten sich in der Luft. Fuchs ließ seinen Blick über die Anwesenden schweifen. Martin und Olaf lachten schallend. Wahrscheinlich hatte Huber wieder mal einen Witz aus seinem schier unerschöpflichen Fundus zum Besten gegeben. Das Kontrastprogramm boten Kreiling und Röhm, die ein paar Meter entfernt von ihnen standen. Ihrer Körpersprache nach zu urteilen, schien ihr Gespräch nicht richtig in Gang zu kommen. Andreas Bosch flirtete auf seine harmlose Art mit einer jüngeren Kollegin. Der Star des Abends, Bernhard Stieglitz, wirkte dagegen ziemlich nervös. Mit stummen Lippenbewegungen studierte er einen Zettel. Vermutlich ging er noch mal seine Rede durch. Für ihn bestimmt der blanke Horror, denn ein Mann großer Worte war er nicht.

Als der Augenblick kam, da jeder instinktiv wusste, dass man

Platz nehmen sollte, erblickte Joachim Lara. Zur Feier des Tages hatte sie sich richtig in Schale geworfen. Sogar Schminke und Lippenstift hatte sie aufgelegt und sah in ihrem grauen Hosenanzug mit der Hochsteckfrisur fast schon sexy aus. Joachim ging zu ihr hinüber und zupfte sie unauffällig am Ärmel. »Bleib mal schön in meiner Nähe. Nicht, dass ich am Ende noch neben Röhm oder Kreiling sitzen muss.«

»Da wollte ich doch sitzen«, entgegnete sie ungerührt. »Am liebsten zwischen ihnen. Aber ich bin käuflich. Du kannst also noch ein Gebot abgeben. Mal sehen, ob du Röhm überbietest.«

Fuchs schielte zum ersten Hauptkommissar hinüber und sah dann seine Kollegin mit ernster Miene an. »Ob du es glaubst oder nicht – ich würde in der Tat Geld bezahlen, um nicht neben ihm sitzen zu müssen.«

Lara lachte. »Na gut. Wenn das so ist, will ich dich mal nicht hängenlassen.«

Sie nahmen Platz und warteten, bis die Feier offiziell eröffnet wurde. Nach einer fantasielosen Ansprache von Kreiling folgte eine sehr unterhaltsame Rede von Krämer. Stieglitz' langjähriger Partner hatte ein paar Anekdoten auf Lager, die für herzhafte Lacher sorgten. Im Anschluss wurde Bernhard durch Kreiling im Namen der Polizei ein Geschenk überreicht. Ein kobaltblaues Etui mit einer Silbermünze darin, die als Sonderprägung das hessische Polizeiwappen trug.

Automatisch musste Fuchs wieder an Jacobs und das Silber in seinem Schlund denken. An dessen grausamen Tod. Der Gedanke brach ab, als er eine Hand auf der Schulter spürte. Fuchs drehte den Kopf.

»Entschuldigung, dürfte ich mal kurz durch?«

Fuchs nickte und rutschte ein Stückchen nach vorne, damit

Detlef Romeike vorbeikonnte. Der Seelsorger wirkte gehetzt, als er aus dem Saal eilte. Vermutlich drückte seine Blase. Joachim hoffte, dass ihm dieses Schicksal erspart bleiben würde. Soweit er wusste, lagen Prostataprobleme zum Glück nicht in der Familie. Dafür andere Dinge, die man vielleicht noch weniger haben wollte. Alzheimer. Aber dann würde er wenigstens immer wieder vergessen, wenn er sich in die Hose gemacht hatte.

Schließlich war der große Moment gekommen und Bernhard Stieglitz trat ans Rednerpult. Während er mit einem Frosch im Hals kämpfte, grölte Björn Wansor von einem der hinteren Plätze: »Stieglitz, fass dich kurz! Wir haben Hunger!«

Vereinzeltes Gelächter.

Stieglitz lachte verlegen, errötete leicht. »Danke für die einleitenden Worte. Vielen Dank für das Geschenk. Und lieber Björn – du wirst in der Tat nicht lange warten müssen, denn wie alle hier wissen, bin ich kein großer Redner.« Er räusperte sich. »Trotzdem sind fünfunddreißig Jahre bei der Polizei eine lange Zeit, und vielleicht wird der eine oder andere von mir erwarten, dass ich wenigstens ein paar Worte darüber verliere.«

Beifall. Jubel. Jemand trampelte sogar mit den Schuhen. Sicher Wansor, dachte Fuchs schmunzelnd. Mit seiner unbedachten, etwas einfachen Art amüsierte ihn dieser Kerl immer wieder.

»Gut. Dachte ich mir«, fuhr Stieglitz fort und warf einen verstohlenen Blick auf seine Notizen. »Als ich in den Achtzigern bei der Polizei anfing, war vieles noch anders. Die Uniformen waren hässlicher, unsere Ausrüstung schlechter und die Kriminalitätsrate höher. Das mag so manchen von euch vielleicht wundern, entspricht aber den Tatsachen. Die Skeptiker unter euch können das gerne in der Polizeilichen Kriminalstatistik nachlesen, die das BKA mit einer validen Erfassung der Daten auf Bundesebene seit 1996 herausgibt. Dieses Jahr war für mich aber in anderer Hinsicht von Bedeutung.« Er trank einen Schluck Wasser, um seinen Mund zu befeuchten. »Ich durfte in diesem Jahr erstmals erleben, wie gefährlich unser Beruf sein kann. Viele von euch werden sich kaum an die Geschehnisse in jenem Sommer erinnern, aber mir hat sich ein Ereignis tief ins Gedächtnis gebrannt. So lernte ich, dass auch nicht bewusst getroffene Entscheidungen schwere Folgen haben können, die einen mitunter ein ganzes Berufsleben lang begleiten. Bisher habe ich es immer gemieden, darüber zu sprechen, doch heute möchte ich das gerne tun.« Er legte eine Kunstpause ein, während er seine Zuhörer betrachtete. »Womöglich wissen es einige von euch, andere haben es vielleicht nur als Gerücht gehört und bereits wieder vergessen. Aber angesprochen hat mich darauf niemand. Daher möchte ich zu meinem Abgang ein für alle Mal reinen Tisch machen. Ich habe nach bestem Wissen und Gewissen gehandelt und einen Funkspruch abgesetzt. Da dieser jedoch nur bruchstückhaft bei den Empfängern ankam, wurde eine verhängnisvolle Ereigniskette in Gang gesetzt. Ob das nun an der schlechten Technik oder meiner Unfähigkeit gelegen hat, ein Funkgerät zu bedienen, bleibt wohl für immer ein Rätsel. Dennoch muss ich bis zum heutigen Tage damit leben, dass ich womöglich mitverantwortlich für den Tod eines Kameraden bin. Genau wie für die lebensgefährliche Verletzung eines weiteren geschätzten Kollegen.«

Sein Blick blieb einen Moment lang an Fuchs hängen, dem es sogleich eisig den Rücken runterlief.

»Obwohl ich mich selbst nicht in der unmittelbaren Gefahrenzone befand, hatte ich an jenem Tag riesige Angst. Es sind so viele Schüsse gefallen, dass man glauben konnte, es seien Maschinenpistolen abgefeuert worden. Doch ich habe an diesem Tag auch etwas anderes, Bedeutungsvolles gelernt. Nämlich, wie wichtig unser Beruf ist und wie wichtig das Leben ist. Vor allem, wie viel mir mein eigenes Leben bedeutet.« Er ließ den Kopf sinken und sah dann mit glänzenden Augen wieder zu seinen Gästen. »Also seht es mir bitte nach, wenn ich mich nicht immer kopfüber in jede Gefahrensituation gestürzt habe. Ich weiß ja, dass ich deshalb bei einigen von euch als Hasenfuß gelte.« Vereinzeltes Lachen. »Andere wussten meine besonnene und wohlüberlegte Art dagegen zu schätzen. Und ganz so falsch kann das wohl nicht gewesen sein, schließlich stehe ich heute, nach über dreißig Jahren Polizeiarbeit immer noch hier – unverletzt und wohlauf. Daher gilt mein Appell an dieser Stelle vor allem den jungen Kollegen: Seid wachsam da draußen! Ihr habt einen *wichtigen*, aber auch *gefährlichen* Job. Niemandem ist damit geholfen, wenn ihr aus überzogenem Eifer, Ehrgeiz oder schlichter Hirnlosigkeit euer Leben aufs Spiel setzt. Seid nett zueinander und habt Spaß bei der Arbeit. Das ist alles, was ich euch raten kann.« Einige begannen zu klatschen, doch Stieglitz hob eine Hand. »Bevor wir hoffentlich gleich richtig feiern, möchte ich euch noch sagen, dass ihr mir in all den Jahren ganz schön ans Herz gewachsen seid, und ich hoffe, wir hören ab und zu voneinander.« Er schluckte, hob den Blick kurz zur Decke, blinzelte. »Vielleicht mal ein Anruf oder eine Karte. Das wäre toll. Wer mag, kann mich auch gerne besuchen kommen, dann mache ich ihm eine Limonade aus selbst gezogenen Orangen. Von euch würde ich wirklich jeden Einzelnen an meinem Glück teilhaben lassen. Denn laut einem Sprichwort ist Glück das Einzige, das sich verdoppelt, wenn man es teilt. Und jetzt …«

Obwohl Stieglitz noch nicht mit seiner Rede fertig war, erhob sich das Kollegium und applaudierte. Die erneut aufflammende Röte in seinem Gesicht verriet, dass ihm dieser Wirbel um seine Person nicht behagte. Joachim konnte ihn gut verstehen. Bernhard war ein zurückhaltender Mensch. Er konnte ihn regelrecht vor sich sehen, wie er, dem Großvater aus der Valensina-Werbung gleich, mit einem Strohhut in seinem Orangengarten stand und die Bäumchen goss. Wenig gefordert. Stressfrei. Zufrieden.

Stieglitz setzte an, um noch etwas zu sagen, doch so leicht wollten ihn die Kollegen nicht davonkommen lassen. Sie legten sogar noch eine Schippe drauf und quälten ihn mit frenetischem Beifall, bis auch der Letzte der Meinung war, nun sei es genug.

Bernhard beugte sich zum Mikrofon vor. »Danke schön. Und jetzt ist der große Moment gekommen, für Björn und alle anderen Hungrigen hier im Saal. Das Buffet ist …«

Bei dem Knall, der folgte, dachte Joachim zunächst, dass Wansor oder einer der anderen Scherzbolde ein Tischfeuerwerk gezündet hatte, welches Luftschlangen und Konfetti im Saal verstreute. Doch im nächsten Moment war es still. Totenstill. Er registrierte noch, wie Lara neben ihm nach Luft schnappte, bevor Bernhards Körper wie in Zeitlupe nach hinten kippte und polternd auf dem Boden aufschlug.

47

Hektisches Treiben. Schreie. Das Trampeln von Schuhen. Hilferufe. Jemand brüllte Kommandos, auf die niemand hörte. Handys wurden gezückt, der Rettungsdienst alarmiert. Fuchs hechtete nach vorne zum Pult, hinter dem Stieglitz zu Boden gegangen war. Dort, wo einst Bernhards Nase und die gütigen Augen gesessen hatten, klaffte ein Loch. Ein fleischiger Krater, in dem gesplitterte Knochen und Zähne schimmerten. Irgendwo in der Tiefe, wo noch Teile des Kiefers zu sehen waren, füllte sich eine Blutblase wie ein kleiner Ballon, bis sie platzte.

»Wo ist der Notfallkoffer?«, rief Fuchs und suchte an Bernhards Hals nach einem Puls. Als er keinen fand, begann er mit der Reanimation.

»Mein Gott!«, entfuhr es Röhm, die Hände vor Mund und Nase geschlagen.

Kreiling packte ihn an der Schulter und zischte ihm mit gesenkter Stimme ins Ohr: »Was, wenn hier noch mehr Sprengsätze sind?«

Röhms ohnehin blasses Gesicht wurde blutleer. »Dann … sollten wir uns besser zurückziehen, oder?«

Kreiling nickte. »Alle können hier eh nicht helfen, und so steht man sich nur im Weg. Wir brauchen einen Trupp mit Sprengstoffsuchhunden. Die sollen jeden Raum, jeden elenden Winkel hier im Flügel durchsuchen.«

»Ich kümmere mich darum«, sagte Röhm um Fassung bemüht.

Kreiling wandte sich den Gästen im Saal zu, die nun nicht mehr wild durcheinanderliefen, sondern wieder auf Grüppchen verteilt herumstanden wie schon zu Beginn der Feier, diesmal jedoch in völlig anderen Konstellationen. Auf einmal schien ein breitschultriges Großmaul wie Wansor ein Menschenmagnet zu sein, von dem man sich Schutz erhoffte.

Kreiling hob die Hände. »Ich bitte um Ihre Aufmerksamkeit! Bewahren Sie Ruhe! Freiwillige Ersthelfer und Personen mit medizinischer Ausbildung bleiben hier, bis der Rettungsdienst eingetroffen ist. Die Mitglieder der Soko Siegfried treffen sich umgehend in Konferenzraum 7 im zweiten Stock. Alle anderen verlassen bitte das Gebäude.«

Da auch Personen anwesend waren, die sich in diesem Teil des Komplexes weniger auskannten, fügte er rasch hinzu: »Nehmen Sie die Treppe nach unten und biegen Sie im Erdgeschoss links ab. Dort ist ein Notausgang. Gehen Sie langsam und mit Bedacht!« Er sah sich um, winkte Wansor herbei. »Sie! Sorgen Sie dafür, dass meine Anweisungen umgesetzt werden.«

Björn nickte abwesend und linste dabei über Kreilings Schulter in Richtung der Ersthelfer, während Olaf Kern mit einem Koffer in der Hand herbei eilte.

»Hier ist er!«

»Er braucht Sauerstoff!«, rief ein anderer.

Dann die tränenerstickte Stimme einer Frau, die neben dem zerfetzten Gesicht kniete: »Wie soll ich ihn denn beatmen?« Sie presste ihren Unterarm gegen den Mund, als kämpfte sie gegen plötzlichen Brechreiz an.

»Die – Herz – Druck – Massage – ist – wichtiger«, stöhnte Fuchs im Takt seiner Stöße.

Lara schaute mit bleicher Miene auf sie hinab. Dass sie gerade keine große Hilfe war, erkannte man auf den ersten Blick. Selbst Wansor beobachtete die Szenerie mit offenem Mund. Was ihm durch den Kopf ging, stand ihm ins Gesicht geschrieben: *Glaubt ihr wirklich, ihr holt Bernhard zurück? Habt ihr denn nicht gesehen, dass ihm der halbe Kopf fehlt?*

»Haben Sie mich verstanden?«, holte ihn Kreiling ins Hier und Jetzt zurück.

Doch Wansor schaffte es einfach nicht, sich von dem Anblick loszureißen. Er nickte zögerlich. »Ja … verstanden.«

»Worauf warten Sie dann noch? Los!«

Das ist nicht passiert, schoss es Fuchs immer wieder durch den Kopf. Auf so eine Situation bereitete einen kein Ersthelferkurs vor. Er versuchte, sich an die neuen Richtlinien zu erinnern. Dreißig Mal drücken, zweimal beatmen. Oder ließ man die Mund-zu-Mund-Beatmung inzwischen weg? Die andere Formel war wiederum simpel. A wie Atemwege freimachen. Doch da fing das Problem bereits an: Wo in diesem Gewirr aus Zähnen, Splittern und Gewebsfetzen sollten die sein? Als er seinen Kopf näherte, um besser sehen zu können, fiel ihm ein Schaumpilz auf, der sich in der Tiefe des Kraters gebildet hatte. Dort, wo zuvor die Blutblase geplatzt war. Offensichtlich war Blut in die Luftröhre gelangt, das durch die Luft, die er mit der Herzdruckmassage aus den Atemwegen pumpte, aufgeschäumt worden war. Demnach waren sie, bis auf das heruntergelaufene Blut, offenbar frei. Doch war das nicht schlimmer? Würde Bernhard so nicht an seinem eigenen Blut ersticken? Nur wie sollte er das dort herausbekommen? Wie ging die Formel noch mal weiter?

B! B wie Beatmen.

»Er – braucht – Sauer – stoff!«, rief Fuchs abgehackt.

»Wie denn?« Wieder diese Frau. Sie wurde allmählich hysterisch. »Ich kann da doch keine Mund-zu-Mund-Beatmung machen!«

Fuchs hielt kurz inne, um erneut Bernhards Puls zu fühlen. Als er weiterhin keinen tastete, setzte er die Herzdruckmassage fort.

»Wie soll das denn gehen?«, zeterte die Frau weiter.

»Kann hier mal jemand übernehmen?«, rief Fuchs.

Sofort sprang Kern für ihn ein.

Fuchs schob die Frau beiseite. »Lassen Sie mich mal sehen.« Er warf einen Blick in den orangefarbenen Plastikkoffer und hoffte, dass er in einem der Fächer etwas finden würde, mit dem es ihm möglich wäre, die Atemwege zu sichern. Eine dieser Masken mit Beutel daran. Oder besser noch einen Tubus. Irgendwas. Stattdessen sah er nur Heftpflasterrollen, Coolpacks und Kompressen. Desinfektionsmittel, eine Verbandsschere, Dreieckstücher sowie eine goldene Rettungsdecke. Sogar eine Zeckenzange steckte in einer eigens dafür vorgesehenen Halterung. Aber nichts, rein gar nichts aus diesem verdammten Koffer konnte verhindern, dass Bernhard jede Minute ersticken würde!

Wäre doch nur Sophia hier, dachte er. Seine Sophia. Sie wüsste, was zu tun wäre. Oder waren selbst Narkoseärzte in solchen Momenten aufgeschmissen, wenn sie nicht über ihr gewohntes Equipment verfügten? Doch alles wäre besser, als Bernhards Schicksal in den Händen medizinischer Laien zu wissen. Sie waren ein Haufen Dilettanten, und dieser Koffer hier half ihm einen Scheiß!

Hilflos blickte er zur Tür, in der Hoffnung, dass jeden Moment der Notarzt eintreffen würde, doch er sah nur Röhm, der nach draußen eilte. Kreiling nur wenige Schritte dahinter.

Wansor wandte sich um. Okay – konzentrier dich! Was hat Kreiling gesagt? Alle aus dem Saal, die hier nichts verloren haben, und die Mitglieder der Soko Siegfried hoch in den zweiten Stock. Krisensitzung. Konferenzraum 7. Das war doch der Panikraum. Er überlegte, ob er schon mal dort gewesen war, konnte sich aber nicht erinnern.

Er begann mit der Räumung, drängte die immer größer werdende Traube aus Gästen mit ausgebreiteten Armen vor sich her. »Verlasst bitte den Saal! Der Ausgang ist im Erdgeschoss links. Bleibt ruhig. Keine Panik. Alle verlassen jetzt den Saal …«

Nachdem er fast alle mit dem ersten Schwung hinausbefördert hatte, kehrte er zurück, um den Rest abzuholen. Er blickte sich um. Vorne am Pult hatten sich drei der zuvor knienden Ersthelfer erhoben und standen nun ratlos herum. Gafften. Offenbar war ihnen die Sinnlosigkeit ihrer Bemühungen klar geworden. Nur Fuchs und Kern, diese Traumtänzer, gaben einfach nicht auf. Lara Schuhmann stand immer noch kreidebleich und wie angewurzelt daneben. Björn forderte die vier Untätigen auf, in den Konferenzraum zu gehen. Dann folgte er ihnen nach oben.

»Ich übernehme«, ertönte die erlösende Stimme eines Sanitäters.

Fuchs atmete auf und schickte ein Stoßgebet zum Himmel.

Mit zittrigen Knien erhob er sich und betrachtete die Szenerie mit etwas Abstand. Sah zu, wie der Notarzt mit wenigen Handgriffen einen Tubus platzierte, als hätte er Übung darin, Luftröhren in Hackfleisch zu finden.

Dutzende Fragen schossen Fuchs durch den Kopf. Was war hier passiert? Wie war das möglich? Handelte es sich bei dem Sprengsatz um ein Relikt aus Bonkerts Vendetta? Oder lebte sie noch und hatte diesen kürzlich erst installiert? Nur wie sollte sie ins Präsidium gelangt sein, um eine Bombe im Festsaal zu platzieren – in einem Gebäude, in dem es von Polizisten nur so wimmelte? Andererseits hatte es dieser Typ in seiner Paketbotenverkleidung auch ohne Probleme ins Ministerium geschafft. Retrospektiv betrachtet nahm Joachim an, dass es Gero gewesen war, der neben seiner Verkleidung samt künstlichem Bauch dafür gesorgt hatte, dass ihn niemand erkannte. Zudem öffneten einem manche Aufmachungen einfach Tür und Tor. Personengruppen, deren Erscheinen jedermann so selbstverständlich wie harmlos erschien. Handwerker. Maler. Elektriker. Er dachte an den Beamten im Heizungsmonteur-Outfit beim Einsatz in Bonkerts Wohnung. Vielleicht war auch jemand ins Präsidium gekommen, um irgendwelche Zählerstände abzulesen. Oder ein Pizzabote mit Essenskartons auf dem Arm. Die wurden auch immer durchgelassen. So betrachtet, war es also nicht schwer, ins Gebäude zu gelangen.

Er sah zur Decke, suchte nach einer Kamera, wurde aber nicht fündig. Warum sollten hier auch welche hängen? Der Saal war zum Feiern gedacht. Verständlicherweise hatte niemand einen Gedanken daran verschwendet, dass dieser Raum je Schauplatz eines Verbrechens werden könnte.

Er verließ den Saal durch die Flügeltüren und warf auch hier einen Blick nach oben. Nichts. Vielleicht hatten ja die Kameras im Eingangsbereich etwas aufgezeichnet? Bei seinem nächsten Gedanken überlief ihn ein Schauder. Was, wenn sie keine unbekannten Personen auf den Aufzeichnungen entdeckten? Dann bliebe nur noch eine Erklärung. Doch das durfte einfach nicht sein!

48

Fuchs klopfte an die massive Tür von Raum 7 und blickte in ein Kameraauge.

Es wurde geöffnet. Röhm winkte ihn hektisch herein. »Los, schnell.« Ebenso rasch hatte er die Tür wieder verschlossen.

Fuchs bedachte ihn mit einem abfälligen Blick. »Na, schön verbarrikadiert hier drin?«

»Der Chef und ich mussten die weiteren Abläufe koordinieren«, erklärte Röhm. »Die Suchhundestaffel anfordern und so.«

»Mhm, schon klar.«

»Christian hat auf meine Anweisung hin gehandelt, Herr Fuchs«, eilte Kreiling seinem Schützling zu Hilfe.

»Ja, ja, schon gut«, sagte Fuchs und sah seinen Chef unverwandt an. »Ich dachte nur – weil Christian doch früher Sanitäter gewesen war … Vielleicht wäre er unten bei unserem verletzten Kollegen sinnvoller eingesetzt gewesen als hier oben am Telefon.«

Mit verbitterter Miene betrachtete Kreiling seine Hände, doch überraschenderweise verkniff er sich eine Erwiderung, obwohl die Kritik eindeutig auch gegen ihn gerichtet war. Vielleicht ahnte er, dass Fuchs ihnen ohnehin kein Argument durchgehen lassen würde. Dass er davon überzeugt war, sie hätten sich nur aus Angst vor weiteren Fallen aus dem Staub gemacht, wie die Ratten auf dem sinkenden Schiff. Pinky und Brain im Panikraum.

Fuchs verlor immer mehr die Achtung vor seinen Vorgesetzten. Verdammte Feiglinge waren das. Alle beide.

»Wie geht es denn Herrn Stieglitz?«, fragte Kreiling, die Stirn angemessen in Sorgenfalten gelegt.

»Wie soll es ihm schon gehen?«, knurrte Fuchs. »Der Notarzt hat irgendwie einen Tubus reinbekommen, und die Sauerstoffsättigung war wohl auch nicht schlecht. Die Erste-Hilfe-Maßnahmen waren also nicht vergebens, aber man muss kein Arzt sein, um zu sehen, wie es um ihn steht.«

Kreiling blies Luft aus den Backen und fuhr sich mit den Händen durchs Haar. »Was für ein Schlamassel!«

»Wie ist hier der Stand?«, fragte Fuchs, nachdem er sich gesetzt hatte.

»*Stand* ist das richtige Wort«, ätzte Wansor. »Wir sind gefühlt noch keinen Millimeter weitergekommen.«

»Wir müssen uns erst mal eine Strategie überlegen«, blaffte Kreiling zurück.

»Ja, los! Worauf warten wir?«

Fuchs betrachtete seinen stiernackigen Kollegen. Es hätte ihn nicht gewundert, wenn Björn sich die Hemdsärmel hochgekrempelt hätte. Im Gegensatz zu manch anderen hier war er nämlich ein Mann der Tat – egal, ob genügend Worte vorausgegangen waren.

»So tragisch dieser Vorfall auch ist«, sagte Kreiling betont ruhig, »müssen wir zuallererst an den Eigenschutz denken. Wie bei jeder Unfallstelle auch.«

»Ja, deshalb haben wir uns ja hier in diesem Bunker verschanzt.« Wansor breitete die Arme aus. »Aber sind wir deshalb automatisch gleich zu diesem Zustand passiver Lähmung verdonnert?«

»Wir dürfen einfach nicht den Kopf verlieren!«, brüllte Kreiling und blickte sogleich wieder auf seine Hände. Wahrscheinlich war ihm aufgefallen, wie unpassend diese Redewendung in Anbetracht der Ereignisse war. In gemäßigtem Ton fuhr er fort: »Wir müssen jetzt genau überlegen, was wir tun. Wir dürfen uns keine Fehler mehr erlauben. Ich darf nicht riskieren, dass noch jemand zu Schaden kommt. Hier drin sind wir sicher, und das ist im Moment das Wichtigste.«

»Ach ja, sind wir das?« Wansor sah in die Runde.

»Und ob.« Kreiling deutete auf eine der Wände. »Das sind dreißig Zentimeter Stahlbeton. Diese Tür erfüllt Sicherheitsklasse 3. Ringsherum gepanzerte Verbundplatten. Bei der Durchschusshemmung bräuchte man schon eine Bazooka. Dort oben in der Decke steckt ein eigenes Lüftungssystem ….«

Fuchs schaltete ab. Er hatte diesen Vortrag bereits in der Langversion gehört. Nicht nur einmal. Kurz nach den Umbauten war er mit zwei weiteren Hauptkommissaren hier oben gewesen und hatte Kreilings Ausführungen über gepanzerte Türen, das eigene Bad und den verborgenen Waffenschrank gelauscht. Konferenzraum 7 war ein voll ausgestatteter Panikraum, wie ihn viele Institutionen besaßen, die begründete oder irreale Angst vor Amokläufern und Attentätern hatten. Beim Bau des Präsidiums 2002 war wegen der Anschläge vom 11. September bereits ein Schutzraum angelegt worden, der jedoch tatsächlich eher Ähnlichkeit mit einem Bunker gehabt hatte. Nach dem Mord zweier amerikanischer Soldaten am Frankfurter Flughafen durch bewaffnete Islamisten hatte man sich überlegt, den Raum aufzurüsten, was aber erst vier weitere Jahre später geschehen war, angestoßen durch das Massaker in der Redaktion von *Charlie Hebdo* in Paris.

Björns letzte Aussage schoss Fuchs durch den Kopf.

Sind wir hier drin wirklich sicher?

Er schielte zu den turbinenförmigen Abdeckungen der Lüftungsschächte. Was hatte Kreiling damals erzählt? War der Raum mit einer Frischluftzufuhr ausgestattet, oder zirkulierte darin bloß die bereinigte Luft? Wäre es möglich, die Anlage zu manipulieren? Wenn jemand in der Lage war, einen Sprengsatz in den Festsaal zu bringen, wäre er vielleicht auch imstande, Gas in diesen Raum zu leiten, wie er es schon bei Polzins Wagen getan hatte. Dann würde aus ihrer vermeintlichen Arche im Handumdrehen eine Todesfalle werden.

Aus und vorbei. Die gesamte Soko auf einen Schlag ausgerottet.

»Ich habe keinen Zweifel daran, dass dieser Raum Schutz vor Feinden bietet ...«, sagte Wansor sichtlich genervt, nachdem Kreiling mit seinen Erklärungen fertig war, »... allerdings nur, solange sich der Feind auch außerhalb dieser vier Wände befindet.« Wieder sah er in die Runde, fast herausfordernd, und einen unerträglichen Moment lang war es still.

Eine geradezu brüllende Stille, dachte Fuchs.

Blicke wurden gewechselt, Gesichter gescannt.

Plötzlich schien jeder zu versuchen, in den Augen des anderen zu lesen.

Wie wenig man sein Gegenüber doch kannte.

Was, wenn Bonkert einen Komplizen hatte, der in ihren eigenen Reihen saß? Der in diesem Moment unter ihnen weilte. Hier im Raum, innerhalb dieser gepanzerten Wände.

»Das ist doch jetzt nicht Ihr Ernst!«, empörte sich Kreiling, obwohl ihm die Verunsicherung ebenfalls anzusehen war. »Sollen wir uns jetzt alle gegenseitig verdächtigen?«

»Trotzdem ist an seinem Einwand was dran«, sagte Fuchs. »Irgendwie ist die Bombe schließlich ins Gebäude gelangt. Wer wusste von der Feier? Wer hatte Zutritt zum Saal? Wie wurde der Sprengsatz gezündet?«

»Er scheint ja im Rednerpult oder im Mikrofon versteckt gewesen zu sein …«, überlegte einer der jüngeren Beamten.

»Im Mikrofon«, sagte Kern bestimmt. »Davon war jedenfalls nichts mehr übrig.«

Der junge Beamte nickte nachdenklich. »Da auch Bernhard auf der Liste der gefährdeten Personen stand, könnte sich vielleicht ein Zünder mit Spracherkennung darin befunden haben.«

»Viel zu kompliziert«, wehrte Wansor den Vorschlag ab. »Ich tippe auf eine Fernbedienung.«

»Wobei das mit der Spracherkennung technisch kein Ding wäre«, sprang Kern für den jungen Kollegen in die Bresche.

Wansor pochte mit dem gekrümmten Zeigefinger auf den Tisch. »Ich sage euch, der Täter war unter uns und hat seelenruhig auf seinen Einsatz gewartet. Womit wir zum Thema Fehlervermeidung kämen.« Er wandte sich Kreiling zu. »Einen Patzer haben wir uns schon erlaubt, indem wir die Gäste verscheucht haben.«

Kreiling stierte seinen Untergebenen an. »Hätten wir alle festsetzen sollen? Wollen Sie mir das damit sagen? Alle zusammengepfercht in einem Raum, ohne zu wissen, ob es weitere Sprengsätze gibt? Man hat immer leicht reden, Herr Wansor, wenn man nicht die Verantwortung trägt.«

Fuchs sagte: »Es gibt einen weiteren Punkt, der die Hypothese stützen würde, dass der Täter unter uns war. Die Bombe wurde erst gegen Ende der Rede gezündet. Mit einer Spracherkennung hätte man vielleicht sicherstellen können, dass es die Zielperson trifft, aber nicht, wann der richtige Zeitpunkt dafür ist. Ich gebe Björn recht – es wäre zu kompliziert. Zu unsicher. Dann hätte sich ja nach Erkennen seiner Stimme ein Countdown aktivieren müssen. Aber woher hätte der Täter wissen sollen, wie lange Bernhards Rede dauern würde? So etwas ist doch nicht planbar. Bonkert, oder wer auch immer mit ihr kooperiert, überlässt jedoch nichts dem Zufall. Wenn also keiner einen besseren Einfall hat, schließe ich mich Björns Meinung an. Der Täter war mit uns im Saal und hat die Sprengung per Funk ausgelöst.«

»Es gäbe noch eine weitere Möglichkeit«, schaltete Huber sich ein. »Wenn doch Zeitz ihr Komplize war, könnte er die Bombe schon vor Tagen dort platziert haben? Er wusste zumindest, wie man sich unter Polizisten bewegt. Höchstwahrscheinlich handelte es sich ja auch bei dem verkleideten Paketboten aus dem BMI um ihn, auch wenn man ihn auf den Fotos nicht hundertprozentig erkennt. Und mal ehrlich – unser Präsidium ist nicht gerade Fort Knox. Mit einem offiziell aussehenden Wisch kommt man hier spielend leicht rein. Meines Wissens wurde der Saal auch längere Zeit nicht genutzt, und vor der Feier auf Fallen untersucht hat ihn sicher ebenfalls niemand, oder? Der Sprengsatz könnte sich also schon längere Zeit dort befunden haben.« Er hob die Hände. »Nur so als Idee, bevor wir jetzt einem Phantom hinterherjagen.«

»Das klärt trotzdem nicht die Frage nach der Zündung«, entgegnete Fuchs.

»Genau!«, rief Wansor. »Was ist, wenn es weitere Komplizen gibt? Die RAF hat immer als Gruppe agiert.«

»Jetzt hört mir auf mit dieser RAF«, fuhr Kreiling dazwischen. »Soweit wir wissen, haben wir es mit einem persönlichen Motiv zu tun.«

»Trotzdem wäre es doch möglich, dass es Bonkert gelungen ist, ein paar Leute für ihren Plan zu gewinnen«, warf Lara ein. »Wir haben die anderen drei Gefängnisbesucher noch nicht überprüft. Denkt nur mal an die Manson-Family. Da ist es einem einzelnen soziopathischen Hippie gelungen, eine ganze Gruppe zum Morden zu bringen.«

»Aber die standen unter Drogen«, sagte Röhm.

»Na und?«, blaffte Björn. »Dieser Zeitz doch auch. Und selbst ohne Einfluss von Drogen haben sich Menschen schon oft genug zu Untaten instrumentalisieren lassen. Da braucht es doch nur einen Blick auf die Geschichte unseres Landes. Auch heute passiert das noch regelmäßig. Nehmen wir nur mal den islamistischen Terror. Einer führt an, die anderen folgen. Man muss seine Ideologie nur richtig verkaufen.«

Lara hob einen Finger. »Was es dem oder den Tätern in unserem Fall im Gegensatz zu den Manson-Jüngern, die mit ihren Messerattacken auf eine äußerst persönliche Art getötet haben, deutlich leichter gemacht haben dürfte, ist die Tatsache, dass sie aus der Distanz morden konnten. Die ferngesteuerte Drohne. Der Spieß im Bürostuhl. Das Gas im geparkten Fahrzeug. Und nun die Bombe im Mikro. Dieses Vorgehen ist um einiges leichter und braucht weniger Überwindung, als jemandem eine Klinge in den Leib zu treiben. Das gilt dann vermutlich auch für das Anwerben von Mittätern.«

Wansor schlug auf den Tisch. »Wir schwafeln wieder nur. Lasst uns endlich mal was tun.«

»Er hat recht«, sagte Fuchs. »Wir sollten uns die Aufzeichnungen der Überwachungskameras ansehen. Im Saal oder im Treppenhaus davor habe ich keine gesehen, aber vielleicht hat ja eine der anderen was aufgezeichnet.«

»Wer kennt sich mit dem Programm aus?«, fragte Kreiling.

»Ich«, meldete sich Bosch.

Kreiling schob ihm die Tastatur über den Tisch.

Andreas drückte die Entertaste, woraufhin der große Flachbildmonitor an der Wand zum Leben erwachte. Ein Eingabefeld erschien, in das Bosch seine Zugangsdaten eintippte. Anschließend öffnete er eine Software. »Man muss eigentlich nur hier im Menü die entsprechenden Kameras auswählen und per Drag and Drop in dieses Fenster ziehen. Hier kann man festlegen, wie viele Ansichten man parallel haben will.« Mit dem Cursor fuhr er über Gittersymbole, woraufhin sich der Bildschirm in Kacheln teilte. »Vier, acht, zwölf oder sechzehn.«

Kreiling kniff die Augen zusammen und rückte näher heran. »Machen Sie bitte nicht so viele auf einmal.«

»Dann nehmen wir erst mal vier. Welche Kameras wollen wir checken?«

»Die vom Haupteingang«, schlug Kern vor.

»Auf jeden Fall«, sagte Fuchs. »Und die vom Seiteneingang, über den wir die Leute rausgeschickt haben.«

»Okay.« Bosch sah sich um. »Welche noch?«

Huber kratzte sich am Kopf. »Die Tiefgaragenausfahrt wäre vielleicht noch interessant.«

»Bitte auch die vom anderen Seiteneingang«, bat Kreiling.

Nacheinander zog Andreas die Kamera-Icons in die Felder. Er begann mit dem Fenster oben links, zog den Cursor über die Zeitleiste, bis Bewegung ins Bild kam. »Ich nehme an, wir schauen uns erst mal den Zeitraum um den Anschlag herum an?«

»Ja«, sagte Fuchs. »Fang mal fünf bis zehn Minuten davor an.«

Bosch klickte auf Play. Bei jeder Person, die erschien, hielt er den Bildlauf an, bis sie identifiziert worden war. Man sah

Beamte aus anderen Kommissariaten, die das Gebäude betraten oder verließen. Falls jemand nicht gleich erkannt wurde, vergrößerte Andreas den Ausschnitt, oder er spulte zurück, wenn jemand glaubte, etwas Wichtiges gesehen zu haben. Dennoch blieb die Suche vergeblich.

Es folgte die Kamera, die über dem Seiteneingang hing. Andreas spulte zurück, wodurch Gestalten wie Superman durch den Bildausschnitt flitzten. In den Minuten vor dem Anschlag geschah jedoch nichts, nur gähnende Leere auf dem Pflaster. Es dauerte eine Weile, bis die Tür aufgestoßen wurde und die panische Meute hinausströmte. Auch hier fiel ihnen niemand auf, der nicht auf der Feier gewesen war.

Andreas klickte ins dritte Fenster, schob den Cursor an die entsprechende Stelle und ließ die Aufzeichnung laufen. Fahrzeuge bogen in die Tiefgarage ein oder kamen die Rampe herauf. Ein Beamter notierte die Kennzeichen. Parallel wurden die Halter überprüft, was zum Teil neue Fragen aufwarf, da man nicht jeden sofort zuordnen konnte.

Fuchs behielt die Zeitangabe im Blick, bis zu dem Moment, als das Mikrofon explodiert war. Danach konzentrierte er sich auf die Ausfahrt. Auf die Stelle, wo die Fahrzeuge vor der schwarz-gelben Schranke hielten. Exakt eine Minute und achtundfünfzig Sekunden später näherte sich ein hellblauer Skoda. Er fuhr etwas schneller als die Autos davor, doch das war es nicht, was Fuchs aufmerken ließ. Ebenso wenig wie der Fahrer, den man wegen der Spiegelung auf der Scheibe und der heruntergeklappten Sonnenblende nicht erkennen konnte.

Joachim schlug auf den Tisch. »Stopp!«

Bosch zuckte zusammen, hielt die Aufzeichnung an.

Die Hand auf dem Bildschirm – eingefroren, nachdem sie

die Parkkarte in den Schlitz in der Säule gesteckt hatte – ragte aus einem grellroten Ärmel.

»Er ist nicht vom Klo wiedergekommen«, sagte Fuchs.

»Der Wagen ist auf einen Detlef Romeike gemeldet«, ließ der Beamte verlauten, der parallel die Kennzeichen überprüfte.

»Und ich weiß auch, wer das ist«, sagte Fuchs. Sofort kam ihm die Situation bei Irene Kröll in den Sinn sowie das Wissen, dass manche Täter an den Tatort zurückkehrten. Aber wieso um alles in der Welt sollte der Seelsorger dahinterstecken?

»Und wer?«, brachte Kreiling seine abdriftenden Gedanken zurück in die Spur.

»Der Seelsorger aus dem Landkreis. Ich habe ihn schon bei Frau Kröll angetroffen. Er hat kurz vor Bernhards Rede den Saal verlassen. Ich dachte, er sei nur aufs Klo gegangen, aber jetzt fällt mir ein, dass er gar nicht wiedergekommen ist.«

»Was soll das heißen?«, hakte Kreiling nach.

»Dass wir einen Verdächtigen haben«, antwortete Fuchs. »Ich habe zwar keine Ahnung, was sein Motiv sein könnte, aber vielleicht finden wir was in der Akte über den Einsatz bei der Operation Funkenflug.«

»Dann los! Und schreiben Sie diesen Mann sofort zur Fahndung aus!«

Joachim erhob sich, schritt zur Tür.

Verdutzt sah Kreiling ihm nach. »Was machen Sie?«

»Die Akte holen. Sie liegt in meinem Büro.«

»Moment.« Er hob eine Hand, bedeutete Fuchs zu warten, griff zum Hörer und wählte. »Kreiling hier. Wie weit sind Sie mit der Durchsuchung der Räume? … Ah ja … Mhm … Gut.« Nach einer Weile legte er auf, nickte Fuchs zu. »Sie können gehen. Die oberen Stockwerke sind gesichert. Jetzt ist die Tiefgarage dran.«

49

Fuchs kam am Festsaal vorbei. Beim Anblick der Türen drehte sich ihm der Magen um. Die Stille im Flügel war bedrückend. Normalerweise herrschte hier ein geschäftiges Treiben. Schritte. Stimmen. Das Schlagen von Türen. Doch jetzt waren die Flure wie leergefegt und die Szene hatte etwas Postapokalyptisches. Fast wie im dystopischen New York aus *I Am Legend*. Ein Bürowagen stand schräg vor der Wand, die Post lag verstreut auf dem Boden. Offensichtlich waren die Leute beim Verlassen des Trakts nicht so besonnen geblieben, wie Kreiling gefordert hatte.

Auch auf dem Flur zu seinem Büro vernahm er nichts als diese rauschende Stille. Kein Telefonklingeln. Kein Tastengeklacker. Nichts. Als er sein Zimmer erreichte, blieb er einen Moment lang in der offenen Tür stehen. Nahm die Atmosphäre darin wahr. Beklemmend. Lag das an einem Geruch, den er wahrnahm? Immerhin war jemand von der Suchhundestaffel hier drin gewesen und hatte womöglich Schubladen und Schränke durchwühlt.

Sein Blick fiel auf die Akte auf dem Schreibtisch. Sollte er jetzt schon mal darin blättern, ganz in Ruhe, bevor er sich wieder dem Gequatsche seiner Kollegen im Panikraum aussetzte? Der angespannten Stimmung dort oben sowie der Gefahr, dass dieses klaustrophobische Gefühl zurückkehrte, das ihn nach Wansors Einwurf heimgesucht hatte?

Ja, er würde sich beeilen und schon mal einen Teil der Unterlagen durchblättern. Jede Sekunde, die er nicht dort oben in diesem lichtkargen Bunker verbringen musste, war ein Gewinn.

Bevor er sich setzte, hielt er inne, musterte argwöhnisch den Stuhl. Dann den Computer. Sogleich beruhigte er sich, denn der Suchtrupp war hier gewesen, und auf den Geruchssinn der Hunde war Verlass. Allerdings hätten sie keine mechanische Spießvorrichtung erschnüffelt. Wie schon die letzten Male ging er neben dem Stuhl in die Hocke und betätigte nacheinander die Hebel. Als die Sitzfläche zischend emporschoss, schrak er zurück. Schüttelte erleichtert den Kopf. Was für eine überzogene Reaktion. Das grenzte ja an Paranoia.

Er erhob sich mit knackenden Knien, drehte den Stuhl und nahm Platz. Doch im selben Moment, in dem er die Sitzfläche berührte, schrie er auf und fuhr hoch, wobei ihm das Bild des gepfählten Beamten durch den Kopf schoss. Scheiße! Was war das? Mit polterndem Herzen wandte er sich um. Erkannte, dass er aufrecht stand und weder der Stuhl an seinem Hintern hing noch ein Spieß aus der Sitzfläche ragte. Da war rein gar nichts. Dennoch hatte er etwas gespürt. Mit einer umständlichen Verrenkung versuchte er, die Stelle ausfindig zu machen, konnte aber nichts entdecken. Sowohl die Bespannung des Stuhls als auch der Stoff seiner Jeans waren unversehrt. Dieser Fall machte ihn wirklich verrückt! Besser, er ging doch zurück in Raum 7. Stille tat ihm offensichtlich nicht gut.

50

Als Fuchs in den Panikraum zurückkehrte, schwenkte Kreiling einen Plastikbeutel in der Hand. »Weitere Sprengsätze haben sie keine entdeckt, dafür aber dieses Handy. Es lag in der Tiefgarage bei den Besucherparkplätzen. Wir versuchen gerade herauszufinden, wem es gehört.« Er wendete die Tüte so, dass Joachim die Rückseite mit der Schutzhülle sehen konnte.

»Das gehört Astrid«, sagte er.

Kreiling sah ihn fragend an.

»Astrid Göbel, die Postfrau«, erklärte Fuchs. »Ich erkenne die Hülle mit dem Elefanten wieder.«

Kreiling wandte sich Bosch zu. »Können Sie die Telefonnummer dieser Mitarbeiterin herausfinden?«

»Bestimmt.« Bosch nickte. Es kostete ihn gerade mal zwanzig Sekunden, bis er die Stammdaten von Astrid Göbel auf dem Monitor hatte. Er diktierte die Nummer Kreiling, der sie parallel in den Nummernblock des Festnetztelefons eingab. Mit ein paar Sekunden Latenz begann das Gerät auf dem Tisch zu vibrieren.

Kreiling legte den Hörer wieder auf die Gabel. »Gut, das wäre geklärt. Trotzdem frage ich mich, was es dort zu suchen hatte.«

»Wo genau lag es denn?«, wollte Fuchs wissen. »Lag es *auf* dem Parkplatz, *daneben* oder auf dem Weg dorthin? Es könnte ihr ja einfach beim Einsteigen aus der Tasche gerutsch…« Er brach ab. »Nein, Moment … Wir haben sie auf den Aufzeichnungen ja gar nicht beim Verlassen der Tiefgarage gesehen.«

Olaf meldete sich zu Wort: »Ich weiß, an was du denkst. Dann wäre die Information, wo genau das Telefon lag, trotzdem wichtig. Wenn sie zum Beispiel überwältigt und in einen Kofferraum verfrachtet wurde und ihr das Gerät dabei aus der Tasche gerutscht ist, hätte es nämlich eher an der wandfernen Seite des Parkplatzes gelegen, da jeder auf diesen Plätzen vorwärts einparkt.«

Kreiling griff erneut zum Hörer und gab die Frage an den Leiter der Diensthundestaffel weiter. Für eine exakte Auskunft hakte er zweimal nach. Nachdem er wieder aufgelegt hatte, nickte er Kern bedeutungsvoll zu. »Genau wie Sie sagten. An der Schmalseite Richtung Ausgang. Also dort, wo bei einem vorwärts geparkten Wagen der Kofferraum wäre.«

Joachim setzte sich, legte die Handflächen an die Schläfen. Ein Bild kam ihm in den Sinn. Er sah auf. »In dem Flur, der vom Treppenhaus vor dem Saal abzweigt, stand ihr Bürowagen wie achtlos beiseitegeschoben, die Post lag zum Teil auf dem Boden. Vorhin dachte ich, das sei infolge des Tumults nach dem Anschlag passiert, aber jetzt, mit dieser neuen Information …« Er räusperte sich, musste husten. »Was, wenn sie gerade auf dem Weg zu den Fahrstühlen war und durch Zufall Romeike dabei beobachtet hat, wie er auf den Fernzünder drückte? Dann hätte er allen Grund gehabt, sie als Zeugin zu beseitigen. Und zwar sofort. Ihm dürfte es auch kaum Probleme bereitet haben, diese zierliche Frau zu überwältigen und in den Fahrstuhl zu schleppen. Von dort aus wäre er auch direkt in die Tiefgarage gelangt. Dann ab mit ihr in den Kofferraum seines Wagens und weg. Das wäre in den zwei Minuten von der Explosion bis zu seinem Erscheinen auf der Kameraaufzeichnung locker möglich gewesen. Inklusive Lösen des Parktickets.« Er wollte noch etwas sagen, musste aber wieder husten. Sein Hals war wie ausgedörrt. Wahrscheinlich lag das an der Aufregung und der trockenen Luft hier im Raum. Oder Röhm hatte ihn mit seiner nicht auskurierten Erkältung angesteckt.

Er zuckte, als Kreilings Faust auf den Tisch niedersauste. »Wir müssen diesen Kerl zur Fahndung ausschreiben! Ich will Straßensperren. Überall! Sie sollen dieses Arschloch schnappen, bevor die Sonne untergegangen ist.«

Fuchs hatte seinen Chef noch nie derart aufgebracht erlebt. Es schien, als stünde er kurz vor einem Nervenzusammenbruch.

Doch weitaus mehr beschäftigte ihn das penetrante Kratzen im Hals. Brauchte er Wasser? Eher nicht. Mund und Kehle waren kein bisschen trocken. Im Gegenteil. Seine Zunge schwamm förmlich im Speichel. Er schluckte. Räusperte sich. Herrje, was war denn jetzt los? Woher kam denn die ganze Spucke?

Lara musterte ihn. »Alles okay?«

»Ich weiß nicht … Fühlt sich an, als hätte ich was im Hals.« Das musste ein wahrer Ochsenfrosch sein, dachte er und hustete in die hohle Faust, doch die verfluchte Amphibie blieb stecken.

»Guck mich mal an«, bat Lara, ihr Blick war ziemlich besorgt. Fuchs kam ihrer Aufforderung nach.

»Was ist denn mit deinen Augen?«, fragte sie.

»Wieso? Was soll damit sein?«

»Deine Pupillen. Die sind groß wie Smarties.«

»Was?« Joachim verzog das Gesicht. »Du machst mich noch ganz verrückt. Alles gut. Es ist nur …« Wieder ein Räuspern. Vielleicht war doch nicht alles in Ordnung. Er betrachtete seine Hände. Sah das Zittern. Bemerkte, dass die feinen Linien auf seiner Haut verschwammen.

»Joachim?«

»Meine Füße …«, sagte er und rutschte nervös auf seinem Stuhl herum.

»Was ist damit?«

»Sie … sie sind taub.«

»*Wie*, deine Füße sind taub?«

»Ich … ich kann sie nicht spüren. Ich kann meine Zehen nicht mehr bewegen!« Von wachsender Panik ergriffen, blickte er in die Runde.

Kreiling hatte bereits zum Hörer gegriffen und kurz darauf die Leitstelle am Ohr.

»Sag uns jetzt ganz genau, was dir fehlt«, drängte Lara.

Er nickte. »Ich … ich sehe doppelt. Und mir ist schlecht. Mein Bauch …« Er stöhnte, versuchte, weitere Symptome aufzuzählen, doch er hatte Schwierigkeiten, sich zu konzentrieren. Die Angst ratterte wie ein Panzer durch seinen Kopf. Das Zittern hatte inzwischen die Arme erfasst, während die Lähmung der Zehen langsam seine Beine emporkroch. »Ich glaube, ich muss mich mal hinlegen.« Er rutschte vom Stuhl auf den Boden. Panisch griffen seine Hände ins Leere, als drohte er, in einen Abgrund gezogen zu werden.

»Bleib ganz ruhig liegen, mein Bester.« Martin war neben ihm aufgetaucht und hob nun seine Füße auf die Sitzfläche des Stuhls. »Das stabilisiert deinen Kreislauf. Der Notarzt ist sicher jeden Moment hier.«

Joachim spürte die Hand seines Kollegen auf seiner Schulter. Warm und ruhig. Mit der anderen fühlte Martin an seinem Hals nach dem Puls. Fuchs spürte seinen eigenen Herzschlag, der, trotz seiner Angst, ungewöhnlich ruhig war. Langsame, harte Schläge wie bei einer japanischen Taiko. Die Trommeln in den Mienen von Moria.

Bumm.

Bumm.

Bumm.

Er wollte etwas sagen, doch er war plötzlich nicht mehr imstande, Worte zu formen.

»Was hast du gesagt?«, hörte er Martins Stimme. Dann sah er, dass sich ein Ohr näherte. Zwei. Alles doppelt.

Joachim Fuchs mobilisierte all seine Kraft und brachte krächzend hervor: »Keine Luft.«

51

Lara starrte auf das Handy vor sich auf dem Tisch. Es war wie eine tickende Zeitbombe. Oder wie eine mit Fernzünder, die durch einen Anruf zur Explosion gebracht werden konnte. Sie hatte schon überlegt, diesem Psychoterror ein Ende zu setzen, indem sie das Gerät ausschaltete, doch ebenso gut konnte einer ihrer Kollegen mit Neuigkeiten in ihr Büro hereinplatzen. Eines war jedenfalls klar: Nach diesem Fall brauchte sie eine Auszeit. Freizeitausgleich. Unbezahlten Urlaub. Einen gelben Schein. Was auch immer. Aber nahtlos mit dem nächsten Fall weitermachen, kam absolut nicht in Frage. Auch Joachim hätte eine Pause, zumindest aber Abstand von diesem Fall gebraucht, doch dafür war er schlichtweg zu stur. Oder zu pflichtbewusst. Zum Dank lag er nun in der Klinik, vergiftet mit einer tödlichen Substanz, die auf Anhieb nicht hatte identifiziert werden können. Lara hoffte, dass dies den Ärzten inzwischen gelungen war. Vor allem aber hoffte sie, dass man eine Vergiftung damit überleben konnte. Vielleicht existierte sogar ein Gegengift. Wobei sie daran nicht glaubte. Jemand, der ein solch teuflisches Werkzeug baute wie jenes, das Joachim das Gift injiziert hatte, würde sich wohl kaum für ein Toxin entscheiden, dessen Wirkung man einfach aufheben konnte.

Ihr letzter Stand war, dass man Joachim an die Dialyse angeschlossen hatte. Bisher jedoch ohne Erfolg. Zudem hing er noch immer am Beatmungsgerät. Die Intensivschwester hatte von fehlender Spontanatmung gesprochen, als Lara Joachim am Vortag besucht hatte. Zwei geschlagene Stunden hatte sie an seinem Bett gestanden, seine Hand gehalten und dabei zugesehen, wie sein Brustkorb sich im Rhythmus des Beatmungsgeräts hob und senkte. Wie Ebbe und Flut. Leben und Tod. Sie hatte sich gefragt, was sich wohl in seinem Kopf abspielen mochte. *Ob* sich dort etwas abspielte. Oder hatte das Gift womöglich schon unwiederbringliche Schäden angerichtet? Sie hatte geweint, ihm Mut gemacht, ihn verflucht. Angedroht, ihm die Freundschaft zu kündigen, wenn er nicht sofort aufwachte. Dass sie ihm nichts, aber auch gar nichts über den Ermittlungsstand verraten würde, bis er nicht vollständig genesen war und auf beiden Beinen ins Präsidium marschierte.

»Nicht einen Piep, hörst du?«, sagte sie nun in die Stille des Büros und spürte, wie ihr wieder Tränen in die Augen stiegen. Tränen der Wut und der Verzweiflung. Hätte dieser sture Kerl nur auf sie gehört und sich auf einen anderen Fall ansetzen lassen. Egal, ob das zulässig war – man bearbeitete keine Fälle, in denen es um Personen ging, die einem nahestanden. Oder? Ging es ihr gerade nicht ähnlich? Auch sie ließ sich ja auf keinen anderen Fall ansetzen, obwohl es ihren Partner erwischt hatte. Und Stieglitz. Bernhard, der arme Kerl, hatte es nicht mal bis in die Klinik geschafft, sondern war, wie Rainer Quast, noch auf dem Weg dorthin verstorben.

Lara kam ein verstörender Gedanke: Trug sie etwa die Schuld an dem, was Joachim passiert war? Immerhin hatte *sie* ihm den Floh von den proaktiven Maßnahmen ins Ohr gesetzt, weshalb er bei der Pressekonferenz vor die Kameras getreten war, um Bonkert zu provozieren.

Sie faltete ihre Hände, legte die Stirn darauf ab. »Bitte, lieber Gott, lass Joachim nicht sterben. Bitte! Ich könnte mir das niemals verzeihen.«

Eine Weile blieb sie so sitzen. Dann zog sie die Nase hoch und schielte zum Handy. Es gab da noch eine Sache, die sie erledigen wollte, auch wenn sie sich bis jetzt davor gedrückt hatte. Doch das gebot einfach der Anstand. Denn Sophia, die Glückliche, die Frau an Joachims Seite, wusste noch nichts von ihrem Pech. Noch am Krankenbett hatte Lara daher die Nachttischschublade nach Joachims persönlichen Sachen durchwühlt und darin seine Schlüssel, das Portemonnaie sowie sein Handy entdeckt. Da sie schon einige Male gesehen hatte, wie er das Gerät entsperrte, kannte sie das Muster. Eine digitale 5. Oder ein S. S wie Sophia.

Lara hatte ihre Nummer herausgesucht, den Kontakt auf ihr eigenes Handy geschickt und sich vorgenommen, sie zu informieren. In genau diesem Moment war Joachims Ex-Frau mit Tochter aufgetaucht. Lara hatte sich neben der offenen Schublade mit Joachims Privatsachen darin ertappt gefühlt. Rasch hatte sie das Handy zurückgelegt, sich verstohlen die Tränen aus dem Gesicht gewischt, den beiden Kraft gewünscht und war dann nach Hause gefahren, wo sie die halbe Nacht durchgeweint hatte.

Nun saß sie in Joachims Büro und kämpfte schon wieder gegen die Tränen. Warum sie sich hierher zurückgezogen hatte, wusste sie auch nicht recht, doch sie wollte gerade einfach in keinem anderen Raum sein. Neben der winzigen Konstruktion, mit der ihm das Gift injiziert worden war, hatte die Spurensicherung eine Wanze in seinem Büro gefunden, genauso wie an anderen Orten im Präsidium. Es gruselte Lara, als sie daran dachte, wie durchtrieben die Täter waren. Dass einer der beiden hier im Gebäude, hier in diesem Raum gewesen war, um Abhörvorrichtungen zu installieren. Was sie dadurch wohl alles wussten?

Sie sah sich um. Neben das Foto von Joachims Kindern war eins von Sophia dazugekommen. Ein silberner, hochglanzpolierter Rahmen. Sophia, die Schöne. Die Unwissende.

Lara nahm ihr Handy vom Tisch, öffnete ihre Kontaktliste und wählte die Nummer, doch es meldete sich nur die Mailbox. Wahrscheinlich hatte Sophia im Busch keinen Empfang. Oder Joachim hatte doch den richtigen Riecher gehabt und seine Liebste vergnügte sich mit diesem Kerl. Andererseits glaubte Lara das nicht, obwohl sich ein Teil von ihr diese Version beinah wünschte. Der dunkle, ichbezogene Teil.

Sie hinterließ eine Nachricht, legte auf und horchte in sich hinein. Sie fühlte sich wie eine Märtyrerin, aber zugleich auch … besser. Irgendwie redlich. Loyal.

Sie zuckte zusammen, als das Telefon klingelte.

52

Er stand am Strand. Der Sand unter seinen Füßen war kompakt, dicht zusammengetrieben vom Wasser, von dem jedoch jede Spur fehlte. Nie zuvor hatte er eine solche Ebbe erlebt. Soweit man blicken konnte – nichts als Sand. Angestrengt kniff er die Augen zusammen, fixierte das weiße Band am Horizont, das diesen einfasste wie ein Saum. Das Ende der Welt? Je länger er dort stand, umso mehr hatte er das Gefühl, das Gebilde würde sich nähern und der Sand unter seinen Füßen vibrieren. Treibsand? Doch er sank kein bisschen ein.

Möwen flatterten auf und flogen kreischend in seine Richtung. Weg vom Meer, Richtung Inland. Wie auf der Flucht. Aber er konnte nicht anders, als dazustehen und zu starren, wie dieses kräuselnde Band auf ihn zurauschte. Jetzt bestanden keine Zweifel mehr: Es kam näher und wölbte sich himmelwärts zu einer schwarz-blauen Wand, die weiterhin wuchs. Immer höher, immer schneller …

Warum lief er nicht weg und schloss nur die Augen?

Das Rauschen schwoll zu einem gewaltigen Grollen an …

Die Welle erfasste ihn, traf ihn am Kopf, wirbelte ihn herum. Fuchs riss die Augen auf, schnappte nach Luft. Brauchte einen Moment, um zu verstehen, was hier geschah. Jemand tupfte ihm mit einem feuchten Waschlappen das Gesicht ab. Kalt und erfrischend.

»Papa?«

Seine Augen fokussierten das hübsche Gesicht, das von blonden Strähnen eingerahmt wurde. Er blinzelte.

»Ich bin es«, sagte Lisa und legte den Kopf schief.

Joachim Fuchs atmete ein … und wieder aus. Ein und aus. Er spürte den Luftstrom in seiner Nase. Dass er diesen selbst regulierte. Ein Akt, der normalerweise so beiläufig geschah, dass man ihm keine Beachtung schenkte. Eine Selbstverständlichkeit der Natur wie der Herzschlag und der Fluss der Gedanken. Doch Fuchs bezweifelte, dass er es je wieder als Banalität abtun würde.

Lisa beugte sich zu ihm hinunter, gab ihm einen Kuss auf die Stirn. »Mama ist auch da.« Sie trat einen Schritt zur Seite, sodass er Claudine sehen konnte, die am Fußende des Bettes stand und ihm das Schienbein tätschelte.

»Hi.« Sie hob eine Hand.

Joachim brachte eine heisere Begrüßung heraus. »Schön, dass ihr gekommen seid.«

Claudine lächelte. »Wir waren auch gestern schon da und haben dir ein paar Sachen gebracht, aber da warst du noch ziemlich … na ja, wie soll ich sagen – indisponiert.«

»*Sachen* klingt gut«, krächzte Fuchs. »Ich kann es kaum erwarten, aus diesem Krankenhaushemd rauszukommen.«

»Du überstürzt mal lieber nichts«, mahnte sie, »immerhin hast du gestern noch im künstlichen Koma gelegen. Da sollte deine Garderobe wohl das geringste Problem sein.«

Mühsam richtete Joachim sich auf. So ganz gehorchten ihm seine Glieder noch nicht. Er wies auf die beiden Besucherstühle. »Setzt euch doch.«

Claudine zog sich einen der Plastikstühle heran und nahm Platz, während Lisa sich auf die Bettkante hockte.

»Bist du eigentlich noch in Gefahr?«, fragte ihn seine Tochter sichtlich besorgt.

»Ich weiß es nicht. Ich hoffe, sie haben den Kerl inzwischen.«

»In den Nachrichten kam bisher nichts«, entgegnete Lisa. »Ist jedenfalls ein richtiges Scheißgefühl, hierherzukommen und einen Wachposten vor deiner Tür zu sehen.«

»Mhm.« Fuchs nickte. Seine Gedanken schweiften kurz ab. Dann sah er seine beiden Besucherinnen im Wechsel an. »Wo ist eigentlich Benjamin?«

Claudine hob seufzend die Brauen. »Ist nicht rangegangen. Ich habe ihm aber eine Nachricht geschickt.«

»Und er wollte trotzdem nicht mit?«

»Das fragst du ihn am besten selbst. Gelesen hat er sie, den blauen Haken nach zu urteilen, nur geantwortet hat er noch nicht.«

Fuchs traute sich nicht zu fragen, wann sie ihm die Nachricht geschickt hatte, denn falls dies schon gestern geschehen war, wäre seine Enttäuschung zu groß gewesen. Wie damals, als ihn keiner seiner Kameraden besucht hatte. Er spürte, wie ihm das alte Band wieder die Brust zuschnürte.

»Er hängt wahrscheinlich mit seinen Kumpels ab«, erklärte Lisa lapidar. Als sie die Enttäuschung im Gesicht ihres Vaters erkannte, wechselte sie rasch das Thema. »Weiß man eigentlich inzwischen, was für ein Gift das war?«

Fuchs nickte. »Der Arzt war vorhin hier und hat es mir gesagt. Es nennt sich *Coniin*.«

»Nie gehört.«

»Gefleckter Schierling«, sagte Claudine, die sich als Apothekerin gut mit Giftpflanzen auskannte. »Das ist das Gift aus dem Schierlingsbecher, mit dem man schon Sokrates hingerichtet hat. Allerdings soll man bei ihm auch Morphin untergemischt haben, was den Tod wesentlich erträglicher macht.«

Fuchs blähte die Backen. »Leider war mir dieser Luxus nicht vergönnt. Das war echt kein Spaß.«

»Wieso?«, fragte Lisa mit unverhohlener Neugier. »Was passiert da mit einem?« Offenbar hatte jetzt, da er über den Berg zu sein schien, die Wissenschaftlerin in ihr das Ruder übernommen.

Joachims Augen zuckten von links nach rechts. Er wollte sich eigentlich nicht erinnern, aber Lisa sah ihn erwartungsvoll an.

Zögerlich antwortete er: »Erst ist dir nur unwohl. Etwas übel, so als hätte man zu viel Kaffee getrunken. Dann spürst du eine wachsende Unruhe, fängst an zu zittern, bis nach und nach deine Muskeln erschlaffen. Zuerst kannst du die Füße nicht mehr bewegen, dann die Unterschenkel, am Ende die Beine. Irgendwann geht die Lähmung auf deinen Rumpf und die Arme über, bis du am Ende nicht mal mehr Luft holen kannst. Das Schlimme dabei ist, du bekommst alles live mit.«

»Boah, heftig«, brachte Lisa beeindruckt hervor.

Joachim bemerkte, dass Claudine aus dem Fenster sah, die Lippen zu einem Strich aufeinandergepresst. »Claudine, was ist los?«

Sie hielt den Blick starr nach draußen gerichtet, schüttelte nur den Kopf.

»Hey, was ist denn?«

»Nichts.«

Fuchs lächelte matt. »Wir waren zu lange verheiratet, als dass du mir diesbezüglich etwas vormachen könntest.«

Sie sah ihn an. In ihrem Blick lag eine Kälte, wie er sie nur selten bei ihr gesehen hatte.

»Du willst wissen, was los ist? Das kannst du dir nicht denken? Es ist dein verdammter Job!«

»Was?«

»Ja, du hast richtig gehört. Ich hasse ihn. Er hat uns nichts als Ärger eingebracht. Und jetzt liegst du hier und erzählst Schauergeschichten wie ein Kriegsheld.«

»Mama«, ging Lisa dazwischen, doch ihre Mutter fuhr unbeirrt fort.

»Glaubst du nicht, dass deine Kinder gerne noch ein paar Jahre was von ihrem Vater hätten?«

»Mama, jetzt entspann dich mal«, unternahm Lisa einen weiteren Versuch, die Situation zu retten.

Fuchs stieg ungelenk aus dem Bett. Ihm fehlte die Kraft zum Streiten. Auf wackeligen Beinen ging er auf seine Ex-Frau zu. »Hey, was ist denn los? Was belastet dich wirklich, hm?«

Abwehrend hob sie die Hände. »Lass mich.«

Fuchs sah, dass sie den Tränen nahe war, und obwohl sie ihm wie ein kleines Mädchen erschien, das eine tröstende Umarmung gebraucht hätte, folgte er ihrer Bitte und ließ von ihr ab. Stattdessen setzte er sich neben Lisa aufs Bett.

Claudine stand auf, schob den Stuhl zurück an seinen Platz und sah zu ihrer Tochter hinüber. »Ich warte im Auto.«

»Ich kann auch mit der Bahn fahren«, schlug Lisa vor, »dann musst du keinen Umweg machen.«

Claudine nickte, verabschiedete sich und verließ das Zimmer.

»Was hat sie denn?«, fragte Fuchs.

Lisa zuckte die Schultern. »Keine Ahnung. Wechseljahre vielleicht? PMS? Was weiß ich. Vielleicht hat sie auch Stress mit Lothar.«

»Glaubst du? Ich dachte, die beiden sind happy?«

»Hm … weiß nicht. Ich habe irgendwie das Gefühl, dass nicht mehr alles so rosig ist, seitdem sie weiß, dass du glücklich mit einer Jüngeren bist.«

Glücklich mit einer Jüngeren. Waren sie das tatsächlich – glücklich? Er hatte es zumindest geglaubt. Bis Adonis aufgetaucht war. Aber dieser eine Moment hatte etwas zerstört. Einen Stachel des Zweifels in seinen Kopf getrieben, der wie das pulsierende Hinterteil einer Biene Gift in seine Gedankenwelt pumpte.

»Was hat sie eigentlich hierzu gesagt?« Lisa machte eine vage Handbewegung auf die Gerätschaften.

»Sophia?«

»Ja.«

»Ähm … Ich nehme an, sie weiß es noch nicht.«

»Wieso das denn?« Lisa sah ihn entgeistert an.

»Woher sollte sie?«

»Vielleicht rufst du sie mal an?«

»Sie ist doch in Afrika unterwegs mit dieser Hilfsorganisation.«

»Ja und?«

»Sie ist dort nur schwer zu erreichen.«

»Dann schreib ihr halt eine Nachricht. Zur Not haben die doch bestimmt auch ein Satellitentelefon dabei.«

»Was würde das denn bringen? Erstens kann sie von dort eh nichts ausrichten, und zweitens macht sie sich dann nur Sorgen.«

Lisa sah ihn tadelnd an. »Also ich an ihrer Stelle wäre stinksauer, wenn ich es beiläufig erfahren würde.«

Fuchs senkte den Blick und betrachtete die Nadelstreifen

auf dem Bettzeug. Feine hellblaue Linien. Würde das Leben doch nur in solch geraden Bahnen verlaufen wie dieses Muster. Stattdessen kam er sich vor wie eine Flipperkugel, die ständig in eine neue Richtung gestoßen wurde. Er bemerkte, dass Lisa auf eine Reaktion wartete, und sagte daher: »Ich probiere es später, okay?«

»Mach das bitte wirklich, ja?«

»Aye, aye, Sir.« Er stellte das Kopfteil des Betts mit der Fernbedienung hoch und legte sich wieder hin.

Lisa sah sich um, als suchte sie im Raum nach neuem Gesprächsstoff. »Für deine Krankenhausphobie muss das hier ja die reinste Konfrontationstherapie sein«, bemerkte sie.

»Die ist schon seit letztem Jahr ganz gut kuriert. Außerdem …«, er gähnte herzhaft, »… bin ich viel zu kaputt, um mich aufzuregen.«

»Liegt bestimmt an der Dialyse«, sagte Lisa. »Willst du schlafen?«

»Nein, nein, bleib ruhig noch.« Wieder gähnte er. »Ich muss nur mal kurz meine Augen zumachen. Nur einen Moment.«

Während sich hinter seinen geschlossenen Lidern nichts als Dunkelheit zeigte, spürte er Lisas Hand, die seine hielt.

53

Die Finger seiner Hand waren kalt wie die einer Leiche. Doch sie sah seine gleichmäßigen Atemzüge und beruhigte sich wieder. Als sie den Anruf erhalten und erfahren hatte, dass ihr Partner über den Berg sei, waren ihr wieder die Tränen gekommen. Diesmal jedoch Tränen des Glücks. Dennoch – sie war zu einer richtigen Heulsuse mutiert. Schrecklich.

Fuchs schlug die Augen auf. Er brauchte offenbar einen Moment, um sie zu erkennen. »Du bist es.«

»Ja. Wer sonst?«

»Lisa war doch eben noch hier.«

»Eben? Das muss etwas her sein, denn ich stehe hier schon eine Weile. Du hast tief und fest geschlafen.«

Joachim rieb sich das Gesicht, beugte sich zum Nachtschrank hinüber, aus dessen Schublade er sein Telefon kramte. »Wie viel Uhr ist es?«

»Nach sieben.«

Er sah auf sein Handy. »Tatsache. Dann habe ich drei oder vier Stunden gepennt. Mein Gott, war ich am Sack.« Sein Blick verweilte auf dem Display, bis er das Telefon mit zufriedener Miene weglegte.

Lara bedachte ihn mit einem Lächeln. »Nachricht von Sophia?«

»Nein, von Lisa.« Er räkelte sich geräuschvoll.

»Wie geht es dir?«, fragte sie.

Er blieb einen Moment liegen, horchte in sich hinein, kam zu einem Entschluss. »Besser.« Energisch richtete er sich auf und schwang die Beine aus dem Bett. »Viel besser.« Als er aufstand, knickte sein linkes Knie ein, doch er fing sich am Bettgitter ab. Lachte verlegen. »Scheiße.«

»Alles okay?«

»Ja, ja … alles gut. Sind wahrscheinlich die Nachwehen vom Gift.« Er setzte sich an die Bettkante und fasste für Lara zusammen, was ihm die Ärzte erklärt hatten. Dass Coniin Muskelgewebe zersetzte, freigewordenes Myoglobin die Nieren verstopfte und die neurologischen Ausfälle ebenfalls noch eine Zeit lang anhalten konnten.

»Und geht das wieder vorbei?«, fragte sie besorgt. »Also, wirst du wieder vollständig gesund?«

»Da ich ihr erster Patient mit einer solchen Vergiftung bin, müssen sie sich auf Literaturangaben stützen, aber laut denen sind die Symptome wohl reversibel.«

»Klingt ja beruhigend«, gab sie ironisch zurück.

»Ja, fand ich auch.« Er sah Lara mit einem forschenden Blick an. »Wie genau hat er es gemacht?«

»Das mit dem Gift?«

»Ja.«

»Hast du überhaupt keine Ahnung?«

»Ich schätze mal, irgendwas mit meinem Stuhl. Ich habe einen Pikser gespürt, als ich mich gesetzt habe, dachte aber dann, ich hätte mir das bloß eingebildet.«

Sie nickte. »Das Teil war über einen Schlitz unter den Bezug geschoben worden. Du kannst es dir wie ein Zwischending zwischen Briefmarkenbefeuchter und Eierstecher vorstellen.

Marke Eigenbau. Etwa so groß.« Mit Daumen und Zeigefinger formte sie einen Ring. »Auf der Bodenplatte aus Plastik klebte ein Schwämmchen, in dem sich das Giftreservoir verbarg. Ein kleines Gummibällchen mit einer Nadel darin. Als du dich draufgehockt hast, wurde der Schwamm zusammengedrückt, wodurch sich das Reservoir wohl in deinen Allerwertesten entleert hat.«

Fuchs schnaubte, unternahm den nächsten Versuch aufzustehen, was ihm diesmal jedoch gelang. »Also muss Romeike es dort versteckt haben, bevor er den Sprengsatz gezündet hat. Oder davor, als wir noch in der Teamkonferenz saßen. Habt ihr ihn denn? Oder Bonkert?«

Lara zögerte mit einer Antwort. »Also eigentlich wollte ich mit dir nicht über den Fall sprechen.«

»Wieso das denn?«

»Erst, wenn du wieder vollständig genesen bist.«

»Ach, komm.«

»Nein, ist mein Ernst.«

»Na gut, dann eben nicht.« Er ließ seinen Kopf kreisen, um die Nackenmuskulatur zu lockern. »Ich muss aus diesem Flügelhemd raus. Darin fühlt man sich ja automatisch krank.« Mit entblößter Rückseite stakste er zum Spind, aus dem er einen Trainingsanzug, frische Socken und ein paar Turnschuhe hervorkramte, die ihm Claudine und Lisa gebracht hatten. Er legte die Sachen auf den Tisch und sah zu Lara hinüber. »Wenn es dir nichts ausmacht, darfst du dich gerne umdrehen. Es sei denn, mein nackter Arsch war dir noch nicht genug.«

Sie wandte sich ab, hörte das Rascheln von Stoff und das Trampeln unkoordinierter Schritte, als Joachim versuchte, in die Hose zu schlüpfen.

»So, schon viel besser«, hörte sie ihn sagen und spürte eine warme Hand auf der Schulter. Sie drehte sich um und wurde in eine Umarmung gezogen. »Schön, dass du da bist.« Er legte sein gewinnendstes Lächeln auf. »Und jetzt erzähl schon – was ist passiert?«

»Bitte, Joachim … Du solltest mal abschalten. Zumindest so lange, bis du wieder einigermaßen fit bist.«

»Ich bin topfit.«

»Ja, das sehe ich.«

Er versuchte sich an einer Kniebeuge mit nach vorne gestreckten Armen, kam aber nur mühsam wieder hoch.

Sie schmunzelte. »Das war erbärmlich.«

»Aber im Kopf bin ich fit. Komm schon!«

»Oh Mann, du bist unmöglich. Gibst eh keine Ruhe, bis du hast, was du willst, oder?«

»Nein.«

Sie seufzte. »Gut. An was erinnerst du dich noch?«

»An alles bis zu dem Punkt, als mir der Notarzt das Mittel gespritzt hat.«

»Das hast du alles mitgekriegt?«

»Ja. Ich konnte mich nur nicht rühren. Nicht mal, als Martin mir seine Lippen auf den Mund gepresst hat. Ich hätte ihm nämlich gerne gesagt, was für ein guter Küsser er ist.«

Lara verdrehte die Augen, konnte sich ein Grinsen aber nicht verkneifen. Dann wurde sie wieder ernst. »Ohne ihn säßest du jetzt wahrscheinlich nicht hier. Von mir hättest du jedenfalls keine Mund-zu-Mund-Beatmung bekommen.«

Fuchs lachte. »Na gut. Erzähl mir, was ihr Neues habt.«

»Nicht viel. Jedenfalls keine Spur vom Aufenthaltsort von Bonkert, Romeike oder Astrid. Wir haben versucht, ihre Familie zu kontaktieren, konnten aber niemanden ausfindig machen. Nicht mal mit den Nachbarn pflegte sie Kontakte, und auch das Handy war keine Hilfe. Den wenigen Nummern nach scheint sie kaum Bekannte zu haben, und Fotos gab es nur von ihrer Katze. Kann einem echt leidtun, die Arme. Aber ich bin auf etwas anderes gestoßen, als ich das Internet mit unserem Gesichtserkennungsprogramm durchforstet habe. Ein Foto aus den späten Achtzigern von einer Demo gegen die Flughafenerweiterung.«

»Startbahn West«, sagte Fuchs, der sich noch gut an die Krawalle von damals erinnerte. Auch da hatte es tote Polizisten gegeben, erschossen vom Mitglied einer autonomen Gruppierung.

»Genau. Und jetzt rate mal, wer da an vorderster Front stand, grölend, mit zum Himmel gereckter Faust.«

»Romeike?«

»Genau der.«

Fuchs schnaubte. »Damit wüssten wir zumindest, dass er ein ähnliches Gedankengut hegt wie Bonkert.«

Sein Handy vibrierte auf dem Nachtschrank. »Entschuldige.« Er linste aufs Display, runzelte seine Brauen und nahm den Anruf entgegen.

Während Lara mit Erleichterung daran dachte, wie froh sie war, dass Joachim noch nicht nach Stieglitz gefragt hatte, bemerkte sie, wie sich sein Körper versteifte. Es handelte sich um eine Frauenstimme. Soweit Lara das erkennen konnte, war das weder Sophia noch sein Ex.

Während Joachim der Person am anderen Ende lauschte, sah er Lara unentwegt an, doch sein Blick schien geradewegs durch sie hindurchzugehen.

»Hallo? HALLO?« Er nahm das Handy vom Ohr, starrte aufs Display.

»Was ist?«, fragte Lara.

Schweigend und blass ließ er sich aufs Bett sinken.

54

Fuchs brauchte einen Moment, um sich aus seiner Starre zu lösen. Dann flogen seine Finger über das Tastenfeld. Mechanisch führte er das Handy ans Ohr. Wartete. Senkte den Arm, als nicht abgenommen wurde. Dachte kurz nach. Öffnete WhatsApp und tippte eine Nachricht. Nur wenige Worte, aber wenn die Anruferin die Wahrheit gesagt hatte, würde er darauf keine Antwort erhalten.

Doch was war das? Zwei blaue Haken!

Benjamin schreibt …

Ein Anflug von Erleichterung stellte sich ein. Erst jetzt drangen auch Laras Fragen wie aus weiter Ferne zu ihm durch.

»Jo-ach-im? Was ist denn los?«

Abwehrend hob er die Hand.

Die Antwort erschien auf dem Display, und es vergingen einige Sekunden, bis er die Bedeutung verstand, die ihn mit der Kraft einer Dampframme traf.

Glauben Sie mir jetzt?

Fuchs sprang auf, als stünde das Bett unter Strom. Adrenalin schoss durch seine Adern und ließ sämtliche Muskeln verkrampfen.

Er wankte auf Lara zu. Sein Gesicht hatte jeden Rest Farbe verloren. »Gib mir deine Autoschlüssel.«

»Was?« Sie sah ihn entgeistert an.

»Du sollst mir deine Autoschlüssel geben!«

»Was ist denn los?«

Er hielt ihr die Hand hin. »Und deine Waffe.«

Lara riss die Augen auf.

»Keine Zeit für Erklärungen. Mach schon. Und du musst mir helfen, hier rauszukommen, ohne dass der Wachmann Alarm schlägt.«

»Aber …«

»Mach einfach«, sagte er. »Bitte.«

Wie ferngesteuert schob sich Laras Hand in ihre Tasche und kramte den Autoschlüssel hervor, den sie ihm gab.

»Und die Waffe«, forderte er.

Ihre Rechte fuhr unter ihr Blouson, um die Pistole aus dem Holster zu ziehen. »Was soll ich denn sagen, wenn mich jemand fragt, wo du hin bist?«

»Sag einfach, ich hätte dich überrumpelt, dich bewusstlos geschlagen. Was weiß ich. Aber du musst mir jetzt helfen!« Er stopfte die Waffe in den Bund seiner Hose und schnürte die Kordel enger. Dann sah er seine Kollegin eindringlich an. »Das Wichtigste ist aber, dass du keinesfalls die Kollegen verständigst, okay?«

»Das geht doch nicht, Joachim. Ich kann doch nicht sagen, du hättest mich überrumpelt, mir Waffe und Wagen geklaut, und ich sei daraufhin einfach mit dem Bus nach Hause gefahren, als wär' nichts passiert. Das glaubt mir doch kein Schwein.«

Fuchs presste die Zähne aufeinander, überlegte. »Bonkert!«, spie er schließlich aus. »Sie hat meinen Sohn.«

»Was?«

»Hör mir jetzt gut zu!« Er packte sie an der Schulter. »Du musst mir hier raushelfen, okay? Wir sagen dem Wachposten einfach, dass wir einen kurzen Spaziergang machen. Frische Luft schnappen und was zu trinken holen. Da du dabei bist, wird er uns gehen lassen. Wenn ich dann weg bin, darfst du aber bitte keinesfalls die Kavallerie rufen. Hast du verstanden?«

Sie nickte zögerlich. Wenn Bonkert seinen Sohn hatte, wusste Lara, was geschehen würde, falls Fuchs sich nicht an die Vorgaben hielt.

Joachim hatte bereits den Griff der Zimmertür umfasst und sah sie nun in gespannter Erwartung an.

Als Lara ihm schließlich mit fest entschlossener Miene zunickte, drückte er die Klinke herunter.

55

Dreißig Minuten. So lange blieb ihm, bis sie seinen Sohn töten würde. Sie hatte ihm zwar nicht gesagt, wie, doch bei dem Gedanken an die Grausamkeit ihrer anderen Morde wurde ihm speiübel. Joachim drehte den Zündschlüssel, woraufhin Laras Mazda seine Schlafaugen öffnete wie ein von den Toten auferwecktes Ungeheuer. Während die Lichtkegel die Dämmerung auf dem Parkplatz der Klinik durchschnitten, sprang der Motor an, laut und gurgelnd. Fuchs trat aufs Gas. Das Heck brach aus, schlingerte nach links und rechts, bis die Reifen wieder Halt fanden und der Wagen davonschoss. Nach wenigen Minuten erreichte er den Nordring, holperte über den schlaglöchrigen Asphalt, vorbei am Boxclub und unter dem Förderband des Kraftwerks hindurch, das die Straße vom Mainufer bis zu dem Turm mit den Brennöfen überspannte. Über den Kohlehügeln am Fluss thronte ein Kran, der Fuchs immer an die Kampfläufer aus *Star Wars* erinnerte. Bald ging der Nordring in die Hafenallee über, die ihren Namen schon nach zweihundert Metern in einem Rechtsknick wieder einbüßte. Soweit Fuchs sich erinnerte, lag der Parkplatz, zu dem er zitiert worden war, direkt dahinter. Das Auto, von dem Bonkert gesprochen hatte, sollte auf dem Gelände links in der Nähe des Wassers stehen. Joachim folgte der Kurve auf die Kaiserstraße, von wo aus er das Areal überblicken konnte. Er bog links ab, nahm die abschüssige Zufahrt und parkte den Wagen nahe der Rampe. Als er den Motor abstellte, schloss das Ungeheuer wieder die Augen.

Beim Aussteigen spürte er, wie seine Beine zitterten. Nur mit Mühe trugen sie ihn in Richtung des alten Fords, der einsam in einer Parkreihe lauerte. Obwohl die meisten Fahrzeuge bei dem spärlichen Licht grau wirkten, erkannte Fuchs, dass die Sonne dem Lack dieses Wagens zugesetzt hatte. Die Motorhaube war blass und stumpf, als hätte man sie mit Stahlwolle poliert. Mit hämmerndem Herzen steuerte er auf den Fiesta zu. Was hatte Bonkert sich wohl für ihn ausgedacht? Eine Autobombe? Ein tödliches Gas, das aus der Lüftung strömte, sobald er den Motor startete? Eine Pfählung auf dem Sitz wie bei Quast? Oder etwas ganz anderes, noch Perfideres? Aber wollte sie ihn wirklich hier töten? Oder hatte sie ein großes Finale mit ihm geplant? Zweifelsfrei war Benjamin nur ein Köder, um ihn aus dem bewachten Krankenzimmer zu locken. Doch weshalb sollte es ihn überhaupt treffen? Er war bei dem Einsatz doch bloß ein winziges Licht gewesen und hatte zudem selbst eine Kugel abbekommen. Ob der Wachposten inzwischen Alarm geschlagen hatte, da er und Lara immer noch nicht zurückgekehrt waren? Sie hatte dem Beamten erklärt, dass sie kurz frische Luft schnappen wollten, was dieser ihnen, mit einer Kripobeamtin als Bodyguard, wie erwartet gewährt hatte.

Vorsichtig umrundete er jetzt den Wagen, spähte einmal darunter und dann durch jedes Fenster, konnte aber nichts Besonderes entdecken. Laut Bonkert sollte der Schlüssel auf dem linken Hinterrad liegen. Vorsichtig betastete er den Reifen. Seine Finger stießen gegen etwas, das klappernd im Radhaus verschwand. Scheiße! Fuchs bückte sich, um auf dem Boden nachzusehen, doch da lag nichts. Falls das der Schlüssel war, musste er irgendwo festhängen. Mit einer umständlichen Verrenkung griff er hinter das Rad, bis er die Achse erreichte. Seine Fingerspitzen betasteten das von Rost angegriffene Metall. Wo war dieser verdammte Schlüssel? Ihm lief die Zeit davon! Während er dahockte, den Arm tief im Radkasten, schoss ihm ein irrer Gedanke durch den Kopf: Was, wenn genau *das* Bonkerts Plan war und sie jetzt, in dieser Sekunde, die Falle zuschnappen ließ? Ein Mechanismus im Stoßdämpfer, sodass dieser sich zusammenzog und der Kotflügel ihm die Schulter zerquetschte oder den Arm abtrennte. Er widerstand dem Impuls, seine Hand zurückzuziehen, und suchte in einem Zustand beherrschter Panik weiter nach dem Schlüssel. Herrgott, er konnte sich doch nicht in Luft aufgelöst haben.

Endlich ertastete er etwas, das sich wie ein Schlüsselanhänger anfühlte. Er schien zwischen der Bremsbacke und der Leitung zu klemmen. Ächzend verrenkte Joachim den Arm. Nur noch ein paar Millimeter …

Da! Er hatte ihn. Blitzschnell zog er den Arm zurück, erhob sich und schob den Schlüssel ins Schloss. Er wusste nicht, wann er ein Auto zuletzt über das Türschloss geöffnet hatte. Auch eine Zentralverriegelung schien der Wagen nicht zu besitzen, denn nur der Knopf auf der Fahrerseite sprang hoch. Obwohl die Zeit drängte, kam er nicht gegen den Drang an, die Wagentür wie in Zeitlupe zu öffnen und den wachsenden Spalt zu beobachten. Doch nichts geschah. Kein Draht, der sich spannte, kein Sprengsatz, der explodierte.

Als die Tür endlich offen stand, fuhr Fuchs mit der Handfläche über den Sitz, fühlte aber nichts als verschlissenen Stoff. Er wiederholte die Prozedur, drückte aufs Polster, erst sachte am Rand, dann in der Mitte, schließlich fester, bis er mit seinem ganzen Gewicht auf der Hand lehnte, doch er spürte nur die durchgesessenen Federn. Zuletzt sah er im Fußraum sowie unter dem Sitz nach, wo er aber ebenfalls keine tödlichen Apparaturen entdeckte. Da der Sitz für seine Größe viel zu weit vorne eingerastet war, musste Joachim sich regelrecht hinter das Steuer quetschen, doch trotz seiner erfolglosen Suche nach Fallen brachte er es nicht über sich, den Hebel für die Sitzverstellung zu betätigen.

Nun war er hier, wie es diese Psychopathin befohlen hatte. Die Anweisungen waren ihr so emotionslos über die Lippen gekommen, als hätte sie die Zutatenliste für ein Kochrezept vorgelesen. Doch was jetzt? Was sollte er tun? Was würde als Nächstes passieren? Die Uhr tickte. Er ließ seinen Blick über den Parkplatz schweifen. Keine Menschenseele. Laras Mazda schlief bei der Rampe. Ob man den Wagen dort finden würde? Bestimmt. Die Frage war *wann*. Weiter rechts erahnte er die Umrisse eines Parkautomaten, was ihn seltsamerweise beruhigte. Falls dieser Abend keinen guten Ausgang nahm, dürfte Lara also spätestens durch ein Knöllchen erfahren, wo er ihren Flitzer abgestellt hatte.

Seine Finger trommelten nervös auf das Lenkrad. Was sollte das alles? Was machte er hier? Hektisch kramte er sein Handy aus der Tasche und sah, dass Lara ihm eine Nachricht geschickt hatte. Er wollte sie gerade öffnen, da begann das Gerät zu vibrieren.

Unbekannter Teilnehmer.

Er nahm ab.

»Starten Sie den Motor!«, befahl die Stimme ebenso emotionslos wie zuvor.

Fuchs musste all seinen Mut aufbringen, den Schlüssel

ins Zündschloss zu stecken und umzudrehen. Wie viel bekam man eigentlich mit, wenn man gesprengt wurde? Wenn eine Bombe den eigenen Körper in Stücke zerriss? Gab es da diesen Moment unendlichen Schmerzes, oder war es eher so, wie wenn man ein Fernsehgerät abstellte? *Zzzzupp.* Schwarzes Bild.

Er schloss die Augen, überwand sich und drehte den Schlüssel.

Der Motor sprang an. Mit einem Ruck öffnete Fuchs die Augen. Eine Sekunde. Zwei. Drei. Er war immer noch da.

»Fahren Sie los«, schnarrte es aus dem Hörer. »Oben an der Straße biegen sie rechts auf die Carl-Ulrich-Brücke.«

Fuchs folgte der Anweisung und steuerte auf die beleuchtete Brücke zu, die Offenbach mit Frankfurt verband.

»Gut, ich fahre jetzt auf die Brücke«, sagte er.

»Halten Sie in der Mitte an.«

Fuchs tat wie ihm geheißen. »Ich stehe. Was jetzt?«

»Werfen Sie das Telefon in den Fluss. Im Handschuhfach finden Sie ein neues. Gehen Sie ran.« Genau in diesem Moment hörte er eine gedämpfte Tonfolge. Er öffnete das Handschuhfach und erkannte nun die weinerliche Melodie alter Nokia-Geräte. Tatsächlich fand er ein altes 1100 im Handschuhfach. Das meistverkaufte Handy der Welt, wie auch er es Ewigkeiten besessen hatte, bevor Sophia ihm das Smartphone geschenkt hatte, das er in der anderen Hand hielt.

»Sie werden beobachtet«, kam es mit Nachdruck. »Wenn Sie den Anweisungen nicht folgen, wissen Sie, was passiert.«

Ratternd zog Fuchs die Handbremse an, nahm den Anruf entgegen und stieg aus. Er blickte sich um, konnte aber keinen Verfolger entdecken. Dabei bot die Fassadenfront der Offenbacher Mainseite reichlich Verstecke. Hunderte, wenn nicht Tausende teils erleuchtete, teils stockdunkle Fenster, die ihn anstarrten wie die Augen des Argus. Überall dort konnte jemand stehen und ihn durch ein Fernglas hindurch observieren.

Als er die Fahrbahn überquerte, sah er in einiger Entfernung die Rücklichter eines Wagens, der die Rampe des Parkplatzes hinauffuhr. War das sein Verfolger? Womöglich hatte Romeike die ganze Zeit auf dem Parkplatz gestanden und ihn beobachtet. Bonkert selbst schien, den fehlenden Nebengeräuschen nach zu urteilen, nicht unterwegs zu sein, sondern sich an einem ruhigen Ort, womöglich im Innern eines Gebäudes, aufzuhalten.

Während Joachim mit den zwei Handys am Brückengeländer stand, näherten sich die Scheinwerfer eines Fahrzeugs von der Frankfurter Mainseite. Er zögerte eine Sekunde, dann holte er aus und schleuderte das Smartphone über die Brüstung. Unter ihm war ein leises Platschen zu hören, und mit dem Handy versank seine letzte und einzige Chance, Sophia ein Lebenszeichen zu senden, im Fluss.

»Was jetzt?«

»Fahren Sie weiter. Folgen Sie der Straße nach Frankfurt.«

Das entgegenkommende Fahrzeug verlangsamte seine Geschwindigkeit, bis es sich die letzten Meter im Schritttempo näherte. Als ihn die Scheinwerfer nicht mehr blendeten, konnte Joachim einen Blick in den Innenraum werfen. Am Steuer saß eine junge Frau, die erst ihn, dann seinen Wagen musterte. Sie schien die Situation einzuschätzen. Abzuwägen, ob sie Hilfe anbieten oder an ihr eigenes Wohl denken sollte. Schließlich traf sie ihre Entscheidung, trat aufs Gas und brauste davon.

Fuchs stieg wieder ein, setzte die Fahrt mit dem Hörer am Ohr fort. Schweigend fuhr er unter dem Laubdach einer Allee hindurch, vorbei an Schrebergärten und bestellten Äckern, bis er das Industriegebiet Fechenheims streifte.

»Wo lang?«, fragte er mühsam beherrscht. Am liebsten hätte er in den Hörer gebrüllt, sie gefragt, was dieses Theater sollte, doch ihm war klar, dass nichts auf dieser Welt Marlies Bonkert von ihren Plänen abbringen würde. Einzig und allein der Tod konnte sie stoppen, doch der wetzte vermutlich schon für ihn seine Messer.

»Sagen Sie Bescheid, wenn Sie das Postgelände erreichen«, befahl Bonkert.

Im Rückspiegel tauchten Scheinwerfer auf. War das wieder der Wagen, der vom Parkplatz gerollt war? Scheißegal, dachte Fuchs, denn inzwischen glaubte er nicht mehr, dass man ihn observierte. Weshalb sollte er sonst seine Position angeben?

Schweigend folgte er einer langgezogenen Kurve. Rechter Hand lag eine Großbäckerei und ein gutes Stück weiter links die Festung von Siemens. Bevor er diese erreichte, tauchte rechts das Verteilerzentrum der Post auf. Schuhkartonartige Hallen mit Verladeschleusen, neben denen Dutzende Postwagen auf ihren Einsatz am nächsten Tag warteten.

»Ich bin jetzt da«, sagte er.

»Dann fahren Sie an den Autohäusern sowie dem Fleischgroßhandel vorbei, zu erkennen an den Plastikkühen auf dem Dach. Ein Stück weiter hinten kommt auf der rechten Seite ein großer Komplex. Betonfassade, abgerundete Ecken.«

»Ich weiß«, knurrte er. Er kannte nicht nur das Gebäude, sondern auch die einst dort ansässigen Diskotheken. Die Kollegen der Drogenfahndung hatten dort einige Razzien veranstaltet. Inzwischen waren die Clubs pleitegegangen, und die Gegend glich immer mehr einer Geisterstadt.

»An genau dieser Kreuzung biegen Sie links ab. Dann fahren Sie die Straße bis zum Ende durch.«

Fuchs gehorchte, bog ab, sah sich um. Hier war er noch nie gewesen, vermutete aber, dass er sich wieder auf dem Weg Richtung Wasser befand. Das Sackgassenschild an der Einfahrt hatte ihm außerdem verraten, dass das Ziel nicht mehr weit sein konnte. Er fuhr an den Schrottbergen eines Recyclingbetriebs vorbei und passierte eine Mülldeponie, beide Gelände um diese Uhrzeit verwaist. Schließlich tauchte zu seiner Linken eine alte Fabrikhalle auf, bei der die Natur schon einige Anstrengungen unternommen hatte, den verwitterten Backsteinbau zurückzuerobern.

»Hier geht es nicht weiter«, sagte er und hielt an.

»Parken Sie den Wagen auf der Wiese und kommen Sie herein.«

Dann war die Leitung tot.

56

Direkt nachdem Joachim mit ihrem Mazda vom Klinikgelände geprescht war, hatte Lara sich ein Taxi vor dem Eingangsbereich geschnappt. Der Fahrer, ein freundlicher Libanese, wie der rot-weiße Wimpel am Rückspiegel verriet, war zunächst nur überrascht gewesen, als sich die junge Frau kommentarlos auf den Beifahrersitz geschwungen hatte. Doch als sie ihm ihren Ausweis unter die Nase gehalten und befohlen hatte, dem anderen Wagen zu folgen, war er zur Salzsäule erstarrt.

Lara Schuhmann klopfte aufs Armaturenbrett. »Na los, worauf warten Sie?«

Der Fahrer startete den Motor. Ebenso automatisch wie er das Licht auf dem Dach ausknipste, schaltete er das Taxameter ein.

»Fahren Sie schon, sonst verlieren wir ihn!«

Hektisch lenkte der Mann den Wagen auf die Straße, wo zum Glück kaum Verkehr herrschte. Die klobigen Rücklichter ihres Mazdas waren gut zu erkennen, auch wenn Joachim schon ein Stück weit gekommen war.

»Geben Sie Gas!«, befahl Lara.

Der Fahrer klang fast schon weinerlich, als er sagte: »Aber der rast wie ein Irrer.«

»Lassen Sie sich bloß nicht abhängen. Wird eine Ampel rot, fahren Sie trotzdem.«

»Aber das kann mich den Job kosten.«

»Wenn Sie das hier vermasseln, werden Sie sich wünschen, nur eine rote Ampel überfahren zu haben. Ich habe eine Menge Möglichkeiten, Ihnen die Hölle heiß zu machen, ist das klar?«

»Ja, ist klar.«

»Halten Sie trotzdem genug Abstand. Er darf keinesfalls merken, dass wir ihm folgen.«

Der Fahrer trat das Gaspedal durch. Lara wurde in den Sitz gedrückt. Dieser Audi war sicher schneller als ihr alter Mazda, und so sollte es ihnen gelingen, Joachim auf den Fersen zu bleiben.

Sie begann, eine Nachricht zu tippen, sah zwischendurch immer wieder auf, um dem Fahrer Kommandos ins Ohr zu bellen wie der Copilot bei einer Rallye.

Nach einer Weile auf einer holprigen Straße, die parallel zum Main verlief, verschwanden die Rücklichter ihres Mazdas hinter einer Kurve. Als auch sie die Biegung erreichten, fehlte von ihrem Wagen jede Spur.

»Scheiße, Scheiße, Scheiße!«, brüllte sie. »Wo ist er hin?«

Der Taxifahrer bremste scharf ab und rollte über die Kreuzung. »Ich weiß nicht.«

Hektisch sahen sie sich um.

Fuchs konnte nur in eine von drei Richtungen gefahren sein, doch keines der sichtbaren Lichter gehörte zu ihrem Wagen. Das war doch alles nicht möglich!

»Da!«, rief der Fahrer plötzlich.

Etwa einhundert Meter entfernt leuchteten links neben der Straße zwei runde warmweiße Scheinwerfer auf. Das konnten durchaus die Schlafaugen ihres Mazdas sein. Aber wieso hatte Joachim gewendet und fuhr plötzlich meterweit neben der Spur?

»Er fährt auf den Parkplatz«, beantwortete der Fahrer ihre unausgesprochene Frage.

»Welcher Parkplatz?«

»Unten am Mainufer. Am Wochenende ist da immer Flohmarkt.«

Lara deutete die Straße hinunter. »Dann halten Sie da vorne am Straßenrand.«

Der Fahrer gehorchte.

»Warten Sie hier.« Sie stieg aus, ließ ein Auto passieren und überquerte die Fahrbahn. Tagsüber hätte sie von hier oben sicher einen idealen Blick über den Parkplatz gehabt, doch da es keine Beleuchtung gab, war es stockfinster. Der Traum eines jeden Triebtäters, der einer Frau auflauern wollte. Sie sah, wie Joachim den Wagen in eine Parklücke lenkte. Dann gingen die Lichter aus. In diesem Moment heulte hinter ihr ein Motor auf. Ihr Kopf wirbelte herum, und sie sah, wie das Taxi davonbrauste. *Blödes Arschloch*, dachte sie, biss sich aber auf die Zunge, denn Joachim durfte sie keinesfalls bemerken. Als sie den Blick wieder auf den Parkplatz richtete, wurde ihr Kollege kurz von der Innenraumbeleuchtung angestrahlt, doch mit dem Schlagen der Tür lag wieder alles im Dunkeln. Trotzdem erkannte sie seine Silhouette, die sich in Richtung Brücke bewegte. Sie sah, wie er auf ein anderes Fahrzeug zusteuerte, es umrundete, bevor er daneben verschwand. Was machte er da? Nach einer Weile tauchte er wieder auf, öffnete die Fahrertür und stieg ein. Er wechselte das Auto, schoss es ihr durch den Kopf. Ein Teil des Plans, um mögliche Verfolger abzuschütteln. Oder handelte es sich um eine Falle?

Lara hechtete eine der Treppen hinunter, die auf das Parkareal führten. Im Schutz der Autos näherte sie sich der Stelle, wo Fuchs ihren Mazda abgestellt hatte. Vom Flussufer drangen die aggressiven Rufe von Nilgänsen zu ihr durch. Ein Motor wurde gestartet. Als Joachim losfuhr, duckte Lara sich rasch hinter die Motorhaube eines Mercedes, um nicht von den Lichtkegeln erfasst zu werden, die wie Suchscheinwerfer über das Gelände glitten. Als der Wagen die Rampe erreichte, lief Lara geduckt zu ihrem Mazda. Sofort steuerte sie das linke Hinterrad an, wo Joachim den Schlüssel hatte deponieren wollen. Bei diesem Hinweis seinerseits vor den Türen der Klinik waren ihr die Tränen in die Augen geschossen. Aus Rührung, dass er sich trotz seiner misslichen Lage noch Sorgen um ihre blöde Karre gemacht hatte. Und aus Verzweiflung, da er es offenbar für möglich hielt, ihr den Schlüssel nicht mehr persönlich übergeben zu können, weil er diesen Abend vielleicht nicht …

Der Gedanke brach ab, als ihre Hand ins Leere fasste.

Nein! Das durfte einfach nicht wahr sein! Offensichtlich hatte er es vergessen und den Schlüssel eingesteckt. In seinem Zustand kein Wunder. Außerdem hatte er es einfach nicht mit Schlüsseln. Er schloss auch fast nie sein Büro ab. Es hätte sie nicht mal überrascht, wenn er das vermaledeite Ding im Zündschloss hätte stecken lassen. Ihr kam eine Idee. Vielleicht hatte er ihn ja versehentlich auf den Vorderreifen gelegt. Sie griff ins vordere Radhaus. Wieder nichts. Scheiße! Was jetzt?

Als sie den Blick hob, sah sie, dass der Wagen in Richtung Mainbrücke fuhr. In einem Akt der Verzweiflung zog sie am Türgriff. Zu ihrer Verwunderung ließ sich die Tür öffnen. Joachim hatte also nicht abgeschlossen. Wieder kam ihr ein Gedanke. Wenn er so neben der Spur war, hatte er ja vielleicht wirklich den Schlüssel stecken lassen. Ohne wirklich daran zu glauben, beugte sie sich über das Lenkrad.

Und konnte ihr Glück kaum fassen.

Als sie den Motor gestartet hatte und auf die Rampe zurollte, hielt mitten auf der Brücke ein Wagen.

57

Auch wenn es absurd war und für jeden Beobachter geradezu lächerlich wirken musste, pirschte Joachim sich geduckt an das Gebäude heran. Zum einen war das Gelände zu offen, um sich anschleichen zu können, zum anderen leuchtete der Mond derart hell, dass er an diesem Abend nur für die andere Seite spielen konnte. Drittens – und das war der eigentliche Punkt – wusste Bonkert ja ohnehin, dass er sich vor der Halle befand. Vermutlich spähte sie gerade durch eines der riesigen Fenster, die bis unter das Hallendach reichten. Fuchs sah an der mit Graffitis verunzierten Fassade aus ockerfarbenem Klinker empor. Aus dem Dach des Gebäudes ragten vier Schornsteine, die an die Titanic erinnerten. Hoffentlich kein schlechtes Omen für seinen eigenen Untergang.

Fuchs versuchte, sich ein Bild vom Inneren des Gebäudes zu machen, konnte aber nicht einmal sagen, ob es zwei- oder dreistöckig war. Im unteren Teil schien sich eine Art Werkshalle mit hoher Decke zu befinden, während oben womöglich Büroräume lagen. Einige Meter über der Erde verlief ein rostiger Steg. Im hinteren Drittel befand sich ein Tor, das von zwei Türen gesäumt wurde. Eine dritte befand sich ganz links. So heruntergekommen wie das Gelände wirkte, herrschte hier schon seit Ewigkeiten kein Betrieb mehr. Doch es gab etwas, das diesem verwaisten Zustand entgegenstand: Durch eines der staubigen Oberfenster fiel Licht.

Da Bonkert nicht gesagt hatte, durch welche der Türen er hereinkommen sollte, blieb Joachim nichts anderes übrig, als auszuprobieren, welche offen war. Einer inneren Eingebung folgend, schloss er die nächstgelegene Tür zunächst aus. Irgendwie hatte er das Gefühl, dieser Weg könnte seine Chancen auf einen Überraschungsangriff mindern, den er sich insgeheim ausmalte. Immerhin steckte in seinem Hosenbund Laras Pistole. Da Bonkert ihn direkt aus der Klinik an diesen verlassenen Ort zitiert hatte, konnte sie wohl kaum damit rechnen, dass er im Besitz einer Knarre war.

Gras raschelte unter seinen Schuhen, als er sich an der Fassade entlangschlich. *Mannschuk Textil GmbH* stand auf einem Schild. Wieder eine Textilfirma, dachte er. Und irgendwo hatte er auch diesen Namen schon mal gehört. Irgendwo in der Ferne war das Grollen eines herannahenden Gewitters zu hören. Um ihn herum das Zirpen der Grillen, das mehr an das Kreischen von Kreissägen erinnerte, die schlagartig erstarben, sobald er sich näherte, als hätte man ihren Stecker gezogen.

Joachim verharrte. Hatte sich da was bewegt? Oben, in einem der dunklen Fenster? Ihm war, als hätte er aus dem Augenwinkel ein Gesicht wahrgenommen. Doch nun sah er nichts als eine glänzend schwarze Fläche, in der sich der Mond spiegelte. Kurz verspürte er den Impuls, einfach loszumarschieren, und an die Türe zu hämmern. Doch er verwarf den Gedanken wieder. Noch hatte er eine Chance, und zunächst wollte er einen Blick auf die Gebäuderückseite werfen.

Dort angekommen fand er ebenfalls drei Türen vor. Auch hier drang aus dem Oberlicht über der mittleren der Schein einer Lampe. Vorsichtig betätigte er die erste Klinke. Das Metall hatte sich über die Jahre festgesetzt, sodass es ihm in seinem geschwächten Zustand fast seine ganze Kraft abverlangte, bis sie schließlich unter lautstarkem Protest nachgab. Doch die Tür war verschlossen. Auch bei der zweiten hatte er kein Glück, obwohl sich die Klinke diesmal widerstandslos betätigen ließ. *Aller guten Dinge sind drei*, dachte er, wurde jedoch wieder enttäuscht.

Also schlich er zurück zur Vorderseite und überlegte, ob er irgendwie auf den Metallsteg gelangen konnte. Von dort oben hätte er einen Blick durch die Fenster ins Innere werfen können, doch die Reling war einfach zu hoch. Dafür hätte er eine Leiter gebraucht. Ihm blieb nur der Frontalangriff. So versuchte er sein Glück gleich bei der hintersten Tür der Gebäudefront, und siehe da – sie war offen.

Der Mond, der ihm draußen noch wie ein Verräter erschienen war, kam ihm hier drin gelegen, denn durch dessen matten Lichtschein konnte Joachim nun wenigstens die Konturen im Raum erkennen. Links fand er eine weitere Tür vor, geradeaus führte eine Metalltreppe nach oben. Er entschied, einen Blick hinter die Tür zu werfen. Vorsichtig drückte er die Klinke runter, die verräterisch quietschte, doch die Tür ließ sich öffnen. Dahinter erschien eine Art Werkstatt, in der ein Transporter mit abgeschraubtem Kennzeichen parkte. Ein Fiat Ducato. Genau so einer, wie ihn die Kameras vor dem Ministerium eingefangen hatten. Allerdings war dieser hier grau, doch es roch nicht nach Lösungsmitteln, sodass er kaum umlackiert worden sein konnte.

In einer Ecke lauerte ein Hochdruckreiniger, der bei Joachim böse Erinnerungen an den Aderlass-Fall heraufbeschwor. Daneben stand eine graue Gasflasche auf dem Boden, auf der Werkbank dahinter ein Schweißgerät. Passend dazu hing an der Wand darüber ein Schweißhelm mit dunklem Visier, gegen den die Darth-Vader-Maske so harmlos wie ein Gesicht nach dem Kinderschminken aussah. Bestimmt hatte Gero hier den Harpunenstuhl gebaut und vielleicht auch seine Alien-Skulptur geschweißt.

Als Fuchs den Raum verlassen wollte, fiel ihm etwas auf dem Boden auf. Zunächst dachte er, es handle sich um blaue und weiße Farbflecken, doch als er in die Hocke ging, um die Stellen mit Hilfe der Displaybeleuchtung des Nokia-Telefons zu betrachten, erkannte er, dass es gummiartige Stücke waren, wie die Fetzen geplatzter Ballons. Als er das Licht nun am Kotflügel des Transporters emporwandern ließ, erkannte er, dass dieser nicht, wie gedacht, grau, sondern rot war. Er nahm einen der Fetzen zwischen die Finger. Ein lackartiger Überzug, wie Elefantenhaut, der vermutlich mit dem Dampfstrahler abgesprüht worden war. So hatten sie den roten Transporter also in einen blauen und später in einen weißen verwandelt. Theo Gärtner war demnach doch nicht so verwirrt gewesen, wie alle gedacht hatten.

Und Joachim Fuchs wurde zugleich klar, dass seine Gegner weitaus gewiefter waren, als er ohnehin schon angenommen hatte.

Er verließ den Raum wieder, folgte der Treppe nach oben. Sicher wunderte Bonkert sich schon, wo er blieb, doch die halbe Stunde war noch nicht um. Hinter einer weiteren Tür fand er sich auf einem langen Korridor wieder, der nach links abzweigte. Während er den Gang entlangschlich, ließ er den Kopf abwechselnd nach links und rechts schnellen, doch die Räume zu beiden Seiten waren leer. Es folgten Büros und eine Art Fertigungsraum, in dem seltsame Gerätschaften standen.

Als er den hinteren Teil des Gangs erreichte, vernahm er

einen strengen Geruch wie von Nagetierurin, der mit jedem Schritt stärker wurde. Unwillkürlich hielt er die Luft an und spähte in den Raum, in dem er die Quelle des Gestanks vermutete, wo er auf einem Tisch eine Apparatur wie in einem Chemielabor entdeckte. Durch Schläuche miteinander verbundene Glaskolben, in einem ein dunkler Brei. Darunter ruhte ein Bunsenbrenner. Joachim erkannte einen Mörser, Pipetten und Reagenzgläser in Ständern. Etikettierte Glasflaschen mit Chemikalien. *Ethanol. Salzsäure. Ammoniak.* Bestimmt war hier das Gift produziert worden, das ihm die Luft geraubt hatte.

Schlagartig begann sein Herz zu poltern. Langsame, kräftige Schläge wie die einer Pauke. Er kämpfte gegen die Erinnerung an das Gefühl der aufsteigenden Lähmung an. An die Panik, als ihm die Luft weggeblieben war. Wieso spürte er dieses Gefühl plötzlich wieder? Erst jetzt wurde ihm bewusst, dass er die Luft angehalten hatte. Da er nicht wusste, ob auch die Dämpfe toxisch waren, eilte er aus dem Raum. Erst als er durch die Tür am Ende des Flurs hindurch war und sie hinter sich geschlossen hatte, stieß er die verbrauchte Luft aus der Lunge und schnappte gierig nach frischer. Nachdem er sich wieder gefangen hatte, sah er sich um.

Er befand sich nun wieder in einem Treppenhaus, das aber nicht nur ins Parterre, sondern zudem in eine Zwischenetage führte. Durch die Treppe aus Gitterrost konnte er unter sich blicken, erkannte aber nichts als ein tiefschwarzes Loch. Auf leisen Sohlen ging er die Metallstufen hinab, bis er an eine Stahltür in der Zwischenetage gelangte. Er legte ein Ohr ans Metall, hörte ein Klacken wie vom Fang einer ins Schloss gezogenen Tür. Joachim wunderte sich, warum Bonkert nicht längst wieder angerufen hatte, und fragte, wo er blieb. Zudem hätte ihr der Klingelton des Handys seinen Standort verraten. Dennoch schwieg das Gerät beharrlich. Was auch immer das zu bedeuten hatte – garantiert gehörte alles, was gerade geschah, zu ihrem Plan. Bonkert hatte nichts dem Zufall überlassen, so viel war klar.

Doch was würde ihn gleich in der Halle erwarten?

Er löste sich vom Türblatt, schloss kurz die Augen, um sich zu sammeln, und tastete dann nach der Waffe im Hosenbund. Ihr Griff war korrekt ausgerichtet, sodass er sie schnell würde ziehen können. Auf wachsweichen Knien und mit einer zitternden Hand griff er nach der Klinke. Fast geräuschlos ließ sie sich öffnen, genau wie die Tür. Ein breiter werdender Lichtspalt tauchte in seinem Blickfeld auf. Dann Teile der Halle. Der Gitterroststeg, auf dem er stand, setzte sich in gut zwei Metern Höhe durch die Halle fort, vorbei an alten Maschinen, jede groß wie ein Auto. Anhand der unzähligen, Richtung Decke gespannten Fäden nahm er an, dass es sich um Webmaschinen handelte. Dann waren die Metallstege vermutlich für Wartungsarbeiten gedacht. Geradeaus, in der Mitte der Halle, führte eine Treppe nach unten.

Schritt für Schritt wagte Joachim sich vor, wobei die Webfäden ein schwindelerregendes Muster erzeugten. Dann hörte er eine Stimme. Die Stimme einer Frau. Murmelnd, zischelnd, unruhig, fast gehetzt. Es klang, als würde sie mit jemandem reden. Oder eher, als würde sie auf jemanden einreden.

Beim nächsten Schritt sah er sie. Ihr dunkler Haarschopf war hinter einem der Stahlträger aufgetaucht, die das Hallendach stützten. Wie angewurzelt blieb Fuchs stehen. Seine Rechte griff automatisch zur Waffe. Noch schien Bonkert ihn nicht bemerkt zu haben. Blöderweise wurde ein Teil ihres Körpers verdeckt, sodass Joachim nicht sehen konnte, ob auch sie eine Waffe trug. Doch davon ging er natürlich aus. Mit seinem nächsten Schritt schob sich etwas anderes in sein Blickfeld. Zwei aufeinandergestapelte Fässer aus blauem Metall, die teilweise mit Packfolie umwickelt waren. Joachim erkannte darauf das Warnzeichen für hochentzündliche Stoffe. Wenn sich oben das Giftlabor befunden hatte, war hier unten womöglich das Napalm angemischt worden.

Doch was war das? Hatte er richtig gesehen? Die Konturen unter der Folie … Ein roter Handgriff. Eine Schulter. Ein Kopf. Er wagte sich einen weiteren Schritt vor. Erstarrte. Die Erkenntnis bohrte sich wie ein eisiger Dolch in sein Herz. Dort, unter den straff gewickelten Folienbahnen steckte sein Sohn. Die Arme seitlich am Körper, das Gesicht durch die Folie kaum zu erkennen, war er mitsamt einer Sackkarre an die übereinandergestapelten Fässer gebunden.

So bekommt er doch keine Luft!, war sein erster Gedanke. Doch dann beruhigte er sich, da Bonkert ja eben noch auf ihn eingeredet hatte, was bedeuten musste, dass er noch lebte. Sie machte sich an der Folie zu schaffen. Hatte sie selbst bemerkt, dass ihre Geisel darunter zu ersticken drohte, und wollte sie daher lockern? Tot wäre sein Sohn ja kein Druckmittel mehr.

Was zur Hölle hatte diese Frau vor?

Joachim war inzwischen am Treppenabgang angekommen. Er durfte keine Zeit mehr verlieren. Jetzt oder nie! Er riss die Pistole hoch und zielte auf Bonkerts Kopf.

»Hände hoch! Keine Bewegung!«

Sie schrak zusammen, erstarrte.

»Ich sagte, Hände hoch, oder Sie haben eine Kugel im Kopf!«

»An Ihrer Stelle würde ich nicht schießen«, gab sie zurück.

»Ich habe auch eine Pistole, und die ist auf die Brust des Jungen gerichtet. Wenn Sie jetzt schießen, könnte es sein, dass sich mein Finger ein letztes Mal krümmt. Dann hätten Sie zwei Menschen auf einmal getötet. Wollen Sie das?«

Fuchs kniff ein Auge zu. Kimme und Korn lagen exakt übereinander, direkt in einer Flucht mit Bonkerts Hinterhauptbein. Wenn das Projektil dort einschlug, würde es binnen Sekundenbruchteilen den Knochen und das Kleinhirn samt Hirnstamm zerschmettern, was ihren blitzartigen Tod zur Folge hätte. Aber wer garantierte ihm, dass die Kugel nicht vom Knochen abgelenkt wurde und ein anderes Hirnareal traf? Am Ende wäre sie doch noch in der Lage abzudrücken.

»Umdrehen!«, brüllte er.

Bonkert verharrte in ihrer Stellung. »Sie werden mich nicht von hinten erschießen.«

»Umdrehen!« Unweigerlich dachte er über ihre Aussage nach. Mit einem Kopfschuss, zudem von hinten, würde er in echte Erklärungsnot geraten. Was, wenn sie gar nicht bewaffnet war, wie sie vorgab? Hatte er eben nicht ihre Hände gesehen, als sie an der Folie herumgezerrt hatte? Vielleicht hatte die Waffe ja vorne in ihrem Hosenbund gesteckt oder in greifbarer Nähe gelegen. Falls Bonkert aber unbewaffnet war, würde die interne Ermittlung diesmal zu einem anderen Schluss als im Fall Gero Zeitz kommen. Der Staatsanwalt könnte auf Totschlag plädieren.

Doch es ging hier um das Leben seines Sohns!

Andererseits war er Polizist. Er konnte niemandem in den Hinterkopf schießen. Oder?

»Ein letztes Mal: Drehen Sie sich um!«

Zu seiner Überraschung hob Bonkert die Hände. Wie in

Zeitlupe tauchten zuerst ihre Finger, dann ihre Handrücken in seinem Blickfeld auf.

Sie waren leer.

»Und jetzt ganz langsam umdrehen«, sagte er mit bereits brechender Stimme.

Plötzlich überfiel ihn die Angst, dass Romeike sich ihm in diesem Moment von hinten nähern könnte, um ihm eins überzubraten. Doch er konnte diese Frau auf keinen Fall aus den Augen lassen. Nicht jetzt.

Bonkert schien zu gehorchen. Ebenso langsam, wie sie zuvor ihre Hände gehoben hatte, setzte sie zu einer Drehung an. Doch dann, noch bevor Fuchs sich versehen konnte, war sie mit einer flüssigen Bewegung hinter die Fässer geglitten.

58

Als Lara sah, dass es sich bei der Straße, in die Joachim eingebogen war, um eine Sackgasse handelte, fuhr sie geradeaus über die Kreuzung und parkte den Wagen nach etwa fünfzig Metern am Fahrbahnrand. Weiter ging es zu Fuß. Im Schutz verwaister LKW-Anhänger lief sie die Stichstraße hinunter. In einiger Entfernung sah sie ein Auto. Vermutlich der Wagen, mit dem Joachim hergefahren war. Doch wo steckte er? Soweit sie erkennen konnte, saß niemand darin. Linker Hand erstreckte sich ein mit Wellblech verschaltes Firmengebäude. Rechter Hand lag ein Recyclinggelände. Hoher Zaun, gesäumt von Spiralen aus NATO-Draht. Hier konnte er nicht drübergeklettert sein. Demnach musste er die Straße bis zum Ende weitergegangen sein. Als Lara den Wagen erreichte, einen schrottreifen roten Ford, hörte sie das leise Ticken von erhitztem Metall. Sie legte eine Hand auf die Motorhaube. Warm. Dann folgte sie den letzten Metern des Zauns, bis dieser rechtwinklig abknickte und sie vor einem verwilderten Grundstück stand. Etwas nach hinten versetzt lag ein altes Fabrikgebäude.

Lara suchte hinter einem üppigen Feuerdorn Deckung und beobachtete durch dessen Zweige das Gebäude. In einem der Fenster war schwaches Licht zu sehen.

Was jetzt? Sie war unbewaffnet, während Joachim sehenden Auges in eine Falle getappt war. War es jetzt nicht an der Zeit, die Kollegen zu rufen? War das nicht ihre verdammte Pflicht? Sie zog ihr Telefon aus der Tasche. Ihr Finger schwebte über dem Tastenfeld. Was, wenn erst das Aufschlagen der Polizei dazu führte, dass Bonkert Benjamin tötete? Dann trüge sie, Lara Schuhmann, nicht nur die Schuld an der Entwicklung der jüngsten Ereignisse, sondern auch noch am Tod von Joachims Sohn. Fuchs würde ihr das niemals verzeihen. Zu recht. Schließlich hatte er sie eindringlich davor gewarnt, ihm zu folgen oder die Kollegen zu verständigen. Lara überlegte. Nein, sie könnte sich das selbst nicht verzeihen. Unternahm sie dagegen nichts, starben womöglich beide. Mit keiner Version wollte sie leben.

Sie fasste einen Entschluss, stellte das Telefon lautlos, steckte es wieder ein und lief los. Irgendwo am tiefschwarzen Himmel zuckte ein Blitz. Das Grollen des Donners hörte sie erst, als sie die Schmalseite der Halle erreichte. Vorsichtig sah sie ums Eck. Nichts. Nur vertrocknetes Gras, das sich leise im Wind wiegte. Dagegen klang das Zirpen der Grillen bedrohlich, als wollten die Viecher sie warnen, keinen Schritt weiterzugehen. Lara ignorierte das Zeichen und schlich an der Fassade entlang, bis sie an eine Tür gelangte. Sie hielt inne, als sie ein Geräusch hörte. Zuerst war ihr, als hätte jemand eine Türe geschlossen, doch im nächsten Moment war es wieder still. Oder? Sie spitzte die Ohren. Nein, da war etwas. Ein Rascheln. Das Rascheln von Schuhen im Gras? Sie wandte sich um. Ihr Magen verkrampfte, als sie eine dunkle Gestalt erblickte. Sie musste von der Rückseite des Gebäudes gekommen sein und lief nun Richtung Straße. Schon auf den ersten Blick erkannte Lara, dass es sich nicht um Joachim handelte, denn die Person war kleiner, zierlicher. Sie trug einen schwarzen Pullover, die Kapuze über den Kopf gezogen. War das Bonkert? Oder Romeike? Auf der Feier war ihr der Seelsorger nicht aufgefallen, aber auf den Fotos hatte er recht schmächtig gewirkt. Aber warum sollte er oder sie schon jetzt von hier verschwinden?

Eine Erkenntnis sickerte ihr ins Bewusstsein. Wenn Joachim sich gerade innerhalb des Gebäudes befand, während die Täterin oder ihr Handlanger floh, konnte das doch nur eines bedeuten. Sie dachte den Gedanken nicht weiter, sondern lief, so schnell ihre Beine sie trugen.

59

»Ich komme jetzt raus!«, rief Marlies Bonkert.

Joachims Hand mit der Pistole zitterte.

Weshalb sollte sie ihre Deckung verlassen? Das alles ergab keinen Sinn! Dem bohrenden Drang nachgebend, warf Fuchs nun doch einen hastigen Blick über seine Schulter, aber außer dem Steg und der geöffneten Tür war dort nichts. Niemand, der sich hinterrücks anschlich. Sofort richtete er seine Aufmerksamkeit wieder nach vorne und sah, wie sich ein Pistolenlauf in sein Blickfeld schob, die Mündung auf Benjamins Kopf gerichtet. Es folgte Bonkerts Faust, die den Pistolengriff umklammerte, die Knöchel der Finger ganz weiß. Ihr sehniger Unterarm, jeder einzelne Muskel zum Zerreißen gespannt. Dann schälte sich der Rest ihres Körpers wie in Zeitlupe aus der Deckung. Ihr linkes Auge war zugeschwollen, die Haut ringsherum lila verfärbt. Womöglich hatte Benjamin sich gewehrt, als er von ihr überwältigt worden war.

»Legen Sie die Pistole weg!«, rief Fuchs, der direkt oberhalb ihres Veilchens auf die Stirn zielte. Ein Stückchen dahinter lag der Teil des Gehirns, der für die Motorik verantwortlich war. Bei einem Treffer würde ihre rechte Körperhälfte blitzartig erschlaffen. Zudem war sie dieses Mal nicht nur bewaffnet, sondern hatte ihm ihr Gesicht zugewandt. Worauf wartete er? Er könnte sie hier und heute erschießen. Jetzt!

»Das ist keine Pattsituation«, rief Bonkert. »Wie Sie sehen können, ist die Pistole jetzt tatsächlich auf den Jungen gerichtet und nur Zentimeter von seinem Kopf entfernt. Sie dagegen sind meterweit weg.«

Sie wies mit dem Kinn auf die Fässer, wodurch Fuchs seinen Zielpunkt aus den Augen verlor.

»Das nächste Problem«, fuhr sie fort, »sind diese Behälter. Laut Aufschrift befinden sich darin jeweils zweihundert Liter einer hochexplosiven Substanz. Ich brauche Ihnen wohl nicht zu sagen, welche Folgen ein Querschläger hätte. Also legen Sie Ihre Waffe weg und kommen Sie runter. Uns bleibt keine Zeit!«

»Sie bestimmen, wie viel Zeit uns bleibt!«, gab Joachim zurück. Er spürte den Druckpunkt des Abzugs an seinem Finger. Nur zwanzig bis dreißig Newton, höchstens zwei bis drei Millimeter – dahinter Erlösung oder Verderben. Etwa fünf, maximal sechs Meter Distanz. Das Projektil bräuchte dafür gerade mal eine Hundertstelsekunde. Noch bevor der Schall Bonkerts Ohr erreicht hätte, wäre die Kugel in ihr Hirn eingedrungen. Das war seine einzige Chance! Doch wieso schoss er dann nicht? Was hielt ihn bloß davon ab? Das stärker werdende Zittern in seiner Hand? Oder das, was Bonkert eben gesagt hatte?

»Sie irren sich! Kommen Sie runter und sehen Sie selbst.« Sie deutete mit dem Pistolenlauf neben Benjamins Kopf. »Hinter der Folie blinkt ein Lämpchen. Ich tippe auf einen Sprengsatz. Wenn Sie also wollen, dass wir diesen Tag überleben, werfen Sie Ihre Pistole weg und kommen Sie her.«

Das Ziel vor seinen Augen verschwamm. Dazu ein Engegefühl im Hals.

Waren das die Nachwehen des Gifts? Die Ärzte hatten ihn

vor Flashbacks gewarnt. Zittern. Sehstörungen. Schwächeanfälle.

»Mein Sohn bekommt keine Luft!«, rief Fuchs und meinte damit auch sich selbst, denn seine Kehle war wie zugeschnürt.

»Doch, bekommt er«, antwortete Bonkert ungerührt. »Noch mal: Kommen Sie her, und sehen Sie selbst. Aber beeilen Sie sich!«

Was um Himmels willen sollte er tun?

Eine Träne lief ihm über die Wange, während er zögerlich auf die Knie sank. Joachim Fuchs schickte ein Stoßgebet zum Himmel. Er sicherte die Pistole, legte sie vor sich auf den Rost und verpasste ihr einen Stoß, woraufhin sie klappernd in zwei Metern Tiefe auf dem Beton landete. Dann legte er seine Hände hinter den Kopf, erhob sich auf wackligen Beinen und schritt die Treppe hinunter.

60

Um sich nicht zu verraten, achtete Lara darauf, im Gleichtakt mit der Gestalt vor ihr zu laufen. Da sie bisher nicht bemerkt worden war, schien ihre Rechnung aufzugehen. Zwar wusste sie nicht, wem sie folgte, doch die schwarze Kapuze rückte unentwegt näher. Lara streckte die Hand aus.

Gleich hab' ich …

Der Gedanke wurde jäh unterbrochen, als die Gestalt ohne Vorwarnung stehen blieb. Lara, die schon zu dicht aufgeschlossen hatte, um abbremsen zu können, vernahm einen dumpfen Schlag, zeitgleich einen heftigen Schmerz hinter der Stirn. Ihr wurde schwarz vor Augen. In der nächsten Sekunde roch sie Gras und spürte das Kitzeln der Halme an ihrer Wange. Sie hörte ein Rascheln ganz in der Nähe und brauchte einen Moment, um sich zu sammeln. Benommen rappelte sie sich auf und stand nun mit einer Hand an der Stirn wankend da. Sah, dass auch die Gestalt wieder auf den Beinen war, die sie jetzt – die Züge vom Mondlicht beschienen – erkannte.

Die Frau riss schützend die Arme vors Gesicht. »Bitte tun Sie mir nichts!«

»Astrid! Gott sei Dank. Ich bin es, Lara Schuhmann.«

Im Blick der Postfrau schien sich etwas zu klären.

»Was geht hier vor?«, fragte Lara.

Astrid, die deutlich schlechter in Form zu sein schien als Lara, japste nach Luft. »Ich konnte fliehen.« Sie deutete zurück zur Fabrik. »Der Kommissar … Er ist in Gefahr.«

»Wer ist noch da drin?«

»Ein Junge und eine Frau.«

»Welche Frau?«

»Ich kenne sie nicht.«

»Wie sieht sie aus?«

»Größer als ich … schlank … kurze dunkle Haare.«

Das klang nach Bonkert. Wie zu erwarten.

»Wo ist Romeike?«

Astrid sah sie verständnislos an.

»Der Mann, der dich entführt hat.«

Hilflos zuckte Astrid die Schultern. »Ich weiß es nicht.«

»Bist du sicher, dass er nicht hier ist?«

Astrid, deren Kapuze beim Sturz runtergerutscht war, schüttelte den Kopf; ihr kinnlanges blondes Haar wippte. »Nein, nicht sicher.«

»Weißt du, warum er dich entführt hat?«

»Weil …« Sichtlich angestrengt dachte sie nach. »Ich habe gesehen, wie er die Bombe gezündet hat. Er hatte so eine kleine Fernbedienung.« Langsam schien sie wieder zu Atem zu kommen. »Er hat auf den Knopf gedrückt, dann knallte es schon, und daraufhin hat man die Schreie gehört.« Sie brach ab. Die Erinnerung nahm sie offenbar mit.

Doch Lara ließ nicht locker. Sie brauchte mehr Informationen. »Wie hat er dich überwältigt und hierher verschleppt?«

»Er … er hat mich mit einer Waffe in den Lastenaufzug gedrängt und ist mit mir in die Tiefgarage gefahren. Dort sollte ich in seinen Kofferraum steigen. Dabei hat er mich mit der

Waffe bewusstlos geschlagen, und ich bin erst wieder dort drin aufgewacht.« Hektisch wies sie in Richtung der Halle. »Sie müssen sich beeilen!«

Es hatte sich also genauso abgespielt, wie sie bei der Krisensitzung im Panikraum angenommen hatten. Doch nun musste Lara wissen, was dort drin vor sich ging, denn wenn sie schon unbewaffnet war, konnte sie das Gebäude unmöglich auch völlig planlos betreten. »Du musst mir jetzt ganz genau sagen, was mich dort erwartet.«

Astrid blickte nach unten. »Ich … ich weiß es nicht.«

»Aber du warst doch eben da drin.«

»Ja, schon …« Astrids Blick glitt über den Boden vor ihr, als suchte sie dort nach Antworten.

»Erzähl mir einfach, was du gesehen hast. Alles könnte mir helfen.«

»Der Junge … er ist gefesselt, und die Frau hat eine Pistole.« Mit ihrem Fuß streifte sie durch das vom Sturz plattgedrückte Gras, als wollte sie es wieder aufrichten.

Lara packte sie am Arm. »Jetzt lass den Scheiß und konzentrier dich!«

Astrid sah sie mit großen Augen an.

Natürlich hatte Lara Verständnis für die arme Frau, denn offenbar stand sie unter Schock. Da waren solche Übersprungshandlungen als Ausdruck eines Konflikts zwischen zwei Instinkten keinesfalls ungewöhnlich. So wollte Astrid zwar antworten, zugleich aber einfach nur weg. Doch es ging hier um Leben und Tod!

»In welchem Teil des Gebäudes befinden sie sich?«, herrschte Lara sie an. »Wie sieht es da drin aus? Los, sag schon!«

»Es ist eine Halle mit großen Maschinen. Sie sind unten

im Erdgeschoss …«, sie blickte über Laras Schulter hinweg, »… etwa in der Mitte.«

»Wie komme ich dort rein, ohne dass man mich gleich bemerkt?«

»Direkt hier vorne, durch die erste Tür«, antwortete Astrid prompt und wies zur Gebäudefront. »Sie sollten sich wirklich beeilen.«

Sie hatte recht, dachte Lara. Zum Pläneschmieden fehlte die Zeit. Sie würde die Postfrau nun anweisen, sich in Sicherheit zu bringen, während sie selbst endlich in diese Halle musste, bevor es zu spät war. Doch irgendwas hielt sie zurück. Es war wie das Echo einer inneren Stimme, deren Rufe ihr entgangen waren. Sie beobachtete, wie Astrids Fuß mechanisch das Gras durchkämmte. »Du bist doch über die Rückseite entkommen, oder?«, fragte sie mit verengten Augen.

In diesem Moment ging ein fast unmerklicher Ruck durch Astrids Körper; ein kurzer Impuls wie beim Stopptanz, wenn man fälschlicherweise annimmt, die Musik ginge nun aus. Zuerst dachte Lara, es hätte an ihrer Frage gelegen, doch dann sah sie den glänzenden Gegenstand auf dem Boden.

61

»Beeilen Sie sich!«, rief Bonkert und fuchtelte mit dem Pistolenlauf in der Luft.

Fuchs nahm die letzten Stufen. Er war wie betäubt. Der Hallenboden schien unter seinen Füßen zu schwanken, und in seinem Kopf überschlugen sich die Gedanken.

Was ging hier vor? Wieso hatte ihre Stimme vorhin am Telefon ganz anders geklungen? Mechanisch. So als hätte sie Anweisungen von einem Blatt abgelesen.

Unter dem alles überlagernden Rauschen der Angst machten sich nun auch weitere Frequenzen bemerkbar. Dissonante Töne, die sich in seinem Innern zu einer verstörenden Kakophonie vermengten. Warnschreie der Intuition, Lockrufe der Hoffnung sowie das überraschend zurückhaltende Flüstern seines Verstandes, der doch sonst immer auf alles eine passende Antwort parat zu haben glaubte.

Sein Blick fiel auf Bonkerts Pistole. Eine Sig Sauer. Fünfzehn Patronen wie bei der Heckler & Koch. Die aber lag zu weit entfernt, um ihm behilflich zu sein. Er musste ihr die Waffe entwenden. So wie die anderen Mitglieder der Truppe damals war er genau darauf trainiert worden, damit der Einsatz am Bahnhof unblutig verlief. Dieser Gedanke, die angestaute Wärme unter dem Hallendach sowie der Geruch nach Maschinenöl wirkten wie Brandbeschleuniger auf seine Erinnerung.

Er hier – Bonkert dort. Wie damals in Friedberg. Operation Funkenflug. Nur jetzt mit vertauschten Rollen.

Die Erkenntnis überkam ihn, als hätte jemand einen Kübel Eiswasser über ihm ausgekippt. Sofort peitschte ein neuer Adrenalinstoß durch seinen Körper.

Hatte Bonkert die ultimative Rache geplant, indem sie eine Situation inszeniert hatte, die der am Bahnhof entsprach? Mit dem gravierenden Unterschied, dass diesmal sie am Abzug sein würde. Auge um Auge. Zahn um Zahn. Es musste so sein. Schließlich hatte sie damals behauptet, dass ihr Lebensgefährte von einem SEK-Mitglied umgebracht worden sei. Hatte Zeitz ihr etwa eingeschärft, dass Fuchs der Todesschütze gewesen war? Grundsätzlich möglich, schließlich waren die Identitäten der SEK-Mitglieder geheim gehalten worden. Zudem hätte Bonkert in der Hektik der Festnahme sowie auf die Entfernung zwei etwa gleich große Männer mit blonden Kurzhaarfrisuren leicht verwechseln können. Für Zeitz wäre es somit ein Leichtes gewesen, ihr falsche Tatsachen vorzuspiegeln. In Wahrheit war es aber Gero mit seinem Geltungsdrang gewesen, der durch sein übereifriges Vorpreschen dafür gesorgt hatte, dass das Überraschungsmoment verschenkt worden war, sodass Wallraff die Situation hatte durchschauen und das Feuer eröffnen können. Doch würde Bonkert ihm diese Version der Geschichte glauben?

Während Joachim sich mit erhobenen Händen seinem Sohn näherte, der reglos hinter der Folie klemmte wie ein Stück Fleisch in der Kühltheke, wich Bonkert mit der nun auf ihn gerichteten Waffe zurück. Zu seiner Erleichterung sah er, dass die Folie vor Benjamins Nase tatsächlich mit dessen Atem beschlug. Doch dann fiel ihm das schwarze Kästchen mit der blinkenden Diode neben Benjamins Kopf ins Auge.

»Worauf warten Sie?«, brüllte Bonkert hinter ihm, die sich bis zur nächstgelegenen Tür vorgearbeitet hatte, an deren Klinke sie heftig ruckelte.

Fuchs wusste nicht, wie ihm geschah. Er starrte Bonkert mit weit aufgerissenen Augen an, während er versuchte, etwas in ihrem Gesicht zu lesen. Doch das Einzige, was er erkannte, war … Angst.

Er überwand seinen Widerstand, kehrte dieser Irren mit der Pistole den Rücken zu und versuchte mit aller Kraft, die Folie zu zerreißen. Während seine Finger sich eingruben, der Kunststoff aber nur minimal nachgab, wartete er jeden Moment auf den Knall. Doch stattdessen hörte er wieder Bonkerts Stimme.

»Das habe ich auch schon versucht. Sie müssen ihn auswickeln, sonst wird das nichts.«

Warum auch immer ihm diese Verrückte jetzt Tipps gab, wie er seinen Sohn befreien konnte – sie hatte recht. So viele Lagen schaffte er niemals mit bloßen Händen.

»Gibt es hier etwas, das schneidet?«, rief er ihr zu, während er verzweifelt nach dem Ende der Folienbahn suchte.

Bonkert ließ ihren Blick durch die Halle schweifen, während sie auf einen angrenzenden Raum zusteuerte. Da entdeckte Joachim die feine weiße Linie. Rasch pellte er das Endstück ab, hielt es fest und begann mit der ersten Runde um die Fässer. So würde er Benjamin Stück für Stück auswickeln, es sei denn, Bonkert fand doch noch ein Schneidwerkzeug und eilte ihm wider Erwarten zu Hilfe. Mit dem Folienknäuel in den Händen wuchs auch ein Schwindelgefühl in seinem Kopf, doch er durfte jetzt keinesfalls schlappmachen.

»Hier ist nichts!«, hörte er Bonkert aus dem Nebenraum rufen.

62

Direkt nachdem auch Lara den Gegenstand auf dem Boden entdeckt hatte, stand die zuvor rastlose Astrid plötzlich seelenruhig da. Falls sie nach diesem streichholzschachtelgroßen Kästchen gesucht hatte, war die Frage, weshalb sie es nun ignorierte.

»Doch, stimmt … über die Rückseite«, antwortete Astrid zögerlich. »Aber er hat mich durch die Tür hier vorne ins Gebäude gebracht.«

»Ich dachte, du warst bewusstlos und bist erst da drin wieder zu dir gekommen.«

In Laras Hirn überschlugen sich die Gedanken, und plötzlich wurde ihr bewusst, dass sie auf den Aufzeichnungen aus der Tiefgarage nie Romeikes Gesicht gesehen hatten, nur sein grellrotes Sakko, weshalb sie automatisch davon ausgegangen waren, dass es sich um ihn handeln musste. Doch was, wenn es sich genau umgekehrt abgespielt hatte? Wenn Romeike von der Toilette zurückgekehrt war und Astrid dabei beobachtet hatte, wie sie per Knopfdruck dafür gesorgt hatte, dass im Festsaal die Hölle losbrach? Wenn in Wahrheit *sie ihn* mit der Waffe in den Lastenaufzug gedrängt und anschließend in den Kofferraum seines Wagens bugsiert hatte? Lara hatte den Eindruck, der Boden unter ihren Füßen würde nachgeben.

Die Frauen standen sich im Mondlicht gegenüber, starrten

einander unverwandt in die Augen, und mit einem Mal war beiden klar, dass die jeweils andere Bescheid wusste.

Mit einer raschen Bewegung ging Astrid in die Hocke, um nach dem Kästchen zu greifen. Ohne zu wissen, um was es sich dabei handelte, ahnte Lara, dass Astrid es auf keinen Fall zu fassen bekommen durfte. Sie machte einen Satz nach vorne, wobei ihr Schwungbein ausholte wie zu einem Elfmeter.

63

»Dann helfen Sie mir hier!«, rief Fuchs und konnte seine eigenen Worte kaum fassen. Hatte er gerade tatsächlich Marlies Bonkert um Hilfe gebeten?

Noch mehr wunderte ihn ihre Reaktion, denn ohne dass es einer weiteren Erklärung bedurft hätte, steckte sie die Pistole in ihren Hosenbund und bezog auf der anderen Seite der Fässer Stellung. Dann fuhren sie gemeinsam damit fort, Benjamin auszuwickeln, indem sie sich das wachsende Folienknäuel anreichten. Als sie ihn bis auf Höhe der Brust befreit hatten, hing sein Kopf schlaff herunter. Doch sein Brustkorb hob und senkte sich im Takt seiner Atemzüge.

Joachim schlug ihm einige Male auf die Wange, um ihn zu Bewusstsein zu bringen, doch das Mittel, das man ihm verabreicht haben musste, hielt ihn in tiefer Bewusstlosigkeit gefangen.

»Ich könnte versuchen, das Teil zu entschärfen«, schlug Bonkert vor, die das inzwischen freiliegende Kästchen an den Fässern beäugte.

Fuchs' Blick fiel auf die blinkende Box. Einen Moment lang überlegte er, ob dies der bessere Weg war. Im Gegensatz zu ihm besaß Bonkert gewisse Kenntnisse in diesen Dingen. Doch würde es ihr tatsächlich gelingen, diesen Zünder hier zu entschärfen, nur weil sie vor über zwanzig Jahren mal am Bau einer Bombe beteiligt gewesen war?

»Was, wenn wir es dadurch auslösen?«, fragte er.

»Kann passieren«, antwortete sie lakonisch. »Falls es Sie beruhigt – wir würden das eh nicht mehr mitkriegen.«

»Machen wir lieber weiter.« Er reichte ihr wieder das Knäuel, und als sie es entgegennahm, fiel sein Blick auf die Waffe in ihrem Hosenbund. Für eine Sekunde war er versucht, sie ihr zu entreißen, doch dann war der Moment schon vorbei.

»Ich dachte nur …«, keuchte Bonkert, »… weil diese Wahnsinnige garantiert einen Fernzünder für das Teil hat.«

Joachim erstarrte. »Von wem sprechen Sie?«

»Von der Frau, die kurz bevor Sie hier eingetrudelt sind, dort drüben aus der Halle getürmt ist.«

»Dann los, schneller!« Er beschleunigte seine Bewegungsabläufe. Die Gedanken in seinem Kopf kollidierten und verursachten heftige Explosionen. Was hatte das alles nur zu bedeuten? Wer war die Frau, von der Bonkert sprach? Hatte Romeike eine andere Komplizin? Natürlich wollte er haarklein erfahren, was sich hier abgespielt hatte, doch dafür war jetzt keine Zeit. Er wusste zwar nicht wieso, doch er glaubte ihr. Marlies Bonkert schien die Wahrheit zu sagen.

Als sie Benjamin bis auf Bauchhöhe ausgewickelt hatten, schrak Fuchs zusammen. »Scheiße, er ist noch mit Seilen an die Sackkarre gefesselt.«

»Sehe ich«, knurrte Bonkert, »das scheinen aber einfache Knoten zu sein.«

Mit einem Anflug von Erleichterung erkannte er, dass sie recht hatte. Wahrscheinlich hatte das Seil nur dazu gedient, den bewusstlosen Körper seines Sohns an die Sackkarre zu binden, damit er in aufrechter Position an die Fässer gewickelt werden konnte.

»Los, los! Weiter! Wir haben es gleich«, trieb er sie an, da Bonkert innegehalten hatte, den Blick auf das Kästchen geheftet.

Doch nun nahm auch er die Veränderung wahr.

Sophia hatte ihm einmal erzählt, dass das menschliche Auge in der Peripherie des Gesichtsfelds Farben unterschiedlich gut wahrnehmen könne. Blau und Grün sah man früher als Rot. Vielleicht war das auch der Grund, weshalb er, der weiter entfernt und seitlich zum Sprengsatz stand, den Farbumschlag des grün blinkenden Lämpchens zu Rot erst jetzt bemerkt hatte.

64

Nur einen Wimpernschlag, bevor Laras Spann Astrids Unterarm traf und das Metallkästchen durch die Luft flog, war es Astrid gelungen, den Knopf darauf zu drücken.

Nun stand Lara wie erstarrt da und wartete, dass etwas passierte. Doch es blieb still. Sekundenlang war nicht mal das Zirpen der Grillen zu hören.

Da breitete Astrid die Arme zu einer Unschuldsgeste aus.

Entgeistert starrte Lara sie an, sah das Lächeln, das ihre Lippen umspielte. Diese Mischung aus Resignation und Triumph in ihrem Gesicht.

»Jetzt hast du noch knapp neunzig Sekunden, bis hier alles in Flammen steht«, sagte Astrid und nickte in Richtung der Halle. »Wenn du dich beeilst, kannst du sie vielleicht retten.«

Laras Blick schoss zu der Stelle, wo sie die Fernbedienung im Gras vermutete. Vielleicht konnte man die Bombe – falls es sie wirklich gab – durch einen weiteren Knopfdruck deaktivieren. Oder unmittelbar zur Explosion bringen. Doch sie durfte jetzt keine Zeit mit Suchen vergeuden. Die Sekunden verrannen. Knapp neunzig, hatte Astrid gesagt. Inzwischen waren es vielleicht noch vierundachtzig. Dreiundachtzig.

In Laras Kopf gellte ein Schrei wie von einem entfesselten Dämon. Als würde sie von einer fremden Macht kontrolliert, holte ihr Arm aus und ließ ihre Hand durch die Luft sausen.

Ihre Handkante traf Astrid mit unglaublicher Wucht seitlich am Hals, woraufhin diese wie ein nasser Sack umfiel und bäuchlings im Gras liegen blieb.

Lara lief los Richtung Gebäudefront, sah sich nicht mehr um, schrie: »Joachim! Joachim!« Was hatte diese Verrückte gesagt? Erste Tür gleich hier vorne. Eine Falle? Andererseits lag diese Tür am nächsten. Ihr blieb keine Zeit für Experimente. Sie hatte vielleicht noch siebzig Sekunden, kaum mehr. Doch Astrid war nicht zu trauen. Sie war über die Rückseite geflohen. Lara würde es also ebenfalls dort versuchen. Sie kehrte um, lief um die Schmalseite des Gebäudes herum und erkannte schon nach wenigen Metern im Dunkeln die Umrisse einer Tür. Rasch drückte sie die Klinke runter, rüttelte daran. Zu. Fuck! Weiter! Da vorne ist noch eine!

Irgendeine dieser Scheißtüren musste doch … Der Gedanke brach ab. Wurde zerrissen durch eine höllische Kraft, die sie nach hinten schleuderte. Ein ohrenbetäubender Knall. Fenster barsten.

Als Lara sich zum zweiten Mal an diesem Abend um Besinnung ringend im Gras wiederfand, regneten Steinbrocken, Mörtel und Glas auf sie herab. Ein riesiger Feuerball erhellte die Nacht. Sie rollte sich auf den Bauch und hob schützend die Arme über den Kopf, während ihr nur langsam dämmerte, was hier gerade geschah.

Das waren höchstens dreißig Sekunden gewesen, schoss es ihr durch den Kopf. Und als ihr die Bedeutung dieses Gedankens aufging, braute sich eine infernalische Wut in ihr zusammen. Astrid … Diese elende Schlampe hatte Joachim und seinen Sohn getötet und mit ihrer Falschaussage über die Dauer des Countdowns zugleich beabsichtigt, auch sie, die letzte Zeugin, aus dem Verkehr zu ziehen.

Lara hob ihren dröhnenden Kopf, spähte in die von Flammen erhellte Nacht und sah Rot: Dort hinten lief die schwarze Gestalt, zwar ebenfalls angeschlagen, dennoch zielstrebig der Straße entgegen.

Der Jähzorn hob sie wie ein grobschlächtiger Puppenspieler zurück auf die Füße. Mit einem einzigen Ziel rannte sie los. Rache. Sie wollte dieses Weibsstück erledigen. Ihr das selbstgefällige Grinsen aus der Visage prügeln. Spüren wie Haut unter ihren Knöcheln aufplatzte und Blut daran kleben blieb.

Sie kam näher. Als sie die schwarze Kapuze zu fassen bekam, schleuderte sie Astrid zu Boden, und noch bevor die sich wieder aufsetzen konnte, hatte Lara sich rittlings auf ihren Rumpf gehockt und ihr die geballte Faust ins Gesicht geschlagen. Mit einer Mischung aus Abscheu und Ekel fühlte sie, wie das Nasenbein unter dem Schlag wegsackte. Sie hörte ein Knacken, ein Knirschen und spürte zugleich die Genugtuung. Den Schmerz in ihrer eigenen Hand ignorierend, schlug sie abermals zu. Auch wenn von ihrer Widersacherin keine Gegenwehr kam, sie die Augen geschlossen hatte und ihr Kopf schlaff zur Seite hing, konnte Lara ihre Wut nicht kontrollieren. Es war, als hätte ein fremdes Wesen von ihr Besitz ergriffen, das in einer so animalischen und zugleich deutlichen Sprache Vergeltung forderte, dass es überzeugender klang als jedes von Menschenhand je geschriebene Wort.

Als sich ihre Hände wie ferngesteuert um Astrids zierlichen Hals schlossen, hörte Lara neben dem Knacken und Fauchen der Flammen das wütende Knirschen ihrer eigenen Zähne.

65

Etliche Gedanken schossen Lara zugleich durch den Kopf. Joachim. Rache. Totschlag. Ihr Job.

Ihre Züge waren zu einer wutverzerrten Grimasse entstellt. Ihre Arme zitterten vor Anstrengung, während sie zudrückte. Das pulsierende Rauschen von Blut in den Ohren. Ein Auf und Ab, Auf und Ab, wie zwei Silben. Wie ihr Name. *La-ra.* Er drang wie durch eine Watteschicht zu ihr durch. Fast klang es, als bettelte dieses Weibsstück um Gnade.

Lara sah hinab auf das blutverschmierte Gesicht, das im Mondlicht schwarz glänzte, vernahm darin aber keinerlei Regung. Da ließ Lara, als hätte das dunkle Wesen seine Schwingen ausgebreitet und wäre davongeflogen, von Astrid ab. Nein, sie würde ihr diesen Gefallen nicht tun. Der Tod wäre zu gnädig. Sie sollte leben. Sollte in einer Zelle verrotten. Und sie selbst, Lara Schuhmann, würde weiterhin auf Verbrecherjagd gehen. Für Joachim. Für Benjamin. Und nicht zuletzt für sich selbst.

La-ra.

Da – schon wieder.

»Lara!«

Das hatte sie sich doch nicht eingebildet.

Sie wandte den Kopf und sah eine Gestalt auf sich zuhumpeln.

Lara registrierte, dass ihr Mund offen stand, während ihr Gehirn die Informationen zu verarbeiten und das rußgeschwärzte, von Flammen erhellte Gesicht des Mannes einzuordnen versuchte. Seine Statur. Seinen Gang. Seine Stimme.

Ein Stück weiter hinten, in ausreichendem Abstand zum Feuer, erblickte sie eine Frau mit kurzen Haaren, die neben einer dritten Person kauerte, die lang ausgestreckt auf der Wiese lag.

»Lara!«

Lara Schuhmann sprang auf, blieb wie vom Donner gerührt stehen. Stammelte etwas, das sie selbst nicht verstand.

Der Mann schlurfte weiter auf sie zu, bis er direkt vor ihr stand und sie wortlos in seine Arme schloss. So standen sie eine Weile nur da und hielten einander fest, bis ein Ruck durch Joachims Körper ging.

»Wo ist Romeike?«, fragte er.

Sie lösten sich aus der Umarmung.

»Keine Ahnung«, gab Lara zurück. »Ich habe ihn nicht gesehen.«

Joachims Blick fiel auf die am Boden liegende Person. Mit zusammengekniffenen Augen versuchte er zu erkennen, wer sich unter dem Blutschleier verbarg. »Wer ist das?«

»Astrid«, antwortete Lara.

Auf Joachims Miene spiegelte sich erst Entsetzen, dann Verwirrung wider. »Aber wieso hast du sie denn …?« Er stockte. »Hast du sie eben nicht …?« Wieder brachte er den Satz nicht zu Ende.

»Doch, hab ich«, antwortete Lara, und ihr Blick wanderte von den aufgeplatzten Knöcheln ihrer Rechten zu den Flammen hinüber, die sich rauschend und zischend über das Gebäude hermachten. »Ich weiß zwar nicht warum – aber sie ist für das hier verantwortlich.«

Joachim starrte sie nur fassungslos an.

Lara nickte und sah dann zu Bonkert hinüber. »Und was ist mit ihr?«

Fuchs folgte ihrem Blick. »Sie hat mir geholfen, meinen Sohn zu befreien.«

»Ich verstehe gar nichts mehr«, sagte Lara.

»Womit wir schon zu zweit wären. Wir haben wohl noch eine Menge aufzuholen, bis wir die ganzen Verflechtungen verstehen. Hast du ein Handy dabei?«

Lara musste kurz nachdenken. Erst war das Telefon ja tabu gewesen, da Joachim ihr strikt untersagt hatte, Hilfe zu rufen, und später war sie auf Astrid gestoßen, weshalb sie gar nicht mehr daran gedacht hatte. Sie zog das Gerät aus der Tasche und reicht es Fuchs, der es entgegennahm, um die Leitstelle anzurufen. Nachdem er Krankenwagen, Notarzt und Feuerwehr herbeordert hatte, half er Lara, die allmählich zu sich kommende Astrid im Polizeigriff zu sichern.

Während seine Kollegin Astrid in Schach hielt, lief Joachim zu Bonkert und seinem Sohn zurück. Auch Benjamin hatte inzwischen die Augen geöffnet, in denen sich Angst und Orientierungslosigkeit widerspiegelten. Wahrscheinlich hatte Bonkert ihn deshalb aus der stabilen Seitenlage auf den Rücken gedreht, seinen Kopf in ihrem Schoß gebettet und damit begonnen, beruhigend auf ihn einzureden. Eine fürsorgliche Geste von einer Frau, die er lange Zeit für ein Monster gehalten hatte. Während wenige Meter weiter, mit auf den Rücken verdrehten Armen, eine Frau lag, die er als absolut harmlos eingestuft hatte. Dabei war sie vermutlich der Teufel in Menschengestalt und zugleich die Einzige, die auf all das hier die Antworten kannte.

Polizei und Rettungsdienst trafen fast gleichzeitig ein; die Feuerwehr folgte kurz später. Als Benjamin auf einer Trage in den Krankenwagen geschoben wurde, hatte sich die Angst in seinen Augen gelegt, trotzdem stand ihm, ebenso wie Fuchs, ein großes Fragezeichen ins Gesicht geschrieben. Doch die Antworten auf ihre Fragen mussten warten.

Joachim sah dabei zu, wie ein Polizist Marlies Bonkert Handschellen anlegte und sie in den Fond eines Streifenwagens schob. Joachim nickte ihr durch die Scheibe zu. Eine unverbindliche Geste als Ausdruck seiner Dankbarkeit. Sie hätte mehr verdient, das wusste er, doch zu einem größeren Sprung über seinen Schatten war er in diesem Moment noch nicht fähig. Eine Weile hielten sie den Blickkontakt, während der Wagen davonrollte, und er sah, wie ein Lächeln Bonkerts Lippen umspielte. Vielleicht hatte sie seine Schwäche erkannt.

66

»Bitte, nehmen Sie Platz.« Wie schon die vorigen Male, als die Gefangene im grauen Overall in das Vernehmungszimmer geführt worden war, erhob Carlo Graf sich und wies auf den Stuhl gegenüber. »Wie ich sehe, haben Sie eine neue Frisur.«

Linda setzte sich und strich sich mit der Hand über den Kopf, lächelte. »Ja. Fühlt sich komisch an.«

»Ich hatte sie auch mal so kurz«, sagte er und bemerkte nun ihre wächserne Haut, die, trotz fehlender Unreinheiten, grobporig war. Bei ihren letzten Sitzungen hatte offenbar ihr blondes Haar davon abgelenkt. Nun, mit Glatze, wirkte der Kopf auf ihren Schultern winzig, was Graf an ein Rhesusäffchen erinnerte.

Linda verengte die Augen zu zwei tiefschwarzen Schlitzen, legte den Kopf schief und musterte ihn. »Ich glaube, Ihnen stehen die längeren Haare besser.«

Carlo Graf war schon bei ihrem ersten Gespräch aufgefallen, dass Vorgeplänkel sowie das Andeuten von Gemeinsamkeiten bei dieser Patientin lehrbuchhaft funktionierten. Heute musste er aber endlich relevante Details aus ihrem Leben erfahren und vermehrt darauf achten, dass sie nicht ständig die Grenze zwischen Therapeut und Patient überschritten. Daher entschied er sich direkt für eine Überleitungsfrage: »Was hat Sie zu diesem Schritt bewogen?«

Linda zuckte die Schultern. »Ich brauchte wohl eine Veränderung.« Verlegen, fast schüchtern fügte sie hinzu: »Ich weiß, Männer stehen nicht so auf Kurzhaarfrisuren. Demi Moore hätte sich Ashton Kutcher sicher auch nicht angeln können, als sie noch diese *Akte Jane*-Frisur hatte.«

»Ist es Ihnen wichtig, was Männer über Sie denken?«

Ihre Mundwinkel bogen sich abwärts. »Keine Ahnung. Tut aber jetzt ohnehin nichts mehr zur Sache, oder?«

Er ignorierte die Gegenfrage. »Waren Männer früher ein wichtiges Thema für Sie?«

»Nicht mehr als bei anderen und nicht allgemein.« Zwischen ihren Brauen entstand eine Furche. »Wenn Sie das *so* sagen, klingt es, als wäre ich ein Flittchen gewesen.«

Carlo ließ die Aussage unkommentiert.

»Aber das stimmt nicht«, legte sie nach. »Mir waren immer nur meine Partner wichtig.«

»Die Beziehung zu Ihrem letzten Partner – Wie würden Sie die beschreiben?«

Sie verzog den Mund. »Ein Auf und Ab, wie bei den meisten, schätze ich. Aber im Großen und Ganzen haben Gero und ich eine ganz normale Beziehung geführt.«

»Beziehen Sie dieses *Auf und Ab* nur darauf, wie Gero und *Sie* miteinander harmoniert haben, oder auf Partnerschaften im Allgemeinen?«

»Im Allgemeinen. Ist doch ganz normal, dass es mal besser und mal schlechter läuft.«

»Machen Sie daran fest, dass Ihre Beziehung, wie Sie sagten, *ganz normal* war?«

»Ich verstehe Ihre Frage nicht.«

»In Ordnung, ich stelle sie etwas konkreter. Würden Sie Ihre

Beziehung zu Gero Zeitz tatsächlich als ganz normal bezeichnen?«

»Ja klar, wieso nicht?«

»Na ja …«, Carlo legte die Stirn in Falten, »… Sie beide haben mehrere Menschen ermordet, und das auf ziemlich ungewöhnliche und brutale Art und Weise. Ich würde das, ganz vorsichtig ausgedrückt, schon als außergewöhnlich bezeichnen. Sie nicht?«

Ein Schulterzucken. »Doch, schon.«

»Haben Sie denn eine Erklärung, wie es dazu gekommen ist?«

Eine Weile schien Linda über der Frage zu brüten, bis sie kopfschüttelnd dem Blick ihres Gegenübers begegnete. »Ich denke, es hat sich einfach entwickelt.«

»Aber es muss doch einen Anfang, einen Ursprung gegeben haben. Einem von Ihnen muss ja die Idee zu all dem gekommen sein.«

»Ja, ihm«, sagte sie entschieden.

»Wann war das? Erinnern Sie sich noch an diese Situation?«

»Es gab da nicht diesen einen bestimmten Moment. Es war mehr ein … Prozess. Anfangs dachte ich, es wäre ein Spiel, so eine Art Gedankenexperiment, verstehen Sie, aber nach einer Weile wurde mir klar, dass er es ernst meint.«

»Was war dann?«

»Dann hat er auch schon mit der Planung begonnen.«

»Und Sie?«

»Was soll mit mir sein?«

»Sie haben das einfach mitgemacht?«

»Scheint so. Deshalb sitze ich ja hier.«

»Haben Sie sich denn zu irgendeinem Zeitpunkt dagegen gewehrt, als Sie gemerkt haben, in welche Richtung dieses *Gedankenspiel* läuft? Ihm zum Beispiel gesagt, dass Ihnen das zu weit gehen würde?«

Sie dachte kurz nach.

Carlo hatte den Eindruck, sie überlegte, welche Antwort er hören wollte, oder ob es überhaupt noch einen Unterschied machte, was sie sagte. Schließlich schüttelte sie den Kopf. »Nein, habe ich nicht. Es hat einfach eine Eigendynamik entwickelt, und irgendwann steckten wir so tief drin, dass es kein Zurück mehr gab.«

Der Psychologe rückte mit dem Stuhl vor. »Okay. Gehen wir noch mal dahin zurück, wo sich erstmals anbahnte, dass Gero tatsächlich vorhat, diese Taten zu begehen. Was genau war der Anlass?«

Sie strich sich wieder über den Kopf, wobei ein schabendes Geräusch entstand. »Er saß bei mir am Küchentisch. Wir hatten uns zuvor gestritten.«

»Worum ging es bei dem Streit?«

»Ach, immer dasselbe. Er warf mir vor, unnahbar zu sein. Dass ich …« Sie brach ab.

Carlo wartete.

»Dass ich die Vergangenheit endlich loslassen müsse. Er war der Meinung, er könnte mich von meinen inneren Dämonen befreien.«

»Was meinte er wohl damit?«

»Das müssen Sie ihn schon selbst fragen.«

Carlo lag ein flapsiger Konter auf der Zunge, doch er war professionell genug, dem Impuls zu widerstehen. »Haben Sie denn selbst keine Idee? Immerhin haben Sie sich ja aus irgendeinem Grund darauf eingelassen.«

Ihre Lippen malten einen Strich in ihr Gesicht. »Er war der

Meinung, dass mich meine Vergangenheit – Carstens Tod und der Verlust unseres Babys – so stark belasten würde, dass ich ihn deshalb nicht näher an mich heranlassen konnte, beziehungsweise ihn immer wieder von mir stoßen musste.«

»Sehen Sie das genauso?«

Wieder ein Schulterzucken, auf das ein längeres Schweigen folgte.

»Gut, ich habe eine andere Frage. In unserer letzten Sitzung sagten Sie mir, Sie haben in getrennten Wohnungen gelebt, was für eine normale Partnerschaft, wie Sie es bezeichneten, doch eher unüblich ist, oder?«

Sie riss die Augen auf. »Sie haben seinen Saustall nicht gesehen. In so eine Messiebude hätten mich keine zehn Pferde gekriegt.«

»Er hätte ja auch bei Ihnen einziehen können.« Graf lehnte sich zurück. »Was sprach aus Ihrer Sicht dagegen?«

Sie dachte nach und zuckte dann wieder die Achseln. »Ich wollte wohl meinen Freiraum behalten.«

»War das schon immer so?«

»Nein, nicht bei Carsten.«

»Was war anders bei ihm?«

»Er hat mich einfach nie genervt. Nie. Im Gegenteil. Ich habe ihn sogar schon vermisst, wenn er bloß zum Bäcker gefahren ist, um Brötchen zu holen.«

»Dann muss es für Sie ein besonders harter Schlag gewesen sein, als Sie erfuhren, dass er bei dem Einsatz ums Leben gekommen war.«

Carlo sah, dass sie nun mit den Tränen rang.

»Sie waren zu dem Zeitpunkt im fünften Monat schwanger, richtig?«

Sie nickte, mied aber seinen Blick.

»War es ein Wunschkind?«, fragte er, einer inneren Eingebung folgend.

»Natürlich«, murmelte sie, »was für eine Frage.«

»Auch von Carstens Seite?«

Zur Antwort war das Pochen einer Ader an ihrem Hals zu sehen.

»Ich werde auf so einen Scheiß nicht antworten, okay?«

Carlo merkte, dass er ins Schwarze getroffen hatte. Vermutlich hatte Linda mit ihrer pathologischen Fixierung auf ihren Partner versucht, diesen mit einem Kind an sich zu binden. Doch das war in diesem Fall nur psychologisches Beiwerk und würde dem Bild, das er von ihr zeichnen musste, lediglich etwas Farbe verleihen. Wichtiger war es herauszufinden, wie groß der Anteil ihrer Schuld an den Morden war. Inwieweit sie überhaupt schuldfähig war.

»Ich kann mir gut vorstellen, was für eine Wut sich in Ihnen angestaut haben muss«, bohrte er weiter, »erst recht, da die Operation Funkenflug planerisch so viele Schwächen aufgewiesen hat.«

Schlagartig änderte sich ihr Gesichtsausdruck. »Sie wollen darauf hinaus, dass *ich* die treibende Kraft hinter den Morden war?«

Carlo gab sich überrascht. »Nein, keineswegs. Vielleicht waren Sie mit Ihrer Vorgeschichte ja bloß ein leichtes Opfer für Gero.« Er fragte sich, weshalb sie sich immer noch so davor sträubte, ihm die Wahrheit zu sagen. Entweder wollte sie sich die Taten selbst nicht eingestehen, oder sie erhoffte sich ein geringeres Strafmaß. Aber so naiv erschien sie ihm nicht. Ihr musste klar sein, was man ihr zur Last legen würde, und dass dieser Tatbestand mit größter Wahrscheinlichkeit lebenslängliche Haft, eventuell sogar anschließende Sicherheitsverwahrung bedeuten dürfte. Der Grund, warum Carlo so vehement in diese Richtung strebte, war der, dass er darüber informiert worden war, dass Linda unter ihren Mitgefangenen damit geprahlt hatte, ihren Freund wie eine Marionette kontrolliert zu haben. Doch für sein Gutachten musste er diese Dinge aus ihrem Mund hören. Hörensagen war wertlos. Vielleicht entwickelte sich das Gespräch eher in die gewünschte Richtung, wenn er ihr zunächst die Möglichkeit gab, die Schuld auf ihren Kompagnon abzuwälzen. Früher oder später würde sie sich womöglich in Widersprüche verwickeln.

»In Ordnung«, sagte er genügsam, »erzählen Sie mir noch ein bisschen von Gero.«

Sie hob eine Braue, als durchschaute sie seine Taktik, doch zu Carlos Überraschung antwortete sie. Entweder spielte sie das Spiel einfach mit, oder er hatte ihr Gespür überschätzt.

»Auch wenn Gero nicht so aussah«, sagte sie, »er war ein ziemlich sensibler Mensch, der manchmal ein wenig zur Theatralik neigte. Ein Künstlertyp eben. Er hat fantastische Messer aus Damast gefertigt und konnte die abgefahrensten Skulpturen schweißen.«

»Dann hat *er* vermutlich auch die Mordwaffe gebaut, die in diesem Bürostuhl versteckt war?«

»Ja, das war er. Genau wie die Idee mit der Drohne oder das mit dem Gas. Kam alles von ihm.«

»Und das mit dem geschmolzenen Silber und der Bombe im Mikrofon?«

»Auch er.«

»Was waren seine Motive? Außer, dass er Ihnen beim Austreiben Ihrer Dämonen behilflich sein wollte.«

»Soweit ich weiß, ging es ihm um Rache.«

»Rache?«

»Ja, Rache. Dieses befriedigende Gefühl, das sich einstellt, wenn etwas wieder ins Gleichgewicht gebracht wurde.«

»Aja …«, machte Carlo. So wie sie das Gefühl beschrieben hatte, wusste sie offenbar genau, wovon sie sprach. »Rache für was?«, fragte er dann, anstatt seinen Gedanken zu äußern.

»Dafür, dass man ihn aus dem SEK geworfen hat. Dass man ihm nie geglaubt hat, dass er diesen Terroristen nicht erschossen hat. Dafür, dass Carsten sterben musste. Auch ihm hat er viel bedeutet. Vielleicht war die Liebe zu Carsten sogar das stärkste uns verbindende Element.«

»Hm. Sie sagen, er wollte Rache für all jene, die für seinen Rauswurf verantwortlich waren. Inwiefern trifft das denn zum Beispiel auf ihr erstes Opfer, Axel Jacobs, zu?«

»Ach, der …« Sie machte eine abfällige Handbewegung. »Der hat Gero vor dem Einsatz wohl vor versammelter Mannschaft bloßgestellt. Gero wollte ihm daher nachträglich das Maul stopfen.« Sie zog ein angewidertes Gesicht, das auf Carlo jedoch aufgesetzt wirkte. »Es war richtig eklig.«

»Was genau?«

»Wie er ihm das flüssige Silber in den Mund gekippt hat.«

»Ach – Sie waren dabei?«

Für einen Sekundenbruchteil schien ihr aufzugehen, dass sie sich in eine Sackgasse zu manövrieren drohte, doch dann nickte sie.

»Erzählen Sie mir davon?«

Sie stieß die Luft aus, als fiele es ihr schwer, darüber zu sprechen, doch wieder kaufte er ihr dieses Schauspiel nicht ab.

»Er … hat seinen Kopf mit Gurten fixiert und ihm einen Trichter in den Mund geschoben. Es war einfach schrecklich.«

»Und Sie? Was haben Sie getan?«

»Zugesehen.«

»Mhm. Warum eigentlich Silber?«

»Gero hielt das für symbolträchtig. Reden ist Silber, Schweigen ist Gold und so. Aber Gold hatte er eben nicht zur Hand. Wäre vielleicht auch etwas teuer geworden.« Sie lächelte, schüttelte dann aber mit angeekelter Miene den Kopf. »Gero ist dabei richtig in Fahrt gekommen. Als der Mann endlich tot war und sein Mund so weit offen stand, kam Gero auf die Idee, ihm die Handflächen an den Kopf zu kleben, weil ihn der Anblick an irgendein Bild erinnert hat. Er fand es lustig, der Polizei Rätsel aufzugeben.«

»Wie passt jemand wie Kommissar Fuchs dort hinein? War er ebenfalls Teil von Geros Racheplan?«

»Oh ja, ihn wollte er sich nur bis zum Schluss aufheben.«

»Warum? Er war doch auch SEK-Mitglied, hat sich mit ihm und Carsten also auf Augenhöhe befunden. Zudem wurde er bei dem Einsatz ebenfalls von einer Kugel erwischt.«

»Gero mochte ihn nicht, weil er sich zwischen ihn und Carsten gedrängt und ihre Freundschaft kaputtgemacht hat. Außerdem meinte Gero, dass Fuchs' Falschaussage ebenfalls dazu geführt hat, dass er aus dem SEK flog.«

»Und der Beamte aus dem Ministerium?«

»Der war in Geschäfte mit diesem anderen Mann verwickelt, den Gero mit der Drohne getötet hat. Deswegen ist das Geld für gescheite Schutzkleidung – mit welcher Carsten heute noch leben würde – in deren Tasche geflossen. Da die beiden ihren

Hals nicht vollgekriegt haben, hätte das mit dem Silber auch zu ihnen gepasst, oder?« Sie zuckte die Schultern. »Aber Gero wollte ihre Gier einfach nur möglichst brutal bestrafen und fand die Idee mit dem Stuhl für einen Sesselfurzer wie Quast besser. Und die Drohne aus China passte wiederum gut zu dem Mann, der zugunsten seiner Marge auch noch billigen Schrott aus Fernost eingekauft hat.«

Carlo musste sich beherrschen, nicht unangemessen zu reagieren. Also fragte er möglichst ungerührt: »Was ist mit Bernhard Stieglitz? Warum er?«

»Weil er ein Trottel war. Mit seiner tollpatschigen Art hat er das alles erst ausgelöst.«

»Und wieso wurde der ehemalige Polizeipräsident auf diese fast schon humane Weise getötet?«

»Auch das müssen Sie Gero fragen.«

»Soweit ich informiert bin, hat sich Walter Polzin im Nachgang sehr für die SEK-Mitglieder eingesetzt und nur auf den oberen Rängen Staub aufgewirbelt. Müsste ihn Gero daher nicht gemocht haben?«

»Offenbar nicht«, sagte Linda mit einem provokativen Lächeln.

Carlo hob die Brauen. »Ich sehe hierbei die Gefahr, dass die Polizei zu dem Schluss kommen könnte, dass *Sie* Polzins Ermordung gefordert haben und Zeitz, der sie ausführen sollte, sich wegen einer gewissen Verbundenheit zu ihm für eine weniger grausame Tötungsart entschieden hat.«

»Dann sollen sie das eben glauben«, sagte sie scheinbar unbeeindruckt, aber Carlo bemerkte wieder ihren beschleunigten Pulsschlag am Hals.

»Wo war überhaupt Ihr Anteil bei alldem?«, fragte er. »Bisher stellen Sie sich bloß als Mitläuferin dar. So passiv erscheinen Sie mir gar nicht.«

»Tja, mitgefangen, mitgehangen.«

Er suchte ihren Blick. »Das kaufe ich Ihnen nicht ab. So einfach können Sie sich doch nicht aus der Verantwortung ziehen. Zum Beispiel, als Kommissar Fuchs vergiftet wurde, war Gero bereits tot.«

Sie lächelte matt. »Ja, das Gift habe ich gebraut, das gebe ich zu. Sagt man Frauen nicht nach, sie seien Giftmischerinnen? Scheint wohl was dran zu sein.«

»Was war Ihr Motiv, diesen Mord auszuführen, obwohl Gero schon nicht mehr lebte?«

»Ich tat es für ihn, weil Fuchs, dieser Wichser, ihn erschossen hat.«

»Sie fühlen sich also nur für diesen Mordversuch verantwortlich?«

»Ja.«

»Was ist mit Beihilfe zum Mord in den anderen Fällen?«

»Wieso?«

»Bei Jacobs waren Sie schließlich dabei, wie Sie sagten. Und irgendwie muss der Sprengsatz ja auch ins Präsidium gelangt sein. Weshalb haben Sie sich einen falschen Namen zugelegt, sich diesen Job dort besorgt und Abhörvorrichtungen installiert?«

Wieder zuckte sie mit den Schultern. »Dann meinetwegen auch Beihilfe. Es macht nun ohnehin keinen Unterschied mehr, denn ab jetzt bin ich ja der Willkür der Justiz ausgeliefert. Außerdem war es kein falscher Name. Astrid ist mein Zweitname, Göbel mein Mädchenname, ganz einfach. Gero wollte schon vor Längerem, dass ich meinen Ehenamen ablege. Im Nachhinein wird mir klar, dass das schon eine Art erster Schritt zu meiner Befreiung darstellen sollte. Na ja, ich habe ihm den Gefallen jedenfalls getan, weil mir Namen nicht viel bedeuten. Schall und Rauch, Sie wissen schon. Das mit den Wanzen war übrigens meine Idee.« Sie lächelte. »Durch Zufall habe ich auf dem Gang ein Gespräch zwischen Fuchs und einem Kollegen belauscht, bei dem es um eine Möglichkeit ging, die Fernbedienung der Drohne aufzuspüren. Hätte ich das nicht gehört und Gero das Gerät daraufhin zerstört, wäre man uns vielleicht schon da auf die Schliche gekommen. So dachte ich, dass es nicht schlecht wäre, mehr von solchen Dingen mitzubekommen. Nur leider hat man als einfache Postfrau nicht überall Zutritt, weshalb ich mich mit den Räumen begnügen musste, die nicht abgeschlossen waren.«

Graf war immer noch nicht zufrieden. Er nickte nachdenklich, sagte aber nichts.

»Was ist?«, fragte sie nach einer Weile.

Er sah sie an, zog den Moment absichtlich in die Länge. »Wissen Sie – mir will da eine Sache nicht in den Kopf … Wie konnte ein derart chaotischer Mensch, wie Gero es laut Ihnen ja gewesen sein soll, einen so detaillierten Plan austüfteln und in die Tat umsetzen?«

Sie schnaubte. »Er war früher beim Bund und später beim SEK gewesen. Wo, wenn nicht dort, lernt man sonst Zucht und Ordnung?«

»Aber ohne die nötige Zucht hat er seinen Sinn für Ordnung ja offensichtlich verloren. Immerhin haben Sie selbst ihn als Messie bezeichnet.«

»Worauf wollen Sie hinaus?«

»Nun, ich denke, dass es für die Planung und Umsetzung

der Taten wenigstens *einen* sortierten Charakter gegeben haben muss. Jemanden, der das Ganze koordiniert hat, damit eben nicht alles im Chaos versinkt.«

»Und das soll ich gewesen sein?«

Carlo schwieg, ließ wieder die Stille für sich arbeiten.

»Sie machen es sich auch einfach«, spie ihm Linda nach einer Minute entgegen. »Entweder kommen Sie mir mit Gegenfragen, oder Sie sagen gar nichts mehr, weil Sie glauben, ich halte Ihr Schweigen nicht aus.« Sie beugte sich vor, stützte die Ellenbogen auf den Tisch. »Aber um Ihre Frage zu beantworten: Ich habe ihm keine Vorgaben gemacht. Die Ideen kamen von ihm.«

»Wollten Sie, dass diese Menschen sterben?«, entschied Carlo sich nun für den direkten Weg. Er beobachtete, wie sie den Blick abwandte, den sie ihm aber schon in der nächsten Sekunde völlig unerwartet wie ein Blitz entgegenschleuderte.

»Ja, vielleicht wollte ich auch, dass Sie sterben. Sind Sie jetzt zufrieden?«

Carlo blinzelte. »*Vielleicht*?«

»Ja, vielleicht.«

Er war sich bewusst, dass dieses eine Wort den Wert ihrer Aussage herabsetzte, wenn nicht sogar völlig entwertete. Er würde nun einen letzten Versuch einer direkten Konfrontation starten. Falls dieser erneut versagte, würde er sich ihre Impulsivität zunutze machen und mit ihren Gefühlen Achterbahn fahren. Vielleicht konnte er sie so dazu bringen, sich zu verplappern.

»Wollten Sie, dass diese Menschen sterben? Ja oder Nein?«

Linda schwieg.

Nun gut, dachte er, dann probieren wir es mal anders. »Bei unserer letzten Sitzung haben wir ja ein wenig über Ihre Vergangenheit gesprochen. Sie haben mir von einer wohlbehüteten Kindheit und einem liebevollen Elternhaus berichtet. Aber auch davon, dass Sie gerne mal etwas aufmüpfig waren und rebelliert haben. Zum Beispiel, dass Sie wiederholt schwarzgefahren sind, obwohl sie genug Geld dabeihatten. Oder von Ihren Séancen mit Freunden, vom Gläserrücken, ihrem Ouija-Board sowie den nächtlichen Eskapaden auf Friedhöfen.«

Ein Lächeln umspielte ihre schmalen Lippen. »Ja, ich habe es meinen Eltern nicht immer leicht gemacht, obwohl sie sich alle Mühe gegeben haben, ein normales Mädchen aus mir zu machen. Aber ich war auch fleißig und strebsam. Ich war gut in der Schule und ebenso gut im Job.«

Carlo stimmte kurz in das Lächeln ein, fror seine Züge dann aber schlagartig ein. »Linda, mir ist zu Ohren gekommen, was Sie Ihren Mithäftlingen erzählt haben. Gero sei Ihre Marionette gewesen. Was sagen Sie dazu?«

Die Überraschung über seinen abrupten Themenwechsel stand ihr ins Gesicht geschrieben.

»Ich soll ein Gutachten über Sie erstellen, Linda. Ich bin weder Ihr Freund noch Ihr Feind, sondern eine neutrale Person, die Sie so objektiv, wie es einem Menschen möglich ist, bewerten soll. Sie können mir dabei helfen, ein korrektes Bild von Ihnen zu zeichnen. Tun Sie es für Carsten.« Als sie wieder nicht reagierte, klappte er die Akte zu, legte den Kopf schief. »Wollen Sie mir dabei helfen? Für Carsten? Für das Baby?«

Er sah, wie ihre Kiefer mahlten, ihre dunklen Augen von einem feuchten Schimmer überzogen wurden.

Er beugte sich weiter nach vorne, senkte die Stimme. »Was ist mit all dem, was Sie damals erlebt haben, Linda? Ihren inneren Dämonen? Haben sie doch Besitz von Ihnen ergriffen? Haben Sie sich deshalb an den Taten beteiligt? Sie mitgeplant?«

Ihr Kopf schnellte in seine Richtung. In ihrem Blick lag nun etwas Abgründiges, wie er es bisher noch nicht gesehen hatte.

»Wie würde es Ihnen denn gehen, wenn Sie hochschwanger erfahren, dass Ihr Partner erschossen wurde, weil ein Haufen dilettantischer Wichser unfähig war, für genug Sicherheit zu sorgen?« Nun war sie es, die sich nach vorn beugte. »Wenn Ihr eigenes Umfeld Sie plötzlich mit Argwohn betrachtet, weil Sie mit einem von diesem *Killerkommando* liiert waren. Wenn der Vater ihres ungeborenen Kindes nicht als Held gefeiert wird, wie es ihm zugestanden hätte, sondern man sein Ansehen durch den Dreck zieht, während die Verantwortlichen dieser Panne weiterhin ein unbescholtenes Leben führen und sogar noch Karriere machen. Aber ich, die schwangere Frau des im Dienst getöteten Polizisten, bin im Ort plötzlich die Aussätzige?« Die erste Träne rollte ihr über die Wange. »Und jetzt stellen Sie sich vor, Sie würden aufgrund dieses ganzen Kummers noch das Einzige verlieren, das Ihnen in dem Moment etwas bedeutet.«

Sie musterte ihn, als erwartete sie seine Zustimmung, doch in diesem Moment erkannte er die tiefe Traurigkeit, die Verzweiflung und Hoffnungslosigkeit in ihren Augen.

Sie wischte sich die Tränen mit dem Handrücken weg. »In dieser Phase der Schwangerschaft ist man längst über den Berg. Da passiert so was nicht mehr. Das lag alles nur am Stress, an der Trauer und der Wut. Ich hatte so viel Wut im Bauch, dass dort kein Platz mehr für mein eigenes Kind war. Aber bald werden wir wieder vereint sein. Carsten, der Kleine und ich.«

Carlo fixierte sie. »Wie meinen Sie das?«

Linda schloss die Augen, schüttelte den Kopf.

»Linda – ich muss Sie jetzt ganz direkt fragen: Haben Sie vor, sich etwas anzutun?«

Sie zog ihre Knie zum Rumpf, schaukelte leicht, tat aber, als hätte sie seine Frage nicht gehört.

»In drei Tagen ist der Todestag Ihres ungeborenen Kindes, habe ich recht?«

Aus schmalen Lidschlitzen sah sie ihn an, Tränen quollen daraus hervor. »Woher wissen Sie das?«

»Ich muss mich vor solchen Gesprächen immer ausführlich über meine Patienten informieren. Immerhin geht es hier um wichtige Dinge, wie die Frage nach Ihrer Schuldfähigkeit. Ich muss erörtern, ob Gründe vorliegen, die Einfluss auf das Strafmaß nehmen könnten, wie zum Beispiel Ihre Vorgeschichte. Aber wenn ich der Meinung bin, es liegt eine akute Eigengefährdung vor, muss ich handeln, verstehen Sie?«

Wieder reagierte sie nicht.

»Okay, passen Sie auf«, er erhob sich, »ich muss ziemlich dringend auf die Toilette. Aber dann möchte ich, dass wir das Gespräch fortsetzen, okay? Soll ich Ihnen etwas zu trinken mitbringen? Einen Kaffee? Ein Wasser? Oder vielleicht einen Schokoriegel?«

Sie schüttelte den Kopf.

»Gut, ich bin gleich wieder da.«

Als Carlo an die Tür klopfte, um hinausgelassen zu werden, hörte er sie leise sagen: »Niemand hat mir bisher richtig auf den Zahn gefühlt.«

Das harte Klacken des Schlosses ertönte. Carlo drehte sich zu ihr um, runzelte die Brauen. »Ich bin gleich wieder da, versprochen. Dann reden wir weiter.«

Beim Verlassen des Raums begleitete ihn ihr Lächeln. Hintergründig, tiefsinnig, wissend. Fast wie das Lächeln der Sphinx.

67

Joachims Lächeln war vieldeutig. »Carlo hat dann vorgegeben, mal aufs Klo zu müssen.«

»Und wo ist er wirklich hin?«, brannte Benjamin auf die Fortsetzung. Er kannte Carlo, den forensischen Psychologen, als Freund seines Vaters schon seit seiner Kindheit.

Auch Lara und Sophia hingen an Joachims Lippen. Nachdem Sophia Laras Nachricht abgehört, Joachim selbst aber nicht mehr erreicht hatte, war sie umgehend zurück nach Deutschland aufgebrochen. Da sie aber fernab jedes Flughafens oder Bahnhofs stationiert gewesen war, hatte die Reise ein Weilchen gedauert.

Nun saßen sie bei Joachim auf der Terrasse. Die Sonne schien von einem wolkenlosen Himmel auf sie herab, der Tisch war gedeckt und Wespen schwirrten um sie herum, als witterten sie, dass es bald Kuchen geben würde.

»Er hat die Gefängnisleitung über seinen Verdacht informiert«, fuhr Fuchs fort, »und während er nach seiner Rückkehr das Gespräch mit ihr in die Länge zog, wurde ihre Zelle durchsucht. So bekam sie von alldem nichts mit. Man will die Häftlinge ja nicht umsichtiger machen, als sie es ohnehin schon sind, und Präventionszellen gibt es in dieser Anstalt nicht.«

»Und?«, hakte Sophia nach. »Haben sie was gefunden?«

Fuchs schüttelte den Kopf. »Nichts, was sich für einen Selbstmord eignen würde.«

»Mir wär's egal, wenn die sich in der Zelle erhängt«, sagte Benjamin kalt.

Joachim sah ihn an. »Dass sie sich durch Suizid aus der Affäre zieht? Auf gar keinen Fall! Das wäre zu einfach. Ich will, dass sie bis zum Ende ihrer Tage hinter Gittern schmort und Buße tut.«

Sophia zog die Stirn kraus. »Wäre dann nicht vorerst eine Unterbringung in einer Geschlossenen sinnvoll?«

Joachim nickte. »Das dachte auch Carlo. Da sie im Anschluss aber jeden Gedanken an Selbstmord abgestritten hat, gab es dafür keinerlei Handhabe. Sie beteuerte, dass er sie falsch verstanden habe. Na ja, jedenfalls hat man ein Auge auf sie, was ich gerade heute für sinnvoll erachte, da es der Todestag ihres ungeborenen Kindes ist und sie wohl sehr niedergeschlagen und in sich gekehrt war.«

»Wundert mich nicht«, sagte Sophia, »immerhin hockt sie wegen mehrfachen Mordes im Bau. Da wäre ich auch niedergeschlagen.«

Fuchs wiegte den Kopf. »Ja, *du*. Bei ihr hatte man aber anfangs den Eindruck, dass sie die Aufmerksamkeit der anderen Insassen regelrecht genoss und darin aufblühte.«

»Sie ist dort bestimmt schon bekannt wie ein bunter Hund«, warf Lara ein. »Es dürfte deutschlandweit wohl kaum jemanden geben, der es mit ihren Verbrechen aufnehmen kann. Die Frau toppt ja selbst unseren Aderlass-Freund mit seiner Vorliebe für Dampfstrahler.« Sie schüttelte sich.

»Hoffentlich nutzt sich dieser Promieffekt schnell ab«, sagte Joachim. »Sie muss einfach kapieren, was sie getan hat.«

»Was mich wundert«, merkte Lara an, »ist, dass sie mit der Herausgabe der Gesprächsprotokolle einverstanden war.«

Joachim schürzte die Lippen. »Stimmt, ist wirklich komisch. Sie hat Carlo sogar ausdrücklich darum gebeten, sie mir auszuhändigen.«

»Vielleicht will sie sich ja jetzt einfach nur noch von jeglichem Ballast befreien«, mutmaßte Sophia. »Mir würde es wahrscheinlich so gehen.«

»Mhm. Möglich.«

»Was muss eigentlich passieren, dass man so krank in der Birne wird?«, fragte Benjamin.

»Das konnte auch Carlo in den bisherigen Sitzungen nicht wirklich klären«, antwortete Joachim.

»Bestimmt eine kaputte Kindheit«, schlug Sophia vor. »Wenn jemand eine Schraube locker hat, liegt's doch meist an der Mutter.«

Joachim schmunzelte über den Wortwitz, schüttelte dann aber den Kopf. »Nicht, dass wir wüssten. Sie stammt aus mehr als soliden Verhältnissen. Die Eltern hatten einen gut laufenden Zahntechnikerbetrieb, wo sie schon in jungen Jahren in den Ferien jobbte. Nachdem die Eltern 95 im Urlaub auf Sumatra durch ein Erdbeben ums Leben gekommen waren, verkaufte sie die Firma. An Geld fehlte es ihr also ebenfalls nicht. Sie war aber wohl schon als Jugendliche ziemlich verschroben und hat gerne Ärger gemacht.« Er sah zu Benjamin hinüber, der seinem Blick schuldbewusst auswich. Um nicht den Eindruck zu erwecken, er wolle seinen Sohn auch nur im Ansatz mit dieser Frau vergleichen, sagte er rasch: »Übrigens hörst du hier Polizei-Interna und Inhalte aus Verhören. Das erzählst du bitte nicht draußen rum, okay?«

Benjamin gab sich pikiert. »Wann habe ich so was jemals rumposaunt?«

»Ich sag's ja nur.« Fuchs legte seine Fingerspitzen aneinander.

»So wie das klingt, hatte sie offenbar ein Autoritätsproblem«, warf Lara ein, »was übrigens gut zu meiner Analyse des Bekennerschreibens passen würde, selbst wenn sie dieses ja anstelle von Bonkert verfasst hat. Aber persönliche Eigenschaften können sich ganz unbewusst in den Text einschleichen. Schließlich sind ja all diese Gedanken Lindas Hirn entsprungen.«

»Gut möglich.« Fuchs nickte. »Jedenfalls wurde dann ja ihr Lebensgefährte Carsten bei dem Einsatz getötet, und kurze Zeit später verlor sie ihr ungeborenes Kind. Daraufhin lebte sie in dem Glauben, dass der ganze Stress und die Trauer um Carstens Tod für ihren Abort verantwortlich waren.«

»Dann könnten meine Überlegungen von eben auch für die Analogie mit dem *Besuch der alten Dame* gelten«, sagte Lara. »Immerhin hat Linda sich ja, genau wie die Protagonistin Claire Zachanassian, als geschwängerten, verschmähten Racheengel betrachtet.«

»Sag mal«, meldete sich nun wieder Sophia zu Wort, »du warst doch mit diesem Carsten befreundet? Wieso kanntest du *sie* dann nicht?«

Fuchs hob die Brauen. »Gute Frage. Carsten war zwar jemand, mit dem ich mich stark verbunden fühlte, dennoch haben wir privat kaum was zusammen gemacht. Er schien mehr der häusliche Typ zu sein und war auch nur selten dabei, wenn wir abends mal mit der Truppe was trinken waren. Nach dem, was ich inzwischen von Carlo gehört habe, könnte auch *sie* der Grund dafür gewesen sein. Sie war wohl sehr auf ihn fixiert, neigte zum Klammern und wollte ihn am liebsten für sich allein haben.«

»Dann hast du bei der Sechs-Hüte-Methode ja voll ins Schwarze getroffen«, sagte Lara.

Fuchs sah sie an. »Was meinst du?«

»Na, dass möglicherweise zerstörte Liebe die Triebfeder hinter den Taten war. Auch wenn es sich schon um eine äußerst ungewöhnliche, krankhafte Form davon handelt. Hat sie sich eigentlich selbst detailliert zu ihren Motiven geäußert?«

Fuchs nickte. »Allerdings erst am Ende, nachdem Carlo sie endlich geknackt hatte. Ihr Hass galt primär Marlies Bonkert, weil deren Partner, Udo Wallraff, Carsten erschossen hat. Darüber hinaus hatte sie aber noch jede Menge Verachtung für die Polizei übrig, die ja aufgrund etlicher Verfehlungen maßgeblich zu dem Einsatzfiasko beigetragen hat. In ihren Augen hat man sie nach Carstens Tod fallengelassen wie eine heiße Kartoffel und sie für ihren Verlust mit einem Blumenstrauß und einen feuchten Händedruck abgespeist.«

Zumindest diesen Teil ihres Leids konnte Fuchs nachvollziehen. Auch er hatte sich damals geringgeschätzt gefühlt, als er wochenlang schwer verletzt im Krankenhaus gelegen hatte, von keinem seiner Kollegen besucht, die alibimäßig übersandten Blumen auf dem Nachtschrank verwelkt.

»Jedenfalls wurde ihr Hass zudem noch geschürt«, fuhr er fort, »weil Zeitz ihr gegenüber die Tatsachen verdreht hat.«

Lara legte den Kopf schief, eine stumme Aufforderung, dies näher zu erläutern.

»Er hat ihr zum Beispiel erzählt, dass *ich* bei dem Einsatz vorschnell losgeprescht sei, wodurch es zur Enttarnung des Teams und somit zum Schusswechsel gekommen sei. Zudem hat er natürlich auch immer geleugnet, Wallraff erschossen zu haben, was ja bis heute nicht eindeutig geklärt werden konnte. Da aber gerade der Umstand einer möglichen Hinrichtung Wallraffs durch einen SEK-Beamten zu Lindas sozialer Ächtung in ihrem Heimatort führte, hätte sie Zeitz wohl zum Teufel gejagt, wenn er die Tat zugegeben hätte. Linda konnte ohnehin kaum eine seiner Aussagen überprüfen, da in den öffentlich zugänglichen Dokumenten ja alle Beamten nur mit Nummern betitelt worden waren. So hatte er Narrenfreiheit, ihr seine ganz eigene Version der Ereignisse aufzutischen.«

»Aber sag mal …«, hakte Lara wieder ein, »… in diesem Zahntechnikerbetrieb ihrer Eltern lernte sie doch sicher den Umgang mit diversen Werkstoffen und Chemikalien und konnte sich auch bestimmt einiges an handwerklichem Geschick aneignen?«

Fuchs nickte. »Ja, wieso?«

»Weil du vorhin erzählt hast, dass sie die Schuld ständig auf Zeitz abwälzen wollte, der sie angeblich zu all dem angestachelt habe. Ich könnte mir aber durchaus vorstellen, dass sie mehr zur Planung und Durchführung der Taten beigetragen hat, als sie zugibt oder sich selbst eingestehen will.«

»Graf dachte dasselbe. Je mehr er ihr auf den Zahn fühlte, umso mehr kristallisierte sich das im Laufe des Gesprächs auch heraus.«

Sophia schüttelte ungläubig den Kopf. »Für mich ist das unbegreiflich. Wie wahrscheinlich ist es, dass sich zwei Menschen mit derart dunklen Seelen finden?«

»Ziemlich unwahrscheinlich«, pflichtete Lara ihr bei. »Dennoch kein Einzelfall. Ende der Achtziger gab es ein kanadisches Killerpaar namens *Ken und Barbie*.«

Benjamin lachte. »Klingt ja gefährlich.«

»Das waren sie«, entgegnete Lara ernst.

Da Joachim wusste, dass Lara nun wieder die eine oder andere Geschichte aus ihrem reichhaltigen Fundus von Serienmörderportraits erzählen würde, er dieses aber bereits kannte, erhob er sich und verschwand kurz im Haus.

»Die beiden waren jung, gutaussehend und frisch verlobt«, berichtete Lara, die Stimme eine halbe Oktave tiefer als sonst, »da begannen sie, Teenager aus der Umgebung zu entführen, die sie tagelang im Keller ihres Hauses missbrauchten und folterten. Später entdeckte man Videobänder, auf denen das Paar seine Taten festgehalten hatte. Zu aller Überraschung war darauf vor allem *ihre* sadistische Neigung zu sehen. Deshalb komme ich vielleicht darauf, dass auch in unserem Fall *sie* die treibende Kraft gewesen sein könnte. Beim Katzenkönigfall war es nämlich ebenfalls die Frau, die den Mann manipulierte.«

»Katzenkönig?« Benjamin prustete. »Wird ja immer besser.«

»Du lachst, der Fall gehört aber zur Pflichtlektüre von Jurastudenten.«

»Und woher kommt dieser bescheuerte Name?«

»Vom gottgleichen Katzenkönig, den der spätere Täter angeblich erzürnt haben soll. Seine Freundin erzählte ihm, dass dieses mächtige Wesen in seiner Wut auf ihn bald auf die Erde kommen und eine Million Menschen töten würde, falls er nicht ein Menschenopfer brächte. Eines, das sie vorsorglich schon auserkoren hatte. Es handelte sich dabei um die neue Flamme ihres Ex-Mannes.«

Benjamin musterte sie skeptisch. »Und dann?«

»Hat er die Frau aus Angst vor der Rache des Katzenkönigs mit einem Messer niedergestochen.«

»Der Typ muss ja völlig durchgeknallt gewesen sein.«

Lara zuckte die Schultern. »Er war Polizist und bis dato nie negativ aufgefallen.«

Benjamin kniff ein Auge zu. »Du verarschst mich?«

»Nein, das ist wirklich passiert. Ende der Achtziger, sogar hier in Deutschland, bei Bochum.«

Benjamin sah fragend zu seinem Vater hinüber, der mit Wasser und Saft wiedergekehrt war und allen einschenkte.

»Das stimmt«, pflichtete er Lara bei. »Und genau wie bei diesem Fall scheint sich auch unser Täter in einem starken emotionalen Abhängigkeitsverhältnis zu seiner Partnerin befunden zu haben. Linda hat Zeitz über Jahre hinweg immer wieder von sich gestoßen, bis er eines Tages in seiner Verzweiflung auf diese wahnwitzige Idee kam, sie von ihren inneren Dämonen zu befreien, indem sie diejenigen töteten, die in ihren Augen für ihr missratenes Leben verantwortlich waren. Mit diesen Ausgeburten ihrer kranken Fantasien haben sich die beiden dann gegenseitig hochgeschaukelt, bis irgendwann tödlicher Ernst daraus wurde. Carlo hat sie erzählt, dass sie am Ende etliche Gründe gehabt hatte, diese Männer zu töten.

Als sie dann mit den Morden begannen, hätte ihre Beziehung wieder richtig Fahrt aufgenommen. Sie hätten sich endlich wieder lebendig gefühlt.«

»Kranker Scheiß«, sagte Benjamin.

»Definitiv«, sagte Fuchs. »Egal, wer von den beiden nun die Hauptschuld trägt – gewisse krankhafte Voraussetzungen musste der andere schon mitbringen. Mit einem völlig gesunden Partner könnte man so etwas wohl kaum umsetzen.« Er sah zu Sophia hinüber, die nachdenklich ihre Kuchengabel zwischen den Fingern drehte.

»Einige Sachen sind mir aber noch immer nicht klar«, sagte Lara. »Zum Beispiel, wie sich das bei Bernhards Abschied nun wirklich abgespielt hat. Ich nehme mal an, Astrid, beziehungsweise Linda, wurde in Wahrheit von Romeike dabei ertappt, wie sie die Bombe zündete?«

»Richtig, also genau umgekehrt, wie wir nach Sichten der Videos anfangs dachten. Sie hat Romeike daraufhin mit einer Waffe, die sie wahrscheinlich in ihrem Postwagen versteckt hielt, in den Fahrstuhl gedrängt und ist mit ihm in die Tiefgarage gefahren, wo sie ihn dazu zwang, seinen Wagen zu öffnen, das Jackett auszuziehen und in den Kofferraum zu steigen. Dabei hat sie ihm eins mit der Waffe übergezogen. Man konnte die Platzwunde an seinem Hinterkopf später dem Griff der Pistole zuordnen, die sie Bonkert in der Fabrikhalle vor die Füße geworfen hat. Was ich in dem ganzen Drama um Romeike am schrecklichsten finde, ist die Tatsache, dass der arme Kerl wohl bei Bewusstsein war, als sie den Wagen mit ihm im Kofferraum in dem Steinbruchsee bei Eppertshausen versenkte. Seine Fingernägel hatten sich bei seinen verzweifelten Befreiungsversuchen zum Teil von den Nagelbetten abgehoben. Fürchterliche Vorstellung. Zu Lindas Pech ist der Wagen aber nicht sehr tief abgetaucht, sodass ihn ein Angler entdeckt hat.«

»Und ihr Handy, das auf dem Parkplatz gefunden wurde?«

»Das hat sie absichtlich dort platziert, um ihre eigene Entführung zu inszenieren. Es handelte sich dabei um ein Zweithandy, auf dem wir, wie du ja weißt, nichts Spannendes gefunden haben.«

»Eins muss man ihr lassen«, sagte Sophia, »sie ist ziemlich clever und kann offenbar unglaublich flink auf überraschende Situationen reagieren.«

»Das steht außer Frage.« Fuchs nickte mit hochgezogenen Brauen. »Geros Zweithandy haben wir ja leider nie gefunden. Vermutlich hat er es bei seiner Flucht in eine der Mülltonnen vor dem Haus geworfen, die ja am nächsten Morgen abgeholt wurden. Als wir danach gesucht haben, war das Telefon längst in der Müllverbrennung. Aber auf Lindas anderem Handy haben wir ein paar spannende Dinge gefunden, unter anderem eine Software, mit der sie die Bilder von Überwachungskameras abrufen konnte. Zwei dieser Kameras, die das Feuer überlebt haben, wurden außen an der Fabrikhalle sowie im Treppenhaus gefunden. Wahrscheinlich sollten die unser Verbrecher-Duo vor ungebetenen Gästen schützen und haben es Linda zudem ermöglicht, genau den Moment abzupassen, wenn ich die Halle betrete, woraufhin sie durch den Hinterausgang geschlüpft ist.« Joachim erinnerte sich an das klickende Geräusch, als er sein Ohr ans Türblatt gedrückt hatte. Wie, wenn eine Tür ins Schloss fiel.

»Dann schließt sich langsam der Kreis«, bemerkte Lara und trank einen Schluck Saft.

»Was auch noch interessant ist …«, sagte Fuchs, »… der Schauplatz des ersten Mordes und die abgebrannte Fabrikhalle …«

»BonTex?«, fragte Lara.

»Genau. Weißt du, wem die gehörten?«

»Nein.«

»Bonkerts Vater. Bon-Tex. Bonkert-Textilien.«

»Ach was!« Laras Mund blieb offen stehen. Bei der Erkenntnis, dass sie schon zu Beginn der Ermittlung einen derart wichtigen Hinweis zur Hand gehabt hätten, verschlug es ihr glatt die Sprache.

»Blöderweise hat ihr Vater die Firma im Zuge der Scheidung seiner neuen Frau, Tamara Mannschuk, überschrieben, um alles vor seiner Ex zu sichern«, erklärte Joachim. »Weil die beiden aber bei der Hochzeit jeweils ihren eigenen Namen behalten haben, konnten wir keine Rückschlüsse zu Bonkert ziehen. Zumindest nicht auf Anhieb. Dass die Offenbacher aber im Rahmen ihrer weiteren Ermittlungen nicht darauf gestoßen sind, steht auf einem anderen Blatt. Das werde ich diesem Arsch von Rupp bei Gelegenheit noch mal unter die Nase reiben. Jedenfalls war dieser Umstand mit der Namensgebung auch unserem Killerpaar nicht bekannt, da Bonkert Zeitz davon bei seinem Knastbesuch offenbar nichts erzählt hatte. Und so lief der erste platzierte Hinweis auf Bonkert ins Leere. Wobei ich im Nachhinein glaube, dass das sogar zu ihrem Vorteil war, ansonsten hätten wir garantiert Verdacht geschöpft, dass man Bonkert den Mord bloß anhängen wollte. Weshalb sollte sie eine Leiche auch ausgerechnet auf dem ehemaligen Firmengelände ihres Vaters abladen? Es sei denn, das hätte zu ihrem Spiel gehört.«

»Wissen wir inzwischen, weshalb Zeitz sie im Knast besucht hat?«

»Um sie auszuhorchen. Bonkert sollte am Ende der Sündenbock für die Morde sein und ebenfalls in der Fabrikhalle sterben. Es sollte nach einem Unfall aussehen – dass die Sprengladung hochgegangen sei, obwohl sie selbst noch in der Halle war. Und um die Glaubwürdigkeit von ihr als Aggressor zu untermauern, hat Linda ihr, bevor sie aus der Halle getürmt ist, die Fesseln gelockert und die Pistole vor die Füße geschmissen. Jedenfalls brauchten Gero und Linda, um alles planen zu können, vorab Informationen. Zudem wollte er sich Bonkerts Vertrauen erschleichen, um nach ihrer Entlassung leichter an sie herankommen zu können. Zeitz hat sich für seinen Besuch als Blogger ausgegeben, der über sie schreiben wolle. Da hat sie fröhlich aus dem Nähkästchen geplaudert. Wahrscheinlich war sie einfach froh, dass sie mal jemand besucht hat.«

Er dachte an seinen eigenen Besuch bei Marlies Bonkert am Vortag zurück, als er mit diesem mulmigen, unwirklichen Gefühl vor ihrer Tür gestanden und geklingelt hatte, um ihr für ihre Hilfe mit Benjamin an jenem Abend zu danken. Trotz heftiger Zweifel, ob das eine so gute Idee sei, hatten sie sich dann über zwei Stunden lang unterhalten. Dabei hatte er eine Menge von ihr erfahren. Von Zeitz' Überraschungsbesuch, der sie ohne Vorwarnung im Flur ihrer Wohnung überwältigt hatte. Von dem Veilchen, das ihr Linda mit dem Pistolengriff verpasst hatte, damit sie beim Abschreiben des Briefs endlich spurte. Und nicht zuletzt hatte sie ihm ihre Version der Ereignisse aus dem Sommer 96 erzählt. Dass sie geplant hatte, Wallraff zu treffen, um ihn zur Auflösung der RAF zu überreden. Doch dann waren sie von dem Einsatzteam überrascht worden, und sie hatte mitansehen müssen, wie ein großer blonder Mann auf dem benachbarten Steig ihrem Partner die Waffe entwendete und ihn damit erschoss. Nach dem Gespräch war es Fuchs besser gegangen, da sich ein uralter, festsitzender Knoten gelöst hatte. Beim Verlassen ihrer Wohnung war ihm dann ein Schatten aufgefallen, der sich über den Spion der gegenüberliegenden Wohnungstür gelegt hatte. Fuchs hatte gelächelt und Ludwig Wenzel gewinkt, der sicher die Welt nicht mehr verstanden hatte.

»Und was sollte das mit Bonkerts Brief?«, riss ihn Lara aus seinen Gedanken.

»Die Idee kam ihnen, nachdem wir Bonkert nicht von uns

aus ins Visier genommen hatten. Sie hatten Bonkert kurz nach Beginn ihrer Mordserie verschleppt und in einem Kellerloch in dieser Fabrikhalle festgehalten. Da war es natürlich ein Leichtes gewesen, sie mit vorgehaltener Waffe dazu zu zwingen, den vorgefassten Brief abzuschreiben. Ebenso, wie sie die Anweisungen ablesen musste, die ich während der Autofahrt zur Halle per Handy erhalten habe.«

»Wie ist es ihr eigentlich gelungen, dich zu schnappen?«, fragte Lara an Benjamin gerichtet.

Er blähte die Backen. »Sie hat mich vor unserem Haus abgepasst und mir erzählt, sie sei von der Polizei. Dass mein Vater sie geschickt hat und ich dringend mitkommen soll. An mehr kann ich mich nicht erinnern. Man vermutet, dass sie mich erst mit so einem Taser bewusstlos gemacht hat, weil ich so zwei kleine Male im Nacken hatte. Später hat sie mir wohl noch ein Betäubungsmittel gespritzt. Ich habe den Namen vergessen. Aber ich kriege langsam Hunger«, sagte er zu Sophia, eine Spur quengeliger als angebracht. »Was gibt's denn für Kuchen?«

Joachim vermutete, dass Benjamin bloß diesem Thema ausweichen wollte, um nicht bei einem anderen, ebenso unliebsamen zu landen. Da Joachim die Gesprächsmitschnitte auf Lindas Handy gehört hatte, die auch seine Unterredung mit Ivo enthielten, glaubte er zu wissen, unter welchem Vorwand sie Benjamin in ihren Wagen hatte locken können. Darüber musste er ohnehin noch mit seinem Sohnemann sprechen, ob der wollte oder nicht.

»Kirschkuchen«, antwortete Sophia.

»Cool. Mag ich.«

»Das will ich dir auch geraten haben, den habe ich nämlich selbst gemacht.«

»Wenn du mich probieren lässt, erfährst du, ob er dir auch gelungen ist.«

Sophia lächelte, sah in die Runde. »Wollen wir?«

Einstimmiges Nicken.

Fuchs erhob sich und signalisierte Sophia, sitzen zu bleiben. »Das übernehmen wir.« Mit einer Kopfbewegung bedeutete er seinem Sohn, ihm zu folgen, der widerwillig gehorchte und hinter ihm in die Küche schlurfte.

Während Benjamin den Kuchen teilte, setzte Joachim Kaffee auf.

»Willst du mir eigentlich noch was erzählen?«, brach Fuchs das Schweigen. »Und komm' mir jetzt bloß nicht damit, du wüsstest nicht, wovon ich rede.«

Benjamin atmete hörbar aus. »Doch, weiß ich … Die waren für Luca, okay?«

Joachim taxierte ihn.

»Ehrlich, ich schwör's. Aber wenn du glaubst, du kannst das jetzt deinen Kollegen erzählen, um mich rauszuhauen – ich würde es abstreiten. Die haben *mich* erwischt. *Mein* Pech. Es würde also rein gar nichts bringen, jetzt auch noch Luca mit reinzuziehen.«

»Und warum erzählst du es mir?«

»Weil mir nicht egal ist, was *du* von mir denkst.«

Fuchs betrachtete seinen Sohn. Und glaubte ihm. So wenig er sein Verhalten insgesamt billigte, kam er nicht umhin, seine Loyalität zu bewundern. Freunde wie ihn fand man nur selten. Hoffentlich war das auch diesem Luca klar.

»Was wird deswegen eigentlich passieren?«, fragte Benjamin kleinlaut.

Fuchs zuckte die Schultern und hoffte, dass es so unbekümmert herüberkam, wie es sollte. »Wir werden sehen. Du wirst dich den Konsequenzen deines Handelns jedenfalls stellen müssen. Vielleicht triffst du dann in Zukunft weisere Entscheidungen.«

Benjamin ließ den Kopf hängen, nickte.

Joachim dachte an Bernhards Worte in dessen Abschiedsrede: Wie folgenschwer Entscheidungen, die man traf, bisweilen sein konnten. Wie recht er damit gehabt hatte. So führten manche zu einem durchbohrten Lungenflügel mit einer hässlichen Narbe auf der Brust. Andere dazu, dass man im Sarg statt auf seinem Orangenhain landete. Wieder andere führten zu lebenslänglicher Haft oder auch bloß einer Verwarnung wegen Drogenbesitzes für den Eigenbedarf. Aber das, sowie seinen Deal mit Ivo, würde Joachim erst mal für sich behalten. Sollte Benjamin ruhig noch ein bisschen schwitzen.

Sophia kam in die Küche. »Ich wollte nur mal schauen, ob die Männer auch ohne weibliche Hilfe in der Küche klarkommen.«

»Und ob«, sagte Fuchs, der gerade den Kaffee in eine Thermoskanne umfüllte. »Sind so gut wie fertig.«

Sophia wandte sich an Benjamin. »Bringst du schon mal den Kuchen raus? Wir kommen gleich.«

Benjamin ließ sich nicht zweimal bitten. Er schnappte sich die Tortenplatte mit dem herrlich duftenden Kirschkuchen und verschwand aus der Küche.

Bei Sophias durchdringendem Blick, der nun auf Joachim ruhte, braute sich ein bedrohliches Kribbeln in seinem Magen zusammen.

»Sag mal«, sie legte den Kopf schief, »ich habe irgendwie das

Gefühl, etwas stimmt nicht. Du wirkst so … abweisend. Schon seit meiner Ankunft gestern.«

»Wie kommst du darauf?«

»Wie gesagt, ein Gefühl.«

»Nein, alles bestens.«

»Ich finde es auch echt seltsam, dass du mir am Telefon nichts vom Tod deines Freundes erzählt hast.«

»Ich wollte dir bei deinem Einsatz nur nicht noch meinen eigenen Ballast aufladen, das war alles.«

Sophia musterte ihn einen weiteren Moment, nickte dann. »Okay, wenn du es sagst.« Sie schnappte sich die Thermoskanne von der Anrichte und wandte sich zum Gehen.

»Warte.« Fuchs hielt sie am Arm zurück. Das Kribbeln wurde stärker. Er öffnete den Mund. Nahm wahr, wie sich die Widerstände in seinem Innern aufbäumten. Wie sie versuchten, seine Zunge zu lähmen. Herrgott noch mal, er verhielt sich ja wie ein Kind. Raus damit. Jetzt!

»Dieser Typ …«, brachte er schließlich hervor.

»Ja?«

»Der Typ, der während unseres Video-Telefonats aus deinem Zelt gekrochen kam …«

Sophias Miene war wie versteinert. Fühlte sie sich ertappt? Oder wartete sie bloß darauf, dass er den Satz zu Ende brachte?

»Wer … war das?«

In ihrem Blick schien sich etwas zu klären. Sie neigte den Kopf, trat einen Schritt auf ihn zu und legte ihm ihre Hände an die Wangen. Lächelte gütig, wie eine Mutter, die ihrem Sohn wortlos mitteilen wollte, was für ein dummer Junge er doch manchmal war.

Joachim spürte, dass diese Geste einen Anflug von Wut in

ihm entfachte. Vordergründig Wut auf Sophia, die ihn zu belächeln schien, doch dahinter steckte der Zorn auf sich selbst, da er es mit seinen fast fünfzig Jahren noch immer nicht geregelt bekam, offen über seine Sorgen und Ängste zu sprechen.

»Dieser Typ …«, sagte Sophia schließlich, »… heißt Dan. Sein Vater ist Brite, seine Mutter Deutsche und er ein sehr netter und gutaussehender Mann. Und ganz nebenbei ist er auch ein fantastischer Arzt. Mund-Kiefer-Gesichtschirurg. Ein Virtuose mit dem Skalpell. Er hat Fehlbildungen wie Lippen- und Gaumenspalten operiert, das war der helle Wahnsinn.« Ihr Blick verlor sich im Raum, wirkte auf Fuchs fast verträumt, doch dann sah sie ihm unverwandt in die Augen. »Das Wichtigste aber für dich, mein Schatz, wird wahrscheinlich sein: Man könnte mich ihm vermutlich nackt auf den Bauch binden – auf einer einsamen Insel nach wochenlanger Enthaltsamkeit – und nichts würde geschehen.«

Fuchs legte die Stirn in Falten, obwohl er die Fortsetzung bereits ahnte.

»Das Zelt, aus dem er gekrochen kam, war übrigens nicht meins, sondern seins, das er zusammen mit seinem Mann Holger bewohnt hat, der übrigens ebenfalls Anästhesist ist. Die beiden sind richtig cool. Vielleicht kommen sie uns mal besuchen, wenn das nicht wieder eins dieser leeren Versprechungen war, die sich Menschen so gerne geben. Du würdest sie mögen.«

Damit hatte Sophia wohl recht. Er mochte Adonis schon jetzt. Von einer Sekunde zur anderen waren Wut und Eifersucht verflogen und in Zuneigung sowie Erleichterung umgeschlagen. Was war er nur für ein Idiot? Nicht Sophia war die mit einem Geheimnis gewesen, sondern er. Er allein hatte dieses beziehungsschädliche Hirngespinst im Stillen genährt. Dabei waren Zeitz und Linda doch ein erschreckendes Beispiel dafür, was Geheimnisse in einer Beziehung anrichten konnten. Selbst der heilige Konrad hatte seine Geheimnisse gehabt, von denen nicht einmal Irene etwas gewusst haben wollte.

Hinter seinen Augen entstand ein Druck. Ein Brennen tief in der Nase. Das Rütteln von Tränen an seinen inneren Schleusen. Tränen der Freude sowie der Erleichterung. Er hatte seinen Sohn gerettet, Konrads Mörder gefasst, das Versprechen gehalten, das er Irene gegeben hatte, und sich zudem geirrt, was Sophias Untreue betraf. Vier gute Gründe, die Tränen laufen zu lassen. Doch es gelang ihm, sie wegzublinzeln. Wie immer.

Sophia ging auf die Zehenspitzen, gab ihm einen Kuss auf den Mund. »Komm, lassen wir unsere Gäste nicht so lange allein.«

Lara sah, wie Benjamin mit dem Kuchen auf die Terrasse kam, den er auf dem Tisch abstellte. Dann nahm er Platz und drückte konzentriert auf seinem Smartphone herum. Sie ließ ihren Blick durch den Garten wandern. Ringsherum frisches Grün in den verschiedensten Tönen. Eine Prachtscharte im Topf reckte ihre purpurnen Stängel in die Luft, und vom Beet wehte der Duft von Lavendel zu ihr herüber. Vogelgezwitscher und Bienengesumme machten die Idylle perfekt. Doch was ihr in solch friedlichen Momenten oft erst richtig bewusst wurde, war die Tatsache, dass tief in ihr drin etwas nach Heilung schrie. Aktuell vielleicht mehr denn je. Noch vor wenigen Tagen hätte nicht mehr viel gefehlt, und sie hätte einen Menschen getötet, erwürgt mit den eigenen Händen. Sie dachte an ihren Gewaltexzess zurück und an Joachims Aussage im Archiv. Daran, dass er seine Therapie damals nicht hätte abbrechen dürfen.

Vielleicht sollte auch sie weitere Stunden nehmen. Mit einem Urlaub oder einer Auszeit allein wäre es bestimmt nicht getan.

Joachim kehrte mit Sophia aus der Küche zurück. Die zwei sahen glücklich aus. Zu ihrer eigenen Überraschung verspürte sie bei diesem Anblick nun selbst ein Gefühl von Zufriedenheit. Wenn sie eins in den letzten Tagen gelernt hatte, dann, dass Joachim ihr als Freund und Kollege weitaus wichtiger war, als er es in jeder Affäre hätte sein können.

Während Sophia den Kuchen verteilte, schenkte Joachim Kaffee ein. Dann nahmen sie Platz, und alle begannen zu essen.

Benjamin haute rein, als wäre er kurz vorm Verhungern. Wahrscheinlich hatte so etwas Triviales wie Kirschkuchen für ihn nun einen ganz neuen Wert. So wie sie selbst damals vieles wieder zu schätzen gewusst hatte, nachdem sie dem Tod nur um Haaresbreite entronnen war. Leider hielt dieser Zustand nicht lange an, wie sie wusste. Viel zu schnell hatte einen der Alltag wieder im Griff und man klagte und jammerte über dieselben Banalitäten wie eh und je.

Sie schrak zusammen, als Benjamin aufschrie. Er senkte den Kopf, schlug sich die Hand vor den Mund.

Auch Joachim hatte sich heftig erschrocken und war alarmiert von seinem Stuhl aufgesprungen und um den Tisch herum geeilt. »Was ist los?«

»Mmmmm …«, machte Benjamin und nuschelte unverständlich: »Ich glaub, ich hab mir einen Backenzahn abgebrochen.«

»Was?«

Zur Antwort spuckte er sich einen Kirschkern in die Hand. »Ahhh … Scheißteil.« Benjamins Zunge betastete die schmerzende Stelle.

»Lass mich mal sehen«, sagte Sophia.

»Du bist doch keine Zahnärztin.«

»Einen abgebrochenen Zahn würde ich wohl noch erkennen, du Scherzkeks. Los, Mund auf!«

Als Benjamin gehorsam den Mund aufsperrte und Sophia mit angestrengter Miene versuchte, den Schaden zu finden, versteifte sich Joachims Körper. Ein neuerlicher Ausdruck des Schreckens legte sich auf seine gerade erst wieder entspannten Züge. »Scheiße!«, entfuhr es ihm. »Das darf nicht sein.«

Während Fuchs die Terrassentür hinter sich schloss und auf das Freizeichen wartete, ging er seinen Gedankengang nochmals durch. Zuerst war da nur dieses vage Gefühl gewesen, das sich wie ein Golem aus zähem Schlamm erhoben und langsam zu voller Größe aufgerichtet hatte. Doch dann war sie plötzlich dagewesen: diese sonderbare Gewissheit. Es konnte nicht anders sein, dennoch durfte das nicht passieren!

Als sein Anruf endlich entgegengenommen wurde, ließ er der Person am anderen Ende kaum Zeit, sich zu melden. Er trug sein Anliegen im Stenostil vor und wartete, bis er den zuständigen Vollzugsbeamten am Apparat hatte.

»Joachim Fuchs von der Kripo. Sie wissen, worum es geht?«

»Ja, so halb. Aber ganz verstanden habe ich nicht, was mein Kollege mir zu sagen versuchte.«

»Dann hören Sie mir jetzt genau zu. Haben *Sie* die Leibesvisitation bei Frau Göbel durchgeführt?«

»Das war ich, korrekt.«

»Haben Sie ihr in den Mund geschaut?«

»Ja, natürlich. Wie immer.«

»Haben Sie ihre Zähne untersucht?«

»Ich bin mir nicht sicher, was Sie meinen.«

»Das, was ich sage. Saßen ihre Zähne fest? Oder gab es lose Teile?«

Am anderen Ende blieb es kurz still. »Also … so genau habe ich das nicht untersucht.«

»Dann gehen Sie jetzt bitte und sehen nach ihr.«

»Wieso?«

»Machen Sie schon!«, rief Fuchs in den Hörer. »Jetzt! Und danach rufen Sie mich sofort zurück, verstanden?«

Er legte auf, ließ den Hörer sinken. Hatte Linda ihm die Gesprächsprotokolle etwa nur zukommen lassen, um ihm ein allerletztes Mal ihren Mittelfinger zu zeigen? Um ihm zu demonstrieren, dass sie am Ende doch gewinnen würde?

Wieder kam ihm ihre Aussage in den Sinn:

Niemand hat mir bisher richtig auf den Zahn gefühlt.

Hoffentlich liege ich falsch, dachte Fuchs.

Es gab nun genau drei Szenarien, die passieren konnten. Bei seinem Favoriten – nämlich, wenn er sich irrte – würde er sich zwar zur Lachnummer machen und bis zum Ruhestand im Kollegium als Spinner gelten, doch mit dieser Version könnte er leben. Bei den anderen beiden Varianten könnte er sich zwar einiges auf seine Intuition einbilden, dennoch durfte höchstens die eine geschehen. An die dritte, die letzte Option wollte er gar nicht erst denken.

68

Kurz bevor Linda auf dem Zellenboden zusammensackte, hatte sie die Hoffnung auf bessere Zeiten aufgegeben. Auch das flüchtige Hoch hier im Knast war verflogen, ihre Story jedem erzählt. Das Ende der Geschichte war erreicht.

Ihr war klar, dass der einzige Mensch, der sie jemals erfüllt hatte, der einzige, der sie vermutlich überhaupt jemals erfüllen konnte, schon vor langer Zeit gestorben war. Und mit ihm ein Teil von ihr. Doch das Schicksal hatte ihr nicht nur miese Hände ausgeteilt, dessen war sie sich wohl bewusst. So hatte sie liebe Eltern gehabt, eine laufende Firma geerbt und die Liebe ihres Lebens getroffen. Doch dann hatte der Dealer den Flop gelegt. Drei Karten – eine beschissener als die andere. Alles danach nur ein schlechter Witz. Ein Partner, der eben besser war als keiner, und ein Dasein ohne Sinn und Verstand. Ein einsames Dümpeln auf dem Fluss des Lebens, diesem trüben Strom, der seinem unausweichlichen Ende entgegenfloss. Da war es fast eine Erlösung gewesen, als Gero ihr seine Idee präsentiert hatte. Für kurze Zeit waren da wieder Stromschnellen gewesen. Abschnitte voller Rasanz. Sprudelndes, gurgelndes Wasser.

Und jetzt?

Die Karten waren gedealt. Sie hatte gesetzt – *all in* – und … verloren?

Sie sah sich um. Der Raum war stickig und maß vielleicht

zwei auf vier Meter, verfügte über ein Bett mit dünner Matratze. Ein Tischchen mit Stuhl, ein Regal, ein Fenster. Eine Toilette aus der Urin- und Kanalgeruch kroch. Der Hauptgewinn war das nicht, so viel war klar, aber so war eben das Spiel. Man musste die Karten nehmen, wie sie kamen. Das Beste daraus machen. Auch die weniger guten Hände spielen, bluffen und letztlich – gewinnen.

Ihre Finger packten den Backenzahn und drückten ihn kraftvoll nach innen, bis er sich mit einem leisen Schmatzen löste. Mit ihrer Zungenspitze fuhr sie unter die Kante der Krone und hebelte diese ab. Für einen Moment fühlte es sich an wie in ihrer Kindheit, als ihr die Milchzähne ausgefallen waren und sie so lange mit der Zunge daran herumgespielt hatte, bis auch das letzte Fädchen zerrissen war.

Sie spuckte die Krone in die Hand und pulte das Kügelchen daraus hervor. Bohrte ihren Daumennagel in die verdauungssaftresistente Hülle, die ihr im Notfall das Leben gerettet hätte. Jetzt musste sie diese jedoch aufbrechen, um an ihr Inneres zu gelangen. Gleich nach Geros Tod hatte sie das Versteck vorsorglich geladen, da sie annahm, dass es jeden Moment brenzlig werden könnte. Auch hier im Knast hatte sie die Kapsel im Mund behalten, bevor man ihr das letzte Ass aus dem Ärmel wegschnappte, indem man es bei einer Zellendurchsuchung fand. Gero hatte dagegen nicht so viel Glück gehabt. Ihn hatten die Bullen mit ihrem Besuch überrumpelt, was nicht zuletzt daran lag, dass sie ihn zu spät gewarnt hatte. Aber am Ende hatte er sein Schicksal selbst in die Hand genommen, und sein Tod war sicherlich angenehmer gewesen als der, der sie erwartete.

Hatte sie deswegen diesem Psychologen den verkappten Hinweis gegeben, dass ihr bisher niemand auf den Zahn gefühlt habe? Sollte deshalb auch der Kommissar die Protokolle erhalten? Waren das letzte, wenn auch klägliche Versuche, ihr verpatztes Leben zu retten? Nun ja – wer wollte schon sterben? Das sah der Bauplan der Natur einfach nicht vor. Aber irgendwann wurde es Zeit.

Als die Körnchen vor ihr auf die Tischplatte rieselten, stieg ihr Marzipangeruch in die Nase. Auch optisch wirkte Zyankali so harmlos wie Salz, und die Menge war kaum genug, um ein Centstück zu bedecken. Sie benetzte eine Fingerkuppe mit Speichel und las die Körnchen damit auf. Als sie sich den Finger daraufhin in den Mund steckte, brannte es auf ihrer Zunge. Ein beißender, bitterer Geschmack machte sich breit. Sie schluckte, es ätzte, ihr Magen verkrampfte, und sie krümmte sich bald unter Schmerzen. Aus ihrer Kehle drang ein erstickter Laut.

Bald sind wir wieder vereint.

Linda kippte zur Seite, fühlte die kalten Fliesen an ihrer Wange, roch den Gestank der Toilette keinen Meter von ihr entfernt. Und für einen Moment schien ihr, als hätte sie all das schon mal erlebt.

In ihrem Kopf erklang das Echo einer Frage, während draußen auf dem Gang eilige Schritte hallten. Das hektische Klimpern von Schlüsseln. Die Sichtschutzklappe ihrer Zellentür wurde geöffnet, und eine dumpfe Stimme rief ihren Namen. Das Hämmern einer Faust gegen Metall. Und während der Schlüssel das Schlüsselloch suchte und der Mann vor der Tür Alarm schlug, war die Antwort auf ihre Frage plötzlich da:

So fühlt es sich also an zu sterben.

Danksagung

Ich möchte mich gerne bei meiner Familie und meinen Freunden bedanken, die innerhalb des letzten Jahres so viel Verständnis dafür aufgebracht haben, dass ich neben meinem Hauptberuf und dem Schreiben nur wenig Zeit für sie hatte. An erster Stelle betraf das natürlich meine Frau Vicy, die mich die meiste Zeit hinter dem Laptop erlebte. Auch danke ich meinem Freund und Kollegen Stefan, der mir stets den nötigen Freiraum gelassen hat, das Buch zu Ende zu bringen (auch wenn ich mir die größte Mühe gegeben habe, es nicht zu Kollisionen mit dem Praxisalltag kommen zu lassen). Ein großer Dank gebührt meinem Agenten, Niclas Schmoll, der sich viel Zeit genommen hat, meine Ideen mit mir zu besprechen. Ich danke Jana Breunig und Johanna Bedenk vom Verlag für die gute Zusammenarbeit und hier ganz besonders Ivana Marinović für das Lektorat. Diesmal möchte ich zudem – da ich es beim ersten Band versäumt habe – Gudrun Hammer meinen Dank aussprechen, die mich über viele Jahre bei der Entstehung von „Totenblass" begleitet hat. Darüber hinaus danke ich noch all jenen, die mir ein Feedback zum ersten Teil der Reihe gegeben haben, was mich sehr motiviert hat, weiterzumachen. Zuletzt danke ich meinen Hunden Bojo und Sam dafür, dass sie meinen Alltag mit so viel Freude erfüllen (selbst wenn die beiden diese Danksagung nie werden lesen können).